DAVID DALGLISH
Der Tänzer der Klingen

Das Buch

Der geheimnisvolle »Wächter« sorgt in der Stadt Veldaren für Gerechtigkeit. Niemand ahnt, dass es sich bei ihm um Aaron handelt, der sich unter dem Namen Haern gegen die Herrschaft seines grausamen Vaters stellte. Dieser schmiedet noch immer finstere Pläne, um die Macht über die Gilden und die Stadt zurückzuerlangen. Doch unter den Dieben sind neue, schreckliche Kräfte am Werk. Kann Haern den Fremden namens »Totenmaske« aufhalten, bevor dieser die Gewalt über die Stadt an sich reißt?

Der Autor

David Dalglish lebt mit seiner Frau und den beiden Töchtern im ländlichen Missouri. Er hat an der Missouri Southern State University seinen Abschluss im Fach Mathematik gemacht. Derzeit verwendet er den größten Teil seiner Freizeit darauf, seine Kinder die zeitlose Kunst zu lehren, wie man Mario auf einen Schildkrötenpanzer springen lässt.
Weiteres zum Autor unter: http://ddalglish.com

Bei Blanvalet von David Dalglish bereits erschienen:

Der Tänzer der Schatten (978-3-442-38322-1)
Der Ruf der Spinne (E-Book 978-3-641-14755-6)
Die Krone der Spinne (E-Book 978-3-641-14756-3)
Die Rache der Spinne (E-Book 978-3-641-14757-0)

David Dalglish

DER TÄNZER DER KLINGEN

Roman

Aus dem Amerikanischen
von Wolfgang Thon

blanvalet

Die amerikanische Originalausgabe erschien 2013
unter dem Titel »A Dance of Blades« bei Orbit, New York.

Verlagsgruppe Random House FSC® N001967
Das für dieses Buch verwendete
FSC®-zertifizierte Papier *Super Snowbright*
liefert Hellefoss AS, Hokksund, Norwegen.

1. Auflage
Deutsche Erstveröffentlichung Mai 2015 bei Blanvalet, einem Unternehmen der
Verlagsgruppe Random House GmbH, München.
Copyright © 2013 by David Dalglish
This edition published by arrangement with Little, Brown and Company,
New York, USA. All rights reserved.
Copyright © der deutschsprachigen Ausgabe 2015 by
Verlagsgruppe Random House GmbH, München
Umschlaggestaltung und Illustration: © Isabelle Hirtz, Inkcraft
unter Verwendung einer Fotografie von Katrin Diesner
Redaktion: Waltraud Horbas
Herstellung: sam
Satz: Buch-Werkstatt GmbH, Bad Aibling
Karte: Tim Paul
Druck und Einband: GGP Media GmbH, Pößneck
Printed in Germany
ISBN: 978-3-7341-6028-8

www.blanvalet.de

*Für Dad, weil er darauf bestanden hat,
dass viel mehr in Haerns Geschichte steckt,
als ich zuerst erzählt habe.*

I. KAPITEL

Haern beobachtete, wie die Seile über die Stadtmauer flogen. An ihren Enden waren schwere Gewichte befestigt, die gegen den Stein klackten und dann auf die Straße fielen. Die Seile sahen im fahlen Mondlicht aus wie Schlangen. *Irgendwie passend*, dachte er, denn schließlich hatten Mitglieder der Schlangengilde sie geworfen.

Eine Weile passierte gar nichts. Haern lockerte die Schultern unter seinem verschlissenen Umhang. Die Hand mit der Flasche, die darunter hervorragte, zitterte in der Kälte. Er hatte die Kapuze tief in die Stirn gezogen und nickte leicht mit dem Kopf, als schliefe er. Als die erste Schlange von der Straße aus in die Gasse getreten war, bemerkte Haern den Mann sofort. Er wirkte noch recht jung für ein derartiges Unternehmen, doch unmittelbar nach ihm tauchten zwei ältere Männer auf. Die Narben auf ihren Händen und Gesichtern kündeten von dem brutalen Leben, das sie führten. Dunkelgrüne Umhänge bauschten sich hinter ihnen auf, als sie an den Häusern vorbei zu der Mauer liefen, an der die Seile wie Kletterpflanzen herabhingen. Jeder zog zweimal an einem Tau, das vereinbarte Signal. Dann packten die Älteren je ein Seil, während der jüngere Mann die beiden mit Gewichten behängten Enden verknotete und sie um einen gemeißelten Vorsprung an der Mauer wickelte.

»Schnell und leise«, flüsterte einer der beiden dem Jüngeren zu. »Die Kiste darf kein Geräusch machen, wenn sie landet, und die Götter mögen dir beistehen, wenn du sie fallen lässt.«

Haern ließ seinen Kopf tiefer sinken. Die drei befanden sich rechts von ihm, kaum mehr als sieben Meter entfernt. Sie waren offenbar unfähig, denn sie hatten seine Gegenwart immer noch nicht bemerkt. Mit einem Auge linste er unter der Kapuze hervor und verdrehte ein wenig den Hals, damit er besser sehen konnte. Ein anderes Mitglied der Schlangengilde tauchte von der anderen Seite der Mauer auf. Der Mann stand auf den Zinnen und gab denen unten am Boden ein Handzeichen. Die Muskeln an ihren Armen traten hervor, als die beiden Älteren anfingen, an den Seilen zu ziehen. Der Jüngere holte mit gleichmäßigen Handbewegungen das schlaffe Seil ein, damit es sich nicht verhedderte.

Haern hustete, als die Kiste auf der Mauer landete. Diesmal hörte der Jüngere ihn und verkrampfte sich, als erwarte er, gleich von einem Pfeil getroffen zu werden.

»Wir werden beobachtet«, flüsterte er den anderen zu.

Haern lehnte sich zurück. Seine Kapuze verbarg sein Grinsen. Das wurde auch langsam Zeit. Er ließ die Flasche aus seiner Hand rollen, und das Glas landete in der stillen Gasse laut klirrend auf dem Stein.

»Das ist nur ein Säufer«, sagte einer der anderen. »Geh und verjag ihn.«

Haern hörte das leise Zischen, mit dem eine Klinge aus einer ledernen Scheide gezogen wurde. Wahrscheinlich war das der Jüngling, der seine Waffe zückte.

»Verschwinde hier!«, befahl die Schlange.

Haern schnarchte laut. Ein Lederstiefel traf seine Seite, aber es war nur ein schwacher, zögernder Tritt. Haern schüttelte sich, als wäre er aus einem Traum erwacht.

»Warum … Warum trittst du mich?« Die Kapuze verbarg

immer noch sein Gesicht. Er musste für seine Reaktion genau den Moment abpassen, an dem die Kiste auf dem Boden landete.

»Verschwinde!«, zischte der junge Dieb. »Sofort, sonst machst du Bekanntschaft mit meinem Messer!«

Haern hob den Blick und starrte der Schlange in die Augen. Dabei verzog er spöttisch die Lippen. Er wusste, dass sein Gesicht im Dunkeln lag. Aber der Mann konnte ganz offenbar seine Augen erkennen. Der Dolch in seiner Hand zitterte, und er trat unwillkürlich einen Schritt zurück. Haerns Augen waren nicht die eines Betrunkenen. Weder Hoffnungslosigkeit noch das Gefühl von Erniedrigung oder Scham war darin zu erkennen. Nur Tod.

Als er hörte, wie die Kiste mit einem leisen Plumps auf dem Boden landete, stand er auf. Sein zerfetzter grauer Umhang öffnete sich und gab den Blick auf die beiden Langmesser an seiner Hüfte frei.

»Scheiße, es ist ... er ist es!« Der Dieb fuhr herum und wollte wegrennen.

Was für eine erbärmliche Ausbildung, dachte Haern verächtlich ... Nahmen die Gilden denn mittlerweile jeden x-Beliebigen auf? Er setzte den Jüngling mit einem Hieb außer Gefecht, achtete aber darauf, dass er ihn nicht tötete. Er musste noch eine Botschaft überbringen.

»Wer ist was?« Einer der anderen Männer drehte sich bei dem Ruf des jungen Diebes herum.

Haern schnitt ihm die Gurgel durch, bevor er seine Waffe zücken konnte. Der andere Mann schrie erstickt auf und trat hastig zurück. Er parierte mit seinem Dolch den ersten Hieb von Haern, aber er stand nicht richtig hinter seiner Waffe. Haern schlug den Dolch zweimal nach rechts weg, rammte dem Mann dann sein linkes Schwert in den Bauch und drehte es in der

Wunde. Während der Dieb verblutete, warf Haern einen Blick auf die Schlange, die auf der Mauer stand.

»Und? Lust mitzumachen?«, fragte er. Er riss seine Klinge aus dem Bauch des Mannes und ließ das Blut auf die Straße tropfen. »Mir sind die Mitspieler ausgegangen.«

Zwei Dolche sausten auf ihn zu. Er wich dem ersten mit einem kurzen Schritt aus und schlug den zweiten zur Seite. Um den Dieb zu provozieren, trat Haern gegen die Kiste. Die Schlange hatte keine Waffen mehr, drehte sich um und sprang auf der anderen Seite von der Mauer herab. Haern schob enttäuscht eines der Langmesser in die Scheide und brach mit der Klinge des anderen die Kiste auf. Mit einem Quietschen hob sich der Deckel. Im Inneren lagen drei Jutebeutel. Er griff in einen hinein und holte eine Handvoll Goldmünzen heraus. Auf jeder prangte unübersehbar das Siegel der Gemcroft-Familie.

Interessant.

»Bitte«, bettelte der junge Dieb. Er blutete aus Schnitten an Armen und Beinen. Die Wunden waren schmerzhaft, aber keineswegs lebensbedrohlich. Haern hatte ihm nur die Sehnen an den Knöcheln durchgeschnitten, damit er nicht weglief. »Bitte, bring mich nicht um. Ich kann nicht ... ich kann ...«

Haern schlang sich die drei Beutel über die Schulter. Dann drückte er mit der freien Hand die Spitze seines Langmessers an die Kehle des Diebes.

»Sie werden dich fragen, wieso du den Überfall überlebt hast«, erklärte er.

Darauf wusste der Mann keine Antwort, sondern schniefte nur kläglich. Haern schüttelte den Kopf. Wie tief die Schlangengilde gesunken war ... andererseits waren alle Gilden seit dieser blutigen Nacht vor über fünf Jahren ziemlich heruntergekommen. Thren Felhorn, die Legende, war mit seinem Coup gescheitert und hatte die Unterwelt in die Katastrophe gerissen. Thren ... sein Vater.

»Sag ihnen, du hast eine Botschaft für sie«, meinte Haern. »Sag ihnen, dass ich sie beobachte.«

»Wer bist du?«

Zur Antwort tauchte Haern sein Langmesser in das Blut des Mannes. »Man weiß, wer ich bin«, sagte er, bevor er verschwand. Er hatte als Botschaft ein Auge in den Staub gezeichnet, mit Blut als Tinte und seinem Langmesser als Federkiel.

Er ging nicht weit. Die Beutel mit Gold musste er zwar rasch einen nach dem anderen auf die Dächer schaffen, aber sobald er oben war, ließ er sich Zeit. Auf den Dächern war er zu Hause, schon seit Jahren. Er folgte der Hauptstraße nach Westen und erreichte die Märkte in der Innenstadt, die immer noch still und verlassen waren. Dann ließ er die Beutel fallen, legte sich hin, schloss die Augen und wartete.

Er wachte auf, als die ersten Händler auf dem Hochmarkt eintrafen. Er hatte Hunger, aber er ignorierte das Gefühl. Der Hunger war wie die Einsamkeit und der Schmerz sein ständiger Begleiter geworden. Allerdings wollte er ihn nicht gerade einen Freund nennen.

»Vielleicht kommt ihr ja jetzt in bessere Hände«, sagte Haern, bevor er den ersten Goldbeutel an der Seite aufschlitzte. Die Münzen fielen heraus, und er ließ sie auf die belebten Straßen herabregnen. Ohne eine Pause zu machen, schnitt er den zweiten und dann den dritten auf und warf die Münzen in die Menge. Die Leute wurden raffgierig, fielen auf Hände und Knie und kämpften um die Goldmünzen, die über das Pflaster rollten, von Körpern abprallten und in etliche Buden fielen. Nur ein paar Menschen machten sich die Mühe, den Blick zu heben. Meistens jene, die lahm und alt waren, und es nicht wagten, mit den anderen um das Gold zu kämpfen.

»Der Wächter!«, schrie jemand. »Der Wächter ist da!«

Bei dem Schrei stahl sich ein Lächeln auf Haerns Gesicht, während er nach Süden flüchtete. Er hatte nicht eine einzige Münze behalten.

Es hatte fünf Jahre gedauert, aber jetzt endlich begriff Alyssa Gemcroft die schreckliche Angst ihres toten Vaters. Die Mahlzeit vor ihr roch köstlich. Es war gewürztes Schweinefleisch mit gebackenen Äpfeln. Aber sie hatte keinen Appetit.

»Wenn du willst, lasse ich das Essen von einem deiner Bediensteten vorkosten«, sagte ihr engster Berater, ein Mann namens Bertram, der schon ihrem Vater treu gedient hatte. »Ich kann es auch selbst probieren.«

»Nein«, sagte sie und strich sich ihre roten Haarsträhnen hinter ihr linkes Ohr. »Das ist nicht nötig. Ich kann eine Mahlzeit aussetzen.«

Bertram runzelte die Stirn. Es gefiel ihr nicht, dass er sie wie ein liebevoller Großvater oder ein besorgter Lehrer ansah. Am Abend zuvor waren zwei Diener gestorben, an ihrem eigenen Essen. Obwohl daraufhin der größte Teil der Lebensmittel ausgetauscht worden war und alle, die man für den Anschlag verantwortlich hielt, hingerichtet worden waren, konnte Alyssa die Erinnerung daran nicht abschütteln. Wie die beiden nach Luft gerungen hatten, ihre rot angelaufenen Gesichter ...

Sie schnippte mit den Fingern, und die Lakaien räumten hastig die Platten weg. Trotz ihres knurrenden Magens fühlte sie sich besser, als das Essen verschwunden war. Wenigstens konnte sie jetzt denken, ohne Angst haben zu müssen, an irgendeinem unbekannten Gift elend zu verrecken. Bertram trat an einen Stuhl neben ihr, und sie erlaubte ihm mit einer Handbewegung, sich zu setzen.

»Ich weiß, wir leben nicht gerade in friedlichen Zeiten«, sagte er, »aber wir dürfen nicht zulassen, dass die Angst unser Leben kontrolliert. Denn das wäre der Sieg, den sich die Diebesgilden wünschen, wie du weißt.«

»Wir nähern uns dem fünften Jahrestag des Blutigen Kensgold«, erwiderte Alyssa. Sie spielte auf eine Versammlung der Trifect an, der drei wohlhabendsten Familien von Kaufleuten, Adeligen und Machthabern in ganz Dezrel. In jener Nacht hatte Thren Felhorn einen Aufstand der Diebesgilden gegen die Trifect angeführt. Er hatte eines ihrer Anwesen niedergebrannt und versucht, alle Anführer zu töten. Letztlich war er jedoch gescheitert, und seine Gilde war auf einen Bruchteil ihrer früheren Größe geschrumpft. In jener Nacht hatte Alyssa nach dem Tod ihres Vaters den Vorsitz ihrer Familie übernommen. Maynard war durch einen Pfeil getötet worden, während er versucht hatte, ihr Haus zu beschützen.

»Ich weiß«, sagte Bertram. »Ist es das, was dich so beschäftigt? Leon und Laurie haben zugestimmt, ein weiteres Kensgold zu verschieben, bis diese gefährliche Angelegenheit vorüber ist.«

»Und wann wird das sein?«, fragte sie, als ein Bediensteter ihr einen silbernen Becher mit Wein brachte. »Ich verstecke mich hier in meinem Haus, habe Angst vor meinem Essen und schrecke vor jedem Schatten in meinem Schlafzimmer zurück. Wir können die Gilden nicht besiegen, Bertram. Wir haben sie in viele Teile zerschlagen, aber es ist, als würdest du mit einem Prügel in eine Pfütze schlagen. Sie kommen immer wieder zusammen, unter neuen Namen und mit neuen Anführern.«

»Das Ende ist nahe«, widersprach Bertram. »Es ist Threns Krieg, und er führt ihn mit letzter Kraft. Aber er ist nicht mehr so stark und auch nicht jung. Seine Spinnengilde hat längst nicht mehr die Macht, über die sie einst verfügt hat. Schon bald werden die anderen Gilden Vernunft annehmen und sich gegen ihn stellen. Bis dahin haben wir nur eine Wahl, nämlich durchzuhalten.«

Alyssa schloss die Augen und atmete den Duft des Weines ein. War er vielleicht auch vergiftet? Sie unterdrückte ihre Furcht. Sie würde sich dieses einfache Vergnügen nicht versagen. Diese Genugtuung wollte sie den Dieben nicht lassen. Aber sie trank trotzdem nur einen kleinen Schluck.

»Dasselbe hast du mir schon direkt nach dem Blutigen Kensgold gesagt.« Sie stellte den Becher ab. »Und wiederholst es seitdem immer wieder, seit fünf Jahren. Die Söldner haben uns ausgeblutet. Unsere Minen im Norden produzieren schon längst nicht mehr die Mengen an Gold, für die sie einst berühmt waren. Der König hat zu viel Angst, um uns zu helfen. Wie lange wird es noch dauern, bis wir in Lumpen an der Tafel sitzen und kein Geld für Bedienstete oder Holz für Feuer haben?«

»Wir sind in die Defensive gedrängt worden«, gab Bertram zu und ließ sich einen Becher Wein reichen. »Das ist das Los, wenn man ein so lohnendes Ziel bietet. Aber das Blutvergießen ist weniger geworden, das weißt du genauso gut wie ich. Hab Geduld. Wir werden sie ausbluten, so wie sie uns bluten lassen. Wir wollen auf gar keinen Fall ihren Hass schüren, solange wir schwach und ohne Führung scheinen.«

Wut stieg in Alyssa hoch, nicht nur wegen der Beleidigung, sondern auch, weil Bertram sie einfach zu häufig vorbrachte.

»Ohne Führung?«, fragte sie. »Ich habe den Namen und den Besitz der Gemcrofts während dieses fünfjährigen Schattenkriegs beschützt. Ich habe Handelsabkommen geschlossen, habe Söldner organisiert, Adelige bestochen und das alles genauso gut, wie mein Vater es gemacht hat. Und doch sind wir führungslos? Warum, Bertram?«

Bertram ließ ihre wütenden Worte über sich ergehen, ohne

mit der Wimper zu zucken. Was Alyssa nur noch zorniger machte. Wieder fühlte sie sich wie ein Schulkind vor ihrem Lehrer, und sie fragte sich, ob ihr Ratgeber sie nicht auch als ein solches betrachtete.

»Ich spreche nur aus, was der Rest von Dezrel glaubt«, sagte er, als sie fertig war. »Du hast keinen Ehemann, und der einzige Erbe des Namens Gemcroft ist ein Balg von ungewisser Herkunft.«

»Sprich nicht so über Nathaniel.« Ihre Stimme wurde eisig. »Wage es nicht, schlecht über meinen Sohn zu reden!«

Bertram hob die Hände. »Ich wollte dich nicht beleidigen, Mylady. Nathaniel ist ein guter Junge und sehr klug. Aber jemand von deinem Rang sollte einen ebenso einflussreichen Partner an seiner Seite haben. Du hast viele Verehrer; einer von ihnen muss dir doch gefallen?«

Alyssa trank noch einen Schluck Wein, und dann wanderte ihr Blick in eine dunkle Ecke des Speisesaals. »Lasst mich allein!«, befahl sie. »Alle. Wir reden ein andermal darüber.«

Bertram stand auf, verbeugte sich und folgte den Bediensteten hinaus.

»Komm runter, Zusa«, sagte Alyssa, als sie allein war, und blickte zur Decke. »Du weißt, dass du immer an meinem Tisch willkommen bist. Du brauchst hier nicht heimlich herumzuschleichen.«

Zusa hing wie eine Spinne an der Wand und lächelte ihr zu. Sie ließ sich los und fiel mit dem Kopf voran hinab. Sie zog die Knie an, umschlang sie mit den Armen, machte eine Rolle in der Luft und landete geschickt auf den Füßen. Ihr Umhang bauschte sich hinter ihr auf. Sie trug keine gewöhnliche Kleidung, sondern hatte Tuchbahnen um ihren Körper gehüllt, die jeden Zentimeter ihrer Haut verbargen, bis auf ihren Kopf, wie Alyssa mit Freude bemerkte. Zusa hatte einmal dem strengen Orden der Gesichtslosen angehört, einem Orden Karaks, des dunklen Gottes. Nach ihrem freiwilligen Austritt hatte Zusa wenigstens das Tuch von ihrem Gesicht entfernt. Jetzt sah man ihr wunderschönes Gesicht und ihr schwarzes Haar, das ihr bis zum Nacken reichte. Zwei scharfe Dolche hingen an ihrem Gürtel.

»Lass mich die Frau im Schatten sein«, meinte Zusa lächelnd. »Dann bist du in Sicherheit, denn neben mir kann sich kein Meuchelmörder verbergen.«

Alyssa bedeutete ihr mit einer Handbewegung, sich zu setzen, aber Zusa lehnte ab. Alyssa störte das nicht. Es war nur eine der vielen Marotten dieser ausgesprochen tödlichen Lady. Die Gesichtslose hatte sie vor vielen Jahren vor einem Mordversuch durch einen ehemaligen Liebhaber gerettet, der ihren Namen und ihr Vermögen übernehmen wollte. Und dann hatte sie geholfen, ihren Besitz vor Thren zu beschützen. Alyssa verdankte Zusa ihr Leben; wenn die Frau also lieber stand, als sich zu setzen, hatte sie nichts dagegen.

»Hast du alles gehört?«, fragte Alyssa.

»Alles Wichtige jedenfalls. Der alte Mann hat Angst. Er versucht, den Fels in einem Sturm zu spielen und durch Nichtstun zu überleben, bis das Unwetter vorbeigezogen ist.«

»Das ist manchmal eine sehr kluge Strategie.«

Zusa verzog das Gesicht. »Dieser Sturm wird nicht so einfach vorüberziehen, nicht ohne dass du handelst. Und erst recht nicht durch *sein* feiges Nichthandeln. Du weißt, was Bertram will. Er will, dass du dich in die Hand und das Bett eines anderen Mannes begibst. Dann kann man deine weiblichen Bedürfnisse ignorieren, und er kann durch deinen Ehemann regieren.«

»Bertram strebt nicht nach Macht.«

Zusa hob eine Braue. »Weißt du das sicher? Er ist alt, aber nicht tot.«

Alyssa seufzte und leerte ihren Becher. »Was soll ich tun?«, fragte sie. Sie fühlte sich müde und verloren und vermisste ihren Sohn. Sie hatte Nathaniel nach Norden geschickt, auf Schloss Fellholz, wo er bei Lord John Gandrem lebte. John war ein guter Mann und zudem ein wahrer Freund der Familie. Wichtiger noch war, dass er weit weg von Veldaren und den Diebesgilden der Stadt lebte. Wenigstens war Nathaniel dort sicher, und die Ausbildung, die er dort genoss, würde ihm später nützlich sein.

»Was Bertrams Frage angeht ... gibt es zurzeit einen Mann, an dem du interessiert bist?«, erkundigte sich Zusa.

Alyssa zuckte mit den Schultern. »Mark Tullen ist ganz attraktiv, aber seine gesellschaftliche Stellung ist vermutlich niedriger, als es Bertram lieb ist. Wenigstens war er bereit, mit mir zu reden, statt nur auf meine Brust zu starren. Und dieser Adelige, der unsere Minen beaufsichtigt, dieser Arthur sowieso ...«

»Hadfild.«

»Richtig. Er ist ganz angenehm und nicht hässlich ... wenn auch ein bisschen distanziert. Vermutlich kommt das mit dem Alter.«

»Je älter ein Mann ist, desto unwahrscheinlicher ist es, dass er mit anderen Frauen herumhurt.«

»Von mir aus kann er das gerne tun.« Alyssa stand auf und wandte sich ab. Sie versuchte, eine innere Angst zu äußern, die sie schon seit Jahren umtrieb, eine Furcht, die all ihre Beziehungen erstickt hatte und verantwortlich dafür war, dass sie immer noch keinen Ehemann genommen hatte. »Aber sollten wir ein Kind bekommen ... wäre dieses Kind der rechtmäßige Erbe der Gemcroft-Familie. Man wird Nathaniel einfach beiseiteschieben, ihn für ungeeignet oder unwürdig erklären. Das kann ich ihm nicht antun, Zusa. Ich kann ihm sein Geburtsrecht nicht einfach nehmen. Er ist mein Erstgeborener.«

Sie spürte, wie Zusa ihre Arme um sie schlang. Überrascht von dieser ungewöhnlichen Geste der Zuneigung akzeptierte Alyssa die Umarmung.

»Wenn dein Sohn stark ist, wird er beanspruchen, was ihm gehört, ganz gleich, was die Welt dagegen unternimmt«, sagte die Gesichtslose. »Hab keine Angst.«

»Danke.« Alyssa trat einen Schritt zurück und lächelte. »Was würde ich nur ohne dich tun?«

»Hoffen wir, dass wir das niemals herausfinden müssen«, meinte Zusa und verbeugte sich.

Alyssa entließ sie mit einer Handbewegung und zog sich dann in ihre privaten Gemächer zurück. Sie starrte durch die dicke Glasscheibe des Fensters über die hohen Mauern ihres Besitzes hinweg auf Veldaren. Sie hasste die Stadt, hasste ihre dunklen Ecken und Nischen. Sie schienen sich immer gegen sie zu verschwören, mit Gift und Dolch nur darauf zu warten ...

Nein! Sie musste aufhören, so zu denken. Sie durfte nicht zulassen, dass die Diebesgilden jeden Aspekt ihres Lebens durch ihre Brutalität und durch die Angst, die sie erzeugten, kontrollierten. Sie setzte sich an ihren Schreibtisch, zog ein Tintenfass und ein Blatt Pergament heran und hielt kurz inne. Sie hatte Nathaniel weggeschickt, um ihn zu beschützen, damit er bei einer guten Familie aufwuchs. Noch vor gar nicht allzu langer Zeit hatte ihr Vater dasselbe mit ihr gemacht. Sie erinnerte sich an ihre Wut, an ihre Einsamkeit und an das Gefühl, verraten worden zu sein. Bei den Göttern, sie hatte Nathaniel sogar zu derselben Person geschickt, zu der Maynard sie hatte bringen lassen! Erneut verstand sie ihren Vater auf eine Art und Weise, wie sie es zuvor nie getan hatte. Er hatte sie versteckt, weil er sie liebte, nicht, um sich nicht um sie kümmern zu müssen, wie sie einst gedacht hatte.

Dennoch ... wie wütend sie bei ihrer Rückkehr gewesen war.

Sie fasste einen Entschluss, tauchte den Gänsekiel in die Tinte und begann zu schreiben.

Mein lieber Lord Tullen. Ich habe eine Bitte an Euch, meinen Sohn Nathaniel betreffend ...

2. KAPITEL

Biggs hielt an der Tür Wache, während der Rest der Falkengilde die Leichen wegschaffte.

»Wie viele sind bei ihm?«, fragte einer, als er eine Leiche in ihren dunkelblauen Umhang wickelte.

»Kommt drauf an«, erwiderte Biggs.

»Worauf?«

Biggs verdrehte die Augen. »Darauf, wer kommt. Wenn es Veliana ist, dann eine Handvoll. Ist es Garrick, dann vielleicht ... zwanzig.«

Das Gesicht des anderen Diebes zuckte. Zehn seiner Leute suchten sich einen Weg zwischen den leeren Arbeitstischen und der kalten Esse des Schmiedes.

»Und was machen wir, wenn er es ist?«

Biggs wandte sich um, packte das Hemd des Mannes und zog ihn zu sich.

»Ich habe meine Gilde nicht betrogen und meine Freunde ermordet, damit du jetzt den Schwanz einziehst und wegläufst!«, sagte er. Er drückte dem zitternden Mann die Spitze des Messers in den Bauch. »Wir verstecken uns und wir töten. Wie das geht, weißt du ja wohl, richtig?«

Biggs schob den Mann zur Seite und drehte sich wieder zur Tür herum. Sie hatten noch etwa zehn Minuten Zeit, bis die anderen kommen sollten, aber es hätte ihn nicht überrascht, wenn beide früher auftauchten. Er hatte die Abmachung selbst ausgehandelt, ein angebliches Geschäft zwischen den Falken und der Aschegilde, bei dem es um Blätter einer seltenen Pflanze ging, dem Veilchen. Sie waren eine Droge, an der weiter südlich in Engelshavn viele Adelige Gefallen fanden. Der Verdienst beim Verkauf war unglaublich hoch, bei Weitem der größte Gewinn, den die angeschlagene Aschegilde seit über einem Jahr hatte erzielen können. Und jetzt lagen seine früheren Kameraden von der Gilde tot am Boden, und Biggs würde sie übernehmen, sobald ihre Anführer ebenfalls tot waren. Der Gildemeister der Falken, Kadish Vel, hatte es versprochen.

»Auf eure Positionen«, befahl der zurzeit ranghöchste Angehörige der Falken. Es war ein dünner Mann namens Kenny, dessen nasale Stimme Biggs bis aufs Blut reizte. »Und bei der Liebe der Götter, seid leise.«

Kenny trat neben Biggs und warf einen prüfenden Blick in die dunklen Straßen.

»Bist du sicher, dass sie kommen?«, erkundigte er sich.

»Ich weiß, was ich tue«, erwiderte Biggs verärgert. »Bei einem so großen Deal muss auf jeden Fall einer der beiden Anführer auftauchen. Ich hoffe, dass es Garrick ist, aber wahrscheinlich wird Veliana kommen. Das ist trotzdem nicht schlecht. Sie ist die gefährlichere der beiden und könnte Garrick in einem sauberen Kampf töten. Wahrscheinlich würde es ihr in einem schmutzigen Kampf noch leichter fallen. Ich weiß nicht, warum sie nicht schon längst die Führung der Gilde übernommen hat, aber ich werde ihr keine Zeit geben, ihre Meinung zu ändern. Sollte sie auftauchen, musst du sie zuerst erledigen.«

Kenny hob seine kleine, selbstgebaute Armbrust und zwinkerte.

»Damit habe ich schon einer Hure auf zwanzig Schritt Entfernung einen Nippel abgeschossen«, behauptete er.

»Mistkerl. Was hat sie getan?«

Kenny lachte. »Danach? Alles, was ich von ihr verlangt habe.«

Biggs musste unwillkürlich lachen, obwohl sie leise sein sollten.

»Erinnere mich daran, dass ich dir niemals ...«

Er verstummte, als sie einen Schrei auf der anderen Seite des Gebäudes hörten.

»Was zum Teufel war das?« Kenny wirbelte herum. »Hat die Aschegilde noch mehr Kundschafter geschickt?«

»Das bezweifle ich«, erwiderte Biggs. »Pass auf die Tür auf. Ich kümmere mich darum.«

Er fasste seinen Dolch fester und lief durch das Labyrinth aus Ambossen und Essen. Die Straßen lagen im hellen Licht des Vollmondes, in der Schmiede jedoch war es dunkel und unübersichtlich. Nur ein Bruchteil des Lichts drang durch die von Schmutz und Ruß verschmierten Scheiben. Biggs hörte einen zweiten Schrei, und als er seinen Kurs änderte und darauf zulief, stieß er sich an einem Amboss das Knie. Er zischte und versuchte, den Schmerz zu ignorieren.

»Was ist da los?«, fragte er. Verstohlenheit und Schweigen waren sinnlos, da die Falken mittlerweile Zeter und Mordio schrien. Er hörte das Scharren von Füßen, dann das Klappern und Klirren von Waffen. Als er die Stelle erreicht hatte, wo die Werkstatt in ein Ladengeschäft überging, in dem eine Vielzahl von Klingen, Griffen und Werkzeugen ausgestellt waren, blieb er stehen. Auf der Rückseite stand eine andere Tür offen. Im Mondlicht dahinter sah er Leichen am Boden liegen. Zuerst glaubte Biggs, es wären Angehörige der Aschegilde, dann jedoch sah er ihre grünen Umhänge, die ihn eines Besseren belehrten. Zwischen den Toten stand ein Mann.

»Wer beim Schlund bist du?«, wollte Biggs wissen.

Der Mann blickte auf und lächelte. Er hatte dunkle Haut und langes, noch dunkleres Haar. Er trug die rote Kutte eines Hexers, obwohl er einen Dolch in der Hand hielt statt eines

Stabes. Blut tropfte von der Klinge. Sein Gesicht war hinter einer fest anliegenden Maske aus grauem Tuch verborgen, die zwei Schlitze hatte, damit er sehen konnte. Seine braunen Augen funkelten amüsiert.

»Ich habe keinen Namen«, erwiderte der Eindringling mit den blutigen Händen. »Aber wenn Karak fragt, wer dich zu ihm in den Schlund geschickt hat, sag ihm, der Schnitter des Konzils, der Ausgestoßene oder der Dunkle Mann in Rot.«

Er kicherte, und Biggs sträubten sich die Nackenhaare.

»Du bist verrückt«, erklärte er. »Weißt du, wen du da gerade umgebracht hast? Du wirst den ganzen Zorn der Falkengilde zu spüren bekommen.«

Natürlich war das eine leere Drohung. Er hatte die Leichen gezählt und wusste, dass jetzt in der Schmiede, abgesehen von ihm und Kenny, nur noch zwei andere Männer am Leben waren. Trotzdem durfte er keine Schwäche zeigen. Er musste sich zusammenreißen, um zu verhindern, dass der Dolch in seiner Hand zitterte.

Der Fremde schüttelte die Hände, und winzige Blutstropfen flogen durch die Luft. Biggs fluchte, als sie auf seinem Hemd und seiner Hose landeten.

»Dazu müssten sie erst einmal erfahren, dass ich überhaupt existiere.« Er schnippte mit den Fingern.

Das Blut auf Biggs' Kleidung fing Feuer und brannte wie Lampenöl. Die Hitze war unverhofft und sehr intensiv. Biggs widerstand dem Impuls, sich fallen zu lassen und über den Boden zu rollen. Magisches Feuer ließ sich nicht so einfach ersticken. Als er spürte, wie seine Haut versengte, griff er an. Sein Dolch zielte auf die Brust des Fremden. Doch bevor er ihn erreichen konnte, trat der Mann zurück, immer noch spöttisch lachend. Statt ihn zu verfolgen, machte Biggs kehrt und lief zum gegenüberliegenden Eingang der Schmiede.

»Kenny!«, schrie er. »Schaff deinen verdammten Arsch hierher ...!«

Er hatte den Eindruck, als stolperte er über seinen eigenen Schatten. Jedenfalls hätte er den seltsamen Anblick und das Gefühl nicht anders beschreiben können. Als er stürzte, schlug er sich den Kopf an einem Amboss. Der stechende Schmerz verwirrte ihn vollends. Sein Magen verkrampfte sich, und er glaubte, sich übergeben zu müssen. Nachdem er sich wieder hochgerappelt hatte, rannte er so schnell er konnte, obwohl er nicht einmal sicher war, ob die Richtung stimmte. Doch das kümmerte ihn auch nicht. Er musste hier weg, er musste diesem schrecklichen Mann entkommen, der mit einem Fingerschnippen Blut in Brand setzen konnte.

»Bei allen Göttern, Biggs!«, schrie Kenny, als er auf ihn prallte. Biggs klammerte sich an ihm fest, damit er nicht stürzte, und diesmal übergab er sich. Die Bescherung landete auf Kennys Schuhen, aber man musste Kenny lassen, dass er nicht mal mit der Wimper zuckte.

»Bring ihn um.« Biggs wandte sich um und streckte den Arm aus.

Der Fremde kam näher, den Dolch in der Hand.

»Es sind nicht mehr viele von euch übrig«, erklärte er, während das Blut auf seiner Klinge wie Kohlen in einem Ofen glühte. Das rötliche Licht tanzte über sein maskiertes Gesicht und tauchte den grauen Stoff in einen orangefarbenen Schein. Biggs trat zurück und versuchte so gut wie möglich, den Schmerz seiner Brandwunden und das Pochen in seinem Kopf zu ignorieren.

»Du glaubst, wir müssen viele sein, um dich zu töten?«, meinte Kenny. »Das schaffe ich ganz allein.«

Er hob seine Armbrust und feuerte. Der Bolzen prallte von der Haut des Fremden ab, als wäre sie aus Stein.

»Ein Bannwirker?«, sagte Kenny. »Verdammt, Biggs, in welche Scheiße hast du uns da reingeritten?«

Das Grinsen des Mannes verstärkte sich, aber er lachte nicht. Nicht mehr. Seine Augen funkelten wie die eines Raubtieres, das sich im nächsten Moment auf seine Beute stürzen wird. Rechts und links von ihm sprangen plötzlich zwei weitere Diebe aus ihren Verstecken. Kenny lachte, und Biggs begriff, dass es eine Falle gewesen war. Sie hatten den Hinterhalt vorbereitet, während er wie ein Narr drauflosgestürmt war, um den Grund für den Lärm herauszufinden. Die beiden Diebe stachen mit ihren Dolchen zu, trafen aber nur Tuch. Der Fremde machte eine Drehung und ließ sich fallen, wich beiden Stößen aus. Als er auf dem Boden landete, vollführte er einige sonderbare Handbewegungen in der Dunkelheit. Eine grelle Explosion aus Feuer blendete Biggs, dann hörte er Schreie.

»Keine Sorge«, erklärte Kenny, als Biggs einen Schritt vortrat und versuchte, die verbrannten Leichen vor sich zu ignorieren. »Für solche besonderen Gelegenheiten habe ich immer dieses Schätzchen dabei.«

Biggs sah, wie er einen Bolzen aus einer seiner vielen Taschen zog. Die Spitze schimmerte silbern. Der Fremde rollte sich über den Boden und brachte sich hinter einer riesigen Esse in Sicherheit. Kenny trat in einem weiten Bogen herum, um freie Schussbahn zu bekommen.

»Was bezahlen sie dir?«, fragte der Anführer der Falkengilde. »Hexer lassen sich doch angeblich nicht auf die Reibereien zwischen normalen Leuten ein, und man kann sie schon gar nicht als Meuchelmörder anheuern. Also, was für ein Spiel spielst du?«

»Es ist kein Spiel.«

Biggs blieb dicht links von Kenny, auf der gegenüberliegenden Seite der Armbrust, und hielt seinen Dolch bereit, falls der Fremde angriff.

»Und ich bin kein Hexer.«

»Von wegen du bist kein Hexer«, sagte Kenny. »Also, was bringt dir das hier?«

Wieder trat er einen Schritt zur Seite, langsam und behutsam. Denn ebenso wie Kenny seine Armbrust präpariert hatte, bereitete der Fremde ja vielleicht gerade einen Bann vor.

»Es ist ein Spiel, ein Vergnügen, ein Moment der Freude, des Lachens ...«

»Lass den Scheiß! Wie ist dein Name, und wie hoch ist dein Preis?«

»Du fragst nur nach meinem Namen und meinem Preis?« Der Fremde trat plötzlich aus dem Schatten heraus in ihr Blickfeld.

Kenny feuerte. Biggs sah, dass er die Armbrust ein Stück zur Seite zog, nur ein kleines bisschen, als würde er ein Ausweichmanöver erwarten. Aber es kam keines. Der Fremde ließ zu, dass der Bolzen ihn traf. Er bohrte sich unmittelbar über seinem Schlüsselbein in die Schulter. Er keuchte vor Schmerz, beugte sich vor und richtete sich dann, zu Biggs Entsetzen, wieder gerade auf.

»Einen Namen? Einen Preis? Ich habe keins von beidem.«

»Neu laden!«, schrie Biggs und trat mit erhobenem Dolch zwischen die beiden Männer. In den Augen des Fremden tanzte Feuer, das plötzlich auf seinen Händen aufflammte. Biggs wusste, dass er seinem Gefährten Zeit verschaffen musste, fluchte und griff an. Er zielte auf den Hals des Mannes. Aber er schaffte es nicht. Das Feuer verbrannte seine Kleidung, und noch nie im Leben war er einer derartigen Hitze ausgesetzt gewesen. Seine Beine weigerten sich zu gehorchen. Als er zusammenbrach, sah er zurück, in der Hoffnung, dass Kenny den

Mistkerl wenigstens umbringen würde, der ihm das angetan hatte. Aber natürlich war der Dieb längst verschwunden, weggelaufen. Es war feige, gewiss, aber vermutlich klüger.

»Du bist umsonst gestorben«, hörte er den Fremden sagen, als der Schmerz unter einer Woge aus Dunkelheit verschwand. Die Stimme hallte durch seinen Verstand und wurde langsam schwächer, bis sie erstarb.

»Umsonst ...«

Veliana führte sie in die Gasse. Ihre Dolche steckten in ihrem Gürtel, und sie nahm die Hände nicht von den Griffen. Etwas an diesem Treffen war seltsam. Vielleicht war es die ungeheure Summe Goldes, die ihren Besitzer wechseln sollte. Seit James Berens Tod war es der Aschegilde nicht sonderlich gut ergangen. James war mehr als nur ihr Anführer gewesen; in Zeiten des Chaos und Blutvergießens war er ein Symbol für Stabilität gewesen. Er war gestorben, weil er sich Thren Felhorn widersetzt hatte. In einer besseren Welt hätte das vielleicht etwas bedeutet, in ihrer jedoch hatte es fast die Auflösung ihrer ganzen Gilde nach sich gezogen.

»Schnell«, flüsterte sie und trieb ihre Gildekameraden weiter. Sie hatten den Rand ihres mittlerweile erbärmlich kleinen Territoriums erreicht. Und in einen Hinterhalt zu laufen hätte ihr jetzt gerade noch gefehlt. Selbst wenn sie sich freikämpfen konnten, würde die Verzögerung möglicherweise den Handel vereiteln. Angeblich sollten sie sich mit einem wohlhabenden und exzentrischen Händler aus Engelhavn treffen. Zweifellos würde er nur ein paar Minuten auf sie warten, bevor er beunruhigt seine Sachen zusammenpackte und verschwand.

Vorausgesetzt natürlich, die Männer, die sie vorgeschickt hatte, ließen den Kaufmann gehen.

Sie folgte der kurvigen Straße, die immer wieder durch die Verkaufsbuden der Händler verengt wurde. Sie kamen an vielen Gerbereien und Schmieden vorbei, deren Essen und Öfen die Steine der Straße mit einer dünnen, allgegenwärtigen Ascheschicht zu überziehen schienen. Sie waren fast da. An einer Kreuzung mit einer Hauptstraße, die Richtung Palast führte, blieb sie stehen und hielt nach Patrouillen Ausschau. Als sie niemanden entdecken konnte, ging sie weiter. Der Himmel war strahlend blau, aber die Kälte drang durch ihre Kleider und unter ihre Haut. Sie hasste den Winter. Er verführte sie dazu, sich zu beeilen, zwang sie, sich nur vier Sekunden an einer Biegung umzusehen, statt wie üblich fünf. Wenn es eines gab, dessen sie sich sicher war, dann dass sie in einem kalten und harten Boden begraben werden würde. Falls sie überhaupt ein Begräbnis bekam. Angesichts des Lebens, das sie führte, war das alles andere als selbstverständlich.

»Wir sind da«, sagte sie. Sie erteilte rasch ihre Befehle, schickte zwei ihrer Leute auf die andere Seite des Hauses und trat dann, gefolgt von den restlichen sechs, durch den Haupteingang. Einen ihrer Gildekameraden, Pryor, schickte sie vor, für den Fall, dass es eine Falle war. Als sie hörte, wie er nach Luft schnappte, dachte sie genau das und zückte ihre Dolche. Stattdessen jedoch rief er ihren Namen.

»Vel?«

Sie folgte Pryor hinein und sah sich um.

Ein Mann wartete in dem Raum auf sie. Er saß auf einer großen Kiste, wahrscheinlich die mit den Blättern. Er krümmte sich zusammen, als trüge er eine große Last. Seine rote Kutte war mit Asche bedeckt und blutbefleckt. Seine Haut war dunkel und sein Haar noch dunkler. Er hatte eine Wunde an der Schulter, aber sie blutete nur ein bisschen. In einer Hand hielt er einen Dolch und in der anderen ein langes Stück graues

Tuch. Zu seinen Füßen lag ein blutiger Armbrustbolzen. Als er den Kopf hob, sah sie in seine braunen Augen. Die Mischung aus Wut und Hoffnungslosigkeit, die sie darin erkannte, flößte ihr Furcht ein. Er sah gut aus, aber sie fühlte sich nicht zu ihm hingezogen. Wie auch, bei dem Blick?

Um ihn herum lagen Leichen, verbrannt bis auf die Knochen.

»Was ist hier los?« Der Anblick verblüffte sie.

»Du wurdest hintergangen«, sagte der Fremde. »Einer deiner Leute hat geholfen, die anderen zu töten, um einen Hinterhalt vorzubereiten.«

»Wer?«, wollte Veliana wissen.

Der Mann schüttelte langsam den Kopf.

»Ich rede jetzt«, sagte er. »Stell deine Fragen, wenn ich fertig bin. Ich brauche dein Gehör, und ich will nicht, dass du voreingenommen bist. Ich weiß nicht, wer dich verraten wollte, aber ich bin sicher, dass es einer der Toten zu meinen Füßen ist. Sie sind jetzt Asche, ein angemessenes Ende in Anbetracht eures Namens. Denk über das nach, was du siehst. Ich habe geschafft, was sieben deiner Leute nicht vollbracht haben. Während sie durch Verrat starben, bin ich gekommen und habe die Verräter getötet. Ich bin alleine, Frau. Und jetzt frage dich, welchen Nutzen ich für dich haben könnte. Ganz sicher dürfte ich die sieben Leute wert sein, die gestorben sind.«

»Er lügt«, sagte Pryor. »Er hat alle umgebracht! Greg, Biggs, Brendan ... er hat sie alle ermordet!«

Der Mann schüttelte den Kopf, und seine Schultern sackten noch weiter nach vorne.

»Mach dich nicht zum Narren. Narren neigen dazu, in meiner Gegenwart zu sterben.«

Veliana befahl Pryor, innezuhalten, aber es war bereits zu spät. Er schleuderte seinen Dolch auf den Fremden. Der wich dem überhasteten Angriff durch eine einfache Neigung seines Kopfes aus. Seine Vergeltung kam schnell. Er schleuderte seinen Dolch, der Pryors Lunge durchbohrte, als er sich in die Brust des Mannes grub. Der Rest der Aschegilde wollte ebenfalls angreifen, aber Veliana befahl ihnen barsch, gefälligst zu warten.

»Wer bist du?«, fragte sie dann den Fremden. »Wie ist dein Name?«

Einen Moment lang veränderte sich sein Gesichtsausdruck. Unendliche Trauer schien seinen Blick zu trüben. Er hob das graue Tuch und schüttelte es in seiner Hand aus. Die Augenlöcher waren zu sehen.

»Mein richtiger Name ist für mich verloren«, erwiderte er. »Er wurde mir von einer Macht genommen, gegen die ich nichts unternehmen kann. Mir ist nur der Name geblieben, den sie mir gelassen haben. Ich bin *Tod*, und das hier ist meine Maske.«

Dann lächelte er, und sie korrigierte ihr Urteil. Vielleicht fand sie ihn ja doch attraktiv.

»Gut. Du fängst ganz unten an«, sagte sie zu ihm. »Du bekommst weder eine besondere Behandlung noch irgendwelche Vergünstigungen. Akzeptierst du das?«

Er nickte. Auf einen kurzen Befehl von ihr traten die Mitglieder der Aschegilde rasch zu der Kiste und packten sie. *Tod* trat zur Seite und sah gleichgültig zu. Veliana kaute auf ihrer Unterlippe, als sie überlegte, was genau sie Garrick Lowe, ihrem neuen Gildemeister, sagen würde. Er würde über den Verlust der Männer zweifellos nicht sonderlich erfreut sein, aber wenigstens hatten sie die Ware. Und was diesen *Tod* und seine Maske anging ...

Sie trat näher an ihn heran. Sie wollte ihn verstehen, seine Motive herausfinden. Es könnte eine Falle sein, oder aber sie führte ahnungslos ein Desaster in ihre Gilde ein. In dem Fall blieb sämtliche Schuld an ihr hängen.

»Betrüge mich nicht«, flüsterte sie ihm zu, während der Rest Kisten davonschleppte. »Es kümmert mich nicht, für wie stark du dich hältst. Ich habe gegen Stärkere gekämpft und Härtere überlebt. Du bist freiwillig gekommen, und die einzige Möglichkeit, unsere Gilde wieder zu verlassen, ist der Tod. Hast du mich verstanden?«

Er befestigte das Stück Tuch über seinem Gesicht und zwinkerte ihr durch die Löcher in der Maske zu.

»Der einzige Weg, wie ich eure Gilde verlassen werde, ist als euer Gildemeister«, erwiderte er.

Wegen der Maske konnte sie nicht sehen, ob er lächelte, und ebenso wenig konnte sie sein Gesicht nach verräterischen Zeichen absuchen. Am Ende kann sie zu dem Schluss, dass es keine Rolle spielte.

»Komm mit mir«, sagte sie. »Du wirst auf jeden Fall Aufsehen erregen, also halte ich es für das Beste, wenn Garrick dich jetzt sofort trifft ... vorausgesetzt, er vertraut dir genug, um sich auch nur im selben Raum mit dir aufzuhalten.«

Er bewegte sich schneller, als sie das bei einem Menschen für möglich gehalten hätte. Mit der Linken umschlang er ihre Taille und packte mit der Rechten ihr Handgelenk. Dann zog er sie zu sich heran. Sie versuchte, ihren Dolch zu zücken, aber er hielt sie fest an sich gepresst. Sie sahen sich in die Augen.

»Du warst sehr mutig, so dicht an mich heranzukommen.« Seine Stimme war fast ein Flüstern. »Und obwohl du in meinen Armen bist, fürchtest du dich nicht. Daran werde ich stets denken. Sag mir, Frau, wie ist *dein* Name?«

»Veliana.«

Er ließ sie los, und sie gab ihm eine Ohrfeige. Er rückte seine Maske gerade.

»Sie war verdient, und sie war es wert«, erwiderte er. »Geh voraus, Veliana. Ich möchte deinen Gildemeister kennenlernen.«

Sie sorgte zunächst dafür, dass sie die Kiste mit den Blättern in einem sicheren Haus versteckten, bevor sie den sonderbaren Mann mit zu Garrick nahm. Sie waren häufig umgezogen, eine Folge ihrer Schwäche und des ständigen Krieges mit dem Rest der Gilden. Erst vor Kurzem hatten sie mit den meisten Gilden Frieden schließen können, obwohl die Falkengilde ihnen immer noch heftig zusetzte. Wäre nicht dieser ... *Tod* gewesen, dann könnte Veliana jetzt ebenfalls als Leiche in der Schmiede herumliegen, das war ihr klar.

Vorausgesetzt natürlich, dass er nicht Teil der Falle war.

Das derzeitige Hauptquartier der Aschegilde befand sich innerhalb des Gebäudekomplexes einer kleinen Kaufmannsgilde, die so klamm war, dass sie Garricks geringes Bestechungsgeld akzeptierte. Es war zwar nicht gerade die unauffälligste Basis, aber wenigstens war es im Winter warm und einigermaßen möbliert. Veliana führte sie durch eine Seitentür hinein. Sie gingen vier Stufen hinab und blieben vor einer Kellertür stehen, neben der kleine Lampen schwaches Licht spendeten. Sie runzelte die Stirn, weil keine Wachen davorstanden. Zweifellos waren sie drinnen. Garrick mochte es, wenn seine Beschützer alle ständig bei ihm waren, obwohl das nicht sicherer war. Sie hätten draußen in der Kälte aufpassen sollen, damit sie die Tür verschließen und verbarrikadieren konnten, falls irgendetwas Verdächtiges passierte.

Natürlich war die Tür ohnehin verschlossen und verbarrikadiert. Sie verdrehte die Augen und klopfte, erst zweimal, dann einmal. Metall kratzte, dann öffnete sich ein Schlitz, in dem blutunterlaufene Augen auftauchten.

»Das Passwort«, befahl der Wächter.

»Ich bin's, Veliana. Und jetzt mach die verdammte Tür auf!«

Natürlich gab es ein Passwort. Drei sogar, falls sie die Wächter unbemerkt über eine versteckte Drohung informieren musste. Aber sie war nicht in der Stimmung dafür, und sie wusste, dass der Wächter auf der anderen Seite zu wenig Rückgrat hatte, um ihr den Eintritt zu verweigern. Der Schlitz wurde geschlossen, und als der Riegel mit einem Knall zurückgeschoben wurde, lachte *Tod* hinter ihr leise.

»Eure Disziplin ist erstaunlich«, erklärte er. »Ich bin zwar nur mit geringen Erwartungen hierhergekommen, aber dennoch habe ich das Gefühl, dass selbst die enttäuscht werden.«

»Ruhe!«, befahl sie. »Und warte hier. Ich muss dich erst Garrick ankündigen.«

Sie betrachtete ihn. Die Maske verbarg sein Gesicht, aber sie konnte das Gefühl nicht abschütteln, dass er grinste.

»Wie genau soll ich dich eigentlich vorstellen?«, erkundigte sie sich.

»Wie ich schon sagte, ich habe keinen Namen.«

»Das ist eine ziemlich erbärmliche Vorstellung. Soll ich dich *Tod* nennen? Das ist ein bisschen übertrieben, aber ich habe schon schlimmere Namen gehört.«

»*Tod* ist vielleicht ein etwas großspuriger Name«, erwiderte der Mann. »Aber ich kann keine Namen tragen, wegen dieses Fluchs, mit dem ich belegt wurde. Alles, was ich habe, ist meine Maske. Vielleicht kannst du mich ja so nennen.«

Die Tür ging auf, und sie traten rasch hinein. Auf beiden Seiten der Tür standen Wachposten mit gezückten Dolchen. Der Raum war von vielen Laternen hell erleuchtet. An einem Ende standen Tische mit Karten und Dokumenten, darunter eine verschlossene Kiste mit dem Gold der Gilde. Auf der anderen Seite lagen Decken, Kissen und Vorräte mit allen möglichen illegalen Rauschmitteln. Mitten in dem bescheidenen Luxus saß Garrick. Seine Augen waren glasig von der Substanz, die er durch eine kurze Pfeife rauchte. Etliche Männer lagen auf den Kissen um ihn herum. Ihre Sinne waren ebenfalls durch Rauch und Schnaps getrübt.

»Veliana!« Garrick stand auf. »Ist das Geschäft so verlaufen wie …?«

Er hielt inne, als Velianas Gast sich ebenfalls in den Raum schob. Er war so schnell, dass er neben ihr stand, bevor die Wachen auch nur reagieren konnten. Aber er machte keine bedrohliche Geste, sondern begrüßte den Gildemeister mit einer eleganten Verbeugung.

»Mächtiger Garrick, vor dem selbst die Schatten zittern, wenn nur dein Name fällt.« Veliana kochte vor Wut über die Bemerkung. Garrick schien der Sarkasmus jedoch nicht aufzufallen. Stattdessen wirkte er nur besorgt wegen der seltsamen Kleidung und des plötzlichen Auftauchens dieses Neuankömmlings. Er zuckte zurück und fuhr sich mit der Hand durch sein langes braunes Haar. Veliana kannte diese Geste; sie bedeutete, dass er nervös war.

»Und wer bist du?«, erkundigte er sich. »Ein Freund von Veliana?«

»Das ist … Todesmaske«, sagte sie. »Er hat uns heute Nacht geholfen und vielleicht etliche Leben gerettet. Wir wurden verraten, Garrick. Als wir …«

»Hast du die Blätter?«, unterbrach Garrick sie.

»Ich … Ja, wir haben sie.«

»Gut, sehr gut«, antwortete Garrick. Er ließ sich wieder in die Kissen sinken, zückte seinen Dolch und hielt ihn in der Hand, während er sprach. »Was ist das für ein Verrat, den du da erwähnt hast? Und sag mir noch einmal …« Er gab ein Geräusch von sich, etwas zwischen einem Lachen und einem Husten. »Wer ist dieser … diese Todesmaske?«

»Einer deiner Männer hat uns verraten, die anderen getötet und gehofft, dass die Falken deine Gilde vernichten könnten, wenn du selbst gekommen wärst, um den Handel abzuschließen«, sagte Todesmaske. Er hatte den Namen, den Veliana ihm gegeben hatte, ohne Widerspruch akzeptiert. »Ich habe sie getötet, um meinen Wert zu beweisen. Ich will in deine Aschegilde eintreten. Veliana hat mich bereits akzeptiert.«

Veliana wollte ihn hastig korrigieren, ließ es dann jedoch bleiben. Es war sinnlos, ihm jetzt zu widersprechen.

Garricks Augen blitzten, als er das hörte. Er legte seine Pfeife beiseite und tippte vorsichtig mit dem Finger gegen die Spitze seines Dolches.

»Und woher wusstest du, dass ein Hinterhalt gelegt wurde?«, fragte er.

Todesmaske lächelte, antwortete jedoch nicht.

»Macht nichts«, sagte Garrick. »Ich nehme an, der Verräter wurde getötet?«

»Er starb auf sehr schmerzhafte Weise«, sagte Todesmaske.

»Gut. Die dringendere Frage ist jetzt, warum die Falken uns unbedingt vernichten wollen. Darüber muss ich nachdenken.«

»Nachdenken?«, fragte Veliana. »Wir müssen Vergeltung üben, und zwar schnell, bevor sie erfahren, dass ihr Hinterhalt gescheitert ist. Ganz bestimmt patrouillieren ein paar von ihnen in unseren Straßen. Wenn wir unsere Grenzen mit ihrem Blut markieren können, schicken wir ihnen damit eine klare Botschaft.«

»Wir tun nichts dergleichen!«, widersprach Garrick. Er zuckte zusammen, als er sich mit der Spitze des Dolches die Haut durchbohrte. Statt die Klinge zu säubern, sah er nur zu, wie das Blut über das Eisen tröpfelte. »Ich werde diese Sache auf meine Weise erledigen. Kadish Vel ist keine echte Bedrohung für uns.«

»Bei allem gebotenen Respekt«, entgegnete Todesmaske. »Er hätte euch alle heute getötet, wenn ich nicht gewesen wäre.«

Es wurde still im Raum. Die Diebe, die auf den Kissen herumlagen, sahen aus, als erwarteten sie eine Exekution.

»Ach, tatsächlich?«, erkundigte sich Garrick. Veliana spannte sich an, während sie darauf wartete, was er tun würde. »Dann ist es nur gut, dass wir dich jetzt haben, hab ich recht? Patrick, führ ihn nach oben und nimm Maß für einen Umhang. Wir wollen doch nicht, dass er die falsche Farbe trägt, oder?«

Todesmaske verbeugte sich, zwinkerte Veliana zu und folgte seiner Eskorte aus dem Kellerraum. Garrick stand auf und sah die anderen an.

»Raus!«, befahl er ihnen. »Ihr habt genug von meinem Reichtum geraucht! Macht, dass ihr rauskommt!«

Sie beeilten sich, den Raum zu verlassen, alle bis auf Veliana. Sie hatte Garricks Blick gesehen. Es war ein wortloser Befehl zu bleiben. Als sich die Tür hinter dem letzten Mann schloss, trat Garrick zu ihr und packte sie an der Kehle.

»Hast du deinen verdammten Verstand verloren?«, fragte er.

Sie atmete ruhig weiter, während seine Finger fester zupackten. Noch würde er keine blauen Flecken hinterlassen, noch nicht. Aber wenn er es tat …

»Und wo hast du deinen gelassen?«, fragte sie zurück. Er hob eine Braue, und die Adern in seinen Augen schienen zu pulsieren. Die Augäpfel schimmerten gelblich. Sie zog einen ihrer Dolche und presste die Klinge gegen seine Handgelenke.

»Drück ruhig fester zu«, sagte sie. »Wenn du es wagst.«

Er ließ sie los und trat zurück. Blut tropfte von seinem Finger, und er starrte finster auf die Flecken auf dem Boden.

»Ich bin dein Gildemeister«, sagte er, als würde ihr das irgendetwas bedeuten.

»Ich könnte dich innerhalb von einem Herzschlag ersetzen.«

»Aber sie würden dir niemals folgen.« Garrick deutete auf die Tür. »Die da draußen sind Wilde. Schweine. Wenn sie glauben, nur eine Frau stünde zwischen ihnen und der Herrschaft über diese Gilde, würden sie dich nackt ausziehen und sich abwechselnd an dir vergehen.«

»Und bei dem Versuch sterben«, gab Veliana zurück. Sie wusste, dass Garrick sich für weit besser hielt, als er wirklich war. Aber so kühn war er noch nie gewesen. Irgendetwas hatte sich verändert, gab ihm Selbstbewusstsein. Aber was?

»Einige, vielleicht«, gab Garrick zu, und seine von Drogen vernebelten Augen leuchteten. »Aber nicht alle. Du brauchst mich, Vel. Sie hören auf mich, sie vertrauen mir. Ich habe diese Gilde nach James' Tod zusammengehalten. Ich habe unsere Geschäfte am Laufen gehalten. Ich habe verhindert, dass unsere Schatztruhe sich leert und sich unser Territorium auf eine einzige armselige Straße reduziert.«

»Du? Ich war das!«, schrie Veliana. Es kümmerte sie nicht, ob die anderen sie vielleicht auf der anderen Seite der Tür hören konnten. »Ich bin diejenige, die sich die Hände blutig macht. Ich bin diejenige, die ihnen Stabilität gibt.«

»Aber wissen sie das auch?« Er trat näher und grinste spöttisch. Es sind die Drogen, dachte sie. Das müssen die Drogen sein. Er ignorierte ihre Dolche und fuhr sanft mit der Hand über die Narbe auf ihrem wunderschönen Gesicht. Sie führte von der Stirn bis zum Kinn und hatte aus ihrem rechten, einst strahlend violetten Auge eine blutige Höhle gemacht.

»Sie werden dir nicht folgen«, sagte er erneut. »Du bist eine entstellte Schönheit. Du bist gefährlich, gewiss, und das respektieren sie auch, aber sie würden sich dir nicht unterordnen. Sie gehorchen dir nur, weil das Gespenst meiner Autorität über dir hängt. Genauso, wie es bei James gewesen ist. Du brauchst mich, genauso wie ich dich brauche. Sogar noch mehr. Vergiss das nie.«

Sie biss sich auf die Zunge und unterdrückte die Vorstellung, wie sie ihre Klingen tief in seine Kehle bohrte. Garrick ging wieder zu seinem Kissen zurück, nahm seine Pfeife und machte sich umständlich daran, sie neu zu stopfen.

»Es ist mir egal, wie mächtig dieser Todesmasken-Bastard ist«, erklärte er. »Ich will, dass er bis morgen Nacht tot ist, ganz gleich, wie du es anstellst. Er bringt uns nur Ärger, und irgendjemand hat ihn bestimmt in der Tasche. Schneid ihm die Kehle durch, bevor er die Aufgabe erfüllen kann, mit der man ihn hierhergeschickt hat. Todesmaske? Was für ein alberner Name.«

»Wenn du das sagst«, erwiderte sie und nickte. »Ich bin in meinem Quartier. Ich nehme an, du erledigst diese Geschichte mit der Falkengilde auf angemessene Art und Weise?« Garrick lächelte, als sie zur Tür ging.

»Teure Veliana, zwischen uns allen gibt es tausend Versprechen und Lügen. Du kennst nicht einmal die Hälfte davon. Vertrau mir. Wir stehen gut da.«

Wortlos verließ sie den Raum.

3. KAPITEL

Haern schlief neben dem Laden eines befreundeten Bäckers. Abgesehen davon, dass ab und zu ein Stück Brot für ihn abfiel, genoss er während des Schlafens auch die Wärme und den Duft. Er hüllte sich in die Decken, ohne sich die Mühe zu machen, sein Gesicht zu verbergen. Sein blondes Haar klebte verfilzt an der Seite seines Kopfes, und seine Haut war fast überall schmutzverkrustet. Und das, wo er ein so penibel reinliches Kind gewesen war. Seit seinem selbst gewählten Exil von der Spinnengilde machte ihm das am meisten zu schaffen. Natürlich wusste er, dass er sich waschen und saubere Kleidung bekommen konnte, aber das würde ihn nur in Schwierigkeiten bringen. Welcher obdachlose, mittellose Mann, der auf der Straße lebte, hatte ein sauberes Gesicht oder saubere Hände? Einem Reichen aus den nördlichen Armenvierteln von Veldaren mochte das nicht auffallen, aber jene, die in den ärmeren Vierteln der Stadt lebten, witterten das genauso deutlich, wie Haern jeden Morgen den Duft des frisch gebackenen Brots aus der Bäckerei riechen konnte.

Vor ihm stand eine kleine Schüssel. Er erwartete keine Almosen, aber es wärmte ihm das Herz, wenn er welche bekam. Die Schüssel diente jedoch nur dem Anschein. Alle Gilden von Veldaren wollten seinen Tod, und er hatte nicht vor, ihre Aufmerksamkeit zu erregen, weil er eine Kleinigkeit übersah.

Kurz vor Einbruch der Nacht machte er sich fertig. Der Bäcker war bereits nach Hause gegangen, also öffnete Haern das mittlerweile vertraute Schloss mit einem Dietrich und ging in die Backstube. Er nahm zwei Scheiben Brot und legte die Münzen aus seiner Schüssel auf den Tresen, um für seine Mahlzeit zu bezahlen. Dann ging er und aß, während er nach Süden über die Hauptstraße schlenderte. Etwa nach einer halben Meile bog er ab und nahm direkten Kurs auf das Territorium der Schlangengilde. Er begann zu humpeln und nahm dann auch die anderen Eigenschaften an, die er für seinen Charakter im Umgang mit den Schlangen ersonnen hatte. Er ließ den Unterkiefer ein wenig hängen und murmelte unverständliche Worte, wobei er sein Lispeln übte. Er nannte sich Berg und war oft betrunken. Wie bei all seinen Rollen nahm er kleine Arbeiten an, alles, womit er Geld verdienen konnte. Genau das diente ihm als Begründung, warum er Dinge wusste, die er eigentlich nicht hätte wissen sollen.

Zum Beispiel, dass der Wächter eine Ladung Goldmünzen mit der Prägung der Gemcrofts abgefangen hatte, die für die Schlangengilde bestimmt gewesen war.

Sein Kontaktmann hier war ein einäugiger Schläger, der aus der weit im Westen liegenden Nation Mordan stammte. Er lehnte neben dem Eingang einer Herberge und rauchte eine langstielige Pfeife. Sein Name war Mensk.

»Was willst du, Berg?«, fragte Mensk. Er betrachtete ihn mit seinem einen Auge und verbarg nicht, wie sehr ihn Haerns Gestank anwiderte.

»Ich habe was gehört«, lispelte Haern. »Etwas, das mindestens eine Silbermünze wert ist.«

Mensk kniff sein Auge zusammen.

»Nichts, was du gehört hast, ist so viel wert. Fünf Kupferstücke, wenn ich es für nützlich halte, sonst eins, und gar keins, wenn ich es schon gehört habe.«

»Sechs Kupferstücke«, erwiderte Haern. Er wusste, dass er

sie nicht bekommen würde, aber die Person, die er verkörperte, würde zumindest versuchen zu feilschen.

»Fünf.« Mensk runzelte die Stirn. »Und jetzt spuck's schon aus, bevor es noch weniger wird.«

»Ich habe letzte Nacht am Ostwall getrunken und etwas gesehen, etwas Sonderbares. Da waren ein paar von deiner Gilde, von euch Schlangen, an der Mauer. Sie haben etwas rübergehievt, eine Kiste mit Wertsachen, richtig?«

Mensk hörte ihm jetzt aufmerksam zu. Der Dieb hatte seinen Dolch gezückt und hielt ihn hinter seinem Rücken versteckt. Er war sichtlich nervös, was bedeutete, es war ungeheuer wichtig, dass diese Lieferung geheim gehalten wurde.

»Kann sein«, antwortete Mensk. »Ist das alles, was du gesehen hast?«

Haern schüttelte den Kopf.

»Nein, oh nein. Nur deshalb wäre ich nicht zu dir gekommen. Warum sollte ich dir sagen, wie du deine Arbeit tun sollst? Nein, ich habe den Wächter gesehen. Er hat sie alle getötet, alle bis auf ganz wenige!«

»Wir wissen, wer sie getötet hat«, gab Mensk zurück. Er verlagerte sein Gewicht unmerklich und zog seinen rechten Fuß ein paar Zentimeter zurück. Er bereitete sich darauf vor, zuzustechen. Haern atmete ruhig weiter und ließ sich keinen Hauch von Furcht anmerken. Ahnungslos ... er musste den Ahnungslosen spielen.

»Aber wusstest du auch, dass dieser Wächter, derjenige, der sie getötet hat, ein Falke war?«

Da. Er sah, wie Mensk ins Grübeln kam, und wusste, dass er ihn am Haken hatte.

»Was?«, erkundigte sich der Dieb.

»Oh nein!« Haern trat zurück, aus der Reichweite seines Armes. Er übertrieb sein Lispeln, um Aufregung vorzutäuschen.

»Dafür bekomme ich sechs Kupferstücke, sonst gehe ich zu jemandem, der dafür bezahlt.«

»Hier.« Mensk warf sechs Münzen in den Dreck. »Und jetzt sag mir, was du weißt!«

Haern warf sich auf den Boden und sammelte hastig die Münzen ein, während er ununterbrochen redete.

»Ich habe gesehen, wie er über das Dach gelaufen ist. Ich wollte einen Warnschrei ausstoßen, wirklich, aber es ging zu schnell, verstehst du? Einen Moment lang hab ich ihn gesehen und mich gefragt, was dieser verdammte Narr auf dem Dach will, und dann wirbelte er auch schon zwischen den Männern herum und stach zu. Bei allen Göttern, ich habe noch nie so viel Blut gesehen.«

»Die Falken?« Mensk drängte ihn, weiterzureden.

»Ja, ich habe gesehen, wie er einen Anhänger herausgezogen hat, bevor er angriff. Es war so dunkel, und er war weit weg, aber ich schwöre, der Mond leuchtete hell genug. Der Anhänger hatte eine Feder darauf, nur eine Feder, und dazu ein Auge, glaube ich. Das ist ihr neues Symbol, stimmt's? Das Symbol für die Falken? Danke für die Kupferstücke, Mensk!«

Er stand auf und trat zurück. Er wusste, dass Mensk ihn nicht verfolgen würde, jetzt, wo er bereits zu weit von ihm entfernt war und sich einfach nur umdrehen und weglaufen konnte. Enttäuschung zeichnete sich auf dem Gesicht des Diebes ab, was Haern ungeheuer freute. Er hatte schon vorher solche Lügen erzählt, und immer anderen Gilden. Da es dunkel und er weit entfernt gewesen war, waren seine Beweise zwar schwach, aber genau darum ging es. Tausend winzige Lügen und Fehlinformationen vereinigten sich zu einem weit größeren Beweis, als eine einzelne, unbeweisbare Behauptung das getan hätte. Er wollte, dass sich die Gilden gegenseitig an die Gurgel gingen, und dass sie davon überzeugt waren, der Wächter wäre einer von ihnen. Mensk würde weitererzählen, was er gehört hatte, und es würde sich zu den anderen Geschichten gesellen, die er im Laufe der Jahre in etliche Ohren geflüstert hatte.

»Und jetzt verschwinde!«, sagte Mensk. »Und ich sollte dir für so eine wertlose Information nur drei Kupferstücke zahlen.«

»Wenn ich recht habe, sollte ich hundert Silberstücke bekommen, das weißt du genau«, erwiderte Haern, während er weghumpelte. »Aber ich mag euch Schlangen. Ihr habt mich immer gerecht behandelt und mir geholfen, ein Dach über dem Kopf zu finden. Ich hoffe wirklich, dass der Wächter nicht bei etwas Wichtigem gestört hat. Ich fände es nicht gut, wenn er euch in eine Zwickmühle gebracht hätte ...«

»Ich sagte, verschwinde!« Mensk ließ seinen Dolch aufblitzen. »Die Lieferungen werden weitergehen, ganz gleich, was dieser Mistkerl macht. Und jetzt schieb deinen Hintern aus meinem Blickfeld, bevor ich auf die Idee komme, mir mein Geld zurückzuholen.«

Haern flüchtete. Sobald er die Hauptstraße erreicht hatte, gab er das Humpeln auf und wandte sich nach Norden. Dabei dachte er über das nach, was er gerade erfahren hatte. Wenn er Informationen verkaufte, gelang es ihm häufig, gleichzeitig Informationen zu sammeln. Mensks Worten nach war diese Goldlieferung keine einmalige Sache gewesen. Offenbar waren die Lieferungen wichtig, und die Schlangengilde wollte, dass sie fortgesetzt wurden. Ursprünglich hatte er gedacht, sie hätten nur Glück gehabt und die Gemcroft-Minen einmal berauben können, aber jetzt ...

Jetzt war er fasziniert.

Haern gab das Gold, das er stahl, nicht immer komplett weg. Manchmal behielt er auch ein bisschen zurück, obwohl er sich vornahm, es nicht für persönliche Bedürfnisse auszugeben, sondern nur für seinen Krieg gegen die Gilden. Viele Männer waren für Gold weit empfänglicher als für Drohungen, und zu einem dieser Männer eilte Haern als Nächstes. Er lebte in einem ruhigen Teil von Veldaren, oben im Norden und weit entfernt von den ärmeren Vierteln und den Stützpunkten der Diebesgilden. Die meisten Häuser hier waren von einem Zaun umgeben. Haern kletterte über einen und landete weich im Gras dahinter.

Augenblicklich stürmten zwei Hunde aus dem Seiteneingang des Hauses. Es waren große schwarze Hunde mit beeindruckenden Kiefern. Haern kniete sich hin, ohne in Panik zu geraten, und hielt ihnen stattdessen die Hände hin. Einer der beiden leckte an seinen Fingern, während der andere ihn fast umwarf, als er ihn ansprang und um Aufmerksamkeit heischte. Haern lächelte, als er die beiden Tiere tätschelte. Der Besitzer des Hauses, ein Mann namens Dashel, hatte die beiden Tiere zu seinem Schutz gekauft. Als Haern beschlossen hatte, diesen Mann zu einem seiner Kontaktleute zu machen, hatte er das Haus wochenlang besucht, während der Besitzer unterwegs war. Er hatte den Hunden Nahrung und Leckereien mitgebracht, sie gestreichelt und sie an seinen Geruch und seine Gegenwart gewöhnt. Jetzt bellten sie nicht einmal mehr, wenn er kam, und wenn doch, dann nur aus purer Freude.

»Ganz ruhig«, flüsterte Haern ihnen zu, als er sie schließlich zurückschob. »Ich muss noch arbeiten.«

Einer jaulte, der andere bellte einmal. Haern zwinkerte ihm zu.

»Nächstes Mal bringe ich euch ein paar Knochen extra mit, versprochen.«

Dashels Schlafzimmer lag im ersten Stock. Im Mondlicht kletterte Haern auf das Dach und ließ sich von dort vor dem eleganten Fenster des Schlafzimmers herunterhängen. Es war unverschlossen. Haern stieß es auf, schwang sich hinein, machte eine Drehung und landete in der Hocke auf dem Fensterbrett. Sein Schatten fiel über das schöne Bett, in dem Dashel und seine Frau schliefen. Haern nahm einen Stein aus der Tasche und warf ihn Dashel gegen die Nase.

Der Mann schnaubte einmal und sah sich dann schlaftrunken um. Als er Haern im Fenster kauern sah, erstarrte er. Haern warf ihm etwas anderes zu, eine Münze diesmal, die im Licht des Mondes golden funkelte. Dashel schlug die Decken beiseite, nahm die Münze und stand dann taumelnd auf.

»Draußen«, zischte der ältere Mann, bevor er Haern das Fenster vor der Nase zuschlug. Haern lachte, sprang zu den beiden wartenden Hunden hinab und ließ sich erneut von ihnen ablecken.

Ein paar Minuten später trat Dashel aus der Tür. Er hatte eine dicke weiße Robe um seinen korpulenten Körper geschlungen. Sein faltiges Gesicht wurde von einem grauen Bart und grauen Haaren umringt. Haern zog seine Kapuze tief in die Stirn und achtete darauf, dass seine Miene nicht vom Mondlicht beschienen wurde, um seine Gesichtszüge zu verbergen.

»Diese dummen Hunde«, meinte Dashel mit einem bösen Blick auf die beiden Tiere. »Der Mann, der sie mir verkauft hat, hat geschworen, dass sie so bösartig wären wie ein angeschossener Ork.«

»Sie haben kluge Nasen«, erwiderte Haern. »Sie wissen, dass ich nicht hier bin, um dir etwas anzutun.«

Dashel verdrehte die Augen und winkte.

»Was gibt es, Wächter? Es ist kalt hier draußen, und ich würde lieber in meinem warmen Bett schlafen.«

»Die Schlangengilde hat eine neue Goldquelle aufgetan«, erwiderte Haern. »Was weißt du darüber?«

Der alte Mann sah ihn finster an und zog dann seine Robe fester um sich. Dashel war der Herr der Münze im Königreich Neldar und hatte deshalb Zugang zu Ressourcen, die viele Individuen sehr schätzten. Er arbeitete schon seit Jahren als Hehler und nahm von den verschiedenen Gilden Gold, das entweder geprägt oder sonstwie kenntlich gemacht war, und ersetzte es, gegen einen gebührenden Preis natürlich, durch frische Goldstücke aus der Münze. Haern hatte kurz mit dem Gedanken gespielt, ihn aus dem Verkehr zu ziehen, war dann jedoch zu dem Schluss gekommen, dass die Informationen, die ihm dieser Mann geben könnte, möglicherweise wertvoller wären.

»Es geht schon seit Monaten so«, antwortete Dashel. »Aber ich nehme an, für dich ist das neu?«

»Ich wäre früher hier gewesen, wenn ich es früher entdeckt hätte.«

»Natürlich.« Dashel schüttelte den Kopf. »Sie sind regelmäßig zu mir gekommen, mit Summen, die so hoch waren, dass ich mehrmals überlegt habe, abzulehnen, aus Angst, meine ... Nebenbeschäftigung könnte entdeckt werden. Was die Quelle angeht, kann ich nur sagen, dass sie immer dieselbe Prägung haben und aus derselben Münze stammen.«

»Welche?«

»Von den Gemcroft-Minen im Norden. Ich vermute, sie kommen direkt aus Tyneham.«

Haern runzelte die Stirn. Gold aus den Gemcroft-Minen wurde insgeheim an die Schlangengilde geliefert? Was hatte das zu bedeuten?

»Haben sie eine Möglichkeit gefunden, Alyssas Karawanen auszurauben?«, wunderte sich Haern laut.

»Dafür geht das schon viel zu lange so«, widersprach Dashel. »Ich kenne Alyssa nicht gut, aber ihr Ruf lässt darauf schließen, dass sie die Straßen nach Norden mit Söldnern überschwemmt hätte, wenn sie wüsste, dass sie ausgeraubt wird. Sie würde keine Ruhe geben, bis sie dem Ganzen einen Riegel vorgeschoben hätte. Also, was da auch vorgeht, es scheint direkt vor ihrer Nase zu passieren.«

Dashel deutete auf seine Tür.

»Kann ich jetzt wieder ins Bett? Das hier ist schwerlich eine einzige lausige Goldmünze wert.«

Haern zog zwei weitere Goldmünzen hervor, stopfte sie einem Hund unter das Halsband und verabschiedete sich von Dashel. Noch bevor der Mann wieder im Haus war, war Haern bereits über den Zaun gesprungen und eilte nach Süden. In Gedanken ging er sämtliche Möglichkeiten durch, ohne jedoch einen brauchbaren Schluss ziehen zu können. Die ganze Angelegenheit kam ihm viel zu groß vor und überstieg bei Weitem die Möglichkeiten des Gildemeisters der Schlangen, William Ket. Wenn er mehr herausfinden oder der Sache ein Ende machen wollte, musste er wahrscheinlich die Bequemlichkeit und Vertrautheit dieser Stadt verlassen und gegen die Wildnis des Nordens eintauschen.

Haern schob den Gedanken beiseite und konzentrierte sich auf seine ursprüngliche Aufgabe: Fehlinformationen zu verbreiten. Er hatte bereits behauptet, dass der Wächter für die Falken arbeitete, also war es jetzt Zeit, die Falken über die Lieferungen an die Schlangengilde zu informieren, um so eine weitere Schicht zu der Täuschung hinzuzufügen. Vielleicht konnte die rivalisierende Gilde Haern sogar helfen, diesem plötzlichen Zufluss von Gold einen Riegel vorzuschieben. Er tastete sich langsam auf das Territorium der Falken vor, setzte eine finstere Miene auf und übernahm eine neue Rolle, die eines hart arbeitenden Bauern, der hoffte, ein paar extra Kupferstücke für ein paar Schluck herauszuschinden. Er ging zum

Hauptquartier der Gilde, einer Schenke, in der ihr Anführer Kadish Vel zweifellos Karten in einem privaten Hinterzimmer spielte. Wieder wartete sein Kontaktmann an der Tür, ein Hüne, dessen richtigen Namen er nicht kannte. Er nannte ihn nur bei seinem Spitznamen, »Eisenfaust«. Um sich das Vertrauen dieses Mannes zu erschleichen, hatte Haern heftige Prügel einstecken müssen, die deutlich machten, woher dieser Spitzname kam.

»Ganz schön spät für einen Schwächling wie dich«, begrüßte ihn Eisenfaust, als Haern sich ihm näherte.

»Es ist nie zu spät für einen guten Schluck«, erwiderte er.

Eisenfaust grinste. »Ein guter Schluck? So was wirst du hier nicht finden. Also, was hast du mir zu erzählen?«

»Ich habe gesehen, wie eine Lieferung über die Stadtmauer hereingebracht wurde, und ich glaube, die Schlangen waren ...«

Er spürte die Gefahr lange vor Eisenfaust. Haern warf sich zur Seite, als die Bolzen mit einem dumpfen Klatschen in das Holz der Taverne einschlugen. Er hörte Eisenfausts Stöhnen und sah, dass zwei Bolzen in seinem Bauch steckten. Haern rannte hastig um das Gebäude herum, außerhalb der Lichtkreise der Fackeln. Als er um die Ecke bog, prallte er gegen einen verhüllten Mann, der seine Dolche bereits gezückt hatte. Haern rollte sich ab und löste sich von ihm. Dann sprang er auf die Füße, seine beiden Langmesser in den Händen. Er hatte eine größere Reichweite und infolgedessen einen Vorteil, was seinem Widersacher klar war. Der Dieb griff an, in der Hoffnung, einen Treffer zu landen, bevor Haern sich vorbereiten konnte.

Aber er war zu langsam. Haern wich dem Dolchstoß aus, der ihn nur knapp verfehlte, dann schlug er zu. Ein Langmesser grub sich tief in den ausgestreckten Arm seines Gegners, das andere wehrte den anderen Dolch ab. Als der Dieb vor Schmerz aufschrie, setzte Haern zu einem Stoß mit beiden Klingen an. Der Mann versuchte die Klingen abzuwehren, aber er war nicht ausbalanciert, und seine Position war schlecht. Haern riss seine Langmesser heraus und versetzte dem Leichnam einen Tritt. Als er die Farbe des Umhangs sah, runzelte er die Stirn. Er hatte angenommen, dass die Schlangen ihn verfolgten, weil er von dem Gold wusste, doch dieser Mann trug das Grau der Spinnengilde.

Er hörte das knarrende Geräusch einer Sehne und warf sich instinktiv zu Boden. Der Pfeil landete mit einem metallischen Geräusch auf dem Stein neben ihm und durchbohrte seinen Umhang, weiteren Schaden richtete er nicht an. Sein Angreifer befand sich auf dem Dach und nockte gerade den nächsten Pfeil ein. Haern fuhr herum, fächerte seine Umhänge auf, die einen verwirrenden Schutzschirm bildeten, dann sprang er in die andere Richtung davon. Wieder verfehlte ihn der Pfeil. Dann hatte er schon die nächste Ecke erreicht und rannte um die Biegung, während er sein Pech verfluchte. Warum war die Spinnengilde ausgerechnet jetzt aufgetaucht? Aus welchem Grund führten sie gegen die Falken Krieg?

Seine Flucht führte ihn wieder zur Vorderseite der Schenke. Mittlerweile waren etliche Schlangen herausgekommen, um sich in den Kampf zu mischen, aber fast alle hatten rote Flecken auf ihren grünen Umhängen. Die Spinnen griffen an und waren den Schlangen zahlenmäßig zwei zu eins überlegen. Haern überflog den Kampf rasch und suchte nach einem Fluchtweg. Unter dem Vordach vor dem Eingang war er zwar sicher vor dem Bogenschützen, aber dafür konnten ihn alle anderen Diebe sehr gut sehen. Sie hatten einen Kreis um die Schenke gezogen, aber er war sich ziemlich sicher, dass er den durchbrechen konnte. Immerhin war er der Champion der

Spinnengilde, ihre größte Kreation und größte Enttäuschung. Außerdem hielten ihn alle für tot, und er wollte ihnen diesen Glauben nur ungern nehmen. Er war zwar in den letzten fünf Jahren gewachsen, aber trotzdem erkannte ihn vielleicht jemand trotz seines schmutzverkrusteten Gesichts.

Eine der Spinnen sah ihn dort stehen und bemerkte das Blut auf seinen Klingen. Als er Haern angriff, erwiderte er dessen Attacke mit wütenden Schlägen und verblüffte seinen Widersacher mit seiner glühenden Wut. Er schlug zwei Dolche zur Seite, zerfetzte dem Mann die Gurgel und rannte auf die Straße. Zwei weitere traten ihm in den Weg, aber Haern rutschte zwischen ihnen hindurch und scheuerte sich auf dem harten Boden sein Bein auf. Einem der Männer brachte er eine Wunde am Schenkel bei, dann wirbelte er herum und schnitt dem anderen die Kniekehle durch. Während sie schreiend zu Boden stürzten, lief er weiter und hoffte, dass sie ihn nicht verfolgten. Das taten sie auch nicht, aber trotzdem rannte er nicht sonderlich weit weg.

Haern wusste, dass er sich jetzt dumm verhielt, aber er tat es trotzdem. So schnell er konnte, lief er zum Hauptquartier der Falken zurück. Der Ring um die Schenke war enger gezogen worden, und wie es schien, war der Kampf zu Ende. Etliche Angehörige der Spinnengilde standen in der Nähe des Eingangs, und die meisten hielten Wache, während ein paar die Leichen durchsuchten.

Dann sah er ihn: Thren Felhorn, den Anführer der Spinnengilde. Seinen Vater.

»Warum?«, fragte sich Haern leise, als er zusah, wie Thren die Schenke betrat, als wäre es seine eigene. Begleitet von vier seiner Männer. »Was haben sie dir getan?«

Er war fest entschlossen, das herauszufinden, aber nicht jetzt. Er kehrte um und ging zum Zentrum der Stadt zurück.

Zum ersten Mal fiel ihm auf, dass er humpelte. Er stahl einem Mann, der mit dem Gesicht nach unten in der Gosse lag, eine Flasche Schnaps. Haern überzeugte sich nicht einmal, ob der Mann tot oder bewusstlos war. Dann nahm er sich einen Moment Zeit, das aufgescheuerte Bein zu säubern, und spritzte anschließend etwas Alkohol darüber. Nachdem der Schmerz abgeflaut war, ging er weiter.

Es gab zwei Möglichkeiten, wie er weitermachen konnte. Er konnte herausfinden, warum sich die Falken und die Spinnen stritten, oder aber er konnte das Geheimnis der Herkunft des Goldes der Schlangengilde erforschen. Er redete sich ein, dass seine Entscheidung nichts mit Angst oder mit seinem Vater zu tun hatte, als er beschloss, sich um das Gold zu kümmern. Gilden kämpften ständig gegeneinander; es gab keinen Beweis, dass dieser Streit irgendwie anders war. Diese Beute von den Gemcroft-Minen jedoch ...

Nachdem er in ein Geschäft eingebrochen war und ein paar Vorräte gestohlen hatte, ging er zu einem der ruhigeren Abschnitte der Großen Mauer, die die Stadt Veldaren schützten. Er stieg die Stufen zur Brüstung hinauf und ließ sich dann mit einem Seil, das er an einer Zinne befestigte, auf der anderen Seite herunter. Draußen vor der Stadt wandte er sich nach Nordosten und folgte der Hauptstraße, die um den Kronforst herumführte und nach etlichen Meilen Schloss Fellholz erreichte. Dahinter lagen der Klippenspitz und die vielen Dörfer rund um die Gemcroft-Minen. Es würde zwar etliche Tage dauern, bis er dort ankam, aber er hoffte, dass es die Mühe wert war. Da draußen stieß er vielleicht auf Informationen. Letzten Endes ging es bei diesem Krieg um Stolz und Geld. Beide Seiten hatten zu viele Verluste erlitten, um einfach nur mit Stolz überleben zu können. Jetzt spielte das Geld eine große Rolle, und wenn die Schlangengilde plötzlich eine neue

Goldquelle entdeckt hatte, würde sie vielleicht noch viele Jahre durchhalten. Schlimmer noch, sie könnte möglicherweise einen wichtigen Sieg gegen die Trifect erringen und so die Unterwelt noch weiter zum Widerstand ermutigen. Dem musste Haern einen Riegel vorschieben. Er musste einen Weg finden, die Gilden zu zerstören und den Krieg zu beenden.

Er lachte, als er über die Landstraße ging. *Den Krieg beenden.* Das schien unmöglich. Dieser Konflikt dauerte jetzt schon zehn Jahre an und schien auch noch zehn Jahre weitergehen zu wollen. Aber wenigstens konnte er es den Beteiligten ein wenig ungemütlicher machen. Er hatte seinen Teil getan, die Gilden zu schwächen und auszubluten, sie für das Blutvergießen zu bestrafen, das er aus nächster Nähe hatte mit ansehen müssen. Randith, sein eigener Bruder, Senke, sein Freund, Robert Haern, sein Lehrer, Kayla, seine erste Liebe. Und dann Delysia …

Sein Vater hatte mit einer Armbrust auf sie geschossen, weil sie es gewagt hatte, ihn zu lieben. Haern wurde in seinen Albträumen noch von diesem Moment heimgesucht, durchlebte immer wieder, wie er damals auf einem Dach gesessen hatte und sie blutend in seinen Armen gelegen hatte. Er hatte sie für tot gehalten, aber Kayla hatte ihm später verraten, dass sie bei den Priestern von Ashhur lebte. Dann hatte Thren Kayla ermordet. Und was Senke anging, er hatte gehört, sein Freund wäre bei dem Feuer auf dem Besitz Conningtons während des Blutigen Kensgold gestorben.

»Vielleicht habe ich Angst«, flüsterte er den Sternen zu, als er seinen Mantel enger um sich zog, um die Wärme zu speichern. »Die Götter mögen mir vergeben, vielleicht habe ich wirklich Angst.«

Und im Mittelpunkt von all dem, dem Tod, dem Verlust und dem Schmerz, der ihn bei seinem ruhelosen Schlaf tagsüber verfolgte, stand sein Vater. Irgendwie schien das angemessen. Sein Vater wob ein schreckliches Netz und war die Spinne im Mittelpunkt dieses Netzes. Haern wusste nicht, ob er jemals den Mut haben würde, sich dieser Spinne zu stellen.

Er ging weiter über die Straße und hoffte insgeheim, dass man ihm unterwegs auflauern würde. Die Erregung, die er beim Blutvergießen empfand, würde sich tausendmal besser anfühlen als die Furcht, die die Erinnerungen an seine Kindheit in ihm auslösten.

4. KAPITEL

Mark Tullen ritt auf das Tor von Schloss Fellholz zu, wie immer beeindruckt von dieser Festung aus von Efeu überwuchertem dunklem Stein. Zwischen dem Proviant in seinen Satteltaschen befand sich Alyssas Brief, in dem sie ihn bat, ihren Sohn abzuholen und ihn nach Veldaren zurückzubringen. Mark war in Stromtal gewesen, als der Brief ankam. Das lag nicht sehr weit südlich von Fellholz. Er hatte ihr hastig geantwortet und zugestimmt, denn er konnte Alyssas Unbehagen in ihren Worten spüren. Und welchen Grund auch immer sie haben mochte, er wollte ihre Gunst nicht verlieren, indem er zauderte.

»Ich erbitte eine Audienz bei Lord Gandrem!«, rief er am Tor. »Ich bin Mark Tullen, Lord von Stromtal, und komme auf Lady Gemcrofts Geheiß!«

Die Tore öffneten sich, und die Wachen begleiteten ihn hinein. Er reinigte seine Stiefel und folgte ihnen dann über den grünen Teppich zum Thronsaal, dem Sitz der Macht in den Nördlichen Steppen. John Gandrem stand auf, als Mark und seine Eskorte hereinkamen. Ein Lächeln ließ das runzlige Gesicht des Lords milder erscheinen. Er trug eine Robe aus Grün und Gold, und auf seinem grauen Haar saß eine dünne silberne Krone.

»Willkommen«, sagte John und ergriff Marks Hand. »Es ist viel zu lange her, seit du uns besucht hast. Die Entfernung zwischen hier und Stromtal ist nicht so groß, dass du uns nur einmal im Jahr mit deiner Anwesenheit beehren müsstest.«

»Ich war im Frühling hier«, erwiderte Mark. »Sag nicht, dass du es vergessen hast?«

»Das würde mich nicht überraschen«, erwiderte John und setzte sich. Er versuchte, seinen Irrtum mit einem Lachen abzutun.

»Leider statte ich keinen reinen Höflichkeitsbesuch ab«, fuhr Mark fort. »Ich bin wegen Alyssas Jungen hier, Nathaniel. Ich soll ihn sicher zurück nach Veldaren bringen.«

Ein Schatten huschte über Johns Gesicht, und er trank einen Schluck aus einem Kelch, der neben ihm stand, bevor er antwortete.

»Nathaniel ist nicht hier«, sagte er und stellte den Kelch wieder ab. »Lord Arthur Hadfild ist vor ein paar Monaten aufgetaucht und hat ihn nach Norden mitgenommen, nach Tyneham. Ich habe seinen Worten entnommen, dass es auf Alyssas Ersuchen hin geschah.«

Mark beschlich eine ungute Vorahnung.

»Ich bin sicher, dass Arthur dem Jungen nicht schaden wollte«, fuhr der alte Mann fort. »Er sagte, er wollte ihm zeigen, wie Geschäfte gemacht werden, wenn du weißt, was ich meine. Wenn er irgendwann das Unternehmen und das Vermögen der Gemcrofts erbt, kann es ihm nur nützen, wenn er ein paar Erfahrungen in der Verwaltung ihrer Minen sammelt.«

»Danke«, antwortete Mark und verbeugte sich.

»Willst du nicht noch etwas bleiben?«

»Ich muss mich entschuldigen.« Mark warf einen Blick über seine Schulter. »Aber Alyssa schien ihren Sohn unbedingt sehen zu wollen, und diese Verzögerung wird unsere Reise um etliche Tage verlängern. Ich wage nicht einmal, auch nur eine Nacht hier zu verbringen, wenn ich stattdessen weiterreiten könnte.«

»Wie du willst«, sagte John. »Ich wünsche dir eine sichere Reise.«

»Und angenehme Nächte«, erwiderte Mark.

Er verließ Fellholz und ritt weiter nach Norden. Glücklicherweise hatte er Vorrat für sich und den Jungen eingepackt, sodass er jetzt genug bei sich hatte, um ganz nach Tyneham zu kommen. Dort musste er allerdings seine Vorräte auffrischen, damit sie zumindest zurück nach Schloss Fellholz kamen. Auf dem Ritt ließ er seine Gedanken schweifen. Es würde etliche Tage dauern, bis er sein Ziel erreichte, also hatte er mehr als genug Zeit, nachzudenken.

Mark wusste, dass Arthur und er um Alyssas Zuneigung buhlten. Die wenigen Male, die Mark mit Alyssa zusammen gewesen war, hatte er gespürt, dass sie ihn interessanter und auch attraktiver fand. Arthur jedoch war wohlhabend und besaß Einfluss, und an beidem mangelte es Mark. Was Alyssa nicht einfach ignorieren konnte. Nahezu jede Stadt oder Siedlung in den Bergen gehörte auf die eine oder andere Weise zu Arthurs Einflussgebiet, während Mark nur Stromtal kontrollierte, und selbst das erst seit kurzer Zeit, nach Theo Kulls Hinrichtung. Die zudem Alyssa angeordnet hatte. Die Gerüchte, die ihm zugetragen wurden und die kalten Blicke von Alyssas Ratgeber Bertram sagten ihm, dass er in den Augen des restlichen Veldaren keineswegs der bevorzugte Favorit war.

Doch davon wollte er sich nicht aufhalten lassen. Man hatte ihm dasselbe gesagt, als er Theo Kull herausgefordert hatte. Der Mann hatte ebenfalls überall seine Finger dringehabt. Theo jedoch war hingerichtet worden, und der Grund war ironischerweise sein Sohn Yoren gewesen, der um Alyssas Hand angehalten hatte. Alyssa hatte Marks Übernahme von Stromtal nach dem Tod der Kulls scharf beobachtet, und so hatte er sie überhaupt erst kennengelernt.

»Noch ein Stück«, flüsterte Mark seinem Pferd zu. »Ich weiß, dass du müde bist, aber halt noch ein paar Meilen durch.«

Nathaniel alleine bei Arthur ... schon die Vorstellung beunruhigte ihn. Arthur war ein älterer Mann und stets sehr bedächtig. Er kalkulierte ständig jedes mögliche Ergebnis einer Entscheidung. Es war, als würden sie ein Spiel spielen, Figuren verschieben und Unterpfänder tauschen, und das alles, um Alyssas Herz zu gewinnen. Mark war bis jetzt auf der Verliererseite gewesen, und nun hielt Arthur auch noch einen möglicherweise spielentscheidenden Stein in der Hand. Wenn der Junge Arthur bevorzugte, konnte das Herz seiner Mutter ihm durchaus folgen.

Mark schlief dicht an der Nordstraße und legte sein Schwert neben sich, als er sich in seine Decken rollte. Der Proviant schmeckte fade und salzig, aber das Essen spendete Kraft. Am nächsten Morgen machte er Rast an einem Bach, wo er seine Wasserschläuche füllte und seinem Pferd eine wohlverdiente Pause gönnte. Dann ritt er weiter, zügig, aber nicht so schnell, dass es die Gesundheit seines Pferdes gefährden konnte. Die ganze Zeit dachte er dabei über Arthurs mögliche Reaktion auf sein Auftauchen nach. Natürlich konnte der nichts von Alyssas Ersuchen, ihren Sohn zu ihr zurückzubringen, wissen. Würde er sich weigern? Oder gar mitkommen? Einen Beweis verlangen? Mark hatte natürlich Alyssas Brief bei sich, aber wenn Arthur nun die Echtheit dieses Schreibens infrage stellte?

Mark schob die Gedanken beiseite. Es spielte keine Rolle. Es war sinnlos zu versuchen, Arthur zu überlisten. Er würde die beste Entscheidung treffen, die in diesem Augenblick möglich war, ohne Furcht oder Zweifel. So war er zu seiner jetzigen Größe aufgestiegen. Und genau so wollte er auch noch höherklettern.

Am fünften Tag nach seinem Aufbruch in Fellholz erreichte er das Minendorf Tyneham. Die einzige Herberge war sehr klein, hatte nur zwei Zimmer und einen Balken hinter dem

Haus, wo er sein Pferd anbinden konnte. Die weiße Farbe des Holzes war schon seit Langem abgeblättert. Mark aß etwas, trank einen Becher des schrecklichen Bieres und fragte dann, wo er Arthur Hadfild finden konnte.

»Er kommt nicht allzu oft in die Stadt«, sagte die Wirtin, eine dicke alte Frau. »Aber wenn, findet Ihr ihn in den Minen. Er behält die Dinge im Auge und hat bereits ziemlich viele Diebe erwischt, die sich für besonders schlau gehalten haben.«

Mark lächelte über diese kaum verhüllte Andeutung.

»Ich führe nichts Böses im Schilde«, erwiderte er. »Aber wäre ich ein Dieb, würde ich zumindest ein bisschen von meiner Beute mit dir teilen, wenn auch nur wegen deiner Schönheit.«

Sie lachte und winkte geschmeichelt ab.

Ihm folgten etliche sonderbare Blicke, als er zu den Bergen ritt. Er hatte den Klippenspitz erst einmal gesehen und machte neben einer Zisterne eine Pause, um den Anblick zu genießen. Die Berge erhoben sich wie knochige Finger in den Himmel, zerklüftet und von Wind und Wetter gezeichnet. Er fragte sich, wie heftig die Stürme hier oben im Norden sein mochten, und hoffte, dass er es nicht herausfinden musste. Trotzdem, das Gebirge strahlte eine majestätische Schönheit aus, wie es sich mit seinen schneebedeckten Gipfeln hoch in den Himmel bis in die Wolken erhob. Der Winter war zwar schon fast zur Hälfte vorüber, aber Mark fragte sich, ob er hier oben jemals endete. Er war die letzten Tage ständig durch Schnee geritten und dankte Ashhur, dass es hier genug Bäume für Feuerholz gab.

Er merkte, dass er zauderte, und zwang sich weiterzureiten. Als er sich dem geschäftigen Treiben rund um die Minen näherte, sah ihn ein Vorarbeiter und befahl ihm, stehen zu bleiben.

»Du kommst nicht von hier«, erklärte der Vorarbeiter, während er auf ihn zukam. Sein Fellmantel war vollkommen verdreckt und seine Hände von gewaltigen Schwielen überzogen. »Du bist zu gut und zu leicht bekleidet.«

»Mir ist warm genug«, antwortete Mark und reichte dem Mann die Hand. »Mark Tullen, Lord vom Stromtal. Ich bin hier, um mit deinem Herrn zu sprechen.«

Der Vorarbeiter grunzte.

»Da habt Ihr Glück. Arthur und der Junge sind in der Mine. Wir sind vielleicht auf eine neue Ader gestoßen, und er wollte sich das ansehen.«

Mark versuchte, seine Reaktion zu verbergen, als der Mann den »Jungen« erwähnte, merkte jedoch, dass ihm das nicht sonderlich gut gelang. Der Vorarbeiter hob eine Braue, verzichtete aber auf einen Kommentar. Mark verfluchte sich insgeheim selbst. Wenn er seine Gefühle schon vor einem einfachen Vorarbeiter nicht verbergen konnte, wie sollte er das dann bei jemandem schaffen, der so aufmerksam war wie Arthur?

»Bitte.« Er beschloss, die Sache hinter sich zu bringen. »Kannst du mich zu ihm bringen? Ich komme mit einem dringenden Ersuchen von Alyssa Gemcroft.«

Der Vorarbeiter merkte sofort auf. Wenn jemand in diesem Dorf mächtiger war als Arthur, dann Alyssa. Es waren ihre Minen, die ihnen Arbeit, Wohlstand und die Mittel gaben, in diesem harten Land zu überleben. Ohne Alyssa würde Tyneham sehr schnell zu einer Geisterstadt werden.

»Folgt mir«, sagte der Vormann.

Sie gingen über einen Weg, der ein halbes Jahrhundert lang von Karrenrädern, Füßen und Schubkarren festgestampft worden war. Ein paar Männer blickten hoch, die meisten jedoch ignorierten sie oder taten so, als wären sie beschäftigt. Mark sah etliche Frauen, die mit Essen und Wasser für die Männer umhergingen. Einige hatten Nadel und Stofftücher dabei, um den täglichen Tribut an Blasen und Wunden zu behandeln. Er sah wenigstens vier Haupteingänge in die niedrigeren Hänge des Berges. Der Vorarbeiter brachte ihn zu dem größten Eingang, vor dem sich eine kleine Menschenmenge versammelt hatte.

Die beiden blieben stehen und hörten zu. Ein Mann war aus der Mine herausgekommen. Neben ihm stand ein Knabe, dessen rotes Haar von Schmutz bedeckt war. Mark kannte sie beide.

»Ich habe sie mir angesehen«, sagte Arthur, während er die Handschuhe auszog und sie achtlos zur Seite warf. »Es ist eine neue Ader, fürwahr, und zwar die ergiebigste, auf die wir seit zehn Jahren gestoßen sind. Wir werden Männer von den Minen drei und vier hierherverlegen, damit sie helfen, das Wasser abzupumpen, und ich werde mehr Ochsen hierherschaffen. Es liegt harte Arbeit vor uns, aber heute Abend werden wir ein Glas zusammen trinken, um das zu feiern!«

Sie jubelten und lachten. Selbst der Vorarbeiter neben Mark klatschte begeistert in die Hände. Mark stand mit verschränkten Armen da und beobachtete Nathaniel. Er stand neben Arthur, mit unbeteiligter Miene und den Blick zu Boden gerichtet. So ein fügsames Verhalten von einem Jungen, der nicht einmal fünf Jahre alt war. Mark fand es besorgniserregend. Selbst als der Jubel aufbrandete, sah Nathaniel nur einmal hoch und klatschte dann, ein paar Sekunden später, zweimal in die Hände.

Mark wartete, bis der Rest der Männer wieder an die Arbeit gegangen war. Sie verschwanden fröhlich in den Minen oder schoben die Karren zu den Schmelzöfen und dem Prägewerk. Arthur sah Mark in der Menge und nickte ihm einmal zu. Dann näherte er sich ihm.

»Lord Tullen. Mit einer solch angenehmen Überraschung habe ich wahrlich nicht gerechnet«, sagte er. Sein eisiger Tonfall strafte die geschliffenen Worte Lügen.

Mark zog den Brief aus der Tasche und reichte ihn dem Mann.

»Ich bin wegen Nathaniel hier«, sagte er. »Alyssa möchte, dass er sicher zu ihr zurückgebracht wird, weil sie ihn schrecklich vermisst. Ich muss sagen, dass es mich überrascht, ihn hier zu finden und nicht bei Lord Gandrem.«

Arthurs Mundwinkel zuckten. Er hatte ein langes, ovales Gesicht, und sein graues Haar war extrem kurz geschoren. Mark hatte noch nie ein überhebllicheres Grinsen gesehen.

»Ich habe mit Alyssa häufig darüber gesprochen, Nathaniel hierherzuholen, damit er lernt, wie man eine Goldmine führt«, sagte er. »Bei meinem letzten Besuch habe ich vorgeschlagen, es umzusetzen, sobald das Wetter umschlägt.«

»In ihrem Brief steht nichts dergleichen.«

»Angesichts ihrer zahlreichen Pflichten überrascht es mich nicht, dass ihr eine so beiläufige Bemerkung von mir entfallen ist.«

Mark glaubte ihm kein Wort, aber er ließ sich nichts anmerken.

»Mag dem sein, wie es will, sie will ihn zurückhaben«, erklärte er. »Also komm, Nathaniel. Kehren wir zu deiner Mutter zurück.«

»Ihr könnt ihn nicht so einfach mitnehmen«, erklärte Arthur. Als Marks Augen blitzten, wurde das Lächeln auf Arthurs Gesicht breiter. »Nicht alleine, meine ich. Ihr wollt den Sohn einer der Trifect ohne Eskorte über die Nordstraße führen? Er ist ein viel zu lohnendes Ziel für eine Lösegeldforderung. Ich gebe Euch einige meiner Männer als Eskorte mit.«

Mark wandte den Blick ab und murmelte etwas. Arthur stellte ihn auf die Probe, testete seine Reaktionen, und er hatte seine Gedanken nur zu leicht verraten. Als er sich umsah, bemerkte er in einiger Entfernung zwei Karren, die beladen wurden.

»Wohin fahren die?«, erkundigte er sich.

»Die da?« Arthur folgte seinem Blick und antwortete dann etwas zu schnell. »Ich bin mir nicht sicher, aber das geht Euch nichts an. Ich benachrichtige meine Männer.«

»Veldaren«, antwortete Nathaniel, bevor Arthur weggehen konnte. »Sie bringen jede Woche Gold nach Veldaren.«

Mark zwinkerte dem Jungen zu, ohne sich darum zu kümmern, dass Arthur es sah.

»Dann reite ich mit ihnen«, sagte er. »Bei einer gut bewachten Karawane dürften wir ja wohl sicher sein.«

Arthurs Grinsen erlosch.

»Einverstanden. Es wird Euch natürlich aufhalten, also wird Alyssa erfahren, dass der Grund für diese Verzögerung Eure Schuld ist, nicht meine. Ich werde den Männern sagen, dass ihr beide sie begleitet. Nathaniel, geh zur Burg und pack deine Sachen. Beeil dich! Lass Lord Tullen nicht warten.«

Nathaniel verbeugte sich vor beiden und rannte davon. Mark sah ihm nach.

»Er ist kein sonderlich kluges Kind, aber wenigstens gehorcht er«, sagte Arthur und ging davon.

Nathaniel fuhr auf einem der Karren, während Mark auf seinem Pferd neben ihnen hertrottete. Er hatte sich Vorräte aus der Taverne besorgt, weil er der Karawane nicht zur Last fallen wollte. Obwohl er sich so gut er konnte von den Fuhrwerken fernhielt, hatte er einen kurzen Blick auf die Ladung geworfen. Es waren Kisten mit frisch geprägten Goldmünzen, die alle das Siegel der Gemcrofts trugen. Auf jedem Karren stand nur eine Kiste.

»Warum transportiert jeder Karren nur eine Kiste?«, hatte er den Karawanenführer gefragt, einen fetten Mann namens Dave. »Ist das nicht ein bisschen verschwenderisch?«

»Jedes Fuhrwerk hat seinen eigenen Kutscher, eigene Wachen und seine eigene Fracht«, antwortete Dave. »Das erschwert es allen, auf komische Gedanken zu kommen. Außerdem beladen wir beide Karren auf dem Rückweg mit Vorräten. Du solltest sehen, wie viele Werkzeuge wir verbrauchen. Ich schwöre, für jedes Pfund Gold, das wir ausbuddeln, verschleißen wir zwei Pfund Eisen.«

Bei Einbruch der Nacht schlugen sie ihr Lager auf. Etliche Wachen hatten tagsüber während der Fahrt geschlafen. Sie gingen jetzt Patrouille, aßen, tranken und beobachteten die Straße. Mark nahm sich die Zeit, nach Nathaniel zu sehen. Der Junge aß alleine, in eine Decke gehüllt, mit dem Rücken zu einem Feuer.

»Ist dir kalt?« Mark setzte sich neben ihn.

Nathaniel schüttelte den Kopf.

»Ich darf nicht frieren«, erwiderte er. »Arthur sagt, dann würde ich schwach wirken.«

Mark lachte leise. »Selbst die größten Anführer müssen im Schnee Stiefel tragen. Es ist dir erlaubt, menschlich zu sein, Nathaniel.«

Der Junge zog die Decke fester um sich. Er sah seiner Mutter so ähnlich, dieselben weichen Gesichtszüge, die Stupsnase und das leuchtend rote Haar. Er sah Mark an und lächelte zögernd.

»Vielleicht«, seine Lippen zitterten, »friere ich doch ein bisschen.«

Mark lachte.

»Dann nimm das hier.« Er legte seine Decke um den Jungen. »Das sollte dir helfen. Und von jetzt an erzählst du mir alles, was Arthur dir gesagt hat, damit wir es auf seine Richtigkeit überprüfen, einverstanden?«

»Warum?« Nathaniel wirkte plötzlich besorgt. »Lügt Arthur?«

»Nein, oh nein.« Mark antwortete schneller, als er es beabsichtigt hatte. »Er hat nur eine ... besondere Art und Weise, die Welt zu sehen. Er glaubt zum Beispiel nicht, dass Leute frieren können, schon vergessen? Ich würde gerne sehen, wie er in seiner Unterwäsche durch einen Schneesturm marschiert. Ich wette, dass er aussieht wie ein blauer Riese, wenn er wieder ins Haus kommt. Was denkst du? Oder vielleicht wie eine blaue Seeschlange. Nein. Für eine Seeschlange ist er zu dürr.«

Er plapperte unaufhörlich weiter, erzählte Witze, lustige und schreckliche. Es spielte keine Rolle. Er bemerkte, wie Nathaniel langsam Vertrauen zu ihm fasste, was Mark ungeheuer erleichterte. Er hatte Angst gehabt, dass Arthurs Worte den Jungen in seinen Bann geschlagen und ihn in eine hirnlose Marionette verwandelt hätten, die jedes seiner Worte glaubte. Aber Nathaniel war immer noch ein fünf Jahre alter Junge, und wenn er die Chance bekam, lachte und scherzte er ebenso gerne wie jedes andere Kind in seinem Alter. Mark wusste, dass er vielleicht nicht der charmanteste Gesellschafter war, aber wenigstens wusste er, wie man ein Kind zum Lachen brachte.

Er überließ Nathaniel seine Decke und borgte sich stattdessen eine von einem der Karren. Sie schliefen neben dem Feuer.

Am nächsten Morgen wachte Mark auf. Ihm war kalt bis auf die Knochen. Als er sich bewegte, sah er, dass eine dünne Schneeschicht die ganze Welt überzogen hatte, einschließlich seiner Decke.

»Wird auch Zeit«, sagte Dave, der bereits damit beschäftigt war, die Ochsen ins Joch zu spannen. »Du schläfst wie ein Toter, Mark.«

»Besser wie einer schlafen, als einer zu sein«, erwiderte er, schlug die Decke zurück und sah sich nach einem Feuer um.

»Es gibt kein Feuer«, sagte Dave. »Wir müssen Holz sparen, falls es stärker schneit. Beweg dich, hilf uns beim Packen. Dann wird dir warm.«

Mark fand Nathaniel auf einem der Fuhrwerke. Er war fast unter Decken begraben.

»Ich hasse den Winter«, begrüßte er Mark.

»Das verstehe ich.« Mark schlug ihm aufmunternd auf die Schulter. »Halt einfach durch. Wir sind schon bald bei deiner Mutter.«

Es schneite nur leicht, als sie aufbrachen. Es war eine unbedeutende Unannehmlichkeit. Der Schnee durchnässte ihre Haut und stach gelegentlich in ihre Augen. Doch um die Mittagszeit herum war der Schneefall stärker geworden, und schließlich ließ Dave die Karawane anhalten.

»Die Karren könnten festsitzen, wenn es weiter schneit«, erklärte Mark.

»Es ist mir lieber, auf der Straße steckenzubleiben, als in einem Graben zu landen«, konterte Dave.

Sie benutzten die Fuhrwerke als Windschutz und schaufelten so lange Schnee, bis sie kalten, festen Boden fanden. Dort machten sie ein Feuer. Sie sammelten sich darum, und ihre Körper schützten das Feuer vor dem Wind, der seinen Weg zwischen den Karren fand.

»Morgen früh graben wir sie aus und fahren weiter«, erklärte Dave, als sie sich zusammenkauerten. »Ich bin diese Route schon häufig gefahren und habe ein Gefühl dafür, wie das Wetter sich entwickelt. Morgen haben wir einen klaren Himmel. Falls uns kein Rad bricht, sollten wir Fellholz in etwa...«

Er hielt inne, denn er hatte in dem heulenden Wind etwas Merkwürdiges gehört.

»Pferde«, erklärte Dave.

»Wer reitet denn bei so einem Wetter?«, fragte einer der Wachmänner.

Mark zog sein Schwert und stand auf. Die anderen folgten seinem Beispiel. Es waren vier Wächter pro Fuhrwerk eingeteilt, und die acht sammelten sich rasch in der Lücke zwischen den Karren.

»Es könnte ein Bote sein, der uns erreichen wollte«, sagte Dave, unmittelbar bevor ein Armbrustbolzen seinen Arm durchbohrte.

»Scheiße!«, schrie er und brach den Schaft ab. »Bleibt in Deckung, alle!«

Pferde donnerten an beiden Seiten der Fuhrwerke vorbei, und wenn sie an dem Spalt vorüberkamen, feuerten die Reiter mit Armbrüsten auf sie. Mark sprang auf einen der Karren, als die Bolzen durch die Luft zischten, und zog Nathaniel mit sich. Die Reiter wendeten, und als sie erneut angriffen, hörte er das Klirren von Eisen auf Eisen.

»Bleib in Deckung«, sagte Mark zu Nathaniel. Der Junge saß in Decken gehüllt neben der Kiste mit Goldmünzen. Er hatte die Augen weit aufgerissen. Sie schwammen in Tränen.

»Ich habe Angst«, sagte Nathaniel, der am ganzen Körper zitterte.

»Ich auch«, erwiderte Mark, als Bolzen durch den Stoff des Pferdewagens zischten und sie glücklicherweise verfehlten. Er schlich an das Ende des Karrens und lauschte. Er hörte Schreie und Dave, der wie ein Wahnsinniger brüllte. Von seiner Position aus konnte er nur einen Ausschnitt des Kampfes sehen. Die Wachen hatten zwei Reiter getötet, aber die anderen griffen unablässig weiter an, schlugen mit ihren Schwertern auf die Männer ein oder feuerten Armbrustbolzen auf sie.

Dann hörte er, wie Dave etwas rief, das keinen Sinn zu ergeben schien, das aber gleichzeitig trotzdem wahr sein musste.

»Lord Hadfild? Aber ... warum?«

Er starb kurz danach, oder zumindest gab er keine Befehle mehr. Die Schmerzensschreie wurden schwächer. Schwerter klirrten seltener, und schließlich hörten die Kampfgeräusche ganz auf. Mark schob Nathaniel tiefer in den Karren hinein und versuchte, sich zu ducken. Möglicherweise konnte er einen oder zwei von ihnen überraschen, wenn sie nicht bemerkten, dass er in dem Karren lauerte.

Ein Mann trat vor das Fuhrwerk, eine Armbrust in der Hand. Mark griff ihn an und streckte seinen Arm so weit aus, wie er konnte. Sein Schwert drang durch die Lederrüstung und durchbohrte die Brust des Mannes. Der Bolzen seiner Armbrust zischte durch die Luft, ohne Schaden anzurichten, während er verblutete. Mark zog sich rasch wieder auf den Karren zurück. Ihm gefror das Blut in den Adern. Er hatte das Wappen auf der Rüstung erkannt. Es waren tatsächlich Arthurs Männer, aber warum? Warum sollte Hadfild seinen eigenen Goldtransport überfallen?

Mark warf einen Blick auf Nathaniel. Natürlich, das war der Grund.

»Mark?«, rief Arthur. »Seid Ihr da drin, Mark?«

»Hier ist es wärmer!«, erwiderte Mark. »Womit haben Eure Männer das verdient?«

»Verdient? Mit gar nichts. Sie sind in meinen Diensten gestorben, was alle Männer für ihre Herren tun sollten. Wo ist das Kind? Ich will nicht, dass es Eure Hinrichtung mit ansehen muss.«

Mark umklammerte sein Schwert fester. Er hörte, wie Nathaniel hinter ihm leise wimmerte.

»Ihr werdet ihn beschützen?«, erkundigte sich Mark.

»Als wäre er mein eigener Sohn.«

Zumindest so lange, bis du einen eigenen Sohn hast, dachte Mark. *Wenigstens so lange, bis du deine Ehe mit Alyssa vollzogen hast, du herzloser Bastard!*

»Hör mir zu«, flüsterte er Nathaniel zu. »Er lügt, ich weiß es genau. Du musst weglaufen, begreifst du das? Ich weiß, dass du es nicht willst, aber du musst es versuchen. Er ist grausam. Ich habe das schon immer gewusst, und jetzt hatte es nur ...«

»Mark!«, schrie Arthur. »Kommt heraus und stellt Euch mir ehrenvoll!«

»Dort entlang.« Mark deutete auf den gegenüberliegenden Ausgang neben dem Kutschbock.

Nathaniel nickte. Trotz seiner Furcht riss er sich zusammen. Obwohl sie nicht vom gleichen Blut waren, war Mark stolz auf den Jungen. Dieses Kind hatte es verdient, aufzuwachsen und den Besitz der Gemcrofts zu erben. Und es würde wahrscheinlich innerhalb der nächsten zwei Stunden erfrieren. Er spielte kurz mit dem Gedanken, seine Meinung zu ändern, Nathaniel herauszubringen und abzuwarten, was Arthur tun würde. Aber er konnte es nicht. Wenn Nathaniel auch nur irgendwie ein Teil von Arthurs Plänen war, wollte Mark sie vereiteln. Es war vielleicht armselig, aber bei den Göttern, er musste irgendetwas tun, um seinen eigenen Tod zu rächen.

Er trat mit dem Schwert in der Hand aus dem Fuhrwerk heraus.

5. KAPITEL

Haern hüllte sich fest in seine Umhänge, während er über die Straße trottete. Er kam sich dumm vor, weil er sich nicht auf dieses Wetter vorbereitet hatte. Seine Füße waren bereits gefühllos vor Kälte, und er hätte alles für einen dicken Mantel gegeben. Er hatte sich gekleidet wie ein Dieb, wenn er sich doch wie ein Bär hätte kleiden sollen.

Er hatte keine Zunderbüchse dabei, um ein Feuer zu entzünden, was bei dem starken Schneefall ohnehin schwer genug gewesen wäre. Es war schon zwei Tage her, seit er Häuser in der Ferne gesehen hatte, Bauernhöfe, große und kleine. Davor hatte er eine Nacht im behaglichen Schutz von Schloss Fellholz verbracht, seine Vorräte aufgefüllt und dummerweise darauf verzichtet, sich etwas Wärmeres zum Anziehen zu stehlen, bevor er seine Reise zu den Minen am Klippenspitz fortsetzte. Allerdings war das auch vor dem Schneetreiben gewesen und bevor er begriffen hatte, wie unzulänglich seine Kleidung bei dieser Witterung war. Er hatte die Kapuze tief in die Stirn gezogen, hielt den Blick zu Boden gerichtet und ging wie in Trance weiter. Es wurde allmählich dunkel, und er überlegte, was er tun sollte. Natürlich konnte er sich in den Schutz eines Baumes flüchten, und wahrscheinlich sollte er allmählich anfangen, nach einem passenden zu suchen. Nur wollte er einfach noch nicht stehen bleiben. Er mochte es zwar nicht zugeben, aber er fürchtete den Moment, in dem er Pause machte, sich zusammenrollte und einschlief und dann nicht mehr aufwachen würde.

Als er das Geräusch das erste Mal hörte, hielt er es für eine Halluzination. Dann hörte er es wieder und danach immer deutlicher. Es war das Klirren von Eisen auf Eisen, in das sich das Wiehern von Pferden mischte. Seine Müdigkeit verflog. Er war nach Norden gegangen, weil er hoffte, die Quelle des Goldes zu finden, das die Schlangengilde erbeutete. Er hatte vorgehabt, wenn nötig bis nach Tyneham zu reisen, wo das Gold geprägt wurde. Aber konnte diese Quelle etwas so Einfaches sein wie ein Überfall auf die Karawanen nach Süden? Dashel hatte dem energisch widersprochen, und Haern hatte sich seinen Argumenten angeschlossen. Wenn nicht das, was dann?

Er mühte sich weiter, und trotz des Schnees, der ihm ins Gesicht peitschte, zwang er sich, nach vorn zu blicken. Es schneite sehr stark, und das Schneetreiben schien das Land wie ein weißer Nebel vollkommen zu verhüllen, sodass er nur ein paar Schritt weit sehen konnte. Als er den ersten Reiter erblickte, tauchte der wie aus einer anderen Welt auf. Haern zog sich rasch in die Deckung der Bäume zurück und warf einen Blick über die Schulter, um herauszufinden, ob er entdeckt worden war. War er nicht. Der Reiter wendete sein Pferd und stürzte sich wieder in den unsichtbaren Kampf.

Haern hatte nicht vor, noch einmal einen derartig dummen Fehler zu begehen, und bahnte sich einen Weg zwischen den Bäumen hindurch, wobei er sich möglichst dicht an der Nordstraße hielt. Blieb das Wetter so schlecht, könnte es Tage dauern, bevor er zurück zur Straße fand, wenn er sich im Wald verirrte. Seine Heimat waren die Straßen der Stadt. Hier draußen zwischen den Bäumen im Schnee kam er sich wie ein unbeholfener Idiot vor.

Die Kampfgeräusche hörten kurz darauf auf. Nach einigen Augenblicken der Stille hörte er jemanden schreien. Seine vor

Kälte fast gefühllosen Ohren konnten zunächst keine einzelnen Worte in diesem Lärm erkennen. Als er jedoch den Geräuschen folgte, begriff er.

»Wo ist das Kind?«, fragte ein Mann. »Ich will nicht, dass es Eure Hinrichtung mit ansehen muss.«

Schließlich erreichte Haern die Stelle, wo der Kampf stattgefunden hatte. Er lehnte sich an einen dicken Baumstamm und betrachtete die Szene. Zwei Karren standen dicht zusammen. Hinter ihnen waren die Ochsen angebunden. Acht Männer ritten auf ihren Pferden darum herum, alle mit gezückten Schwertern oder Armbrüsten. Der Sprecher schien älter zu sein als die anderen und trug keine Rüstung, sondern nur einen dicken Mantel aus Bärenfell, für den Haern ihn sofort getötet hätte. Um sie herum lagen Leichen, deren warmes Blut den Schnee unter ihnen schmolz.

Das war nicht logisch. Denn die berittenen Angreifer und die Toten trugen dasselbe Wappen, eine Sichel vor einem Berg. Sie trugen keine grünen Umhänge, also gehörten sie nicht zur Schlangengilde. Was tun? Sollte er sich einmischen?

Der ältere Mann sprach weiter, und zwar offenbar mit jemandem in einem der Karren, der gedämpften Stimme des Antwortenden nach zu urteilen.

»Mark!«, rief der ältere Mann. »Kommt heraus und stellt Euch mir ehrenvoll!«

Offenbar gehorchte Mark, denn ein Mann stieg von der Pritsche des Karrens. Er sah noch jung aus und trug eine dunkle, kostbare Rüstung. Die Reiter umkreisten ihn, während der ältere Mann lächelte.

»Sich während des Kampfes zu verstecken«, sagte er. »Was für ein beschämendes Verhalten.«

»Mag sein«, erwiderte Mark und griff den ihm am nächsten stehenden Reiter an. Aber er kam nicht einmal nahe genug, um auch nur einen Schlag zu landen. Zwei Armbrustbolzen bohrten sich in seinen Rücken, und er stolperte. Die Waffe fiel ihm aus der Hand. Haern zuckte zusammen. Wenigstens starb der Mann tapfer, auch wenn er nichts bewirkte ...

Doch in dem Moment sah er, wie ein Kind neben dem Kutschbock vom Karren sprang und in den Wald lief. Haern fuhr zusammen. Das Kind rannte direkt auf ihn zu.

»Schnappt ihn euch!«, schrien die Reiter. Einer galoppierte zum Waldrand, stieg ab und stürmte mit dem Schwert in der Faust hinter dem Kind her. Haern presste sich mit dem Rücken gegen einen Baum. Sollte er sich einmischen? Würden sie den Jungen ermorden oder ihn einfach nur gefangen nehmen? Ging es hier um Lösegeld? Es gab so viel, was er nicht wusste. Zu viel!

Der Junge rannte an ihm vorbei, dicht gefolgt von den Soldaten. Haern sah nur zu, wie gelähmt vor Unentschlossenheit. Wenn er jetzt reagierte, würde er sich verraten. Acht Reiter ... welche Chance hätte er schon gegen so viele? Er würde sein Leben wegwerfen, und warum? Er wusste ja nicht einmal, ob der Junge nicht vielleicht sogar zu den Angreifern gehörte.

Der Soldat holte mit seinen längeren Beinen rasch auf. Er hatte das Schwert immer noch in der Hand, und Haern erkannte an seiner Haltung, dass der Mann einen Stoß vorbereitete. Er wollte den Jungen nicht gefangen nehmen oder ein Lösegeld erpressen. Haern verfolgte die beiden. Er kam sich im Schnee langsam und ungeschickt vor. Der Junge sah sich um, erblickte seinen Verfolger und stolperte. Haern hätte gern aufgeschrien, wagte jedoch nicht, seine Position zu verraten. Der Soldat hatte den Jungen erreicht und stieß mit seinem Schwert zu. Blut spritzte auf den Schnee.

Haern rammte den Soldaten mit der Schulter und schleuderte ihn auf den Rücken. Bevor sein Widersacher wieder aufstehen konnte, zückte Haern sein Langmesser, schlug die schwächliche Verteidigung beiseite und rammte dem Mann die Klinge in den Hals. Der Mann spuckte gurgelnd Blut, zitterte und lag dann regungslos da.

»Hast du ihn?«, rief jemand von der Straße.

Haern ignorierte ihn und sah stattdessen den Jungen an. Der lag auf dem Rücken und zitterte am ganzen Leib. Der Schwertstoß hatte seinen Arm bis zum Knochen durchbohrt. Dann war ihm die Klinge in die Brust gedrungen. Er atmete noch, und es klang nicht rasselnd. Offenbar hatte die Schwertspitze keine lebenswichtigen Organe verletzt. Wenn man ihn ordentlich behandelte, würde er es überleben, aber im Moment war er vollkommen starr vor Schreck. Er brauchte Zeit, die Haern bedauerlicherweise nicht hatte. Er schnitt einen Streifen von seinem Umhang ab und verband den verletzten Arm. Dann nahm er die Hände des Jungen und drückte sie fest auf die Wunde in seiner Brust.

»Sei ganz leise und rühr dich nicht«, flüsterte Haern und lehnte ihn behutsam an den nächsten Baum. »Ich komme zu dir zurück, das verspreche ich. Ganz gleich, was du auch tust, nimm deine Hand nicht weg.«

Dann stand er auf, zog seine Langmesser und warf einen Blick auf die Straße. Durch den Schnee und zwischen den Bäumen sah er die schattenhaften Umrisse der Reiter. Im Wald waren die Pferde nutzlos. Solange sie nicht wussten, dass er hier war, hatte er eine Chance.

Vorsichtig schlich er durch den Schnee, tief geduckt versteckte er sich hinter Baumstämmen. Es war ruhig im Wald, und er hörte ihre Diskussion, die ständig hitziger wurde, sehr klar.

»Terrance!«, schrie jemand. »Wo steckst du? Hat dieses Balg dich etwa abgeschüttelt?«

»Jerek, Thomas, sucht ihn, und zwar schnell. Ich habe keine Lust, länger durch dieses Wetter zu reiten als unbedingt nötig.«

Haern lächelte über sein Glück. Er hielt sich versteckt und sah zu, wie zwei weitere Männer direkt an ihm vorbeigingen. Er schlich ihnen nach, aber dann blieben sie plötzlich stehen.

»Siehst du das, Jerek?«, fragte der Mann namens Thomas und zeigte auf den Boden. »Irgendetwas stimmt da nicht.«

Sie zogen ihre Schwerter und sahen sich um, während Haern begriff, auf was er gezeigt hatte. Auf die Fußspuren, die er im Schnee hinterlassen hatte, als er den Soldaten und dem Jungen gefolgt war.

Diese verdammte Wildnis!, dachte Haern. *Jede Stadt ist mir tausendmal lieber.*

Sie folgten den Fußspuren, aber sie beeilten sich nicht mehr. Das Überraschungsmoment war vereitelt. Haern schlich ihnen weiter nach und hielt sich in der Deckung der Bäume, falls sie sich umsahen. Dann fanden sie den Leichnam des Soldaten.

»Hab sie gefunden!«, rief Jerek. »Scheiße! Man hat ihm die Kehle durchgeschnitten!«

Haern gab den Versuch auf, sich ihnen verstohlen zu nähern. Er wusste, dass er seine Schritte nicht dämpfen konnte. Das Knirschen des Schnees alarmierte die beiden Männer, und sie drehten sich um. Aber er war schon zu nah und außerdem viel zu schnell. Er rammte Thomas seine Klinge in den Unterleib und schlitzte ihn auf, während er sich unter dem Schlag des Sterbenden wegduckte. Dann drehte er sich zu Jerek herum. Statt ihn jedoch verzweifelt anzugreifen, wie Haern erwartet hatte, wich Jerek zurück, packte sein Schwert mit beiden Händen und nahm eine Verteidigungsposition ein. Das nötigte Haern Respekt ab, aber es nervte ihn auch. Er hatte nicht die Zeit, gegen einen ebenbürtigen Gegner zu kämpfen. Er musste den Mann töten, bevor andere Soldaten in den Kampf eingreifen konnten.

»Ein Hinterhalt!«, kreischte Jerek. »Das ist ein verfluchter Hinterhalt!«

»Einer gegen fünf«, erwiderte Haern verächtlich. »Toller Hinterhalt.«

»Wir sind zu sechst«, verbesserte ihn Jerek.

Haern zuckte mit den Schultern.

»Du wirst schon sehr bald sterben.«

Er täuschte einen Angriff an, trat dann nach links und griff richtig an. Jerek schluckte zwar den Köder, aber es war nicht genug. Es gelang ihm, die beiden Schläge von Haern zu parieren, aber dabei überdehnte er seine Position. Haern überwand mit einem Schritt den Abstand zwischen ihnen und rammte dem Mann einen Ellbogen in die Brust, während ihre Klingen sich kreuzten. Jerek versuchte, sich zu lösen, aber Haern verlagerte erneut sein Gewicht und stellte ihm den rechten Fuß in den Weg. Als Jerek zurücktrat, stolperte er. Mehr brauchte Haern nicht.

»Jerek? Thomas?«, fragte ein anderer Soldat, als er sich dem Ort des Gemetzels näherte. Haern beobachtete ihn von seinem luftigen Sitz aus, während er versuchte, so leise wie möglich zu atmen. Es waren nur drei Soldaten gekommen, nicht alle fünf, was bedeutete, dass einer zurückgeblieben war, um den älteren Mann zu beschützen. Wahrscheinlich war das ihr Anführer. Sie waren nur ein paar Schritte von der Stelle entfernt, an der der Junge lag, aber als sie auf die Leichen ihrer Kameraden stießen, blieben sie stehen. Zwei von ihnen waren mit Schwertern bewaffnet, während der Dritte eine Armbrust in der Hand hielt. Sie sahen sich suchend um, hoben aber für keinen Moment den Blick. Ein Fehler.

Haern sprang von dem Ast herunter, durchtrennte einem

mit einem Hieb das Genick und zerschlug die Sehne der Armbrust. Er trat dem Mann in die Brust, um ihn zurückzuschleudern, weil er den Platz brauchte. Der andere Schwertträger griff ihn an, aber Haern bauschte seinen Umhang auf, um ihn über seine wahre Position zu täuschen. Der Schlag des Mannes traf nur Luft und Tuch. Haern wirbelte weiter, hinterließ eine tiefe Wunde auf dem Arm seines Widersachers, dann drehte er sich in die andere Richtung und rammte dem Bewaffneten sein Langmesser in den Bauch, unmittelbar unterhalb der Rüstung.

Sein Arm brannte vor Schmerz. Instinktiv schlug er zurück, und seine Klinge fuhr dem Armbrustschützen über den Mund. Der Mann ließ den Dolch los, den er gezückt hatte, und umklammerte seinen Kiefer, während das Blut zwischen seinen Fingern hindurchsickerte. Er wollte etwas sagen, aber es kam nur ein unverständliches Schluchzen. Haern blickte auf seinen Arm. Die Wunde würde eine Narbe hinterlassen, aber sofern sie sich nicht infizierte, würde er sich wieder erholen. Verärgert wegen seines Fehlers stürzte er sich auf den letzten Überlebenden, der sich zur Flucht wandte. Mit einem Tritt brach er ihm das Knie, und der Mann stürzte zu Boden. Haern durchbohrte seine Lunge mit seinen Langmessern, und der Mann hörte auf zu schluchzen.

Fluchend wegen des Schmerzes in seinem Arm näherte sich Haern der Straße. Er ließ das Blut auf den Klingen, um einen möglichst brutalen ersten Eindruck zu machen. Das Rot hob sich deutlich gegen den Schnee ab und ließ die Langmesser noch gefährlicher aussehen. Als er zwischen den Bäumen hinaustrat, sah er die beiden Reiter auf der gegenüberliegenden Seite des Weges. Der Jüngere hob seine Armbrust und feuerte. Der Bolzen riss ein Loch in seinen Umhang, als sich Haern zur Seite warf. Dann sprang er hinter einen Baum und kam auf der anderen Seite wieder hervor, aber der Soldat machte keine Anstalten, seine Waffe neu zu laden.

»Wer bist du, Fremder?«, fragte der ältere Mann. »Was versprichst du dir davon? Willst du Gold?«

»Du stellst zu viele Fragen.« Haern beobachtete den letzten Soldaten. Er schob seine Hand dichter zu seiner Hüfte, aber aus welchem Grund?

»Dann beantworte mir eine Frage: Ist der Junge noch am Leben?«

»Das weiß ich nicht, und es kümmert mich auch nicht. Er war nur eine Ablenkung. Selbst wenn er überlebt, ist er bis morgen früh erfroren.«

Den Anführer schien diese Antwort zu befriedigen. Haern verkniff sich jede Reaktion. Er blinzelte nicht, noch zuckte er mit einem Muskel.

»Gut«, sagte der ältere Mann. »Was willst du dann jetzt noch? Du kannst uns nicht töten, und du kannst nicht mit meinem Gold entkommen. Du müsstest die Ochsen ins Geschirr spannen und mit ihnen viele Tage bis zur nächsten Stadt fahren. Also akzeptiere mein Angebot. Lass uns gehen, dann erlaube ich dir, dass du so viel Gold mitnimmst, wie du tragen kannst.«

»Du willst dir deine Sicherheit mit etwas erkaufen, das ich mir auch unentgeltlich nehmen könnte?«

»Unentgeltlich? Nichts ist unentgeltlich, Dieb. Alles wird mit Schweiß und Blut erkauft. Komm und vergieß es, wenn du es wagst.«

Haern lachte leise. Wer auch immer dieser Mann sein mochte, er erinnerte ihn an seinen Vater. Es war kein besonders schmeichelhafter Vergleich.

»Geht«, sagte er. »Ich habe keine Verwendung ...«

Er rollte sich hinter den Baum, und das Wurfmesser bohrte sich in die Rinde. Der Soldat hatte es mit beeindruckender Genauigkeit aus der Hüfte geschleudert. Haern lachte hinter dem Baum.

»Reitet weg!«, schrie er ihnen zu. »Selbst wenn ihr hundert dieser Wurfmesser hättet, würde das nichts ändern. Flieht oder sterbt!«

Er lauschte und wartete. Die beiden Männer unterhielten sich leise, dann ritten sie nach Norden davon. Haern seufzte und betrachtete seinen Arm. Die Wunde blutete immer noch, und der Schmerz war stärker geworden. Aber das musste warten. Er machte sich auf den Weg zu dem Jungen, der schrecklich blass aussah.

»Tut mir leid, dass ich deine Wunden nicht früher verbinden konnte«, sagte er, als er sich neben ihn kniete. Er schob die Hände des Jungen weg und betrachtete die Stichwunde. »Du kannst Ashhur danken, dass das Schwert keinen Zentimeter tiefer eingedrungen ist, sonst wärst du ebenso tot wie die anderen.«

Er schnitt noch ein Stück von seinem Umhang ab, verband die Brustverletzung des Jungen und kümmerte sich dann um seinen Arm. Der Junge hatte bis jetzt kein Wort gesagt, sondern ihn nur mit glasigem Blick beobachtet. Haern fürchtete, dass er vielleicht ohnmächtig würde, und gab ihm ein paar Ohrfeigen.

»Bleib bei mir«, sagte er. »Ich habe für dich geblutet. Jetzt bleib wenigstens am Leben.«

Der provisorische Verband, den er vorher angelegt hatte, war bereits blutdurchtränkt. Er entfernte ihn, schnitt einen weiteren Tuchstreifen ab und verband die Wunde neu. Er spielte mit dem Gedanken, dem Jungen den ganzen Arm abzunehmen, aber das sollte jemand entscheiden, der sich besser in der Heilkunst auskannte. Solange er nicht grün anlief und verfaulte, hatte der Junge eine Chance, den Arm behalten zu können.

»Wie ist dein Name?«, fragte er ihn, als er dem toten Soldaten, der neben ihnen lag, das Hemd vom Körper riss. Als der Junge nicht antwortete, schnippte Haern ein paarmal vor seinen Augen mit den Fingern. Er bekam immer noch keine Antwort. Seufzend zerschnitt er das Hemd und machte daraus eine Schlinge.

»Komm schon, wie heißt du? Wir sind Freunde, Blutsbrüder, Reisegefährten im Schnee. Dir ist doch nicht zu kalt, um zu sprechen, oder?«

Nach ein paar Sekunden schüttelte der Junge den Kopf. Gut. Wenigstens war er noch bei Bewusstsein. Haern nahm einem weiteren toten Soldaten den Umhang ab, wickelte ihn um den Jungen und hob ihn dann in seine Arme. Sein verletzter Arm protestierte, also verlagerte er das Gewicht des Knaben auf seine Schulter.

»Ein Name«, sagte er. »Ich wüsste wirklich gern deinen Namen.«

Der Junge sackte zusammen und wurde ohnmächtig. Haern seufzte. Er trat wieder auf den Weg und betrachtete die Reste des Gemetzels. Während er den Kampfplatz absuchte, legte er den Jungen neben das Feuer. Das alles war überhaupt nicht logisch. Die Männer waren gut bewaffnet und ausgestattet, und sie trugen das Wappen eines Lords. Als er in die Wagen blickte, sah er dasselbe Symbol auf den Kisten. Selbst auf dem Harnisch der Ochsen war das Wappen eingestanzt, eine Sichel vor einem Berg.

Hätte er Zeit gehabt, hätte er das Gold vielleicht verstreut oder versteckt. Aber er hatte keine Zeit. Wütend über seine Verwirrung und Hilflosigkeit zog er mit dem Schwert ein Auge in den Boden neben dem Feuer, wo kein Schnee lag. Darunter kritzelte er sein Zeichen: der Wächter. Vielleicht zog er so wenigstens einen Vorteil aus dieser ganzen Geschichte. Sollten die Diebe doch wissen, dass sie selbst außerhalb von Veldaren nicht sicher vor ihm waren.

»Also gut, Junge«, sagte er, als er zum Feuer zurückkehrte. »Hier ist es sicher schön warm, aber wir müssen weiter. Ich kann mich zwar nicht mehr an den letzten Bauernhof erinnern, an dem ich vorübergekommen bin, aber es ist unsere einzige Chance. Kannst du gehen?«

Er bekam keine Antwort. Haern bandagierte seinen eigenen Arm, öffnete den Deckel einer der Kisten und schnappte sich eine Handvoll Münzen. Die Prägung erkannte er sofort; es war das Wappen der Gemcrofts.

»Was hast du mit den Schlangen zu schaffen?«, fragte er sich laut. Zu schade, dass er niemanden befragen oder Nachforschungen anstellen konnte. Er stopfte etliche Münzen in seine Taschen, nahm den Jungen auf seine Arme und machte sich auf den Weg nach Süden.

Es gab noch einen Grund, warum er sich beeilen musste. Die beiden, die geflüchtet waren, würden zweifellos zurückkehren, und er hatte das Gefühl, dass sie dann weit mehr als nur acht Leute wären. Bei jedem Schritt verfluchte er den Schnee, den Wind, die Kälte und seine Achtlosigkeit, die ihm eine Schnittwunde eingebracht hatte. Der Junge schlief währenddessen in seinen Armen. Bei Einbruch der Nacht hatte Haern das Gefühl, er würde gleich zusammenbrechen. Er verließ die Nordstraße, trat den Schnee vor einem Baum zur Seite und setzte den Jungen auf den Boden. Er wickelte ihn fester in seine Umhänge und gab sich alle Mühe, die Hoffnung nicht vollends zu verlieren. Die Lippen des Jungen waren blau und seine Haut kreideweiß. Er hatte viel Blut verloren und das ausgerechnet jetzt, wo er seine Wärme am meisten brauchte.

Haern blieb stehen und zog ein Medaillon an einer silbernen

Kette aus seinem Hemd. Es war ein goldener Berg, und während er es in der Hand hielt, betete er für den Jungen.

»Halte ihn warm und am Leben, Ashhur. Und vergiss mich ebenfalls nicht. Ich könnte deine Hilfe verdammt gut gebrauchen.«

Er steckte das Medaillon wieder zurück und setzte sich neben den namenlosen Jungen. Er zog ihn dicht an sich, sodass sie sich gegenseitig wärmten.

»Es wird besser«, sagte er, obwohl er nicht wusste, ob der Junge ihn hören konnte. Er war so dick eingepackt, dass Haern nicht einmal seine Augen sehen konnte. »Mach dir keine Sorgen wegen der Schmerzen. Wie mein Vater einmal sagte: Der Schmerz ist nur ein Werkzeug, das du immer unter Kontrolle haben solltest. Er belehrt uns, wann wir irren. Und er irritiert und schwächt unsere Widersacher. Was dich angeht, er wird dir für den Rest deines Lebens helfen. Wen kümmert schon ein alberner Kratzer, wenn er einmal einen Stoß abgekriegt hat, der bis auf den Knochen gegangen ist, richtig?«

Er kam sich ziemlich dumm vor, weil er die ganze Zeit redete, aber er machte dennoch weiter. Irgendwann hörte er das Schnarchen des Jungen und lehnte seinen Kopf an die Baumrinde. Er blickte zu den Wolken hinauf.

»Könntest du nicht wenigstens dem Schnee ein Ende machen?«, fragte er Ashhur.

Ashhur ließ sich nicht zu einer Antwort herab.

Haern schlief die ganze Nacht und wurde nur einmal durch Hufschläge geweckt. Er drückte sich fester an den Baum und blieb vollkommen regungslos liegen. Aus den Augenwinkeln sah er das Licht von Fackeln. Die Reiter konnten wegen des frischen Schneefalls seine Fußspuren nicht sehen, die von der Straße abbogen, und ritten vorbei.

»Schon gut, Ashhur«, flüsterte Haern, nachdem sie außer Sichtweite waren. »Lass es ruhig weiterschneien.«

Er schloss die Augen und lehnte den Kopf gegen den des Jungen. Er schlief bis zum Morgen.

Haern hatte schon für sich allein nur wenig Essen und Wasser, geschweige denn für zwei. Er aß, weil er Kraft brauchte, um den Jungen zu tragen. Aber er bemühte sich, das Kind dazu zu bringen, etwas zu trinken. Nach nur wenigen Schlucken weigerte sich der Junge. Haerns Rücken schmerzte, sein Arm pochte, aber er zwang sich, den Schmerz zu unterdrücken. Das hatten ihm seine vielen Lehrer beigebracht. Er trug den Jungen weiter und blieb jede Stunde stehen, um sich auszuruhen und Atem zu schöpfen. Jedes Mal, wenn er den Jungen absetzte, brach der auf dem Boden zusammen.

Und ich habe gehofft, dass er gehen könnte, dachte Haern.

Er schüttelte den Kopf und hatte sofort ein schlechtes Gewissen. Natürlich konnte der Junge nicht gehen. Er stand an der Schwelle des Todes. Dass er überhaupt die Augen geöffnet hatte, war schon ein Wunder.

Sie gingen weiter auf der Straße, ohne anderen Reisenden zu begegnen. Offensichtlich war niemand sonst dumm genug, um bei einem derartigen Wetter nach Norden zu reisen. Am Morgen hatte es aufgehört zu schneien, und als er der Straße folgte, bemerkte er das Chaos aus Hufspuren. Aber sie kreuzten sich nicht und schienen auch nicht in die entgegengesetzte Richtung geritten zu sein. Trotzdem blieb Haern wachsam. Er war nicht in der Verfassung, gegen eine Gruppe Reiter zu kämpfen.

Geh weiter, sagte er sich. Geh weiter. Mach weiter. Der Sohn von Thren Felhorn würde nicht unbemerkt in der Wildnis sterben. Das konnte nicht sein, und es würde nicht passieren.

Am Ende des zweiten Tages fand er endlich einen Bauernhof. Er überquerte die Felder, während jeder Knochen in seinem Körper vor Schmerz protestierte. Der Junge hatte den ganzen Tag nichts getrunken und glühte vor Fieber. Es machte fast den Eindruck, als würde nur die Kälte verhindern, dass er bei lebendigem Leib verbrannte. An der Tür des Hauses blieb er stehen, schlug seine Umhänge über seine Langmesser und klopfte.

»Ich bin in Not!«, schrie er. Es überraschte ihn, wie heiser seine Stimme klang. »Bitte, ich habe ein verletztes Kind bei mir.«

Die Tür wurde einen Spalt geöffnet. Im gelben Licht von Lampen sah er das Schimmern eines alten Kurzschwertes. Ein Mann warf einen Blick durch den Spalt und sah den Jungen in seinen Armen.

»Der Winter nähert sich dem Ende«, sagte der Mann. »Wir haben kaum noch etwas übrig.«

»Ich zahle«, sagte Haern. »Bitte, ich bin seit Tagen ohne Pause gelaufen.«

Der Mann warf einen Blick ins Innere des Hauses, flüsterte etwas und nickte dann.

»Komm herein«, sagte der Bauer. »Und bei Ashhurs Gnade bete ich, dass du uns nichts Böses willst.«

Haern trat ein und fand die ganze Familie im Vorderzimmer versammelt. Sie hatten sich in Decken gewickelt und saßen um einen Ofen herum, dessen Hitze sich wundervoll auf Haerns Haut anfühlte. Zwei Mädchen kauerten nebeneinander. Sie hatten hübsche braune Haare. Der Bauer hatte auch zwei Jungen, von denen einer bereits ein bisschen älter war. Sie hielten Messer in den Fäusten, als wollten sie ihrem Vater helfen, sollte es zu Blutvergießen kommen. Seine Frau kümmerte sich um das Feuer.

»Er hat Fieber«, erklärte Haern und ließ den Jungen sanft

neben dem Kamin zu Boden. »Und er hat seit Tagen nichts gegessen oder getrunken.«

»Ich hole etwas Wasser.« Die Frau stand auf, warf ihrem Ehemann einen besorgten Blick zu und verschwand dann im Nebenzimmer.

»Mein Name ist Matt Pensfeld.« Der Bauer reichte Haern die Hand, der den Händedruck erwiderte. Erschrocken merkte er, wie sehr seine eigene Hand zitterte. Er hatte zwar nicht viel gegessen, aber hatte ihm das tatsächlich so stark zugesetzt?

»Haern«, erwiderte er, zog seine Umhänge fester um sich und betrachtete das Haus. Es war durchaus gemütlich, und nirgendwo herrschte Zugluft. Der Mann hatte es sehr gut gebaut.

»Ich kenne einige Haerns«, sagte Matt, als seine Frau zurückkehrte. Er sah hart aus, hatte Bartstoppeln auf seinem kantigen Kinn, aber er sprach klar und einfach und schien sich etwas zu entspannen, da Haern nicht gewalttätig wirkte. »Es sind gute Männer, die etliche Felder westlich von hier besitzen. Wie lautet dein ganzer Name? Vielleicht haben sie ja von dir gesprochen.«

»Nur Haern«, erwiderte er und deutete mit einem Nicken auf den Jungen. »Und seinen Namen weiß ich nicht. Ich habe ihn verletzt gefunden. Warum, muss dich nicht interessieren. Dieses Zimmer dort, ist das deine Küche? Können wir vielleicht unter vier Augen reden?«

Der Bauer wurde sofort wieder besorgter, nickte aber trotzdem.

»Das können wir.«

Sobald sie in dem anderen Zimmer waren, senkte Haern seine Stimme zu einem Flüstern.

»Ich habe eine schwierige Bitte an dich«, sagte er. »Du musst dich um diesen Jungen kümmern, bis er wieder gesund ist. Ich kann nicht hierbleiben.«

»Wir haben nicht genug Essen, um ...«

Er unterbrach sich, als Haern eine Handvoll Münzen aus der Tasche zog und sie auf den Tisch fallen ließ. Der Bauer riss die Augen auf. Das Gold schimmerte in dem gedämpften Licht.

»Es werden Leute kommen, die Jagd auf ihn machen«, fuhr Haern fort. »Was auch passiert, behandle ihn wie dein eigenes Kind. Sobald er wieder gesund ist, kann er dir seinen Namen nennen und dir sagen, wer seine Familie ist, vorausgesetzt, sie ist noch am Leben. Liefere ihn bis dahin niemandem aus!«

»Und wenn man mir mit Gewalt droht?« Matts Blick wurde von dem Gold angezogen.

»Würdest du eine deiner Töchter ausliefern?«

Der Bauer schüttelte den Kopf. »Nein. Das würde ich nicht.«

Haern ließ seinen Umhang auf der linken Seite herunterrutschen und zeigte dem Mann eines seiner Langmesser.

»Ich hoffe, du verstehst«, erklärte er. »Wenn ich zurückkehre und feststelle, dass er missbraucht wurde oder tot ist, werde ich es dir zehnfach mit Blut vergelten.«

»Er ist krank und verletzt. Wenn er an dem Fieber stirbt?«

Haern lächelte, und seine Augen schimmerten ebenso kalt, wie er sich selbst fühlte.

»Wie sehr vertraust du darauf, dass deine Kinder und deine Frau die Wahrheit sagen? Ich werde so oder so herausfinden, was mit ihm passiert ist. Gib mir keinen Grund, an deinen Worten zu zweifeln.«

Matt schluckte. »Ich verstehe. Das Land ist hart, und wir haben schon vorher Kinder aufgenommen. Sobald er geheilt ist und das Wetter umschlägt, bringe ich ihn dorthin, wohin er will. Wenn er es nicht weiß, nun, auf einem Bauernhof kann man immer ein paar Hände mehr gebrauchen.«

Haern schlug ihm auf die Schulter und hätte fast gelacht, als der Mann ängstlich zusammenzuckte.

»Guter Mann«, sagte er. »Wie wäre es jetzt mit einer warmen Mahlzeit?«

Er aß eine kräftige Suppe, während er beobachtete, wie sich die Frau des Bauern um den Jungen kümmerte. Sie legte ihm ein nasses Tuch auf die Stirn und versorgte seine Wunden weit besser, als er es getan hatte. Dann gab sie ihm mit einem Löffel langsam Wasser zu trinken. Haern war beeindruckt. Offenbar wussten diese Pensfelds, wie man zurechtkam. Wer auch immer der Junge sein mochte, was eine kurzzeitige Pflegefamilie anging, hätte er es weit schlechter treffen können.

Die Suppe tat Wunder für seine Stimmung. Die Wärme drang in seine Brust und verbreitete sich von dort langsam in all seine Gliedmaßen. Zusammen mit der Hitze des Holzfeuers fühlte er sich innen und außen gewärmt. Er spürte, wie sich seine Muskeln nach der Anstrengung verkrampften, weil er sich nicht bewegte, und streckte sich in den engen Räumlichkeiten, so gut er konnte.

»Du kannst die Nacht hier verbringen, wenn du willst«, sagte Matt, als es langsam dunkel wurde. »Ich wäre ein erbärmlicher Kerl, wenn ich einen Gast hinauswerfen würde, wenn die Sonne gerade untergeht.«

»Danke dir«, sagte Haern. Er rückte ein Stück vom Feuer ab, damit sich die Kinder daran wärmen konnten. Dann schüttelte er die Decken um seinen Körper und schloss die Augen. Zum ersten Mal in seinem ganzen Leben fand er sich in einem echten Heim wieder, zusammen mit einer richtigen Familie. Die Kinder stritten sich, aber ihr Streit hatte eine harmlose Vertrautheit. Er dachte an seine eigene Kindheit, in der er niemals jemanden seines Alters kennengelernt hatte. Sondern nur die ganze Parade von Tutoren und Lehrern, die ihm beibrachten, zu lesen, zu schreiben, sich zu bewegen und zu töten. Hatte er sich jemals auf dem Boden neben einem Feuer zusammengerollt, umringt von einer Familie, die ihm nichts Böses wollte? Hatte er sich jemals in einem Haus so friedlich gefühlt? Hatte er jemals ...?

Er schlief ein, und seine Träume waren langweilig und ruhig. Er konnte sich nicht an sie erinnern, als er wieder aufwachte.

6. KAPITEL

Es war Velianas dritter Versuch, Todesmaske zu töten, und zum ersten Mal war sie persönlich daran beteiligt. Sie lag auf dem Dach ihres Hauptquartiers, eine Armbrust in der Hand. Die bleiche Wintersonne schien auf sie herunter, und jetzt war sie froh, dass es Winter war. Zu jeder anderen Jahreszeit hätte sie auf den Holzschindeln des schattenlosen Daches wie wahnsinnig geschwitzt.

»Und wenn du vorbeischießt?«, erkundigte sich Garrick. Er stand hinter ihr, damit man ihn von der Straße aus nicht sehen konnte.

»Dann erledigt Rick ihn.« Veliana deutete auf das Haus auf der gegenüberliegenden Straßenseite. Auf dessen Dach lag ebenfalls ein Mann in Grau. Neben ihm lag eine Armbrust.

»Ich kann einfach nicht glauben, dass er immer noch nicht tot ist«, sagte Garrick, als er ein Stück Rotblatt aus der Tasche zog und darauf herumkaute. »Sind unsere Männer wirklich so unfähig?«

Veliana verdrehte die Augen. Der erste Versuch, Todesmaske zu töten, war ein einfacher Überfall mitten in der Nacht gewesen und der Versuch, ihn zu erdolchen. Sie hatte dafür einen ihrer unbedeutenden Schläger ausgesucht. Am nächsten Morgen fanden sie den verfaulenden Leichnam des Mannes neben dem Bett von Todesmaske. Niemand wusste, wie er gestorben war. Todesmaske war über den Versuch nicht einmal verärgert gewesen. Veliana unterdrückte ein Lachen.

Verdammt, der Kerl hatte ihr sogar auf dem Weg zum Frühstück zugezwinkert!

Der zweite Versuch bestand genau genommen aus drei unterschiedlichen Versuchen, sein Essen zu vergiften. Aber er hatte nichts davon angerührt. Und während des dritten Versuchs hatte Veliana ihn dabei erwischt, wie er seine Hand über seine Mahlzeit geschwenkt hatte. Noch am selben Tag waren ihre beiden Köche gestorben. Sie hatten Blut erbrochen. Garrick tobte und behauptete, sie hätten das Gift falsch verwendet, aber Veliana wusste es besser.

»Wir haben ihm eine einfache Aufgabe gegeben«, erklärte Veliana und zielte mit der Armbrust auf ihre Tür. »Er soll Schutzgeld von ein paar Händlern ein paar Blocks entfernt einsammeln. Wenn er aus dieser Tür herauskommt, sollte er sehen, wie Rick sich darauf vorbereitet, auf ihn zu schießen. Ich bin mir sicher, dass er es merkt. Er ist viel zu clever, als dass ihm das nicht auffallen würde. Vielleicht läuft er weg, oder er wirkt einen Bann. Oder er tut einfach nur so, als würde er es nicht sehen. Das spielt keine Rolle. Denn in dem Moment werde ich ihm einen Bolzen in den Rücken schießen.«

»Du bist sehr zuversichtlich«, erwiderte Garrick. »Denk daran, wenn das hier schiefgeht, mache ich den nächsten Plan. Das hier war deine letzte Chance, die Sache sicher und sauber zu erledigen.«

»Ich dachte mir schon, dass du es gerne sicher hast«, murmelte sie leise.

»Was?«

»Ich sagte, wir sollten es uns noch mal überlegen. Er ist wirklich sehr fähig. Wenn er nun nicht im Sold von irgendjemand anderem steht, um uns auszuspionieren? Wenn er wirklich eine Position in unserer Gilde haben möchte?«

Garrick lachte leise. »Wenn er so gut ist, warum sollte er sich dann ausgerechnet unsere Gilde aussuchen? Wir sind nicht gerade die einflussreichste Gilde. Andere Gilden wären viel besser für ihn geeignet. Oder warum wird er kein Söldner? Die Bezahlung wäre viel besser, und er könnte so viele von uns töten, wie er will. Die Trifect hätte ihn bestimmt liebend gern auf ihrer ...«

»Still«, zischte Veliana.

Die Tür ging auf, und Todesmaske trat heraus. Er trug wie immer seine rote Kutte und den dunkelblauen Umhang ihrer Gilde. Und wie immer in der Öffentlichkeit hatte er sich ein graues Tuch um das Gesicht gebunden, das alles bis auf seine Augen und sein Haar verbarg. Er kehrte ihr den Rücken zu. Sie warf einen Blick zu Rick, der ihr mit erhobenen Daumen ein Zeichen gab. Als sie wieder hinunter sah, starrte Todesmaske zu ihr hoch. Er schüttelte langsam den Kopf, als tadelte er ein Kind.

»Scheiße!«, flüsterte Veliana. Sie wich von dem Vorsprung zurück, als Garrick sie fragte, was los war. »Er hat mich gesehen.«

»Dann sollte Rick ...«

Er unterbrach sich, als sie beide sahen, wie Rick über den Dachrand stürzte. Blut strömte aus seinem Mund und seinen Ohren. Als seine Leiche auf dem Boden aufschlug, keuchte Veliana unwillkürlich auf. Rick hatte nicht einmal gefeuert. Seine Armbrust lag unbenutzt auf dem flachen Dach. Todesmaske lachte, und dann rief er ihr von der Straße aus etwas zu.

»Ich bin enttäuscht, Vel! Nur einer?«

Er ging nach Westen, und die beiden folgten ihm schweigend mit ihrem Blick. Veliana hatte nicht sehen können, was er Rick angetan hatte, aber das war auch nicht nötig. Todesmaske war kein normaler Dieb oder Betrüger. Nur ein Bann konnte das bewirkt haben, wessen sie gerade Zeugen geworden war, und zwar ein dunkler und mächtiger Zauber. Sie spielte ein Spiel gegen einen Widersacher, über den sie nichts wusste. Es war ein sicherer Weg, um zu verlieren.

»Dieser Hurensohn!«, zischte Garrick. »Er spielt mit uns. Er weiß, dass wir seinen Tod wollen, und es kümmert ihn nicht einmal! Wenn wir nicht bald etwas unternehmen, werde ich zum Gespött der ganzen Gilde!«

»Selbstverständlich wirst du das«, erklärte Veliana, während sie aufstand. »Du versuchst grundlos und ohne jeden Beweis, jemanden zu töten, den du in unsere Gilde aufgenommen hast. Genau *das* wird den Rest unserer Leute aufwiegeln, nicht, dass du ihn nicht töten kannst. Bis jetzt hast du Glück gehabt, weil Todesmaske jeden umgebracht hat, der in diese Anschläge verwickelt gewesen war, aber irgendwann wird es sich herumsprechen.«

Sie erwartete, dass Garrick vor Wut explodieren würde, stattdessen jedoch grinste er sie amüsiert an.

»Du hast versagt, Vel, also werde ich jetzt den nächsten Versuch bestimmen. Genug von Gift und hinterhältigen Pfeilen. Es wird Zeit, dass du dir selbst die Hände blutig macht.«

»Hauptsache, du machst dir deine nicht blutig«, erwiderte sie und verbeugte sich spöttisch. Aber ihr Sarkasmus verbarg nur ihre Furcht. Sie konnte nicht ablehnen, nicht jetzt, wo Garrick gerade anfing, Rückgrat zu entwickeln. Aber wollte sie sich wirklich mit Todesmaske anlegen?

Sie ließ sich vom Rand des Daches hinab, landete auf einem Fensterbrett und sprang von dort auf die Straße hinunter. Ein genauerer Blick bestätigte, was sie bereits wusste. Todesmaske war mindestens ebenso geschickt wie sie, wenn nicht sogar ihr überlegen. In Ricks Hals fand sie ein dünnes Rasiermesser. Zweifellos hatte Todesmaskes Zauber keinen direkten Kontakt erfordert, und er hatte das Messer geworfen, um seinen Bann zu transportieren. Es war ein einfacher, narrensicherer Hinterhalt gewesen, und doch lag jetzt ihr Mann tot auf der Straße, und nicht ihr Opfer.

Gelächter drang vom Dach herunter. Sie bedachte Garrick mit einer obszönen Geste, weil sie wusste, dass er am Rand des Daches stand und sie beobachtete. Sollte er doch. Ganz gleich, was Garrick dachte, die Aschegilde gehörte ihr, und daran würde sie ihn bald erinnern. Zweifellos betrachtete er den bevorstehenden Anschlag auf Todesmaske als eine perfekte Lösung, bei der er nur gewinnen konnte. Denn entweder würde sie oder Todesmaske sterben. Es musste eine andere Möglichkeit geben. Und wichtiger noch war, dass sie einen Ersatz für ihn finden musste, und zwar bald.

»Begrabt Rick!«, befahl sie ihren Wachen an der Tür, als sie in das Hauptquartier ging, um nachzudenken.

Jede Abweichung von Todesmaskes normalem Tagesablauf würde ihn sofort alarmieren, also übte sich Veliana in Geduld. Zwei Tage nach dem dritten fehlgeschlagenen Versuch ließ sie ihm von einem ihrer untergeordneten Mitglieder ausrichten, dass er Wachdienst hätte. Sie hoffte, dass die zähe, langweilige Nachtwache seine Sinne abgestumpft hatte, wenn sie zuschlug. Obwohl er sie dort schon einmal gesehen hatte, bezog sie wieder Position auf dem Dach und wartete. Vier Stunden vor Morgengrauen, als ihr schon selbst die Augen zuzufallen drohten, beschloss sie, dass es so weit war. Sie trank eine Mischung, die sie früher am Tag zubereitet hatte, eine Kombination aus starken Tees und Kräutern. Ein paar Minuten später fühlte sie, wie die Wirkung eintrat. Ihr Kopf tat zwar weh, aber ihre Müdigkeit war verschwunden.

Sie zog ihre Dolche und kroch zum Rand des Daches. Diesmal verwendete sie weder Pfeile noch Armbrustbolzen. Wenn er wirklich ein geschickter Bannwirker war, hatte sie nur die

Chance, ihn aus der Nähe zu erledigen, wo sie den komplizierten Bewegungsablauf stören konnte, den man bei einem Bann ausführen musste. Sie sah hinab. Er stand ein Stück von dem Gebäude entfernt und hielt Wache vor ihrem sicheren Haus, wie man es ihm befohlen hatte.

Verdammt, dachte sie. *Ich kann mich nicht direkt auf ihn fallen lassen. Aber er kann unmöglich wissen, dass ich komme, oder?*

Natürlich wusste er es. Vielleicht konnte er sogar ihre Gedanken lesen. Aber jetzt war der Moment gekommen. Er war sterblich. Er war fehlbarer. Sie war die Bessere. Und das musste sie beweisen, nicht nur Garrick, sondern auch sich selbst.

Sie sprang vom Dach, stumm wie ein Geist. Mit ihren Dolchen zielte sie nach seinem Nacken und beugte die Knie, als sie sich darauf vorbereitete, die Wucht ihres Aufpralls abzufangen. Begeisterung durchströmte sie, und der Wind wehte in ihrem Haar, als sie fiel. In der halben Sekunde, die es dauerte, sah sie, wie er sich umdrehte und einen Schritt zur Seite trat. Sie wand sich, geriet in Panik. Er hatte es gewusst. Irgendwie hatte er es gewusst!

Sie rollte sich nach der Landung ab, was den Schmerz allerdings nur ein wenig milderte. Ihre Beine pochten, obwohl ihre Schulter den größten Teil ihres Gewichts abgefangen hatte. Es knackte, und sie spürte, wie ihre rechte Hand taub wurde. Sie hatte ihren Dolch verloren. Sie rollte sich weiter und zwang sich dazu, aufzustehen. Dann drehte sie sich um. Sie erwartete ihren Tod, irgendeinen Zauber, der ihr den Atem nahm oder ihr Blut aus der Nase spritzen ließ. Stattdessen stand Todesmaske vor ihr und schüttelte den Kopf.

»Das war bei Weitem nicht gut genug«, erklärte er. »Du musst stärker sein, schneller. Sonst bist du nutzlos für mich.«

Sie drückte ihre gefühllose Hand an die Brust und warf ihm einen finsteren Blick zu.

»Ganz gleich, was du vorhast, ich werde dir nicht helfen«, erklärte sie. »Ich habe zu hart gearbeitet, um zuzulassen, dass du alles zerstörst.«

»Zerstören?« Todesmaske schwang ausladend die Arme. »Ich bin gekommen, um zu perfektionieren, nicht um zu zerstören.«

Sie griff an. Schatten sammelten sich um seine Füße, zuckten hoch und bildeten eine Wand, die ihr Dolch nicht durchdringen konnte. Sie stach erneut zu, wirbelte herum und suchte nach einer Lücke. Es gab keine. Unsicher schloss sie die Augen und konzentrierte sich. Sie mochte angreifbar sein, aber solange die Schattenwand existierte, hatte sie Zeit. Macht strömte durch sie hindurch, sammelte sich in ihrem Dolch. Violettes Feuer überzog die Klinge, und mit einem Schrei stieß sie zu. Das Messer durchbrach die Wand, die zersprang und sich auflöste, als wäre sie aus Glas gemacht. Einen winzigen Moment lang genoss sie die Angst, die sich auf Todesmaskes Gesicht abzeichnete, bevor ihr Dolch seine Haut durchbohrte.

Aber die Wunde war nicht tödlich, und sie verwünschte ihr Pech. Sie hatte seine Position falsch eingeschätzt, und die Klinge hatte nur seine Seite gestreift und seine Kutte zerschnitten. Warmes Blut tropfte über ihre Hand. Sie standen sich so nah, dass es den Eindruck machte, als würde die Zeit stehen bleiben, während sie sich betrachteten und den nächsten Schritt für ihren Tanz vorbereiteten. Er zog eine Klinge, als er vor ihr zurückwich. Sie trat zu, das Messer flog durch die Luft, und sie stach erneut mit ihrem Dolch auf ihn ein und wünschte sich, sie hätte auch ihren anderen Dolch. Todesmaske wich noch weiter zurück und spreizte die Finger. Ein Blitz zuckte aus seinen Handflächen, nur war er schwarz statt weiß. Er blendete sie trotzdem, und ihr nächster Hieb zischte lediglich durch die Luft.

»Was ist los?«, fragte sie, als sie zwei Schritte Anlauf nahm und sprang. Ihr Absatz landete in seinem Bauch, und er stürzte keuchend zu Boden. »Wo ist der brutale Killer, der all meine Pläne vereitelt hat?«

Veliana fiel auf ein Knie und stieß nach seiner Kehle, ohne auf seine Antwort zu warten. Er packte ihr Handgelenk, gerade als die Spitze seine Haut ritzte. Ein Tropfen Blut lief über seinen Hals, während sie kämpften. Bei allen Göttern, er war stark!

»Er ist immer noch da«, erwiderte er. Aber jetzt war von Belustigung nichts mehr bei ihm zu spüren. Seine Stimme war kalt und gnadenlos. Sie spürte, wie ihr ein Schauer über den Rücken lief. Sie riss den Arm zurück, aber er hielt sie fest. Sie sahen sich in die Augen. Er hatte braune Augen. Wenn sie nur diese verfluchte Maske herunterreißen könnte! Wenn sie sein Gesicht sehen könnte, sich wieder ins Gedächtnis rufen könnte, dass er nur menschlich war! Denn seine Kraft schien übernatürlich.

Sie trat mit dem linken Bein zu und schlug ihm die Füße unter dem Körper weg. Er ließ sie nicht los, selbst während er stürzte. Sie prallten zusammen auf den Boden. Bei dem Aufprall verletzte sie sich ihre ohnehin schon betäubte Hand, und ihre Finger pochten schmerzhaft. Sie mussten verstaucht sein, wenn nicht sogar gebrochen. Die Spitze ihres Dolches schwebte immer noch nur Zentimeter vor seinem Hals, und sie war nicht in der Lage, zuzustoßen oder ihn zurückzuziehen. Er landete auf dem Rücken. Statt sich auf sie zu rollen, packte er ihren gesunden Arm mit beiden Händen.

»Ich könnte dir die Haut bis auf die Knochen versengen«, erklärte er. Sein Tonfall sagte ihr, dass er die Wahrheit sprach. »Bist du bereit zuzuhören, oder muss ich mir jemand anderen suchen?«

»Es gibt keinen anderen«, sagte sie und spannte sich an. »Dafür gebe ich dir keine Chance.«

Sie ließ den Dolch fallen, stieß sich mit ihren kräftigen Beinen ab und machte einen Überschlag. Ihre Knie landeten auf seiner Brust und pressten ihm die Luft aus der Lunge. Er umklammerte sie immer noch, aber dann rammte sie ihren Ellbogen in seine Kehle und erstickte damit seine nächsten Worte. Sie presste ihren Körper gegen seinen und drückte mit dem Ellbogen zu.

Ihre Stirnen berührten sich, aber er hielt immer noch ihre andere Hand fest.

»Was willst du? Welches Spiel spielst du? Wer bist du?«

Sie linderte den Druck auf seine Kehle gerade genug, dass er sprechen konnte. Ihre Nerven waren angespannt. Sobald er zusammenzuckte oder auch nur eine Silbe äußerte, die nach einem Bann klang, würde sie seine Luftröhre zerquetschen und ihn nach Luft ringend auf der Straße sterben lassen.

»Ich habe dir schon gesagt, dass ich keinen Namen habe.« Er sah sie an, ohne zu blinzeln.

»Blödsinn! Jeder hat einen Namen.«

»Meiner wurde mir genommen!«

Seine Wut schien seinen Körper zu erwärmen. Ihr Arm glühte förmlich an der Stelle, an der er ihn festhielt. Der Schmerz war fast unerträglich.

»Von wem?«, fragte sie leise. Sie wollte ihn beruhigen. Sie wollte Antworten, bevor sie sein Leben beendete.

»Das Konzil der Magier. Sie haben mich verbannt und mir meinen Namen gestohlen.«

»Verbannt? Weshalb?«

Er lachte.

»Jeder hat seine Geheimnisse, und ich muss meine behalten. Was wirst du tun, Veliana? Wirst du mich umbringen? Oder wirst du mir zuhören? Ich bin deine letzte Hoffnung. Deine Gilde zerfällt, und du hast Garrick nicht mehr unter Kontrolle, stimmt's?«

Ihr Zögern war Antwort genug, also machte sie sich nicht die Mühe, ihn anzulügen.

»Woher weißt du das?«, fragte sie.

Er schüttelte den Kopf.

»Ich werde keine Frage beantworten, solange ich einen Ellbogen an meiner Kehle habe. Lass mich aufstehen. Ich verspreche dir, dass ich dir heute Nacht nichts antun werde.«

Ihre Gedanken überschlugen sich. Er war gerissen und gefährlich. Sie konnte ihn töten, aber was gewann sie damit? Garrick bekam, was er wollte, und seine Paranoia würde neue Nahrung erhalten. Todesmaske hatte eindeutig einen Plan, aber was für einen? Konnte es der Plan des Konzils sein? Hatte er gelogen, was seine Verbannung anging? Nein, sein Ärger war zu ehrlich gewesen. Trotz der Maske spürte sie, dass er die Wahrheit sagte. Was dann? Was sollte sie machen?

Sie dachte an Garricks Spott, daran, dass er gesagt hatte, sie würde ihn zum Überleben brauchen.

»Steh auf.« Sie ließ ihn los, als er ihr Handgelenk freigab. »Und lass hören, was du zu sagen hast.«

»Ich werde dir nicht alles erzählen.« Er war aufgestanden und rieb sich den Hals. »Nicht, bevor ich weiß, ob ich dir trauen kann, und vielleicht nicht einmal dann. Fürs Erste muss es dir genügen zu erfahren, dass mein Auftrag vom Konzil lautete, die Gilden zu ... überwachen. Ich kenne deine wirklichen Fähigkeiten und deine Macht, Veliana. Ich weiß, dass Garrick nur eine Marionette gewesen ist und du die Fäden gezogen hast. Aber das ist jetzt nicht mehr der Fall, stimmt's? Etwas hat sich verändert.«

Er hob ihren Dolch auf und warf ihn ihr zu. Sie fing ihn

mit ihrer guten Hand und schob die kurzen Klingen in ihre Scheiden. Statt weiter zu reden, trat er zu ihr und betrachtete ihre andere Hand.

»Wenn ich dir etwas antun wollte, hätte ich es längst getan«, meinte er, als sie sich verspannte.

Er fuhr mit den Fingern über ihre, betastete die Knochen.

»Ausgerenkt«, sagte er. »Beiß auf den Griff deines Dolches, wenn du willst.«

»Mach es einfach.«

Er renkte ihre Finger wieder ein, einen nach dem anderen. Der Schmerz war ungeheuerlich, und nach dem dritten Finger lehnte sie sich an ihn, weil sie nicht alleine stehen konnte. Er hielt sie fest, und als er fertig war, zog er seine Maske ab und legte damit einen Verband um ihre Hand an. Durch die Tränen in ihren Augen betrachtete sie sein Gesicht. Seine Wut war verschwunden. Sie war nie gegen sie gerichtet gewesen, sondern gegen jene, die ihn verbannt hatten. Ihre Neugier wuchs. Welche Pläne hatte er für ihre Gilde?

»Hör mir zu.« Er flüsterte, als hätte er plötzlich Angst, dass sie belauscht wurden. Er beugte sich vor, bis seine Wange die ihre fast berührte. »Ich kann das nicht alleine bewerkstelligen. Ich möchte etwas Besonderes schaffen, etwas, das Veldaren noch nie zuvor gesehen hat. Ich will dich nicht belügen – du würdest nicht die neue Gildemeisterin werden. Aber du wärst immer meine rechte Hand.«

»Warum sollte ich Garrick gegen dich eintauschen, wenn meine Position dieselbe bleibt?«

Er lächelte, und ein bisschen von seinem alten Humor funkelte in seinen Augen.

»Weil ich dich respektiere. Garrick kennt nur Furcht. Was ist dir lieber? Und ich werde Garrick nicht ersetzen, nicht ganz. Ich habe ein weit größeres Ziel. Wir werden zu Legenden der

Unterwelt, Vel. Alles, was du tun musst, ist, meine Klugheit zu akzeptieren.«

Sie warf einen Blick auf ihre bandagierte Hand und sah ihm dann in die Augen.

»Ich muss darüber nachdenken.«

»Im Augenblick wird mir die Zeit knapp, aber du hast vielleicht einen Tag und eine Nacht, um dich zu entscheiden. Garrick wird schon bald mit seinen versteckten Tricks aufhören und versuchen, mich ganz offen zu töten, ohne Rücksicht auf die Auswirkungen. Ich brauche dich auf meiner Seite, wenn das passiert.«

Sie trat zurück.

»Bezieh wieder deinen Posten!«, befahl sie.

»Natürlich, Mylady.«

Bevor sie weggehen konnte, streckte er den Arm aus und hielt sie auf.

»Dieser Trick mit deinem Dolch«, sagte er. »Diese violette Flamme ... wo hast du das gelernt?«

Diesmal war es an ihr, zu lächeln.

»Jeder hat seine Geheimnisse.«

Das schien ihn zu amüsieren, und er trat zur Seite, damit sie an ihm vorbeigehen konnte. Sie ging ins Hauptquartier und legte sich auf ihre Pritsche. Nicht um zu schlafen, sondern um nachzudenken. Sie fühlte sich einsam und war verwirrt. Sie konnte sich niemandem innerhalb der Aschegilde anvertrauen und um Rat fragen, aber es gab eine Frau außerhalb der Gilde, die sterben würde, um ihre Geheimnisse zu schützen. Es war jemand, der sie vor einem schrecklichen Tod durch die Machenschaften eines widerlichen Mannes mit dem Spitznamen *Der Wurm* bewahrt hatte.

Veliana stand auf, zog dunklere Kleidung an und warf dann ihren grauen Umhang darüber. Sie verließ das Hauptquartier durch eine andere Tür als die, die Todesmaske bewachte, und stieg hinauf zu den Dächern. Sobald sie sich dort oben befand, legte sie den Umhang ab, der ihre Mitgliedschaft zur Aschegilde kennzeichnete, und machte sich auf, um Zusa hinter dem Anwesen der Gemcrofts zu treffen.

7. KAPITEL

Es war nach Mitternacht, als Arthur Hadfild vor den Toren des Gemcroft-Anwesens ankam. Er wurde von neun seiner Soldaten begleitet. Eine der Wachen erkannte ihn sofort und öffnete das Tor.

»Unsere Herrin schläft«, sagte der Wachmann. »Aber wir werden natürlich einen so hoch geschätzten Besucher in einer so kalten Nacht nicht abweisen. Ich bete, dass Ihr zu einer solchen Stunde keine schlechten Nachrichten überbringt?«

»Bete, so lange du willst«, gab Arthur zurück. »Das wird die Nachrichten nicht verändern, die ich zu übermitteln habe.«

In der Eingangshalle blieben sie stehen und gaben ihre Waffen ab, auch Arthur. Er warf dem Wächter einen ernsten Blick zu, als er sein wunderschönes Langschwert überreichte, ein Familienerbstück in der fünften Generation.

»Ein Peitschenhieb für jeden Kratzer«, drohte er. »Es sei denn, du glaubst, Alyssa würde nicht auf mich hören.«

»Verstanden, Sir«, erwiderte der Mann. »Bitte wartet hier. Unsere Lady wird schon bald herunterkommen; wir haben bereits einen Bediensteten zu ihr geschickt, um sie zu wecken.«

»Bringt meinen Männern etwas Warmes zu essen!«, befahl Arthur. »Und mir etwas Kräftiges zu trinken. Ich möchte Alyssa nicht so bleich wie ein Leichnam gegenübertreten, der gerade dem Grab entstiegen ist.«

»Sofort.«

Etliche Bedienstete huschten durch die Gänge; sie waren

müde und nachlässig gekleidet. Die meisten Wachen sahen besser aus, aber wahrscheinlich waren sie an ungewöhnliche Arbeitszeiten und die ständige Bedrohung durch Diebe gewöhnt, die sich des Nachts hereinschleichen konnten. Wahrscheinlich schliefen sie tagsüber. Eine ältere Frau tauchte auf und bedeutete den Soldaten, ihr zu folgen.

»Kommt Ihr nicht mit?«, fragte einer der Männer Arthur.

Der schüttelte den Kopf.

»Ich warte hier. Ich brauche nur etwas zu trinken. Genießt eure Mahlzeit und vergesst nicht«, er warf der Bediensteten einen vielsagenden Blick zu, »euch für die Nacht ein Quartier geben zu lassen. Wir werden zu dieser späten Stunde nicht nach einer Herberge suchen.«

Offenbar hatte die Frau die Botschaft verstanden, und selbst wenn nicht, machte er sich keine Sorgen. Seine Männer würden es ihr schon klarmachen. Er blieb in der Eingangshalle stehen, zog den Mantel aus Bärenfell aus und legte ihn beiseite. An der Stirnwand des Raumes brannte ein Feuer in einem großen Kamin. Er ging hinüber und genoss die Hitze auf seiner Haut. Als ein Lakai mit einem Glas auftauchte, nahm er es und trank einen Schluck.

»Danke«, sagte er und verkniff sich eine abfällige Bemerkung. Die Hausdame hatte ihm einen recht jungen Jahrgang kredenzen lassen, zweifellos die billigste Flasche im ganzen Haus, die nicht für die angeheuerten Söldner reserviert war. Wahrscheinlich war sie der Meinung, sie würde in Alyssas Interesse handeln. Schließlich hatte nicht ihre Herrin ihr den Auftrag gegeben, aber sie hätte es besser wissen sollen. Er leerte das Glas trotzdem. Der Wein sah vielleicht aus wie braune Brühe und schmeckte wie Pisse, aber wenigstens wärmte er ihn.

Während er wartete und zusah, wie das Feuer herunterbrannte, überdachte er die jüngsten Ereignisse. Alyssa musste bald heiraten, und nachdem jetzt Mark Tullen tot war, hatte Arthur sämtliche ernsthafte Konkurrenten aus dem Feld geschlagen. Zwei kleine Haken gab es aber noch. Der eine war Alyssas Kind, der Erbe des Vermögens der Gemcrofts und eine mögliche Gefahr, wenn er den Hinterhalt präzise genug beschreiben konnte, um ihm die Schuld anzuhängen. Der andere war der Fremde, der ihn angegriffen hatte. Er war zwar wie ein Dieb gekleidet gewesen, aber seine Farben hatten ihn keiner Gilde zugeordnet. Außerdem war da noch das Symbol, das mit Blut neben das Feuer gemalt war. Der Wächter. Arthur besuchte Veldaren nicht oft, aber wie es schien, hatten sich die Dinge in seiner Abwesenheit recht merkwürdig entwickelt. Nicht zum ersten Mal war er dankbar dafür, dass er im Norden lebte, wo die Männer durch Pflug, Schwert oder Hacke überlebten, nicht durch die Geschicklichkeit ihrer diebischen Finger.

»Lord Hadfild«, sagte Alyssa und riss ihn aus seinen Gedanken. Er drehte sich zu ihr herum und lächelte, als sie durch die Tür trat. Ihr Haar war makellos frisiert, ihre Wangen mit Rouge geschminkt. Die dunklen Ringe unter ihren Augen waren unter einer Puderschicht versteckt. Jetzt wusste er, warum sie so lange gebraucht hatte, um herunterzukommen. Ihre Kleidung zumindest war der späten Stunde angemessen; eine rote Robe, die mit einer gelben Schärpe zusammengebunden wurde. Sie umarmte ihn und küsste ihn züchtig auf die Wange.

»Vergebt mir, dass ich Euren Schlaf gestört habe«, sagte er. »Es ist sehr grausam, jemanden zu dieser Stunde aufzuwecken, aber ich hätte es für grausamer gehalten, jemand anderen damit zu beauftragen, Euch die Nachrichten zu überbringen.«

»Genug.« Alyssa kreuzte ihre Arme vor der Brust, als wäre

ihr kalt. »Gute Nachrichten werden nur selten nach Mitternacht überbracht. Was es auch sein mag, erzählt es mir, sonst kann ich nur das Schlimmste annehmen.«

Arthur runzelte die Stirn und sah einen Moment zur Seite, gerade lang genug, damit sie es als Zweifel interpretieren konnte.

»Ihr könntet schwerlich etwas Schlimmeres als die Wahrheit annehmen«, sagte er schließlich. Es tut mir sehr leid, Alyssa. Euer Sohn ist tot.«

Sie hatte sich auf schreckliche Nachrichten vorbereitet, das wusste er, aber das spielte keine Rolle. Sie trat einen Schritt zurück, als hätte er sie geohrfeigt. Ihr Kiefer sackte herab, und ihre Hände zitterten, als sie sie auf ihre Lippen presste.

»Nein«, flüsterte sie. Tränen traten ihr in die Augen und liefen ihr über die Wangen, verschmierten den Puder. »Nein, nein, bitte, Ihr irrt Euch, Ihr müsst Euch irren ...«

Er schüttelte den Kopf. Was jetzt kam, war der bei Weitem einfachste Teil. Denn nichts, was er jetzt sagte, war gelogen.

»Mark Tullen ist gekommen und hat Nathaniel aus Tyneham weggeschafft, wohin ich ihn geholt hatte, um ihn auszubilden. Sie sind mit einer meiner Karawanen gereist, die in die Stadt unterwegs war. Ich hielt es für sicher, aber jemand hat ihnen vor einigen Tagen aufgelauert, zweifellos wegen des Goldes.«

»Mark?« Alyssa versuchte vergeblich, sich zusammenzunehmen. »War er ...?«

Arthur legte seine Hände auf ihre Taille und zog sie zu sich.

»Es gab keine Überlebenden«, flüsterte er. »Sie haben die Leichen verbrannt.«

Sie sank gegen ihn und schluchzte. Etwas von ihrem Rouge verschmierte sein Wams, und er fragte sich unwillkürlich, ob sich die Schminke herauswaschen ließ. Während sie immer mehr weinte, hielt er sie fester und drückte sie an sich. Er wiegte sie sanft von einer Seite zur anderen und legte sein Kinn auf ihren Scheitel. Ihre Trauer traf ihn unvorbereitet, und insgeheim stellte er seine Hochzeitspläne zurück. Sie brauchte Zeit, um über den Verlust hinwegzukommen, wenigstens drei Monate. Wenn er ihr Ruhe verschaffen konnte, konnte er die Dinge vielleicht ein wenig beschleunigen, aber wie sollte er das anfangen?

Sie stellte eine Frage, aber ihre Stimme klang gedämpft durch sein Wams.

»Was, Liebes?«, fragte er. Er hob ihr Kinn mit einem Finger sanft an. Es war das erste Mal, dass er sie so nannte, und er wusste, dass diese Liebkosung angesichts der Umstände viel mehr Wirkung haben würde.

»Wer?«, erkundigte sie sich. Sie schniefte und befreite sich aus seinem Griff. »Ich will wissen, wer es getan hat.«

»Wie ich schon sagte, jemand, der unser Gold erbeuten wollte. Irgendwelche Wegelagerer höchstwahrscheinlich. Nur die Götter wissen, woher sie gekommen sein mögen.«

Alyssa schüttelte den Kopf. Es schien fast, als würde ihre Haut dunkelrot anlaufen und ihr ganzer Körper vor Wut beben. Als sie weitersprach, war ihre Stimme so entschlossen und konzentriert, dass er sich schon Sorgen machte, ob sie vielleicht seine Lügen durchschaut hatte.

»Das genügt mir nicht«, sagte sie. »Es muss irgendetwas geben, einen Hinweis, einen Fehler, den sie gemacht haben. Sie können nicht mit so viel Gold entkommen, ohne dass andere es bemerken. Niemand ist so perfekt, so kalkulierend. Wenn Ihr etwas wisst, sagt es mir!«

Arthur ergriff sofort die Chance, und er musste seinen ganzen Willen aufbieten, um nicht zu lächeln.

»Es gab dort eine Art ... Symbol«, meinte er und tat, als

würde er zögern. »Ich wollte Euch nicht damit belästigen, nicht jetzt, wo Ihr trauern solltet.«

»Ich kann mein ganzes Leben lang trauern«, sagte sie und verwischte mit beiden Händen ihre Schminke. »Was für ein Symbol war das?«

»Ein offenes Auge, mit Blut gezeichnet. Darunter stand ein Name, ein sonderbarer Name. Der Wächter. Ich glaube, er ist auf irgendeine Art und Weise mit den hiesigen Diebesgilden verbunden, aber mehr weiß ich auch nicht. Ich lebe schon seit Jahren nicht mehr in Veldaren. Vielleicht weiß ja jemand von Euren Bediensteten, wer er ist.«

Er wusste, dass er ins Schwarze getroffen hatte, als sie zusammenzuckte.

»Wie kann er es wagen?«, sagte sie. »Er ermordet meinen Sohn und meinen ... und Mark, und wagt es dann auch noch, seinen Namen zu hinterlassen? Ich werde ihn vor meinen Augen auspeitschen lassen, diesen herzlosen Mistkerl!«

»Erlaubt mir, Euch bei der Suche zu helfen«, bot Arthur an.

»Nein.« Sie schüttelte den Kopf. »Es ist mein Verlust, und es war mein Fehler. Ich habe Mark nach ihm geschickt, obwohl ich ihn in Sicherheit hätte lassen sollen.«

»Es war meine Karawane, vergesst das nicht.«

Sie sah ihn an, und er zwang sich dazu, eine ärgerliche Miene aufzusetzen. Er musste tun, als hätte er ein schlechtes Gewissen, und nicht zu eifrig wirken. Er musste wütend über den Verlust seiner Männer sein, nicht nur über den seines Goldes. Er tat sein Bestes, und anscheinend kaufte sie es ihm ab.

»Einverstanden«, sagte sie. »Tötet ihn, wenn Ihr müsst, obwohl es mir lieber wäre, ihn lebendig zu ergreifen.«

»Folter und Vergeltung passen nicht zu einer so schönen Frau, wie Ihr es seid.«

»Dann gebt der Welt die Schuld daran, weil sie mir solches

Leid zufügt. Wenn die Götter mir wohlgesonnen sind, werde ich selbst diejenige sein, die dem Wächter die Kehle durchschneidet und sein Blut auf ihren Händen fühlt.« Sie machte eine lange Pause. »Habt Ihr den ... Leichnam mitgebracht?«

»Nein.« Arthur schüttelte den Kopf. »Wie ich schon sagte, es war ein großer Scheiterhaufen, und wir haben ihn nicht angerührt.«

»Also soll mein Sohn die Ewigkeit in irgendeinem namenlosen Grab verbringen, sollen Pferde und Ochsen über seine Asche trampeln? Trotz all Eurer Versuche, freundlich zu sein, habt Ihr mich schrecklich enttäuscht, Arthur. Ihr hättet mir zumindest seine Knochen bringen müssen.«

Sie trat an den Kamin und nahm eine kleine Glocke vom Sims. Als sie läutete, stürzten zwei Lakaien herein.

»Bringt Lord Hadfild in seine Gemächer«, befahl sie ihnen und wandte sich zu Arthur um. »Ich brauche Zeit, um mich auszuruhen, und ich wäre eine schlechte Gesellschaft für Euch. Gute Nacht.«

Er verbeugte sich und folgte den Bediensteten. Sie führten ihn zu seinem Zimmer, einem angenehmen Raum mit einem großen Bett, einer weichen Matratze und dichten Vorhängen, die er zurückzog, um das Licht der Sterne hereinzulassen. Angesichts der Eile, in der seine Unterbringung hergerichtet worden war, lagen keine Holzscheite oder Kohlen im Kamin, und es war nur unwesentlich wärmer in dem Raum als draußen. Er zog seinen Mantel wieder an und setzte sich auf das Bett. Seine Gelenke knackten. Er legte sich hin und versuchte, seine Muskeln zu entspannen. Minuten später klopfte es an seine Tür.

»Herein«, sagte Arthur und wünschte, er hätte sein Schwert bei sich.

Bertram trat ein. Er war der alte Ratgeber, der der Familie Gemcroft schon seit mindestens fünfzig Jahren gedient hatte.

»Ich muss noch mit Alyssa über diese Angelegenheiten sprechen«, sagte der Mann zur Begrüßung, »aber ich kenne sie gut genug, um ihre Reaktion vorhersagen zu können. Sie wird mir die Verantwortung für die Bestattung des Jungen übertragen. Habt Ihr Nathaniels Leiche mitgebracht?«

Die Frage schmerzte jetzt ebenso tief wie in dem Moment, als Alyssa sie gestellt hatte. Er hatte keine Leiche, verdammt!

»Verbrannt«, erwiderte er. »Bei der Karawane. Alyssa hat es nicht besonders gut aufgenommen, als ich ihr das erzählte.«

»Das kann ich ihr nicht verübeln.« Bertram runzelte die Stirn. »Es wäre schrecklich, wenn wir nichts hätten, was wir bestatten könnten. Auch wenn es meiner Meinung nach keinen Unterschied macht. Knochen sind Knochen, wenn ein Feuer sie verbrannt hat, richtig?«

Arthur starrte den alten Mann an und versuchte zu verstehen, was hier vor sich ging. Wollte er ihm helfen oder ihn aushorchen?

»Ich bezweifle, dass Alyssa ebenfalls dieser Meinung ist.« Er war lieber vorsichtig.

»Sie kann nicht verurteilen, was sie nicht weiß.« Bertram wandte sich zur Tür um, legte seine Hand auf den Griff und hielt dann inne. »Ich werde in den nächsten Tagen sehr viel zu tun haben und nicht in der Lage sein, in die Wildnis zu reiten. Vielleicht könnt Ihr oder einer Eurer Männer die Leiche für mich beschaffen? Ich wüsste das sehr zu schätzen.«

»Ich werde alles tun, was in meiner Macht steht.«

Bertram sah zu ihm zurück und lächelte.

»Haltet um ihre Hand an, dann habt Ihr alles getan, was ich erbitten könnte. Gute Nacht, Lord Hadfild.«

Arthur wartete ein paar Minuten, dann rief er einen Lakaien.

»Schick einen meiner Soldaten zu mir!«, befahl er. »Einen Mann namens Oric.«

»Ja, Mylord.« Der Lakai verbeugte sich rasch und verschwand. Arthur versuchte, seine Unruhe zu kontrollieren, und ging nervös auf und ab, während er wartete. Als es endlich an der Tür klopfte, kam er nicht einmal dazu, den Mann hereinzubitten, weil Oric bereits ins Zimmer stürmte.

»Ihr wolltet mich sprechen, Herr?«, erkundigte sich Oric. Er war hässlich, hatte fleischige Wangen, ein rundes Kinn und eine flache Nase, was ihm entfernt das Aussehen eines Schweines gab. Aber er verstand es, sehr geschickt mit der Klinge umzugehen, und war skrupelloser als jeder Soldat, den Arthur jemals in seinen Diensten gehabt hatte. Er war zwar nicht brillant, konnte aber den Ereignissen folgen und hatte ab und zu sogar einen Einfall, der selbst Arthur erfreute.

»Für wen hast du gearbeitet, bevor du zu mir gekommen bist?«, wollte Arthur wissen.

»Hauptsächlich für die Conningtons. Aber im Lauf des letzten Jahres haben sie sich ein wenig angestellt, wenn es darum ging, Diebe zu töten. Deshalb habe ich mich nach einer erfreulicheren Arbeit umgesehen.« Er grinste. »Jeder hat mir geraten, mich an Euch zu wenden. Ich glaube, Ihr habt einen gewissen Ruf, und zwar keinen besonders guten.«

»Harte Zeiten verlangen harte Männer«, erwiderte Arthur. »Hast du noch Freunde hier in Veldaren?«

»Ein Söldner hat nie Freunde, jedenfalls nicht, wenn er lange genug leben will, um seinen Sold einzustreichen. Aber natürlich kenne ich ein paar Leute, die sich noch in der Stadt aufhalten sollten. Was plant Ihr?«

»Dieser Mann in Grau, der uns bei der Karawane angegriffen hat, ich meine den, der sich selbst den Wächter nennt ... wir müssen Alyssa seine Leiche bringen, damit sie sich nicht zu lange wegen des Todes ihres Sohnes grämt. Außerdem wissen wir nicht, wem gegenüber er loyal ist. Er könnte mir großen Schaden zufügen, wenn er in die richtigen Ohren flüstert, was tatsächlich passiert ist.«

»Das wird nicht leicht«, antwortete Oric. »Ich bin ihm niemals begegnet, solange ich für Leon gearbeitet habe, aber wir alle haben von ihm gehört. Die Diebe kommen nicht gegen ihn an, und aufstöbern können sie ihn auch nicht. Alle zeigen mit den Fingern auf die anderen und sind überzeugt, dass er ein Mitglied dieser oder jener Gilde ist. Was ich glaube? Er gehört zu keiner Gilde; er will alle auslöschen.«

»Das kümmert mich nicht«, gab Arthur zurück. »Wen auch immer du für diese Aufgabe anheuerst, sorg dafür, dass sie gut genug sind, um sie zu erledigen. Die Kosten spielen keine Rolle.«

Oric grinste über das ganze Gesicht.

»Wenn er nicht irgendwo erfroren im Wald liegt, werden wir ihn finden. Macht Euch keine Sorgen, Arthur. Ist vielleicht nicht so gelaufen, wie wir es wollten, aber unterm Strich habt Ihr die Kontrolle. Flüstert Ihr nur weiter sanfte Worte in ihre hübschen Ohren. Ich kümmere mich um das Blutvergießen.«

»Noch eins«, meinte Arthur. »Alyssa will Nathaniels Leichnam.«

Oric hob eine Braue. »Dieses Ersuchen zu erfüllen dürfte schwierig sein, angesichts der Umstände.«

»Ich erwarte, dass du, und zwar nur du, es bewerkstelligst. Vergiss nicht, ich habe ihnen erzählt, die Leiche wäre verbrannt.«

»Betrachtet das Problem als gelöst.« Oric ging zur Tür. »Wir haben nie miteinander geredet, und Ihr wisst nichts von alldem. Aber hütet Eure Zunge. Wir schlafen jetzt in der Höhle des Löwen.«

»Wir sind die Löwen in dieser Höhle«, erwiderte Arthur und grinste Oric an. Er folgte dem Soldaten hinaus, aber während der Söldner zu seinen Kameraden in das beengte Quartier ging, schlug Arthur die Richtung zum östlichen Flügel des Gebäudekomplexes ein, wo Alyssa zweifellos alleine und müde im Bett lag und sich verzweifelt nach seinem Trost sehnte.

Alyssa wartete, bis ihre Bediensteten Arthur Hadfild in sein Zimmer begleitet hatten, bevor sie in ihr eigenes eilte. Doch auf halber Strecke sank sie schluchzend auf den Teppich des Korridors. Es war mitten in der Nacht, und sie fühlte sich so alleine. Wenn irgendwelche Lakaien oder Wachen in der Nähe waren, hielten sie gebührenden Abstand, damit sie in Ruhe trauern konnte. Sie dachte an Nathaniel, ihren Sohn, ihren wundervollen, gut aussehenden Sohn. Tausend Erinnerungen blitzten in ihr auf, alle von Trauer durchtränkt. Sein Lächeln, das sie nie wieder sehen würde. Sein Lachen, das sie nie wieder hören würde. Wie er nachts manchmal geweint hatte oder als Neugeborener an ihrer Brust gesaugt hatte, wie er ...

Sie schluchzte und hatte das Gefühl zusammenzubrechen, als würde ihre Vernunft mit ihren Tränen aus ihr hinausfließen. Sie hatte viele Menschen im Laufe der Jahre verloren, Freunde, ihren Vater, aber warum ausgerechnet Nathaniel? Warum er? Warum jetzt? Wie hatte sie nur einen so dummen Fehler machen können?

Immer und immer wieder schlug sie mit der Faust auf den Boden. Es war nicht ihr Fehler. Es war ganz und gar nicht ihr Fehler, verflucht, es war nicht ihr Fehler! Es waren sie, diese Diebe und ihre Gier und Mordlust. Es war dieser ganze verdammte Konflikt, ein Jahrzehnt, angefüllt mit Furcht, Blutvergießen und Gift. Und die meiste Schuld trug dieser Wächter, ein Monster, das die Diebe auf sie gehetzt hatten. Wer auch immer er war, und was auch immer er sein mochte, er würde zahlen. Sie alle würden zahlen.

»Es tut mir leid«, sagte Zusa.

Alyssa blickte hoch, wischte sich die Nase mit ihrer Robe und nickte der Frau dann zu. Zusa saß ihr im Flur gegenüber, die Knie bis an die Brust gezogen. Sie trug immer noch die seltsamen Stoffstreifen ihrer ehemaligen Sekte.

»Er hätte in Sicherheit sein sollen«, sagte Alyssa und versuchte, sich zu beherrschen. Ihre Stimme zitterte nur noch ein bisschen. »In Sicherheit. Und jetzt ist er tot. Hast du mit einem von Arthurs Soldaten gesprochen?«

»Sie sagen alle dasselbe. Sie sind mit Arthur über die Straße geritten und sind auf die Karawane gestoßen, die überfallen worden war. Die Leichen waren alle auf einem großen Scheiterhaufen aufgestapelt. Und ihr einziger Hinweis war das Symbol eines Auges, das Symbol des Wächters.«

»Wer ist er?«, fragte Alyssa. »Was ist er?«

»Ich weiß es nicht.«

»Finde es heraus, Zusa. Ganz gleich, was es kostet oder wie aufwendig es ist, finde ihn. Ich habe noch nie so dringend etwas gewollt wie das! Ich will Nathaniels Mörder vor mir stehen sehen. Ich will, dass er durch meine Hand stirbt. Kannst du das für mich tun? Kannst du ihn aufspüren?«

Zusa stand auf und verbeugte sich tief.

»Die Schatten der Straßen waren schon immer meine Heimat«, sagte sie. »Nichts kann sich dort vor mir verbergen. Ich werde ihn finden, das schwöre ich.«

Alyssa akzeptierte ihre helfende Hand und stand auf. Dann küsste sie Zusas Finger und verbeugte sich.

»Ich danke dir. Schick in ein paar Minuten Bertram in mein Zimmer. Wecke ihn, falls er nicht ohnehin schon wach ist.«

Alyssa eilte in ihr Zimmer, weil sie sich das schreckliche Rouge und die Schminke abwaschen wollte, die sie für Arthur aufgelegt hatte. Sie tauchte einen Waschlappen in eine Schüssel mit kaltem Wasser, das sie benutzt hatte, als sie ins Bett gegangen war. Sie wischte sich die Farbe vom Gesicht und war immer noch dabei, als es an der Tür klopfte.

»Herein.«

Bertram betrat den Raum. Er sah fast genauso schlimm aus, wie sie sich fühlte. Dunkle Schatten lagen unter seinen Augen, und graue Bartstoppeln bedeckten sein Gesicht.

»Mein liebes Kind«, sagte er und schloss sie in die Arme. Sie legte den Waschlappen weg und lehnte sich an ihn. Sie war so müde und verloren.

»Es ist wie ein schrecklicher Traum«, sagte sie leise. »Ein Traum, aus dem ich nicht aufwachen kann. Was habe ich getan, um das zu verdienen, Bertram?«

»Nichts«, erwiderte er. »Keine Frau sollte so etwas ertragen müssen, und doch musst du es. Das Vermächtnis der Gemcrofts muss überleben, ganz gleich, wie schwer es auch sein mag. Und das werden wir, Alyssa, wir werden es. Welche Hilfe du auch benötigst, ich bin für dich da.«

»Danke«, sagte sie. »Es würde mir sehr helfen, wenn du die ... Beisetzung vorbereiten würdest.«

Er nickte. »Er wird eine schöne Bestattung bekommen, eine, die seinem Namen Ehre macht.«

Sie verkniff sich einen verbitterten Kommentar. Als ihr Sohn noch am Leben war, schien Nathaniels Herkunft Bertram nicht sonderlich gefallen zu haben. Nachdem er jetzt tot war und die Drohung seiner möglichen Nachfolge nicht mehr im Raum stand, schien Bertram bereit zu sein, alles zu vergessen. Nein, tadelte sie sich. Sie überreagierte. Bertram hatte nie ein böses Wort über Nathaniel verloren, jedenfalls nicht, wenn es nicht angebracht gewesen wäre.

»Es gibt noch etwas«, sagte sie. Sie tauchte den Waschlappen in die Schüssel und wischte sich die Schminke von den

Augen. »Fordere alle Außenstände ein, die wir haben. Verkauf alles, Getreide, Mineralien und Eigentum. Wir brauchen Gold, Tonnen von Gold. Und verpflichte jeden Söldner, der Arbeit braucht, ganz gleich, wie teuer das sein mag. Verpflichte sie und rüste sie aus, wenn es sein muss.«

»Du willst den Gilden den Krieg erklären?«, erkundigte sich Bertram. In seine Stimme schlich sich ein Hauch von Zweifel.

»Wir befinden uns bereits im Krieg, oder hast du das vergessen? In der Nacht von Nathaniels Beisetzung sollen sich die Straßen rot vom Blut der Diebe färben. Es kümmert mich nicht, welche Farbe ihr Umhang hat. Ich will ihren Tod.«

»Damit wirst du nur ihre Wut neu entfachen und alle Fortschritte zunichte machen, die wir in den letzten ...«

Sie fuhr außer sich vor Zorn zu ihm herum.

»Das kümmert mich nicht! Wir haben gelitten und uns wie Feiglinge verhalten! Der Frieden ist vorbei. Die Hoffnung ist tot. Rot, Bertram. Ich will die Straßen dieser Stadt rot färben!«

Bertram murmelte und wedelte mit den Händen durch die Luft, als wüsste er nicht, was er sagen sollte. Trotz ihrer düsteren Stimmung freute sie sich über seine Bestürzung. Schließlich fand der alte Mann seine Fassung wieder.

»Aber was wird der König denken, wenn wir die Straßen seiner Stadt mit Chaos überfluten?«

»Der König ist ein Feigling. Er wird es nicht wagen, sich mir zu widersetzen, ebenso wenig wie du.«

»So sei es dann«, erwiderte er. »Die Beisetzung findet in drei Tagen statt. Und in dieser Nacht wirst du deinen Wahnsinn bekommen. Du riskierst, ein Jahrhundert des Wohlstands zunichte zu machen, Alyssa. Ist deine Vergeltung tatsächlich so viel wert?«

»Das und mehr«, antwortete sie. »Und jetzt geh. Es wartet viel Arbeit auf dich.«

Er verbeugte sich und verließ das Zimmer, alles andere als erfreut. Nachdem diese beiden Punkte erledigt waren und ihre Rache in Gang gesetzt war, wusch sie sich zu Ende und warf sich dann auf ihr Bett. Sie versuchte zu schlafen, aber daran war nicht zu denken. Nach einer halben Stunde hörte sie wieder ein Klopfen an der Tür. Einmal, aber kräftig. Sie ignorierte es. Dreißig Sekunden später klopfte es erneut.

»Herein.« Sie nahm den Arm von ihren Augen, damit sie sehen konnte, wer es war.

Arthur kam herein und blieb an der Tür stehen.

»Ich wollte Euch nicht stören«, sagte er, und sie schüttelte den Kopf. Er ging durch das Zimmer und stieg neben sie ins Bett. Er war angezogen, und dafür war sie dankbar. Er nahm sie tröstend in die Arme, und sie brach erneut zusammen. Er war solide und zuverlässig in diesem ganzen Chaos, das sie überwältigte. Er sagte nichts, als sie weinte, sondern streichelte nur sanft ihr Haar und drückte sie an sich. Sein Körper war warm und fühlte sich angenehm an. Nach einer Weile ergriff er das Wort.

»Wenn es irgendetwas gibt, was du brauchst, ich bin hier. Ganz gleich, wann oder warum. Ich möchte, dass du das weißt.«

Sie packte seine Hand und drückte sie. Ihr ganzer Körper schmerzte, und die Schläfen pochten. Ihr liefen immer noch die Tränen über die Wangen, aber sie weinte leise. Schließlich schloss sie die Augen, drückte ihr Gesicht gegen seine Brust und konzentrierte sich auf seine Atmung. Wenn sie nur daran dachte, nur an das, würde sie vielleicht einschlafen. Vielleicht konnte sie diese ganze verfluchte Nacht vergessen, und morgen früh war der Albtraum vorbei. Vielleicht, nur vielleicht ...

Sie schlief.

8. KAPITEL

Wenn sie den Wächter finden wollte, gab es eine Person, mit der sie sich zuerst treffen musste, das wusste Zusa. Hinter dem von einer Mauer umringten Besitz stand ein kleines leeres Gebäude. Es wurde schon seit Jahren nur als Schuppen für Werkzeug verwendet, das die Lakaien benutzten, um den Garten und den Rasen zu pflegen. Alyssa hatte dieses Haus zu einem Geschenk für Zusa umgestaltet. Im Inneren gab es ein Schlafzimmer und einen Übungsraum, der Boden war weich gepolstert und die Wände mit Gemälden von fernen Orten geschmückt. Zusa hatte vor, ein paar Dinge zu packen, die sie für ihre Jagd auf den Wächter brauchte. Aber als sie das Haus betrat, fand sie zu ihrer Überraschung Veliana vor, die bereits auf sie wartete.

»Ich weiß, dass ich einen Tag zu früh bin«, begrüßte Veliana sie. Sie hatte ihren Umhang abgelegt und trug nur hauteng schwarzgraue Kleidung. »Ich bin nicht nur wegen unseres Trainings hier, sondern weil ich einen Rat brauche.«

Zusa entledigte sich ihres eigenen Umhangs und legte ihn auf ihr Bett. Velianas Stiefel lagen neben der Tür, und sie ging barfuß in die Mitte des Zimmers.

»Erzähl es mir, während wir trainieren«, sagte Zusa. »Ich bin immer noch ein wenig verschlafen, deshalb muss ich aufgeweckt werden.«

Sie zückten beide ihre Dolche. Auf Trainingswaffen hatten sie verzichtet; Zusa hatte darauf bestanden, dass sie richtige Klingen benutzten. Sie vertraute darauf, dass sie so geschickt war, Veliana keine ernste Verletzung zuzufügen, und Veliana daran zu hindern, sie zu verwunden. In den letzten fünf Jahren hatte Veliana ein großes Stück der Kluft zwischen ihnen geschlossen, sodass sie es als eine wohlverdiente Seltenheit betrachteten, wenn eine von ihnen einen Treffer landete.

»Hast du von einem Hexer namens Todesmaske oder vielleicht auch Totenmaske gehört?«, fragte Veliana, während sie ihre Dehnübungen machte. Zusa schüttelte den Kopf. Das schien Veliana nicht zu überraschen. »Ich wollte zumindest gefragt haben. Er ist vor etwa einer Woche aufgetaucht; ein sehr gefährlicher Mann. Er hat vor, Garrick zu töten, auch wenn ich nicht weiß, wie er das anstellen will. Aber ich glaube, dass er eine Chance hat.«

»Wirst du ihn töten?«

Veliana täuschte einen Schlag an und setzte dann den richtigen Schlag tief, in der Erwartung, dass Zusa ihn parierte. Stahl klirrte, als ihre Dolche zusammenprallten. Dann begannen sie ihren geschickten Tanz, den sie im Lauf der Jahre perfektioniert hatten. Es war ein vollendeter Wechsel zwischen Schlägen und Ausweichmanövern, zwischen Paraden und Stößen. Sie redeten, während sie kämpften, auch wenn sie ein bisschen außer Atem kamen.

»Ich bin nicht sicher, ob ich das kann oder ob ich es überhaupt will. Garrick hat sich gegen mich gestellt und glaubt, dass er ohne mich überleben könnte. Er hat vielleicht sogar recht, obwohl er ein verlogener Feigling gewesen ist, als ich ihn damals in diese Rolle manövriert habe.«

Zusa verschärfte das Tempo und zwang Veliana in die Defensive, während sie herumwirbelte und zuschlug.

»Männer verändern sich mit der Zeit, ebenso wie Frauen.«

»Aber nicht so. Es kommt zu plötzlich. Ich habe das Gefühl, als würde ich etwas Offenkundiges übersehen.«

»Vielleicht tust du das auch, und deshalb hast du das Gefühl. Was willst du von mir?«

Veliana sprang zurück, doch statt Atem zu schöpfen, folgte Zusa ihr mit kampfbereiten Dolchen. Nachdem Veliana die Stöße pariert hatte, hämmerte sie Zusa ihren Ellbogen gegen die Brust und stieß sie zurück.

»Ich muss eine Entscheidung treffen, aber ich weiß nicht, welche die richtige ist. Du kennst mich am besten, Zusa. Was soll ich tun?«

Zusa unterbrach ihren Angriff und rieb sich die Brust. Veliana musste schrecklich abgelenkt sein, weil sie so fest mit dem Ellbogen zugestoßen hatte.

»Ich sehe viele Möglichkeiten«, erwiderte sie. »Finde heraus, woher Garrick plötzlich seinen Mumm hat, und stutze ihn dann zurecht. Mach gemeinsame Sache mit dieser Todesmaske und stärke deine Position als zweite in der Rangfolge. Schmiede deine eigenen Pläne, Garrick abzusetzen. Akzeptiere deine Herabsetzung und warte darauf, dass der Dolch dich unweigerlich irgendwann auslöscht. Du musst dich nur entscheiden.«

»Ich bin der Spielchen überdrüssig«, erwiderte Veliana. »Ich habe keine Zeit, Garrick lange zu beobachten. Er wird schon bald gegen mich vorgehen, das spüre ich. Und ich habe Todesmaske bis morgen Abend eine Antwort versprochen.«

»Wird er dich töten, wenn du Nein sagst?«

Veliana lachte. »Vielleicht. Ich weiß so gut wie nichts über ihn.«

»Wie kannst du ihm dann trauen?«

»Ich habe gegen ihn gekämpft. Er hat mich nicht getötet, als er die Chance dazu hatte. Er hat nie Angst gezeigt, nicht einmal, als ich die Chance hatte, seinem Leben ein Ende zu setzen. Er ist brutal, schrecklich und wird von irgendetwas getrieben.

Was auch immer sein Ziel ist, er wird es erreichen ... ich glaube, ich habe Angst, dass ich ihm im Weg stehe.«

Zusa ließ ihre Dolche durch die Luft wirbeln und gab Veliana ein Zeichen, ihren Übungskampf fortzusetzen. »Dann tu dich mit ihm zusammen, und das ohne Zögern oder Bedauern. Garrick hat sich gegen dich gewendet und diesen Verrat an sich herausgefordert. Hör dir Todesmaskes Plan an, aber bleib immer wachsam und aufmerksam. Du kannst jeden Plan zu deinen Gunsten wenden.«

Jetzt war es Veliana, die angriff, und sie stürzte sich mit so viel Wut auf ihre Aufgabe, dass Zusa begann, sich Sorgen zu machen. Normalerweise war die Frau kontrollierter. Diese Todesmaske musste sie wirklich sehr aufgewühlt haben. Hatte sie ein schlechtes Gewissen, weil sie Garrick hinterging? Oder war sie zu stolz, eine Abmachung zu akzeptieren, bei der sie weiterhin nur die Zweite in der Rangordnung der Aschegilde blieb? Was auch immer der Grund war, ihrer Kampftechnik fehlte die übliche Anmut, und Zusa musste mehrmals zur Seite springen, um zu verhindern, dass Blut auf den Boden spritzte.

»Reiß dich zusammen, Mädchen!«, zischte Zusa schließlich, nachdem ihr ein verzweifelter Stoß von Veliana fast die Kehle aufgeschlitzt hätte. »Wenn dich diese Entscheidung so aus der Fassung bringt, werde ich für dich entscheiden, damit du dich konzentrieren kannst und mich nicht durch deine Unbedachtheit tötest.«

»Entschuldige.« Veliana steckte ihre Dolche weg und lehnte sich an die Wand. Sie war vollkommen außer Atem. »Ich sollte gehen.«

»Nein«, widersprach Zusa. »Ich habe auch eine Frage an dich. Jemand hat Alyssas Kind ermordet. Ich muss herausfinden, wer es war.«

»Jemand hat Nathaniel ermordet?« Veliana war verblüfft. »Ich dachte, du hättest sie überredet, ihn nach Norden zu schicken, weg aus der Stadt.«

»Das habe ich auch. Sie hat ihn zurückgerufen. Er ist auf der Nordstraße ermordet worden.«

»Es war nicht die Aschegilde, das kann ich dir versichern«, erwiderte Veliana nur für den Fall, dass Zusa dieser Gedanke gekommen war. »Ich würde niemals zulassen, dass Garrick etwas so Widerwärtiges tut, und noch ist er nicht an dem Punkt, an dem er eine so große Sache hinter meinem Rücken durchführen könnte.«

»Bist du sicher?«

Veliana dachte einen Moment nach und seufzte.

»Nein, bin ich nicht. Vielleicht hat er bereits mehr Kontrolle über die Gilde, als mir bewusst ist. Ich habe ihn eindeutig unterschätzt, und das hat mich blind für seinen Ehrgeiz gemacht. Er gibt sich nicht mehr damit zufrieden, nur eine Marionette zu sein. Trotzdem wüsste ich einfach keinen Grund, warum er Nathaniel hätte töten sollen. Und woher sollte er überhaupt gewusst haben, dass der Junge auf dem Weg zurück nach Veldaren war? Gibt es vielleicht noch eine Spur?«

Zusa kratzte mit ihrem Dolch das Symbol in ein Stück Holz, das die Karawane gefunden hatte, und zwar genau so, wie die Soldaten es ihr gezeigt hatten.

»Das hier«, sagte sie. »Erzähl mir alles, was du über ihn weißt, diesen *Wächter*.«

»Vor etwa drei Jahren haben wir das erste Mal von ihm gehört, aber ehrlich gesagt könnte er schon viel länger Diebe getötet haben. Angesichts der vielen Streitigkeiten innerhalb der Gilden und des Krieges der Trifect gegen uns haben wir wahrscheinlich andere für seine ersten Morde verantwortlich gemacht. Aber dann fanden wir diese Runen, ein Auge oder den

Buchstaben ›W‹. Vielleicht hielt er uns für dumm, oder sein Selbstvertrauen war noch nicht so ausgeprägt. Jedenfalls tötete er immer mehr und hinterließ sein Zeichen deutlicher und schrieb es oft mit Blut. Er tötete scheinbar wahllos Diebe aller Gilden. Jede Gilde hat die andere beschuldigt, ihn heimlich bei sich aufgenommen zu haben, aber dafür hat es nicht einen einzigen Beweis gegeben. Wer auch immer er ist, ich glaube, er hegt einen tiefen Hass gegen alle Diebesgilden. Außerdem ist er unglaublich gut. Es sind schon viel zu viele von uns durch seine Hand gestorben, und jene, die einen Angriff überlebt haben, sprechen nur von einem Schattengesicht, das sich unter einer Kapuze und vielen Umhängen verbirgt.«

»Hat er jemals die Trifect angegriffen?«, erkundigte sich Zusa.

Veliana zuckte mit den Schultern. »Falls er das getan hat, wissen wir jedenfalls nichts darüber. Natürlich würde keiner von diesen reichen Mistkerlen es ausgerechnet uns auf die Nase binden.«

Zusa runzelte die Stirn, denn auch sie hatte nie gehört, dass dieser Mann sich in die Angelegenheiten der Gemcrofts mischte. Was konnten sie getan haben, um diesen sonderbaren Mörder von Dieben zu einem Angriff gegen Alyssas Sohn zu verleiten?

»Ich muss ihn finden«, sagte Zusa. »Weißt du irgendetwas, das mir dabei helfen könnte?«

»Du musst ihn finden? Warum?«

»Er hat Nathaniel getötet. Ich muss meiner Gebieterin die Gelegenheit geben, Rache zu nehmen.«

Veliana verschränkte die Arme und schüttelte den Kopf. Sie wirkte jetzt noch aufgewühlter.

»Sollte der Wächter ihn wirklich getötet haben, steckt irgendetwas anderes dahinter. Vielleicht glaubt er, dass ihr euch insgeheim mit einer der Diebesgilden verschworen habt. Oder er war verwirrt. Oder er ist nur wahnsinnig und blutrünstig. Wir wissen lediglich über ihn, dass er ein ausgesprochen geschickter Mörder ist.«

»Ganz gleich, wie schwierig es ist, ich muss ihn finden. Ich habe es bei meiner Ehre geschworen.«

»Dann wünsche ich dir Glück.« Veliana legte ihren Umhang um. »Viele haben es versucht, aber keine Spur, der wir nachgegangen sind, hat sich als ergiebig erwiesen. Als wäre er ein Geist. Wenn du ihn finden willst, solltest du am besten nachts durch die Straßen streifen und auf Kampfgeräusche lauschen. Ich bezweifle sehr, dass du Erfolg haben kannst, wenn du ihn nicht in flagranti erwischst.«

»Willst du nicht noch bleiben?«, erkundigte sich Zusa, als Veliana die Tür öffnete, um zu gehen. »Deine Arbeit mit den Dolchen ist exzellent, aber dir fehlt immer noch Praxis, was das Wirken deiner Zauber angeht.«

»Ich sollte gehen. Todesmaske erwartet eine Antwort, und darauf muss ich mich vorbereiten.«

»Viel Glück.« Zusa verbeugte sich. »Mögest du die richtige Entscheidung treffen und mit der Zeit Frieden mit meiner Gebieterin und ihrer Familie schließen.«

Veliana stieß die Tür auf und schüttelte traurig den Kopf, als der kalte Wind hereinfegte.

»Solange Thren Felhorn lebt, wird dieser Krieg weitergehen. Zu viele fürchten ihn, und noch viel mehr sind von ihm abhängig, ohne es auch nur zu wissen. Er ist ein verbitterter, wütender Mann. Manchmal glaube ich, dass ganz Veldaren brennen wird, bevor es zu Ende geht.«

»Vielleicht solltest du nicht gegen Garrick Pläne schmieden, sondern gegen Thren«, schlug Zusa vor.

Veliana lächelte bitter. »Das haben wir schon einmal getan«, sagte sie. »Und die Aschegilde hat deswegen den besten Anführer verloren, den sie seit vielen Jahren hatte. Wir sehen uns bald. Sichere Reise.«

»Für dich ebenfalls.«

Zusa hatte gehofft, dass ein Gespräch mit Veliana die ganze Sache erhellen könnte, stattdessen jedoch hatte es die Lage nur verkompliziert. Ein Meuchelmörder tötete schon seit etlichen Jahren Diebe, und doch hatte niemand aus irgendeiner Gilde jemals seine wahre Identität herausgefunden. Wer konnte so geschickt sein? Und was hatte diese Fertigkeiten gegen ihre Gebieterin gerichtet? Was würde geschehen, wenn sie ihn fand? War sie gut genug, um ihn zur Strecke zu bringen?

Es gab natürlich nur einen Weg, das herauszufinden. Der Morgen graute bereits, und in weniger als einer Stunde würde es hell sein. Doch in diesem letzten Zwielicht fand sie vielleicht eine Spur von dem Wächter.

Sie eilte über die Dächer und behielt die Straßen stets im Auge. Sie sah Deals, sah eine Hure, die ihr Geld verdiente, sah, wie zwei Männer starben, sodass ihre Mörder mit ihrem Gold entkommen konnten. Aber sie sah keinen Wächter. Dort oben auf den Dächern war sie allein.

»Du musst doch Menschen am Leben gelassen haben«, flüsterte Zusa, während sie zusah, wie die Sonne aufging. »Du hast viele Gegner verletzt, aber sie alle arbeiten nicht zusammen. Ich jedoch bin keiner von ihnen. Ich werde dieses Puzzle zusammensetzen. Ich werde herausfinden, wer du bist. Und vielleicht schon bald werde ich diejenige sein, die mein Zeichen neben deiner Leiche hinterlässt.«

Sie kehrte zum Anwesen der Gemcrofts zurück und verschlief den ganzen Tag in ihrem Zimmer. In der kommenden Nacht musste sie die Unterwelt verhören.

Haern wachte auf, als eine Tür geöffnet wurde und gegen eine Schneewehe schlug. Helles, silbriges Licht stach ihm in die Augen. Der Morgen graute, aber der Schnee verstärkte das bisschen Licht, das über den Horizont kroch. Er rieb sich die Augen und sah sich um. Matt trug etliche Umhänge und Felle, und seine beiden älteren Söhne waren ähnlich gekleidet. Er sah sich um. Die Mädchen schliefen noch.

»Wir müssen das Eis aufbrechen, damit unser Vieh trinken kann«, erklärte Matt. Er hatte die Stimme gesenkt, um die anderen nicht zu wecken. »Verzeih, aber auf einem Bauernhof fängt der Morgen früh an.«

»Ist verziehen«, erwiderte Haern und stand auf. Er zog unwillkürlich seinen Mantel enger um sich. Er musste pinkeln, und die Aussicht, in seiner dünnen Kleidung hinauszugehen, erfreute ihn nicht besonders.

»Hier.« Matt warf ihm einen Mantel zu. »Den haben wir übrig, und mit dem vielen Gold, das du mir gezahlt hast, hast du ihn ganz sicher verdient. Ich habe das Gefühl, dass du nicht mehr sehr lange hierbleiben willst.«

»Dein Gefühl trügt dich nicht.« Haern inspizierte den Mantel. Er war alt und grau, und der Pelz war zu verblichen, als dass er genau hätte erkennen können, welchem Tier er einmal gehört hatte. Doch die Säume waren intakt, und der Mantel war gut erhalten. Er zog ihn an und bedankte sich mit einem Nicken.

»Kommt«, sagte Matt zu seinen Jungen. »Gehen wir. Meine Frau ist in der Küche und kocht etwas, falls du etwas essen möchtest, Haern.«

»Gern, aber ich muss erst etwas anderes erledigen.«

Als er wieder ins Haus kam, trat er durch einen Vorhang in die Küche. Die Herrin des Hauses hatte eine Schüssel Haferschleim gekocht und ihn mit Honig gesüßt.

»Danke«, sagte Haern. Er nahm die Schüssel und schaufelte sich den Brei mit den Fingern in den Mund. »Wie heißt du?«

Sie schrubbte weiter und kümmerte sich um den Rest des Frühstücks, damit sie es vermeiden konnte, ihm in die Augen zu sehen, während sie sich unterhielten.

»Evelyn«, sagte sie.

»Danke für die Mahlzeit, Evelyn. Wie geht es dem Jungen?«

»Ich habe nach ihm gesehen, als du geschlafen hast. Er hat immer noch Fieber, und ich glaube nicht, dass er den rechten Arm behalten kann. Aber mach dir keine Sorgen, falls es wirklich dazu kommt. Ich habe es schon einmal getan, und nicht nur bei Tieren. Für die meisten unserer Nachbarn bin ich die einzige Heilerin weit und breit.«

»Dein Ehemann hat dir mein Ersuchen erklärt?«, erkundigte sich Haern.

Jetzt endlich sah sie ihn an, und ihm gefiel die Stärke in ihrem Blick.

»Er hat mir genug erzählt, und ich habe ein Gehirn, sodass ich mir den Rest zusammenreimen konnte. Wir hätten ihn auch aufgenommen, wenn du uns einfach nur gefragt hättest. Wir brauchten weder das Gold noch die Drohungen. Du tust mir leid, wenn du glaubst, dass eins von beidem notwendig war.«

Die Bemerkung traf ihn weit tiefer, als sie vermutlich beabsichtigt hatte.

»Danke für eure Gastfreundschaft«, sagte er. »Ich muss weiter. Kümmere dich um den Jungen.«

»Das machen wir. Ich wünsche dir eine sichere Reise, Haern. Dieser Beutel auf dem Tisch ist für dich. Er sollte zumindest bis Fellholz reichen, vorausgesetzt, du willst in diese Richtung.«

In dem Beutel befand sich etwas gesalzenes Dörrfleisch. Er

nahm den Beutel mit und verließ das Haus, ohne noch einmal nach dem Jungen zu sehen. Er vertraute darauf, dass Evelyn und ihr Ehemann wussten, was das Beste war. Er wollte wieder zurück nach Veldaren, in die Welt, die er verstand. Er beobachtete, wie der Bauer mit seinen Söhnen sprach. Matt erzog sie nach seinem Vorbild, so wie sein eigener Vater es auch getan hatte. Aber hier gab es keine Bösartigkeit, keine unterschwelligen Drohungen, um Perfektion und Gehorsam zu erzwingen. Gewiss, Gehorsam wurde erwartet, aber er spürte die Liebe in diesem Haus. Als er unter Threns Dach gelebt hatte, hatte er nur Furcht empfunden, Erwartungen und Enttäuschung. Er hatte Senke geliebt, Kayla und auch Delysia, selbst seinen älteren Bruder, der ihm seine Liebe immer nur mit Grausamkeit vergolten hatte. Das Schicksal war deswegen nicht besonders freundlich mit ihnen umgesprungen. Wenigstens hatte Delysia überlebt, auch wenn er glaubte, dass er sie an den Tempel von Ashhur verloren hatte.

Der Teich war nicht allzu weit von dem Pfad entfernt, und er sah Matt in der Ferne. Haern winkte ihm zu, und der Bauer erwiderte den Gruß. Er nahm sich vor, hierher zurückzukehren, nicht nur, um sich nach dem Schicksal des Jungen zu erkundigen, sondern auch, um noch einmal so schlafen zu können wie heute Nacht. Er hatte so viele Nächte und Tage neben der Straße geschlafen, dass er den Komfort eines warmen Bettes vollkommen vergessen hatte. Vielleicht wurde es allmählich Zeit, darüber nachzudenken, in einer der Herbergen abzusteigen und auf seine unterschiedlichen Rollen zu pfeifen.

Es hatte aufgehört zu schneien, und der Mantel hielt ihn wundervoll warm. Er kaute auf dem Fleisch herum, das Evelyn ihm gegeben hatte. Obwohl es salzig war, genoss er den Geschmack. Er folgte der Straße und versuchte abzuschätzen, wie weit er von Veldaren entfernt war. Den größten Teil der Zeit, die er den Jungen getragen hatte, war er in einem eisigen Delirium gegangen. Er konnte nicht einmal raten, wie viele Meilen er zurückgelegt hatte, und hatte, dumm wie er war, auch weder Matt noch Evelyn gefragt, wo er sich eigentlich befand, bevor er aufgebrochen war. Dennoch, sie hatte ihm genug Essen mitgegeben, um Schloss Fellholz erreichen zu können. Dem Proviant nach zu urteilen musste es ein Weg von etwa vier Tagen sein, drei, wenn sie ihn für einen starken Esser hielt. Und von Fellholz aus war es noch eine Woche bis nach Veldaren.

Zurück nach Veldaren. Das bedeutete, weg von den Minen, weg von Tyneham, dem Grund für seine Reise in den Norden. Wollte er seine Suche wirklich schon aufgeben?

Er sah sich im Schnee um und fühlte, wie die Kälte auf seiner nackten Haut brannte. Er war bereit, aufzugeben. Was auch immer die Schlangengilde da trieb, er würde sich innerhalb der Mauern von Veldaren darum kümmern. Das war sein Heim. Diese Welt verstand er. Die Wildnis und die Landstraßen überließ er gern den Briganten und den Soldaten.

Um die Mittagszeit hörte er das Trappeln von Hufen. Seine Laune besserte sich schlagartig. Wenn er die Reiter fragte, ob sie ihn mitnehmen konnten, würde er das Schloss weit schneller erreichen. Doch das Geräusch kam aus der falschen Richtung. Der Wald, durch den er ging, hatte ihm einen Streich gespielt. In der Ferne tauchten Reiter auf, und bei dem Anblick beschleunigte sich sein Pulsschlag. Denn auf ihren Wappenröcken sah er dasselbe Symbol, das auch die Männer getragen hatten, die die Karawane angegriffen hatten. Er verließ eilig die Straße und wünschte sich, dass er Zeit hätte, seine Fußabdrücke zu verwischen. Dieser Spur konnte man leicht folgen. Der Schnee sollte verdammt sein!

Die Männer ritten daran vorbei. Sie kümmerten sich nicht im Geringsten um seine Fußspuren, wenn sie sie überhaupt gesehen hatten. Haern hatte die Luft angehalten und atmete jetzt aus, als er zur Straße zurückkehrte. Dann ging er rasch weiter, entschlossen, bis zum Einbruch der Dämmerung so viele Meilen wie möglich hinter sich zu bringen. Er sah nur einmal zurück und betete, dass die Reiter ebenso unbekümmert an dem Bauernhof vorbeigeritten waren wie an seinen Fußspuren.

Evelyn hatte ihm Feuerstein und Eisen in den Beutel gepackt, was er überaus freundlich fand. Er entzündete ein Feuer etwas abseits von der Straße und schlief dicht daneben. Er wachte alle paar Stunden auf, warf ein Holzscheit auf die Glut und schürte die Flammen. Am nächsten Morgen aß er nur ein paar Bissen, für den Fall, dass er länger brauchte als erwartet, um Fellholz zu erreichen. Er hielt sorgfältig nach Reitern Ausschau, aber ihm begegnete nur eine Karawane, die nach Norden wollte. Die Karren waren mit Salz und Geräten für den Ackerbau beladen. Sie boten ihm an, dass er mitfahren könne, aber er deutete lächelnd nach Süden.

»Ihr fahrt in die falsche Richtung«, meinte er, bevor er seine Reise fortsetzte.

Kurz nachdem er den Rest seines Essens verschlungen hatte, erreichte er den Wald von Fellholz. Und bald darauf das Schloss. Er hatte immer noch ein paar Goldmünzen von der Kiste aus der Karawane übrig. Damit zahlte er Essen und ein warmes Zimmer. Am nächsten Morgen zog er weiter und fühlte sich unvergleichlich viel besser als bei seinem letzten Besuch hier.

Die Tage verstrichen. In der Nacht lag er gemütlich am Feuer, und es wurde außerdem immer wärmer. Eine Front warmer Luft zog von Süden heran und ärgerte den Schnee. Schließlich erreichte er den Kronforst. Mutiger geworden, trabte Haern schneller über die Straße. Sobald er den Wald umgangen hatte, würde er Veldaren schnell erreicht haben. Er konnte es kaum noch erwarten. Noch nie zuvor war ihm klar geworden, wie sehr er diese Stadt als seine Heimat betrachtete. Es spielte keine Rolle, dass seine Reise sich als kolossaler Fehlschlag entpuppt hatte. Er war kein bisschen schlauer, was das geheimnisvolle Gold der Schlangengilde anging. Aber außerhalb der Stadt war er nicht in seinem gewohnten Element, und daran würde er denken, wenn er das nächste Mal auf die Idee kam, eine Spur zu verfolgen, die aus Veldarens Mauern hinausführte.

Etwa zwanzig Minuten später sah er vor sich Rauch aufsteigen. Vorsichtig, weil er nicht wusste, was da brannte, beschleunigte er seine Schritte und hielt sich gleichzeitig dichter am Wald, damit er sich jederzeit verstecken konnte. Als er um eine Biegung kam, bot sich ihm ein schrecklich bekannter Anblick. Ein einzelnes Fuhrwerk wurde angegriffen, aber die Angreifer waren keine Reiter, sondern Angehörige der Wolfsgilde. Er zählte acht, acht Wölfe umkreisten den Wagen. Die meisten waren mit Bögen oder Armbrüsten bewaffnet. Von seiner Position aus konnte er keinen Verteidiger sehen, aber da die Wölfe in Deckung blieben und sich dem Karren nicht nähern mochten, wusste er, dass sie noch lebten.

»Ich bin nur ein Weilchen weg, und ihr werdet gleich frech genug, um Reisende am helllichten Tag anzugreifen?«, flüsterte Haern und spähte um einen Baum herum. Von den Gilden waren die Wölfe diejenigen, die sich am häufigsten aus der Stadt wagten. Manchmal griffen sie Handelskarawanen an oder auch einzelne Reisende, nur um ein bisschen Spaß zu haben, weit weg von der Stadtwache. Aber das hier war fast wie ein Schlag ins Gesicht. Die Mauern von Veldaren lagen in Sichtweite. Dass sie vor der Stadtwache keine Angst hatten, spielte keine Rolle. Aber dass sie sich nicht mehr vor ihm fürchteten, dem Wächter? Sein Stolz war bereits verletzt, und das hier reichte, um ihn wirklich wütend zu machen.

»Ganz gleich, wohin ihr auch geht, vor mir werdet ihr niemals sicher sein«, flüsterte Haern und zog seine Langmesser. »Vielleicht wird es Zeit, dass ich diese Botschaft laut und deutlich übermittle.«

Er hielt sich dicht an der Baumgrenze, und etwa fünfzehn Schritte vor dem Fuhrwerk verschwand er völlig im Wald. Drei Wölfe versteckten sich am Waldrand. Sie benutzten die Bäume als Deckung, während sie mit ihren Armbrüsten auf den Wagen schossen. Haern machte einen großen Bogen, damit er sich ihnen von hinten nähern konnte. Er hörte sie reden, als er näher kam. Sie gaben sich Ratschläge, wohin sie schießen sollten oder wo sie das Versteck der Verteidiger vermuteten.

Haern verfluchte das Dickicht, als er sich ihnen näherte. Er hatte von Männern gehört, die sich so gut in der Wildnis zurechtfanden, dass sie über trockenes Laub gehen konnten, ohne ein Geräusch zu machen. Aber er trat auf Zweige und raschelte im Laub, ganz gleich wie vorsichtig er sich auch zu bewegen versuchte. Was hätte er nicht für eine gepflasterte Straße und den Schatten von Gebäuden gegeben! Aber die drei waren zu sehr auf das Fuhrwerk konzentriert, um die Geräusche zu bemerken, die er machte. Er dankte Ashhur für diese kleine Gnade.

»Haltet nach einer Hand Ausschau«, sagte der Wolf ganz rechts in dem Moment. Er wirkte älter als die anderen, und Haern fragte sich, ob er ihr Anführer war. »Diesem gelben Mistkerl dürfen wir keine Verschnaufpause gönnen, sonst sind wir alle tot.«

Haern war kaum anderthalb Meter hinter ihm. Mit gezückten Langmessern machte er noch einen Schritt und amüsierte sich darüber, dass sie so viel Angst vor den Leuten in dem Karren hatten. Hatten sie vielleicht mehr abgebissen, als sie kauen konnten? Und wer war dieser »gelbe Mistkerl«? Aber das war jetzt nicht wichtig. Ihm lief die Zeit davon. Die Wölfe auf der anderen Seite rückten bereits näher, weil sie entweder zuversichtlicher wurden oder einige der Verteidiger des Karrens getötet hatten. Was genau es war, wusste er nicht. Haern hielt den rechten Mann für den gefährlichsten der Diebe und stürzte sich mit gezückten Langmessern auf ihn.

Seine Klinge bohrte sich in den Rücken des Wolfs und in seine Lunge. Haern machte sich nicht die Mühe, seinen Schrei zu ersticken oder ihn festzuhalten, denn die beiden anderen waren viel zu dicht bei ihm. Er schlug mit der Linken zu und hoffte auf einen leichten Treffer, aber der Dieb warf sich im letzten Moment zurück und war außerhalb seiner Reichweite. Haern riss die andere Klinge aus dem Körper des Mannes, trat den Sterbenden zur Seite und konzentrierte sich auf die beiden anderen. Der dicht neben ihm warf seine Armbrust weg und zog einen Dolch, der andere jedoch ...

Haern ließ sich auf den Bauch fallen. Der Armbrustbolzen pfiff über seinen Kopf hinweg. Dann sprang ihn der Wolf an, und Haern rollte sich ab. Er wehrte die Schläge des anderen mit seinen Langmessern ab, während er versuchte, Abstand zu gewinnen. Er zog die Knie an, stieß sich ab und sprang hoch. Statt jedoch diesen Vorteil zu nutzen, blieb sein Widersacher stehen und grinste.

»Idiot«, sagte er, während sein Kamerad einen weiteren Bolzen abfeuerte.

Haern schwenkte seine Umhänge in der Hoffnung, ihn zu verwirren, aber der Schmerz in seiner Schulter sagte ihm, dass er nur begrenzten Erfolg gehabt hatte. Er wirbelte weiter herum und benutzte die Umhänge als Schleier, um ihnen die Sicht zu nehmen. Das brachte ihn nur einen kurzen Moment, einen zusätzlichen Schritt näher, aber wenn sie sich weiter zurückhielten und hofften, ihn mit Pfeilen und Bolzen statt mit ihren Klingen zu erledigen ...

Er blieb stehen und sprang mit aller Kraft nach vorn. Er prallte auf den Wolf direkt neben ihm, und es war pures Glück, dass der Dolch des Diebes ihn nicht durchbohrte. Als sie auf dem Boden landeten, drehte sich Haern, sodass sein Ellbogen gegen die Kehle des Mannes schlug. Der Wolf spuckte Blut. Bevor der andere reagieren konnte, schlug Haern die Armbrust zur Seite. Der dritte Bolzen traf einen Baum. Der dumpfe Schlag klang wie Musik in Haerns Ohren. Ohne eine Waffe für den Nahkampf hatte sein Widersacher keine Chance. Haern griff wild und brutal an, ohne auf seine Verteidigung zu achten. Mit zwei Schlägen zerfetzte er dem Mann die Kehle, und ein dritter Schlag in die Kniekehlen fällte ihn. Er lag sterbend im Dreck.

Endlich konnte Haern Luft holen und betastete fluchend den Bolzen in seiner Schulter. Er hatte sich tief eingegraben, und ein kurzer Blick auf den Köcher des Mannes sagte ihm, dass er es nicht riskieren konnte, die mit Widerhaken besetzten Bolzen herauszuziehen. Er biss die Zähne zusammen und rezitierte ein Mantra, das man ihm als Kind beigebracht hatte. Es sollte ihm helfen, den Schmerz zu ignorieren. Er packte den Schaft fester. Noch einmal rezitierte er das Mantra, dann atmete er tief aus. Er stieß den Bolzen tiefer in sein Fleisch und schob ihn dann aus seinem Rücken heraus.

Haern kreischte vor Schmerz.

Er ließ den Bolzen auf den Boden fallen, lehnte sich an einen Baum und rang nach Luft. Es sah nicht so aus, als wäre der Bolzen vergiftet gewesen. Er hatte wieder Glück gehabt. Offenbar hatten die Wölfe nicht erwartet, dass ihr Hinterhalt so gefährlich werden könnte, um Zeit und Gold aufzuwenden, die Bolzen mit Gift zu behandeln. Er sah zu dem Karren und versuchte, die Lage einzuschätzen. Er konnte die Wölfe auf der anderen Seite nicht sehen, aber er sah einen Wolf tot auf der Straße liegen. Seine Leiche brannte. Also waren noch höchstens vier am Leben. Bis jetzt war niemand aufgetaucht und hatte seinen Angriff entdeckt, was ebenfalls auch nur gut war. Er brauchte noch einen Moment, um sich zu erholen.

Aber dieser Moment verstrich sehr schnell, denn der Planwagen fing Feuer.

»Scheiße!«, stieß er hervor. Einer der Wölfe hatte offenbar Öl auf die Plane gegossen und dann eine Fackel hineingeworfen. Schwarzer Rauch stieg in den Himmel empor und versperrte ihm die Sicht auf die Ereignisse. Er wusste, dass die Diebe jeden niederschlagen würden, der das Feuer überlebte, und griff an. Sein linker Arm brannte vor Schmerz, und seine Hand mit der Klinge hing schlaff herab, als er rannte. Er würde damit Schläge abwehren, wenn nötig, aber wie es aussah, konnte er nur noch mit der rechten Hand töten.

Eine Gestalt kroch aus dem Rauch auf ihn zu. Es war eine rothaarige Frau in einem weißen Kleid.

»Lauf zu den Bäumen!«, schrie er, ohne stehen zu bleiben. Er machte einen Bogen um sie und sprang mitten in den Rauch. Die Hitze war schrecklich, aber bis jetzt hatte das Feuer nur die äußere Plane erfasst. In dem Fuhrwerk befand sich niemand. Er sah einen Riss in der Plane und sprang.

Kurz bevor er auf der Pritsche landete und sich abrollte, hatte er einen Sekundenbruchteil Zeit, den Kampf zu betrachten und zu reagieren. Vier Wölfe hatten einen Halbkreis um den Wagen gebildet. Sie waren durch ihre schwarzgrau gestreiften Umhänge leicht zu erkennen. Ihnen standen drei Männer gegenüber, von denen einer eine gelbe Kutte trug und einen Stab schwenkte, ein anderer in Grau mit zwei Morgensternen kämpfte und der dritte, ein korpulenter Mann, mit einer

Keule bewaffnet war und sich zurückhielt, wohl um sich selbst zu schützen. Die Art und Weise, wie der Mann mit den Morgensternen kämpfte, kam Haern sehr bekannt vor, aber er hatte keine Zeit, lange darüber nachzudenken. Er rollte sich über den Boden dichter zu dem fetten Mann, bei dem es sich wahrscheinlich um den Kutscher oder den Besitzer des Planwagens handelte. Er schien am wenigsten geschickt im Umgang mit der Waffe zu sein und konnte nicht einmal den einzelnen Wolf abwehren, der vor ihm hin und her tänzelte.

Haern sprang hoch und durchbohrte den Wolf mit der Klinge in seiner rechten Hand. Bei dem Aufprall stürzten sie beide zu Boden, und Haern schrie, als etwas gegen seine verletzte Schulter prallte. Dann schrie er wieder, als er einen scharfen Schmerz in seinem Bauch spürte. Er rollte sich von der Leiche des Wolfs und sah Blut, sein eigenes Blut. Es bedeckte den Dolch des Diebes. Diesmal war der Zusammenprall nicht so gut ausgegangen. Er bemühte sich, aufzustehen, und drehte sich zu den anderen herum. Vor seinen Augen verschwamm alles zu einem Nebel aus Schmerz, Rauch und Tränen. Einer der beiden Männer, die gegen den Mann in Grau gekämpft hatten, hatte sich umgedreht, um sich der neuen Bedrohung zu stellen. Haern hob seine Langmesser und versuchte, Zuversicht vorzutäuschen.

Sein Widersacher schwang zwei Kurzschwerter und schlug mit beiden zu. Er hoffte wohl, Haern einfach überwältigen zu können. Angesichts dessen Zustands war das keine schlechte Taktik. Haern kreuzte seine Schwerter und blockte die Schläge ab, aber die Nerven in seiner verletzten Schulter protestierten scharf bei jeder Erschütterung. Der Mann schlug zweimal, dreimal zu, als wäre Haern eine Mauer, die eingerissen werden müsste. Beim dritten Mal gab Haerns linker Arm nach, und er drehte sich rasch weg, um dem tödlichen Schlag zu entgehen.

Er tat, als würde er sich zurückziehen, dann jedoch trat er mit dem rechten Fuß zu, und der Wolf stolperte. Haern schlug mit seinem gesunden Arm zu, aber der Hieb war nicht tödlich, sondern hinterließ nur eine Schnittwunde auf der Brust des Diebes. Doch er verschaffte ihm Zeit, und diesmal zog er sich wirklich zurück. Blut strömte über sein Hemd und über seine Hose. Er fühlte die klebrige Wärme auch auf seinem linken Arm. Er hustete und hoffte, dass der Rauch den Husten ausgelöst hatte, und nichts Schlimmeres.

Sein Widersacher war wütend über die Wunde, die Haern ihm zugefügt hatte, und griff ihn an wie ein gereiztes Raubtier. Haern spreizte die Beine und stellte sich dem Angriff, aber er konnte die Schläge nur noch mit Mühe abwehren. Wieder prallten sie zusammen, aber diesmal war Haern besser positioniert. Er rammte dem Angreifer das Knie in die Lenden und absorbierte den größten Teil des Aufpralls mit seinem linken Arm. Als der Wolf auf dem Boden zusammenbrach, fiel Haern auf ihn. Sein Langmesser war ihm aus der linken Hand gerutscht, aber er stach mit der rechten Hand zu und legte sein ganzes Gewicht in den Stoß. Die Klinge durchbohrte den Bauch des Diebes und grub sich in die Erde, nagelte ihn förmlich auf dem Boden fest. Er schlug einen Moment um sich, während das Blut aus der Wunde spritzte, dann rührte er sich nicht mehr.

Haern fühlte sich nur unwesentlich besser als der Mann, den er getötet hatte. Bei dem Aufprall hatte sich die Verletzung an seinem Arm wieder geöffnet, und auch die Wunde in der Schulter war schlimmer geworden. Sein Magen brannte immer noch. Er wusste nicht, wie tief die Stichwunde war, aber sie fühlte sich schrecklich an. Er versuchte, aufrecht zu stehen, vergeblich. Schließlich riss er mit letzter Kraft sein Schwert aus der Leiche und fiel auf den Rücken. Er atmete keuchend.

So viel also dazu, den Gilden eine Botschaft zu hinterlassen. Oder Entsetzen auszulösen. Er hatte fünf getötet, nur fünf ...

Die Kampfgeräusche hörten auf. Ihm schwindelte. Ein Mann beugte sich über ihn. Das Gesicht kannte er aus seiner Vergangenheit. Ein anderes Gesicht tauchte daneben auf, jünger und weiblich. Ihm wurde klar, dass er Wahnvorstellungen hatte. Wie sonst wäre zu erklären, dass zwei Menschen mit ihm sprachen, von denen der eine tot und die andere vermisst war? Und warum klangen ihre Stimmen gedämpft, als würden sie unter Wasser reden? Wie sonst wäre es zu erklären, dass Senke ihm sagte, er solle durchhalten? Oder warum Delysia an seiner Kleidung riss, um die Wunde in seinem Bauch zu untersuchen? Er fühlte einen Druck, dann wurde alles gelb, und alle Umrisse röteten sich. Die Geräusche wurden schwächer, und dann sah er gar nichts mehr.

9. KAPITEL

Sie wusste, dass Garrick eine Erklärung verlangen würde, aber Veliana ging ihm etliche Stunden aus dem Weg. Je länger er grübelte und sich Sorgen machte, desto besser. Sie wollte, dass er sich klein fühlte, dass er ihre Verachtung für ihn spürte. Alles andere würde ihn nur in der Überzeugung bestärken, dass die Dinge anders lagen. Als der Tag sich dann endlich dem Ende neigte, fand einer ihrer jüngeren Gilderatten sie in einer Schenke auf der anderen Seite der Stadt. Er informierte sie über Garricks Anordnung.

»Sag ihm, ich bin unterwegs«, erwiderte sie und warf dem Jungen ein Kupferstück zu. »Aber ich will trotzdem erst zu Ende trinken.«

Sie klammerte sich noch eine halbe Stunde an ihren Krug. Bis dahin waren etliche weitere Männer aufgetaucht, alle in den dunkelgrauen Umhängen der Aschegilde. Sie waren neu in die Gilde aufgenommen worden, Männer, über die sie nur sehr wenig wusste. Garricks Männer. Wieder verfluchte sie sich, weil sie so blind dem Ehrgeiz dieses Mannes gegenüber gewesen war. Natürlich hatte sie die Neuen überprüft und kannte ihre Namen, aber damit erschöpfte sich ihr Einfluss auf sie auch bereits.

»Garrick wartet«, sagte einer schließlich. Er hieß Gil, wenn sie sich richtig erinnerte. Warum hatte sie ihn nur aufgenommen? Er sah aus, als hätte ein Hund eine muskulösere Version von sich selbst ausgeschissen, die zufällig auf zwei Beinen lief.

»Er hat doch sicher wichtigere Probleme«, gab sie zurück und leerte ihr Glas.

»Wichtigeres als Ungehorsam? Nein, Veliana, hat er nicht.«

Sie zwinkerte ihm zu, als sie aufstand.

»Dann geht schon vor, Jungs. Ihr wollt mich zu dritt zum Tanz auffordern? Ich fühle mich geehrt.«

»Halt die Klappe.«

Es dauerte noch eine Stunde, bis die Sonne unterging, und in dem orangefarbenen Schein der Strahlen fühlte sich Veliana ziemlich angreifbar, während sie in ihren Umhängen durch die Stadt marschierten. Sie befanden sich tief im Territorium der Spinnen, und statt durch die weniger profitablen Außenbezirke gingen sie zusammen mitten durch das Zentrum. Sie sah ein paar Männer in den etwas helleren grauen Umhängen, aber sie hielten sie weder an, noch verlangten sie eine Erklärung. Merkwürdig.

Todesmaske wartete bereits in der Kammer, als Veliana eintraf. Garrick saß auf seinem Kissen und rauchte, wie üblich. Er sah unglaublich selbstzufrieden aus, was Veliana irritierte. Sie hatte erwartet, dass er außer sich vor Wut wäre. Und wieso war Todesmaske dabei? Sollte sie Zeugin eines erneuten Anschlages auf sein Leben sein? Ohne sie selbst und Todesmaske gerechnet, befanden sich zwölf Männer in dem Raum. Alle waren bewaffnet. Ihre Sorge wuchs. Was war, wenn Garrick diesen Moment gewählt hatte, um die Kontrolle über die Gilde ganz an sich zu reißen?

Sie strich mit den Händen über die Griffe ihrer Dolche an ihrer Hüfte. Wenn es zum Äußersten kam, würde sie Garrick mit in den Tod nehmen, ganz gleich, was es sie kostete. Besser, die Aschegilde löste sich auf, nachdem ihre Anführer tot waren, als dass sie diesem paranoiden Mistkerl gänzlich in die Hände fiel.

»Du verstehst es wirklich, einen Gentleman warten zu lassen«, sagte Garrick, als sie eintrat.

»Todesmaske wird mir sicher vergeben.«

Garrick lachte, nicht im Geringsten beleidigt über ihre spitze Bemerkung.

»Jedenfalls sind wir jetzt alle da. Aber bevor wir anfangen, Vel, würdest du bitte deine Dolche abgeben? Ich möchte nicht, dass jemand verletzt wird.«

Sie musste sich zusammenreißen, um nicht in Panik zu geraten. Sollte sie es tun? Wenn sie sein Ersuchen akzeptierte, war sie angreifbar, aber wenn sie sich weigerte, könnte man das als eine Drohung gegen Garrick auffassen. Sie sah zu Todesmaske hinüber. Während ihres kurzen Blickkontaktes sah sie, wie er unmerklich grinste und ihr zuzwinkerte.

Sie vertraute ihm, gab ihre Dolche heraus und verschränkte die Arme.

»Ich kann wohl davon ausgehen, dass mir nicht gefällt, was ich zu hören bekomme?«, erkundigte sie sich.

»Vielleicht, aber ich bin nicht derjenige, der redet.« Er wandte sich zu Todesmaske um. »Erklär mir bitte, warum Veliana noch lebt.«

Die Männer um sie herum murmelten, und sie fragte sich, wie sie diese Bemerkung wohl auffassen würden.

»Ich verstehe nicht.« Todesmaske tat, als wäre er verwirrt. »Gibt es einen Grund, warum sie nicht am Leben sein sollte?«

»Lüg mich nicht an. Ich weiß, dass sie dich letzte Nacht angegriffen hat. Einer meiner Männer hat eure Begegnung beobachtet. Also sag mir, warum du sie nicht getötet hast! Immerhin hat sie versucht, dich umzubringen.«

»Ich habe angenommen, es wäre nur eine Trainingsübung.« Die Lüge kam Todesmaske sehr flüssig über die Lippen.

»Veliana hat das am Ende des Kampfes auch bestätigt. Lag ich mit meiner Annahme etwa falsch? Hat sie mich belogen?«

Das war ganz eindeutig nicht die Antwort, die Garrick erwartet hatte. Seine Miene verfinsterte sich, und er rutschte unruhig auf dem Kissen hin und her.

»Ja, du verdammter Narr, du hast dich geirrt, und sie ist eine Lügnerin. Du solltest tot sein, aber du bist es nicht.«

Veliana biss sich auf die Zunge. Welches Spiel trieb Garrick da? Sie hatte ihn davor gewarnt, einen Mordversuch gegen ein akzeptiertes Mitglied der Gilde ohne Grund oder Beweise zuzugeben, und doch verkündete er hier seine Pläne vor der Gilde, und nicht nur das. Er verriet gleichzeitig, dass sie gescheitert waren.

»Aus welchem Grund sollte sie mich angreifen?«, erkundigte sich Todesmaske.

»Ist das nicht offensichtlich? Sie fürchtet dich. Sie weiß, dass du mit deinen Fähigkeiten sehr schnell aufsteigen und möglicherweise ihren Platz einnehmen könntest. Stimmt das etwa nicht, Veliana?«

Er grinste sie an, und seine blutunterlaufenen Augen funkelten. Velianas Hände zitterten, während sie ihre Wut zügelte. Das hatte er also vor! Er wollte die Schande einer gescheiterten Exekution innerhalb der Gilde auf sie abwälzen, und wenn sie versuchte, es abzustreiten, stand sein Wort gegen ihres. Ihr Wort gegen das Wort ihres Gildemeisters. Der eine stand im Rang eindeutig über dem anderen. Es gab nur zwei Strafen für eine solche Anklage: Verbannung oder Tod.

Veliana betrachtete Garricks grinsendes Gesicht und wusste, für welche Option er sich entschieden hatte.

»Du hast das von Anfang an geplant!« Sie flüsterte fast. Garrick stand auf und trat zu ihr, während sich die anderen Männer unwillkürlich anspannten. Sie verstanden, was diese

Anschuldigung bedeutete, und kannten auch die möglichen Strafen.

»Ich habe nur die Gelegenheit genutzt«, flüsterte er, sodass nur sie ihn hören konnte. Sie warf einen Blick zu Todesmaske, als ihr plötzlich durch den Kopf schoss, wie viele seiner Versprechungen Lügen gewesen waren. Vielleicht alle. Er hatte sie reingelegt, das wurde ihr jetzt klar. Sie hatte Zeit verschwendet, als sie mit Zusa diskutiert hatte, Zeit, die sie hätte nutzen sollen, um diesen maskierten Mistkerl umzubringen. Alle Anschläge auf sein Leben waren heimlich gemacht worden, und jedermann, der damit zu tun hatte, war anschließend gestorben. Niemand konnte beweisen, dass Garrick die Mordversuche befohlen hatte. Wieder stand sein Wort gegen ihres. Verflucht!

»Wie du weißt«, Garricks Stimme klang theatralisch, als er ihr den Rücken zukehrte, »sind unsere Gesetze unmissverständlich, was solche Mordversuche angeht. Wir können keine Anarchie innerhalb unserer Reihen dulden, nicht in dieser so wichtigen Zeit, in der wir um unser Überleben kämpfen.« Er fuhr herum. »Wir werden ein Exempel an dir statuieren, Veliana, eines, das die ganze Gilde sehen soll.«

»Gildemeister, wenn ich eine Bitte äußern darf«, sagte Todesmaske. Garrick schien das nicht recht zu sein, aber er bedeutete ihm weiterzusprechen. »Da sie versucht hat, mir das Leben zu nehmen, bitte ich darum, ihre Bestrafung vollziehen zu dürfen.«

»Du Drecksack!« Sie ballte die Hände zu Fäusten. »Du widerlicher kleiner Drecksack.«

Sie tat, als wollte sie Garrick angreifen, stürzte sich dann aber auf Todesmaske. Sie war zwar unbewaffnet, doch Zusa hatte sie gelehrt, wie sie auch mit bloßen Händen und auf vielerlei Arten einen Menschen töten konnte. Wenn sie ihn richtig traf, seine Gurgel zerquetschte oder ihm das Genick brach, konnte sie sich wenigstens rächen, bevor sie starb. Sie schlug ihm die Faust auf den Mund, nur für den Fall, dass er versuchte, einen Zauber zu wirken. Ihre andere Faust grub sich in seinen Magen, und er krümmte sich zusammen. Sie hörte Männer schreien, aber sie trat dichter zu ihm und schlang ihm die Arme um den Hals. Nur ein einziger, harter Ruck, und dann ...

Etwas krachte gegen ihren Hinterkopf. Ihr Magen verkrampfte sich, und sie erschlaffte. Todesmaske befreite sich aus ihrem Griff und schrie die anderen an, sie in Ruhe zu lassen.

»Sie gehört mir«, sagte er. »Gildemeister, ich frage dich, ist deine Strafe für diese Verrückte der Tod?«

»Das ist sie«, antwortete Garrick. Ihre Vorstellung schien ihn amüsiert zu haben.

Ihre ohnmächtige Wut wuchs. Die Männer ließen sie los, aber es kostete sie all ihre Kraft, sich nur auf den Beinen zu halten. Sie spürte bereits eine Beule auf ihrem Hinterkopf und kämpfte gegen das Übelkeitsgefühl an. Todesmaske trat zu ihr, und ihr Schlag ging ins Leere. Er packte ihre Kehle und schleuderte sie an die Wand. Dann zog er einen Dolch und presste ihn gegen ihren Hals.

»Vertraust du mir?«, flüsterte er ihr ins Ohr. Sein Griff um ihre Kehle wurde fester. Ihre Blicke begegneten sich, und obwohl ihre Instinkte protestieren, lag etwas in seinen braunen Augen, das ihr Hoffnung gab. Sie nickte, eine kaum wahrnehmbare Bewegung, da er sie fest gegen die Wand drückte.

»Dann beweg dich jetzt kein bisschen.«

Er murmelte ein paar Worte, leise, versteckt hinter seinem Grinsen. Dann holte er aus und stach ihr mit dem Dolch in die Brust. Der Stich war so schnell, und er zog die Klinge so rasch wieder heraus, dass ihr Blut bereits floss, bevor sie auch nur den Schmerz fühlte. Schwarze Punkte erfüllten ihr Blickfeld, während er sie festhielt.

»Schlafe in der Dunkelheit«, hörte sie sein Flüstern, während die restlichen Mitglieder der Aschegilde jubelten und brüllten. Zweifellos war Garrick einer von ihnen. Sie versuchte, seinen Namen zu verfluchen, als sie starb, aber ihr ganzer Körper wurde starr, weigerte sich, ihr zu gehorchen, zu kämpfen, auch nur zu atmen ...

Dann kam die Dunkelheit, und sie konnte nur der Aufforderung von Todesmaske gehorchen.

Oric wartete bis nach Mitternacht, bevor er das Haus verließ. Er ging über die Hauptstraße nach Süden und ignorierte die Bettler und Drogenhändler. Dann bog er ab und nahm Kurs auf die Söldnergilde. Früher einmal war diese Gilde eine recht schwache Truppe gewesen, aber der lange Krieg und die vielen Kämpfe hatten ihnen immer mehr Arbeit verschafft und ihre Truhen gefüllt. Sowohl die Zahl der Rekruten als auch der Einfluss der Gilde waren gestiegen. Und jeder, der ein gedungenes Schwert verpflichten wollte, musste sich an sie wenden. Das bot den Kunden durchaus Vorteile, wie zum Beispiel eine Preisgarantie oder eine Versicherung, wenn einige ihrer höherrangigen Mitglieder ihre Pflichten nicht erfüllten. Oric dachte allerdings, dass es hauptsächlich ein grandioser Plan war, die Kosten für Söldner in die Höhe zu treiben, aber was wusste er schon?

Das Gebäude selbst war immer noch klein, kaum mehr als ein großer Würfel, in dem Unterlagen aufbewahrt wurden. Für die Wohlhabenden war es ein Ort in der Nähe der Hauptstraße, den sie aufsuchen konnten, ohne Angst zu haben. Oric trat in das Haus und kreuzte die Finger, als er sich in dem Büro umsah. Er hoffte, einen alten Freund zu finden. Und richtig, da war er, immer noch der Alte mit seinen weißen, buschigen Augenbrauen.

»Oric?« Der alte Mann trat aus einem Hinterzimmer, als über der Eingangstür die Glocke bimmelte. »Komm näher, meine Augen sind nicht mehr so gut, wie sie mal waren. Tatsächlich, du bist es! Schön, dich zu sehen, du hässlicher Hundesohn!«

Oric grinste. »Ich habe mir schon Sorgen gemacht, du wärst gestorben oder von jemandem ersetzt worden, der sich noch an das erinnern kann, was länger als eine Stunde her ist.«

Der alte Mann lachte. Er hieß Bill Trett, und während Orics Zeit als Söldner war er ein respektierter Kamerad gewesen. Bill hatte getötet, bis er nicht mehr genug Kraft dafür hatte, aber bis dahin hatte er einen so großen Wissensschatz über die unterschiedlichen Arbeitgeber aufgehäuft, dass ihn die Gilde Schreiben und Lesen gelehrt und ihm die Verantwortung für ihre finanziellen Transaktionen übertragen hatte.

»Siehst du diesen Mist?« Bill deutete auf die verschiedenen Regale, in denen teures Papier lag. »Nur ich weiß, wo alles ist. Sie werden mich behalten, bis ich sterbe, und vielleicht sogar ein bisschen länger, wenn sie eine Möglichkeit finden, wie sie das bewerkstelligen können.«

»Die Götter wissen, dass sie dich brauchen«, erwiderte Oric. »Füllt die Trifect immer noch deine Taschen?«

Bill machte eine wegwerfende Handbewegung. »Es hat sich etwas beruhigt, denn alle wollen nur gerade das Minimum. Es ist nicht mehr so wie damals, als die ganze Geschichte angefangen hat. Da habe ich mehr Gold von Hand zu Hand gehen sehen, als ich hätte zählen können. Damals schwammen die Straßen förmlich in Blut, hab ich recht?«

Oric lächelte. Er erinnerte sich an die vielen Diebe, die er getötet hatte, als er noch in Leon Conningtons Diensten stand. Das war ein sehr gutes Jahr gewesen.

»Ich glaube, Alyssa wird später am Tag so ziemlich jeden Arbeit geben, also bereite dich darauf vor«, erwiderte Oric. Bill hob eine Braue, stellte jedoch keine weiteren Fragen. »Aber ich bin hier, weil du mir einen Gefallen tun musst, Bill.«

»Wie bitte? Ich wüsste nicht, dass ich in deiner Schuld stehe. Soweit ich mich erinnere, habe ich dir das Leben damals da oben in Fellholz gerettet, nicht umgekehrt.«

»Wenn nicht aus Gefälligkeit, dann vielleicht für Gold.« Oric ließ eine pralle Geldbörse auf den Tresen fallen. »Ich brauche den besten Söldner, den du zu bieten hast, und damit meine ich nicht jemanden, den die *Gilde* für den besten Mann unter einem Haufen Einfaltspinsel hält. Du kennst jedes gedungene Schwert von hier bis nach Engelhavn, und ich will deine ehrliche Meinung hören. Ich brauche jemanden, der eine Maus im Wald schneller findet als eine Eule. So gut muss er sein.«

Bill rieb sich das Kinn, während er mit seinen leicht trüben Augen ins Leere starrte.

»Ich nehme an, es macht dir nichts aus, wenn er ein bisschen unangenehm ist?«

»Er kann von mir aus der hässlichste und gemeinste Mistkerl sein, den du kennst. Das wäre mir sogar lieber. Dann kommen wir gut miteinander aus.«

Bill lachte. Es war ein humorloses Lachen.

»Ich kenne einen, und er ist gut, Oric. Er kommt von weit her, aus dem südlichen Ker, obwohl einige behaupten, dass er nicht einmal von Dezrel stammt. Er hat bisher neunmal für mich gearbeitet und jedes Mal seine Beute erwischt. Und das immer lange vor Ablauf der Frist. Allerdings hat er in letzter Zeit nur noch selten Arbeit bekommen. Er verlangt doppelt so viel wie die anderen.«

»Wie heißt er?«

»Er nennt sich selbst Geist. Ich habe nicht den Mumm, ihm zu empfehlen, sich einen originelleren Namen zuzulegen. Außerdem passt er zu diesem Kerl, das wirst du merken, wenn du sein Gesicht gesehen hast.«

Oric verschränkte die Arme. »Was soll das heißen?«

»Überflüssig, es dir zu erzählen. Du wirst es sehr bald selbst herausfinden. Er ist teuer, er ist gefährlich, aber er ist der Beste. Willst du ihn immer noch treffen?«

Oric dachte an die sechs Männer, die Arthur verloren hatte, als dieser Wächter sie ganz alleine auf der Nordstraße angegriffen hatte. Und er dachte daran, dass Alyssa ihn hinrichten lassen würde, wenn sie seine Rolle beim Tod ihres Sohnes herausfand.

»Ja, ich brauche den Besten. Wo finde ich diesen ... Geist?«

»Weißt du, wo die Schenke *Humpen und Feder* ist? Nein? Das ist eine widerliche Kaschemme im Süden, ein Stück abseits der Hauptstraße. Geh erst in ein paar Stunden dorthin. Der Wirt ist ein Betrüger, aber er wird dir Geist zeigen, auch wenn ich nicht glaube, dass das nötig ist.«

Bill öffnete die Geldbörse und schüttelte die Münzen auf den Tresen. Er zählte sie und nickte.

»Das sind ein paar zu viel.«

»Behalt sie.« Oric ging zum Ausgang. »Ein Geschenk für einen alten verschwiegenen Freund.«

»Verstehe. Sichere Reise, Oric.«

Bill hatte ihm zwar geraten, etwas zu warten, aber Oric hatte nicht vor, sich daran zu halten. Er wollte dort sein, wenn dieser Geist auftauchte, um zu trinken. Außerdem konnte er vielleicht etwas aus den Stammgästen herausbekommen, wenn er genug Zeit hatte. Die Leute, die sich kurz nach Mittag dort aufhielten, würden auf jeden Fall Stammgäste sein.

Es war nicht schwer, die Schenke zu finden, in Anbetracht des Schildes, das über der Tür hing. Ein schlecht gemalter Humpen und eine noch hässlichere Feder. Der Besitzer war wahrscheinlich so geizig gewesen, dass er sie selbst gemalt hatte. Oric vergewisserte sich, dass sein Schwert locker saß, und trat ein. In dem Schankraum stank es nach Erbrochenem und Alkohol, und es gab so gut wie keine Beleuchtung. In einer Ecke befand sich ein Kamin, in der Nacht zweifellos die einzige Licht- und Wärmequelle. An den Tischen saßen ein paar vereinzelte Männer herum, die meisten aßen. Sie erwiderten seinen Blick, als er hereinkam und die Augen zusammenkniff, um in der Dunkelheit etwas erkennen zu können. Keiner von ihnen fiel ihm besonders auf, jedenfalls wirkte keiner wie ein gefährlicher Meuchelmörder.

Der Wirt war ein dünner Mann mit einem blonden Bart, der bis zum Halsansatz reichte. Er nickte Oric zu und wartete, bis der Söldner sich einen Platz gesucht hatte, bevor er zu ihm kam.

»Das Billigste«, knurrte Oric und warf ihm ein paar Kupferstücke hin. Der Wirt kam kurz darauf zurück. Ein Drittel des Humpens war mit Schaum gefüllt. Oric verdrehte die Augen. Ein Betrüger, tatsächlich. Aber da er Informationen dringender benötigte als eine gute Prügelei, ließ er ihm den Betrug durchgehen.

»Was zu essen?«, fragte ihn der Wirt.

»Was gibt es Warmes?«

»Ich habe die Suppe noch nicht aufgesetzt. Aber es gibt Brot und Butter, wenn du zahlst.«

»Das genügt.«

Er hütete sich, sich umzusehen, während er auf das Essen wartete, nur für den Fall, dass dieser Geist bereits da war. Er wollte nicht den Eindruck erwecken, dass er nach ihm suchte. Wenn sie sich trafen, wollte er die Oberhand behalten. Nur für den Fall, dass dieser Geist versuchte, mehr Geld herauszuschinden – was er wahrscheinlich tun würde, angesichts der

Zielperson. Als das Brot kam, strich er Butter darauf und aß. Er sah, wie der Wirt ihn beobachtete und zog eine Silbermünze heraus.

»Behalt den Rest«, sagte er. »Beantwortest du mir dafür eine Frage?«

Der Wirt hielt die Silbermünze dicht vor seine Augen, prüfte sie, runzelte die Stirn und steckte sie dann ein.

»Natürlich«, antwortete er. »Ich hab nicht so viel zu tun, dass ich nicht einen Moment von der Bar weg könnte, um mit einem Gast zu plaudern.«

Oric lachte über diese sarkastische Bemerkung und senkte dann die Stimme.

»Ich suche nach einem Mann, der sich Geist nennt.«

Der Wirt wischte sich die Hände an der Hose ab und lachte. »Nach dem fragen nicht sehr viele Leute. Für gewöhnlich arbeitet er für diejenigen, die Angebote machen, die keiner annehmen will, der noch alle Sinne beisammen hat. Was hast du mit diesem dunkelhäutigen Monster zu schaffen?«

Ein echter Dunkelhäutiger aus Ker?, dachte Oric. *Interessant.*

»Das geht dich nichts an«, sagte er. »Und jetzt füll meinen Humpen auf, aber diesmal mit Bier, nicht mit Schaum, kapiert?«

Der Wirt warf ihm einen bösen Blick zu, gehorchte aber. Oric spülte den Rest des gebutterten Brotes hinunter und sah sich dann noch einmal um. In der ganzen Taverne war kein dunkelhäutiger Mensch zu sehen. Mist, er war nicht einmal überzeugt, ob er in ganz Veldaren einen Dunkelhäutigen gesehen hatte. Die Menschen unten im Süden, in Omn, vor allem an der Küste dort, waren für ihre dunkle Haut bekannt, aber die wirkte eher wie eine tiefe Sonnenbräune. Die Menschen aus Ker dagegen sollten eine Haut haben, die so schwarz war wie Obsidian. Kein Wunder, dass der Kerl Schwierigkeiten hatte,

Arbeit zu finden. Oric richtete sich auf eine längere Wartezeit ein und wechselte seinen Platz. Er setzte sich an den Tisch, der am weitesten von der Tür entfernt war. Dort lehnte er sich an die Wand und schloss die Augen. Er schlief nicht wirklich, aber es sah so aus. Wenn jemand so dumm war zu versuchen, ihn zu berauben, würde er eine nette Überraschung erleben.

Während die Sonne über den Himmel wanderte und die Dämmerung näher rückte, kamen immer mehr Männer in die Schenke. Oric überlegte, ob es die letzte Herberge im südlichen Veldaren war, da König Vaelors Verdikt den Karawanen verboten hatte, das Südtor zu nehmen, und sie nach Osten geschickt hatte. Alle Händler und entsprechend auch ihr Gold waren immer weiter nach Norden gezogen. Die Männer, die diese Schenke betraten, wirkten müde und ausgemergelt. Er vermutete, dass viele von ihnen auf den Feldern außerhalb der Stadtmauern arbeiteten. Das Bier war schrecklich, ebenso die Preise, aber dafür waren sie wahrscheinlich dichter an zu Hause und unter Freunden.

»Du sitzt auf unserem Platz«, sagte jemand. Oric öffnete die Augen. Drei Männer standen vor ihm, deren sonnengebräunte Haut mit Erde beschmutzt war. Alle drei zusammen waren vielleicht immer noch dürrer als er.

»Das ist aber Pech.« Oric drehte sich etwas zur Seite, sodass sie das Schwert an seiner Hüfte sehen konnten.

»Hier drin sind keine Klingen erlaubt«, erklärte einer.

»Möchte mal sehen, wie er versucht, sie mir abzunehmen.« Oric deutete mit einem Nicken auf den Wirt.

Die Männer bedachten ihn mit finsteren Blicken, aber da sie nur mit ihren Fäusten bewaffnet waren, wagten sie es nicht, ihn und sein Schwert herauszufordern. Sie verzogen sich und setzten sich an einen anderen Tisch. Als sie zur Seite traten, sah er endlich Geist. Der Mann saß allein mitten in der Taverne. Seine Haut war tatsächlich dunkler als bei jedem anderen Mann, den Oric je gesehen hatte. Er hatte einen rasierten Schädel und trug weite Kleidung, die für ein wärmeres Klima passender gewesen wäre. Dass er kräftig war, war offenkundig. Seine Arme waren so dick wie Baumstämme. Am meisten schockierte Oric aber die weiße Farbe auf seinem Gesicht.

Oric stand auf, warf den Männern, die seinen Platz gewollt hatten, einen finsteren Blick zu, als wollte er sie davor warnen, ihn zu besetzen, während er aufgestanden war, und ging dann zu Geist.

»Darf ich mich zu dir setzen?«

Der Mann blickte hoch und lächelte. Er hatte saubere weiße Zähne.

»Da ist noch ein Stuhl frei, also setz dich, wenn du willst.« Seine dunkle Stimme war einschüchternd. Oric setzte sich und lehnte sich auf seinem Stuhl zurück. Wäre die weiße Farbe nicht gewesen, dann hätte dieser Geist vielleicht sogar gut ausgesehen. Oric überlegte, warum der Mann sie wohl aufgelegt hatte, kam jedoch nicht dahinter. Lag es an seinem Namen? War es ein lächerlicher Versuch, dem Namen gerecht zu werden?

»Es ist nicht nötig zu fragen, aber ich tue es trotzdem. Ich nehme an, du bist der Mann, der sich Geist nennt?«

Der Söldner lachte. »Das bin ich.«

»Man sagt, du wärest gut.«

»Wer ist man? Dieser blinde Narr, der die Finanzen der Gilde führt? Oder meine anderen Kollegen? Es würde mich überraschen, wenn irgendjemand anders als verächtlich von mir reden würde.«

»Es war Bill«, gab Oric zu. »Aber stimmt das auch? Mir kommen langsam Zweifel.«

»Willst du mich zum Prahlen verleiten? Ich prahle nicht. Es

gibt keinen Besseren. Und jetzt nenn mir deinen Namen und sag, was du willst, sonst komme ich vielleicht auf die Idee, dass ich lieber alleine trinke.«

»Ein trauriger Mann, der lieber alleine trinkt.«

Geist grinste wieder, und diesmal lauerte ein wölfischer Ausdruck in seinen braunen Augen.

»Wirklich, Fremder. Glaubst du im Ernst, ich wäre es nicht gewöhnt, allein zu sein?«

Oric fühlte sich überrumpelt, und er verfluchte seine ungeschickte Zunge. Arthur hätte dem Mann weit besser Informationen entlockt, hätte herausgefunden, wer er war und wie er funktionierte.

»Also gut. Mein Name ist Oric. Für wen ich arbeite, geht nur mich etwas an. Ich brauche dich für eine Arbeit, und ich habe Bill für deine Dienste bereits bezahlt.«

Geist lehnte sich auf seinem Stuhl zurück und verschränkte die Arme. Oric sah die Griffe von zwei Klingen unmittelbar unter seinen Ellbogen. Offenbar kümmerte sich Geist auch nicht sonderlich um das Verbot des Wirtes, in der Schenke Waffen zu tragen.

»Ich kann mich weigern, wenn ich will, also glaube nicht, dass du mich schon in der Tasche hast, Oric. Willst du, dass jemand gefunden oder getötet wird, oder beides?«

»Beides.«

Wieder lächelte der Mann wie ein Raubtier.

»Ausgezeichnet. Wer?«

»Man nennt ihn den Wächter.«

Das schallende Gelächter verblüffte Oric. Die anderen Gäste in der Schenke schienen bei dem Geräusch zusammenzuzucken, als erwarteten sie, dass Geist jeden Moment explodieren würde.

»Der Wächter? Interessant. Ich habe ab und zu Gerüchte

über ihn gehört, aber nach denen zu urteilen scheint er ebenso real zu sein wie der Schnitter. Und jetzt kommst du zu mir und verlangst, dass ich ihn töte? Hast du noch etwas anderes für mich als einen Namen?«

»Ich habe ihn mit eigenen Augen gesehen.« Oric war genervt. »Er trug einen grauen Umhang und hatte sein Gesicht unter einer Kapuze verborgen.«

»Du beschreibst gerade so ziemlich jeden Bettler in dieser Stadt.«

»Er schwang zwei Schwerter, in jeder Hand eins.«

»Es würde mich mehr beeindrucken, wenn er zwei Schwerter mit einer Hand schwingen würde.«

»Das reicht!« Oric schlug mit der Hand auf den Tisch. »Ich lasse mich nicht von einer Missgeburt wie dir einschüchtern!«

Es wurde schlagartig still in der Schenke. Geist beugte sich dichter zu Oric. Er war nicht wütend, sondern nur amüsiert, aber etwas an seinem Lächeln wirkte trotzdem gefährlich. Seine Stimme sank zu einem Flüstern herab.

»Eine Missgeburt?«, erkundigte er sich. »Warum? Liegt es an meiner Hautfarbe? In Ker gibt es Tausende wie mich.«

»Nur eine Missgeburt würde sein Gesicht anmalen, um auszusehen wie eine tote Hure.« Oric versuchte immer noch, seine Wut zu zügeln.

»Ah, die Schminke.« Er sprach noch leiser weiter, als wollte er etwas sagen, das nur Oric hören sollte. »Sie juckt wie Efeu und ist nicht gerade billig. Weißt du, warum ich sie trage?«

»Weil du versuchst, dich anzupassen?«

»Mich anzupassen?« Er lachte laut und schallend, was die Leute an den Tischen um sie herum erschreckte. Oric zuckte ebenfalls zusammen, obwohl er nicht einmal wusste, warum. Er hatte längst die Kontrolle über das Gespräch verloren, das war ihm klar. Wenn er die weiteren Verhandlungen in irgendeiner Weise kontrollieren wollte, musste er sich zusammenreißen, und zwar schnell.

»Nein, nicht um mich anzupassen«, fuhr Geist fort. »Ich trage sie, um aufzufallen. Wenn die Menschen diese Farbe sehen, erinnert sie das nur daran, warum ich sie trage. Vor mir kann sich niemand verstecken, Oric. Deshalb bin ich der Beste. Jeder, mit dem ich rede, hat Angst, denn sie wissen nicht, wer ich bin. Sie spüren nur, dass ich anders bin. Siehst du diesen Bauern da drüben? Ich könnte den Namen seiner Frau schneller herausfinden, als du dich ihm vorstellen könntest. Wenn du ihnen Fragen stellst, weichen sie dir aus, spielen auf Zeit und hoffen auf Bestechungsgeld oder einen Gefallen. Wenn ich Fragen stelle, wollen sie, dass ich so schnell wie möglich verschwinde, weil ich ihnen Angst mache, ohne auch nur eine einzige Drohung auszusprechen. Furcht ist stärker als Gold. Aller Reichtum der Welt kann nicht bewirken, dass jemand seine Ängste besiegt, nicht, wenn es um Tod und Blut geht. Sie würden mir alles erzählen, nur damit ich sie wieder zu ihren kleinen, sicheren Existenzen zurückkehren lasse. Mich anpassen? Was bist du für ein fantasieloser Mann.«

»Das reicht«, entgegnete Oric. »Akzeptierst du die Aufgabe oder nicht?«

Geist trank einen Schluck Bier und stellte seinen Humpen wieder ab.

»Ich verlange das Dreifache von dem, was Bill dir genannt hat«, erklärte er. »Und kein Kupferstück weniger.«

»Für den Preis könnte ich fünfzig Männer anheuern!«

»Und alle fünfzig Männer würden durch die Gegend stampfen, unfähig, auch nur ihren Arsch zu finden. Das Dreifache.«

Oric stand auf. Es reichte ihm. »Auf keinen Fall, du verdammter Schlammmolch! Ich weigere mich. Entweder akzeptierst du deine übliche Bezahlung, oder du bekommst gar nichts.«

Geist zückte eines seiner Schwerter und knallte es auf den Tisch. Oric sprang hoch, aber statt zu seinem Schwert zu greifen, wandte er sich reflexartig Richtung Tür, wie ihm auf einmal bewusst wurde. Seine Wangen röteten sich, als er merkte, dass Geist das ebenfalls gesehen hatte.

»Ich erwarte, dass Bill den Rest des Geldes bis zum Einbruch der Nacht in den Händen hat. Leb wohl, Oric. Ich werde dir den Kopf des Wächters in zwei Wochen bringen. Falls ich scheitere, was nicht passieren wird, bekommst du dein gesamtes Geld zurück.«

Er ging hinaus, und die ganze Schenke schien leichter zu atmen, als er weg war. Zu seiner Schande musste Oric gestehen, dass es ihm genauso ging. Er bestellte noch einen Humpen Bier, leerte ihn und eilte dann ebenfalls davon. Er musste sich noch um eine andere wichtige Angelegenheit kümmern. Und die sollte er besser regeln als die Sache mit Geist. Am südlichen Rand von Veldaren näherte er sich einem großen, zweistöckigen Holzhaus.

Im Inneren huschten mindestens fünfzig Jungen und Mädchen herum. Sie machten sauber, fegten und bereiteten ihre Betten für die Nacht vor. Ein Mann von etwa vierzig Jahren kam ihm an der Tür entgegen und begrüßte ihn.

»Hallo, mein Freund«, sagte er. »Ich heiße Laurence und begrüße dich in unserem Waisenhaus. Kann ich dir helfen? Vielleicht suchst du einen Schüler oder ein Dienstmädchen?«

»Zeig mir die Jungen«, erwiderte Oric.

Laurence pfiff, woraufhin die Kinder davonstürmten. Sie gingen ins Innere des Hauses. Es wirkte wie der Raum eines riesigen Kaufhauses, an dessen Wänden auf beiden Seiten Reihen von Pritschen standen. Laurence befahl zwanzig Jungen verschiedenen Alters, sich aufzustellen. Sie paradierten vor Oric hin und her, als wären sie auf einer Viehauktion. Die meisten Kinder benahmen sich gut. Offenbar machten sie das nicht zum ersten Mal.

»Suchst du nach jemand besonderem?« Laurence leckte sich die Lippen.

»Das geht nur mich etwas an, dich nicht.«

»Natürlich, Sir, selbstverständlich.«

Oric dachte an Nathaniel, während er die jüngeren Knaben betrachtete. Einer kam ihm von der Größe her sehr nahe, war vielleicht zwei Zentimeter größer. Sein Haar hatte sogar die gleiche Farbe, was vielleicht half, die Illusion zu perfektionieren.

»Tritt vor.« Er nickte dem Jungen zu. »Der da. Was kostet er?«

»Adoptionen sind nicht billig, aber er ist noch jung, also genügen neun Silberstücke.«

Oric griff in die Tasche und zog doppelt so viele Silberlinge heraus.

»Kein Papierkram«, sagte er. »Ich war niemals hier.«

Laurences Augen traten ihm aus den Höhlen, als er zwischen dem Mann und dem Jungen hin- und hersah.

»Sein Name ist Dirk.«

»Von mir aus. Komm mit, Junge.«

Laurence sah ihnen nach, sagte aber nichts.

Oric war zu Fuß gekommen. Deshalb nahm er Dirk an der Hand und befahl ihm, sich zu beeilen.

»Keine Fragen«, sagte er. »Wir werden über die Nordstraße gehen. Dort habe ich ein Haus für dich, wo du das ganze Silber abarbeiten kannst, das ich gerade für dich ausgegeben habe. Verstehst du das?«

Dirk nickte.

»Gut.«

Er führte ihn zum Südtor, weil er vermeiden wollte, die bevölkerten Viertel der Stadt zu passieren, auch wenn es bereits Abend wurde. Die Wachen warfen ihm neugierige Blicke zu, bevor sie ihn hinausließen. An einer Weggabelung folgte er der Straße, die um die Stadt herum und dann Richtung Norden führte. Dirk war etwa sechs Jahre alt, und seine Beine waren nicht annähernd so lang wie die von Oric. Er wurde rasch müde und schien nur aus Haut und Knochen zu bestehen. Wahrscheinlich hatte er sich schon seit Ewigkeiten nicht mehr sattgegessen. Schließlich nahm Oric ihn auf seine Arme und trug ihn, bis die Stadt hinter ihnen lag und die Sonne fast untergegangen war.

»Wann sind wir da?« Das war das Erste, was Dirk seit fast einer Stunde gesagt hatte.

»Keine Fragen«, knurrte Oric. Er sah sich um, als die ersten Sterne am Himmel auftauchten. Sie näherten sich dem Kronforst. Im Osten lagen viele Morgen hügeliges Gelände. Er ging auf einen der Hügel zu, den Jungen immer noch auf den Schultern.

»Wir sind fast da«, sagte er leise. Sobald der erste Hügel zwischen ihm und der Straße lag, setzte er Dirk ab. »Siehst du den Wald da drüben auf der anderen Seite der Straße? Ich möchte, dass du dort hingehst und mir ein paar Zweige holst. So viele, wie du tragen kannst.«

»Ja, Sir.«

Oric zog sein Schwert und ein Stück Feuerstein heraus. Während der Junge unterwegs war, um Zweige zu holen, sammelte er trockenes Gras, um die Flammen zu entfachen. Er schützte das Gras vorsichtig mit den Händen, als es brannte. Als Dirk mit sechs Zweigen zurückkehrte, zerbrach Oric sie über seinem Knie und legte sie vorsichtig in das brennende Gras. Er sprenkelte ein bisschen Lampenöl aus seinem Rucksack darauf, damit das Holz besser brannte, und stand dann auf.

»Wir brauchen noch viel mehr«, sagte er, das Schwert immer noch in der Hand. »Aber ich habe Zeit. Zuerst muss ich jetzt Arthurs Befehl befolgen. Komm her, Dirk.«

Während der Leichnam des Jungen im Gras ausblutete, ging Oric in den Wald und brach etliche dicke Äste ab. Er schleppte sie knurrend vor Anstrengung zu seinem improvisierten Lager zurück und zerbrach sie mit einem Tritt seiner Stiefel. Dann warf er sie einen nach dem anderen auf das Feuer. Als die Flammen loderten, hob er die Leiche des Jungen auf. Sie war bereits steif und kalt. Er hoffte, dass sie brannte. Ohne große Umstände warf er die Leiche ins Feuer. Die zerlumpte Kleidung brannte zuerst, dann das Haar und schließlich die Haut. Das brennende Fleisch roch süß, aber den Gestank von brennendem Haar hatte er immer gehasst.

Oric beschloss, auf Wärme zu verzichten, rollte seine Schlafdecke aus und schlief auf der Windseite, damit ihn der Gestank nicht belästigte. Am nächsten Morgen sammelte er die Knochen auf, stopfte sie in einen Sack und kehrte nach Veldaren zurück.

10. KAPITEL

Haern spürte ein weiches Bett unter sich, was ihn vollkommen verwirrte. Ein Bett? Wann hatte er das letzte Mal in einem Bett geschlafen? Vor drei Jahren? Vor vier? Moment, wie war das noch in diesem Bauernhof gewesen? Nein, da hatte er auf dem Boden geschlafen, richtig? Natürlich, die Herberge. Er musste in der Herberge gewesen sein, in der er anschließend übernachtet hatte. Aber er war doch schon lange dort weg, war nach Hause gereist. Dann erinnerte er sich an einen Hinterhalt, daran, dass er neben einem Fuhrwerk niedergestochen worden war ...

Er öffnete die Augen, aber das half ihm auch nicht weiter. Er sah eine niedrige Decke, die ziemlich nachlässig mit einer matten, hellen Farbe gestrichen war. Mit einem kurzen Blick überflog er den Rest seiner Umgebung. Der Raum war winzig, und es gab kaum genug Platz, auch nur zwischen seinem Bett und der Tür durchzugehen. Vor ihm stand ein Schrank, der mit sonderbarer Kleidung und Waffen vollgestopft war. Er erkannte in dem Haufen seine Langmesser und versuchte, danach zu greifen.

Der stechende Schmerz in seinem Bauch überzeugte ihn, dass das keine besonders gute Idee war. Er sank zurück und drückte die Hand auf seinen Unterleib. Seine Finger berührten Verbände, klebrig von Blut. Dann erinnerte er sich an zusammenhängende Fragmente des Angriffs auf diesen Planwagen. Er hatte mehrere Diebe der Wolfsgilde getötet, jemand hatte ihn in den Bauch gestochen, und als er ohnmächtig geworden war ...

»Was ist hier los?«, murmelte er leise, während er seinen Arm untersuchte. Er erinnerte sich an den Schnitt, der ziemlich übel gewesen war. Möglicherweise war er ihm sogar bis auf den Knochen gegangen. Die Wunde war ausgezeichnet verbunden und der Schmerz nur noch ein dumpfer Druck. Er zog den Verband ein Stück ab und sah eine rote Narbe, die nicht genäht war, damit sich die Wunde schneller schloss. Das war doch nicht möglich. Um so schnell zu heilen, hätte er mehrere Wochen lang ohnmächtig sein müssen. Dasselbe galt für das Loch in seiner Schulter. Entweder das, oder ein Priester war gekommen und hatte ihn geheilt.

Oder eine Priesterin.

Haern erinnerte sich an die letzten Bilder vor seinen Augen, Bilder, von denen er jetzt nicht mehr sicher war, ob es wirklich Halluzinationen gewesen waren. Konnte das sein? Hatte Delysia nach all diesen Jahren den sicheren Tempel Ashhurs verlassen? Die Aussicht, sie wiederzusehen, wühlte ihn auf, vor allem aber war er entsetzt. Sein Haar war vollkommen zerzaust, und er war schlecht rasiert. Seine Kleidung passte eher zu einem Bettler, eine Rolle, die er mittlerweile wie eine zweite Haut trug. Aber Delysia ... sie war sein erster Lichtblick in einer Welt der Dunkelheit gewesen, etwas Sauberes, Reines. Er dagegen fühlte sich an wie lebendiger Schmutz, verkrustet von seinem eigenen Blut und dem derjenigen, die er getötet hatte. Es kam ihm so falsch vor, dass sie ihn ausgerechnet so wiederfinden sollte. Vorausgesetzt natürlich, dass sie sich überhaupt an ihn erinnerte oder ihn unter dem ganzen Schmutz erkannte.

Er versuchte erneut, sich aufzurichten, und da er jetzt den Schmerz erwartete, gelang ihm das besser. Er stützte sich mit den Händen an der Wand ab, griff in den Schrank und nahm seine Langmesser. Ihm war klar, dass ihn hier ganz sicher niemand töten wollte. Immerhin hatte man seine Wunden verbunden und geheilt. Aber ohne das Gewicht der Eisen an seiner Hüfte fühlte er sich nackt. Schweiß lief ihm über den Hals, und er atmete keuchend. Er schickte ein Stoßgebet zu Ashhur, in dem er um Kraft bat, und zog die Tür auf.

Ein verdutzter Senke stand vor ihm. Er hielt eine Scheibe gebuttertes Brot in der Hand und hatte seine andere Hand immer noch nach dem Türgriff ausgestreckt, der ihm im letzten Moment aus den Fingern gerissen worden war.

»Wohin willst du denn?«, fragte Senke.

Das war einfach zu viel. Haern stolperte zurück und sank halb fallend, halb sitzend auf sein Bett. Er starrte Senke verdattert an.

»Du siehst aus, als hättest du einen Geist gesehen.« Senke schien die ganze Szene zu amüsieren.

»Genau das glaube ich auch.«

Senke lachte, und das vertraute Geräusch beseitigte jeden Zweifel. Der Mann hatte sich den Schädel rasiert und einen Bart wachsen lassen, aber unter dieser Verkleidung zeigte sich immer noch dasselbe Lächeln und dieselbe wachsame Belustigung in seinem Blick.

»Nur eine Handvoll Menschen hat mich erkannt, aber es sollte mich wohl nicht überraschen, dass du einer von ihnen bist. Du warst immer sehr aufmerksam, stimmt's, Aaron?«

Aaron.

Eine Flut von Erinnerungen stieg in ihm auf, von seinen Übungsstunden mit Senke, von Spaziergängen neben seinem Vater und jenen wenigen Augenblicken mit Robert Haern, bevor er ihn auf Befehl seines Vaters exekutierte und anschließend sein Blut aufwischte. *Aaron.* Seit jenem Tag hatte er diesen Namen nicht mehr geführt. Er hatte einen neuen Namen angenommen, war zu einer anderen Person geworden. Einer besseren Person.

»Haern«, sagte er jetzt. »Aaron ist vor langer Zeit gestorben.«

Senke gab ihm die Scheibe Brot und lehnte sich gegen die Tür. Er lachte leise.

»Allerdings, und ich war einer von vielen, die genau das geglaubt haben. Obwohl ich deinen Tick wegen des Namens vergessen habe. Jeder nahm an, dass du in den Flammen gestorben wärest. Ich habe es selbst kaum geschafft, lebendig herauszukommen, und hab den größten Teil meines Haares dabei verloren. Was mir allerdings bei meiner Verkleidung geholfen hat, und mittlerweile habe ich mich an mein Aussehen einigermaßen gewöhnt.«

Haern sah die Brotscheibe an, als wüsste er nicht, was er damit anfangen sollte. Schließlich ließ er sie fallen, stand auf und schlang seine Arme um Senke. Er sagte kein Wort, wusste auch nicht, was er hätte sagen sollen. Er fühlte sich wieder wie dreizehn, verwirrt, unschlüssig, bis man ihm plötzlich eine Verbindung zu einer Vergangenheit gab, die auch gute Momente gehabt hatte. Offenbar verstand Senke ihn, denn er klopfte Haern sanft auf den Rücken und befreite sich dann behutsam aus der Umarmung.

»Werd jetzt nur nicht sentimental«, sagte er und zwinkerte. »Sonst muss ich noch glauben, dass du nicht wirklich Threns Sohn bist. Jetzt setz dich. Del sagt, du bräuchtest noch einen bis zwei Tage Ruhe, bevor du wieder ganz gesund bist, und ich will nicht, dass diese Wunden wieder aufreißen. Du bist ganz schön gewachsen, Junge, bei den Göttern! Du bist größer als ich. Wie wär's, wenn du mir erzählst, was du in den letzten fünf Jahren gemacht hast?«

Ein Teil von Haern wollte das auch, aber er fühlte sich peinlich berührt. In den letzten fünf Jahren hatte er aus reiner Rachsucht unaufhörlich gegen die Gilden gekämpft. Was hätte er sonst noch erzählen können? Wer konnte schon die Wut begreifen, die ihn damals erfasst hatte? Er hatte mit ansehen müssen, wie alles, was er liebte, von dieser perversen Kultur der Unterwelt zerbrochen und zerstört worden war. Trotzdem, auch wenn er seltsam aussah, vor ihm stand Senke, der einzige Mensch, der so etwas wie ein Freund für ihn gewesen war. Die Zeit hörte auf zu existieren. Er erzählte alles, angefangen von seiner Flucht aus dem Feuer, seinem Leben auf den Straßen, wie er darauf achtete, sein schlecht geschnittenes Haar immer unordentlich und zerzaust zu tragen und eine Schicht aus Schmutz und Krätze auf seiner Haut zu lassen. Er hatte Essen gestohlen, um überleben zu können, und nur dafür gelebt, die Diebe der Gilden zu töten. Er schämte sich, als er das zugab, obwohl er nicht wusste, warum. Denn insgeheim hegte er das Gefühl, richtig gehandelt zu haben.

»Warum gehst du nicht einfach weg?«, wollte Senke wissen. »Alle halten dich für tot. Du könntest weiterziehen, dir in jeder anderen Stadt einen Namen als Söldner oder Dieb machen. Warum bleibst du ausgerechnet hier?«

Haern errötete.

»Weil hier meine Heimat ist«, erwiderte er. »Das hier ist alles, was ich kenne. Ich wollte die Gilden bestrafen, jeden einzelnen Dieb. Ich dachte, wenn ich ihnen Angst vor dem Wächter einflöße, könnte ich vielleicht neue Rekruten abschrecken. Ich könnte Zweifel säen, ob sie wirklich sicher sind. Ich könnte … ich weiß nicht, Senke. Ich dachte, ich könnte all dem endlich ein Ende machen.«

Senke lachte. »Wie es scheint, ist der Junge, den ich einst kannte, zu einem ehrgeizigen jungen Mann herangewachsen.

Das sollte mich nicht überraschen. Na, wenigstens bist du am Leben. Aber wie bist du auf unsere kleine Karawane gestoßen?«

»Ich habe herauszufinden versucht, woher die Schlangengilde diese Mengen an Gold bekommt. Ich war auf dem Rückweg, als ich in diesen Hinterhalt gestolpert bin, in den ihr geraten seid.«

»Keine Sekunde zu früh.« Senke grinste. »Man hatte uns angeheuert, um einen fetten Händler zu beschützen, der irgendwie die Wolfsgilde wirklich wütend gemacht hat. Ich glaube, er hat sie um Schutzgeld betrogen oder dergleichen. Er versuchte, nach Norden zu flüchten, bevor sie es bemerken. Offensichtlich haben sie es aber gemerkt.« Er lachte. »Ich muss zugeben, zuerst dachte ich, Thren wäre uns zu Hilfe gekommen. Die Art und Weise, wie du angegriffen hast, und wie du getanzt hast und deine Klingen gewirbelt sind, das alles kam mir so vertraut vor, Aaron ...«

»Haern. Ich heiße jetzt Haern.«

Senke hob entschuldigend die Hände.

»Verzeih, die Macht der Gewohnheit. Warum bist du eigentlich so strikt in dem Punkt?«

Haern fröstelte und zog die Decke dichter um sich.

»Weil ich nicht mehr diese Person bin. Ich lehne alles von meinem Vater ab, einschließlich seines Namens. Ich will nicht mehr sein, was er aus mir machen will.«

»Machen wollte«, korrigierte ihn Senke. »Er hält dich jetzt für tot. Also, statt der kleine Killer deines Vaters zu werden, verbringst du jetzt jede Nacht damit, Leute umzubringen. Sehr raffiniert, wirklich.«

»Wage nicht, über mich zu urteilen!« Haern war überrascht, wie wütend er war.

»Ich urteile nicht, sondern stelle nur das Offenkundige fest.

Also gut, jetzt bin ich wohl dran. Allerdings ist meine Geschichte nicht annähernd so interessant. In den ersten Jahren habe ich einen großen Bogen um die Stadt gemacht. Ich wollte ja immer aus den Diebesgilden aussteigen, das habe ich dir, glaube ich, erzählt. Aber Thren nimmt so eine Ankündigung nicht gerade gut auf. Und ebenso wenig Zuneigung hegt er für jene, die ihn an den König verkaufen. Glücklicherweise hat er niemals erfahren, dass ich es war. Ich habe dieses Feuer, das dich ›getötet‹ hat, ebenfalls benutzt, um mir ein neues Leben zu schaffen. Ich habe eine Weile in Holzhafen gelebt und Bäume gefällt. Das hat mich schon bald gelangweilt, und ich habe ab und zu Aufträge angenommen, bei denen man eher einen Morgenstern brauchte als eine Axt. Plötzlich bekam ich regelmäßig Arbeit als Söldner. Vor etwa einem Jahr bin ich dann nach Veldaren zurückgekehrt, habe den Namen Stern angenommen und auf eine lohnende Beschäftigung gehofft. Und bevor du auch nur daran denkst: Nein, ich hatte nicht vor, wieder in dieselbe alte Falle zu tappen. Ich habe mir meine Verträge sehr genau angesehen, und auch wenn ich nicht unbedingt für die nettesten Menschen gearbeitet habe, musste ich wenigstens keine Unschuldigen umbringen oder die Häuser der Armen anzünden.

Wie auch immer, irgendwann habe ich dann meinen derzeitigen Auftraggeber getroffen. Ich habe mich ihm sogar als ein festes Mitglied seiner Söldnerbande angeschlossen. Wie es aussieht, hat er über zwanzig Männer ausprobiert; er versucht einen zu finden, der kein ... na ja, der kein Abschaum ist. Ich bin ein Glückspilz, was?«

Haern lächelte, sagte aber nichts. Er versuchte immer noch, das alles zu verstehen. Hier saß ihm jemand gegenüber, mit dem er reden, dem er vertrauen konnte. Nach einer halben Dekade des Schweigens und der Einsamkeit hatte das alles mit einem gewaltigen Paukenschlag geendet, und das nur wegen eines Hinterhalts im richtigen Moment. Er hatte zwar oft geglaubt, dass Ashhur ihn ignoriert hätte, doch jetzt fragte er sich, ob das tatsächlich stimmte. Während er nachdachte, aß er, weil er so nicht reden musste. Nach Senkes Ankunft war sein Selbstbewusstsein in sich zusammengefallen. Wenn jemand ihn wieder dazu bringen konnte, sich wie der verwirrte Dreizehnjährige zu fühlen, der er einmal gewesen war, dann Senke.

»Dir fallen ja schon die Augen zu«, erklärte Senke, als Haern seine Mahlzeit beendet hatte. »Ich schicke dir Delysia, damit sie deine Verbände wechselt. Dann kannst du dich ausruhen und über diesen Wahnsinn nachdenken.«

»Delysia?« Haern dachte an die Bilder, die er gesehen hatte, als er nach dem Kampf blutend dagelegen hatte. »Ist sie ... ist ihr Nachname Eschaton?«

Senke hob eine Braue. »Ja, aber woher ... Moment mal. Du kanntest doch eine Delysia. Ist sie das etwa, dieses Mädchen, wegen dem du Dustin getötet hast, um es zu beschützen und ... Mist, sie ist es, richtig?«

Haern nickte und wurde von Senkes schallendem Gelächter vollkommen überrumpelt.

»Dann hat sie es dir jetzt wohl reichlich vergolten. Denn sie hat verhindert, dass du wie eine abgestochene Sau verblutet bist. Verdammt, das ist einfach zu komisch. Du hast mir nie erzählt, dass sie eine Priesterin geworden ist. Ich habe mich immer gefragt, wie es ihr gelungen ist, sich so gut vor Thren zu verstecken.«

»Ich habe es nie jemandem verraten«, sagte Haern leise. »Kayla hat es mir in der Nacht vom Kensgold erzählt.«

Senkes Miene wurde traurig, als Haern den Namen aussprach. »Sie war ein hübsches Mädchen. Nach allem, was ich gehört habe, hat Thren sie getötet, weil sie dir geholfen hat. Wirklich eine Schande. Es zahlt sich nicht gerade aus, dir zu helfen, hab ich recht?«

Diese Bemerkung traf ihn, und als Senke den Schmerz in Haerns Gesicht sah, versuchte er, sie abzuschwächen.

»Es tut mir leid, Haern, du weißt, dass ich es nicht so gemeint habe. Es war nicht deine Schuld, kein bisschen. Dein Vater war einfach nur ein Mistkerl. Das ist er immer noch, obwohl sein Einfluss langsam schwindet, Ashhur sei Dank.«

»Senke, ich ... ich bin noch nicht bereit, sie zu sehen.«

»Ach? Nun, sie hat jedenfalls schon eine ganze Menge von dir gesehen.«

Haern errötete, aber er wollte nicht nachgeben. »Bitte, lass mich einfach ausruhen. Es ist schon zu viel, dich wiederzusehen. Lass mich ein wenig nachdenken, einverstanden?«

Senke zuckte mit den Schultern. »Ich nehme an, du wirst es überleben. Aber wenn du dir einen Wundbrand einfängst, ist es deine eigene verdammte Schuld! Schlaf gut, Haern.«

»Danke.«

Senke war gegangen, aber seine Worte hallten noch in Haerns Kopf wider.

Es zahlt sich nicht gerade aus, dir zu helfen, hab ich recht?

Wie viele waren seinetwegen gestorben? Robert war durch seine Hand gestorben. Sein Vater hatte Kayla getötet, weil sie ihm geholfen hatte. Senke wäre in dem Feuer fast gestorben. Delysia hatte sich verstecken müssen. Und jetzt hatten die beiden ihn in ihr Heim geholt und ihm Beistand geleistet, wo doch sämtliche Diebe aller Gilden der Stadt ihn mit Freuden an den Daumen aufhängen und zulassen würden, dass die ganze Unterwelt an ihm Rache nahm. Waren sie verrückt? Er war ein Monster, das Chaos und Mord geradezu anzog. Er gehörte auf die Straßen. Die Kanalisation hatte vielleicht genug Platz für das Blut, das seinetwegen vergossen wurde.

Außerdem konnte er ihr nicht gegenübertreten. Er konnte es einfach nicht. Das letzte Bild, das er von Delysia hatte, war, wie sie nach Luft ringend in seinen Armen lag, nachdem der Armbrustbolzen sich in ihren Rücken gebohrt hatte. Sie hatte so schockiert gewirkt, so entsetzt über den Verrat, und als er dann seinen eigenen Vater sah, der sich ihm mit einer Armbrust in der Hand näherte, hatte er solche Gewissensbisse empfunden ...

Er zog den Gürtel enger und verzog das Gesicht bei dem Schmerz in seinem Bauch. Seine Umhänge lagen zusammengefaltet neben dem Bett, ebenso seine Lumpen. Wieder errötete er, als er sich an Senkes Bemerkung erinnerte und hoffte, dass es nicht ausgerechnet Delysia gewesen war, die ihn entkleidet und ihm die frische Kleidung angezogen hatte. Er trug ein einfaches weißes Hemd und eine braune Hose. Lautlos zog er seine alte Kleidung wieder an. In dem Schmutz und dem getrockneten Blut, das darauf klebte, fühlte er sich noch widerlicher und konnte es kaum erwarten zu verschwinden. Alles an ihm war schmutzig, selbst die Aufgabe, der er sein Leben gewidmet hatte. War er wirklich auch nur einen Deut besser als sein Vater? Wenigstens hatte Thren ein Imperium errichtet, wie vergänglich auch immer es gewesen sein mochte. Haern dagegen konnte nur zerstören.

Er schüttelte den Kopf, versuchte die Gedanken zu vertreiben. Er musste sich konzentrieren. Er war immer noch müde, und dieses warme, weiche Bett verlockte ihn mehr, als jede Frau es vermocht hätte. *Jetzt oder nie*, sagte er sich, schlich zur Tür und blickte hinaus.

Das Gebäude, in dem er sich befand, war zwar klein, versuchte jedoch seine mangelnde Größe mit seinen zwei Stockwerken auszugleichen. Er sah eine zweite Tür direkt gegenüber und nur einen Schritt entfernt. Eine schmale, enge Treppe führte ins Erdgeschoss. Durch die andere Tür hörte er gedämpfte Gespräche. Er kam sich vor wie ein Eindringling, als er so schnell die Stufen hinabschlich, wie seine Verletzungen es ihm erlaubten. Das Erdgeschoss war zum Glück verlassen und nur spärlich möbliert. Er sah einen Stuhl und einen Schreibtisch aus Eiche in einer Ecke mit einem bescheidenen Stapel von Büchern. Er trat zur Tür, zog den Riegel zurück und trat auf die Straße hinaus.

Einen Moment sah er sich um und orientierte sich. Die Sonne war bereits aufgegangen, aber sie stand noch tief hinter den Stadtmauern. Nicht weit entfernt lag eine Herberge, *Prather's*, wenn er das Schild richtig entziffern konnte. Das bedeutete, er war auf der ... Krimsongasse, mitten im südlichen Veldaren. Er war entsetzt, als er das begriff. Senke und Delysia lebten auf der Krimson, an einem der gefährlichsten Orte in der Stadt? Kein Wunder, dass er keinen der beiden jemals gesehen hatte, wenn er nachts hier entlanggeschlichen war. Sie hielten zweifellos die Türen verschlossen und die Fensterläden verriegelt. Wie oft war er wohl direkt an ihrem Haus vorbeigeschlichen, wenn er einzelne Diebe verfolgt hatte?

Er machte sich zwar Sorgen wegen seiner Verletzungen, aber mit den Dieben, die verzweifelt genug waren, um am helllichten Tag jemanden zu berauben, wurde er ganz sicher fertig. Er warf einen letzten Blick auf das heruntergekommene Gebäude, um sich seine Lage einzuprägen, und ging dann nach Norden. Er hatte es eilig, Abstand zwischen sich und diese plötzliche Begegnung mit der Vergangenheit zu bringen.

Veliana schwebte in absoluter Stille, und das alleine überzeugte sie davon, dass sie tot war. Sie wusste nicht einmal, ob ihre

Augen offen oder geschlossen waren. Sie sah nur Dunkelheit; das heißt, eigentlich sah sie sie nicht, sondern schien davon verschluckt zu werden. Sie war betäubt, als wäre ihr Körper gefroren, aber wenigstens fühlte sie etwas, wie schwach auch immer es sein mochte. Die Zeit trieb an ihr vorbei, als würde sie sie langweilen. Dann plötzlich spürte sie einen Schmerz in ihrer Brust, und die Dunkelheit wurde von roten Flecken erhellt. Wieder spürte sie den Schmerz, aber diesmal hatte er etwas Tröstliches, eine sonderbare Vertrautheit. Als sie ihn das dritte Mal wahrnahm, begriff sie, dass ihr Herz wieder angefangen hatte zu schlagen.

Stiche liefen wie in Wellen über sie hinweg, als würde sie mit Nadeln und Nägeln gestochen. Erst spürte sie es in ihrer Brust, dann in ihrem Gesicht und zum Schluss in ihren Extremitäten. Die Dunkelheit wurde immer heller, veränderte sich von Schwarz zu Gelb zu Rot und explodierte schließlich in einer ganzen Vielfalt von Farben, die sich vermischten und das unmaskierte Gesicht von Todesmaske zeigten.

»Willkommen zurück«, sagte er lächelnd.

Sie hätte ihn geschlagen, wenn ihre Glieder ihrem Befehl gehorcht hätten.

Dann verschwand er. Sie lag auf dem Rücken und starrte an eine Decke, die von Spinnweben übersät war. Aus der Kälte, die sie verspürte, schloss sie, dass sie auf einem blanken Boden lag. Ihre Ohren, der einzige Sinn, der einigermaßen funktionierte, nahmen ein Scharren und dann ein Lachen wahr.

»Ich weiß, dass du wütend auf mich bist, aber ich versichere dir, ich hoffe wirklich, so etwas niemals mehr tun zu müssen.« Todesmaske beugte sich über sie, und sie spürte, wie er seine Hände auf ihren Hals legte. »Dein Puls wird kräftiger. Gut. Ich habe diesen Zauber noch nie zuvor benutzt, also darfst du dich als eine glückliche erste Versuchsperson betrachten.

Es ist immens schwierig, ein Herz zum Stillstand zu bringen. Jedenfalls, wenn man das Herz anschließend wieder schlagen lassen will.«

»Was ... ist passiert?« Sie musste ihre trockene Kehle und ihre geschwollene Zunge zwingen, diese Frage zu stellen.

»Ich habe vorgetäuscht, dass ich dich töte. Der Stoß in deine Brust war nicht tief, aber ich habe dafür gesorgt, dass niemand sich die Mühe gemacht hat, die Wunde genauer zu untersuchen. Mein Bann hat deinen ganzen Körper gelähmt. Es gab keine Atmung und keinen Herzschlag mehr. Für alle warst du tot, und ehrlich gesagt bin ich mir auch nicht ganz sicher, wie weit das von der Wahrheit entfernt ist. Ich habe deine ... Bestattung übernommen, und siehe, da sind wir. Es war eigentlich ganz einfach, und sobald du wieder richtig zu dir gekommen bist, wirst du die Eleganz meiner Lösung zu schätzen wissen. Glaube ich.«

Wieder stachen Nadeln in ihrem Körper, und diesmal spürte sie, wie sie langsam die Kontrolle zurückgewann. Ihr Kopf drohte vor Schmerz zu bersten, aber sie zwang sich, sich aufzusetzen, zwang sich, sich zu erinnern. Sie war in ihrem Hauptquartier gewesen, Garrick war da und hatte sie beschuldigt ...

Sie griff nach einem Dolch an ihrer Seite, aber durch diese Bewegung sank sie einfach nur wieder zu Boden.

»Nichts überstürzen«, sagte Todesmaske. »In ein paar Minuten wird es dir besser gehen. Wir haben einiges zu besprechen, also bitte mach keine Dummheiten wie zum Beispiel, mich zu töten, einverstanden?«

Das kann ich nicht versprechen, dachte sie mitten in ihrem Delirium.

Ebenso wie ihr Körper erwachte auch ihr Verstand. Sie sah sich um, orientierte sich. Sie schienen sich in einer Art Keller zu befinden. Das einzige Licht spendete eine Fackel hinter ihrem Kopf. Sie sah zwar keine Tür, nahm aber an, dass sie ebenfalls hinter ihr war. Todesmaske lehnte an einer Steinwand rechts von ihr, die Arme verschränkt, und grinste selbstgefällig. Sie hätte alles dafür gegeben, dieses Grinsen aus seinem Gesicht zu wischen. Sie fühlte sich bereits besser, setzte sich auf und kämpfte gegen die Benommenheit an. Dann kniete sie sich hin.

»Mir geht es gut«, sagte sie zu ihm. »Du hast gesagt, wir müssten über vieles reden, also lass uns reden.«

Er nickte, als wäre es eine ausgezeichnete Idee, diesen Mist so schnell wie möglich zu erledigen.

»Garrick hat mich mit seiner Kühnheit überrumpelt. Ich würde mich mehr darüber aufregen, wenn er dich nicht ebenfalls überrascht hätte, und du kennst ihn schließlich viel länger als ich. Selbst ein gezinkter Würfel wird irgendwann einmal eine andere Zahl zeigen, wenn man ihn nur oft genug wirft, wenn du verstehst, was ich meine. Ich habe versucht, uns beide zu retten, aber ganz offenbar hat sich Garrick nicht überzeugen lassen. Er wollte deinen Tod, also habe ich versucht, ihn an der Nase herumzuführen, so gut ich konnte. Darin hatte ich Erfolg, davon bin ich überzeugt. Meine Position in der Gilde ist im Moment allerdings sehr unsicher. Die untergeordneten Gildemitglieder, die dich verachtet haben, schätzen mich zwar, aber Garrick will meinen Tod, so viel ist klar. Und jetzt sind wir hier. Es ist erst einen Tag her, und es ist mir gelungen, zu verhindern, dass irgendwelche Käfer oder Würmer an dir nagen, bevor ich zurückkehrte.«

Veliana schüttelte sich bei dieser Vorstellung.

»Jetzt sind wir hier«, bestätigte sie. »Und was willst du? Warum hast du mich am Leben gelassen?«

»Weil ich dir ein Angebot gemacht habe und weil ich nicht

vorhabe, meine Pläne von einem idiotischen Gildemeister durchkreuzen zu lassen. Mein Angebot steht nach wie vor, aber ich brauche jetzt deine Antwort. Wirst du mir helfen, oder muss ich mir jemand anderen suchen?«

»Und wenn ich ablehne?«

In seinem Blick lagen weder Freude noch Belustigung, sondern nur die grimmige Wahrheit.

»Dann bringe ich dich an den Ort zurück, an dem du gerade gewesen bist. Nur wird dich diesmal kein Zauberspruch zurückholen.«

Sie dachte an die Kälte und die Dunkelheit. Unwillkürlich schüttelte sie sich. Sie konnte es nicht unterdrücken. Sie wollte nicht dorthin zurückgehen, selbst wenn das kein echter Tod gewesen war. Garrick hatte sich gegen sie gestellt, und jetzt war sie verfemt, ein Geist, ausgestoßen von ihrer eigenen Gilde.

»Ich werde dir helfen«, sagte sie. »Selbst wenn ich eine Wahl hätte, würde ich dir helfen. Ich will, dass dieser Hundesohn stirbt, langsam und schmerzhaft, und zwar durch meine Hand. Mehr verlange ich nicht. Kannst du mir das versprechen?«

Todesmaske reichte ihr eine kleine Flasche mit Rotwein. Sie zog den Korken heraus und trank.

»Das, meine Liebe«, sagte er, »kann ich dir sogar garantieren. Du darfst ihn töten, er gehört dir ganz allein.«

Der Alkohol brannte in ihrer Speiseröhre, fühlte sich aber verdammt gut an.

»Dann ist jetzt Schluss mit Lügen und Spielchen. Ich kann mich ja wohl kaum auch noch mit dir überwerfen, jetzt, nachdem ich von der Aschegilde ›hingerichtet‹ worden bin. Was sind deine Pläne? Warum bist du nach Veldaren gekommen?«

Todesmaske glättete seine Kutte und setzte sich dann ihr gegenüber auf den Boden. Er kratzte sich am Kinn, als müsste er darüber nachdenken, wo er anfangen sollte.

»Ich war ein Mitglied des Konzils der Magi«, sagte er. »Und zwar noch vor weniger als sechs Monaten. Sie predigen zwar, dass wir uns nicht in politische Angelegenheiten mischen, aber das ist Unsinn. Wir hatten unsere Augen überall, vor allem auf den Königen und ihren Hauptstädten. Als der Krieg zwischen den Gilden und der Trifect entbrannte, wurde ich damit beauftragt, ihn zu beobachten. Durch Bestechung und Magie erfuhr ich alles über jeden Gildemeister, über ihre Ziele und die Grenzen ihrer Macht. Die Jahre schleppten sich dahin, und meine Langeweile wuchs, sodass ich verschiedene Pläne und Möglichkeiten durchspielte. Ich war kein besonders hochrangiges Mitglied des Konzils, Veliana. Ganz im Gegenteil. Ich war zwar so stark wie viele andere Magi, aber ich war nicht alt genug. Ich hatte nicht genug graue Haare, wenn du so willst. Außerdem stand ich in dem Ruf, ein ... Unruhestifter zu sein.«

»Schockierend«, murmelte Veliana.

Er lachte und redete weiter. »Sie haben mir nie erzählt, warum ich Veldarens Unterwelt beobachten sollte, und ebenso wenig haben sie mich im Auge behalten. Also konzentrierte ich mich bald auf interessantere Ideen. Profitable Ideen. Und erst kürzlich habe ich einen Plan ersonnen, von dem ich sicher war, dass er durchführbar wäre. Er war zwar nicht narrensicher und bedeutete ein Risiko für jeden, der versuchte, ihn auszuführen, aber er war auf jeden Fall einen Versuch wert. Dieser dumme Krieg wollte einfach kein Ende nehmen, jedenfalls würde er nicht aufhören, ohne dass Thren Felhorn getötet wurde, und ich wusste, wie man das anstellen konnte. Als ich versuchte, das Konzil davon zu überzeugen, erteilten sie mir den strikten Befehl, mich nicht einzumischen. Ich sah einen riesigen Schatz von Gold, aber Gold bedeutete diesen Mistkerlen nichts. Sie wollten Einfluss, Macht und Informationen. Gold war zwar dabei hilfreich, aber nicht ihr eigentliches Ziel.

Also setzte ich meinen Plan ohne ihre Zustimmung in Gang, und erst da merkte ich, für wie gefährlich sie mich hielten. Einige meiner Kontaktleute arbeiteten in Wirklichkeit für andere hochrangige Magi. Mein Mordversuch an Thren bewirkte nur, dass ich verbannt wurde. Sie nahmen mir meinen Namen, Veliana. Sie haben ihn mir mit einem Zauber genommen, haben meinen Ehrgeiz für närrisch erklärt, mein Verlangen nach Gold für die Dummheit eines jungen Mannes gehalten. Wir nennen dich den Namenlosen, sagten sie, denn du bedeutest nur Tod und Dummheit. Sie weigerten sich zu erkennen, welche Macht ich erringen könnte, weigerten sich zu sehen, wie viel Reichtum die Unterwelt von Veldaren jede einzelne Nacht schmuggelte.

Ich bin hierhergekommen, um sie eines Besseren zu belehren. Sie wollen Macht, aber ich werde mehr Macht besitzen, als sie sich jemals vorstellen können. Sie verspotten Gold, also werde ich mehr Gold aufhäufen, als sie sich auch nur erträumen könnten. Deine Aschegilde war perfekt für meine Zwecke geeignet, Veliana. Es war die kleinste, die schwächste Gilde, diejenige, die ich meinem Willen am leichtesten unterwerfen konnte. Ich habe einen Plan, viele Pläne, genau genommen, und das ist nur einer von ihnen. Wir werden die Aschegilde übernehmen und sie zu einer Macht formen, gegen die sich niemand aufzulehnen wagt. Dafür brauche ich nur dich an meiner Seite, mehr nicht. Wir werden viele töten müssen, um das zu erreichen, wahrscheinlich Hunderte. Stört dich das?«

Sie dachte über seine Worte nach. Was er sagte, erklärte viel von seiner seltsamen Macht. Natürlich konnte er lügen, aber selbst wenn, würde das nicht ändern, was Garrick ihr angetan hatte. Und was seine Frage anging …

»Nein«, antwortete sie. »Nicht, wenn ich auch Garrick töten kann. Die Unschuldigen überleben sowieso nicht lange in dieser Welt.«

Todesmaske lächelte. »Gutes Mädchen«, sagte er. »Dann sollte dich auch nicht stören, was du als Nächstes tun musst.«

II. KAPITEL

Evelyn wusch sich die Hände in der Schüssel und trocknete sie dann an einem Tuch ab. Sie kam sich wie ein morbider Schlachter vor, als sie ihre blutige Schürze abnahm und zur Seite warf. Matt stand neben ihr und sah auf den Jungen herunter.

»Wird er überleben?«, fragte er.

»Ich glaube schon«, meinte sie. »Ich habe ihn jedenfalls schnell genug zusammengeflickt. Kenders Junge hat mehr Blut verloren, als er sich den Kopf an ihrem Zaun aufgeschlagen hat.«

»Aber er war auch älter«, wandte Matt ein. Evelyn nickte, sagte jedoch nichts. Das Schweigen hielt an, während sie den schlafenden Jungen betrachteten. Schweiß schimmerte auf seiner blassen Haut. Sie hoffte, dass es ein Zeichen dafür war, dass sein Fieber abklang, aber genauso gut konnte es auch eine Nachwirkung der Amputation sein. Der menschliche Körper machte sonderbare Dinge, wenn er Schmerzen litt, und Evelyn wollte sich nicht einmal vorstellen, was der Junge gefühlt hatte, als sie die Säge an seiner Schulter ansetzte. Allerdings hatte er im Fieber gelegen und nicht reden können, also hatte er vielleicht nicht so viel empfunden.

»Sonderbar, dass wir seinen Namen nicht kennen«, meinte Matt schließlich.

»Wir könnten ihm einen geben.«

»Das lohnt sich nicht. Falls er wirklich aufwacht, wird er ihn uns schon verraten.«

»*Sobald* er aufwacht.«

Ihr Ehemann warf ihr einen Seitenblick zu und nickte. Das war seine Art, sich zu entschuldigen.

»Richtig. Sobald er aufwacht. Warte einen Moment, während ich das hier wegschaffe.«

Der Arm des Jungen lag in Lumpen gehüllt auf dem Boden neben dem Bett. Matt hob ihn auf und trug ihn nach draußen. Er hatte zwar nichts gesagt, aber sie wusste, dass die Schweine in ihrem Pferch jetzt eine interessante Abwechslung in ihrem Speiseplan bekamen. Die Kinder hatten sie nach draußen geschickt, während Evelyn den Arm amputierte. Obwohl ihr ältester Sohn Trevor zunächst darauf bestanden hatte zuzusehen. Er war fast vierzehn und hätte es vielleicht ertragen, aber sie konnte es sich nicht leisten, sich von ihm ablenken zu lassen, falls er aufschrie oder sich übergeben musste.

»Ich habe nachgedacht«, sagte sie, als Matt zurückkehrte. »Wir können ihm trotzdem einen Namen geben. Sowohl er als auch dieser Haern waren verletzt, und ich bin sicher, dass sie sich beide vor jemandem versteckt haben. Ich möchte nicht, dass wir aus Versehen seinen richtigen Namen nennen, bevor wir ihn nach Hause bringen können.«

»Da hast du recht. Hast du eine Idee?«

»Ich wollte schon immer einem meiner Jungen einen verrückten Namen geben. Wie wäre es mit Tristan?«

»Das ist zu verrückt. Niemand würde uns glauben, dass er unser Sohn ist. Was hältst du von John?«

Sie runzelte die Stirn. »Er wird diesen Namen nur eine oder zwei Wochen führen. Und dann willst du ihm so einen einfachen Namen wie John geben?«

Er sah sie verblüfft an. »Mein Vater hieß John.«

»Dein Vater war ein sehr einfacher Mann.«

Er trat auf sie zu und packte ihre Handgelenke. Dann lachte

er und zog sie an sich. Ihr Gelächter erstarb, als er sie festhielt. Sie schlang ihre Arme um ihn.

»Wie kannst du das ertragen?«, fragte er sie.

»Es ist nur Blut und totes Fleisch«, erwiderte sie. »Immerhin hat er nicht gequiekt wie ein Schwein.«

»Wir sind allein, das weißt du, richtig? Wir könnten die Nähte öffnen und behaupten, er wäre verblutet, als wir ihm den Arm amputiert haben. Es wäre nicht einmal gelogen ...«

Sie wich vor ihm zurück.

»Wir haben unser Wort gegeben«, sagte sie, als würde das alles erklären. »Ich weiß zwar nicht, was da vorgeht, aber ich weiß, dass jeder, der da draußen herumläuft und versucht, diesen Jungen umzubringen, nicht recht tut. Dieser Fremde hat uns ein Vermögen dafür bezahlt, dass wir ihn aufnehmen. Wir könnten mehr Land von den Potters kaufen, diese Morgen Land, die sie ums Verrecken nicht bestellen können, wir aber schon. Wir können einen Knecht einstellen und Salz und Fleisch für den nächsten Winter kaufen, Holz für das Haus ... Ich will unser Leben nicht mit dem Blut eines toten Kindes verbessern, und ich erwarte von dir, dass du ebenso empfindest.«

Er lief rot an. Er wollte etwas erwidern, schloss dann jedoch den Mund und wartete, bis er seine Beherrschung wieder gefunden hatte.

»Das stimmt«, sagte er dann. »Es ist schon schwer genug, die Kinder so zu erziehen, dass sie nicht lügen. Es wäre nicht gut, wenn wir selber damit anfangen. Aber ich habe Angst, Evelyn. Wir sind nur einfache Bauern. Ich gehe schon nicht gerne nach Tyneham, um unsere Ernte den Minenarbeitern zu verkaufen. Und erst recht unternehme ich nicht gern den weiten Weg in den Süden nach Veldaren, wo die richtigen Betrüger leben. Wer auch immer diesem Jungen nach dem Leben trachtet ...«

»Tristan.«

Er lachte. »Also gut. Wer auch immer Tristan ermorden will, hat wahrscheinlich genug Gold und Soldaten. Wer kümmert sich um Debbie, Anna oder den kleinen Mark, wenn einem von uns etwas passiert? Oder was ist, was Ashhur verhüten möge, wenn ihnen etwas zustößt?«

Sie stellte sich auf die Zehenspitzen und küsste ihn auf den Mund.

»Hör auf, dir Sorgen zu machen. Wir lösen die Probleme, wenn sie sich uns stellen, und Ashhur wird uns beschützen. Jetzt lass Tristan schlafen.«

»Tristan«, murmelte Matt, als sie durch den Vorhang in das andere Zimmer gingen. »Du wolltest wirklich eines unserer Kinder Tristan nennen?«

Der ohne sein Wissen Tristan Genannte erwachte ein paar Stunden später, lange nach Mitternacht. Evelyn versuchte, ihre Panik zu unterdrücken, zündete eine Kerze an und eilte an seine Seite. Der Junge stöhnte, und seine Beine und sein Arm zuckten heftig. Sie legte die Hand auf seine Stirn. Sie glühte wie Feuer.

»Füll Wasser in die Wanne«, sagte sie zu Trevor. »Und gib ein bisschen Schnee hinein. Wenn du deine Hand länger als ein paar Atemzüge hineinhalten kannst, ist es nicht kalt genug.«

»Ja, Mutter«, erwiderte Trevor. Er beobachtete Tristan, während er sich Stiefel und Mantel anzog. Sie hatten eine kleine Badewanne in ihrem Haus, ein sehr großer Luxus, wie Liza, ihre alte Nachbarin, ihr einmal gesagt hatte. Sie mussten das Wasser in Eimern von draußen hereinholen, und das dauerte. Bis die Wanne voll war, hatte sie die Decken zurückgeschlagen, den Jungen ausgezogen und ihn nackt auf das Bett gelegt.

»Wird er wieder gesund?« Anna schob ihren Kopf durch den Vorhang. Sie war zwölf Jahre alt, alt genug, um ihrer Mutter zu helfen, wenn sie als Heilerin arbeitete.

»Weck deinen Vater.« Evelyn ignorierte die Frage ihrer Tochter. »Und sorg dafür, dass Mark und Debbie im Bett bleiben. Sie haben wahrscheinlich ohnehin Angst, und ich will nicht, dass sie noch mehr bekommen.«

Anna nickte, und ihr Kopf verschwand wieder hinter dem Vorhang. Evelyn hob Tristan auf ihre Arme. Es war, als würde sie ein glühendes Holzscheit anfassen. Als sie durch den Vorhang in ihr Wohnzimmer trat, sah sie, wie Matt sich gerade anzog.

»Trevor sagte, du bräuchtest Wasser in der Wanne. Ist das Fieber so schlimm geworden?«

Sie nickte.

»Ich habe dir gesagt, dass er nicht genug getrunken hat«, meinte er. »Du kannst kein Fieber ausschwitzen, wenn du nichts hast, was du ausschwitzen kannst.«

»Ich weiß«, erwiderte sie. »Aber das ist jetzt nicht der richtige Moment, um zu streiten.«

Sie erwischte ihre beiden jüngeren Kinder dabei, wie sie heimlich zusahen, kehrte ihnen den Rücken zu und eilte zu der Wanne. Die Haustür fiel zu, aber sie wusste nicht, ob Matt hinausgegangen oder Trevor hereingekommen war. In der Wanne war sehr wenig Wasser, es bedeckte kaum den Boden. Trotzdem legte sie den Jungen hinein und hielt ihn fest, als sein Körper sich unwillkürlich als Reaktion gegen die Kälte aufbäumte.

»Anna!«, rief sie. Ihre Tochter eilte zu ihr. »Hilf mir, ihn festzuhalten. Seine Fieberkrämpfe werden schlimmer. Mach dir keine Sorgen wegen der Kälte. Er wird eher innerlich verbrennen, bevor er sich erkältet.«

Sie rückte ein Stück zur Seite, damit Anna den Arm des Jungen halten konnte, dann drückte sie seine Knie herunter. Trevor kam mit einem frischen Eimer Wasser herein und schien nicht zu wissen, was er damit machen sollte.

»Gieß ihn einfach hinein.« Evelyn versuchte, geduldig zu bleiben. »Es ist nur Wasser!«

Trevor zögerte, aber ein Blick seiner Mutter forderte ihn auf weiterzumachen. Er goss den Eimer in die Wanne. Das kalte Wasser kam aus ihrem Brunnen. Tristans Stöhnen steigerte sich zu einem lauten Jammern. Trevor blieb nicht stehen, sondern hastete wieder hinaus. Evelyn stemmte ihr Gewicht auf seine Beine, als Tristan sich heftiger wehrte. Anna neben ihr weinte leise.

»Bete«, flüsterte Evelyn. »Es wird dir helfen. Aber wage ja nicht, seinen Arm loszulassen.«

Matt kam mit einem größeren Eimer und goss ihn am Fußende in die Wanne. Jetzt bedeckte das Wasser schon fast die Hälfte von Tristans Körper, und Evelyn sagte ihrem Mann, ein weiterer Eimer würde genügen.

»Brauchst du dann noch den Schnee?«, erkundigte er sich.

»Das Wasser wird schon sehr bald warm werden.«

»Wie du meinst.«

Als sie zurückkamen, stellte sie den Eimer mit Schnee neben sich, damit sie ihn zur Hand hatte, wenn das Wasser nicht mehr kalt genug war. Tristan zitterte immer noch und schrie, wenn er genug Energie hatte. Wenn nicht, stöhnte er nur. Nach zwanzig Minuten kippte sie den Eimer mit halb geschmolzenem Schnee in die Wanne. Tristans Krämpfe wurden augenblicklich stärker. Nach weiteren zehn Minuten hob sie ihn heraus, schlug ein Handtuch um ihn und trug ihn wieder zu seinem Bett. Matt kam kurz darauf ebenfalls in den Raum, einen kleinen Becher mit Milch in einer und einen kleinen Trichter in der anderen Hand. Evelyn erkannte ihn. Sie verabreichten damit ihren Tieren Kräuter und Tinkturen, wenn sie krank wurden.

»Er muss trinken«, erklärte Matt. »Halt seinen Mund auf, und sorge dafür, dass er sich nicht bewegt. Ich will ihn nicht ersäufen.«

Nachdem der Junge die Milch getrunken hatte, wickelte sie ihn fester in die Decken und wartete.

»Geh schlafen«, sagte sie zu ihrem Ehemann. »Du hast morgen früh genug zu tun, und es nützt dir nichts, wenn du es nach einer halben Nacht Schlaf machen musst. Und schick die Kinder auch wieder ins Bett. Ich halte neben ihm Wache.«

Matt drückte ihre Schulter und ging hinaus. Sobald er draußen war, streichelte sie sanft Tristans Stirn. Er sah aus wie eine ertränkte Ratte, aber sein Fieber war endlich gesunken. Und er war eingeschlafen, wofür sie sehr dankbar war. Sie hatte ein bisschen Sauwurz in die Milch gegeben und hoffte, dass dieses Kraut sein Fieber ganz brechen würde, während er schlief. Sie hatte die Nähte in seiner Schulter kurz untersucht. Sie hatten sich nicht infiziert, Ashhur sei Dank. Denn der Armstumpf war nicht groß genug, um infiziertes Gewebe erneut amputieren zu können. Sie hätte ihm schon den Kopf abschneiden müssen, um sein Leiden zu beenden.

Sie kniete neben dem Bett und lehnte sich auf die Matratze, während sie Wache hielt. Kurz vor dem Morgengrauen sank sein Fieber vollkommen, und zum ersten Mal, seit Haern ihn hierhergebracht hatte, schlug er die Augen auf.

»Ich habe Durst«, krächzte er.

Evelyn lächelte und drückte seine Hand.

»Frische Milch«, sagte sie. »Kommt sofort.«

Eine Abteilung von zwölf Söldnern eskortierte Alyssas Sänfte durch die Stadt. Jeder, der so dumm war, ihr in die Quere zu kommen, bekam einen kurzen Schlag mit der flachen Seite einer Klinge. Sie blieben auf den Hauptstraßen, wo die Diebesgilden am schwächsten vertreten und die Stadtwachen zu zahlreich waren, um eine überstürzte Aktion zu wagen. Der Weg von ihrem Besitz zu dem neuen Anwesen Leon Conningtons war weit genug, um Gelegenheit für einen Hinterhalt zu bieten. Aber sie hatte das Gefühl, es wäre nötig, ihre Botschaft persönlich zu überbringen. Sie zog ihren Fuchspelz enger um die Schultern und wartete.

Als sie ankamen, verließ sie die Sänfte und sah sich um. Sie war einmal hier gewesen, kurz bevor das Anwesen fertiggestellt worden war. Nachdem Leons altes Haus während des Blutigen Kensgolds niedergebrannt war, hatte er bei diesem Neubau vor allem auf Sicherheit gesetzt. Eine gewaltige Mauer umringte den Besitz. Sie war vollkommen glatt, sodass man sich nirgendwo festhalten konnte. Es gab auch keinerlei Bäume im Garten, nichts, hinter dem man sich hätte verstecken können. Am Tor standen vier Wachen, die Schuppenpanzer trugen und mit Hellebarden bewaffnet waren. Dahinter konnte sie das Gebäude selbst sehen. Die Wände waren tiefrot gestrichen, und das Dach war sehr steil. Leon mochte rund und fett sein, sein neues Haus jedoch sah genau anders aus, lang gestreckt und schlank.

»Seid gegrüßt, Lady Gemcroft«, sagte einer der Torwächter. »Bitte wartet, während wir eine Eskorte für Euch rufen. Und bleibt bitte auf dem Pfad, denn ein falscher Schritt könnte sich als tödlich erweisen.«

Bertram war zwar nicht bei ihr, aber trotzdem konnte sich Alyssa den finsteren Blick vorstellen, mit dem er die Wachen bedacht hätte. Sie dagegen war zumindest bereit, Leons Bedürfnis nach Sicherheit zu verstehen. Er trieb es vielleicht ein wenig zu weit, aber immerhin war sein Besitz in Flammen aufgegangen, nicht der ihre. Zehn Bewaffnete kamen aus der Haustür und marschierten in straffer Formation über den gepflasterten Pfad quer durch den Garten. Als sie das Tor erreichten, öffneten sie es von innen und baten Alyssa hinein.

»Eure Männer müssen draußen bleiben«, sagte der Anführer, als ihre Söldner ihr folgen wollten. Alyssa blieb stehen und warf ihm einen finsteren Blick zu, damit er wusste, dass sie es nicht schätzte, wenn man ihr so etwas unmittelbar vor dem Betreten des Grundstücks sagte, aber sie akzeptierte die Aufforderung. Wenn sie sich irgendwo sicherer fühlte als in ihrem eigenen Anwesen, dann hier. Ein Meuchelmörder musste schon wahnsinnig sein, wenn er es mit den Wachen, der Mauer und der Vielzahl von Fallen aufnehmen wollte, die unter dem Gras verborgen waren. Die schweren Stiefel der Männer klackten auf dem Stein, als sie zum Haus gingen.

Leon wartete direkt hinter der Tür. Er lächelte strahlend. Alles an Leon war groß: sein Gesicht, seine Augen, sein Haus und vor allem sein Bauch. Ihn zu umarmen war, als würde man ein riesiges süßes Brötchen umarmen, das in Seide gewandet war. Nur sein Schnurrbart war dünn.

»Dein Verlust tut mir sehr leid«, sagte er, als er sie losließ. »Er wäre bestimmt ein großartiger Mann geworden, ein guter Mann. Wenn du irgendetwas brauchst, lass es mich bitte wissen.«

»Danke«, erwiderte sie und zwang sich zu einem Lächeln. Sie versuchte zu vergessen, dass Leon Nathaniel angesehen hatte, als wäre er eine Kakerlake, wann immer sich der Junge ihm genähert hatte. »Bertram trifft gerade die Vorbereitungen für die Beisetzung, also hielt ich es für besser, wenn ich ihm nicht in die Quere komme.«

»Selbstverständlich, gewiss. Außerdem wird es dir sicher guttun, wenn du mal aus diesem stickigen alten Haus herauskommst. Ich habe deinem Vater immer wieder gesagt, dass er die Person entlassen sollte, die für seine Dienstmädchen verantwortlich war. Bei jedem Atemzug, den man dort tut, hat man das Gefühl, man würde den Boden eines Mülleimers auslecken.«

Sie lächelte wieder. Ihre letzte Hausdame war unter Qualen an einer seltenen, giftigen Pflanze gestorben. Sie hatte das Gefühl, Leon hätte ihr Schicksal gebilligt, weil sie heikle allergische Reaktionen bei ihm ausgelöst hatte.

»Gibt es Neuigkeiten von Laurie?«, fragte Alyssa, als sie zum Speisesaal gingen. Wohin auch sonst?

»Seit diesem Kensgold hat er sich geweigert, Veldaren zu besuchen.« Leon nahm ihre Hand. »Ich glaube, der Tod deines Vaters hat ihm ziemlich zugesetzt. Eine solche Feigheit steht einem Angehörigen der Trifect zwar nicht an, aber was soll man tun?«

»Jemand, der mit einer Armee von Söldnern hinter einer großen Steinmauer haust, hat keinen Grund, den Mut eines anderen infrage zu stellen.« Alyssa konnte sich die Bemerkung nicht verkneifen.

Leon nahm ihr das jedoch nicht krumm, sondern zwinkerte ihr nur zu.

»Mut ist eine Sache, Dummheit eine andere. Ich werde nicht mit einer Garotte um meinen Hals im Schlaf sterben. Und Laurie ebenfalls nicht, wenn er nur entsprechende Vorsichtsmaßnahmen ergreifen würde.«

»Vielleicht ist es ja eine Vorsichtsmaßnahme, dass er in Engelhavn bleibt.«

Leon lachte. »Stimmt, vielleicht ist es das. Trotzdem, er übertreibt es schon ein bisschen, oder?«

Sie setzten sich an das Ende einer riesigen Tafel, an der mehr als achtzig Menschen Platz finden konnten. Alyssa sah zu, wie die Diener ihr eine Vielzahl von Speisen und Gebäck präsentierten. Sie hatte zwar keinen Appetit, aber wie es aussah, würde Leon ihr so lange Speisen anbieten, bis sie sich endlich für etwas davon entschied. Sie wählte schließlich einen kleinen Kuchen mit Erdbeeren und aß einen Löffel davon. Der köstliche Geschmack weckte jedoch ihren Hunger, und eine winzige Stimme erinnerte sie daran, dass sie auch auf ihre Bedürfnisse achten musste, nicht nur auf die von anderen. Ihr Magen knurrte, und sie überlegte, wann sie das letzte Mal gegessen hatte. Ihr Verstand war vor Müdigkeit wie umnebelt, und es wollte ihr nicht einfallen.

Sie verschlang mit wenigen Bissen den Rest des Kuchens. Leon lächelte und stürzte sich auf seine eigenen Süßigkeiten, als hätte er gewusst, dass sie ihren Appetit vernachlässigte.

»Du bist herzlich willkommen und kannst gerne über Nacht bleiben«, sagte er und trank einen Schluck Wein aus einem silbernen Kelch. Allerdings erst, nachdem ein Lakai ihn vorgekostet hatte. »Ein Wort von dir genügt, dann lasse ich deine Männer am Tor wissen, dass sie nach Hause gehen können.«

»Danke, aber ich möchte lieber in meinem eigenen Bett schlafen. Außerdem findet morgen die Beisetzung statt, und ich muss mich überzeugen, dass Bertram alles richtig organisiert hat.«

»Wo wird er bestattet?«

Sie trank einen Schluck Wein. Der Alkohol war stark, und sie schob den Becher zurück. Sie hatte Angst, dass er sie beeinträchtigte.

»Auf meinem Anwesen. Wir begraben Nathaniel im hinteren Garten.«

»Wunderschön.«

Sie zögerte, winkte dann eine Bedienstete heran und bat sie, ihr noch einen Kuchen zu bringen. Die Frau verbeugte sich und kehrte einen Augenblick später mit einem Blaubeerkuchen zurück. Alyssa fragte sich, wie viel Gold Leon wohl darauf verwendete, selbst mitten im Winter frische Früchte zu lagern. Oder kannte er das Geheimnis, wie man verhinderte, dass sie verdarben? Sie nahm sich vor, ihn danach zu fragen, wenn sie mehr Zeit hatte.

Sie hatte den Blaubeerkuchen halb gegessen, als sie das eigentliche Anliegen ihres Besuchs nicht länger aufschieben mochte.

»Es gibt noch einen anderen Grund für meinen Besuch.« Sie schob den Teller zurück. »Ich werde schon bald etwas in Gang setzen, und ich bin hier, um dich um deine Mitarbeit zu ersuchen.«

»Ach?« Die einfache Frage wirkte sehr bedeutungsschwer. Es war die Art, wie er seine Brauen hob, wie er die Lippen formte, als er es aussprach. Er wusste, dass sie ihm eine Frage stellen wollte, die ihm nicht gefallen würde. Sie war zu einfach zu durchschauen. Daran musste sie arbeiten. Sie kam sich vor wie eine Hochstaplerin, die in den Schuhen ihres Vaters herumlief. Kein Wunder, dass Bertram ihr ständig in den Ohren lag, sie sollte mehr Feste veranstalten und mehr Leute besuchen. Ihren gesellschaftlichen Fähigkeiten mangelte es an Feinschliff.

»Dieser Unsinn mit den Diebesgilden dauert jetzt schon länger als zehn Jahre an«, begann sie. »Ich habe meinen Vater einst für unfähig gehalten, aber mittlerweile begreife ich, wie schwierig es ist, diese Ratten aufzuspüren und sie ihrem wohlverdienten Schicksal zuzuführen. Schlimmer noch, ich habe gedacht, wir könnten Frieden schließen und zu einer gewissen Form von Übereinkunft kommen. Es wird immer Diebe geben, die uns bestehlen, aber niemand von uns sollte fürchten müssen, in der Nacht ermordet zu werden. Schließlich leben sie von unserem Handel, und wenn dieser Handel ein Ende findet, würde es ihnen gehen wie Blutegeln, die an einer Leiche saugen, die kein Blut mehr in sich hat. Aber dazu wird es nicht kommen. Es wird zwar schmerzen, aber wir müssen den Stachel der Diebesgilden aus unserem Fleisch ziehen. Mein Sohn ist gestorben, weil wir weich geworden sind, weil wir uns eingeredet haben, dass sich die Diebesgilden irgendwann von selbst beruhigen und uns in Ruhe lassen. Damit ist jetzt Schluss.«

»Hat das etwas mit dem zu tun, was Potts mir erzählt hat? Nämlich, dass du jeden Söldner engagierst, der in der Lage ist, ein Schwert zu halten?«

»Ganz recht.«

Leon seufzte und schob verblüffenderweise seinen noch vollen Teller zurück.

»Hör zu, du bist nur ein kleines Mädchen, dem ohne eigenes Zutun diese Position zugefallen ist, also werde ich mich bemühen, dich vor dieser Peinlichkeit zu bewahren. Du kannst sie nicht alle aufspüren, Alyssa. Du wirst niemals gewinnen. Du würdest eher sämtliche Fliegen aus den südlichen Vierteln vertreiben, als die Diebesgilden zur Strecke zu bringen. Die Hälfte der Söldner, die du bezahlst, sitzen nur in Schenken herum und behaupten, dass sie vor dem Abendessen einen oder zwei oder drei Diebe getötet hätten. Woher willst du wissen, ob das stimmt? Wie willst du das überprüfen? Jeder verdammte Bettler, an dem du auf dem Weg hierher vorbeigekommen bist, könnte eine Schlange, eine Spinne oder ein Mitglied der Aschegilde gewesen sein. Kannst du das genau sagen? Kannst du es beweisen? Du wirfst dein verdammtes Gold zum Fenster hinaus! Ich habe mehr Diebe getötet, die versucht haben, sich auf mein Grundstück zu schleichen, als ich es je hätte schaffen können, wenn ich da draußen nach ihnen gesucht hätte.«

Sie fühlte, wie sich vor Zorn rote Flecken an ihrem Hals bildeten, aber sie machte weiter, ungeachtet seiner Arroganz.

»Sie wollen, dass wir genau das denken«, erwiderte sie. »Aber es stimmt nicht. Sie tun so, als würden sie das aushalten, aber auch ihre Organisationen können zerfallen, auch ihre Loyalitäten können enden. Sie bedrohen uns mit Gift und Garotte, und sie haben die Stadt überzeugt, dass man sie fürchten müsste. Alle machen sie glauben, dass sie die Bösen sind. Es ist unser Fehler, dass wir auf diese Lüge hereingefallen sind.«

Leon sah sie argwöhnisch an, als wäre ihm jetzt erst klar geworden, wie sehr er sich in ihr geirrt hatte.

»Was genau hast du vor?«

»Wir stürmen jedes Haus. Wir durchsuchen jeden Winkel in jeder Mauer. Ich verfüge über sehr viele Männer, die hervorragend Verhöre führen können, und die Männer, die wir angeheuert haben, sind noch besser darin. Wir werden herausfinden, wohin sie sich geflüchtet haben, jedes Mal. Diese Diebe besitzen weder Stolz noch Ehre. Sie werden uns den Weg zeigen, bis ihnen die Verstecke ausgehen. Sämtliche Gildemeister werden fallen, ebenso ihre Stellvertreter. Jeder, der einen Umhang trägt, wird sterben, ganz gleich, welche Farbe er hat.«

Leon schien kurz davor zu sein, zu explodieren.

»Hast du den Verstand verloren? So erbittert war der Konflikt noch nie, seit er angefangen hat, nicht einmal während des Blutigen Kensgold. Die Gilden werden allmählich träge, Alyssa. Du behauptest, du wolltest diesem Krieg ein Ende bereiten, dabei ist er längst vorbei. Sicher, manchmal sterben meine Wachen, aber sie nehmen doppelt so viele Diebe mit ins Grab. Veldaren lernt, das zu akzeptieren, lernt, mit den Vorsichtsmaßnahmen und dem Tod zu leben. Und was willst du? Was wirst du tun? Du vergeudest dein ganzes Vermögen, um ein Hornissennest anzuzünden. Das führt nur dazu, dass jeder Einzelne von uns sterben wird, und das alles, weil du um einen ... einen *Bastard* trauerst?«

Sie stand auf und schleuderte ihm den Rest ihres Kuchens ins Gesicht.

»Vater hatte recht«, sagte sie, während er sich die Früchte von der Wange wischte. »Du bist genauso feige wie fett. Ich habe keine Angst mehr vor ihnen, und du solltest auch keine haben. Denn wegen meiner Angst habe ich meinen Sohn weggeschickt. Meine Furcht hat ihn angreifbar gemacht. Und sein Henker, dieser Wächter? Er ist nicht anders als die anderen. Er lebt unter ihnen, und nach allem, was Zusa sagt, ist er der beste von ihnen. Deshalb werde ich ihn erledigen. Ihn und alle anderen. Vom Besten bis zum Schlechtesten. Von den Anführern bis zum letzten Abschaum. Von Nathaniels Beerdigung an werde ich meinen Zorn auf diese Stadt richten, die den Mörder meines Sohnes aufgenommen hat. Und wenn du mich jetzt bitte von einem Lakaien hinausgeleiten lassen würdest?«

Leon kaute einen Moment auf seiner Lippe. Sein rundes Gesicht war rot angelaufen. Schließlich klatschte er in die Hände, um ihrem Wunsch zu entsprechen.

»Warte«, sagte er, unmittelbar bevor sie den Raum verließ. »Wie viele Söldner genau hast du angeheuert?«

»Fast zweitausend.« Sie spürte einen kleinen Triumph, als sie sah, wie ihm der Kiefer herunterklappte. »Wie ich sagte, Leon, ich werde sie vernichten. Ich werde jeden vernichten, der es wagt, mich aufzuhalten. Selbst den König. Und wenn es sein muss, auch die Trifect.«

Er murmelte etwas, aber sie hörte es nicht mehr. Wütend drehte sie sich um und folgte der Dienstmagd hinaus. Sie wollte nur noch nach Hause, um mit ihren Söldnerhauptleuten Pläne zu schmieden. Verstecken kam jetzt nicht mehr infrage.

Es wurde Zeit zu handeln. Keine Arrangements mehr mit diesen Verbrechern! Ganz gleich, wie riskant es auch sein mochte, ganz gleich, wie viel Blut fließen würde. Sobald die Beisetzung vorüber war, würde die ganze Stadt diese Lektion lernen.

12. KAPITEL

Matt fütterte gerade sein Vieh, als er die Männer sah, die auf sein Haus zuritten. Es waren zwei, und ihre Kettenhemden waren von dem langen Ritt schlammverkrustet. Selbst aus der Entfernung erkannte er, dass sie bewaffnet waren.

»Wer ist das?«, fragte Trevor. Der Junge kniff die Augen zusammen, weil die Sonne auf dem Schnee reflektierte und ihn blendete. »Kennst du sie?«

»Nein. Denk daran«, erklärte Matt, »wenn jemand fragt … Tristan ist dein Bruder, und er leidet an einer Infektion durch einen Spinnenbiss. Hast du mich verstanden?«

»Ja, Vater.«

»Und hol dein Messer, für alle Fälle. Aber wehe, sie sehen es. Ich meine es ernst, Trevor.«

Der Junge sah ihn fragend an, hütete sich jedoch, etwas zu sagen, und nickte nur.

Matt ging mit ihm zum Haus zurück. Evelyn hatte auf das Klopfen der Männer geantwortet und sie nach einem kurzen Moment ins Haus gebeten. Er vertraute darauf, dass sie sich nicht verriet. In dem Punkt war sie wahrscheinlich sogar zuverlässiger als er selbst. Aber seine kleinen Kinder waren im Haus, und er fragte sich, wie sich die Männer wohl benehmen würden, sobald sie mit ihr allein waren.

Sie hätte sie draußen warten lassen sollen, bis ich zurück bin, dachte er. *Verdammt, Evelyn. Manchmal solltest du dich wirklich wie eine sittsame Ehefrau benehmen.*

Kurz bevor sie das Haus erreichten, trat er noch rasch in die Scheune. Sein Sohn stieß erschrocken die Luft aus, als er die Mistgabel von der Wand nahm.

»Gegen ihre Rüstung wird das nicht viel ausrichten«, sagte er, als er die vier Zinken betrachtete. »Aber sie tragen keine Helme, das ist wenigstens etwas.«

Er stellte die Mistgabel neben die Haustür, öffnete sie und trat ein. Die beiden Männer saßen am Feuer und hatten ihre Umhänge vor sich auf den Boden gelegt, damit sie trockneten. Sie waren mit Schwertern bewaffnet, die aber, Ashhur sei Dank, noch in ihren Scheiden steckten. Seine anderen Kinder hielten Abstand zu den beiden, wofür er ebenfalls dankbar war. Die beiden Fremden hielten kleine hölzerne Näpfe in den Händen und aßen den Brei, den Evelyn zum Frühstück gemacht hatte. Sein Magen knurrte unwillkürlich. Er selbst hatte noch nicht gefrühstückt und fragte sich unwillkürlich, wie viel von seiner Portion wohl in den Näpfen der beiden Fremden sein mochte.

»Willkommen, ihr Herrn«, sagte er und zog seine Handschuhe aus. »Wie ich sehe, hat meine Frau euch bereits gastlich aufgenommen, wie es sich gehört. Es ist harte Arbeit, im kalten Winter zu reiten.«

»Sie ist eine entzückende Gastgeberin«, antwortete einer der beiden Männer. Er wirkte schlicht, hatte dunkle Haare und eine flache Nase. Die Narbe, die von seinem Auge bis zu seinem Ohr führte, verlieh ihm ein gefährliches Aussehen. Er trug keinen Wappenrock, aber sein Akzent verriet, dass er aus dem Norden stammte. Wahrscheinlich aus Tyneham oder einem der anderen kleinen Minendörfer in der Nähe.

»Das stimmt«, erwiderte Matt. »Seid ihr auf dem Weg nach Fellholz, oder wollt ihr weiter? Ich muss sagen, dass ich da draußen auf meinem Feld nicht mitbekommen habe, aus welcher Richtung ihr gekommen seid.«

»Wir reiten nach Norden«, sagte der andere. Er war hässlicher und hatte braunes Haar, das dringend geschnitten werden musste. »Unsere Pferde brauchen Ruhe, und wir konnten der Vorstellung nicht widerstehen, in einem Zimmer zu sitzen und uns aufzuwärmen, als wir euern Hof sahen.«

»Ein Feuer wärmt acht genauso wie sechs«, erwiderte er. Evelyn warf ihm einen missbilligenden Blick zu, und er bemerkte seinen Fehler. Wenn er Tristan mitrechnete, zählte seine Familie sieben Köpfe.

»Es hat sogar Zeiten gegeben, als wir uns zu zwölft hier gedrängt haben«, fuhr er fort. Er hoffte, dass sie seine Bemerkung vergaßen. »Unsere Nachbarn haben ihre Häuser in einem Feuer verloren und auch einen ihrer Söhne. Ohne ein Dach über dem Kopf ist der Winter noch härter, also haben wir sie bis zum nächsten Frühling bei uns aufgenommen.«

»Das muss hart gewesen sein.« Der Erste sah sich in dem kleinen Haus um.

»Verzeiht mir, ich habe mich noch nicht vorgestellt. Ich heiße Martin Pensfeld. Meine Frau Evelyn habt ihr ja bereits kennengelernt. Das ist mein Ältester, Trevor. Der kleine Mark versteckt sich da drüben in der Ecke. Und das hier sind meine beiden Töchter, Anna und Debbie.«

Die Mädchen lächelten und senkten respektvoll den Kopf. Die Soldaten nickten kurz und betrachteten die beiden Mädchen so lüstern, dass es Matt heiß und kalt über den Rücken lief. Er zögerte, weil er nicht wusste, was er wegen Tristan machen sollte. Was war das Richtige? Der Junge hatte geschlafen, als Matt hinausgegangen war. Seine Frau nahm ihm die Entscheidung ab. Und auch wenn er sich Sorgen machte, er vertraute ihr.

»Tristan können wir euch nicht zeigen. Er liegt mit Fieber im Bett. Wir mussten ihm einen Arm amputieren, dem armen Schatz. Eine Spinne hat ihn gebissen.«

»Das ist eine Schande«, sagte der dunkelhaarige Mann. »Ich heiße Gert, und das hier ist Ben. Wie ich schon sagte, wir reiten nach Norden, vielleicht bis nach Fellholz, möglicherweise sogar bis hoch nach Tyneham.«

»Nur Landstreicher und Diebe reiten über die Straße, ohne zu wissen, wie weit sie reisen wollen«, sagte Matt. »Ich hoffe, ihr seid keins von beidem.«

Gert lachte. »Nein. Genau genommen suchen wir jemanden. Einen Jungen, etwa fünf Jahre alt. Vielleicht habt ihr ihn gesehen?«

Matt schüttelte den Kopf. Er spielte nur selten Karten, und wenn, dann nur wenn er seine Waren in den größeren Siedlungen und Ortschaften anbot. Er war nie gut darin gewesen, seine Chancen zu berechnen, aber er hatte immer ganz passabel abgeschnitten, weil er zumindest etwas gut beherrschte: Er konnte seine Gedanken so gut verbergen wie kein anderer, den er kannte. Nur Evelyn wusste, was hinter diesen Augen vorging.

»Habe ich nicht, und ich bezweifle, dass er mir aufgefallen wäre. Ein Junge, der im Schnee herumläuft? Er kann von Glück reden, wenn er auch nur eine einzige Nacht überlebt. Wie lange wird er denn schon vermisst? Ich will ja niemanden beleidigen, aber wahrscheinlich hat ihn längst ein Rudel Wölfe erwischt; zumindest das, was von ihm übrig geblieben ist.«

»Das ist das Problem«, sagte Ben. »Er ist vielleicht nicht alleine. Er hat einen Mann bei sich, der einen grauen Mantel trägt und mit zwei Schwertern bewaffnet ist. Er ist ein Entführer, und wir versuchen, ihn zu erwischen, bevor er Lösegeld erpressen kann.«

»Entführt?«, fragte Evelyn. »Von wo?«

Gert aß einen Löffel Suppe. »Das behalten wir für uns. Entweder habt ihr den Jungen und diesen Mistkerl gesehen oder nicht. Es spielt keine Rolle, woher die beiden kommen.«

Während sie sich unterhalten hatten, war Trevor in sein Zimmer gegangen. Als er jetzt zurückkam, sah Matt die Beule in seiner Tasche und wusste, dass er sein Messer geholt hatte. Der Bauer ging zur Tür und lehnte sich dagegen. Sein Kurzschwert lehnte neben den Angeln, in seiner Scheide. Dort war es schon immer gewesen. Die beiden Fremden hatten nichts gesagt, falls sie es überhaupt gesehen hatten.

»Ich habe keinen Jungen hier herumlaufen sehen, und auch keinen Mann in Grau. Wir sind fast den ganzen Tag im Haus geblieben, wegen des Sturms und des Schnees. Wenn sie hier entlanggekommen sind, sind sie vermutlich in der Nacht vorbeigeritten.«

»Ich bin nicht sicher, ob sie geritten sind«, erwiderte Gert. »Ich glaube eher, sie sind zu Fuß gegangen. Im Moment sind nicht allzu viele Leute unterwegs, und wir haben Spuren gefunden, die von ihnen stammen könnten.«

»Tatsächlich?«

»Sie führen hierher«, sagte Ben. »Seid ihr sicher, dass ihr nichts gesehen habt?«

Matt versuchte, sich eine Lüge auszudenken. Aber wieder kam seine Frau ihm zuvor, gesegnet sei ihr Mut.

»Wir haben sie weggeschickt«, sagte sie. »Sie haben hier Schutz gesucht, aber sie bluteten, und er war bewaffnet. Er hat ausgesehen wie ein Dieb. Wir wollten keinen Ärger, und genauso wenig wollen wir jetzt Ärger. Sie sind unterwegs nach Veldaren, jedenfalls wenn man seinen Worten trauen kann.«

Die beiden Männer sahen sich an, als würden sie stumm miteinander reden.

»Du bist eine harte Frau, wenn du einen verletzten Mann abweist, der um Hilfe bittet«, sagte Ben.

Matt sah, wie seine Frau den beiden einen eisernen Blick zuwarf. Er selbst hatte diesen Blick schon häufiger empfangen, als ihm lieb war.

»Das Leben hier draußen ist kalt und grausam, ihr Herrn. Wir tun alles, was wir können, für unsere Familie. Vielleicht ist das da, wo ihr herkommt, anders, aber hier handhaben wir das so.«

»Verstehe«, sagte Ben. »Wir werden nur dafür bezahlt, diese Fragen zu stellen. Deine Suppe ist übrigens köstlich. Sie wärmt mich bis in die Zehenspitzen.«

Matt entspannte sich, aber nur ein bisschen. Die Männer waren zu selbstbewusst, sich ihrer selbst zu sicher. Und ihnen war auch der Umgang mit den Schwertern an ihren Hüften vertraut. Je schneller sie verschwanden, desto besser. Als sie fertig waren, standen sie auf und warfen sich ihre Umhänge über die Schultern.

»Unsere Pferde können es wahrscheinlich kaum erwarten, weiterzureiten«, sagte Gert. »Oder zumindest aus dem Wind herauszukommen.«

Als sie zur Tür gingen, blieben sie stehen. Gert drehte sich zu dem Vorhang um, hinter dem Tristan schlief.

»Wisst ihr, ich kämpfe und töte schon sehr lange. Wenn es etwas gibt, was ich schon gesehen habe, dann ein abgehacktes Glied. Darf ich vielleicht einen Blick darauf werfen? Ich könnte mich überzeugen, ob ihr die Wunde richtig vernäht habt und ob der Arm ordentlich amputiert wurde. Es gehört weit mehr dazu, Menschen am Leben zu halten, als sie zu töten.«

Evelyn zögerte, und Matt wusste, dass er bis zum Hals in der Klemme steckte, wenn sie unsicher wurde.

»Wie ihr wollt«, sagte er und zog die Handschuhe wieder an. »Ich muss wieder nach draußen. Ich bin nur kurz hereingekommen, um meine Gäste zu begrüßen. Ich wünsche euch beiden einen guten Tag.«

»Soll ich mitkommen?«, fragte Trevor.

»Nein!« Matt antwortete barscher, als er beabsichtigt hatte. »Nein, draußen hilfst du mir nicht viel. Bleib bei deiner Mutter.«

Der Junge begriff, was Matt wollte, und strich mit der Hand über das Messer in seiner Hose. Matt zuckte zusammen und hoffte, dass keiner der Soldaten diese Geste bemerkt hatte. Dann zog er die Tür auf und trat hinaus. Als er sie zumachte, lehnte er sich mit dem Rücken dagegen, schloss die Augen und lauschte. Er hatte noch nie besonders viel Fantasie gehabt und konnte sich nur schwer vorstellen, was die beiden Männer am wahrscheinlichsten tun würden. Sie suchten offensichtlich nach dem Jungen. Sie würden in den Raum hinter dem Vorhang treten, einer würde nachsehen, während der andere bei Evelyn blieb und die Familie beobachtete, um herauszufinden, ob sie irgendetwas Dummes taten.

Er packte den Stiel der Mistgabel.

Etwas Dummes wie das hier.

Matt trat die Haustür nach innen auf. Sein ganzes Blickfeld schien sich zu einem kleinen schmalen Fenster zu verengen, durch das er sah, wie einer der Soldaten vom Vorhang zu ihm zurückblickte. Es war derjenige namens Ben. Die Augen des Mannes weiteten sich kurz, und er griff nach seinem Schwert, aber irgendwie schienen seine Bewegungen langsamer zu sein. Matt stieß mit der Mistgabel nach der ungeschützten Kehle des Söldners. Ben konnte sein Schwert nicht rechtzeitig aus der Scheide ziehen, duckte sich und wandte sich von dem Stoß ab. Es war eine rein instinktive Bewegung. Die die Sache für ihn aber nur schlimmer machte. Zwei Zinken gruben sich in die Seite seines Gesichts, und Matt stieß mit aller Kraft zu, die in seinem von der Arbeit gekräftigten Körper steckte. Die Spitzen der Zinken waren zwar ziemlich dick, aber durch die

Wucht, mit der Matt zustieß, gruben sie sich durch die Haut und zerfetzten Knochen.

Ben senkte den Kopf und versuchte, sich zu befreien. Dabei spritzte sein Blut auf den Boden. Er schrie etwas, vielleicht einen Fluch, aber Matt verstand ihn nicht. Bens Kiefer war ausgerenkt, seine rechte Wange war zerfetzt und der Knochen zerschmettert. Sein Blick erinnerte Matt an den eines wilden Wolfs, der einmal sein Vieh angegriffen hatte. Ben hatte mittlerweile sein Schwert gezückt und griff an, ohne auf Gert zu warten. Matt trat einen Schritt zurück, spreizte die Beine und hielt ihm die Mistgabel entgegen. Ihre Zinken prallten gegen das Kettenhemd des Mannes, und in den Schreien seiner Familie hörte er, wie Metall auf Metall kratzte. Die Zinken der Mistgabel konnten die Rüstung nicht durchdringen, aber sie drückten so fest zu, dass seine Rippen brachen.

Matt drehte den Stiel zur Seite und zwang Ben damit auf die Knie. Seine Rüstung klemmte immer noch an den Zinken der Gabel. Matt hörte, wie seine Frau etwas rief, aber die Worte schienen keine Bedeutung zu haben, sondern nur ihr Ton. Gert stürmte mit dem Schwert in der Hand durch den Vorhang. Matt ließ die sperrige Waffe fallen und war mit einem Satz an der Tür. Er landete auf den Knien, riss sein Kurzschwert aus der Scheide und wirbelte herum. Gert stürzte sich auf ihn und schlug mit beiden Händen am Schwertgriff zu. Ihre Klingen prallten aufeinander, und Panik durchströmte Matt, als er sah, wie bei dem Kontakt ein kleines Stück Metall von seinem Schwert abbrach. Seine Waffe war schwächer und das Metall billiger. Es würde nicht lange dauern, bevor es brach.

»Lass ihn in Ruhe!«, hörte er Evelyn schreien. Jetzt endlich durchdrang ihre Stimme den Nebel. Er biss die Zähne zusammen und stöhnte, als Gert mit seinem ganzen Gewicht gegen ihn drückte. Mit einem kurzen Seitenblick sah er, wie Ben die Mistgabel auf den Boden warf und sich zu seiner Frau herumdrehte. Er musste ihr helfen, aber Gert nagelte ihn in dieser ausgesprochen ungünstigen Position fest.

»Trevor!«, schrie er. Wo steckte der Junge? Warum half er nicht? Jetzt war nicht der richtige Moment für Angst, verflucht! Er wollte einen weiteren Schlag mit dem Schwert abwehren, merkte, dass es nur eine Finte war und schlug im letzten Moment den Hieb beiseite, der auf seinen Bauch gezielt hatte. »Sei kein Feigling, Junge! Behandle sie wie verdammte Schweine!«

Evelyn rannte durch den Raum und schnappte sich den Schürhaken. Sie hielt ihn ungeschickt mit beiden Händen, eine lächerliche Waffe im Vergleich zu dem glänzenden Schwert, das Ben mit seiner blutigen Hand schwang. Dann jedoch achtete Matt nicht mehr darauf, denn Gert war auf ein Knie gesunken und drückte Matts Schwert zur Seite. Der Bauer wehrte sich, aber seine Klinge wurde immer weiter weggedrückt, bis sie schließlich neben ihm auf dem Boden landete. Gert drückte seinen Ellbogen gegen Matts Brust und hatte sein Knie auf eins seiner Beine gestemmt.

»Mach dir keine Sorgen um deine Frau.« Die Augen des Mannes waren nur Zentimeter von Matts entfernt. »Ich kümmere mich schon um sie. Und auch um deine Töchter.«

Das war das Schlimmste, was Gert hatte sagen können.

Matt ließ sein Schwert los, packte Gerts Handgelenke und rammte ihm die Finger seiner anderen Hand in die Augen und die Nase. Der Soldat heulte auf und versuchte zurückzuweichen, aber der Bauer grub seine Finger noch tiefer hinein und spürte, wie die Augäpfel nachgaben und schließlich Knorpel unter seinen Fingern zerquetscht wurden. Gert riss seinen Schwertarm los und kreischte wie ein Schwein. Er stieß blindlings mit dem Schwert zu. Matt rollte sich zur Seite und riss den Angreifer aus der Balance. Das Schwert krachte auf den Boden. Dann hämmerte Matt mit aller Kraft, die er noch hatte, Gerts Kopf gegen die Wand. Er hörte ein gedämpftes Knacken, als würde ein Kürbis platzen.

Das Ende kam erschreckend plötzlich. Er hörte, wie seine Kinder weinten, aber niemand rührte sich. Er stand auf und schüttelte Blut und Schleim von der Hand. Evelyn hockte neben dem Feuer. Der Schürhaken lag auf dem Boden zu ihren Füßen, und sie hatte Trevor in den Armen. Sein ältester Sohn hielt immer noch sein blutiges Messer in der Hand. Neben ihnen lag Ben, der aus Schnitten im Gesicht und einer tiefen Stichwunde im Rücken über seiner Hüfte blutete.

»Geht es euch gut?«, fragte er. Evelyn sah ihn an und nickte. »Ashhur sei Dank.«

Er umarmte seine Frau und achtete darauf, dass er ihr Kleid nicht mit seiner rechten, blutverschmierten Hand beschmutzte. Seine anderen Kinder blieben sitzen, vollkommen erschüttert von diesem Ausbruch brutaler Gewalt. Er ging zu jedem seiner Kinder, umarmte sie und flüsterte ihnen beruhigende Worte zu. Schließlich packte er die beiden Leichen und schleifte sie an den Füßen nach draußen.

Sobald er sie hinter den Schuppen gebracht hatte, ging er wieder ins Haus zurück und ließ sich auf einen Stuhl neben dem Kamin fallen. Er zitterte am ganzen Körper und schloss die Augen, um einen plötzlichen Anfall von Übelkeit zu unterdrücken.

»Wir vergraben die Rüstungen, bis wir sie im Frühling verkaufen können«, sagte er zu Evelyn. Er hoffte durch Reden die Bilder der Gewalt zu verscheuchen, die ihm ständig durch den Kopf schossen. »Ebenso wie ihre Schwerter. Wir satteln und trensen die Pferde ab und lassen sie laufen. Hoffentlich laufen sie weit genug weg. Und die beiden ... du weißt schon ... wir verfüttern sie an die Schweine.«

Seine Frau stieß einen Klagelaut aus. Er schüttelte sich, zwang sich jedoch dazu, nicht länger darüber nachzudenken. Sie würden tun, was nötig war, genauso wie vorher. Dann öffnete er die Augen und warf einen Blick zum Vorhang. Er fragte sich, ob dieser verfluchte Junge immer noch nebenan schlief oder vollkommen entsetzt auf dem Bett kauerte.

»Er ist das ganze Gold nicht wert«, sagte er, bevor er sich zur Seite beugte und sich erbrach.

13. KAPITEL

Arthur Hadfild sah sich angewidert in dem Zimmer um. Er hatte schon häufiger mit Söldnern gearbeitet, aber hatte er sie deshalb gleich in sein Haus eingeladen? Das war so entwürdigend. Sie hatten sich im Speisesaal versammelt, ein gutes Dutzend von ihnen. Es waren die Hauptleute, diejenigen, die jeder mindestens einhundert Männer befehligten. Sie plauderten miteinander und vertrieben sich die Zeit, bis Alyssa zurückkehrte. Es war ein bunt zusammengewürfelter Haufen, der wilde Kombinationen aus Rüstung, Bändern und Tuniken trug. Arthur wagte nicht daran zu denken, wie viel Gold wohl in ihre Taschen floss, während sie einfach nur hier herumsaßen, in ihren Zähnen stocherten und Alyssas Speisekammer leerfraßen.

»Keine Ahnung, wie viel Spaß das machen wird«, sagte einer, ein kahlköpfiger, glatt rasierter Mann. »Ein richtiger Kampf findet auf einem Schlachtfeld statt. Man stürmt nicht einfach in die Häuser von Leuten und sucht nach Ratten.«

»Töten ist töten«, erwiderte ein anderer. »Seit wann bist du so wählerisch?«

»Ich habe nichts gegen das Gold, aber das heißt nicht, dass ich mir nicht trotzdem genug Platz wünschen kann, um meine Axt zu schwingen.«

»Wahrscheinlich brauchst du den Platz auch, sonst würdest du dir noch deinen eigenen Scheißkopf abhacken.«

»Scheiß auf dich, Jamie. Wahrscheinlich kannst du es kaum

erwarten loszulegen. Deine Männer fühlen sich doch erst dann richtig wohl, wenn sie durch Abwasserkanäle waten können.«

Arthur wandte sich ab, um hinauszugehen. Bertram stand hinter ihm an der Tür. Er sah genauso mürrisch aus.

»Die Flecken, die sie auf dem Teppich hinterlassen ...« Er schüttelte den Kopf.

»Das ist der Preis, wenn man solche Geschäfte macht.«

Der alte Mann nickte, während er zusah, wie sich die Hauptleute gegenseitig aufzogen. Arthur trat zu ihm und verschränkte die Arme vor der Brust.

»Habt Ihr in letzter Zeit mit Alyssa gesprochen?«, erkundigte sich Bertram nach einer Weile.

»Erst heute Morgen. Ihre Laune wird immer schlechter, je näher die Beerdigung rückt. Ich hatte gehofft, dass sie trauert wie alle anderen Frauen auch, aber stattdessen giert sie nach Blut.«

»Sie will, dass der Mörder des Jungen gefunden wird.«

»Ich gebe mein Bestes, aber er ist ein verdammt schlüpfriger kleiner Mistkerl.«

Bertram lachte leise. »Das wundert mich nicht. Es gibt tausend Verbrecher und Mörder in dieser Stadt. Einen besonderen Mann darunter ausfindig zu machen, muss sehr schwierig sein. Trotzdem, vielleicht sollte man es anders sehen. Einen gemeinen Tropf von dem anderen zu unterscheiden ist genauso schwierig.«

Wie schon beim Mal davor fragte sich Arthur, ob Bertram ihm auf den Zahn fühlte. Diesmal schien seine Formulierung zu deutlich zu sein, als dass es sich um einen Zufall handeln konnte. Er beschloss, sich vorzutasten.

»Ich bin sicher, dass es schwierig wird zu beweisen, dass der Wächter der Mörder ist, selbst wenn wir ihn erwischen«, sagte er.

»Niemand scheint ihn zu kennen«, stimmte Bertram ihm zu. »Obwohl ich Euch in dieser Angelegenheit vertraue und Eure Meinung in diesem Punkt rückhaltlos stützen würde.«

Arthurs Augen leuchteten.

»Tatsächlich?«, sagte er. »Ich glaube nicht, dass es noch lange dauert, bis ich ihr einen Mann präsentieren kann. Die Stadt mag groß sein, aber es gibt zu viele Augen, zu viele Münder, als dass ein Mann sich allzu lange verstecken könnte. Aber ich bin froh, dass dein Vertrauen in mich so groß ist.«

»Ich vertraue Euch mehr als jedem von denen da.« Bertram deutete abfällig auf die Söldner. »Die Hadfilds waren schon immer gute Freunde der Gemcrofts. Aber mir sind die Hände gebunden. Alyssa braucht in solchen Angelegenheiten Hilfe, eine Stimme, die sie in ihrer Trauer führt. Wenn Ihr nur mit ihr reden könntet, sie dazu bringen könntet, zuzuhören …«

»Ich verstehe. Ich muss mich zwar um meine Angelegenheiten kümmern«, meinte Arthur, »aber ich könnte vor Einbruch der Nacht zurückkehren, oder zumindest kurz danach. Dann werde ich versuchen, Alyssa dazu zu bringen, sich mir zu öffnen.«

»Ich danke Euch.« Bertram verbeugte sich tief. »Und jetzt, mit Eurer Erlaubnis, muss ich versuchen, diesen Männern klarzumachen, dass der Wein zwar auf Kosten des Hauses geht, aber nicht, wenn man ihn fassweise hinunterstürzt.«

»Die Götter mögen dich dabei unterstützen.«

Arthur verließ den Speisesaal, holte Mantel und Schwert und verließ den Besitz. Normalerweise hätte Oric ihn begleitet, aber er war nach Norden geritten, um Nathaniels angebliche Überreste zu beschaffen. Arthur konnte jedoch ebenfalls geschickt mit einem Schwert umgehen, und er kannte sich aus. Außerdem würde man ihn wie einen König behandeln, sobald er erst den Fuß auf das Territorium der Schlangengilde gesetzt hatte.

Nur wenige Minuten von Alyssas Anwesen entfernt bemerkte er den ersten von vielen Dieben, die ihn im Schatten begleiteten. Ihre Umhänge waren grün, deshalb entspannte er sich. Zweifellos wollte William Ket, der Anführer der Schlangengilde, seine Investitionen beschützen. Das konnte Arthur ihm nicht verübeln. Er bog in schmale Gassen ab und ging tiefer in die dunkleren, verfalleneren Viertel der Stadt. Seine Verfolger wurden immer mehr, und einmal glaubte er sogar zu sehen, dass ihm jemand über die Dächer folgte. Als er schließlich an dem Gildehaus ankam, trat seine Eskorte in den Lichtkreis der Fackeln. Die Männer bedeuteten ihm, einzutreten.

Arthur wartete zwischen smaragdgrünen Kissen und Gemälden in vergoldeten Rahmen auf William. Eine hübsche Frau, die nur hauchdünne Schleier trug, näherte sich ihm und wollte wissen, was er trinken wollte. Normalerweise weigerte er sich immer, aus Angst vor Gift oder einer Droge, aber heute Nacht brauchte er die Hilfe des Alkohols.

»Das Stärkste, was du hast«, erwiderte er. »Ach, und vergewissere dich, dass es nicht wie Pisse schmeckt.«

»Wie Ihr wünscht«, sagte sie und warf ihm einen verführerischen Blick aus ihren grünen Augen zu. Er sah ihr nach und bewunderte ihre Figur. Er hätte sie haben können, gegen Gold natürlich, das wusste er. Zu schade, dass er die Nacht auf Alyssas Anwesen verbringen musste. Mit einem so festen, wohlgeformten Körper hätte er so viel anfangen können ...

»Arthur! Willkommen!«

Arthur stand auf und riss seinen Blick von dem Flittchen los.

»William.« Er reichte seinem jüngeren Bruder die Hand. William Hadfild hatte seinen Namen zu William Ket geändert, um seiner Familie die Schande zu ersparen. »Entschuldige, dass ich dich so lange nicht mehr aufgesucht habe.«

»Das ist nicht nötig«, sagte William. Er war so groß wie Arthur und hatte die gleichen Augen und das gleiche Haar. »Ich nehme an, du hast alle Hände voll damit zu tun, eine trauernde Mutter zu trösten, stimmt's?«

»Die Hände sind zwar noch nicht voll, aber sie wird sich schon noch hineinschmiegen.«

Die junge Frau kehrte mit seinem Getränk zurück, und er nahm es dankbar an. Er nippte daran, um den Geschmack zu testen, der zwischen Abwasser und Lampenöl schwankte, und trank dann trotzdem einen großen Schluck. Der Schnaps schien seine Kehle in Brand zu setzen, und er lachte seinen Bruder an.

»Du hast dich mit deiner letzten Lieferung ein wenig verspätet«, sagte er und unterdrückte ein Husten. Verdammt, war das Zeug stark! »Ich wüsste gerne, warum.«

Williams Lächeln erlosch, aber nur einen Moment. Als er es wieder aufsetzte, war es jedoch gezwungen.

»Ich hätte mir denken können, dass du heute Abend keine Lust auf eine nette Plauderei hast. Das Gold wurde uns gestohlen, als wir es in die Stadt geschmuggelt haben. Aber das war nicht unsere Schuld.«

»Nicht deine Schuld? Tatsächlich? Eine sehr bequeme Ausrede, um mir meine Hälfte nicht auszahlen zu müssen, findest du nicht auch?«

William setzte sich, und Arthur folgte seinem Beispiel. Die beiden maßen sich mit ihren Blicken. William überlegte, wie viel er ihm erzählen sollte und schätzte seine, Arthurs, Reaktion ein, das war ihm klar. Dieses eine Mal hoffte er, dass sein kleiner Bruder ihm die Wahrheit sagte, die ganze verdammte Wahrheit.

»Hast du schon einmal vom Wächter gehört?«

Arthur war zu verblüfft, um seine Reaktion zu verbergen.

»Soll ich das als ein Ja verstehen?« William hob eine Braue.

»Allerdings, aber erzähl erst deine Geschichte, dann kann ich meine vielleicht besser erklären.«

William winkte eine andere Magd heran, die ihm einen edlen Wein in einem langen, schlanken Glas servierte.

»Nun, wer auch immer dieser Mistkerl ist, er hat verdammt viel Glück gehabt«, sagte er, nachdem er einen Schluck getrunken hatte. »Er ist über uns gestolpert, als wir die Kiste über die Mauer gewuchtet haben. Er hat meine Männer getötet, hat die Beutel mit Gold gestohlen, und weißt du, was dieses Arschloch dann gemacht hat? Er hat sie auf der Straße verteilt. Mitten am Tag, auf dem Hochmarkt. Er hat die Säcke aufgeschlitzt und die Münzen in die Menge geworfen. Es ist nicht das erste Mal, dass er uns das angetan hat, aber bisher waren es kleinere Summen. Das macht einem wirklich Angst. Wenn er so viel Gold wegwirft, haben wir keine Chance, ihn zu bestechen oder mit ihm eine Abmachung zu treffen. Er will uns töten, uns alle, nicht nur die Schlangen. Ich wüsste gerne, was wir getan haben, um ihn so wütend zu machen.«

»Normalerweise würde ich bezweifeln, dass ein einzelner Mann so viele von euch töten kann«, sagte Arthur. »Aber ich habe es selbst erlebt. Ich habe sechs Soldaten an den Wächter verloren. Er hat seinen Namen mit ihrem Blut als Nachricht an mich in den Dreck geschrieben, für den Fall, dass ich zurückkomme. Und er hat etwas von dem Gold genommen, aber nicht alles, den Göttern sei Dank. In ein oder zwei Tagen schaffe ich den Rest zur Mauer, wo er auf dich wartet. Alyssa glaubt, dass die ganze Fuhre gestohlen wurde, was unsere Verluste ausgleicht.«

»Ich kann das meiste davon über meine Händler in Königliche Kronen umtauschen. Und, das ist das Amüsante, indem ich große Mengen von Nahrungsmitteln und Wein von Laurie Keenan kaufe. Es scheint doch sehr angemessen, das Gold der Trifect zu waschen, indem man die Trifect selbst dafür benutzt. Aber so große Mengen umzutauschen erfordert Zeit. Wann willst du deinen Teil von dem, was wir bisher ausgetauscht haben, abholen?«

»Verwahre es noch für mich. Im Moment ist die Lage zu unübersichtlich. Das ist auch einer der Gründe, warum ich hier bin. Morgen findet Nathaniels Beerdigung statt, und in der Nacht danach musst du dafür sorgen, dass deine Männer wachsam sind. Alyssa hat mindestens eintausend Söldner angeheuert, vielleicht sogar noch weit mehr. Sie wird sie auf die Stadt loslassen.«

Williams Miene verdüsterte sich.

»Ist sie verrückt geworden? Was sollen wir gemacht haben, um eine solche Feindseligkeit zu wecken ...« Er hielt inne und sah seinen Bruder böse an. »Es sei denn natürlich, du hättest uns die Schuld an dem Tod ihres Sohnes in die Schuhe geschoben!«

»Ich habe ihr gesagt, der Wächter hätte Verbindungen zu den ansässigen Diebesgilden. Ich dachte, das würde sie davon abhalten, zu viele Fragen zu stellen. Ich konnte nicht vorhersehen, dass sie derartig überreagiert.«

William schleuderte sein halb geleertes Glas in die Ecke. »Natürlich nicht! Du wirfst uns nur den Wölfen vor, um dir dein Leben leichter zu machen. Das hast du immer schon gemacht, und du wirst es immer tun. Was sollen wir jetzt machen? Gegen so viele Söldner kommen wir alleine nicht an.«

»Dann macht es eben nicht alleine. Verständigt die anderen Gilden. Ich will, dass Alyssa gedemütigt wird. Sie muss anfangen, an sich zu zweifeln, an der Klugheit ihrer Entscidungen, damit sie mir mehr vertraut. Noch habe ich sie nicht in der Hand. Noch nicht. Das wird schon bald geschehen, daran zweifle ich nicht, aber bis dahin brauche ich deine Hilfe.«

Williams Gesichtsfarbe normalisierte sich wieder, und er lehnte sich in seinem Stuhl zurück.

»Ich denke, dass ich die anderen Gildemeister überzeugen kann, obwohl mir nur wenig Zeit bleibt. Eine einzige Nacht, um einen Gegenangriff zu planen? Danke, dass du es nicht früher gesagt hast. Jetzt muss ich mir Pläne aus dem Arsch ziehen!«

Arthurs Stimme klang härter, als er antwortete.

»Du hast dich für dieses Leben entschieden, nicht ich. Ich bin hergekommen, sobald ich von Alyssa wegkonnte, also kümmere dich darum.«

Sie maßen sich mit finsteren Blicken, aber schließlich lenkte William ein.

»Also gut. Aber was wirst du wegen dieses Wächters unternehmen? Er macht uns beiden das Leben schwer. Wenn er die Stadt verlassen hat, hat er sicherlich Wind von unserem Unternehmen bekommen, jedenfalls teilweise. Ein falsches Wort in Alyssas Ohren, und du wirst hängen.«

»Du meinst, wir werden hängen.«

William grinste ihn an.

»Ich führe mein Leben im Schatten. Sie will ohnehin schon meinen Tod und gibt gerade ein Vermögen dafür aus, das bis morgen Nacht zu erreichen. Aber du? Du lebst im Licht. Der einzige Ort, an dem du dich verstecken könntest, wäre bei mir. Bist du bereit, durch die Kanäle zu kriechen und Scheiße zu fressen, um deinen eigenen Arsch zu retten?«

»Lieber hänge ich.«

William stand auf. Ihr Gespräch war vorbei.

»Dann sorg dafür, dass dieser verdammte Wächter krepiert.«

14. KAPITEL

Zusa beobachtete die Zeremonie vom Dach aus. Sie hatte sich fest in ihren langen Umhang gewickelt. Da die Beerdigung sehr kurzfristig angesetzt war, war die Menge der Trauergäste kleiner, als man hätte erwarten können. Sie erkannte einige Kaufleute, wohlhabende Adelige und ein paar Angehörige der Connington-Familie, einschließlich Leon selbst. Alle stammten aus Veldaren oder den umliegenden Besitzungen. Die Tradition hätte verlangt, allen genug Zeit zu geben, damit auch Laurie Keenan von Engelhavn in die Stadt hätte reisen können, aber Alyssa schien sich mit jedem Tag weniger um die Tradition zu scheren. Das konnte Zusa ihr nicht verübeln.

Man hatte die Knochen, die Arthurs Handlanger Oric in die Stadt gebracht hatte, in einen kleinen, versiegelten Sarg gelegt. Als man ihn in die Erde hinabließ, trat Alyssa nach vorn, um eine Ansprache an die Trauergäste zu halten. Sie trug ein Kleid aus schwarzem und dunkelblauem Stoff und hatte sich Asche ins Gesicht geschmiert. Die Sonne versank hinter den Stadtmauern, und in ihrem schwindenden Licht hielt sie ihre Rede.

»Es ist abscheulich, dass so etwas geschehen konnte.« Sie sprach so laut, dass Zusa sie hören konnte. »Noch schlimmer ist, dass man von mir erwartet, meinem Sohn die Rache zu versagen. Die meisten von euch, die hier sind, haben ihren Frieden mit den Dieben geschlossen. So viele von euch haben die Gefahren akzeptiert, die sie darstellen. Dadurch tretet ihr selbst die letzten Funken von Stolz und Würde mit Füßen. Das werde ich nicht tun! Jene, die sich von uns ernähren, die uns bestehlen, uns töten und vergiften, um ihre Macht zu bewahren, werden heute Nacht sterben. Geht nach Hause, wenn ihr wollt, oder bleibt hier, wenn ihr die Straßen fürchtet. Aber ihr müsst sie nur heute Nacht fürchten, nur noch heute Nacht. Veldaren sehnt sich nach Reinigung, und ich werde diejenige sein, die das Fegefeuer entfacht. Protestiert, wenn ihr wollt, aber das wird nichts ändern. Das Gold ist ausgegeben, die Befehle wurden erteilt. Möge das Blut fließen!«

Dann blickte sie zum Dach hoch, direkt auf Zusa. Die nickte. Das war der letzte Befehl. Jetzt gab es kein Zurück mehr. Zusa wirbelte herum, und ihr Umhang bauschte sich lautlos hinter ihr auf, als sie zur Vorderseite des Anwesens lief und dort vom Dach heruntersprang. Sie landete mitten in der Gruppe von Söldner-Hauptleuten, denen man befohlen hatte, auf der anderen Seite der Beisetzungsszenerie zu warten.

»Ihr kennt eure Befehle«, sagte sie. »Bringt den Schlund nach Veldaren und werft jeden einzelnen Umhang hinein. Rächt meine Herrin!«

Die Hauptleute grinsten und schlugen sich gegenseitig auf die Schulter.

»Wurde auch Zeit«, sagte einer. »Auf geht's!«

Zusa verließ das Grundstück und wandte sich nach Süden. Sie überlegte immer noch, wie genau sie vorgehen wollte. Die Söldner waren in der ganzen Stadt verteilt, in Schenken, in Lagern und in den Häusern der Personen, die der Trifect loyal gegenüberstanden. Sie würden jetzt auf die Straßen strömen, und niemand würde sie aufhalten. Nur König Vaelor hätte mit seinen Soldaten einen einigermaßen wirkungsvollen Versuch unternehmen können, aber dafür hätte er seine angeborene Feigheit überwinden müssen, was er nicht tun würde, wie Zusa wusste. Seit dem Blutigen Kensgold hatte er zugelassen, dass sie sich gegenseitig umbrachten, solange sich niemand gegen ihn wandte. Wenn dieser Albtraum jetzt begann, würde die Stadtwache zweifellos wegsehen, falls die Männer überhaupt den Palast verließen. Sie ahnte, dass sie das heute ganz bestimmt nicht tun würden.

Aber das ganze Blutvergießen würde nichts bewirken, wenn sie Nathaniels Mörder nicht finden konnte. Der Wächter. Wo versteckte er sich?

All jene, die im Schatten lauerten, würden jetzt ans Licht kommen. Sie beschloss, durch die Stadt zu streifen und die Augen nach irgendetwas Auffälligem offen zu halten. Wenn der Wächter wirklich so geschickt war, wie Veliana ihn geschildert hatte, würde er zweifellos seinen Angelegenheiten weiter nachgehen, ganz gleich, wie viele Söldner man gegen ihn schickte.

Veliana ...

Sie hätte ein Gebet für sie gesprochen, aber Zusa hatte sich von ihrem ehemaligen Gott Karak abgewendet. Also konnte sie zu niemandem mehr beten und murmelte einfach ihre Gedanken laut vor sich hin, in der Hoffnung, dass ihre Freundin diese Nacht überleben möge. Sie hätte Veliana nur zu gerne vor der bevorstehenden Blutnacht gewarnt, aber wenn sie das tat, hätte sie riskiert, Alyssas Bemühungen zu gefährden. Vor allem, wenn Vel die anderen Gilden informierte. Das bedeutete, sie musste den Mund halten und auf das Beste hoffen. Wenn die Frau doch nur ihr Verlangen hätte aufgeben können, die Aschegilde zu übernehmen. Dann hätte sie an Zusas Seite ein neues Leben im Dienste der Gemcrofts beginnen können.

»Pass auf dich auf, Vel«, sagte sie, während sie an der Seite eines kleinen Hauses mit einem Flachdach hinaufkletterte.

Sobald sie das Dach erreicht hatte, sprang sie auf die andere Seite und sah sich suchend nach einem Mann mit einem grauen Umhang um, der zwei Langmesser schwang. Ein Mann, der geschickt genug war, sie besiegen zu können.

Eine halbe Stunde verstrich. Die Stille war fast schmerzhaft. Es schien so, als hätte die ganze Stadt den Atem angehalten. Um ihn dann unvermittelt auszustoßen. Zwei große Feuer brachen im südlichen Veldaren aus, beide in Hauptquartieren verschiedener Diebesgilden. Das war genauso gut wie jeder andere Ort, also machte sich Zusa dorthin auf. Sie kam an etlichen Patrouillen vorbei, und einer der Männer wagte es doch tatsächlich, mit einer Armbrust auf sie zu schießen. Sie duckte sich tiefer und rannte weiter, während sie gleichzeitig begriff, dass sie ganz sicher nicht die Einzige sein würde, die in dieser Nacht über die Dächer lief.

Als sie an der ersten Brandstelle eintraf, folterte man dort gerade einen Dieb mitten auf der Straße. Wahrscheinlich sollte das ein Verhör sein, aber dazu hätte man dem Opfer wenigstens die Chance geben müssen, antworten zu können. Das Gesicht des Diebes war vollkommen blutverschmiert, und so wie sein Kiefer aussah, schien er an mehreren Stellen gebrochen zu sein. Er konnte nur noch mit den Fingern zeigen. Das Licht des Feuers tauchte ihn in rötlichen Schein, und sie sah, dass der Dieb schluchzend um Gnade bat.

»Das ist deine eigene Schöpfung«, flüsterte Zusa dem Mann von der Ferne zu, während sie sich gegen die Brutalität um sich herum wappnete. »Das ist das Schicksal, das du verdient hast.«

Trotzdem fand sie es grausam. Als der Söldner den Dieb durchbohrte, war sie fast dankbar. Sie wandte sich zum zweiten Feuer um, als sie eine Bewegung aus den Augenwinkeln wahrnahm. Sie machte einen raschen Überschlag rückwärts, während eine Klinge durch die Luft zischte, dort, wo sie gestanden hatte. Sie drehte sich zu ihrem Angreifer herum, fiel, packte den Rand des Daches und schwang sich dann hoch. Es war ein Hüne von einem Mann, und seine Gesichtszüge lagen im Dunkeln. Sie hämmerte ihm die Knie gegen die Brust. Genauso gut hätte sie versuchen können, eine uralte Eiche zu entwurzeln. Sie sprang zurück, um Abstand zu ihm zu gewinnen. Dann zückte sie ihre Dolche. Als ihr Widersacher herumwirbelte, nahm sie sich eine halbe Sekunde Zeit, um ihn einzuschätzen.

Er hatte eine dunkle Haut, dunkler, als sie sie je an einem Menschen gesehen hatte. Er trug weite Kleidung und einen langen grauen Umhang. Bewaffnet war er mit zwei gewaltigen Schwertern, jedes so lang, dass die meisten Menschen zwei Hände gebraucht hätten, um es zu führen. Seine Muskeln schienen eher zu einem Holzfäller oder einem Schmied zu passen als zu einem Dieb. Doch vor allem wurde ihr Blick von seinem weiß geschminkten Gesicht angezogen, was seinem kahl rasierten Kopf das Aussehen eines verblichenen Totenschädels verlieh.

»Eine Frau?«, wunderte er sich. Zusa griff an und hoffte, seine Überraschung ausnutzen zu können. Sie schlug eines seiner Schwerter mit ihrer Klinge zur Seite und rammte ihren Dolch dann in die Öffnung seiner Deckung. Aber der Mann schien mit diesem Manöver gerechnet zu haben. Er drehte sich weg, schlug ihre Hand beiseite und trat dann dichter zu ihr. Sie sprang zurück, um Abstand zu gewinnen, aber er folgte ihr und trieb sie bis an den Rand des Dachs. Sie sank auf ein Knie und versuchte, ihm die Kniekehlen durchzuschneiden, aber erneut waren seine Schwerter da und parierten ihre weit kleineren Langmesser. Sie fragte sich unwillkürlich, warum er den Nahkampf suchte, wo er doch den Vorteil der Reichweite hatte.

Dann ließ er eines seiner Schwerter fallen und packte mit einer Hand ihr Haar. Seine Finger waren so dick wie Würste. Er hob sie hoch, und ihre Füße schwebten frei in der Luft. Sie unterdrückte einen Schrei, während sie sich vollkommen konzentrierte. Sie holte mit ihren Dolchen aus und zielte auf seinen Hals. Er hatte nur noch ein Schwert, also konnte er diese Hiebe nicht blockieren, jedenfalls dachte sie das. Aber er schlug ihre Handgelenke mit der flachen Seite seines Schwertes hoch und drückte sie über seinen Kopf. Bevor sie die Arme wieder herunterreißen konnte, presste sich die Schneide seines Schwertes gegen ihre Kehle.

»Hör auf«, sagte er. »Ich will dich nicht töten.«

Seine Stimme war tief, so tief, dass sie Zusa an die seltenen Male erinnerte, in denen Karak ihr in der Nacht etwas zugeflüstert hatte. Sie zwang sich, ruhig zu bleiben, furchtlos in diese braunen Augen zu blicken. Das Schwert drückte sich fester gegen ihre Kehle, als erwartete er ihren Versuch, sich zu befreien.

»Was willst du?«

»Dich jedenfalls nicht«, erwiderte der Mann. »Ich suche keine Frau. Das hätte ich dir vorher sagen können, wenn du nicht wie eine tollwütige Hündin auf mich losgegangen wärst.«

»Wer bist du?«

Er starrte sie an, als würde er überlegen. Dann schien er eine Entscheidung getroffen zu haben und ließ sie ohne weitere Umstände fallen.

»Ich bin Geist. Ich bin hier, um den Kopf des Wächters zu holen, und bis auf die Brüste passt seine Beschreibung ziemlich gut auf dich.«

Zusa richtete sich langsam auf, obwohl sie wachsam blieb. Wer immer dieser Geist war, sie hatte nicht vor, sich in seiner Gegenwart zu entspannen.

»Wer hat dich engagiert?«, erkundigte sie sich. »Eine der Diebesgilden?«

Er grinste sie an. Seine Mimik verstärkte ihr Unbehagen.

»Das kann ich dir nicht verraten, was du sicher verstehst. Du scheinst in der Nacht heimisch zu sein und bewegst dich, wie ich es von dem Wächter erwartet hatte. Weißt du etwas über ihn? Verrate es mir, und vielleicht entlohne ich es dir.«

»Ich kann dir nicht sagen, was ich weiß, denn ich bin selbst auf der Suche nach ihm. Meine Gebieterin will ihm das Leben nehmen, und ich wage es nicht, sie darum zu betrügen.«

»Sie?« Geist hob eine Braue.

Du redest wieder zu viel. Hör auf zu reden. Du verrätst immer zu viel.

Sie lächelte und hoffte, ihn täuschen zu können, ihn glauben zu machen, dass sie sich nicht versprochen hatte, sondern absichtlich versuchte, ihn im Unklaren zu lassen, ob sie die Wahrheit sagte oder nicht. Wahrscheinlich nahm er es ihr nicht ab, aber es war einen Versuch wert.

»Also gut«, sagte Geist. Er hob eins seiner Schwerter, und sie bereitete sich darauf vor, zu springen. Dann jedoch grüßte er sie mit erhobener Waffe. »Spielen wir ein Spiel. Ich werde dich bei deiner Suche nicht behindern, aber ich erwarte dasselbe von dir. Solltest du ihn zuerst finden, bitte ich dich nur, zu mir in die Schenke *Humpen und Feder* zu kommen, damit ich deinen Namen erfahre. Eine Frau, die jemanden schneller aufspüren kann als ich, möchte ich nur zu gerne wiedersehen. Betrachte das als Rückzahlung für meine Großzügigkeit.«

»Die Großzügigkeit eines Mannes, der mir fast eine Waffe in den Rücken gerammt hätte, bevor er auch nur in mein Gesicht geblickt hat, um sich zu vergewissern, ob er den Richtigen tötet?«

Geist lachte. »Du lebst, Frau. Das allein beweist meine Großzügigkeit.«

Es war die Art, wie er es sagte, weshalb Zusa das Blut in den Adern gefror. Ohne Wut, ohne Stolz, nur amüsiert. Für diesen Mann war der Tod ein vertrauter Gefährte, und er hatte sich selbst offenbar nichts zu beweisen. Wenn diese Vereinbarung sie vor seinen Klingen beschützte ...

»Ich akzeptiere«, erwiderte sie. »Und jetzt entschuldige mich, ich muss einen Mann finden.«

»Viel Glück«, gab er zurück. »Oh, und pass auf dich auf. Wie ich höre, suchen sehr viele Söldner die Stadt nach Leuten wie dir ab.«

Sie warf einen Blick auf das Feuer hinter sich und die Leichen, die auf der Straße lagen, wo sie verrotten sollten. Als sie den Blick wieder hob, war Geist verschwunden. Sie hätte nicht geglaubt, dass sich ein so großer Mensch so lautlos bewegen könnte, aber offenbar hatte sie sich geirrt. Sie verfluchte sich und eilte nach Norden, in Richtung des schwachen Kampflärms. Wenn sie Glück hatte, konnte sie den Wächter noch aufscheuchen. Aber jetzt fragte sie sich, ob sie wirklich hoffen konnte, ihn vor diesem Geist zu finden. Und wie groß würde wohl Alyssas Wut sein, wenn sie erfuhr, dass Geist ihn zuerst erwischt hatte?

Trotzdem war es besser, als wenn sie beide den Wächter gleichzeitig fanden. Wie auch immer diese Konfrontation enden würde, sie wusste, dass auf jeden Fall ihr Blut dabei fließen würde.

Die Stadt war in den Schlund gestürzt. Es gab keine andere Möglichkeit, den Schrecken zu beschreiben, den Haern sah, als er durch die Straßen eilte. Er hielt den Kopf gesenkt und seine Klingen verborgen. Es war zu gefährlich, auf den Dächern zu bleiben. Jeder Söldner mit einer Armbrust feuerte auf jeden Schatten, der sich bewegte. Er hatte vier Brände gezählt, als er das letzte Mal eine ruhige Stelle gefunden hatte, wo er die Mauer hatte erklimmen und von dort über die Stadt blicken können. Es war Wahnsinn, totaler Wahnsinn. War es auch so gewesen, als sein Vater damals den Krieg gegen die Trifect ausgerufen hatte?

Die Söldner marschierten in Abteilungen, manche bis zu hundert Mann stark. Sie streiften durch die Straßen, schlugen Türen ein, zerrten verängstigte Hausbesitzer nach draußen, wollten ihre Namen wissen und exekutierten manche auf der Stelle. Er sah zu, wie eine Gruppe von drei Dieben – Spinnen, ihren Umhängen nach zu urteilen – von zwanzig Gepanzerten verfolgt wurden. Sie starben, als eine zweite Gruppe Söldner ihnen den Weg abschnitt. Es waren zehn Männer, mit blanken Klingen und glühenden Augen. Die Söldner ließen nur Stücke von den dreien übrig, Stücke.

Da Haern keine Gildefarbe trug und wie ein Bettler aussah, gelang es ihm, dem Zorn der Söldner zu entgehen. Er wurde zweimal befragt. Das erste Mal täuschte er Taubheit vor, und beim zweiten Mal zeigte er ihnen den Weg zum Hauptquartier der Schlangengilde. Er folgte ihnen und beobachtete, wie sie ein Ehepaar aus dem Bett holten. Der Ehemann tobte vor Wut, und seine Frau hielt eine Decke vor ihre Brust, um ihre Blöße zu bedecken. Während ihre Kinder in der Tür standen und zusahen, schnitten die Söldner den beiden die Kehle durch und brüllten jubelnd den Namen von Alyssa Gemcroft, als wäre sie die Göttin von Blut und Mord.

Die Stadtwachen ließen sich die ganze Zeit über nicht blicken.

Haern duckte sich in eine Seitengasse und war wenig überrascht, dort zwei Diebe vorzufinden. Sie trugen die braunen Umhänge der Falkengilde und zückten ihre Dolche, als er vorbeirannte. Er wünschte ihnen Glück, aber nur aus beruflicher

Höflichkeit. Unwillkürlich fragte er sich, wie viele wohl im Laufe dieser Nacht ihre Umhänge ablegen würden. So etwas wurde von den Gilden als todeswürdiges Vergehen betrachtet. Trotzdem schien es die einzige Möglichkeit zu sein, um zu überleben. Natürlich hatte er auch viele Menschen gesehen, die ohne Gildeumhänge auf den Straßen starben. Vielleicht genügte es ja schon, wenn jemand einen Namen flüsterte, und der Betroffene wurde in die Fänge der Söldner getrieben.

Haern beschloss, das Risiko einzugehen, und kletterte über einen Fenstersims auf das Dach eines Hauses, von dem aus er das Hauptquartier der Schlangengilde beobachten konnte. Dreißig Söldner umringten das Gebäude. Einige von ihnen waren mit Armbrüsten bewaffnet, andere schwangen Fackeln. Ihre Absichten waren unverkennbar. Alle, die sich im Haus befanden, hatten die Wahl, durch Eisen oder Feuer zu sterben. Er war froh, dass er diese Entscheidung nicht treffen musste.

»Auf Befehl von Lady Gemcroft sollen alle Mitglieder der Diebesgilden exekutiert werden!«, schrie der Söldnerhauptmann. »Wir wissen, dass ihr da drin seid, also kommt heraus und sterbt ehrenvoll!«

Haern presste sich flach auf das Dach, damit ihn niemand sah. Das Letzte, was er wollte, war ein nervöser Armbrustschütze, der ihm einen Bolzen ins Auge schoss.

»Die Stadt gehört nicht ihr!«, schrie ein unsichtbarer Fremder zurück. Haern kniff die Augen zusammen, als ihm klar wurde, dass die Stimme nicht aus dem umzingelten Hauptquartier kam. »Es wird Zeit, dass ihr gedungenen Mörder das lernt!«

Es gab fünf Gebäude, von denen man einen ungehinderten Blick auf das Hauptquartier der Gilde hatte, einschließlich des Hauses, auf dessen Dach Haern lag. In allen Fenstern der Häuser tauchten plötzlich Männer in grünen Umhängen auf, die mit Bögen und Armbrüsten bewaffnet waren. Auf einen lauten Schrei hin feuerten sie. Ein Drittel der Söldner wurde bereits durch die erste Salve niedergestreckt. Einige versuchten, auf die Hauptstraßen zu entkommen, während andere zu den Gebäuden stürmten. Die Pfeile holten sie allesamt ein. Als der letzte Söldner gefallen war, sah Haern, wie William Ket aus dem Hauptquartier trat. Er hielt ein glänzendes Schwert in der Hand, ging zum Hauptmann der Söldner und schlug ihm den Kopf mit drei Schlägen ab. Dann hob er ihn hoch in die Luft. Die übrigen Gildemitglieder jubelten.

Haern gefror das Blut in den Adern. Die anderen Gilden hatten zweifellos ähnliche Hinterhalte vorbereitet. Es wäre zwar naiv gewesen, zu erwarten, dass nicht beide Seiten Verluste erleiden müssten, und normalerweise schätzte er Söldner nicht besonders, aber es gab einige, an denen ihm etwas lag.

»Verdammt, Senke«, flüsterte er und wich vom Rand des Daches zurück, weil er den Hinrichtungen der Söldner nicht zusehen wollte, die vor Schmerz schrien. »Sag mir, dass du bei diesem Unsinn nicht mitmachst! So dumm kannst du nicht gewesen sein.«

Aber natürlich würde er mitmachen. Wie es aussah, hatte Alyssa in ihrer Wut jeden freien Söldner engagiert. Was konnte einen derartigen Zorn ausgelöst haben? Und warum jetzt? Er hatte nur wenig von ihr gehört, oder überhaupt von der Trifect. Sie waren ruhiger geworden, zurückhaltender. Aber das hier?

Aus allen Richtungen kamen Schreie, und die Sterne verschwanden hinter gewaltigen Rauchwolken. Wie viel von der Stadt brannte wohl bereits? Gab es Leute, die tapfer oder verzweifelt genug waren, um Eimerketten zu bilden, während die Todesschwadronen marschierten? Er wusste es nicht, und es kümmerte ihn auch nicht. Er musste Senke und Delysia finden. Es war schon hart genug gewesen, sie einmal zu verlieren.

Noch einmal würde er es nicht ertragen. Die Stadt war riesig und wurde von Bewaffneten überschwemmt. Es war zwar nahezu unmöglich, sie aufzuspüren, aber wenigstens hatte er ihre Namen, um nach ihnen zu suchen.

Haern sprang wieder auf die Straße und suchte nach einer kleineren Gruppe von Männern, denen er auflauern konnte. Er musste etlichen großen Patrouillen ausweichen, und einmal entging er nur knapp einem Armbrustbolzen. Endlich stieß er auf eine Gruppe von drei Söldnern, die mit fünf Angehörigen der Aschegilde fochten. Ein sechster verblutete nicht weit von ihnen entfernt. Die Söldner waren in einer Ecke der Stadtmauer in die Enge getrieben worden, und nur ihre bessere Rüstung und Reichweite hatten sie bis jetzt gegen die Überzahl der Diebe überleben lassen. Haern stürzte sich wie ein Wirbelwind in das Gewühl. Mit seinen Langmessern tötete er zwei Diebe, bevor die überhaupt merkten, dass er da war. Dann schnitt er einem dritten die Kehle durch und sah zu, wie die beiden letzten von den Söldnern erledigt wurden.

»Danke«, sagte einer von ihnen. Er war ein schroffer Mann mit einem Bart und einer üblen Wunde über der Nase, die stark blutete. »Diese Mistkerle haben uns in eine Falle gelockt und sind dann von den Dächern auf uns heruntergesprungen.« Der Mann deutete auf Haerns Umhang. »Du bist einer von ihnen? Wenn ja, dann solltest du vielleicht weglaufen, solange wir noch dankbar sind ...«

»Ich bin kein Freund der Gilden«, erwiderte Haern und sorgte dafür, dass seine Kapuze tief in die Stirn hing, sodass sie sein Gesicht nur teilweise sehen konnten. »Ich suche nach einer kleinen Gruppe von Söldnern. Einer heißt Senke und benutzt manchmal den Namen Stern. Die andere heißt Delysia Eschaton. Sie sollten zusammen sein.«

»Keine Ahnung«, sagte der Mann mit der blutenden Nase.

»Ich kenne keine Delysia«, meinte ein zweiter, während er zu einem Mitglied der Aschegilde ging, der vor Schmerz gewimmert hatte. Er tötete ihn. »Aber ihr Name kommt mir bekannt vor. Ich kenne einen Tarlak Eschaton, und er führt tatsächlich eine kleine Söldnertruppe. Aber es sind nur Dilettanten. Der Kerl ist vollkommen übergeschnappt. Vielleicht suchst du ja nach ihnen.«

»Vielleicht. Weißt du, wo sie sein könnten?«

Der Mann spuckte aus. »Die kleineren Gruppen haben sich zusammengeschlossen und sind weiter in den Süden geschickt worden. Alyssa fand es einfacher, wenn wir uns verteilen und die Ratten aufspüren, während sie versuchen, sich in ihren Löchern zu verkriechen.«

Haern unterdrückte seine Panik. Man hatte die Leute in die Hauptquartiere der Diebe geschickt, damit sie ihnen dort auflauerten? Wenn die Gilden sich dorthin flüchteten, dann würden sie die Söldner abschlachten, nicht umgekehrt. Er musste sie dort wegholen, und zwar schnell. Er verbeugte sich vor den drei Männern und wandte sich dann nach Süden.

»He, wie ist dein Name?«, fragte der Mann mit der blutenden Nase.

»Ich habe keinen!«, rief er zurück. Als er sich umdrehte, bemerkte er etwas Sonderbares aus dem Augenwinkel. Es sah aus wie ein weißes Gesicht, das rund und haarlos von der Mauer auf ihn herunterblickte. Als er jedoch genauer hinsah, war dort nur Dunkelheit.

Ich sehe schon Gespenster, dachte er. *Solltest du tatsächlich noch leben, Senke, werde ich dich umbringen, weil du so ein dummes Angebot angenommen hast!*

Er fragte sich, wo wohl sein Vater steckte und was er machte. Thren würde sich nicht verkriechen, nicht angesichts einer derartig offenkundigen Respektlosigkeit. Das Hauptquartier der Spinnengilde lag im Südosten. Wenn Eschatons Söldner über ihn stolperten und sein bester …

Haern lief schneller.

Jetzt war Schnelligkeit wichtiger als Verstohlenheit, also bog er auf eine Hauptstraße ein und setzte darauf, dass er jede Patrouille durch seine Geschwindigkeit abhängen konnte. Er rannte nach Süden, während er versuchte, den Schmerz in seinem Bauch zu ignorieren. Die Wunde war noch nicht ganz verheilt, obwohl sie nur noch eine leuchtend rote Narbe war. Aber die permanente Bewegung dehnte und reizte die Haut. Was hätte er für einen oder zwei Tage Ruhe gegeben, um auszuheilen, bevor dieser ganze Wahnsinn losbrach.

»Du da! Stehen bleiben!«

Haern fluchte, als eine Gruppe von fünf Söldnern auf ihn zustürmte. Zweifellos hielten sie ihn für ein fliehendes Gildemitglied. Rechts und links reihten sich die Häuser dicht aneinander, also musste er entweder umkehren, um die Männer zu umgehen, oder aber mitten durch sie hindurchstürmen.

»Bewegt euch!«, schrie er und hoffte, sie mit seinem wilden Angriff zu verwirren. Er rannte auf sie zu, warf sich zu Boden, rutschte weiter und wich dadurch einem Bolzen aus, der über ihn hinwegzischte. Einem der Männer trat er die Beine weg und rollte sich dann auf die Seite. Wäre er unter der schweren Rüstung begraben worden, hätten ihn die anderen in wenigen Sekunden umgebracht. Jemand schlug mit einem Schwert nach seinem Kopf, aber er drehte sich weg und stemmte sich auf ein Knie. Zwei andere griffen an und stießen mit ihren Schwertern nach ihm. Haern warf sich nach rechts und landete hart auf seiner Schulter. Er hatte es hinter die Männer geschafft.

»Wir haben gesagt, du sollst stehenbleiben!«, schrie einer. Haern lachte und fragte sich, was der Mann wohl glaubte.

Wer würde einem solchen Befehl gehorchen? Er tanzte rasch zur Seite und wunderte sich nicht, als ein weiterer Bolzen neben ihm in den Boden einschlug. In ihrer schweren Rüstung würden die Männer ihn niemals einholen können. Er drehte sich noch einmal um und sah, dass sie die Jagd aufgegeben hatten und stattdessen die Tür eines nahe gelegenen Hauses einschlugen. Er schickte ein Stoßgebet für die Bewohner zu Ashhur und lief weiter.

Die Luft schien dicker zu werden, als er tiefer ins südliche Veldaren kam. Er zählte mittlerweile fünf Feuer, und eines davon war nicht allzu weit entfernt. Der Rauch quoll über die Straße und bot eine ausgezeichnete Deckung für die Diebe. Für die Söldner war dieser Vorhang dagegen eher nachteilig. Er hörte Kampflärm aus einem Haus, dessen Eingangstür ebenfalls zertrümmert war, und beobachtete, wie eine andere Gruppe miteinander focht. Hier kämpften zwei Falken gegen zwei Söldner. Er ließ sie hinter sich. Es gab zu viele Kämpfe, als dass er allen hätte helfen können. Morgen werden die Totengräber einiges zu tun haben, sagte er sich grimmig. Was nicht brannte, würde schon bald mit Blut beschmiert sein.

Ein Rauchpilz stieg plötzlich links von ihm auf, gefolgt von einer dumpfen Explosion. Das war zu viel für seine Neugier. Er drehte sich um, kletterte auf ein Dach und lief in die Richtung der Explosion. Was er sah, hatte er wahrlich nicht erwartet.

Es war ein kleiner Platz mit einem Brunnen, der zwei Frauen darstellte, die sich gegenseitig badeten. Der Stein war schon lange zerborsten, und der Brunnen funktionierte nicht mehr. Mindestens zwanzig Männer lagen tot darum herum, die eine Hälfte Söldner, die andere Diebe. Ihr Blut floss zusammen und färbte die Pflastersteine rot. Eine große Gruppe von Dieben war noch übrig. Ihren Umhängen nach zu urteilen waren es Wölfe. Sie hatten es mit nur vier Widersachern zu tun, einem darüber hinaus recht sonderbaren Quartett. Senke stand mit dem Rücken zum Brunnen und parierte mit seinen beiden Morgensternen die Angriffe der Diebe. Auf der anderen Hälfte des Brunnens kämpfte ein kleiner Mann in einem Schuppenpanzer, der in jeder Hand einen Stoßdolch hielt. Delysia stand im Becken des Brunnens hinter Senke. Ihr hübsches rotes Haar klebte an ihrer blutverschmierten Stirn. Sie war größer, als Haern sie in Erinnerung hatte, und sie trug die weiße Robe einer Priesterin. Sein Herzschlag beschleunigte sich, und er musste sich zwingen weiterzugehen. Während Delysia Zauber wirkte, die alle in ein grelles weißes Licht tauchten, stand der Letzte der vier auf der anderen Seite des Beckens. Feuer loderte in seinen Händen. Er trug eine gelbe Robe und einen spitzen gelben Hut. Die Farbe erinnerte Haern an Gänseblümchen. Sein Haar war von einem ähnlichen Rot wie das von Delysia, und er hatte einen gepflegten Ziegenbart.

Der Kerl ist ziemlich übergeschnappt, hatte der Söldner über Tarlak, ihren Anführer, gesagt. Haern hatte das sichere Gefühl, dass es sich bei diesem Mann um Tarlak handelte. Nur ein Wahnsinniger oder ein äußerst selbstbewusster Mensch würde es wagen, solche Kleidung zu tragen.

Tarlak schwang seine Hände in einem Kreis. Feuer tanzte über seine Finger und zuckte dann zu der Stelle, wo sich drei Diebe hinter einem umgekippten Karren versteckten. Sie versuchten, Armbrustbolzen aus der Deckung abzuschießen. Der Karren explodierte zu Bruchstücken und Splittern. Der kleine Mann schien Schwierigkeiten zu haben, sich gegen seinen Widersacher zur Wehr zu setzen, aber der Hexer schleuderte dünne blaue Blitze, die den Dieb zurückschleuderten und verhinderten, dass er den kleinen Mann erledigte. Senke dagegen kämpfte gegen drei Gegner auf einmal und schien dennoch die beiden Bannwirker im Brunnen besser verteidigen zu können. Da Haern oft mit ihm trainiert und dabei zahllose Schläge auf den Kopf und Tritte gegen die Brust kassiert hatte, wunderte ihn das nicht.

Er traf eine Entscheidung, zückte seine Langmesser und griff an. Er war hier, um Senke und Delysia zu beschützen, also würde er ihnen helfen. Der Hexer sah jedoch, wie er näher kam, und drehte sich zu ihm herum. Magisches Licht schimmerte auf seinen Fingern.

»Das ist Haern!«, schrie Senke, als der Blitz auf den jungen Mann zuzuckte. Er hatte ihn ebenfalls kommen sehen. Haern rollte sich ab und wünschte sich, er hätte mehr Erfahrung im Kampf gegen Bannwirker. Aber sein Manöver schien funktioniert zu haben, denn er hörte, wie der Boden hinter ihm knisterte, als der Blitz dort einschlug. Er sprang rasch auf die Füße und griff an, weil er bereits nahe genug an dem ersten Dieb war. Der Wolf drehte sich um und versuchte, Haern mit seinem Schwert aufzuspießen. Nach seiner schmerzhaften Erfahrung wenige Tage zuvor hatte Haern den Sprung diesmal so berechnet, dass er unmittelbar vor dem Mann landete. Noch in der Luft schlug er das Schwert zur Seite. Da sein Gegner jetzt seine Abwehr geöffnet hatte, war es ein Kinderspiel, sein anderes Langmesser in der Hand umzudrehen und ihm die Kehle durchzuschneiden.

»Entschuldigung!«, schrie der Hexer.

Verdammter Narr, dachte Haern, während er sich neben Senke stellte. Die beiden erwarteten den Angriff der Wölfe Seite an Seite.

»Schön, dass du uns Gesellschaft leistest«, stieß Senke zwischen zwei Atemzügen hervor. Trotz seiner eleganten Bewegungen und der Toten, die zu seinen Füßen lagen, wirkte er erschöpft.

»Ich hätte es nicht tun sollen. Was beim Schlund machst du hier draußen?«

»Vielleicht kämpfst du zuerst und beschimpfst mich später?«

Sie griffen gemeinsam an. Es fühlte sich an wie in alten Zeiten, wie das sorglose Training in Threns sicherem Haus. Aber diesmal kämpften sie nicht gegen Puppen, und sie schwangen auch keine Holzschwerter. Diesmal bluteten ihre Widersacher. Haern schlug gleichzeitig hoch und tief und zwang den Dieb, sich mit seinen Dolchen hastig zu verteidigen. Durch die kürzeren Waffen musste er seine Arme mehr bewegen als Haern, um die Angriffe zu parieren, und Haern nutzte das aus, um die Position seines Widersachers immer mehr zu schwächen. Schließlich täuschte er einen weit ausholenden Schlag an, zog dann jedoch sein Langmesser heran und stieß zu. Die Spitze drang durch Tuch, Haut und in die Lunge. Als der Dieb zu Boden stürzte, hämmerte Senke ihm einen Morgenstern auf den Schädel, nur sicherheitshalber. Zwei weitere Diebe stürzten heran, aber ein greller Blitz, der hinter Haern aufzuckte, blendete sie. Dadurch waren sie leichte Beute für die beiden erfahrenen Kämpfer.

»Hilf Brug!«, schrie Senke, als drei weitere Wölfe aus nördlicher Richtung auftauchten und sich den anderen anschlossen.

»Brug?«

»Der kleine Dicke.«

Haern zögerte einen Moment. Er hatte so lange allein gekämpft, dass er nicht mehr gewöhnt war, Befehlen zu gehorchen. Aber dann tauchte er wieder in die Vergangenheit ein und war nichts weiter als ein ungeschicktes Kind, das von seinem Meister lernte. Er drehte sich um, ging um den Brunnen herum und stellte sich neben Brug, der aus Schnitten in Schulter und Gesicht blutete. Ein Dolch steckte immer noch in einer Spalte seiner Rüstung. Haern riss ihn heraus, als er an ihm vorbeilief, schleuderte ihn auf den Widersacher des dicken Mannes und sprang ihn dann mit ausgestrecktem Bein an. Der Dolch prallte mit dem Griff gegen die Kehle des Diebes, und dann brach ihm Haerns Fuß die Rippen. Der Wolf sank auf die Knie und hob ungeschickt den Dolch, um sich zu verteidigen. Haern durchschnitt ihm die Kehle mit dem Langmesser.

Brug schien vor Wut zu explodieren.

»Ich hatte ihn!«

Haern blinzelte verwirrt. »Wie bitte?«

Ein Feuerball segelte über ihre Köpfe hinweg und hielt den Angriff von etlichen Wölfen auf, die ihre Versuche aufgegeben hatten, mit ihren Armbrüsten auf den Hexer zu schießen, und sich stattdessen entschlossen hatten, ihn direkt anzugreifen. Haern fühlte die Hitze des Feuerballs auf seinem Nacken.

»Verdammt, Brug, wofür bezahle ich dich?«, schrie der Hexer. »Und du bist Haern, richtig? Sorg dafür, dass er das Ganze überlebt, wärst du so nett?«

Haern drehte sich zu seinen Gegnern herum. Irgendwie amüsierte es ihn zu sehen, dass Brugs Gesicht sich noch stärker rötete. Er blubberte irgendetwas und stürmte dann vor, stieß wütend mit seinen Dolchen in die Luft. Haerns Belustigung verflog. Dieser Idiot würde sich durch seinen Stolz noch umbringen. Er stürmte hinter ihm her und stürzte sich an seiner Seite wie ein Verrückter auf die drei Wölfe. Der Angriff der Wölfe stockte, er sah den Zweifel in ihren Augen, und dann wandten sie sich zur Flucht. Haern tötete zwei von ihnen. Er war zu schnell und hatte viel zu viel Schwung, als dass sie ihm hätten entkommen können. Dem Dritten trennte er im Vorbeilaufen die Sehnen in den Kniekehlen durch, wodurch Brug den Dieb einholen und ihn mit seinen Stoßdolchen aufschlitzen konnte.

Dann holte er tief Luft und drehte sich zu dem Brunnen um.

Die letzten Wölfe waren entweder tot oder flüchteten. Tarlak trat aus dem Becken heraus, half Delysia ebenfalls hinunter und winkte ihm zu.

»Gar nicht mal so schlecht«, sagte er.

Haern schüttelte den Kopf. *Übergeschnappt,* dachte er, *ist noch geschmeichelt.*

15. KAPITEL

Geist folgte dem Wächter nach Süden, ließ sich dabei aber Zeit. Er hatte ihn kämpfen sehen und dadurch zwei Dinge herausgefunden. Erstens, keiner dieser schwachsinnigen Söldner würde diesen Burschen zur Strecke bringen. Und zweitens, der Wächter hatte Freunde, die ihm sehr wichtig waren. Er hatte vielleicht geglaubt, dass seine leise Stimme seine Gefühle verbarg, als er mit den Söldnern gesprochen hatte, aber Geist hatte den Anflug von Besorgnis wahrgenommen, vor allem, als er nach der Frau namens Delysia gefragt hatte. Mit dieser Information war es nur eine Frage der Zeit, bis er den Wächter erledigt hatte. Man durfte keine gefühlsmäßigen Bande knüpfen, nicht, wenn jemand wie Geist mit im Spiel war und man überleben wollte.

Tarlak Eschaton kannte er nicht, aber wenn das ebenfalls ein Söldner war, hatte er Kontaktleute, Freunde, Auftraggeber, war möglicherweise sogar in der Gilde bekannt. Sie würden sich nicht verstecken können. Also schlenderte er über die Straße und machte einen großen Bogen um die Söldnertrupps, die mit blutigen Schwertern an ihm vorbeirannten. Dann hielt er inne und blickte nach Westen. Da braute sich etwas Merkwürdiges zusammen. Er merkte es an den Fackeln und daran, dass etliche Patrouillen, an denen er vorbeigekommen war, sich alle in diese Richtung wandten. Hatten sich die Kämpfe zu einer richtigen Schlacht ausgewachsen? Ganz sicher nicht. So organisiert waren die Diebe nicht, und außerdem würde es ihnen auch in keiner Weise nützen. Was also ging da vor?

Die Hände auf die Griffe seiner Schwerter gelegt, näherte er sich dem Mob. Etwa sechzig Männer hatten sich um ein Gebäude geschart, den Tempel von Ashhur, wie er feststellte. Bis jetzt standen sie noch auf den Stufen, die zum Hauptportal führten, aber das würde sich jeden Moment ändern. Fünfzehn Priester hatten sich ihnen in den Weg gestellt. Sie hielten ihre Hände fest am Körper. Er wusste, dass diese Priester sehr bewandert waren, was Zauber anging, aber ihm war nicht so genau klar, wie wirkungsvoll sie gegen gepanzerte Angreifer waren. Ein älterer Priester mit einem kahlen Kopf stand in der Mitte der Stufen und betrachtete die Gruppe der Angreifer ohne jedes Zeichen von Besorgnis. Aber ihm rann der Schweiß über den Hals, und Geist wusste, dass er genauso viel Angst hatte wie die anderen.

»Ihr könnt hier nicht hinein!«, schrie der alte Mann. Seine Worte waren im Gebrüll der Söldner kaum zu verstehen.

»Lass uns durch!«, schrien sie.

»Aus dem Weg!«

»Ihr bietet Dieben Unterschlupf!«

Geist runzelte die Stirn. Er brauchte einen besseren Standort. Neben ihm war ein Pfeiler, und er kletterte daran hoch, bis er über die Treppe hinwegsehen und in den Tempel spähen konnte. Im Inneren herrschte das blanke Chaos. Hunderte von Menschen drängten sich Schutz suchend darin. Wenn man bedachte, wie viele Häuser geplündert und gebrandschatzt worden waren, war das auch durchaus logisch. Wo sonst war man sicher? Die Menschen saßen auf den Bänken, drängten sich an den Wänden und lagen sogar in den Gängen. Gewiss, er sah auch ein paar Gildenumhänge zwischen den Schutzsuchenden, aber nicht viele.

»Ich werde niemanden ausliefern, damit er auf der Straße abgeschlachtet wird!«, rief der Oberste Priester gerade. »Geht weiter. Vergießt meinetwegen weiterhin Blut in unserer Stadt, wenn es sein muss, aber ich werde nicht zulassen, dass es auf meiner Schwelle geschieht!«

Eine weitere Patrouille stieß zu den sechzig Söldnern. Die neue Gruppe zählte etwa zwanzig Köpfe. Sie redeten mit Ersteren und schienen sich nach dem Grund für die Verzögerung zu erkundigen. Etliche Söldner entzündeten Fackeln, und Geist kochte das Blut vor Wut. Sie wollten einen Tempel anzünden, nur um ihren Blutdurst zu stillen? Überall in der Stadt mussten sich um die tausend Diebe verstecken, und sie kamen ausgerechnet hierher?

Der Oberste Priester hob die Hand über seinen Kopf. Ein helles Licht glühte in seiner Handfläche auf, und obwohl Geist von der Seite darauf blickte, brannte es schmerzhaft in seinen Augen. Er wollte sich nicht einmal vorstellen, wie es sein musste, direkt hineinzublicken. Das schien die Söldner ein wenig zurückzutreiben. Ein Hauptmann trat vor. Er hatte ihn schon mehrmals getroffen. Der Mann hieß Jamie Halbohr, aus einem recht offensichtlichen Grund.

»Ich will nicht, dass hier etwas Schlimmes passiert«, sagte er. »Aber wir haben viele Diebe in den Tempel laufen sehen, bevor wir den Platz umstellt haben. Es müssen keine Unschuldigen zu Schaden kommen. Schick die Diebe einfach raus!«

»Wer hergekommen ist, um Beistand zu suchen, wird auch Beistand erhalten«, erwiderte der Priester.

»Ich weiß, schon klar, das musst du natürlich sagen«, meinte Jamie. »Aber, mein guter ...«

»Calan.«

»... Calan. Ich bezweifle sehr, dass es dir gefallen würde, wenn wir blutverschmiertes Pack durch deine hübsche Hütte trampeln. Also, wie wäre es, wenn ich ein oder zwei von meinen Leuten reinschicke, die deinen Helfern die Leute zeigen, die wir haben wollen? Nur die Schuldigen werden rausgebracht, und es sind nur wenige. Alle anderen bleiben in Sicherheit. Verstehst du, was ich sage? Sie gehören nicht zu deinen Schäfchen. Es sind nicht deine Kinder. Es sind verdammte Diebe. Hier stehen Leute, die mehr Macht haben als du, und die sind der Meinung, dass sie heute Nacht sterben sollten.«

Calan schüttelte den Kopf. »Irgendwann gewiss, aber nicht heute Nacht. Geht eures Weges, alle.«

»Sie sterben noch heute Nacht, du dummer Arsch, ganz gleich, was du tust! Ich sehe eine Menge Stein, gewiss, aber in diesem Bauwerk gibt es noch genug Brennbares. Hast du mich verstanden, Calan? Es wird *brennen!*«

Das genügte Geist. Ihm war zwar die Gottheit gleichgültig, der Tempel jedoch war ein wunderschönes Bauwerk. Diese Kerle waren dickköpfig und mit Blindheit geschlagen, allesamt. Er griff in eine Seitentasche und zog eine Handvoll Wurfmesser heraus. Dann betrachtete er die Gruppe von Söldnern und wartete. Die Wahl seiner Opfer musste perfekt sein. Jamie stand zu dicht, war zu bekannt, aber die Söldner ganz vorne, die am meisten nach Blut gierten ...

Versteckt hinter seinem Pfeiler schleuderte er das erste Messer. Es grub sich in die Kehle eines Mannes, der aus vollem Hals brüllte. Seine Schreie nach Feuer und Brandschatzung verstummten augenblicklich. Mit den nächsten drei Würfen schaltete er Fackelträger aus, weil seiner Meinung nach Feuer die größte Bedrohung für den Tempel war. Die Männer stürzten zu Boden, und ihre Fackeln rollten klappernd über die Stufen. Mittlerweile hatten die anderen Söldner bemerkt, dass ihre Kameraden fielen. Einige fragten sich, woher die Messer kamen, die meisten jedoch schrien einfach nur nach Blut. Sie gaben den Priestern die Schuld, und genau das war Geists Ziel. Damit würden sich die Söldner noch mehr zum Narren machen, wenn er sich schließlich zeigte.

»Du ermordest uns auf offener Straße, während du so tust, als würdest du Leben schützen?«, schrie Jamie. Seine Worte waren jedoch mehr an die Söldner gerichtet als an die Priester.

»Wir haben nichts dergleichen getan!«, erwiderte Calan. Er hätte genauso gut einem Gewitter zuschreien können, dass es aufhören soll zu donnern.

Geist schob sich auf die andere Seite des Pfeilers und sprang dann ein Stück abwärts, dichter zu Calan. Jetzt war er direkt hinter ihm und hatte einen freien Blick auf Halbohr. Der Söldnerhauptmann schäumte förmlich vor Wut, während er nach Blut schrie, aber er hatte seine Klinge noch nicht gezückt. Noch nicht, aber das würde er gleich tun ... Seine Hand zuckte ... Jetzt!

Geist stieß sich von der Säule ab und sprang zwischen die beiden Männer. Er schwang sein Schwert mit beiden Händen, weil er seine ganze Kraft für den Schlag brauchte. Bevor Jamie mit seiner Waffe auch nur ausholen konnte, fraß sich die Klinge von Geist durch seinen Körper und trennte ihn vom Schlüsselbein bis zur Hüfte auf. Die obere Hälfte des Söldnerhauptmanns rutschte nach hinten weg und rollte die Stufen hinab, während die Eingeweide herausquollen. Unterleib und Beine brachen auf der Stelle zusammen. Die Söldner keuchten entsetzt, während andere vor Schreck verstummten. Geist hielt die blutige Klinge vor sein Gesicht und blickte darüber hinweg auf die Männer.

»Verschwindet, ihr verdammten Feiglinge! Ihr habt hier nichts zu suchen. Geht woanders hin und schlachtet die Umhänge in ihren Häusern ab, auf den Straßen, wo auch immer ihr wollt, aber nicht hier!«

»Das ist Wahnsinn!«, sagte Calan hinter ihm. »Ich kann nicht zulassen ...!«

»Schweig, Priester! Du willst vielleicht kein Blutvergießen, aber du wirst es nicht verhindern können. Und besser hier auf diesen Stufen als in deinen Hallen. Diese Respektlosigkeit ist eine Schande. Diese Kerle hier verdienen ebenso den Tod wie die Diebe in deinem Tempel.«

»Mir wäre es lieber, wenn keiner von ihnen stirbt«, erklärte Calan leise.

»Ein frommer Wunsch.«

Geist hatte gehofft, der brutale Tod des Hauptmanns würde die Menge einschüchtern, aber er hatte ihren Blutrausch unterschätzt. Die meisten schienen wirklich scharf auf einen Kampf zu sein. Bis jetzt hatten sie keine echten Gegner getroffen und glaubten zweifellos, sie hätten ihre Aufgabe beinahe schon erfüllt. Sollten sie nach Süden gehen, würden sie vermutlich anders denken. Die Brände breiteten sich immer weiter aus, und der Rauch überzog allmählich die ganze Stadt. Der Kampf war noch nicht vorbei, ganz im Gegenteil.

»Lähme so viele, wie du kannst«, sagte er zu dem Obersten Priester. »Blende sie, schleudere sie zurück. Überlass das Töten mir. Ich bin darin ohnehin besser als du.«

Er zückte sein zweites Schwert und hob beide Waffen hoch über den Kopf, als würde er den Gott des Himmels anrufen.

»Zieht oder flieht!«, schrie er den Söldnern zu. Es wurde Zeit, diese Pattsituation zu beenden. Blut oder Feigheit!

Die Söldner stürmten vorwärts. Niemand hatte einen Befehl gegeben, aber sie alle hatten begriffen, dass sie jetzt entweder angreifen oder sich als Aufschneider entfernen mussten. Die Priester hoben die Hände und hielten die Handflächen in Richtung der Stufen. Licht strahlte aus ihren Händen, so hell, dass es blendete. Geist hörte ein Geräusch, als würden hundert Donnerschläge auf einmal ertönen. Es strich über ihn hinweg wie eine Naturgewalt. Die Söldner ganz vorne taumelten oder stürzten zu Boden und mussten von den anderen aus dem Weg gezogen werden. Geist nutzte die Verwirrung aus, sprang vor, schlitzte einem Mann den Unterleib auf und schlug einen anderen Söldner nieder. Dann rannte er rasch die Treppe hinauf und parierte die ungezielten Schläge. Anscheinend hatten seine Gegner immer noch Schwierigkeiten, etwas zu erkennen.

»Zurück!«, befahl er. Die Priester tauschten kurze Blicke, doch dann nickte Calan.

»Tut, was er sagt!«, schrie der Oberste Priester.

Die fünfzehn Priester stiegen langsam rückwärts die Stufen hinauf, während sie unablässig beteten. Immer wieder fegten Wellen aus Macht gegen die Söldner, unsichtbar bis auf ihre Wirkung. Geist sah, wie Blut aus Nasen spritzte, Schädel geprellt wurden und Finger in alle möglichen Richtungen schmerzhaft brachen. Immer mehr Söldner stolperten auf den Stufen, wurden von denen getreten, die hinter ihnen weiterdrängten. Geist blieb vor Calan, weil er ihn für den Mann hielt, den zu schützen am wichtigsten war. Er war der Stärkste, und solange er standhielt, würden die anderen Priester nicht aus der Reihe tanzen und flüchten.

»Wir müssen uns im Tempel verstecken«, erklärte Calan. »Wir können sie nicht aufhalten.«

Geist sprang von links nach rechts und erledigte jeden, der zwischen den Wellen aus Zaubern durchgekommen war und sich vor die anderen geschoben hatte. Sie fielen, weil sie tiefer standen und außerdem immer noch orientierungslos waren. Wären es nicht so viele gewesen, hätte Geist sich fast gelangweilt.

»Wenn wir in den Tempel gehen, räuchern sie uns aus!«, erklärte Geist. »Bleib hier und kämpfe, alter Mann! Bleib und kämpfe!«

Er trat eine Leiche die Stufen hinunter. Mittlerweile hatten sie das Eingangsportal des Tempels erreicht und konnten nicht weiter zurückweichen. Calan akzeptierte die Entscheidung des Mannes mit einem Nicken.

»So sei es!«, sagte er, stellte sich neben Geist und hob die Arme. »Verzeih mir, Ashhur, aber heute Nacht brauche ich deine Hilfe.«

Er ließ die Hände sinken. Donner grollte, dann vibrierten die Stufen der Treppe und brachen. Staub wirbelte in konzentrischen Kreisen empor und zeigte die Schockwelle an. In dem Moment drängten etwa zwanzig Söldner die Stufen hinauf, und sie brachen allesamt vor Schmerzen schreiend zusammen. Die Anzahl gebrochener Gliedmaßen erschütterte Geist. Es war, als wäre Ashhur persönlich herabgestiegen und hätte sie mit seinem Absatz zermalmt. Calan zitterte, wich zurück und ließ sich von zwei weiteren Priestern helfen. Der Rest der Söldner dachte nicht mehr im Traum daran, diese von Leichen übersäten Stufen zu erklimmen. Sie wandten sich um und flüchteten. Geist sprang rasch zu ihnen hinunter und tötete noch ein paar mehr. Vollkommen mit Blut und Schlimmerem bedeckt kehrte er zum Tempel zurück. Aus dem Inneren hörte er Gesänge und Wehklagen.

Einige Priester dankten ihm, die meisten jedoch beäugten ihn misstrauisch und wichen zurück, als er näher kam.

»Warum?« Calan hatte seinen Arm immer noch Halt suchend über die Schultern eines der jüngeren Priester gelegt. »Warum hast du uns geholfen?«

Geist zuckte mit den Schultern. »Ich mag keine Respektlosigkeit, das ist alles. Sie sollten mich respektieren, und sie sollten dich respektieren. Das taten sie nicht, deshalb sind sie jetzt tot.«

»Nicht alle.« Calan deutete auf die vielen Verletzten und wandte sich zu seinen Priestern um. »Geht und nehmt euch ihrer an.«

»Ich bezweifle, dass sie dich jetzt noch einmal belästigen werden«, erklärte Geist. »Aber ich würde mir an deiner Stelle überlegen, ob ich nicht all jene in den Farben der Gilden aus meinem Tempel schicken würde, solange es noch ruhig ist.«

»Wenn ich das täte«, erwiderte der oberste Priester mit einem Lächeln, »hätte ich nicht viel Respekt verdient, hab ich recht?«

Geist lachte. »Vielleicht hast du tatsächlich recht. Dann kann ich nur hoffen, dass dein Gott über dich wacht. Denn bevor diese Nacht endet, wirst du ihn vielleicht noch brauchen.«

Todesmaske beobachtete das Massaker von dem Fenster eines Raumes aus, den seine eigentlichen Bewohner verlassen hatten. Zweifellos waren sie in eine sichere Gegend geflüchtet, vorausgesetzt, dass es innerhalb der Stadtmauern so etwas wie Sicherheit überhaupt noch gab. Er war mit den ersten Patrouillen hinausgegangen, um auf Befehl von Garrick zu helfen, einige der kleineren Söldnergruppen in einen Hinterhalt zu locken. Als der erste Kampf begann, hatte er sich heimlich entfernt und war zu Veliana gegangen, in die große Wohnung, von der aus man ihr Hauptquartier beobachten konnte. Nach ein paar Auseinandersetzungen, die auf beiden Seiten viele Tote gekostet hatten, war seit etwa einer Stunde relative Ruhe in dem Viertel eingekehrt. Gerade erst hatte eine Abteilung von fünfzig Söldnern das Hauptquartier nach Dieben durchsucht, keinen gefunden und war weitergezogen.

»Ich bezweifle, dass nach heute Nacht noch viel von der Gilde übrig ist, das du anführen könntest«, erklärte Veliana, während sie sich in einem mottenzerfressenen Sessel entspannte. »Aber ich hoffe sehr, dass Garrick überlebt. Es würde mir das Herz brechen, wenn irgendein lausiges gedungenes Schwert die Ehre hätte, ihm den Kopf abzuschlagen.«

»Er ist viel zu feige, um heute Nacht zu sterben.« Todesmaske band sich das graue Tuch vors Gesicht und glättete es, damit die Augenlöcher richtig saßen. Veliana hinter ihm folgte seinem Beispiel. Sie knotete das Tuch so, dass sie damit gleichzeitig ihr dunkles Haar zu einem festen Pferdeschwanz binden konnte. Sie trugen beide weite graue Kleidung und Umhänge in einem dunkleren Farbton. Veliana hatte im ersten Chaos zwei Spinnen getötet, bevor sie zu Todesmaske in das Haus gekommen war. Sie hatte ihre Kleidung und die Waffen mitgebracht.

»All das kam zwar unerwartet, aber die heutige Nacht arbeitet uns eindeutig in die Hände«, sagte er und warf erneut einen Blick aus dem Fenster. »Je weniger wir selbst erledigen müssen, desto besser. Hast du schon überlegt, wen wir deiner Meinung nach verschonen sollten?«

»Die Einzigen, die mir da einfallen, sind die Zwillinge«, erwiderte sie. »Sie können ihren Kopf benutzen, obwohl es so aussieht, als würden sie sich einen teilen. Es ist wirklich unheimlich, wie ähnlich sie sich sehen.«

»Können sie mit einer Klinge umgehen?«

»Sie verstehen sich besser darauf, Messer zu werfen, als Schwerter zu schwingen, aber kein normaler Halsabschneider würde mit ihnen fertig.«

»Gut. Ihre Namen?«

Sie zupfte an ihrer Maske, bis sie bequemer saß. »Mier und Nien.«

Todesmaske verdrehte die Augen. »Was für wundervolle Eltern. Natürlich sollten sich nicht einmal ihre Namen richtig unterscheiden.«

Er trat vom Fenster zurück, als ein Mann über die Straße huschte. Er schien nervös zu sein und sah sich ständig um. Zwei weitere Männer folgten ihm. Veliana sah die Reaktion von Todesmaske und richtete sich in ihrem Sessel auf.

»Ist da jemand?«

»Sie sehen aus wie Kundschafter. Zweifellos sollen sie sich überzeugen, ob es sicher ist, nach Hause zu kommen. Mach dich bereit. Sobald sie verschwunden sind, wird es nicht lange dauern, bis Garrick auftaucht.«

Der Kundschafter der Aschegilde verschwand im Hauptquartier, während die anderen davor warteten. Todesmaske spähte aufmerksam aus dem Fenster und wartete. Als der Kundschafter wieder auftauchte, winkte Todesmaske Veliana zu sich.

»Jetzt!«, sagte er, als die drei Männer um die Ecke bogen. Sie warfen ein Seil aus dem Fenster, das sie am Bettpfosten im Zimmer befestigt hatten. Sie ließen sich daran herab, noch bevor es sich ganz ausgerollt hatte. Sekunden später hatten sie die Straße erreicht und rannten zum Hauptquartier, so schnell sie konnten. Todesmaske voran, Veliana folgte ihm auf den Fersen. Im Haus verlangsamten sie das Tempo und tasteten sich durch den Gang in die verschwenderisch ausgestatteten Räume.

»Such dir ein Versteck«, sagte er und sah sich hastig um. »Aber bleib dicht an den Türen, damit wir rasch flüchten können.«

»Ach, wirklich?« Veliana warf ihm einen giftigen Blick durch ihre Augenschlitze zu.

»Und lass deine Kapuze aufgesetzt, damit sie dein Haar nicht sehen. Sonst erraten sie vielleicht, wer du bist, statt dich nur für irgendeine Spinne zu halten.«

Sie setzte die Kapuze ihres Umhangs auf und zog sie tief in die Stirn. Todesmaske folgte ihrem Beispiel. Er trat in eine der Seitennischen, die mit einem schweren Vorhang vom Hauptraum abgetrennt war, damit man sich dort ungestört mit den Tänzerinnen vergnügen konnte. Er ließ den Vorhang einen Spalt geöffnet, damit er den Eingang im Auge behalten konnte. Veliana stapelte einige Kisten aufeinander und verbarg sich mit gezückten Dolchen dahinter. Todesmaske machte dasselbe. Heute würde er sich keiner Magie bedienen, keine Zauber von Blut und Schatten wirken können. Tat er es, wüsste Garrick Bescheid, und sein Plan wäre vereitelt. Nein, heute musste er sich auf die Klingen verlassen. Veliana hatte ihn ein paar Stunden lang trainiert, aber das hatte ihm nur wieder gezeigt, wie unerfahren er im Umgang mit diesen Waffen war. Er hatte eine Stunde damit verbracht, Zauber zu wirken, mit denen er seine Geschwindigkeit und Kraft steigern konnte, um diesen Mangel auszugleichen, aber er würde erst wissen, ob sie funktionierten, wenn es so weit war. Da er nicht dazu neigte, zu Göttern zu beten, kreuzte er einfach nur die Finger und schwor sich, Erfolg zu haben, ganz gleich, was es kostete.

Die Tür flog auf. Eine Gruppe von Angehörigen der Aschegilde stürmte herein. Todesmaske fiel auf, dass die Männer sich alle um Garrick scharten. Ihre Kleidung war sauber, keine Spur von Blut. Garrick war offenbar in keinen Hinterhalt geraten. Todesmaske lächelte. Das würde Wunder wirken, wenn Veliana und er das hier überlebten und den zweiten Teil ihres Planes umsetzen konnten. Dann gingen die Diebe direkt an die Bar, wo Flaschen mit Wein und Bier standen. Todesmaske war froh, dass er Veliana nicht sehen konnte, die zweifellos unter ihrer Maske grinste. Sie hatte darauf gewettet, dass die Männer genau so reagieren würden. Er dagegen hatte gedacht, dass viele sich auf die Kissen werfen würden, um sich nach den brutalen Kämpfen auszuruhen.

»Sie werden die Nacht versaufen, bevor sie sie verschlafen«, hatte sie gesagt, während sie gewartet hatten.

Ich muss öfter auf sie hören, dachte er. *Sie denkt mehr wie ein Mann als ich. Das habe ich nun davon, dass ich unter Hexern aufgewachsen bin.*

Sie warteten, und Todesmaske beobachtete die Männer, bis

er sicher war ... Da war er, stand mitten unter seinen Männern und hob sein Glas am höchsten, während sie auf ihr Überleben in dieser Nacht anstießen.

»Darauf, dass wir ganz oben auf den Toten stehen!«, hörte er Garrick sagen.

Du trinkst auf deine eigene Feigheit? Und ich habe gedacht, ich wäre ein Mistkerl!

Er schob den Vorhang zur Seite und griff mit gezücktem Dolch an. Während er losstürzte, spürte er, wie sich seine Füße schneller bewegten und die Welt beinahe unmerklich langsamer wurde. Er grub seinen Dolch in den Rücken des Diebes, der ihm am nächsten stand. Dem Mann fiel das Glas aus der Hand. Noch bevor es auf dem Boden zerschellte, flogen zwei Dolche durch den Raum und bohrten sich in den Rücken eines anderen Mannes. Veliana ließ die Kissen fliegen, als sie angriff. Der größte Teil ihres Gesichtes wurde von ihrer Kapuze verborgen, der Rest von der Maske. Sie trat zu dem Dieb, den sie mit ihren Dolchen getroffen hatte, und riss die Klingen aus seinem Rücken, während sie ihn mit einem Tritt gegen die anderen schleuderte. Wein spritzte auf den Boden, als die Männer ihre Getränke fallen ließen und ihre Waffen zogen. Sie schrien laut, und Todesmaske hörte Ausrufe wie »Falle« und »Hinterhalt«.

Garrick stand in der Mitte und wich zurück, statt seinen Dolch zu ziehen. Todesmaske wusste, dass er Veliana gehörte, nicht ihm, aber er musste den Weg für sie frei machen. Er wich einem Dolch aus, rammte seine eigene Waffe in die Brust eines anderen Mannes und benutzte die Leiche, um sich vor Angriffen zu schützen. Die Mitglieder der Aschegilde fächerten sich auf, um ihre zahlenmäßige Übermacht zu nutzen. Das dünnte die Mauer aus Leibern vor Garrick aus, und Veliana schwang ihre Dolche wie eine Dämonin. Sie wich geschickt und gedankenschnell jedem Angriff aus. Schon bald mischte sich Blut in den Wein, der sich in Pfützen auf dem Boden ausbreitete. Todesmaske war stolz, sie bei der Arbeit beobachten zu können. Niemand, der das hier überlebte, würde Zweifel daran hegen, dass die Besten der Spinnengilde gekommen waren, um ihre Rivalen zu erledigen.

Jedenfalls jene, die Veliana beobachteten. Er dagegen hatte Mühe, auch nur am Leben zu bleiben. Sein Dolch zuckte von rechts nach links, wehrte Angriffe ab, und das manchmal schneller, als er erwartet hatte, dank seiner Zaubersprüche von vorhin. Der Impuls, einen Bann zu wirken, der seinen Widersacher blendete, durchdrang ihn, und er widerstand ihm in letzter Sekunde. Ihre List war wichtiger. Er gewann nichts, wenn er sich verriet. Die Aschegilde musste seine Gilde werden. Und er konnte sie nicht leiten, wenn er sich in der Verkleidung einer rivalisierenden Gilde zeigte. Seine Arme zitterten, als er spürte, wie Klingen sich hineingruben. Er kämpfte gegen drei Männer auf einmal, und sie grinsten, als sie sein Blut sahen. Er war ihnen unterlegen, das wussten sie.

»Bring es zu Ende!«, schrie er Veliana zu und eilte zur Tür.

Sie war gerade im Begriff, einen anderen Mann aufzuschlitzen, und bei seinem Schrei schob sie ihren Widersacher beiseite. Der Weg zwischen ihr und Garrick war frei. Statt ihn anzugreifen, holte sie jedoch nur mit dem Dolch aus und warf ihn. Sie hatte hervorragend gezielt. Die Spitze durchbohrte seine Schulter und grub sich bis zum Griff in sein Fleisch. Garrick heulte auf, als sein Blut strömte.

Das genügte. Todesmaske stürmte zum Ausgang. Er hatte das Gefühl, als würden seine Beine nicht mehr zu ihm gehören. Veliana zögerte einen kurzen Augenblick, und er sah, wie ihr anderer Dolch in ihrer Hand zitterte. Er vertraute darauf, dass sie richtig handelte, brach durch die Tür und rannte in die

Nacht hinaus. Veliana tauchte einen Augenblick später auf, alles andere als glücklich.

»Komm mit«, sagte er. Er hielt sich auf einem Zickzackkurs durch die Stadt. Er hatte den Weg auswendig gelernt. Schließlich kamen sie zu der Herberge, in der sie bereits vor etlichen Stunden ein Zimmer reserviert hatten. Todesmaske kletterte durch ein Fenster hinein, in dem sich kein Glas befand, sondern das nur mit dicken Fensterläden verschlossen war, die er von innen offen gelassen hatte. Er zog bereits wieder die Kleidung der Aschegilde an, als Veliana hereinkam.

»Und? Hast du ihn umgebracht?«, erkundigte er sich.

»Ich wollte ihn töten, ja.«

»Heißt das nein?«

Sie riss sich die Maske vom Gesicht und schlug ihre Kapuze zurück. »Was glaubst du denn?«

Er grinste. Ihm war klar, dass er bei Weitem nicht so geschickt mit dem Messer umgehen konnte wie sie. Daher hatte er Veliana die heikle Aufgabe überlassen, Garrick zu verletzen, aber nicht zu töten. Bis zu dem Moment, als sie den Dolch geschleudert hatte, war er nicht sicher gewesen, ob sie den Mann töten würde oder nicht.

»Du hast deine Sache hervorragend gemacht«, sagte er, warf den alten Umhang der Spinnengilde aufs Bett und zog sein Wams aus. »Jetzt vertraue ich dir noch mehr. Wäre ich in deiner Lage gewesen, hätte ich vielleicht zufällig Garricks Kehle getroffen.«

»Dann wäre ich obdachlos geworden und hätte keine Gilde mehr gehabt«, erwiderte sie und schnappte sich ihre alte Kleidung der Aschegilde vom Bett. Dann griff sie nach dem Türknauf.

»Wo willst du hin?«

»Mich umziehen.«

Die Tür schloss sich hinter ihr. Todesmaske seufzte. Sie gönnte ihm aber auch gar keinen Spaß.

Wenige Augenblicke später kam sie zurück. Sie trug wieder die Farben der Aschegilde, und ihre Laune schien sich noch mehr verschlechtert zu haben.

»Sie sind immer noch mit meinem Blut befleckt«, sagte sie und deutete auf den roten Fleck auf ihrer Brust.

»Ich versuche, dir neue zu besorgen, sobald ich kann. Aber ich wollte keine Aufmerksamkeit erregen. Sie hätten sich vielleicht gefragt, warum ich Kleidung für jemanden verlange, der halb so groß ist wie ich.«

»Du bist ein Dieb, schon vergessen? Stiehl sie doch einfach.«

Todesmaske zuckte mit den Schultern. »Fertig?«

Sie stieß ihn zur Seite und kletterte aus dem Fenster.

»Ich kann nur hoffen, dass alles so klappt, wie wir uns das vorstellen«, murmelte sie. »Sonst erwartet uns ein sehr langer und qualvoller Tod.«

»Vielleicht erwartet mich einer, aber du hast deine öffentliche Hinrichtung ja bereits hinter dir, schon vergessen?«

Sie schlug ihm die Fensterläden vor der Nase zu.

16. KAPITEL

Alyssa hatte vielleicht geglaubt, es würde ihr in ihrer Trauer etwas Frieden geben, die Schreie der Sterbenden zu hören und die Ströme von Blut zu sehen. Stattdessen jedoch fühlte sie sich einfach nur leer, als sie dastand und beobachtete, wie die Feuer sich über die ganze Stadt ausbreiteten. Sie berührte das kalte Glas des Fensters in ihrem privaten Studierzimmer im ersten Stock und dachte darüber nach, was sie getan hatte. Hatte sie der Stadt die Freiheit geschenkt? Den lang ersehnten Frieden? Oder würde jeder Tod nur noch mehr Morde nach sich ziehen, würde jeder getötete Dieb von zwei neuen ersetzt werden, die auf Rache sannen? Bertram hatte ihr vorgerechnet, was diese eine Nacht sie kostete. Die Summe war schwindelerregend hoch.

Alyssa war außerdem klar, dass es keinen Frieden geben würde, jedenfalls nicht heute Nacht. Aber vielleicht war es ein bisschen so, als würde man eine Wunde kauterisieren. Es war heiß, tat weh, doch dann endete die Blutung, und der Heilungsprozess konnte beginnen.

Jemand klopfte an die Tür. Alyssa ahnte, wer es war. Ihre Bediensteten würden schlafen oder vielleicht in ihren Zimmern wach liegen und sich Sorgen um die Sicherheit ihrer Freunde und Familien machen, die außerhalb der Mauern ihres Anwesens lebten.

»Komm herein, Arthur.« Es überraschte sie selbst, wie müde sie klang. Als sie sich über das Gesicht rieb, fühlte sie Tränen.

War sie wirklich an einem solchen Tiefpunkt angelangt, dass sie weinte, ohne es zu merken, während sie die Nacht damit verschwendete, aus einem Fenster zu starren?

Die Tür öffnete und schloss sich leise. Einige Augenblicke später fühlte sie Arthurs Hände auf ihren Schultern. Als er sie behutsam massierte, lehnte sie sich zurück und drückte ihren Kopf gegen seinen Hals.

»Die Menschen haben sogar zu viel Angst, um Eimerketten zu bilden«, sagte er. »Die Feuer werden sich rasch ausbreiten.«

Sie seufzte. Sie hätte es wissen müssen. Wahrscheinlich hatte sie es sogar gewusst, sich jedoch von ihrem Hass blenden lassen. Soll doch die ganze Stadt brennen, solange die Ratten darin mit verbrennen. Das hatte sie häufig gedacht, aber jetzt war es ihr Krieg, und das bedeutete, sie musste mit all den Übeln leben, mit der Schuld.

»Schick jemand zum Palast. Er soll den König in meinem Namen um die Hilfe seiner Soldaten bitten, damit wir die Feuer löschen können. Wenn die Palastwache in der Stadt ist, sollte das die Furcht der Menschen lindern.«

»Der Selbsterhaltungstrieb ist sehr stark.« Arthur ließ sie los. »Dass so viele lieber in ihrem Versteck bleiben, statt das Feuer zu bekämpfen, zeigt, wie viel Furcht du ausgelöst hast.«

»Ich wollte die Diebe in Angst und Schrecken versetzen, nicht die Unschuldigen«, erwiderte Alyssa. »Aber gibt es überhaupt noch irgendwelche Unschuldigen? Wie tief sitzt die Krankheit in Veldaren? Vielleicht sollte ich die Stadt brennen lassen, die ganze Stadt. Mein Sohn ist ebenfalls nur Asche, also warum nicht auch sie, warum nicht ...?«

Er schlang seine Arme um sie und drückte sie fest an sich. In seiner Umarmung ließ sie sich gehen und weinte. Sie weinte oft in seiner Gegenwart. Er hatte Kraft, und er wollte ihr gefallen. Vor allem jedoch hatte sie das Gefühl, dass sie ihm vertrauen konnte. Er war für sie da gewesen, als sie ihn am dringendsten gebraucht hatte.

»War das falsch?«, fragte sie. »Habe ich mich tatsächlich so entsetzlich geirrt?«

Er wartete so lange mit der Antwort, dass sie schon glaubte, er würde gar nicht reden.

»Du hast das getan, was du für richtig hieltest«, erwiderte er. »Und was am besten für die Gemcrofts war. Das werde ich dir niemals vorwerfen, vorausgesetzt, du tust dasselbe für mich.«

»Und was wäre das, Arthur?«

Er drehte sie herum und küsste sie. Seine Hände lagen fest auf ihren Schultern. Sie spürte, wie sie reagierte. Sie war so erschöpft, so ausgelaugt. Seine Berührung war wie eine Erweckung, als würde er sie aus einem Albtraum ziehen, der sie tagein, tagaus zu verzehren drohte.

»Der Bote zum Palast«, flüsterte sie. Ihr Verstand arbeitete nach wie vor.

Arthur beugte sich zu ihr, und sie spürte seinen heißen Atem an ihrem Ohr.

»Lass die Feuer noch ein bisschen brennen. Wenn diese Feiglinge ihre eigene Stadt nicht retten können, ist es ihre Schuld.«

In ihrem Studierzimmer gab es kein Bett, aber der Teppich war weich. Sie liebten sich, er auf ihr. Sie schlang ihre Arme um ihn und drückte ihn an sich, als würde ihr Leben enden, wenn sie ihn losließ. Sie versuchte Tod und Feuer zu vergessen, ihren Aufruf nach Vergeltung. Selbst als die Lust sie durchströmte, konnte sie nicht aufhören daran zu denken, ob dieser furchtbare Mensch, der verantwortlich für den Tod ihres Sohnes war, irgendwo tot auf der Straße lag oder ob seine Leiche nur Asche in einem fernen Feuer war. Arthur lag derweil grunzend auf ihr und stieß in sie.

Der Sonnenaufgang war wie ein Segen für die Bürger von Veldaren. Die Söldner zogen sich zurück, nachdem sie die ganze Nacht gekämpft und die Stadt durchsucht hatten. Diejenigen, die farbige Umhänge trugen, verbargen sich in den sicheren Häusern, die sie noch hatten, um sich neu zu formieren und Pläne zu schmieden. Die anderen, die mit keiner der beiden Seiten gemeinsame Sache machten, strömten auf die Straßen, bildeten lange Schlangen von den Brunnen zu den brennenden Vierteln und hoben Feuergräben aus, um die Flammen zu bekämpfen. Viele andere suchten ihre Familien und Freunde auf, weil sie sich überzeugen wollten, ob sie überlebt hatten, bevor sie sich an ihre Pflichten machten. Das Gedränge auf den Märkten war diesmal nicht so stark, und durch die Straßen summte das gedämpfte Murmeln der Menschen.

Haern beobachtete das alles durch das Fenster der kleinen Wohnung. Das Feuer war dem Heim von Senke und Delysia gefährlich nahe gekommen. Es hatte *Prather's Herberge* erreicht und sie bis auf die Grundmauern niedergebrannt. Überall liefen Menschen herum, halb verborgen von dem Rauch, der aus den erlöschenden Feuern aufstieg. Die Soldaten des Königs waren allgegenwärtig, aber auch ihre Präsenz konnte die Menschen nicht wirklich beruhigen.

»Es sind zu wenige, und sie kommen zu spät«, flüsterte Haern. Er kratzte sich das Gesicht, das schlimmer juckte als je zuvor. Nachdem sie nach Hause gekommen waren, hatte Tarlak darauf bestanden, dass Haern badete, sich rasierte und etwas anzog, das, wie er es ausdrückte, »nicht so stinkt, als hätte eine Ratte es von oben bis unten vollgeschissen.« Also hatte Haern die Badewanne benutzt, sich mit einem dünnen Messer rasiert und sich von Senke Kleidung geborgt. Es war einfache Kleidung in Grau, mit der er, wie er wusste, auf den Straßen nicht auffallen würde. Aber die Anstrengung des Badens ermüdete ihn, und er fühlte sich sonderbar fremd in seiner Haut, als wäre dieses saubere, gut gekleidete Individuum jemand anders.

»Du siehst bekümmert aus«, sagte Delysia. Haern zuckte zusammen, als hätte sie ihn mit einem Schürhaken gestoßen. Er errötete völlig grundlos, als er sich zu ihr umdrehte. Dennoch nahm er den Becher mit warmer Milch dankbar entgegen, den sie ihm gebracht hatte.

»Ich habe ein paar Kräuter hineingemischt.« Sie setzte sich ihm gegenüber auf einen wackligen Stuhl. »Du wirst danach sehr gut schlafen, und wie du aussiehst, kannst du diese Ruhe auch gebrauchen.«

Er bedankte sich wieder und trank einen Schluck Milch. Dabei hütete er sich wohlweislich, ihr zu sagen, wie schrecklich das Gebräu schmeckte. Er betrachtete ihr Gesicht und bemühte sich, sie nicht zu auffällig anzustarren. Sie war in den letzten fünf Jahren sehr gewachsen. Ihr Haar war länger, aber die Farbe war immer noch dasselbe Feuerrot. Ihre Wangenknochen traten deutlicher hervor, und sie sah in ihrer Priesterinnenrobe beinahe königlich aus. Ihre Brust war ebenfalls deutlich größer. Er bemühte sich sehr, dass sie nicht merkte, wie er dorthin schielte.

Er trank die Milch in kleinen Schlucken, hauptsächlich, um ein Gespräch zu vermeiden. Er hatte keine Ahnung, was er sagen sollte. Als sie sich das letzte Mal getroffen hatten, hatte er dringend ihren Rat gebraucht. Er hatte ein Leben finden müssen, das nichts mit der kalten Vergeltung an seinem Vater zu tun hatte. Sein Lehrer, Robert Haern, hatte von dem Gott Ashhur gesprochen, und jetzt war sie hier, eine Priesterin eben dieses Gottes. Seine Gedanken waren nur aufs Überleben gerichtet gewesen, jetzt jedoch kehrten sie umso drängender zurück. Was hatte er Delysia gesagt? Dass er Ashhur brauchte, weil er sonst so enden würde wie sein Vater. Er wäre ein Mörder ohne Gnade geworden, eine schreckliche Schöpfung, von der ganzen Stadt gefürchtet.

Lang lebe der Wächter, dachte er. *Denn was bin ich wohl geworden?*

»Ich ... ich bin froh, dass es dir gut geht«, platzte Haern schließlich heraus. Er kam sich albern vor, als er das sagte. Er sah, wie ein Schatten über Delysias Gesicht fiel, aber sie vertrieb ihn mit einem Lächeln.

»Ich versuche, nicht an diese Nacht zu denken«, gab sie zurück. »Es gibt so vieles, was ich nicht verstehe, selbst jetzt noch. Wer du warst. Wer du bist. Was Ashhurs Absichten gewesen sein mochten. Ich muss zugeben, ich hätte fast gehofft, ich würde sterben. Ich war so müde, so verwirrt. Aber ich fürchtete, dass ich meinen Bruder niemals wiedersehen würde, deshalb habe ich um jeden Atemzug gekämpft ...«

Es wurde still im Zimmer. Die anderen schliefen, erschöpft von der langen Nacht, aber Delysia war wach geblieben. Sie hatte behauptet, sie könnte noch ein paar Stunden länger aufbleiben. Haern war daran gewöhnt, eine lange Zeit ohne Schlaf auszukommen. Er hatte aus dem Fenster gestarrt und auf eine Chance gewartet, mit ihr zu reden. Jetzt hatte er diese Chance und nicht den leisesten Schimmer, was er damit anfangen sollte.

Ich verstehe mich besser aufs Töten. Beweist das, wie tief ich gesunken bin? Du wärst stolz auf mich, Thren.

»Der Mann, der auf dich geschossen hat, war mein Vater«, sagte er schließlich. Es war wahrscheinlich das Beste, mit dem anzufangen, was er sicher wusste. »Er hatte Angst wegen des Einflusses, den du auf mich haben könntest. Und er hatte recht, diesen Einfluss zu fürchten. Man hat mich anschließend zu Karaks Tempel gezerrt und alles versucht, um jeden Funken Gutes in mir auszubrennen.«

»Hatten sie Erfolg?« Sie trank einen Schluck aus ihrem Becher und musterte ihn mit ihren grünen Augen über den Rand hinweg. Er hatte das Gefühl, er wäre wieder dieser dumme Junge, den sie damals in ihrem Schrank eingesperrt hatte. Er erinnerte sich daran, wie sie geweint hatte, nur wenige Augenblicke, nachdem Thren ihren Vater ermordet hatte. Was konnte er ihr schon anderes bedeuten als eine Erinnerung an diese schrecklichen Zeiten? Er bemerkte, wie sie ihn beobachtete, und dann fiel ihm ihre Frage wieder ein.

»Nein«, sagte er.

Die letzten fünf Jahre jedoch, in denen er auf der Straße Männer ermordet hatte, schienen das weit gründlicher erledigt zu haben.

»Was hast du gemacht?«, wollte sie wissen. »Wie hast du überlebt?«

Er wollte nicht antworten. Aber warum hatte er so große Angst davor, dass sie ihn verurteilte? Er war vor so langer Zeit Rat suchend zu ihr gekommen. Und jetzt fürchtete er sich vor jedem ihrer Worte?

»Ich habe auf den Straßen geschlafen«, sagte er. Er war der Wächter von Veldaren, verflucht! Er hatte niemanden zu fürchten, niemanden und nichts. »Seitdem habe ich Angehörige der Diebesgilden getötet, in der Hoffnung, sie gänzlich zu vernichten. Es ist sinnlos und vergeblich, aber ich versuche es weiter. Das ist das Einzige, was meinem Leben so etwas wie Bedeutung verleiht.«

Er erwartete, dass sie ihn beschimpfte oder seine Behauptung infrage stellte. Stattdessen sah sie ihn nur traurig an, was noch viel schlimmer war.

»Das tut mir so leid«, sagte sie schließlich. »Es ist meinetwegen, hab ich recht? Weil du mich beschützt hast?«

Er war vollkommen verblüfft.

»Selbstverständlich nicht! Sag nicht so was! Delysia, ich habe alles, was ich getan habe, aus freiem Willen getan. Ich wäre für immer bei dir geblieben und hätte mit dir geredet, wenn ich es gekonnt hätte. Diese Nacht ... die Erinnerung an diese eine Nacht habe ich immer gehütet. Das war einer der wenigen hellen Momente in meiner gesamten Kindheit. Dann hat mein Vater ihn mit Blut verdunkelt. Meine kostbaren Erinnerungen führen immer wieder zu ihm zurück, zu seinen Morden, seiner Schuld. Sie treiben mich an, drohen alles zu verzehren. Ich bin etwas geworden, was wohl weder das kleine Mädchen noch der kleine Junge jemals hätten verstehen oder gar akzeptieren können.«

Er richtete den Blick wieder aus dem Fenster, weil er ihre Reaktion nicht sehen wollte. Er war ein verdammter Narr, das war er. Er hoffte, dass sie ihn einfach verlassen würde, und reagierte nicht, als sie von ihrem Stuhl aufstand. Sie stellte den Becher weg und kam näher. Sie legte ihre Hand auf seine Wange, und zögernd drehte er den Kopf zu ihr herum. Er hatte Tränen in den Augen.

Sie küsste ihn auf die Wange und legte ihre Stirn an seine.

»Geh schlafen und versuch daran zu denken, dass du zwar nicht mehr der kleine Junge von früher bist, ich aber auch nicht mehr das kleine Mädchen.«

Dann drehte sie sich um und ging die schmale Wendeltreppe in den ersten Stock hinauf. Haern sah ihr nach, und als sie fort war, hätte er sich fast auf die Straßen geflüchtet. Aber er erinnerte sich an das Gefühl im Haus des Bauern, daran, wie es war, ein Heim zu haben. Dasselbe empfand er hier, wenn auch die Gesellschaft ein bisschen merkwürdiger war. Er trank die Milch aus, verzog bei dem Geschmack das Gesicht und stellte den Becher weg. Der Sessel war durchaus bequem, weit bequemer als die kalte Straße, die er gewöhnt war, also verschränkte er die Arme und versuchte zu schlafen.

Als er Schritte auf der Treppe hörte, öffnete er die Augen. Er glaubte zwar nicht, dass er geschlafen hatte, war sich jedoch nicht sicher. Und es war nicht Delysia, die heruntergekommen war. Sondern der Hexer, ihr Bruder. Er hatte zwar den Spitzhut abgelegt, trug aber immer noch diese merkwürdige gelbe Kutte. Er rieb sich den Ziegenbart, als er sich Haern gegenüber auf einen Stuhl fallen ließ.

»Ich habe mich mit Senke unterhalten«, meinte er.

»Tatsächlich.«

»Meistens waren es Variationen von ›Verschwinde aus meinem Zimmer, damit ich schlafen kann, du Schwachkopf!‹, aber ich konnte ihm auch einige faszinierendere Äußerungen entlocken. Die interessanteste war die über deinen Vater. Es ist wirklich Thren Felhorn? Du siehst mehr aus wie ein Lumpenbündel, über das zwei Landstreicher in einer kalten, trunkenen Nacht stolpern.«

»Ich fühle mich geschmeichelt.«

Tarlak tippte die Fingerspitzen gegeneinander, und sein Kiefer arbeitete, als müsste er die Worte weichkauen, bevor er sie ausspuckte.

»Du bist nicht sonderlich gesprächig. Verstehe. Ich rede gerne, also vielleicht kann ich ja für uns beide sprechen. Senke sagt, du wärst gut, wirklich gut. Was ich heute Abend da draußen gesehen habe, bestätigt das. Natürlich kann man von Threns Sohn auch nicht weniger erwarten. Du hast dir einen schönen Ruf erarbeitet. Ich habe viele Gerüchte über den Wächter gehört, für gewöhnlich von armen Dieben, die bei einem Becher oder zweien gemurrt haben, wie viel Gold du sie gekostet hast. Einige glauben sogar, du wärst Ashhurs Strafe wegen ihres Lebensstils. Allerdings waren sie für gewöhnlich unglaublich betrunken, bevor sie das äußerten.«

»Willst du auf etwas Bestimmtes hinaus?«

»Immer. Meistens geht es ums Essen, um Kleidung und um junge Frauen. Aber das tut hier nichts zur Sache. Wie es aussieht, treibt dich nur deine Sucht nach Vergeltung an. Ashhur weiß, dass diese Straßen da draußen nicht gerade ein besonders gemütliches Leben bieten. Wie wär's, wenn du dich stattdessen meinen Söldnern anschließt? Die Bezahlung ist zwar nicht sonderlich gut, aber da fast die halbe Stadt engagiert worden ist, um Diebe zu töten, könnten wir wohl ein paar Münzen verdienen. Außerdem«, seine Augen leuchteten auf, »kannst du dir vorstellen, was ich für ein Honorar verlangen kann, wenn die Menschen erfahren, dass der Wächter auf meiner Lohnliste steht?«

»Ich bin nicht käuflich«, erwiderte Haern mürrisch.

Tarlak runzelte die Stirn. »Das ist enttäuschend. Bist du sicher?«

»Vollkommen sicher.«

Der Hexer kratzte sich am Kinn. »Hat das was mit Stolz zu tun?«

»Ich habe nicht viel für Gold übrig.«

Tarlak grinste. »Ich glaube eher, dass du kein Gold brauchst. Wenn ich an die Geschichten denke, dass du Goldmünzen mitten auf den Hochmarkt geworfen hast, kann ich das auch glauben. Aber es gibt Dinge, die du nicht mit Gold kaufen kannst und an denen du vielleicht mehr Interesse hast. Wir haben uns zwar nicht richtig vorgestellt, aber du hast Brug ja bereits kennengelernt, richtig?«

»Dieser kleine Kerl, der viel flucht und keine Ahnung vom Kämpfen hat?«

»Genau der. Ich habe ihn nicht wegen seiner Fähigkeiten im Umgang mit diesen lächerlichen Wie-auch-immer-diese-Messer-heißen engagiert, was ziemlich offensichtlich sein dürfte. Willst du wissen, warum ich ihn engagiert habe?«

Haern starrte ihn an. Seine Miene verriet deutlich, dass er nicht glaubte, dass seine Antwort auf diese Frage eine Rolle spielte. Tarlak blinzelte.

»Genau. Jedenfalls, er ist ein Schmied, und mit meiner Hilfe kann er Dinge schmieden, für die so mancher seine Seele verkaufen würde. Möchtest du gern schneller laufen? Höher springen? Oder vielleicht ein besonders schickes Schwert besitzen, oder auch drei ...?«

»Ich bin auch nicht bestechlich.«

»Ich wüsste nicht, warum nicht. Du verbringst deine Nächte damit, auf Dächern herumzukriechen und Diebe zu ermorden. Genauso gut kannst du dich dafür bezahlen lassen oder es zumindest mit besseren Waffen tun.«

Haern drehte seinen Stuhl herum und kehrte Tarlak den Rücken zu. Dann starrte er wieder aus dem Fenster.

»Also gut.« Tarlak stand auf. »Ich lasse dich in Ruhe. Mach ein Schläfchen oder geh wieder auf die Straße. Du bist kein Gefangener. Aber denk über mein Angebot nach. Wir sind vielleicht im Moment noch nichts Besonderes, aber ich glaube, wir haben Potenzial.«

Haern schnaubte verächtlich. Tarlak ließ sich nicht anmerken, ob er es gehört hatte, sondern ging einfach nur die Treppe hoch. Haern betrachtete die Frauen und Männer, die immer noch gegen die Brände ankämpften, und fragte sich, was um alles in der Welt in seinen Freund gefahren war. Dieser Hexer war nicht besser als alle anderen, er war nicht einmal besser als sein Vater. Er tötete für Geld, nur dass er Feuer und Worte benutzte statt Klingen. Was um alles in der Welt hatte Senke veranlasst, sich ihm anzuschließen?

Er schloss die Augen und genoss die warme Sonne auf seinem Gesicht. Heute Nachmittag würde er von hier verschwinden. Sicherlich, er wollte sich gar nicht erst einreden, dass er

Delysia und Senke ganz und gar im Stich lassen würde. Dafür kannte er sich zu gut. Aber es war leicht, sie im Auge zu behalten. Dafür musste er nur nach einem Hexer in gelber Kleidung Ausschau halten, der von einem wunderschönen Mädchen begleitet wurde, dessen Haar wie Feuer …

Als er die Augen wieder öffnete, waren viele Stunden verstrichen. Er schüttelte den Kopf, um die Müdigkeit zu vertreiben. Sein Rücken schmerzte, und seine Knochen knackten, als er den Oberkörper von einer Seite zur anderen drehte. Senke stand an einem kleinen Tresen und aß Brot, das vom Morgen übrig geblieben war. Er trommelte mit den Fingern auf das Holz. Zweifellos hatte dieses Geräusch Haern geweckt.

»Du kaust so laut wie eine Kuh.« Haern rieb sich mit Daumen und Zeigefinger die Augen.

»Und du siehst aus wie eine, nur schlimmer. Wann hast du das letzte Mal gebadet?«

»Das ist ein Luxus, den ich mir bei meinem Leben nicht leisten kann.«

Senke schob den Rest des Brots in seinen Mund und wischte sich die Krümel vom Hemd.

»Hier«, nuschelte er mit vollem Mund. Er deutete auf Haerns Langmesser. »Ist schon lange her, seit wir das letzte Mal trainiert haben. Ich finde, das ist eine schöne Möglichkeit, um uns gegenseitig auf den neuesten Stand zu bringen.«

»Wo?« Das Zimmer war eng und voll. Senke deutete mit einem Nicken auf den Hintereingang.

»Da. Komm mit.«

Auf der Rückseite des Hauses gab es einen kleinen Hof mit festgetretenem Lehmboden. Er führte auf eine Gasse, die hinter den Häusern verlief. Die schwache Linie eines Kreises war noch zu sehen, und Senke frischte sie mit seinem Absatz auf.

»Der Einzige, mit dem ich trainieren konnte, war Brug, und

du kannst mir glauben, dass er mich nicht sonderlich gefordert hat. Dafür bist du viel besser geeignet.«

Haern streckte sich, um seine Müdigkeit abzuschütteln. Senke war der bessere Kämpfer gewesen, als sie sich das letzte Mal gesehen hatten, aber die Jahre hatten Haern abgehärtet. Er hatte an Kraft und Größe zugelegt, und seine nächtlichen Expeditionen hatten seine Reflexe und seine Fähigkeiten verfeinert. Er tippte kurz die Spitzen seiner Langmesser zusammen und verbeugte sich. Senke hatte zwei Kurzschwerter mitgebracht, die er statt seiner Morgensterne benutzte.

»Die Morgensterne sind zu langsam für dich«, sagte er. »Versuchen wir also die Klinge.«

Haern wollte unbedingt zeigen, wie viel er gelernt hatte. Er begann ihren Kampf mit einem raschen Angriff. Er hatte die Parade erwartet und schlug mit der anderen Waffe zu. Es war eine Ablenkung, die ihm erlaubte, sein erstes Schwert zurückzuziehen und erneut zuzustoßen. Aber Senke war nicht umsonst Threns rechte Hand gewesen. Er schlug beide Langmesser nach oben weg, trat dichter an Haern heran und täuschte einen Ellbogenschlag gegen sein Gesicht an. Als Haern zurücktrat und versuchte, Position zu beziehen, setzte Senke seinen Angriff fort und holte mit seinen Schwertern weit aus. Der zweite Ellbogenschlag war nicht angetäuscht und landete mit einem deftigen Krachen auf Haerns Brust. Wieder trat er zurück, aber statt ihn zu verfolgen, deutete Senke auf die Stelle, wo Haern aus dem Kreis getreten war.

»Aus«, sagte er.

Haern errötete und trat wieder in den Übungsring. Er war nicht konzentriert, analysierte Senkes Reaktionen nicht so, wie er einen anderen Widersacher analysiert hätte. Er holte tief Luft und zwang sich zur Ruhe. Er nickte, und sie kämpften weiter.

Diesmal fasste er sich in Geduld und schluckte sogar seinen Stolz herunter, als er sich eingestand, dass Senke genauso schnell war wie er. Die meisten Gegner hatte er mit einfacher, brutaler Schnelligkeit überwinden können. Ihre schlechte Kampftechnik hatte all seine Fehler ausgeglichen. Doch nicht jetzt. Senke trat näher und schwang beide Schwerter in einem Abwärtsschlag. Haern schlug sie zur Seite und ließ beide Langmesser wirbeln, als er angriff. Senke blockierte Haerns Bemühungen jedoch und rammte den Fuß in die Erde, um seinen ständigen Rückzug zum Rand des Kreises zu beenden.

Als Haern das sah, verstärkte er seinen Angriff, weil er sich auf den Mangel an Beweglichkeit seines Gegners verließ. Aber der in die Erde gestemmte Fuß war nur eine Art Täuschungsmanöver gewesen. Denn als Haern mit aller Kraft zuschlug und mit dem Klirren von Stahl und einem Kräftemessen rechnete, wirbelte Senke stattdessen zur Seite. Haern hatte sich überdehnt, also konnte er nichts anderes tun, als zu akzeptieren, wie Senkes Kurzschwerter auf seine Arme klatschten und seine Haut brannte.

»Also wirklich.« Senke machte eine kleine Atempause. »Ich habe Besseres erwartet. Bei allen Göttern, du hast dich selbst gestern Abend gegen diese Diebe besser geschlagen.«

Wieder errötete Haern. Hielt er sich zurück? Das war nicht seine Absicht.

»Behandle mich wie jeden Gegner«, forderte Senke ihn auf und schlug seine Schwerter aneinander. »Scheiß drauf, behandle mich wie deinen Vater. Alles, Haern, zeig mir alles, was du kannst!«

Alles, dachte er. Alles. Er hatte das Gefühl, als würde er in rotes Licht getaucht, das aus einem Ring an Senkes Finger zuckte. Er vergaß, dass sie nur trainierten, vergaß, dass sie in einem Kreis im Lehm kämpften, nicht auf einem richtigen Schlachtfeld. Er vergaß, dass der Name seines Widersachers Senke lautete, und stellte sich stattdessen die finstere Gestalt von Thren Felhorn vor, wild, tödlich, eine Armbrust in den Händen und Delysia sterbend zu seinen Füßen. Sein Vater grinste, als spielte die Leiche plötzlich keine Rolle mehr.

»Hallo, mein Sohn«, sagte Thren.

Haern zeigte der Vision alles, was er draufhatte. Seine Langmesser woben enge Kreise, als er von einer Haltung zur anderen tanzte, ständig in Bewegung war, ständig angriff. Das Geräusch von Stahl auf Stahl wurde zu einem Lied in seinen Ohren. Ihre Klingen wirbelten und zuckten, parierten sichere Treffer in letzter Sekunde und blockierten Schwinger, die hätten treffen müssen, bevor einer von beiden auch nur hätte kontern können. Threns Grinsen erlosch, und sein Gesicht wurde zu einem kalten Abbild, das ihn ohne jede Spur von Erschöpfung oder Sorge betrachtete. Haern fragte sich unwillkürlich, wer er war, was hier vor sich ging. Die Gasse um sie herum war zu dem alten sicheren Haus geworden, in dem sie ein Jahr gelebt hatten. Der Boden aus Hartholz war poliert und für Übungskämpfe und das Training präpariert worden.

»Du hast nichts dazugelernt!«, schrie Thren und stürzte sich mit seinen Kurzschwertern auf ihn. Haerns Arme schmerzten bei jedem Block, und dieser Schmerz verlangsamte seine Reaktion, wenn einer der Angriffe abrutschte, wenn er zu einem Stoß ausholte. Haern wirbelte herum, und seine Klinge parierte einen Moment zu spät. Seine Brust brannte, und Blut lief ihm über die Haut. Als er vor Schmerz stöhnte, rammte ihm Thren den Absatz in den Bauch und schleuderte ihn zu Boden.

»Was bist du jetzt noch für mich? Worauf kannst du hoffen? Greif mich an, Sohn! Töte mich! Du vermagst nichts, gar nichts!«

Haern spürte, wie sich sein Geist veränderte, wie er etwas

Ganzes wurde, konzentriert und gefährlich. Die ganze Welt hörte auf zu existieren, und selbst die Zeit hatte Mühe, ihn unter ihrer Knute zu halten. Er stieß einen Schrei aus und griff an. Diesmal waren die Angriffe seines Vaters nicht so Furcht einflößend. Haern durchschaute seine Finten, seine Paraden und ließ sich nicht mehr von ihnen kontrollieren. Er wirbelte immer schneller herum, verlor sich in dem Tanz, ihre Klingen prallten aneinander, verwoben sich, und ihre Bewegungen waren eine ständige Reaktion auf den anderen. Es gelang ihm, Thren ins Gesicht zu treten, dann fiel er zu Boden und trat seinem Widersacher die Beine weg. Als dieser stürzte, griff Haern an und schob mit einem Schwert die Verteidigung seines Vaters beiseite und rammte ihm das andere in die Kehle.

Statt Haut zu durchbohren, stach er jedoch nur in Lehm. Thren zerbarst, als wäre sein Leib aus Staub gemacht, und dann war Haern wieder in der Gasse. Die Wunde auf seiner Brust verschwand und damit auch der Schmerz. Senke lehnte mit verschränkten Armen an der Mauer des Hauses. Haern fühlte sich nackt vor ihm, als hätte er sein blutendes Herz entblößt.

»So groß ist dein Hass auf ihn«, sagte Senke leise. »Das ist alles, was dich am Leben erhält, hab ich recht? Du kannst nicht so leben, Haern. Du hast allen Grund, aus seinem Schatten zu treten, und doch lässt du zu, dass er über dich herrscht. Was ist aus dir geworden? Wie viele hast du in seinem Namen ermordet?«

»Sie waren alle schuldig!«, schrie Haern. »Es waren Diebe und Mörder!«

»Waren sie das wirklich, alle? Ich habe gerade gesehen, was in deinen Augen lauert, Haern. Es ist Furcht einflößender als alles, was dein Vater mir hätte antun können.«

Haern dachte an all die Männer und Frauen, die er in der

Nacht gejagt hatte. Sie hatten die Farben der Gilden getragen, gewiss, aber wie viele von ihnen waren Wirte gewesen, Bauern, Schmiede und Schlachter? Wie viele hatte er getötet, weil sie mit den Gilden Geschäfte machten, weil sie für sie schmuggelten, mit ihnen handelten und ihre Waren verkauften? Nacht um Nacht hatte er die Woge all dieser Toten gespürt. Um Ashhurs willen hatte er seinen Namen mit ihrem Blut geschrieben!

»Es ist nicht hoffnungslos«, fuhr Senke fort. »Ich habe gedacht, ich hätte dich verloren, aber jetzt, nachdem ich dich gefunden habe, frage ich mich, was noch von dem kleinen Jungen übrig ist, der so gerne gelesen hat. Der mich gefragt hat, welchen Schmuck er einem Mädchen kaufen sollte, das er mochte. Ich hatte immer gehofft, dass du losgegangen wärst und alles ausprobiert hättest, was Thren dir versagt hat. Falls du überlebt hast. Jetzt sehe ich, dass du es dir selbst versagst. Liebe, Vertrauen, Freundschaft. Und du machst das alles aus Rachsucht?«

Senke ging zu ihm, setzte sich neben ihn auf den Boden und legte ihm eine Hand auf die Schulter.

»Entschuldige die Illusion«, fuhr er fort. »Das ist ein Trick, den ich mithilfe dieses Rings beherrsche, den Tarlak mir gegeben hat. Ich musste es herausfinden. Ich musste wissen, wer du bist und wie gut du sein kannst.«

»Jetzt weißt du es.« Haern spürte, wie sich alles in ihm zusammenzog. »Ist es wirklich so schlimm?«

Senke drückte seine Schulter und schlug ihm dann auf den Rücken.

»Das spielt keine Rolle«, meinte er und zwinkerte. »Ich bin immer noch da, genauso wie diese hübsche rothaarige Schwester von Tarlak. Er ist ein guter Kerl, dieser Tarlak. Ein bisschen sonderbar, aber er ist ein Hexer, also kann man das erwarten. Ich habe ihnen von meiner Vergangenheit erzählt, und sie haben mir geschworen, dass es keine Rolle spielt, wer ich damals gewesen wäre, sondern nur, wer ich jetzt bin. Bitte, bleib bei uns. Lass die Straßen hinter dir. Falls du ein Vermächtnis hinterlassen willst, sollte es auf keinen Fall dieses sein. Du bist der gefürchtete Schnitter der Gilden geworden. Sollte Thren jemals herausfinden, dass du noch am Leben bist, frage ich mich wirklich, ob er wütend auf dich wäre oder stolz.«

Er stand auf und deutete auf die Tür.

»Geh wieder auf deine Straßen«, sagte er. »Denk über alles nach, was ich gesagt habe. Es steckt so viel Gutes in dir, ich kann es immer noch sehen. Es ist niemals zu spät, zu ändern, was du bist, solange du bereit bist, die Konsequenzen zu tragen. Du hast dein ganzes Leben lang eine schwere Last getragen, Haern. Vielleicht wird es allmählich Zeit, dass du etwas davon abwirfst.«

Senke wartete nicht ab, ob er blieb oder nicht, sondern trat ins Haus und schloss die Tür hinter sich. Als sie zufiel, hatte Haern das Gefühl, wieder in die Welt gestoßen worden zu sein, die er in den letzten fünf Jahren seine Heimat genannt hatte. Plötzlich jedoch kamen ihm die Straßen fremd vor, boten Gassen und Dächer ihm keine Sicherheit mehr. Seine Haut war sauber, seine Kleider frisch und sein Gesicht rasiert.

Zum ersten Mal hatte er das Gefühl, dass er nicht hierher gehörte, aber er lief trotzdem weiter.

17. KAPITEL

»Glaubst du, dass er die Wahrheit sagt?«, fragte Matt seine Frau, als sie sich zur Nacht ins Bett legten.
»Ich sehe keinen Grund, warum er lügen sollte.«
»Oh, da fallen mir viele ein. Er ist verletzt, er ist krank, und er ist im Haus eines Fremden. Die Wahrheit dürfte das Letzte sein, was er uns sagen will. Was ist, wenn er Lady Gemcroft gar nicht kennt, sondern nur hofft, dass sie ihn aufnimmt, wenn wir mit ihm auf ihrer Schwelle auftauchen?«
Evelyn legte ihren Arm über seine Brust und drückte ihr Gesicht gegen seinen Hals.
»Es würde trotzdem viel erklären, oder nicht?« Ihre Stimme klang gelassen. »Warum diese Männer nach ihm suchen. Wir wussten beide, dass er kein gewöhnlicher Junge ist, nicht, wenn man ihn derartig verfolgt.«
»Aber warum sollten Arthurs Männer ihn verfolgen? Der ganze verdammte Norden weiß doch, dass Arthur Alyssa Gemcroft den Hof macht.« Eine unausgesprochene Frage schien zwischen ihnen zu stehen, bis Matt sie schließlich aussprach. »Und wenn diese Männer, die wir getötet haben, ihn in Wirklichkeit retten wollten?«
Matt wartete darauf, dass seine Frau antwortete. Er vertraute darauf, dass sie solch komplizierte Angelegenheiten besser verstand. Er konnte den Preis des Gemüses aufführen, das in Dezrel wuchs, wusste, was die Farbe der Erde bedeutete und was darin gedieh, aber Dinge wie diese überstiegen seinen Ho-

rizont. Er lebte gern fern der Stadt, wo man sein Leben unbehelligt von seinem Lord führen konnte, solange man den Steuereintreiber bezahlte, wenn er auftauchte, und wo man seinen Nachbarn vertrauen konnte. Pech klebt an den Händen von Fremden, hatte seine Mutter immer gesagt.

»Dieser Mann, dieser Haern, könnte ihn entführt haben«, erklärte Evelyn. »Wenn er verletzt war und wenig zu essen hatte, brauchte er die Hilfe von jemandem wie uns. Aber warum sollte er den Jungen hierlassen? Warum hat er uns gesagt, wir sollten ihn zu seinen Eltern bringen, sobald er wieder reden kann? Alles, wofür er uns bezahlt hat, hätte er sich auch mit Gewalt nehmen können. Trotzdem will ich nicht behaupten, dass ich Arthurs Gründe verstehen würde, ebenso wenig wie Tristan es tut.«

»Er sagt, sein Name ist Nathaniel.«

Evelyn küsste seinen Hals.

»Ich habe ihm seinen neuen Namen verraten, und wir werden ihn benutzen, solange er bei uns ist. Es ist nicht nötig, Aufmerksamkeit zu erregen, falls wir unter die Leute gehen.«

Matt brummte zustimmend. Das war ein gutes Argument.

»Es könnte Arthur selbst gewesen sein, der hinter dem Jungen her war. Obwohl die Geschichte, die Tristan schildert, ziemlich wirr ist. Aber ich glaube, du hast recht gehabt. Diese Männer führten nichts Gutes im Schilde. Das sah man in ihren Augen.«

»Also, was sollen wir tun?«

Matt seufzte. Er wünschte, er wüsste es. Während er nachdachte, strich er mit den Fingern durch ihr weiches Haar.

»Wir müssen ihn nach Hause bringen, selbst wenn das bedeutet, dass ich bis nach Veldaren reiten muss.«

»Und wenn du in Fellholz haltmachst und ihn bei Lord Gandrem abgibst? Er war schon immer ein enger Freund der Gemcrofts.«

»Das war Arthur auch.«

Selbstverständlich hatte er recht, und Matt wusste, dass seine Frau das auch so sah.

»Dann lass uns alle gehen. Ich will nicht hier zurückbleiben, und es wäre auch nicht sicher für die Kinder.«

»Unser Vieh würde sterben.«

»Mit dem, was Haern uns gegeben hat, könnten wir unseren Hof zweimal aufbauen.«

Matt schüttelte den Kopf, als er an all die Arbeit dachte, die er in die Aufzucht von Rindern und Schweinen gesteckt hatte.

»Das ist trotzdem kein Grund, sie einfach sterben zu lassen. Es wäre Verschwendung. Außerdem ist es vielleicht seltsam, wenn ich allein in die Stadt reite, aber das ist schließlich schon mal vorgekommen. Aber wenn wir alle dorthin fahren? Wenn noch mehr Soldaten nach ihm suchen – und du weißt, dass dem so ist –, werden sie im Nu davon Wind bekommen. Ich reite alleine dorthin, nur ich und der Junge. Er ist leicht genug. Wir können auf einem Pferd reiten und werden schnell vorankommen.«

»Wir haben keine Pferde.«

»Ich kaufe gleich morgen früh den Utters eins ab.«

Evelyn schlang die Arme um ihre Brust, als wäre ihr kalt. Sie kannte diesen Tonfall. Er hatte sich entschieden, und es würde Tränen und einen hysterischen Anfall brauchen, um ihn umzustimmen. Aber dazu hatte sie im Moment nicht genug Kraft. Und sie mussten etwas tun, bevor noch mehr Soldaten auftauchten, die nach Tristan suchten.

»Trevor ist alt genug, um die meisten Arbeiten zu erledigen«, fuhr Matt fort, als wollte er sie beruhigen. »Und da die Kälte bereits nachlässt, reicht unser Holzvorrat bestimmt bis zum Frühling. Ich lasse dir die Hälfte des Goldes hier, falls etwas passiert. Du kannst Salz oder Fleisch kaufen, falls das nötig ist.«

»Das weiß ich selbst!«, fuhr sie ihn an. »Aber das heißt noch lange nicht, dass ich es auch will oder dass es mir Spaß macht. Ich habe Angst, Matt, schreckliche Angst. Was passiert, wenn Männer kommen und nach ihm suchen, während du weg bist?«

Er küsste sie auf die Stirn.

»Ich vertraue dir«, sagte er. »Und ich bete, dass dir nichts geschieht. Ich weiß nicht, was wir sonst tun können, Evelyn. Ich weiß es einfach nicht.«

Am nächsten Morgen stapfte er nach Osten durch den halb geschmolzenen Schnee, über Felder, die er wie seine Westentasche kannte. Die Utters waren ein großer Clan und wohlhabender als die meisten anderen Bauern hier aus der Gegend. Sie besaßen etliche Pferde, und auch wenn sie sich nicht gerne von einem trennten, wusste Matt, dass das Gold, das in seiner Tasche klimperte, überzeugend genug war.

Als er zurückkehrte, saß er auf einer Stute, für die er weit mehr bezahlt hatte, als sie wert war. Aber in Anbetracht der Tatsache, dass sie immer noch auf das Ende des Winter warteten und die Zeit nicht auf seiner Seite war, war er gezwungen gewesen, ihre Forderung zu akzeptieren. Allerdings weigerte er sich, auch für den Sattel einen überteuerten Preis zu zahlen.

»Ohne diese Stute könnt ihr ihn ohnehin nicht gebrauchen«, hatte er gesagt. Und nachdem er gedroht hatte, sich einen Sattel von den Haerns oder den Glenns zu kaufen, hatten sie nachgegeben. Die Stute war wunderschön und hieß Erdbeere. Sie war nach einer ihrer Töchter benannt. Matt fand diesen Namen zwar für ein so majestätisches Geschöpf ein wenig herabsetzend, aber er beließ es dabei, weil das Pferd bereits daran gewöhnt war. Auf dem Rückweg machte er einen Abstecher nach Brachfeld, dem einzigen nennenswerten Ort in einem Umkreis von dreißig Meilen, und kaufte Proviant für unterwegs sowie einen dicken Reitmantel.

»Ein bisschen früh, um schon nach Tyneham hinaufzureiten«, sagte der alte Geschäftsinhaber. Matt knirschte nur mit den Zähnen und zahlte wieder doppelt so viel, wie er im Frühling hätte bezahlen müssen. Als er nach Hause zurückkam, hatte Tristan bereits seine Sachen zusammengepackt und war bereit zum Aufbruch. Er hatte zwar immer noch leichte Fieberanfälle, aber sie waren nicht mehr so schlimm wie am Anfang. Matt küsste seine Kinder zum Abschied, umarmte seine Frau und setzte dann Tristan auf den Sattel.

»Bist du schon mal auf einem Pferd geritten?«

Der Junge nickte. »Auf der Burg«, erwiderte er. Matt vermutete, er meinte Fellholz, und erneut kam ihm der Gedanke, dort Zwischenstation zu machen. Lord Gandrem war ein ehrenwerter alter Mann. Er würde ganz sicher nicht zulassen, dass dem Jungen etwas Schlimmes passierte. Aber Haern hatte ihm aufgetragen, den Jungen zu seinen Eltern zu bringen, und das bedeutete, zu Alyssa Gemcroft weit im Süden, nach Veldaren zu reiten. Außerdem nagte in Matt der Verdacht, dass Lord Gandrem ebenfalls in diesen Anschlag auf das Leben des Jungen verwickelt sein könnte, so unwahrscheinlich das auch sein mochte. Er verschob seine Entscheidung auf später, stieg in den Sattel, setzte Tristan ein Stück weiter nach vorn, damit sie es beide bequemer hatten, und brach auf.

Der erste Tag verlief ereignislos. Eine Karawane kam ihnen entgegen, auf dem Weg nach Norden. Die Männer waren gereizt und winkten nicht einmal zum Gruß. Kurz vor Einbruch der Nacht sah Matt in der Ferne einen Weiher. Dieses Mal war er froh, dass es so kalt war, denn das bedeutete, es würden keine Mücken herumfliegen. Er schlug ihr Lager neben dem Teich auf. Erdbeere stapfte vorsichtig an den Rand des kleinen Gewässers, um zu trinken. Tristan hatte während des Rittes kaum etwas gesagt, und Matt drängte ihn auch nicht dazu zu reden. Am Feuer jedoch schienen sich ihre Zungen etwas zu lockern.

»Wie lange dauert es noch, bis wir da sind?«, wollte Tristan wissen.

Matt stocherte mit einem Stock im Feuer herum und schob eines der dickeren Scheite tiefer in die Glut, damit es besser brannte.

»Es wird etliche Tage dauern, bis wir Fellholz erreichen. Von dort ist es etwas weniger als eine Woche bis nach Veldaren. Dort lebt deine Mutter, richtig?«

Der Junge erschauerte, als würde ihn allein die Erwähnung ihres Namens daran erinnern, wie weit er von ihr entfernt war.

»Ich denke ja«, antwortete er. »Glaubst du ... glaubst du, dass sie mich vermisst?«

»Ganz bestimmt, warum nicht? Evelyn wäre krank vor Sorge, wenn einer unserer Söhne davonliefe und nicht zurückkäme.«

Tristan zog die Decke fester um sich, und seine Augen glänzten, als er in die Flammen starrte.

»Er ist gestorben, weil er mich beschützt hat«, sagte er.

»Wer?«

»Mark. Ich mochte ihn. Er war netter als Lord Hadfild.«

Der Name Mark sagte Matt nichts, aber den Namen Hadfild kannte er.

»Weißt du, warum Arthur deinen Tod will, Junge? Du bist noch jung, sicher, aber du hast Ohren, und du weißt wahrscheinlich mehr als ich, wenn es um die Oberschicht geht.«

»Das weiß ich nicht. Er sagte immer, ich wäre wie ein Sohn für ihn, und wenn er meine Mutter heiratete, wäre er mein Vater.«

Als er das hörte, regte sich etwas in Matts Hinterkopf. Vielleicht hatte die ganze Sache etwas mit dieser Heirat zu tun. Hatte Alyssa Arthur vielleicht abgewiesen, und er hatte daraufhin versucht, sich an ihr zu rächen? Wollte er vielleicht einen möglichen Erben ausschalten? Und welche gemeinen Pläne hatte er dann für Alyssa? Viel zu viele Fragen ohne Antworten.

»Man kann wohl behaupten, dass er nicht vorhatte, dir ein besonders guter Vater zu sein«, meinte Matt. »Und jetzt iss. Wir haben morgen einen langen Weg vor uns, und du wirst Kraft brauchen. Reiten ist anstrengend, auch wenn man das nicht glauben mag.«

Sie schliefen tief eingehüllt unter Decken. Mitten in der Nacht wurde Matt durch ein fernes Heulen geweckt. Wahrscheinlich waren es Wölfe. Er warf einen müden Blick neben sich und sah, dass Tristan zitterte. Er hatte seine bebende Faust auf die Lippen gepresst. Er weinte. Gerührt streckte Matt den Arm aus und legte ihn um den Jungen, zog ihn an sich, damit er ihn umarmen konnte. Tristan weinte zwar weiter, aber sein Zittern hörte auf. Schon bald ebbte das Weinen zu schwachem Schnüffeln ab, bis er schließlich regelmäßig atmete. Nicht lange danach schlief Matt ein.

Als sie am nächsten Morgen aufwachten, hatten sie beide gerötete Augen. Tristan sagte nur wenig, und Matt musste mehrmals eine gereizte Bemerkung unterdrücken. Evelyn behauptete immer, dass er morgens nach dem Aufstehen wie ein Bär war. Aber es gab keinen Grund, das an dem armen Kind auszulassen. Sie aßen etwas, tranken und ritten weiter nach Süden. Alle paar Stunden machten sie eine Pause, um ihre Beine zu strecken und ihren Rücken Ruhe zu gönnen. Matt war zwar nicht unerfahren, was Pferde anging, aber er war seit über sechs Monaten nicht mehr geritten. Ihn schmerzten Muskeln, von denen er nicht einmal wusste, dass er sie hatte.

»Langsam glaube ich, es wäre besser, zu Fuß zu gehen«, brummte er.

Darauf sagte Tristan nichts.

Am zweiten Tag tauchten die ersten Bäume in der Steppe auf, und mit jeder Stunde, die sie weiterritten, wurden es mehr. Sie bildeten Wäldchen, aus denen bald ein großer Forst werden würde. Schloss Fellholz kam näher. Und eines dieser Wäldchen rettete ihnen das Leben. Sie hatten eine Pause gemacht, um zu pinkeln, und während sie abstiegen, hörten sie das Donnern von Hufschlägen, die sich ihnen aus südlicher Richtung näherten. Ein Instinkt warnte Matt, derselbe Instinkt, der ihm sagte, wenn ein Raubtier seine Rinder und Schweine jagte. Er sagte ihm, dass es Zeit wurde, von der Straße zu verschwinden.

»Komm mit«, sagte er, nahm die Zügel des Pferdes in eine Hand und Tristans Handgelenk in die andere. Er führte sie beide tiefer in das Wäldchen hinein, so weit, dass man sie nicht mehr bemerken würde.

»Bleib hier und halt das Pferd gut fest«, sagte er und reichte Tristan die Zügel. Dann ging er zurück zur Straße und beobachtete versteckt hinter einem Baum, wie eine Gruppe von fünf Reitern im gestreckten Galopp an dem Wäldchen vorbeidonnerte. Sie trugen dunkle Wappenröcke, die er sofort erkannte. Es waren Hadfilds Leute. Wussten sie, dass Gert und Ben verschwunden waren? Wichtiger noch, wussten sie, was passiert war?

Matt versuchte, nicht darüber nachzudenken, sondern kehrte zu Tristan zurück. Der stand da und blickte ihm mit weit aufgerissenen Augen entgegen.

»Das waren wieder diese Männer, richtig?«

»Ja«, erwiderte Matt. »Es sah so aus.«

»Sind die anderen in Sicherheit?«

Matt biss die Zähne zusammen. Er riss dem Jungen die Zügel aus der Hand und führte sie wieder auf die Straße zurück.

»Das weiß Ashhur allein«, sagte er nach einer Weile. »Und

wenn nicht, dann möge Karak jeden einzelnen dieser Mistkerle verfluchen!«

Einschließlich des Kerls, der dich zu uns gebracht hat, dachte er, war aber nicht so grausam, es auch laut zu sagen.

Oric trieb seine Männer über die Straße zwischen Fellholz und Tyneham. Ein Hauch von Panik stieg in ihm hoch. Sie wollte sich ausbreiten, sich wie Klauen in ihn schlagen, aber er verwehrte es ihr. Bis jetzt hatte er seinen Herrn noch nie enttäuscht, und es gab auch keinen Grund zu glauben, dass sich das jetzt änderte. Keine Menschenseele hatte Nathaniel gesehen oder etwas von ihm gehört. Es war sehr wahrscheinlich, dass er erfroren und dieser sonderbare Wächter nur wegen des Goldes da gewesen war, wegen nichts sonst. Der Mangel an Nachrichten legte die Annahme nahe, dass die Leiche des Jungen irgendwo im schmelzenden Schnee lag und gerade von Wölfen zerfetzt wurde. Es gab nur eine sehr beunruhigende Einzelheit. Sie hatten Gerts Pferd gefunden, ohne Zaumzeug und Sattel. Von dem Soldaten fehlte jede Spur. Das bedeutete, dass er irgendwo tot herumlag, getötet, während er nach Nathaniel suchte. Bis jetzt gab es zwar keine Beweise, aber Oric vermutete stark, dass Ben dasselbe Schicksal widerfahren war. Und dass zwei seiner Männer, bewaffnet und gepanzert, auf so mysteriöse Weise verschwanden ...

Sie hatten Nathaniel gefunden und dann den Preis dafür bezahlt. Das jedenfalls sagte Orics Bauchgefühl, und dem vertraute er mehr als allem anderen in dieser elenden Welt. Er musste herausfinden, wo das passiert war, und zwar schnell. Wenn der Junge es auch nur bis nach Fellholz schaffte, wäre das eine Katastrophe. Lord Gandrem wusste ganz gewiss von Alyssas Verlust, und Oric hatte den Leichnam persönlich zu ihr gebracht, damit er bestattet werden konnte. Sollte Nathaniel lebendig und wohlbehalten auftauchen, würden alle möglichen Fragen gestellt werden, auf die er Antworten geben musste. Und keine der Antworten würde ihn besonders gut dastehen lassen. Entweder fand er den Jungen, oder er würde am Strick enden.

Es gab nur wenige Bauernhöfe, die zudem weit auseinander lagen, als sie nach Norden ritten, und als er endlich an die Stelle kam, wo sie den Hinterhalt gelegt hatten, klickte etwas in seinem Kopf.

»Stellt euch vor, ihr wäret verwundet und müsstet einen verletzten Jungen schleppen«, sagte er zu seinen Leuten. »Es schneit, und ihr habt wenig zu essen. Was würdet ihr tun?«

»Ich würde den Jungen liegen lassen«, sagte einer. »Er würde auf jeden Fall sterben. Es gibt keinen Grund, seinetwegen ebenfalls zu krepieren.«

»Nehmen wir an, du wärst ein besserer Mensch. Was würdest du dann tun?«

»Ich würde ihn bis zum nächstgelegenen Unterschlupf schleppen.«

Oric tippte sich an die Stirn. »Genau. Patt, du gehst mit Ratte nach Norden. Nehmt euch die beiden ersten Häuser neben der Straße vor, auf die ihr stoßt, und durchsucht sie gründlich. »Ihr anderen kommt mit mir.«

Sie teilten sich auf. Zwei Männer gingen nach Norden, drei nach Süden. Oric hatte das Gefühl, dass dieser Wächter nach Süden gegangen wäre, wenn er in Gefahr war, weil Veldaren ganz offensichtlich seine Heimat war. Am ersten Tag stießen sie auf keine Wohnstätten, aber am zweiten Tag sahen sie einen Bauernhof in der Ferne. Oric ging voran und spürte, wie sich sein Pulsschlag beschleunigte. Das musste es sein. Der Wächter musste hier haltgemacht haben. Vielleicht nicht lange, aber zumindest, um sich etwas zu essen und zu trinken zu holen.

Nachdem er an die Tür geklopft hatte, dauerte es lange, bis er eine Reaktion hörte.

»Wer ist da?« Die Stimme einer Frau.

»Oric Silberkraut, Soldat von Lord Hadfild aus dem Norden. Ich bitte darum, eintreten zu dürfen.«

Ein Schloss klapperte im Innern des Hauses. Oric drehte sich zu seinen Männern um. »Die Hände auf den Griff eurer Schwerter. Die ganze Zeit.«

Die Tür öffnete sich. Eine recht attraktive Frau Anfang dreißig stand in der Öffnung. Neben ihr stand ein halbwüchsiger Junge mit einem Dolch im Gürtel. Oric sah noch etliche andere Kinder, alle jünger, die sich um einen Holzofen scharten.

»Wo ist der Herr des Hauses?«, fragte er, als er eintrat.

»Das bin ich«, sagte der älteste Junge. Oric hob eine Braue, als er die Frau ansah. Schon jetzt hatte er ein sonderbares Gefühl.

»Wie ist dein Name, Junge?« Es freute ihn zu sehen, dass sich der Bursche ärgerte, weil er Junge genannt wurde. Denn wenn er wütend war, würde er vielleicht etwas Dummes sagen, etwas, das er lieber verschwiegen hätte.

»Trevor.«

»Wo ist dein Vater, Trevor?«

Das kurze Zögern und das Aufblitzen in den Augen der Frau war alles, was Oric wissen musste.

Er hatte zwei Männer bei sich, einen jungen Soldaten namens Uri und Ingel, einen erfahrenen Kämpfer. Oric drehte sich zu ihm herum und kehrte dabei Trevor und seinem Dolch absichtlich den Rücken zu.

»Ingel, sieh dich hinten um. Überprüf die Scheune, die Felder, jeden Ort, an dem sie ihn verstecken könnten. Uri, durchsuch das Haus. Reiß die Böden heraus, wenn es sein muss.«

»Das kannst du nicht machen!«, schrie die Frau. Oric schlug

ihr mit dem Handrücken ins Gesicht. Endlich zückte Trevor seinen Dolch. Bevor er auch nur irgendetwas damit machen konnte, hatte Oric den Abstand zwischen ihnen mit einem Schritt überwunden, rammte ihm einen Arm in die Kehle und packte Trevors Handgelenk mit der anderen Hand. Dann presste er ihn gegen die Wand, während die jüngeren Kinder schrien.

»Du hast mich mit einem Messer bedroht, Junge.« Oric hatte das Gefühl, er wäre ein Wolf unter Schafen. Er setzte einen wilden Blick auf, von dem er wusste, dass er sie noch mehr verängstigen würde. »Das bedeutet, ich kann mit dir tun, was ich will, und ich habe große Lust, dich zum Krüppel zu schlagen. Glaubst du, dass deine Mutter einen wertlosen Bauch füttert, der draußen in den Feldern nicht helfen kann? Oder was meinst du, wie gefällt es ihr, wenn sie dabei zusieht, wie ich dir einen Finger nach dem anderen abschneide?«

Trevor hatte die Augen weit aufgerissen und schien gleich in Tränen ausbrechen zu wollen. Aber er konnte nicht sprechen, sondern nur husten, und Oric behielt den Druck bei. Er wollte, dass ihm schwindlig wurde, dass er Angst bekam und glaubte, dass er sterben müsste.

»Hör auf, bitte!«, flehte die Frau ihn an. Sie stand immer noch neben der Tür. Auf ihrem Gesicht glühte ein roter Fleck. In der Zwischenzeit riss Uri die Schubladen aus den Schränken und öffnete die Kommoden. Gelegentlich stampfte er fest mit dem Absatz auf den Boden, um nach hohlen Bodendielen zu suchen.

»Stell dich da rüber, zu deinen Kindern!«, fuhr Oric sie an. »Wenn du auch nur einen Schritt in meine Richtung machst oder irgendetwas unternimmst, dann kannst du zusehen, wie ich deinem Sohn langsam die Eingeweide aus dem Leib ziehe.«

Sie gehorchte zögernd und setzte sich zwischen ihre beiden

Mädchen. Ihr jüngster Sohn war bei ihnen, und er setzte sich zu ihren Füßen. Oric wandte sich wieder zu Trevor um, der den Dolch fallen gelassen hatte und anfing, leise zu würgen.

»Hol tief Luft«, sagte er und lockerte den Druck ein wenig. Als Luft in die Lungen des Jungen strömte, hustete Trevor. Jeder Atemzug klang angestrengt. »Gut, und jetzt hörst du mir zu, verstanden? Ich vermisse zwei meiner Männer, und ich glaube, sie waren hier. Aber das kümmert uns im Moment nicht. Zuerst möchte ich alles über einen kleinen Jungen wissen, mit rotem Haar, etwa fünf Jahre alt. Hat jemand ihn hierhergebracht? Die Wahrheit, du wertloses Stück Scheiße, sag mir die Wahrheit!«

Trevors Gesicht verzerrte sich vor Schmerz. Er hatte etwas zu sagen, daran bestand kein Zweifel. Aber er wollte nicht reden. Nicht einmal, wenn er mit dem Tod bedroht wurde, wollte er etwas sagen. Er beschützte seine Eltern, das begriff Oric. Nichts anderes konnte die Zunge eines Jungen lähmen, wenn er dem Tod so direkt ins Auge blickte. Aber auch da gab es immer Möglichkeiten.

»Uri!«, schrie er. Sekunden später tauchte der Mann auf.

»Ja, Oric?«

»Hast du was gefunden?«

Uri schüttelte den Kopf. »Er ist nicht hier. Und von Ben oder Gert gibt es auch keine Spur.«

Oric warf einen Blick in den angrenzenden Raum, der mit einem Vorhang abgetrennt war. Dort müsste es klappen.

»Komm, nimm ihn mit!«, befahl er Uri. Der Soldat packte Trevors Handgelenke und schob ihn durch den Vorhang in den anderen Raum. Oric ging derweil zu der Frau.

»Wie ist dein Name?«, fragte er sie.

»Evelyn«, stieß sie zwischen den Zähnen hervor.

»Hübscher Name. Du kommst jetzt mit, sonst zerre ich dich

am Haar hinter mir her, während deine Kleinen zusehen. Deine Entscheidung.«

Sie küsste ihre Töchter und stand auf. Oric legte ihr eine Hand auf den Hals und führte sie in das andere Zimmer, wo Uri Trevor an die Wand drückte.

»Du versuchst, deine Mutter oder vielleicht deinen Vater oder möglicherweise beide zu beschützen«, erklärte Oric, während er Evelyn auf das kleine Bett in dem engen Raum stieß. »Aber du kannst sie nicht beschützen, nicht mehr. Ich werde dir zeigen, was passiert, Trevor, wenn du mir nicht sagst, was du weißt. Hast du das verstanden? Halt ihn fest, Uri.«

»Mache ich.«

Oric schlug der Mutter ins Gesicht, drehte sie auf den Bauch herum und zerrte ihren Rock hoch. Als sie anfing zu schluchzen, stopfte er ihr eine Zipfel der Decke in den Mund. Trevor wehrte sich, aber Uri war einen Kopf größer als er und wog erheblich mehr. Oric öffnete Gürtel und Hose, schob den Rest von Evelyns Rock hoch und drang in sie ein. Sie schrie in den Knebel, während ihr Tränen über das Gesicht liefen. Oric schlug sie, wenn sie zu laut schrie oder wenn Trevor aufhörte, sich zu wehren. Der Horror musste weitergehen. Er wollte, dass dieser verfluchte Bursche litt.

Als er fertig war, zog Oric seinen Schwanz heraus und schloss seinen Gürtel. Evelyn zerrte an ihrem Rock, um ihre Blöße zu bedecken, aber Oric riss ihn wieder hoch und verweigerte ihr selbst das.

»Lass ihn los«, sagte er zu Uri.

Trevor stürzte sich auf Oric, der diese Reaktion erwartet hatte. Er ignorierte den Schlag des Jungen, packte Trevors Kehle und stieß ihn bis zur Wand zurück, wo er ihn festhielt.

»Willst du wissen, was als Nächstes passiert?«, fragte er, während Trevor sein Handgelenk umklammerte. »Ich glaube,

Uri möchte auch mal, aber das erlaube ich ihm nicht. Weißt du warum? Weil du der Nächste bist, es sei denn, du sagst mir alles, was hier passiert ist.« Er lachte. »Na, wie klingt das? Hast du schon mal deine Mutter stechen wollen, Trevor? Das ist deine Chance. Niemand wird dir Vorwürfe machen. Du warst ja nur ein richtiger Mann und hast deine Familie beschützt, hm? Wie wäre es mit einer deiner Schwestern da drüben? Glaubst du, dass sie einen guten Ritt gebrauchen könnten? Vielleicht zwinge ich dich dazu, sie alle drei zu bumsen, eine nach der anderen, bis ...«

»Hör auf!«, kreischte der Junge atemlos. »Ich erzähle es, alles. Ich erzähle alles, bitte, hör auf, hör einfach auf ...«

Oric ließ Trevor los, der vor seinen Füßen zusammenbrach. Der Soldat kniete sich hin, damit sie sich in die Augen blicken konnten.

»Du schilderst mir jede gottverdammte Einzelheit, die du weißt, sonst bin ich nächstes Mal nicht so nett.«

Oric hörte zu, als Trevor ihm von Haerns Ankunft mit einem Jungen erzählte, den er nur als Tristan kannte, und dann die Amputation von Tristans Arm schilderte. Dann kam er zu Bens und Gerts Ankunft, und Oric kochte vor Zorn, als er hörte, wie sein Vater die beiden getötet hatte. Beide, erklärte Trevor wiederholt. Das schien ihm wichtig zu sein. Dann schilderte er, wie ihr Vater nach Veldaren geritten war, erst vor wenigen Tagen. Er war der Hauptstraße gefolgt.

»Guter Junge«, sagte Oric und schlug dem Jungen ins Gesicht, als er fertig war.

»Was dagegen, wenn ich es ihr auch mal besorge?« Uri deutete mit einem Nicken auf Evelyn, die auf dem Bett liegen geblieben war. Ihr Gesicht war tränenüberströmt. Oric zuckte mit den Schultern.

»Geh raus, Junge. Das musst du nicht mit ansehen.«

Zehn Minuten später sammelten sich die Soldaten vor dem Haus.

»Nichts Auffälliges zu finden«, meinte Ingel. »Hab eine Stelle gefunden, wo sie vielleicht vor Kurzem etwas vergraben haben, aber der Boden ist zu hart und gefroren, um nachzusehen.«

»Spar dir die Mühe«, erwiderte Oric. »Wir wissen, was sie getan haben. Nathaniel reitet mit ihrem Vater nach Süden. Wenn wir uns beeilen, können wir ihn noch einholen.«

Uri deutete mit einem Daumen auf das Haus.

»Lässt du sie am Leben? Sie haben geholfen, zwei von uns zu töten, und sie haben uns belogen. Damit gibst du nicht gerade ein gutes Beispiel.«

»Wir lassen sie einstweilen in Ruhe«, erwiderte Oric. »Wenn wir diesen Matt finden, werde ich ihn hierherschleppen, damit er zusieht, wie wir jedes einzelne Mitglied seiner Familie töten. Und dann werden wir die Geschichte im ganzen Norden verbreiten. Niemand widersetzt sich Arthur, und keiner wagt es, seine Soldaten zu töten. Und jetzt reiten wir. Ganz gleich, was passiert, sie dürfen auf keinen Fall vor uns Fellholz erreichen.«

18. KAPITEL

Zusa hatte den ganzen Süden der Stadt abgesucht und nichts gefunden. Die Nacht war verstrichen, gebadet in Blut und von Feuern erleuchtet, und doch hatte sie von dem schwer fassbaren Wächter nichts gesehen. Es herrschte einfach zu großes Chaos, es gab zu viel Tod. Wie sollte man einen Mörder aus Tausenden herausfischen? Auf diese Frage hatte sie keine Antwort. Trotzdem schien es, als wären Alyssas Wünsche in Erfüllung gegangen. Hunderte Diebe waren gestorben, aber mindestens ebenso viele Söldner waren gefallen. Allerdings bezweifelte sie, dass ihre Gebieterin sich um sie grämen würde. Ihre Trauer war ausschließlich für ihren Sohn reserviert.

Zusa hatte nur noch eine Strategie zur Verfügung, die Hoffnung, dass sich der Wächter in der Nacht zurückgehalten hatte, weil er wusste, dass er nicht gebraucht wurde. Möglicherweise würde er am nächsten Morgen versuchen, zu flüchten oder sich die Reste des Gemetzels ansehen. Zusa lief über die Dächer zwischen verschiedenen Hauptquartieren der Diebesgilden hin und her, jedenfalls zwischen denen, die sie kannte. Sie sah etliche Männer unten auf den Straßen. Zumeist blieben sie in den Gassen und ruhigen Straßen, aber sie trugen die Farben von verschiedenen Gilden. Und nach allem, was sie den Aussagen der Leute entnehmen konnte, die sie in der Nacht zuvor verhört hatte, trug der Wächter offenbar niemals irgendwelche Gildenfarben, sondern nur mehrere graue Umhänge und Hemden übereinander. Trotzdem, grau war den Farben der Aschegilde und Spinnengilde ähnlich, also machte sie sich auf den Weg zu diesen beiden.

Vor dem Hauptquartier der Aschegilde lehnte sie auf einem Spitzdach, stützte ihre Arme auf den Giebelvorsprung und betrachtete den Platz. Nichts. Jetzt wurde ihr allmählich das Ausmaß ihrer Aufgabe bewusst. Sie versuchte, einen einzelnen Mann in dieser riesigen Stadt zu finden, zudem einen Mann, der keine Freunde zu haben schien, keine Gefährten und nur ein Motiv: Diebe zu töten. Sie konnte sich wenigstens auf eine vage Beschreibung seiner Kleidung stützen, außerdem hielt sich das Gerücht, dass er blond wäre. Etliche Leute behaupteten, er hätte rote Augen, aber diese Behauptung konnte sie ebenso rasch abtun wie die Geschichten, nach denen Dämonenblut durch seine Adern floss oder er Klingen statt Hände hatte. Aber mit der Haarfarbe Blond konnte sie etwas anfangen.

Sie döste eine Weile, ohne dass sie es gewollt hätte. Kurz darauf schreckte sie hoch, beschämt wegen ihrer Schwäche. Gewiss, sie war seit über zwanzig Stunden unterwegs, und es waren anstrengende zwanzig Stunden gewesen, aber sie hatte schon Schlimmeres überstanden.

»Nava wäre schrecklich enttäuscht«, flüsterte sie. Sie war traurig und müde. Nava war eine der letzten drei Gesichtslosen gewesen, eine Frau, die durch die Hand eines dunklen Paladins von Karak gefallen war. Die Frauen wurden als Ausgestoßene betrachtet, als Verräterinnen an ihrem Gott. Aber es war ihr Gott, der *sie* verlassen hatte, also hatte sich Zusa auf den Paladin gestürzt, der Alyssa hatte töten wollen, und sie beschützt. Zusa hatte seit fünf Jahren kein Gebet an Karak gesprochen. Sie vermisste Nava und Eliora weit mehr als seine Gegenwart.

Nicht weit von ihr entfernt, rechts in der Gasse, hörte sie einen Schmerzensschrei. Neugierig eilte sie dorthin und blickte hinab. Vor Überraschung riss sie die Augen auf. Unter ihr wirbelte eine Masse aus grauen Umhängen. Sie drehten sich und bauschten sich auf, als wären sie besessen. Drei Männer kämpften gegen dieses Stoffgewirr. Sie alle trugen die Farben der Aschegilde. In den Umhängen steckte ein Mann, und sie sah sein Gesicht, sein blondes Haar. Aber nicht das überzeugte sie. Sondern die Wildheit des Fremden, diese schockierende Wut, die dennoch irgendwie kontrolliert zu sein schien. Die Diebe starben, einer nach dem anderen. Mit durchgeschnittener Kehle, aufgeschlitztem Bauch oder zerfetzter Brust. Seine Geschicklichkeit im Umgang mit den Langmessern war unglaublich.

»Wächter«, flüsterte sie und zückte ihre Dolche. »Endlich habe ich dich gefunden.«

Aber in ihrem Hinterkopf nagte ein besorgter Gedanke. Ihre Gebieterin wollte den Wächter lebendig vor sich sehen. Aber so wie er kämpfte und sich bewegte, kam ihr das fast unmöglich vor. Er würde sterben, bevor er sich ergab, das wusste sie, ebenso wie sie wusste, dass er auf ihren Angriff vorbereitet war, obwohl sie ihn lautlos von oben ansprang.

Ihre Klingen tanzten und klirrten. Sie rammte ihm ihre Füße in die Brust, aber er wankte nicht. Sie stieß sich ab und schlug einen doppelten Salto in der Luft, bevor sie auf den Füßen landete. Sie starrten sich an, und Zusa lächelte unwillkürlich.

»Ethric war die letzte echte Herausforderung, gegen die ich kämpfen musste«, sagte sie. »Kann es sein, dass du der Nächste bist, Wächter?«

»Ich bin mehr als eine Herausforderung«, erwiderte der Wächter und deutete mit einer Klinge auf ihren Umhang. »Für wen arbeitest du? Welchen Narren hast du deine Seele verkauft?«

Zusa lachte, aber ihre Belustigung war nur zur Hälfte echt.

Der Mann beobachtete sie, analysierte sie. Sie fühlte sich nackt vor seinen Augen, als würde er schon bald all ihre Bewegungen voraussehen. Sie machte zwar dasselbe mit ihm, aber er war bedeckt, ruhig.

»Du willst meine Farben wissen?« Langsam hob sie einen Arm, schnitt mit der Klinge in die Haut und ließ das Blut auf ihren Umhang träufeln. Sie fragte sich, ob ihr Bann wohl wirken würde. Ihre Macht kam von Karak, jedenfalls hatte sie das immer angenommen. Sie hatte einmal in den Schatten gelebt, hatte mit dem kalten Feuer auf ihren Klingen getanzt, aber seit dem Kampf mit Ethric hatte sie Karaks Kraft nicht mehr angezapft.

Die Farbe breitete sich innerhalb von Sekunden auf ihrem ganzen Umhang aus und tauchte ihn in ein leuchtendes Rot. Er schlang sich um sie, als wäre er plötzlich zum Leben erwacht. Zusa spürte den Herzschlag in ihren Ohren, und das Blut rauschte, ihr Kopf schmerzte von der Anstrengung, aber sie lächelte trotzdem. Vielleicht hatte Karak sie doch noch nicht verlassen.

»Ich diene freiwillig«, sagte sie und bereitete sich auf einen Angriff vor. »Ich habe nichts verkauft.«

Sie griff an, riss einen Dolch hoch, um einen Schlag zu blockieren, und stieß mit dem anderen nach seiner Brust. Ihr Umhang wickelte sich wie ein Schild um sie. Als der Wächter konterte, parierte sie den Schlag, aber als sie selbst zustieß, krachte ihre Waffe gegen ein anderes Schwert. Sie spürte die Wucht seines Blocks im ganzen Arm. Ihr Umhang zuckte nach vorne wie eine Peitsche. Seine Ränder waren so scharf wie Rasiermesser und fuhren durch sein Gesicht. Sein Blut spritzte über sie beide, dann sprang der Wächter zurück. Seine Kapuze rutschte ein Stück herab, und sie sah, wie blau seine Augen waren und wie schmutzig sein Gesicht. Wer verbarg sich unter dieser

Verkleidung? Wessen Leiche war es, die sie Alyssa zu Füßen legen würde?

»Netter Trick«, sagte der Wächter, bevor er erneut angriff. Ihre Waffen klirrten immer wieder gegeneinander, und seine Geschwindigkeit war unglaublich. Zweimal musste Zusa ihren Mantel um sich hüllen, um einen tödlichen Stoß abzuwehren. Das war kein Spiel. Er wollte sie töten. Dieser Keim aus Sorge in ihrem Hinterkopf wuchs sich zu einem Dorn aus. Eine seiner Klingen schnitt in ihren Oberschenkel, die andere bohrte sich in ihre Brust, nicht tief, aber schmerzhaft. Die Sorge wuchs sich zu einer tödlichen Blume aus.

Was sie rettete, war die Enge der Gasse, in der sie kämpften. Als er zu einem tödlichen Sprung ansetzte, trat sie sich von der Wand ab und flog über seinen Kopf hinweg. Sie landete mit den Füßen an der gegenüberliegenden Wand, und der Aufprall ließ ihre Knochen vibrieren. Aber wieder stieß sie sich ab, noch höher. Ihr Umhang bauschte sich hinter ihr auf, drehte sich, schlug nach ihm und hinterließ tiefe Furchen in seinen Armen. Er hatte erwartet, dass sie landete, nicht dass sie denselben Weg zurück nahm, den sie gekommen war. Der Umhang verwirrte ihn, und als sie landete, griff sie mit gezückten Dolchen an.

Sie hatte seine Geschwindigkeit unterschätzt.

Das Geräusch von Stahl gegen Stahl klirrte laut in ihren Ohren, und ihr sorgfältig koordinierter Angriff brach in sich zusammen, als seine Langmesser zu tanzen begannen. Sie weigerte sich jedoch nachzugeben und setzte jedem Schritt zurück nach, den er machte. Trotzdem lag keine Furcht in seinem Blick, sondern nur Tod. Ob es ihr Tod war, oder ob er seinen eigenen sah, wusste sie nicht.

Der Schmerz in ihrem Kopf wurde stärker. Sie konnte den Zauber des Umhangs nicht länger aufrechterhalten. Es hatte noch nie so wehgetan, sie noch nie so schrecklich ausgelaugt.

Vielleicht hatte Karak sie wirklich verlassen, so wie sie ihn im Stich gelassen hatte. Oder vielleicht war Karak gar nicht bei ihr? Verwirrt brachte sie sich mit einem Salto rückwärts in Sicherheit, unterbrach den Kampf mitten in ihrem Angriff. Er war nicht auf eine Verfolgung eingestellt. Sie war einmal fähig gewesen, die Schatten als Türen zu benutzen. Konnte sie das immer noch?

Die Sonne stand bereits so tief, dass etliche Schatten in der Gasse standen. Zusa konzentrierte sich auf einen der Schatten hinter dem Wächter, wirbelte herum und sprang gegen die schattige Mauer hinter sich. Sie erwartete fast, auf den Stein zu prallen, aber sie glitt problemlos hindurch. Wieder spürte sie den Schmerz in ihrem Geist, aber als er vorüber war, stand sie hinter ihrem Gegner. Ihr Umhang hatte wieder seine normale Farbe und Form, und sie stürzte sich auf den Wächter. Sie wusste, dass sie nicht noch einmal eine Chance bekam, ihn so zu überraschen.

Jeder normale Widersacher wäre gestorben, aber dieser Wächter war alles andere als normal. Er wirkte wie ein Besessener, und noch während sie verschwand, wirbelte er bereits herum und suchte nach ihr. Er parierte ihren ersten Stoß, und sie war gezwungen, mit ihrem anderen Dolch einen Hieb zu parieren, der auf ihre Kehle zielte. Aber ihr Schwung trieb sie weiter, und sie prallten gegeneinander. Sein Kopf krachte gegen die Mauer. Mit wirbelnden Klingen schlug sie gegen die Sehnen seines Ellbogens. Das Geräusch, mit dem sein Langmesser auf dem Boden landete, war Musik in ihren Ohren. Er schrie, aber auch der Schmerz verlangsamte seinen anderen Arm nicht. Die Spitze seiner Klinge grub sich in ihre Haut, und sie gab dem Stoß nach, um zu verhindern, dass die Wunde tiefer ging. Blut lief ihr über Gesicht und Hals. Sie schlug sein Langmesser mit beiden Dolchen zur Seite und rammte ihren Ellbogen in seine Kehle. Er rang keuchend nach Luft und beugte sich unwillkürlich vor. Sie holte mit ihren Dolchen aus und hämmerte ihm die Griffe gegen die Schläfen. Der Wächter sank auf die Knie.

»Ich werde dich töten, wenn es sein muss«, sagte sie, als er sich auf die Arme stützte, als würde er sich vor ihr verbeugen. »Aber jetzt komm und stell dich der Frau, der du Unrecht angetan hast.«

»Ich habe niemandem Unrecht angetan.« Seine Stimme klang heiser.

»Lügner. Kindermörder. Ergib dich!«

Er lachte. Es war ein mildes, gebrochenes Lachen.

»Ich bin das ermordete Kind, Weib. Frag meinen Vater!«

Er schleuderte seinen Umhang auf sie. Als sie ihn wegschlug, traf sein Absatz ihre Stirn. Sie fürchtete einen Angriff und wich zurück, während sie ihre Dolche zur Abwehr hochriss. Alles verschwamm vor ihren Augen, doch sie konnte niemanden erkennen. Er war verschwunden, aber wohin? Folge dem Blut, dachte sie. Folge dem Blut.

Sie sah Tropfen davon auf halber Höhe des Gebäudes zu ihrer Linken. Die Dächer. Er flüchtete. Zusa wusste, dass die Zeit knapp war, also sprang sie von einem Fenster zum anderen und erwischte dann einen Dachvorsprung. Doch bevor sie sich hochziehen konnte, tauchte eine Frau mit gezückter Waffe über ihr auf.

»Tut mir leid, Zusa«, sagte Veliana. »Aber er gehört mir. Geh wieder zurück.«

Zusa spannte sich an. Sie hing an einem Arm vom Dach, was eine höchst unelegante Position war. Aber die andere Frau hatte den Dolch gezogen und hätte ihr im Nu die Kehle durchschneiden können.

»Alyssa verlangt nach seinem Blut für das, was er Nathaniel angetan hat«, sagte Zusa.

»Und wir brauchen ihn für etwas Wichtigeres als armselige Vergeltung. Bitte, Zusa, ich bitte dich.«

Zusa runzelte die Stirn. Sie war in ihrer Loyalität hin- und hergerissen. Veliana war ihre Schülerin und hatte in den letzten fünf Jahren viel mit ihr trainiert. Aber Alyssa war mehr als eine Schülerin, sogar mehr als eine Freundin.

»Wirst du ihn töten?«, erkundigte sie sich.

Veliana schüttelte den Kopf.

»Nein, es sei denn, er zwingt mich dazu. Nur ein Treffen, mehr brauchen wir nicht. Ist meine Freundschaft wenigstens das wert?«

Zusa sah ihr in die Augen, damit sie wusste, wie ernst sie ihre Worte meinte.

»Das ist sie, aber betrachte es gleichzeitig als Ende unserer Freundschaft. Willst du ihn immer noch ergreifen?«

»Das will ich.«

»Dann nimm ihn, Veliana. Und bete, dass wir uns niemals wieder begegnen.«

Sie ließ den Rand des Dachs los und ließ sich fallen. Dabei weigerte sie sich, hinaufzublicken, wo Veliana sich umdrehte und den blutenden Wächter verfolgte.

Todesmaske schritt lächelnd und hoch erhobenen Hauptes in das Hauptquartier der Aschegilde. Sein Kopf schmerzte, als würde sich in seinem Schädel ein eingesperrter Ork austoben, und der Wein, den er mit Veliana getrunken hatte, um ihren Erfolg zu feiern, hatte diesen Schmerz zweifellos nicht gelindert. Doch das spielte keine Rolle. Der Anblick, der sich ihm bot, das schreckliche Chaos in dem Raum genügte vollkommen, um seine Laune zu heben. Überall lagen Kissen herum, und der Boden vor der Bar war mit Scherben übersät. Garrick stand zitternd am anderen Ende des Raumes. Etwa zwölf Angehörige der Aschegilde befanden sich ebenfalls in der Kammer, und keiner schien allzu scharf darauf zu sein, sich in der Nähe seines Gildemeisters aufzuhalten.

»Sei gegrüßt.« Todesmaske tat, als wäre alles in Ordnung. »Schön zu sehen, dass du die letzte Nacht gut überstanden ...«

»Wo hast du gesteckt?«, schrie Garrick. Todesmaske blinzelte und sah einen der anderen Männer an, als wollte er signalisieren, wie verwirrt er war. In Wirklichkeit hatten Veliana und er nach ihrem Angriff auf ihre eigene Gilde das Hauptquartier der Spinnengilde attackiert und drei Spinnen abgeschlachtet. Neben ihre Leichen hatten sie das Symbol der Aschegilde in den Schmutz gezeichnet. Aber er hatte nicht vor, Garrick das zu erzählen.

»Ich bin draußen auf den Straßen um mein Leben gerannt, wie alle anderen Diebe in Veldaren auch«, log Todesmaske unbeeindruckt. »Ich bin einmal hier vorbeigekommen, aber es war niemand da. Also habe ich mich bis heute Morgen versteckt.«

Garrick lief auf und ab. Seine Augen waren blutunterlaufen. Todesmaske fragte sich, wie viel Rotblatt der Mann wohl im Blut hatte. Er sprach auch undeutlich, was vielleicht eine Nachwirkung von einer der Flaschen auf dem Tresen war. Er war betrunken und berauscht. Todesmaske hatte Mühe, seine Belustigung zu verbergen.

»Spinnen!«, schrie Garrick, als wäre er alleine. »Gottverdammte Spinnen! Was denkt sich Thren eigentlich? Glaubt er, dass ich ihn verraten hätte? Hält er mich für so dumm? Wir hatten eine Abmachung, du Scheißspinne, Scheiß, verfluchte ... verfluchte Scheißspinne!«

Todesmaskes Augen leuchteten bei diesen Worten auf. Eine Abmachung? Konnte Garrick tatsächlich für Thren gearbeitet haben? Das würde vieles erklären ...

»Jemand von Threns Leuten ist vor etwa einer halben Stunde hier aufgetaucht«, sagte einer der Diebe neben Todesmaske. Er sprach so leise, dass sein Gildemeister ihn nicht hören konnte. »Er hat behauptet, zwei Angehörige der Aschegilde wären gekommen und hätten etliche von Threns Männern getötet. Er verlangt eine Erklärung.«

Todesmaske hob überrascht die Brauen. »Das kann doch unmöglich stimmen«, erwiderte er.

Garrick hatte das gehört und stürmte auf sie zu. Todesmaske sah, wie unglaublich erweitert seine Pupillen waren, und kam zu dem Schluss, dass seine Annahme zutraf. Wenn Garricks ganze Stärke und sein Selbstbewusstsein sich nur auf Threns Schutz stützten, dann musste es ihm eine Todesangst einflößen, wenn dieser Schutz plötzlich wegbrach. Todesmaske konnte es kaum erwarten, es Veliana zu verraten. Sie war schon vorhin bereit gewesen, den Mann zu töten. Was würde sie wohl machen, wenn sie erfuhr, dass er ihre Gilde an den Mann verkauft hatte, der ihren ehemaligen Gildemeister ermordet hatte?

»Das ist eine ernste Anschuldigung«, erklärte Todesmaske, der sich darauf konzentrierte, nicht zu lächeln und auf keinen Fall zu verraten, wie sehr er sich amüsierte. »Was hast du dazu gesagt?«

»Das ist völliger Blödsinn!« Garrick fuchtelte unsicher mit dem Finger vor seinem Gesicht herum. »Und davon werde ich ihn auch überzeugen. Aber ich will wissen, was hier los ist. Im Moment laufen Hunderte von Söldnern durch die Straßen, und weshalb? Und wenn sie morgen Nacht dasselbe tun? Wir müssen Pläne schmieden. Wir müssen uns vorbereiten! Scheiße! Was ist mit den anderen Gilden? Vielleicht weiß von ihnen jemand, was da los ist. Wir könnten sie fragen. Jemand sollte dorthin gehen.«

Jetzt seht euch euren glorreichen Anführer an, dachte Todesmaske und betrachtete den Rest der Gildemitglieder, die in dem Raum herumliefen. *Erst war er eine Marionette von Veliana, dann von Thren. Und jetzt, nachdem die Fäden durchgeschnitten sind, kann er nichts anderes tun, als zusammenzuklappen.*

»Ich werde gehen«, sagte Todesmaske. »Auch zur Spinnengilde. Wir sollten ihnen zeigen, dass wir nichts Böses wollen, und vor allem, dass das Überleben der Gilden wichtiger ist als unsere lächerlichen Zwistigkeiten. Wie viele von uns sind letzte Nacht gestorben? Das ist jetzt ein Krieg, ein richtiger Krieg. Lass mich Thren diese Nachricht überbringen.«

Garrick biss sich auf die Lippe. Zweifellos versuchte er, diese Idee mit seinem umnebelten Verstand zu verarbeiten. Die anderen Diebe wirkten erfreut. Das überraschte Todesmaske nicht. Er war mitten im Chaos aufgetaucht, hatte die Ruhe bewahrt und einen Plan präsentiert. Daran konnten sie sich festhalten, so einfach er auch sein mochte. Sollten die Gildemitglieder doch sehen, dass er die Kontrolle hatte, nicht Garrick.

»Also gut«, erwiderte der Gildemeister schließlich. »Du kannst für mich sprechen. Aber sei vorsichtig und übe keinen Druck aus, wenn Thren dich abweist. Freunde. Wir müssen Freunde sein. Gute Freunde. Wir werden der Trifect zeigen, was es bedeutet, sich mit uns anzulegen. Hab ich recht? *Habe ich recht?*«

Die anderen Diebe jubelten, aber es klang nicht wirklich überzeugt. Als Todesmaske hinausging, sah er die Blicke, die sie ihm zuwarfen, und diesmal verbarg er sein Lächeln nicht. Er war zwar ein Fremder und neu in der Gilde, aber er stieg in ihrer Achtung, wurde der Führer, der Garrick nicht war. Sobald eine Krise auftrat, suchten Frauen und Männer immer nach Stabilität. Und genau das sollten sie in ihm sehen.

Als er auf die Straße trat, blickte er suchend zu den Dächern empor. Veliana hatte sich dort versteckt gehalten, als er hineingegangen war. Auf seinen Wunsch hin, nur für den Fall, dass Garrick auf die Idee kam, etwas Dummes zu tun, zum Beispiel zu versuchen, ihn zu töten. Obwohl er nur ein paar Minuten im Hauptquartier gewesen war, wartete sie nicht mehr auf ihn. Sonderbar. Hatte jemand sie bemerkt? Er näherte sich dem Gebäude, auf dem sie gelegen hatte, ging zur Rückseite und kletterte hinauf. Er erwartete, dass Veliana oben auf dem Dach lag, vielleicht gelangweilt oder sogar schlafend. Aber da war niemand.

»Vel?«, fragte er laut.

Dann sah er es, einen blutigen Streifen. Er folgte ihm in eine Gasse, und als er hinabsah, erblickte er Veliana, die neben dem Körper eines am Boden liegenden Mannes kniete. Seine Kleidung war dunkel und verschlissen und verriet keinerlei Gildenzugehörigkeit. Er hatte kurzes blondes Haar, und seine Brust war blutverschmiert. Zuerst glaubte Todesmaske, dass sie ihn angegriffen hätte, aber als er zu ihr hinunterkletterte, sah er zu seiner Überraschung, dass sie die Wunden des Mannes bandagierte.

»Was, beim Schlund, machst du da?«, wollte er wissen.

»Er ist es«, sagte sie. Seine Ankunft schien sie nicht zu überraschen. »Er muss es sein. Ich habe einmal gegen ihn gekämpft, vor vielen Jahren, aber wer sonst sollte der Wächter auch sein? Es ist Aaron ... Thren Felhorns angeblich vor so langer Zeit gestorbener Sohn.«

Todesmaske war vollkommen verblüfft. Die Pläne, die er geschmiedet hatte, wirbelten durch seinen Kopf und arrangierten sich neu, um sich den veränderten Umständen anzupassen. Er konnte seine Aufregung kaum beherrschen. Jeder einzelne dieser Pläne war unendlich viel besser als der letzte.

»Nimm ihn mit«, sagte er. »Und beeil dich. Wir haben sehr viel zu besprechen.«

19. KAPITEL

Als Haern erwachte, hämmerte sein Kopf vor Schmerz, und er hatte keine Ahnung, wo er war. Er konnte sich nur noch daran erinnern, dass er über ein Dach gekrochen war, kurz bevor man ihn von hinten niedergeschlagen hatte. Dann hatte man ihn hinabgestoßen. Danach war alles schwarz geworden. Jetzt stellten sich seine Augen allmählich auf das gedämpfte Licht ein. Er sah Steinmauern. Ein Verlies? Nein, es wirkte nicht so. Es war eher ein Keller, fensterlos und nur durch Fackeln erleuchtet.

»Du bist wach.«

Er sah auf. Vor ihm standen eine Frau und ein Mann. Der Mann trug eine rote Kutte und hatte sein dunkles Haar zu einem festen Zopf zurückgebunden. Die Frau kam ihm irgendwie bekannt vor, als hätte er sie vor langer Zeit einmal gesehen, in einem Traum. Es musste etwas mit der langen Narbe zu tun haben, die über ihr Gesicht verlief, quer durch ihr Auge. Er versuchte aufzustehen, aber er war an einen Stuhl gefesselt. Und wer die Knoten geknüpft hatte, wusste, was er tat. Sie gaben nicht nach, und als er sie ausprobierte, zogen sich etliche Stränge des Seils über seiner Brust und seinem Hals zusammen und schnürten ihm die Luft ab.

»Ich bin nicht sicher, ob ich aufwachen möchte«, sagte er und versuchte, sich zu entspannen. Er hatte gewusst, dass ihn ein solches Schicksal erwartete. Er konnte sich nicht alle Gilden zu Feinden machen und dann erwarten, ewig zu leben.

Trotzdem fand er es zu früh. Er hatte so wenig erreicht. Er würde sterben, ohne dass jemand um ihn trauerte, ohne Freunde, ohne ein Vermächtnis. Das war eine verdammte Schande.

»Erinnerst du dich an mich?«, fragte die Frau. »Es war während des Blutigen Kensgold. Du warst damals noch ein Jüngling, an der Schwelle zum Mannsein. Wir haben gekämpft ...«

Er erinnerte sich. Er hatte sie zweimal gesehen. Einmal, als sein Vater versucht hatte, sie dazu zu zwingen, sich gegen ihren Gildemeister aufzulehnen, und dann noch einmal später, auf dem Dachboden von Leon Conningtons Anwesen. Sie hieß Veliana, und als sie sich das letzte Mal getroffen hatten, hätte sie ihn fast getötet.

»Du erinnerst dich«, erklärte sie, als sie die Erkenntnis in seinen Augen sah.

»Ich könnte dich niemals vergessen«, gab er leise zu. »Du hast mir gezeigt, dass ich niemals entkommen würde. Aaron war tot, aber du hast es mir nicht geglaubt. Du hast dich geweigert.«

Sie verschränkte die Arme und lehnte sich an die Mauer. Der Mann neben ihr blieb stumm und schien sich damit zufriedenzugeben, ihnen das Reden zu überlassen.

»Du hättest mich im Rauch ersticken lassen können«, erwiderte sie. »Warum hast du es nicht getan?«

Er zuckte mit den Schultern, jedenfalls so weit die Seile es zuließen.

»Das wäre nicht richtig gewesen. Ich war dabei, als mein Vater dich dem Tod überlassen hat, durch die Hand dieses widerlichen ... Wurms. Ich konnte das nicht noch einmal tun.«

Seine Worte hingen in der Luft. Als sie schließlich antwortete, klang ihre Stimme nicht mehr ganz so hart.

»Ich habe nach dieser Nacht die Kunde von Aaron Felhorns Tod verbreitet. Ich habe mir eingeredet, dass ich es täte, um deinem Vater wehzutun, aber das war gelogen. Ich habe es deinetwegen getan, weil du mich verschont hast. Aaron war tot, und das schien auch irgendwie wahr zu sein. Welchen Namen hast du mir in jener Nacht genannt? Etwas Einfaches ...«

»Haern.«

»Stimmt. Bist du das jetzt? Haern, der Wächter? Ich kann kaum glauben, dass du derselbe Junge bist, der mein Leben verschont hat. Weißt du eigentlich, wie viele meiner Freunde du getötet hast? Wie viele Geschäftspartner? Du bist immer noch Threns Sohn, hab ich recht? Vielleicht solltest du lieber deinen alten Namen wieder annehmen, Aaron.«

»Nenn mich nicht so. Niemals.« Er warf ihr einen finsteren Blick zu.

Der dunkelhaarige Mann in der Ecke lachte.

»Was für eine Wildheit! Kein Zweifel, du musst sehr geschickt sein, und Vel hatte Glück, dass sie dich erwischt hat, als du verletzt warst. Das scheint jedenfalls alles zu bestätigen, was wir über dich gehört haben, bis auf die Sache mit dem Dämonenblut. Das würde ich wittern. Trotzdem, die Vorstellung, dass dein Vater mit einem Succubus verkehrt hat, ist sehr amüsant.«

Haern kämpfte mit seinen Fesseln.

»Was willst du von mir?«

»Bevor ich dir das sage, möchte ich dir begreiflich machen, wie ohnmächtig du im Moment bist. Ich könnte dich auf der Stelle töten, das ist wohl klar. Aber ebenso könnte ich deinem Vater verraten, dass du noch lebst. Was wäre das für ein wunderschönes Spiel, zuzusehen, wie er die Stadt Stein um Stein niederreißt, bis er dein Versteck gefunden hat. Meine Neugier ist fast stark genug, um herauszufinden, was genau er tun würde. Würde er dich mit offenen Armen begrüßen oder mit einem Dolch in der Hand? Oder vielleicht mit beidem?«

Haern warf ihm einen finsteren Blick zu. Der Mann sah seinen Gesichtsausdruck und lachte.

»Aber es geht mir um Gold, nicht darum, meine Neugier zu befriedigen. Ich habe einen Vorschlag für dich, Aaron. Entschuldige, Wächter. Oder wäre dir Haern lieber? All diese Namen verwirren mich.«

»Haern ist gut.«

»Also gut, Haern, mein Name ist Todesmaske, und ich habe eine Bitte an dich. Ich will etwas erreichen, aber das kann ich nicht alleine schaffen, und auch nicht nur mit Velianas Hilfe. Aber du ... du bist nicht durch Loyalität gebunden, hast keine Schwächen und keinerlei Ehrgeiz außer Töten. Meine Bitte ist im Grunde sehr einfach: Hilf mir, den Krieg zwischen den Gilden und der Trifect zu beenden.«

Jetzt lachte Haern.

»Ich habe über hundert von euch im Laufe der Jahre getötet, und trotz meiner Hilfe hat die Trifect stillgehalten und sich geweigert zu tun, was notwendig war. Die letzte Nacht war zwar ein Anfang, aber es wird nicht zum Frieden führen, das wissen wir beide. Sondern es wird die Diebe nur anstacheln. Ihre Vergeltung wird schrecklich werden, falls es nicht schon passiert ist. Was kann ich da schon tun?«

»Dein Name hat Gewicht, glaub es oder nicht«, erwiderte Todesmaske. »Obwohl ich eigentlich sagen sollte, dein Ruf hat Gewicht. Jeder Dieb fürchtet die Nacht, in der sich herausstellt, dass du das Opfer bist, das er ausrauben wollte. Selbst die Gildemeister haben Angst vor dir, außer vielleicht Thren. Aber der würde nicht einmal ins Schwitzen kommen, wenn ihn ein Drachenschwarm angreift. Trotzdem musst du etwas wissen. All diese Diebe, diese Halunken der Unterwelt sind von Geburt an daran gewöhnt zu überleben. Das ist alles, was sie kennen. Sie werden sich auf ihrem Weg nach oben an alles klammern und alles mitnehmen, was sie können, aber insgeheim wollen sie nur leben, und zwar gut. Wenn du das weißt, weißt du auch, wie du sie auf deine Seite ziehen kannst.«

»Kein Gildemeister würde zurücktreten, nur weil ich ihm drohe«, erwiderte Haern. »Du bist ein Narr. Sie würden lieber sterben, als ihren Reichtum aufzugeben.«

»Und das ist das andere, was du begreifen musst.« Todesmaske grinste. »Sie haben weder Ehre noch einen Kodex. Sie wollen Wohlstand, und sie wollen leben, aber sie wollen nicht ohne Gold leben, jedenfalls nicht, wenn sie es erst einmal angehäuft haben. Also musst du ihr Leben bedrohen, während du ihnen gleichzeitig die Chance bietest, alles behalten zu können, was sie zusammengerafft haben. Das funktioniert. Ich weiß es.«

Haern wirkte immer noch nicht überzeugt.

»Wie sieht dein Plan aus?«

»Weißt du, wie viel Gold die Trifect ausgibt, um alle diese Söldner zu bezahlen? Weißt du, wie viel Gold sie Jahr um Jahr verlieren, weil Thren ihre Waren verbrennt, weil Kadish ihre Helfer tötet, weil Garrick ihre Lagerhäuser plündert? Sie gehen bankrott, wenn sie diesen Krieg weiterführen, aber sie können nicht aufhören, sie können keinen Frieden schließen, weil Thren das nicht zulässt. Niemand will, dass es immer so weitergeht. Vor den Gildenkriegen haben alle profitiert, und kaum jemand ist gestorben. Wir hatten ein System. Aber Thren fühlte sich beleidigt, und die Trifect hat ihre Grenzen überschritten. Beide haben einen Fehler gemacht, aber jetzt sind sie zu dickköpfig, um aufzuhören. Sag mir, Haern, weißt du, wie die Sache mit den Schutzgeldern funktioniert?«

»Ich bin der Sohn von Thren Felhorn«, erwiderte er, als wäre das Erklärung genug.

»Gut. Mein Plan ist ganz einfach. Wir versammeln alle

Gildemeister, dazu die drei Köpfe der Trifect, und stecken sie zusammen in einen Raum. Und niemand von ihnen darf ihn verlassen, bis sie alle zustimmen, diese Sache zu einem Ende zu bringen.«

Haern lachte, schon allein über die Verwegenheit dieses Plans.

»Das kann nicht funktionieren, das muss dir doch klar sein. Wer würde schon wagen, zu dem Treffen zu gehen? Irgendjemand würde kneifen, andere würden versuchen, ihre Feinde zu töten, während sie zusammen in einem Raum sind. Es gibt zu viel Gier und zu viel Misstrauen. Irgendjemand wird sich auf einen anderen stürzen. Ich hatte etwas Raffinierteres erwartet von jemandem, der so ... anders ist.«

»Du hast fünf Jahre versucht, ganz alleine die Diebesgilden niederzuringen«, entgegnete Todesmaske. »Und doch verspottest du meine Fantasie? Aber du hast recht; ein solches Treffen würde sofort auseinanderbrechen, es sei denn natürlich, dass wir bei den Verhandlungen jemanden dabei hätten, der die Ruhe erzwingt. Jemand, den sie alle fürchten. Sie müssten wissen, dass sie ein schneller Tod erwartet, wenn sie aus der Reihe tanzen.«

Haern schwieg lange.

»Binde mich los«, sagte er schließlich.

»Wirst du versuchen, mich zu töten?«, wollte Todesmaske wissen.

»So wenig Vertrauen von jemandem, der will, dass ich für ihn arbeite?«

Der Mann zuckte mit den Schultern. »Na gut. Binde ihn los, Vel.«

Sie gehorchte, wenn auch zögernd. Haern stand auf und dehnte seine Muskeln. Er verzog das Gesicht, als die Gelenke in seinem Rücken knackten. Sein Arm schmerzte sehr.

Die Muskeln und Sehnen waren zerfetzt. Er sah sich in dem dämmrigen Keller um und richtete seine Aufmerksamkeit dann auf Todesmaske.

»Erzähl mir alles.«

Todesmaske schien dieser Aufforderung nur zu gerne nachzukommen.

»Wir lassen jedes Mitglied der Trifect und jeden Gildemeister der Diebe wissen, und zwar zweifelsfrei, dass sie sterben werden, wenn sie sich weigern, zu dem Treffen zu kommen. Danach werde ich im Hintergrund arbeiten, ein paar Räder schmieren und dann Bedingungen formulieren, die jeder akzeptieren kann. Und jedem, der Unruhe stiftet oder versucht, sich diesen Bedingungen zu verweigern, hetzen wir dich auf den Hals. Wie klingt das?«

»Vollkommen verrückt.« Haern sah sich suchend nach seinen Langmessern um. Sie waren nirgendwo zu entdecken. »Warst du gestern Nacht nicht draußen? Das Blut verstopft schon die Kanäle. Sie werden dem niemals zustimmen, sie werden gar keiner Vereinbarung zustimmen. Du machst dir etwas vor, Todesmaske.«

»Wenn du nicht akzeptierst«, Veliana trat vor die Treppe, die nach oben, ins Tageslicht führte, »dann haben wir keine Wahl. Und du hast es dir selbst zuzuschreiben.«

»Was?«

»Wir werden deinem Vater deinen neuen Namen verraten und ihm sagen, wer du wirklich bist«, sagte sie. »Wie lange, glaubst du, wird dein kleiner Feldzug gegen uns dauern, wenn er das erst einmal erfahren hat? Im Augenblick betrachtet er dich als ein Ärgernis, einen Geist, der seine Männer auf Trab hält und nur die Schwachen aus seiner Gilde ausmerzt. Aber wenn es sich um Aaron Felhorn handelt, der sich gegen sein eigenes Fleisch und Blut wendet ...«

Haern blickte ihr in die Augen. Obwohl er verletzt und erschöpft war, wollte er nicht klein beigeben.

»Macht das nur«, erwiderte er. »Aber fragt euch selbst, wer wen zuerst finden wird ... mein Vater mich oder ich euch? Und jetzt geh zur Seite. Sofort.«

Sie legte den Kopf schief, damit sie Todesmaske sehen konnte. Offenbar stimmte er zu.

»Also gut. Es war nett, dich wiederzusehen, *Aaron*.«

Er trat auf die Straße hinaus und kniff im grellen Sonnenlicht die Augen zusammen. Dann eilte er davon. Da er nirgendwo hingehen konnte, machte er sich auf den Weg zu Senke und seinen Söldnern. Er hoffte, dass er dort ankam, ohne dass ihn noch irgendeine sonderbare Frau angriff.

»Glaubst du, dass er seine Meinung ändern wird?«, fragte Veliana, nachdem Haern gegangen war. Todesmaske zuckte mit den Schultern.

»Kommt drauf an, was du meinst. Seine Meinung über das, was ich ihm gerade angeboten habe? Nein. Aber das habe ich auch nicht erwartet.«

Veliana hob eine Braue. »Möchtest du mich vielleicht einweihen?«

»Selbstverständlich. Haern wird niemals von ganzem Herzen einen Plan umsetzen, den ich ersonnen habe. Es muss sein eigener Plan sein, einer, den er für sein Vermächtnis halten wird. Wir müssen seinen Stolz einbeziehen, sonst wäre er wirkungslos und gefährlich. Aber ich habe ihm die Idee in den Kopf gepflanzt. Er weiß, dass sich viele von uns nach Frieden sehnen, und auch, dass er eine Schlüsselrolle dabei spielen könnte. Ich glaube, dass ihm die Vorstellung des Vollstreckers am meisten gefällt. Er wird zurückkommen, das versichere ich dir, und zwar mit einem Plan, der noch verrückter ist als meiner.«

Sie setzte sich auf den Stapel von Kissen, den sie als Bett benutzte, seit Todesmaske sie von der Aschegilde weggebracht hatte. »Selbst nachdem wir Garrick getötet haben, wird es hart, den Rest der Gilde dazu zu bringen, einen Plan zu akzeptieren, in dem der Wächter eine Rolle spielt.«

»Ich weiß«, sagte Todesmaske. »Aus diesem Grund habe ich die Spinnengilde auf sie gehetzt. Warum soll ich die ganze Drecksarbeit machen?«

Etwas an der beiläufigen Art, in der er es sagte, an seinem amüsierten Unterton, löste das Rätsel plötzlich auf. Veliana starrte ihn verblüfft an.

»Du willst die Aschegilde vernichten, sie bis auf dich selbst vollkommen auflösen.«

»Nicht ganz«, erwiderte Todesmaske. »Du wirst ebenfalls dabei sein, so wie zwei oder drei andere, die in der Lage sind, das bevorstehende Blutvergießen zu ertragen. Ich brauche keine Gilde aus Einfaltspinseln, Kindern und dergleichen. Es reicht völlig, wenn ich den anderen Gilden Angst einflöße und dafür sorge, dass all das Gold in meine Taschen fließt.«

»Das war also die ganze Zeit dein Plan? Du wolltest die Aschegilde vernichten und sie mit dir an der Spitze neu aufbauen. Und mit ein paar von uns anderen, die sich um deine Füße scharen?«

Veliana rieb sich die Schläfen und dachte nach. Alles, was sie und James Beren geschaffen hatten, war zwischen ihren Fingern zerronnen, seit Thren James getötet hatte. Aber noch hielt sie die Scherben in den Händen. Würde alles verschwinden? Konnte sie das zulassen, konnte sie erlauben, dass dieser Mann hier das Vermächtnis der Aschegilde für immer vernichtete?

»Du zerstörst alles, wofür ich gearbeitet habe«, sagte sie schließlich ruhig.

»Ich werde der Aschegilde ein Vermächtnis geben, das ganz

Dezrel eines Tages fürchten wird. Ich erwarte nicht, dass es einfach werden wird. Und wir müssen sehr viele töten, ja. Aber stell dir unseren Reichtum vor, wenn wir Erfolg haben, den Respekt, den wir genießen werden. Alle anderen Gilden werden Angst vor unserer Vergeltung haben. Wir brauchen nichts zu bewachen, sondern können nach Gutdünken angreifen. Alle, die sich gegen uns stellen, sterben, jeder Einzelne von ihnen. Und sobald sich dieser Ruf herumgesprochen hat, sind wir Götter in dieser Stadt.«

»Du bist wahnsinnig.«

Er lächelte. »Vielleicht. Aber kannst du dir vorstellen, wie viel Spaß es machen wird, das auch nur zu versuchen? Bekommst du etwa Angst vor mir, Vel? Strebe nach Größe und verdamme alle anderen. Garrick hat dir deine Gilde weggenommen. Hilf mir, sie zurückzuholen und sie zu etwas zu formen, das es in der Geschichte von Dezrel noch nie gegeben hat.«

Sie war sich immer noch nicht sicher, aber das wollte sie Todesmaske nicht wissen lassen.

»Was ist mit der Spinnengilde? Wolltest du dich nicht mit Thren treffen?«

Todesmaskes Augen funkelten, und sein Lächeln wurde strahlender. Trotzdem glaubte Veliana, so etwas wie Furcht hinter dieser Maske zu wittern.

»Komm mit«, sagte er. »Ich hoffe, wir haben die Vorstellung nicht versäumt. Ich habe etwas entdeckt, als ich von Garrick empfangen wurde, das mich veranlasst hat, Threns Reaktion auf unsere Maskerade anders einzuschätzen.«

Sie zogen ihre Gildenumhänge aus und kleideten sich in unauffällige Farben, die keiner Gilde zuzuordnen waren. Veliana zog die Kapuze tief in die Stirn, um ihre Narbe zu verbergen. Angesichts des kalten Windes heute Morgen würde sich niemand über die Kapuze wundern. Todesmaske ging voraus und nahm einen Umweg zum Gildenhaus der Aschegilde. Schon auf halbem Weg sah Veliana den Rauch in den Himmel steigen.

»Was ist passiert?«, wollte sie wissen.

»Vorsichtig«, sagte er, drückte sich an die Mauer und blickte um jede Biegung. »Wir haben jetzt vielleicht ein paar Feinde mehr. Erinnerst du dich noch daran, als die Falken versucht haben, dir eine Falle zu stellen? Dieser Versuch, den ich gestört habe, als ich dir das erste Mal begegnet bin? Garrick hat nichts unternommen, hab ich recht?«

»Nein«, sagte sie. »Aber was hat das mit …?«

»Die Spinnengilde hat die Falken kaum einen Tag später angegriffen. Was hältst du davon, Veliana? Warum glaubst du, dass Garrick plötzlich Rückgrat bekommen hat und es gewagt hat, deine indirekte Kontrolle der Gilde infrage zu stellen?«

Das Begreifen traf sie wie ein Keulenschlag.

»Nein! Dieser hinterhältige dreckfressende Mistkerl! Ich bringe ihn um! Es wird hoffentlich Tage dauern, aber ich werde ihn umbringen!«

»Vorausgesetzt, dass er noch lebt.« Todesmaske führte sie in ein Wohnhaus. Sie stiegen die Treppe hoch und blieben vor einer Tür im Obergeschoss stehen. Er klopfte. Als niemand antwortete, trat Veliana die Tür ein. Der Raum war vollkommen durchwühlt. Jedenfalls das, was noch davon übrig war. Wie es aussah, waren die Bewohner entweder geflüchtet oder gestorben. Durch das kleine Fenster konnten sie das Gildenhaus sehen. Todesmaske blickte zuerst hinaus und trat dann zurück, damit Veliana ebenfalls einen Blick darauf werfen konnte. Das ganze Gebäude stand in Flammen. Es war teilweise zusammengebrochen und schwarzer Rauch quoll heraus. Ein Kreis von Dieben hatte es umzingelt. Sie trugen die Umhänge und Farben der Spinnengilde.

Während sie zusah, kroch ein Mann aus den Trümmern. Selbst von hier oben aus konnte sie sehen, dass er starke Verbrennungen erlitten hatte. Eine der Spinnen schoss ihn mit einer Armbrust nieder, bevor er auch nur aufstehen konnte.

»Unglaublich«, sagte Todesmaske, während er erneut hinsah. »Eine Armee von Söldnern stürzt sich auf uns, und ohne zu zögern massakriert er eine andere Gilde, und das alles nur, weil er einmal hintergangen wurde.«

»Thren zögert nicht lange.«

Todesmaske murmelte etwas Unverständliches und ließ sich auf die harte Matratze fallen.

»Wir müssen die Gilde unter Kontrolle bringen, und zwar sofort«, sagte er. »Ich hatte gehofft, dass sie sich gegenseitig auflauern würden, dass ein paar Mitglieder beider Gilden sterben würden, aber das hier ... Threns Niedertracht ist erstaunlich. Wir müssen die Kontrolle übernehmen, bevor die Gilde sich vollkommen auflöst und der Rest der Stadt sich unser Territorium einverleibt. Wenigstens werden die Söldner verhindern, dass sie das sofort machen können. Und was Thren angeht ... Wenn es eine Chance auf Frieden geben soll, dann müssen wir uns um ihn kümmern, so oder so. Sag mir, wohin wird sich der Rest der Gilde flüchten, nachdem das Hauptquartier niedergebrannt ist?«

»In ihr altes Quartier«, sagte sie. »Unterhalb der *Schenke zur Schweinehälfte*. Wir haben die Keller ausgebaut und gut dafür bezahlt. Sie sollten immer noch leer sein, und der Besitzer ist ein harter Hund, der sich von gedungenen Söldnern nicht einschüchtern lässt.«

»Dann gehen wir jetzt dorthin.« Er band sich die Maske vors Gesicht. »Sie sollen sehen, dass du noch lebst, und sie sollen hören, dass ich Gehorsam von ihnen fordere. Ab sofort steht die Aschegilde unter meiner Kontrolle.«

»Und wenn Garrick noch lebt?«

Todesmaske lächelte. Von Furcht war in seinem Gesicht nichts mehr zu sehen.

»Dann bekommst du deine Rache, vorausgesetzt, du bist stark genug, sie dir zu nehmen.«

»Das schaffe ich schon.« Sie klopfte auf die Griffe ihrer Dolche. »Folge mir und halt die Augen auf. Ich möchte nur ungern sterben, bevor meine Klingen Garricks Blut gekostet haben.«

20. KAPITEL

Geist erwachte, als ihm die Sonne ins Gesicht schien. Er rieb sich die Augen und zwang sich dazu, sie zu öffnen. Es musste bereits Mittag sein. Sein Magen knurrte, und sein Kopf dröhnte noch von der letzten Nacht. Er hätte noch vier Stunden oder länger schlafen können, aber sein Körper musste das aushalten. Dennoch hatte er es nicht besonders eilig. Schließlich hatte er einen Namen und einen Ort, an dem er suchen und wo er Fragen stellen konnte. Also konnte es niemandem schaden, wenn er vorher einen Happen aß.

Nachdem er sein Zimmer in der heruntergekommenen Herberge verlassen hatte, machte er einen Abstecher zum Hauptmarkt im Zentrum der Stadt. Er kaufte sich eine dicke Scheibe Brot, die mit Butter und Honig bestrichen war. Während er aß, setzte er sich an den Brunnen in der Mitte des Platzes und lauschte den Gesprächen der Frauen und Männer, die vorbeigingen. Die vorherrschende Stimmung war keineswegs Angst, wie er erwartet hatte. Es war Wut. Und noch überraschender war, dass sich diese Wut nicht gegen die Gilden, ja nicht einmal gegen die Trifect richtete. Sondern sie zielte auf den König.

Ihr dummen Hunde, dachte er, während er aß. *Wir haben so lange in diesem Chaos gelebt, dass es schon normal für euch geworden ist. Trifect und Gilden führen Krieg, und das haltet ihr für akzeptabel, aber nur, wenn der König euch beschützt. Die letzte Nacht hat euch aus eurer Teilnahmslosigkeit gerissen. In der letzten Nacht ist euer Blut zusammen mit dem der anderen geflossen. Also geratet ihr in Wut, aber nur auf euren Beschützer. Dieser verdammte König. Er hätte diesen Schwachsinn schon vor Jahren beenden müssen.*

Geist war noch nicht lange in Veldaren und wusste nur sehr wenig vom König, aber was er bislang aufgeschnappt hatte, war nicht gerade schmeichelhaft. Als er jetzt hörte, wie Männer fluchten und ihrem Lehnsherrn seine Ehre absprachen und Frauen andeuteten, dass er ohne seine Männlichkeit geboren worden wäre, schien es nur offenkundig zu sein, dass seine feige Gleichgültigkeit nicht mehr allzu lange andauern konnte. Die Frage war nur, für welche Seite er sich entscheiden würde, für die der Gilden oder die der Trifect. Rein logisch betrachtet müsste er eine Marionette der Trifect sein, aber Geist war sich in dem Punkt nicht sicher. Welche der beiden fürchtete er mehr? War der Mann ein echter Feigling, dann würde er vor dem Feind Angst haben, den er nicht mit Toren und Mauern aussperren konnte, der Feind, der seine Getränke vergiften und ihn im Schlaf mit einem Dolch töten konnte.

Er hatte zu Ende gegessen, trank einen Schluck Wasser aus dem Brunnen und machte sich dann auf den Weg zum Hauptquartier der Söldner. Es überraschte ihn nicht sonderlich, dass sich sowohl Reiche als auch Arme davor drängten. Sie trugen ihre Anliegen vor und verlangten Entschädigung für die Schäden, die in dieser chaotischen Nacht entstanden waren. Der alte Verwalter, Bill Trett, schrie immer und immer wieder denselben Satz, als würden die Leute ihn begreifen, wenn er ihn zum fünfzigsten Mal wiederholte.

»Bringt eure Beschwerden vor Alyssa Gemcroft. Sie hat versprochen, die ganze Verantwortung zu übernehmen. Es tut mir leid, wenn euer Haus abgebrannt sein sollte oder jemand gestorben ist, aber bitte, bringt eure Beschwerden vor Alyssa Gemcroft. Sie hat versprochen ...«

Geist hämmerte mit der Faust gegen die Tür. Das Geräusch dröhnte wie Donner in dem kleinen Raum. Die Anwesenden, etwa zwanzig Personen, zuckten zusammen und fuhren herum.

»Das reicht!«, brüllte er. »Schafft sofort eure Ärsche hier heraus und wendet euch mit euren Problemen an Lady Gemcroft!«

Er hielt die Tür mit seinem kräftigen Arm auf. Diese Haltung gab den Blick auf die beiden Schwerter an seinem Gürtel frei. Er sah die Menschen finster an und machte ihnen mit seinem Blick klar, dass er keine Lust hatte zu diskutieren. Ein paar verschwanden, während sich die anderen umsahen, als wollten sie herausfinden, wie ernst er es meinte. Nur ein paar waren bewaffnet, und er bezweifelte, dass sie mit ihren Klingen umgehen konnten.

»Ich lasse die Tür gleich los«, sagte er. Er sprach zwar leise, aber seine Stimme dröhnte immer noch. »Wenn sie zufällt, bringe ich alle in diesem Raum um, die keine Angehörigen der Gilde sind. Ist das klar?«

Er ließ die Tür los. Ein drahtiger, in Seide gehüllter Mann machte einen großen Satz und hielt die Tür mit der Hand fest. Der Rest der Leute folgte ihm, bis nur noch ein dankbarer Bill im Raum war.

»Was beim Schlund ist letzte Nacht passiert?«, erkundigte sich der ältere Mann. »Ich habe fast erwartet, dass einige von ihnen auf den Tresen springen und mich angreifen würden.«

»Es sind verängstigte Schafe«, antwortete Geist. »Soll Alyssa sich um sie kümmern. Du brauchst dir ihr Geblöke nicht anzuhören.«

»Ich bezweifle, dass du hierhergekommen bist, um mich zu retten.« Bill setzte sich und strich sich über das Haar. Dann zog er eine Flasche aus einer Schublade und nahm einen tiefen Schluck. »Also, was brauchst du?«

»Kennst du eine kleine Gruppe von Söldnern, die von jemandem namens Tarlak angeführt wird?«

Bill hob eine Braue. »Die kenne ich allerdings, aber nur, weil sie mir Ärger gemacht haben. Tarlak Eschaton, Anführer der Eschaton-Söldner. Er hat sich geweigert, unserer Gilde beizutreten oder seinen Beitrag zu bezahlen. Der Letzte, den ich mit der Aufforderung zu ihm geschickt habe, uns beizutreten, ist als Kröte zurückgekommen.«

Geist blinzelte. »Eine Kröte?«

»Eine verdammte Kröte, ganz recht. Es hat ein Vermögen gekostet, einen Vertreter des Konzils der Magi zu holen, damit er ihn wieder zurückverwandelt. Sie sind allerdings auch nicht besonders gut auf Tarlak zu sprechen. Offenbar ist er ein abtrünniger Schüler oder so etwas, aber da er kein offizielles Mitglied ihres Konzils ist, betrachten sie ihn offenbar auch nicht als ihr Problem. Jedenfalls solange er nicht anfängt, Häuser in die Luft zu sprengen oder zu versuchen, mehr zu werden als das, was er jetzt ist.«

»Und das wäre?«

Bill zuckte mit den Schultern. »Ein unbedeutender kleiner Söldner. Warum fragst du?«

»Ich muss ihn finden.«

»Soweit ich weiß, lebt er in der Krimsongasse dreizehn, südlich vom Axtweg. Er sollte noch dort sein.«

»Weißt du, wie viele noch bei ihm sind?«

Bill trank noch einen Schluck, dachte nach und stand auf. Nachdem er die Tür abgeschlossen und einen Holzbalken davorgelegt hatte, setzte er sich wieder.

»Für heute haben wir geschlossen«, sagte er. »Und außerdem gefällt mir nicht, wohin unser Gespräch führt, Geist. Willst du mir nicht sagen, warum du dich so für diesen Tarlak interessierst?«

»Er weiß etwas.«

»Soweit ich höre, entwickeln Menschen, die etwas wissen, was du erfahren möchtest, die sonderbare Angewohnheit, tot aufzutauchen.«

Geist zuckte mit den Schultern. »Das kommt ganz darauf an, wie locker ihre Zunge sitzt.«

»Junge, was bist du für ein harter Knochen.« Bill lachte leise. »Aber da sie nicht zur Gilde gehören und du schon, kann ich dir wohl sagen, was ich weiß. Er lebt mit seiner Schwester zusammen, einem jungen Mädchen. Ich glaube, sie ist Priesterin. Außerdem ist da noch ein Bursche namens Brug, obwohl ich wirklich nicht weiß, warum sie ihn aufgenommen haben. Wir haben die Bewerbung dieses Kerls zweimal abgelehnt. Er ist zu jähzornig und besitzt keinen Funken Talent für den Kampf. Der Letzte im Bunde ist ein Bursche namens Stern. Er ist genauso kahlköpfig wie du, aber mehr weiß ich nicht über ihn. Ich habe nichts darüber gehört, ob er kämpfen kann oder nicht. Wie ich schon sagte, es sind unbedeutende Söldner, und sie fallen nur durch seine erbärmlichen magischen Tricks ein wenig auf. Oh, und natürlich durch diese grauenhafte gelbe Kutte, die er trägt. Seine kleine Gruppe existiert erst seit etwa neun Monaten, höchstens einem Jahr. Ich glaube nicht, dass sie noch lange durchhalten.«

Geist verbeugte sich und schnappte dabei Bill die Flasche weg. Er trank einige Schlucke, und das Brennen in seiner Kehle weckte ihn auf.

»Genieß deinen Tag in Frieden«, meinte Geist, während er die Flasche zurückgab. »Und verschließ die Tür, nachdem ich gegangen bin. Da draußen sammeln sich immer noch Leute.«

»Mach ich.«

Mit einem finsteren Blick trieb Geist die Wartenden einen Schritt zurück, und er rührte sich nicht von der Stelle, bis er hörte, wie der Balken mit einem dumpfen Knall vorgeschoben wurde.

»Ihr habt noch euer Leben«, sagte er zu den Umstehenden. »Solange ihr das habt, könnt ihr weiterziehen. Und ich schlage vor, dass ihr genau das tut. Weder euer Flehen noch eure Flüche werden irgendjemanden erweichen, nicht in dieser Stadt.«

Er machte sich auf den Weg nach Süden, zum Krimson, wobei er nach dem Axtweg Ausschau hielt, damit er anfangen konnte zu zählen. Das dreizehnte Haus von dort aus zu finden war leicht. Er betrachtete das zweistöckige Gebäude mit verschränkten Armen und dachte nach. Als er sich entschieden hatte, wo er eindringen würde, setzte er sich in Bewegung. An der nächsten Quergasse drehte er um und näherte sich dem Haus über eine Seitenstraße. Es war eine dunkle Gasse, und zwei Männer warfen ihm einen finsteren Blick zu, als er an ihnen vorbeiging. Bei jedem andern hätten sie versucht, ihn auszurauben, aber er grinste sie an und sah, wie sie sein geschminktes Gesicht anstarrten. Vermutlich hätten sie eher versucht, einen Drachen auszurauben.

Das Gebäude der Eschatons war aus glattem Stein, aber das Haus daneben nicht. Es war heruntergekommen und wies viele Löcher und Spalten auf, in denen man Halt finden konnte. Er kletterte auf das Dach, drehte sich um und sprang über den Spalt zwischen den beiden Häusern. Er rollte sich ab, um den Aufprall bei der Landung abzufangen. Nicht, weil er Angst hatte, seine Beine zu verletzen. Er wusste, dass sie den Stoß vertragen konnten. Aber er wollte niemanden im Haus alarmieren. Es gab zwar keinen direkten Zugang zum Haus vom Dach aus, aber im ersten Stock war ein Fenster. Das genügte ihm. Er ließ sich kopfüber vom Dach herunter, klemmte sich mit den Füßen fest und blickte hindurch.

Das Glas war überraschend sauber, und er vermutete, dass es

an der Frau lag, die direkt unter dem Fenster schlief. Sie hatte rote Haare und war unter vielen Decken begraben. Wahrscheinlich war das die Priesterin. Er spannte die Muskeln in seinen Beinen an und drückte vorsichtig gegen das Glas, um auszuprobieren, ob das Fenster aufging. Tat es nicht.

Er schwang sich wieder auf das Dach zurück und überlegte. Wenn er durch die Vordertür brach, war das Überraschungsmoment dahin, und er hatte auch nicht sofort einen von ihnen in seiner Gewalt. Er konnte natürlich versuchen, später zurückzukehren, aber wenn er tagsüber schlief, würden sie wahrscheinlich bei Einbruch der Dunkelheit mit den anderen Söldnern ausrücken. Das war auch nicht gut. Er musste sofort handeln. Er ließ sich am Dach herunter und packte den Vorsprung mit den Händen. Das Fenster war nicht besonders groß, aber wenn er sich lang machte, würde er hindurchpassen.

Er trat sich von der Hauswand ab, holte Schwung und krachte mit den Füßen zuerst durch die Scheibe. Die Glasscherben flogen auf das Bett der Frau. Er ließ den Rand des Dachs los und streckte die Arme hoch über den Kopf. Der Schwung schleuderte ihn durch das Fenster, und er landete mit seinem Rücken auf der Frau. Bevor sie schreien konnte, rollte er sich herum und hielt ihr den Mund zu.

»Leise«, sagte er und schlug ihr mit der offenen Handfläche gegen die Schläfe. Sie verlor das Bewusstsein. Er wusste, dass er wenig Zeit hatte, stieß sich vom Bett ab und ging zur Tür.

»Del?«, fragte jemand von der anderen Seite. Die Stimme klang nervös, aber noch nicht besorgt. Ein zerbrochenes Fenster konnte viel bedeuten. Am wahrscheinlichsten war, dass ein Stein hereingeflogen war. Am unwahrscheinlichsten war, dass ein gefährlicher Mann, der so groß war wie ein Berg, sich hindurchgezwängt hatte. Die Tür schwang nach innen. Noch bevor sie ein Drittel offen war, rammte er sie mit dem Knie zu, packte sie dann mit einer Hand und riss sie weit auf. Auf der anderen Seite stürzte ein Mann zu Boden, der von dem Aufprall mit der Tür aus dem Gleichgewicht gebracht worden war. Seiner Kleidung nach zu urteilen handelte es sich um Tarlak.

Bill hatte recht. Was ist das für eine Farbe? Pissgelb?

Geist rammte dem Mann seine fleischige Faust in den Mund, nur um dafür zu sorgen, dass er keinen Zauber wirkte. Er hatte nicht die Absicht, später als Kröte bei Bill aufzutauchen. Unter dem Schlag platzte die Lippe des Hexers auf, und Blut klebte auf Geists Knöcheln. Der hieb ihm die Faust in den Magen, und der Mann krümmte sich zusammen. Dann hämmerte er ihm beide Fäuste auf den Hinterkopf, und Tarlak landete bewusstlos auf dem Boden. Weder er noch das Mädchen würden lange ohnmächtig sein, vielleicht nur wenige Minuten, aber für Geist war das Zeit genug. Wenn sie zu sich kamen, waren sie gefesselt und der Hexer zudem geknebelt.

Es gab noch einen anderen Raum im Obergeschoss, dessen Tür offen stand. Geist vermutete, dass es sich um Tarlaks Zimmer handelte, und ging zur Treppe. Wenn die beiden anderen wach waren, würden sie zweifellos hochkommen. Und richtig, er hörte lautes Gebrüll, und ein kleiner Mann mit muskulösen Armen und Bart kam ihm auf der Hälfte der Treppe entgegen.

»Was, verflucht ...?«

Geist schlug ihm die Faust ins Gesicht. Dann rammte er ihm das Knie in die Lenden, und der Mann polterte die Treppe hinunter. Wieder schien Bills Information richtig zu sein. Der Kerl war wirklich nicht sonderlich gut zu gebrauchen.

Er folgte Brug die Treppe hinunter und trat ihm noch einmal in den Magen, damit er liegen blieb. Jetzt war noch einer übrig, derjenige namens Stern. Er musterte das Untergeschoss. Im hinteren Teil des Hauses befanden sich zwei Türen und ein

Ausgang nach draußen. Eine Tür war offen, wahrscheinlich die von Brugs Zimmer. Die andere …

Die Tür flog auf, als er nach dem Griff fasste. Sofort drehte er sich dahinter und benutzte sie als Schild. Ein Morgenstern zischte dort durch die Luft, wo er eben noch gestanden hatte. Geist stieß sich von der Wand ab und zückte beide Schwerter. Er schob den Morgenstern beiseite und schlug blindlings hinter die Tür. Sein Schwert prallte gegen etwas Hartes, und dann sahen sich beide Männer. Stern musterte ihn wütend. Er hielt in jeder Hand einen Morgenstern. Sie pressten ihre Waffen gegeneinander und maßen ihre Kräfte. Stern war zwar erheblich stärker, als er aussah, aber er konnte ihm nicht das Wasser reichen.

Was den anderen Mann allerdings auch nicht zu überraschen schien. Als Geist versuchte, ihn zurückzustoßen, stieß Stern beide Schwerter zur Seite und versuchte, an ihm vorbeizulaufen. *Er will nach draußen*, begriff Geist. Weil er vermutlich hoffte, dort im Vorteil zu sein, weil er schneller war. Geist konnte ihn zwar nicht aufhalten, aber er konnte ihm das Leben schwer machen. Er trat aus, während er sich drehte, um Sterns Knie zu zertrümmern. Der Mann versuchte jedoch nicht einmal, sein Gleichgewicht zu behalten, sondern rollte sich ab, um einen alten Stuhl herum, und stand vor der Tür auf den Füßen. Er hob seine Waffen und grinste.

»Du bist eindeutig ein erfahrener Kämpfer«, sagte er. »Also, welchen Geldsack haben wir diesmal verärgert?«

»Spielt keine Rolle«, sagte Geist. Er täuschte einen Angriff vor und trat dann den Stuhl nach ihm. Stern blockte ihn mit seinem Absatz ab, aber das verschaffte Geist genug Zeit. Er schlug mit beiden Schwertern zu und ließ dem Mann keine andere Wahl, als den Schlag zu blocken. Das tat er auch. Seine Arme zitterten, aber es brachen keine Knochen, wie der

Hüne gehofft hatte. Wenn er zuschlug, dann war es ihm schon manchmal gelungen, die Gelenke seines Widersachers zu zertrümmern.

Geist schwang seine Schwerter, um von beiden Seiten anzugreifen. Damit gab er dem anderen nur eine Öffnung, nämlich seine Brust. Er wollte, dass Stern sein Glück dort versuchte und stehen blieb, statt die ganze Zeit herumzuspringen. Ärgerlicherweise fiel er nicht darauf herein. Stern ging in die Knie, blockierte den tieferen Schlag mit der linken Seite und ließ das rechte Schwert einfach über seinen Kopf hinwegzischen. Sofort danach rollte er sich zur Seite. Geist verfolgte ihn, aber seine Schläge trafen nur auf die Bodendielen. Die Zeit wurde knapp. Die anderen würden schon bald aufwachen. Sie wären sicherlich erschöpft und benommen, aber dennoch wach.

Geist fragte sich unwillkürlich, wie viel Konzentration man brauchte, um jemanden in eine Kröte zu verwandeln.

Endlich hatte er Stern in die Enge getrieben. Er stand mit dem Rücken an der Wand. Links von ihm war die Treppe und rechts von ihm die Eingangstür. Sein Blick zuckte von einem zum andern, während er überlegte. Geist ließ ihm keine Zeit, sondern griff an, hielt seine Schwerter dicht am Körper. Er würde jeden Rückzug mit seinem eigenen Leib blockieren und die Arbeit seinen Klingen überlassen. Stern hatte keine Chance, seiner Kraft standzuhalten, und ohne eine Rückzugsmöglichkeit würde er sterben.

Offenbar wusste Stern das ebenfalls. Seine Augen waren weit aufgerissen, und die Erregung des Kampfes schien seine gesamte Beherrschung zu fordern. Er sah aus wie ein Tier, das in die Enge getrieben war. Geist wusste, dass Stern nicht um Gnade winseln würde. Er würde angreifen, wild und bösartig. Und genau das tat er. Geist fürchtete diese ersten Sekunden, als die Kugeln der Morgensterne auf ihn zuzischten und mit voller Wucht gegen seine Klingen prallten. Er spürte Tritte auf seinem Körper, irgendwann einen Ellbogen, und immer noch schlugen die Morgensterne zu. Aber jetzt kämpften sie Geists Kampf, einen wilden Nahkampf. Er blockierte einen Schlag von der Seite, schlug mit seinem anderen Schwert zu und riss Stern den Morgenstern aus der Hand. Der zielte mit der anderen Waffe direkt auf seinen Kopf. Statt sich zu ducken trat Geist dichter an Stern heran, Brust an Brust. Sterns Arm traf sein Gesicht, aber das war besser, als wenn die scharfen Dornen des Morgensterns ihn getroffen hätten.

Dann rammte er ihm das Schwert in den Arm, sodass der Mann auch die zweite Waffe fallen ließ. Das andere rammte er ihm in den Bauch und drehte es herum.

»Scheiße!« Stern packte Geists Handgelenk mit beiden Händen. Sein ganzer Körper zitterte, und sein Gesicht wurde blass. Geist riss seine Waffen heraus und befreite sich aus Sterns Griff, als wäre der ein Kind. Der Mann rutschte an der Mauer herunter, Blut troff über seine Hände und sein Bein. Er hielt die Wunden mit seinen Handflächen zu und verlangsamte die Blutung.

»Du hättest dich ergeben sollen«, sagte Geist. »Auch wenn ich es respektiere, dass du deine Freunde verteidigst, war das alles überflüssig.«

Er ließ ihn liegen, trat über Brug hinweg und stieg die Treppe hoch. Der kleine Mann stöhnte zwar und war bei Bewusstsein, aber nur gerade so. Er war keine Bedrohung. Geist ging erst zum Hexer und war froh zu sehen, dass der Mann noch bewusstlos war. Er wickelte das Seil von seiner Hüfte, schnitt ein Stück ab und band Tarlak die Hände. Dann dachte er nach, schnitt noch ein kleines Stück davon ab, stopfte dem Hexer einen Fetzen seiner Kutte in den Mund und legte ihm einen

Knebel an. Dann hob er ihn auf die Schulter und trug ihn die Treppe hinunter. Unten setzte er ihn auf einen Stuhl. Stern beobachtete ihn mit glasigen Augen von der Wand aus.

Als Letztes kümmerte er sich um das Mädchen. Sie öffnete die Augen, als er in ihren Raum trat, aber sie zeigte keinerlei Erkennen, und ebenso wenig ein Anzeichen von Angst. Wahrscheinlich hatte sie eine Gehirnerschütterung, und er hätte für sie genauso gut auch der König von Ker sein können.

»Hoch mit dir«, sagte er. »Ich würde dich ungern noch einmal schlagen.«

Er packte ihre Handgelenke und hielt sie fest, als er sie die Treppe hinunterführte. Sobald er sie an einen anderen Stuhl gefesselt hatte, trat er Brug, um herauszufinden, wie es dem Mann ging.

»Verdammt«, brummte Brug, dessen Blick sich plötzlich fokussierte. »Wofür war das denn?«

Er sah, dass Geist über ihm stand, und versuchte nach seinen Waffen zu greifen. Doch der Hüne presste ihm die Hand auf die Kehle und drückte ihn zurück.

»Ich empfehle dir, dich zu benehmen«, sagte er und ließ die Spitze seines Schwertes vor einem Auge des Mannes baumeln. »Ansonsten lasse ich vielleicht los.«

Brug knirschte mit den Zähnen, sah sich um und nickte. Geist fesselte seine Hände und Füße und legte ihn neben die anderen auf den Boden.

»Nun, das war enttäuschend einfach«, sagte Geist und steckte seine Schwerter ein. »Ich hoffe, der Wächter fordert mich etwas mehr als ihr vier.«

Stern sagte etwas, aber seine Stimme war zu schwach, als dass man etwas hätte verstehen können. Geist trat näher und beugte sich zu ihm hinunter.

»Das wirst du herausfinden, wenn er dich tötet.« Stern stieß ein Husten aus, das wohl ein Lachen hätte sein sollen. Geist gab ihm eine fast verspielte Ohrfeige.

»Wenigstens hast du mir einen Kampf geliefert«, sagte er. »Deshalb verzeihe ich dir diese Prahlerei, die wahrscheinlich deiner Angst entspringt. Rühr dich nicht und versuche, deine Hände auf der Wunde zu lassen. Du weißt vielleicht noch etwas, das mir von Nutzen sein könnte, und ich würde ungern auf Informationen verzichten, nur weil du nicht verhinderst, dass dir deine Eingeweide zwischen den Fingern herausquellen.«

Die Priesterin schien langsam zu sich zu kommen, aber Tarlak war nach wie vor bewusstlos. Geist griff in die Tasche und zog einen kleinen Behälter mit Riechsalz heraus. Er hielt es dem Hexer unter die Nase und wartete, während er den Kopf des Mannes am Haar festhielt. Nach ein paar Atemzügen begannen seine Lider zu flattern, dann zuckte er zusammen, als hätte man ihm einen Eimer Wasser ins Gesicht gekippt.

Er gab einen unverständlichen Laut von sich.

»Willkommen zurück«, sagte Geist und schlug ihm auf die Schulter. »Entschuldige den Knebel. Ich weiß, wie viel Schaden deine Sorte mit ein paar albernen Worten anrichten kann. Ich hole ihn vielleicht heraus, aber nur einen kurzen Moment, und nur dann, wenn meine Schwerter an deinem Hals liegen. Verstanden?«

Ein leises Keuchen ertönte rechts von ihm. Wie es schien, war die Priesterin endlich zur Besinnung gekommen.

»Senke!«, keuchte sie.

Senke?

Er folgte ihrem Blick zu dem verwundeten Mann, der an der Wand lehnte. Ein Kosename? Oder hatte Bill sich geirrt, was seinen Namen anging?

»Er hat besser gekämpft als ihr anderen«, erklärte Geist.

»Sag nichts, Delysia«, murmelte Brug. »Beiß dir auf die Zunge und sag nichts.«

»Ich glaube nicht, dass du auf ihn hören solltest«, meinte Geist, der ihren Namen richtig zuordnete. Er hatte festgestellt, dass die meisten Menschen erheblich gefügiger wurden, wenn er sie bei der Befragung bei ihrem Namen nannte.

»Bitte, ich kann ihm helfen!« Sie kämpfte gegen ihre Fesseln. »Er stirbt!«

»Wenn das stimmt, macht er das aber nicht besonders gut.« Er beobachtete sie, um herauszufinden, ob seine Fesseln hielten. Zufrieden nahm er ihr Kinn in seine große Hand und drehte ihren Kopf, damit sie ihn ansah. »Wenn ich dich losbinden soll, musst du reden. Das ist alles, kleines Mädchen. Du musst einfach nur reden. Das ist doch keine Sünde, oder?«

»Was willst du?«

»Nicht!«, schrie Brug. Geist drehte sich zu ihm herum. Diesmal war sein Tritt tiefer und fester. Brug heulte wie ein Tier, und sein Gesicht lief dunkelrot an.

»Ich habe genug von dir«, sagte er. »Du bist besiegt und meiner Gnade ausgeliefert. Lügen und Schweigen werden dir nur Schmerzen bereiten, das ist alles. Keine Ehre, kein Opfer, kein Adel. Nur Schmerzen.«

Tarlak murmelte etwas in seinen Knebel. Geist überlegte kurz, ließ ihn dann jedoch in Ruhe. Er würde sich erst mit dem Hexer abgeben, wenn die andern nicht kooperativ waren. Und diese Delysia schien die Gefügigste zu sein. Er kniete sich vor sie hin und lächelte strahlend.

»Senke verblutet da drüben«, sagte er leise. Sie wollte dorthin sehen, aber sein Blick bannte sie. Er konnte es, hatte das schon oft getan. Er kam sich vor wie ein Schlangenbeschwörer, der seine Widersacher durch die pure Kraft seiner Persönlichkeit beherrschte. »Du kannst seinen Schmerz fühlen, der wie eine Hitzewelle über dich hinwegspült. Du bist eine Priesterin, also könntest du ihm helfen, könntest dich um seine Wunden kümmern. Wie sehr du zu ihm willst. So ein süßes Mitgefühl.«

Er trat hinter sie und legte seine geschminkte Wange an ihre, während sie beide zu Senke blickten.

»Aber ist es nur Mitleid? Ich glaube nicht. Ich glaube, es ist Furcht. Ich rieche sie an dir. Sie wächst in deiner Brust, kriecht langsam hinauf, wie ein Tier. Du willst nicht zusehen, wie er stirbt, aber genau das tust du. Sein Leben sickert vor deinen Augen aus ihm heraus, und das Einzige, was du tun kannst, ist, hier herumzusitzen. Wenn du dich gegen deine Fesseln wehrst, wird das das Loch in seinem Bauch nicht schließen, Delysia. Das erreichst du nur, wenn du mit mir redest. Sag mir die Wahrheit, nur die Wahrheit. Kannst du das tun, du hübsches Kind? Kannst du das für Senke tun?«

Sie biss sich auf die Unterlippe. Tränen liefen über ihr Gesicht.

»Ja«, sagte sie schließlich. Brug seufzte. Senke lachte leise an der Wand. Und Tarlak murmelte erneut irgendetwas Unverständliches in seinen Knebel.

»Gutes Mädchen. Es ist eigentlich eine einfache Frage. Ich habe einen Vertrag abgeschlossen, den Wächter aufzuspüren, und deine Leute wissen, wer er ist. Also sag mir, wo ich ihn finden kann.«

»Das weiß ich nicht«, erwiderte sie. Sie starrte ihm in die Augen, und ihm wurde klar, dass er begreifen sollte, dass sie ihn nicht anlog. »Er war nur zweimal hier. Ich weiß nicht, wohin er geht, wenn er verschwindet ... bitte, das weiß keiner von uns.«

Geist runzelte die Stirn. »Dann nenn mir seinen Namen. Er muss einen Namen haben.«

Tränen liefen ihr über das Gesicht. Sie sah wieder zu Senke, aber Geist packte ihren Kiefer und zwang sie, ihn anzusehen.

»Haern«, sagte sie. »Er nennt sich Haern.«

»Ist das sein Nachname? Oder sein Vorname?«

»Einfach nur Haern.«

Möglichkeiten schossen Geist durch den Kopf, und ihm gefiel keine einzige von ihnen. Ein einfacher, unauffälliger Name war im besten Fall eine unbedeutende Hilfe bei dem Versuch, ihn aufzuspüren. Trotzdem war es besser als nichts. Aber er wollte keine Namen. Er wollte vor allem den Mann.

»Wird er hierher zurückkommen?«

Sie zögerte, nur kurz, aber Geist sah es und lächelte.

»Keine Lügen«, sagte er. »Das ruft nur mehr Schmerzen hervor, schon vergessen?«

»Ich weiß es nicht«, sagte sie schließlich. »Aber ich glaube schon. Bitte, kann ich ihm jetzt helfen? Er ist fast tot.«

»Selbstverständlich, Liebes.«

Er löste ihre Fesseln und bedeutete ihr dann zu gehen. Sie lief zu Senke und kniete sich neben ihn. Er flüsterte ihr etwas zu und hörte, wie sie weinte. Geists Gedanken überschlugen sich, während er die beiden aus dem Augenwinkel beobachtete. Bis dieser Haern zurückkam, musste er sie alle hierbehalten. Sonst würden sie vielleicht die Möglichkeit nutzen, um ihn zu warnen. Natürlich konnte es Tage dauern, bis er auftauchte, oder schlimmer noch, dieser Haern könnte vielleicht den Hinterhalt bemerken oder ihn wegen des Mangels an alltäglichen Aktivitäten im Haus wittern. Das war schwierig. Er müsste sie in eines der Zimmer stecken, am besten eines ohne Fenster. Und dann konnte er vielleicht ...

In dem Moment öffnete sich die Tür, und der Wächter trat herein.

21. KAPITEL

Haerns Ellbogen schmerzte immer noch unerträglich, aber wenigstens hatte die Wunde aufgehört zu bluten. Ohne seine Langmesser fühlte er sich nackt, also hielt er den Kopf gesenkt und schlurfte über die Straße, als wäre er betrunken. Angesichts der Schrecken der letzten Nacht wusste er, dass er bei Weitem nicht der Einzige war, der über die Straße taumelte. Viele hatten ihre Trauer in Alkohol ertränkt. Seine Nerven waren angespannt, als er die Krimson hinunterging, aber er rief sich ins Gedächtnis, dass sie tagsüber sicherer war als nachts. Sicher, einige der jüngeren Taschendiebe würden vielleicht versuchen, ihn um seine Münzen zu erleichtern, aber er besaß nichts, das sie hätten stehlen können.

Als er das Haus der Eschatons erreichte, legte er seine Hand auf die Tür und schloss die Augen. Hierher zurückzukehren bedeutete etwas, und er war nicht sicher, ob er für die Konsequenzen bereit war. Konnte das hier sein Heim werden? Konnte er die Gesellschaft von Senke akzeptieren, selbst wenn er wusste, dass seine Gegenwart Gefahr bedeutete? Ihm war klar, dass er sich nach nichts anderem sehnte. Es war der Kopf, der ihm im Weg stand. Aber manchmal musste man so denken, um andere zu schützen. Haern war sich selbst nie wichtiger gewesen als jene, an denen ihm etwas lag. Diese Lektion hatte er von seinem Lehrer Robert gelernt, der sein Leben geopfert hatte, um ihn zu beschützen.

Er öffnete die Tür mit seinem gesunden Arm. Er war so in

Gedanken vertieft, so darauf konzentriert, was er ihnen sagen sollte und was sie erwiderten, dass ihn die Szenerie vollkommen überraschte, die sich ihm bot. Tarlak saß gebunden und gefesselt in einem Stuhl. Brug lag auf dem Boden, ebenso gebunden. Senke lehnte mit blutiger Kleidung an der Wand. Delysia kniete vor ihm, die Hände ebenfalls mit Blut bedeckt. Und zwischen ihnen stand ein riesiger Fremder mit pechschwarzer Haut und einem Gesicht, so weiß geschminkt wie ein Totenschädel. Der Fremde war offenbar genauso überrascht wie er, und sie beide erstarrten den Bruchteil einer Sekunde lang. Haern sah dem Mann in die Augen und erblickte darin nur Tod.

»Wächter«, sagte der Geschminkte. Es war keine Frage, sondern eine Feststellung. Seine tiefe Stimme jagte Haern einen Schauer über den Rücken und sagte ihm, dass es Zeit wurde zu handeln. Das war kein Spiel. Ihr Leben hing an einem seidenen Faden.

»Lauf!«, schrie Delysia.

Aber er konnte sie unmöglich alleine lassen. Verdammt, was würde er darum geben, wenn er jetzt seine Langmesser hätte!

Der Fremde stürzte sich auf ihn und zückte dabei zwei Schwerter. Haern zog sich in das Haus zurück, stolperte fast, um seinem Angriff zu entgehen. Seine Blicke zuckten durch das Zimmer, auf der Suche nach einer Waffe, irgendeiner Waffe. Dort, an der Wand, dort hingen die Kurzschwerter, die Senke bei ihrem kurzen Trainingskampf benutzt hatte. Haern rappelte sich hoch und stürzte sich darauf. Er bremste nicht einmal ab, als er in die Wand prallte. Mit seinem gesunden Arm riss er eines der Schwerter aus der Scheide und rollte sich zur Seite. Die lange Klinge des Fremden grub sich mehrere Zentimeter tief in die dünne Wand.

»Wer bist du?«, fragte Haern, während er das Schwert kampfbereit vor sich hielt und sich duckte.

»Ich bin Geist«, erwiderte der Mann. Seine braunen Augen schimmerten unter der Farbe. Schweiß troff von seinem Hals und seinen Armen, und er schien nur aus Muskeln zu bestehen. Er hob seine Schwerter und nahm Angriffsposition ein, vollkommen geschmeidig und gelassen. Haern durchströmte bei diesem Anblick blankes Entsetzen. Trotz seines Rufs, trotz all der Morde, die er begangen hatte, stellte sich dieser Mann vollkommen furchtlos dem Wächter. Er lächelte sogar.

Haerns Instinkte sagten ihm, er sollte sich zurückziehen, aber das tat er nicht. Er hatte geglaubt, er hätte Senke bei dem Feuer verloren, und war nicht zurückgegangen, um nachzusehen. Er hatte sich von seinem Vater wegzerren lassen, während Delysia verblutete. Diesmal würde er bis zum Ende bleiben, ganz gleich, wie es ausgehen mochte. *Tod oder Sieg*, dachte er. Sein Vater wäre stolz auf ihn gewesen.

»Dann komm«, sagte Haern. »Töte mich, wenn du kannst.«

Er trat den Tisch zur Seite und begann, sich in dem engen Raum um die eigene Achse zu drehen. Seine vielen Umhänge bauschten sich auf, flatterten hoch und verdeckten seinen genauen Standort. Geist beobachtete ihn. Die Konzentration in seinem Blick war Furcht einflößend. Als er angriff, schlug Haern mit seinem Kurzschwert zu und hätte ihm fast die Nase abgeschnitten. Wieder beobachtete Geist ihn abwartend. Haern hatte den Manteltanz im Laufe der Jahre immer wieder geübt, versucht, ihn zu perfektionieren, seit er ihn zum ersten Mal während des Blutigen Kensgold benutzt hatte. Die ständige Bewegung machte es jedem Widersacher unmöglich, seine wirklichen Attacken vorherzusehen, weil sie die Position seiner Schwerter verdeckte. Schwächere Feinde konnte er so mühelos besiegen, und es verlieh ihm auch einen Vorteil, wenn er es mit mehreren Angreifern auf einmal zu tun bekam. Aber gegen einen so hervorragenden und erfahrenen Gegner? Es war nur eine Ablenkung, ein Spiel auf Zeit, nicht mehr.

»Hör auf zu tanzen und tritt ihm in den Arsch!«, schrie Brug. Er konnte nichts anderes tun als vom Boden aus zuzusehen.

Ein Schwert sauste heran. Haern tauchte darunter hinweg, schwebte mit dem Rücken fast parallel zum Boden. Dann schlug er zu, und die Klinge grub sich in Geists Knie. Es war eine schmerzhafte Verletzung, aber sie bewirkte nur, dass er humpelte. Haern hatte wegen seiner unbeholfenen Position nicht genug Wucht in den Schlag legen können. Schlimmer war, dass die Klinge im Knochen stecken geblieben war, sodass er sie nicht hatte herausziehen können. Geist trat näher, ungeachtet der Umhänge und trotz der Waffe, die in seinem Bein steckte. Er schlug mit beiden Schwertern zu. Haerns Schwung hatte ihn auf die Füße geholt, deshalb riss er die Beine hoch und warf sich zu Boden. Die Schwerter zischten knapp an ihm vorbei. Haern landete so hart auf dem Rücken, dass der Aufprall ihm die Luft nahm. Sein verletzter Ellbogen prallte ebenfalls schmerzhaft auf das Holz, und er sah schwarze Punkte vor seinen Augen. Geist drehte sein Schwert in der rechten Hand und richtete die Klinge nach unten, bereit zum tödlichen Stoß.

Doch da sprang Delysia dazwischen. Sie hatte die Hände erhoben und streckte Geist die Handflächen entgegen. Ein grelles Licht blitzte auf, das selbst Haern blendete. Geist brüllte auf und taumelte einen Schritt zurück, als hätte ihn ein Schlag getroffen. Haern nutzte die Ablenkung, holte mit den Beinen aus und hämmerte seinen Absatz auf das verletzte Knie des Hünen. Der Aufprall war so stark, dass sich das Schwert aus dem Knochen löste. Geist stürzte zu Boden, als sein Knie ihm den Dienst versagte. Delysia stieß einen Schrei aus, rief den

Namen ihrer Gottheit. Dann bewegte sie die Hand in einem Bogen nach unten. Ein goldenes Schwert materialisierte sich in der Luft vor ihr und folgte ihrer Bewegung. Es grub sich in Geists Brust. Blut spritzte über sie, aber sie schien es nicht zu bemerken. Sie hatte bereits ein anderes Gebet auf den Lippen, mit dem sie die Stärke von Ashhur erbat.

»Verschwinde!«, schrie sie. Haern sah einen Umriss, fast wie eine gewaltige Hand, die im Bruchteil eines Augenblicks auftauchte und wieder verschwand. Geist flog mehrere Schritte zurück, als wäre er von einer Mauerramme getroffen worden. Als er gegen die Wand prallte, platzte der Putz von den Steinen. Haern stand auf und drückte seinen verletzten Ellbogen gegen die Brust. Die Wunde hatte wieder angefangen zu bluten und tränkte das Grau seiner Kleider rot. Geist machte einen taumelnden Schritt und brach zusammen, als er versuchte, das andere Bein zu belasten. Haern bückte sich und hob sein Schwert auf, während der Hüne zum Ausgang kroch.

»Nicht«, sagte Delysia und umklammerte seinen Schwertarm. Ihre Stimme klang gebieterisch, und Haern fühlte sich plötzlich außerstande, ihren Wunsch zu ignorieren. »Bitte, töte ihn nicht.«

»Bist du verrückt geworden?« Brug kämpfte immer noch gegen seine Fesseln an. Haern war geneigt, dem Mann zuzustimmen.

»Er ist geschlagen und er verschwindet«, erklärte sie. »Töte ihn nicht. Er hat zugelassen, dass ich Senke rette. Er verdient es, wenigstens entkommen zu dürfen.«

»Er war derjenige, der mit dem Blutvergießen angefangen hat.« Senkes Stimme klang fast träumerisch. »Ich dachte nur, ich sollte darauf hinweisen.«

Tarlak gab einige unverständliche Laute von sich.

Geist sah sie an, als wären sie alle verrückt geworden. Er stützte sich auf einen Stuhl, als er aufstand, und humpelte zur Tür. Vor Schmerz biss er die Zähne zusammen.

»Du warst besiegt!«, stieß er hervor, als er nach draußen humpelte.

»Klar doch«, erwiderte Haern. Delysia umklammerte immer noch seine Hand. Als sich die Tür hinter dem Hünen schloss, sank er zurück und setzte sich auf den Rand des umgekippten Tisches. Delysia untersuchte seinen Ellbogen.

»Senke braucht meine Hilfe dringender als du«, sagte sie.
»Dein Ellbogen kann warten. Binde Tarlak und Brug los.«
»Wie du wünschst.«

Delysia kehrte zu Senke zurück und kniete sich vor ihn auf den Boden. Haern hörte ihre Gebete und sah das weiße Licht, das um ihre Hände leuchtete. Kein Wunder, dass die Wunde auf seiner Brust vor ein paar Tagen so schnell geheilt war.

»Ein Freund von dir?«, fragte Tarlak, als Haern ihm den Knebel aus dem Mund nahm.

»Sehr witzig.«

Er durchtrennte die Fesseln an Händen und Füßen des Zauberers, und während er sich streckte, befreite er auch Brug.

»Dieser Hurensohn hat mir aufgelauert, als ich die Treppe hochgerannt bin«, erklärte Brug, der seine Stoßdolche vom Boden aufhob. »Sonst hätte ich ihm ein neues Loch geschnitzt.«

»Du meinst so eines wie dieses?«, erkundigte sich Senke.

Brug errötete und wandte den Blick ab. Haern warf sein Kurzschwert auf den Boden. Ihm war schlecht, und er hatte sich immer noch nicht von dem Schlag auf den Kopf erholt, den ihm die Frau verpasst hatte. Sein Ellbogen schmerzte schlimmer als in dem Moment, in dem man ihm die Wunde zugefügt hatte. Er sah, wie Brug und Tarlak ihm finstere Blicke zuwarfen, und hatte das Gefühl, dass er ihren Zorn auch verdient hatte. Er versuchte, zur Tür zu gehen, aber Tarlak stellte sich ihm in den Weg und hielt die Tür mit seinem Arm zu.

»Jetzt nicht«, sagte er. »Und es wird auch noch ein bisschen dauern. Zeit, dass wir reden, Wächter.«

22. KAPITEL

Matts Erleichterung über den Anblick von Schloss Fellholz hielt an, bis er einen von Hadfilds Männern bemerkte, der ein großes Stück abseits von den anderen Männern Wache hielt. Es war genau so gekommen, wie Matt befürchtet hatte. Weniger als zehn Minuten zuvor hatten sie von der Straße flüchten müssen, und als die Reiter vorbeidonnerten, hatte ihm ein ungutes Gefühl im Bauch gesagt, wem sie dienten. Und nun stand ein Aufpasser da und behielt alle im Auge, die Lord Gandrems Schloss betraten oder verließen.

»Was machen wir jetzt?«, fragte Tristan.

Matt hatte unvermittelt kehrtgemacht und war wieder zurück nach Norden gegangen, in der Hoffnung, dass der Soldat sie nicht hatte kommen sehen. Angesichts der großen Entfernung war das ziemlich wahrscheinlich.

»Ich weiß es nicht«, erwiderte er. Er konnte sich vorstellen, was passieren würde, wenn sie versuchten, an dem Mann vorbeizukommen. Der Soldat würde sie niederschlagen, bevor er zuließ, dass sie John Gandrem erreichten. Ganz gleich, wie der Soldat es später erklären musste oder wie er bestraft würde, alles war besser, als dass jemand in dem einarmigen Jungen den Sohn von Lady Gemcroft erkannte. Und angesichts seiner Entstellung, seines schmutzigen Gesichts und der schlichten Kleidung, die er jetzt trug, war das mehr als zweifelhaft.

»Gehen wir weiter nach Veldaren?«

»Sei still, Junge. Ich weiß es noch nicht!«

Er wartete, bis sich sein Zorn gelegt hatte, dann sprach er weiter. »Ich weiß nicht, ob wir das können. Wir haben nicht genug zu essen, und auch unser Wasser könnte knapp werden. Ich brauche frischen Proviant, aber das bedeutet, dass ich dich eine Weile allein lassen müsste. Mich werden sie überhaupt nicht beachten, denn sie wollen dich. Und außerdem weiß ich auch nicht, auf welcher Seite John Gandrem in dieser Angelegenheit steht.«

»John war immer nett zu mir«, erwiderte Tristan. »Ich war über ein Jahr bei ihm. Wenn ich jetzt ... wenn ich es schaffe, dass wir ins Schloss kommen? Würde er uns dann beschützen?«

Matt warf ihm einen fragenden Blick zu. »Wie solltest du uns dort hineinbringen?«

»Weiß nicht. Ich könnte ganz schnell laufen. Ich bin ein sehr guter Läufer, das hat selbst Arthur gesagt!«

Matt biss sich auf die Lippe. Es war nur ein Mann. Er mochte ein Berufssoldat sein, aber es war trotzdem nur eine Person. Er packte das Schwert an seiner Hüfte. Wenn er auch nur einen kleinen Moment gegen den Mann aushielt, nur einen winzigen Moment ...

Sein Blick fiel auf den fast leeren Sack, in dem sie ihren Proviant getragen hatten.

»Ich habe eine Idee«, sagte er. »Aber du musst so schnell laufen wie der Wind, hast du verstanden? Vielleicht sogar noch schneller. Denn mein Leben hängt von deinen Beinen ab.«

Ingel fluchte vor sich hin, während er von einem Fuß auf den anderen trat und versuchte, sich in der beißenden Kälte warm zu halten. Nach einer Minute zog er eine Decke aus der Satteltasche und warf sie sich über die Schultern. Sein Pferd scharrte neben ihm auf dem vereisten Boden.

»Die Decke ist nicht groß genug für uns beide«, sagte er.

»Aber ich bringe dich in einen warmen Stall, sobald wir dieses Balg gefunden haben, das verspreche ich dir.«

Er wartete mit seinem Pferd hundert Meter vor dem Eingang der Burg, in der Nähe der Weggabelung, wo die Hauptstraße zum Schloss abbog. Der Wald vor dem Eingang war abgeholzt worden, aber die Bäume standen immer noch so dicht, dass sie ihm Sorgen machten. Nathaniel und der Bauer könnten versuchen, an der Mauer entlangzuschleichen und den Wald als Deckung zu benutzen. Aber wenn man das tat, lief man Gefahr, dass ein Wachposten einem einen Pfeil in den Rücken schoss. Er hatte das Gefühl, dass sie sich über die Straße nähern würden. Laut diesem verdammten Weibsbild von Frau war Matt sofort aufgebrochen, nachdem er Gert und Ben getötet hatte. Dieser schwachsinnige Bauer konnte nicht wissen, wie viele Männer nach ihm suchten und dass sie ihn hier bereits erwarteten. Ingel erwartete, dass er in vollem Galopp angeritten käme, den Jungen hinter sich auf dem Pferd und in der Überzeugung, dass er endlich in Sicherheit war. Er hatte sich bereits die Erklärungen für die Schlosswachen zurechtgelegt, wenn sie angerannt kamen.

»Der Kerl war wie ein tollwütiger Hund«, würde er sagen. »Hat mich angeschrien, ich solle ihm mein Geld geben. Und dann hat er den Jungen vorgeschickt, um die Drecksarbeit zu erledigen.«

Niemand würde ihn zur Rechenschaft ziehen, weil er zwei hungrige Diebe getötet hatte, die so dumm waren, ihr Glück bei ihm zu versuchen. Und selbst wenn, welche Rolle spielte es schon? John Gandrem würde sich nicht mit Arthur anlegen, nicht wegen so etwas Unbedeutendem wie einem toten Bauern und seinem Jungen.

Während er die grobe Decke festhielt und sich umsah, bemerkte er, wie sich ihm ein Mann näherte. Er ging zu Fuß und führte sein Pferd am Zügel. Quer über den Sattel lag ein Sack. Ingel hob bei dem Anblick eine Braue. Er hatte zwar keinen Jungen bei sich, aber womit konnte jemand so spät im Winter handeln?

»Mal langsam«, sagte Ingel, warf die Decke auf sein Pferd und legte eine Hand auf den Griff seines Schwertes. »Eine sonderbare Zeit, um zu reisen, findest du nicht?«

»Schweine sterben, wenn sie sterben«, sagte der Mann. »Ich will versuchen, ob Seine Lordschaft heute Abend nicht vielleicht eine gute Mahlzeit genießen möchte.«

Die kleinen Zahnrädchen in Ingels Gehirn hatten noch nie sonderlich geschmeidig gearbeitet, aber trotzdem dachte er über die Worte des Bauern nach, immer und immer wieder, und konnte einfach das Gefühl nicht abschütteln, dass jemand versuchte, ihm einen Bären aufzubinden.

»Lass mal sehen«, sagte er. Der Mann führte sein Pferd weiter und zwang Ingel dadurch, sich ihm in den Weg zu stellen. Er wurde trotzdem nicht langsamer, und Ingel trat ein paar Schritte zurück, um nicht von dem Pferd umgeworfen zu werden. Schließlich zückte er sein Schwert und stellte sich dem Mann in den Weg.

»Ich sagte, lass mal sehen!«, wiederholte er. »Ich glaube nicht, dass das ein Schwein ist.«

»Wenn du das sagst«, erwiderte der Mann. Er hob schnaufend den Sack vom Sattel und ließ ihn auf den Boden fallen. »Es ist nur ein kleines Schwein, und es reicht vielleicht für John und einige seiner engsten ...«

Während er redete, machte er sich an einem Knoten am oberen Ende des Sacks zu schaffen. Als er ihn geöffnet hatte, riss er den Sack auseinander, und ein Junge stürmte heraus. Ingel wusste sofort, dass das Nathaniel sein musste. Der Junge schoss unter den Beinen seines Pferdes hindurch und rannte schnurstracks zum Schloss.

»Scheiße!«, schrie Ingel und machte sich an die Verfolgung. Matt stellte sich ihm in den Weg. Er schwang ein altes Schwert, das er zwar offenbar kürzlich poliert hatte, das aber trotzdem alt und unzuverlässig war. Allerdings schien das keine Rolle zu spielen, denn er schwang es, als wäre es Ashhurs Klinge und als wäre Ingel ein Dämon von Karak.

»Aus dem Weg!« Ingel schlug zu und hoffte, den unerfahrenen Bauern überwältigen zu können. Der blockte den Schlag ab, ungeschickt vielleicht, aber trotzdem wehrte er den Hieb ab. Statt jedoch diesen Vorteil zu nutzen, zog sich Matt zurück und ging in Verteidigungsstellung. Der Junge hinter ihm schrie sich fast die Lunge aus dem Hals.

»Er wird meinen Vater umbringen! Er wird meinen Vater umbringen! Er wird ihn umbringen!«

Verdammt richtig!, dachte Ingel.

Er täuschte einen Schlag an und grinste, als er sah, wie leicht der Bauer darauf hereinfiel. Dann schlug er aus der anderen Richtung zu. Die Schneide seines Schwertes grub sich in den Arm des Mannes. Der schrie vor Schmerz auf. Ingel schlug erneut zu, tiefer, in der Hoffnung, den Mann aufzuschlitzen. Der Bauer brachte sein Schwert gerade noch rechtzeitig in Abwehrstellung. Eisen klirrte auf Eisen, aber etwas klang komisch, als würde sich eine der Waffen nicht biegen, wie sie es eigentlich tun sollte. Ingel bezweifelte sehr, dass es sein Schwert war. Blut lief über Matts Arm, und er sah, wie der Ellbogen des Mannes heftig zitterte.

»Du hättest ihn ausliefern sollen«, sagte Ingel. Ihre Blicke trafen sich, und er sah, dass Matt einen Moment dasselbe dachte. Doch da tauchten hinter ihm die Wachen auf, alarmiert von dem Jungen. Furcht stieg in Ingel hoch. Selbst wenn er überlebte, was würde Oric machen, weil er die Sache so vermasselt hatte? Zumindest konnte er diesen Dummkopf töten, der ihnen so viel Ärger gemacht hatte. Er stieß zu, und die Spitze seines Schwertes bohrte sich in die Rippen des Bauern, bevor dieser den Schlag abwehren konnte. Dann trat Ingel näher und schlug Matts Schwert zur Seite, als er es zur Verteidigung hob. Erneut ließ er sein Schwert auf den ungeschützten Körper herabsausen. Matt sprang zurück, aber er war zu langsam und hatte nicht mit dem Manöver gerechnet. Er war ein Bauer, kein ausgebildeter Kämpfer.

Das Schwert grub sich durch seine Schulter und zerschmetterte sein Schlüsselbein. Er hörte aus einiger Entfernung Nathaniels Schrei. Matt hustete einmal und sein Schwert fiel ihm aus den Fingern. Er riss die Augen auf, seine Lippen zitterten, und er wurde kalkweiß. Ingel setzte ihm einen Stiefel auf die Brust, trat ihn zurück und riss sein blutüberströmtes Schwert aus der Wunde. Der Mann stürzte zu Boden und blieb regungslos liegen.

»Halsstarriger kleiner Mistkerl!«, murmelte Ingel, als er sein Schwert an Matts Hose sauber wischte.

»Lass dein Schwert fallen!«, befahl einer der beiden Torwächter, als sie ihn erreichten. Sie hatten ihre Eisen gezogen, und Ingel gehorchte sofort. Er lächelte Nathaniel zu, der sich hinter den beiden Wachen versteckt hatte. Sein Gesicht war tränenüberströmt.

»Was hat das zu bedeuten?«, fragte einer der Männer, während er Ingels Schwert aufhob. Der andere trat um ihn herum und drückte ihm die Spitze seiner Waffe in den Rücken, damit er keine Dummheiten machte. Der erste packte zu, riss ihm den Dolch aus dem Gürtel und warf ihn in den Dreck.

»Ich kann das alles erklären, obwohl Oric es sicher viel besser könnte«, sagte er. Er deutete auf den Bauern. »Dieser Mann da ist ein Entführer. Ich weiß es, weil wir überall nach ihm gesucht haben. Und dieser Junge da ...«

Er drehte sich zu Matt herum, dessen Augen wie weiße Teller schimmerten. Dann grinste er, weil er fühlte, wie seine Lüge aufblühte, während sich die Zahnräder in seinem Kopf langsam drehten.

»Das da ist Nathaniel Gemcroft. Er ist von den Toten wieder auferstanden, wie wir immer gehofft haben.«

Die Wachen sahen den Jungen an, der bleich geworden war.

»Ich bin nicht entführt worden«, sagte er zu den Wachen. »Das stimmt nicht. Er hat mir geholfen, und ihr habt zugelassen, dass er ihn getötet hat. Warum seid ihr nicht zu ihm gelaufen? Ich habe euch doch gesagt, ihr sollt zu ihm laufen!«

Er weinte jetzt Rotz und Wasser. Der erste Wachposten nahm ihn an die Hand, während der andere Ingels Arm packte und ihn zum Schloss führte.

»Lord Gandrem wird die Angelegenheit regeln«, sagte er. »Sei ruhig und antworte nur, wenn du direkt gefragt wirst, verstanden?«

»Sicher«, erwiderte Ingel. »Aber fass mich nicht zu hart an. Du wirst mich schon bald wie einen Helden behandeln.«

Die vier traten durch das Burgtor und folgten dem smaragdgrünen Teppich in die Große Halle. Uri und Oric standen bereits dort und redeten mit John Gandrem, der auf seinem Thronsessel saß. Als die Männer hereinkamen, richtete sich der Lord stocksteif auf. Ganz offensichtlich erkannte er den Jungen.

»Nathaniel?« Vor Überraschung stand ihm der Mund offen.

Ingel sah, wie Oric ihm einen finsteren Blick zuwarf. Ihm traten fast die Augen aus den Höhlen. Da er nicht wusste, was sein Hauptmann gerade gesagt hatte, war ihm klar, dass er seinen Hauptmann darüber informieren musste, welche Lüge er gerade erfunden hatte.

»Ich habe ihn vor seinem Entführer gerettet ...«, sagte er

laut und angeberisch. Eine gepanzerte Faust krachte gegen seinen Hinterkopf, und einen Moment lang sah er nur noch gelbe Sterne vor einem tiefroten Himmel.

»Dich hat niemand gefragt!«, sagte der Wachmann hinter ihm.

»Ich bitte um Verzeihung«, murmelte Ingel.

Nathaniel stürzte sich in die Arme des Lords, und in ihrem Schutz begann er unkontrolliert zu schluchzen. John klopfte ihm auf den Rücken und murmelte tröstende Worte, aber sein Blick wanderte immer wieder zu der Stelle, wo sein amputierter Arm hätte sein sollen.

»Mylord«, sagte einer der Wächter. »Wir haben ihn ergriffen, als er einen anderen Mann angegriffen hat, der mit dem Jungen hierhergekommen ist. Er hat ihn getötet, bevor wir ihn erreichen konnten. Wir haben die beiden zu Euch gebracht.«

»Du hast mir zwar erzählt, dass ihr nach einem Mann sucht«, meinte John und sah Oric an. »Allerdings sagtest du, er wäre nur ein einfacher Dieb.«

»Das war er allerdings«, sagte Oric. Ingel strahlte, als sein Hauptmann seine Lüge übernahm und sie weiter ausbaute. »Wir haben ihn nur verdächtigt, dass er Nathaniel von einer Karawane Lord Hadfilds entführt hätte. Wir konnten natürlich ... nicht hoffen, ihn hier vorzufinden. Vielleicht ist er ja hierhergekommen, um ... ein Lösegeld zu erpressen?«

Nathaniel hatte schon bei Orics ersten Worten angefangen, den Kopf zu schütteln, und Ingel beobachtete ihn sorgfältig. Die Geschichte eines Kindes gegen das Wort etlicher Männer sollte zwar eigentlich keine Rolle spielen, aber man konnte ja nie wissen. Hauptsache, er hielt den Mund und weinte weiter.

»Mir wurde gesagt, Nathaniel wäre gestorben«, sagte John. »Bedauerlicherweise habe ich zu spät von der Beerdigung erfahren. Man sagte mir, Alyssa hätte eine Leiche ausgehändigt bekommen. Und zwar von dir, Oric.«

Oric fuhr sich mit der Zunge über die Lippen.

»Wir haben ... leider zu spät den Verdacht geschöpft, dass es sich um ein anderes Kind handelte. Der Junge war ... sehr stark verbrannt, versteht Ihr? Als ich dachte, dass es vielleicht ein Trick war, um uns von der Spur der Entführer abzuschütteln, haben wir weiter gesucht. Wir haben bis jetzt nichts von Bedeutung herausgefunden, deswegen ... wollten wir die Gründe für unser Verhalten geheim halten. Wir wollten nicht, dass ... sich irgendwelche nachteiligen Gerüchte verbreiten oder dass Lady Gemcroft fälschlicherweise Hoffnung schöpft.«

»Er lügt!«, rief Nathaniel. »Hört nicht auf ihn, er lügt! Matt war mein Freund, und der da hat meinen Freund getötet. Er hat mir nur geholfen!«

Oric senkte die Stimme.

»Männer machen seltsame Sachen, wenn sie Jungen entführen. Mit der Zeit verdrehen sie ihnen die Köpfe und schließen sogar Freundschaft mit ihnen. Der Junge braucht Ruhe. Das hier war eindeutig zu viel für den Kleinen.«

»Er hat den Fremden Vater genannt, als er zu uns gerannt ist«, sagte einer der Wachposten.

John nickte, als würde diese kleine Information Orics Worte stützen. Aber er hielt Nathaniel dicht bei sich, als hätte er Angst, ihn wieder zu verlieren, wenn er ihn losließ.

»Was ist mit deinem Arm passiert?«, wollte er wissen.

»Sie haben gesagt, mein Arm wäre krank geworden und hätte abgeschnitten werden müssen.«

»Wer sind ›sie‹?«

Ingel riss die Augen auf. Das war vielleicht schwieriger zu erklären. Vielleicht konnten sie ja der Frau von diesem Mistkerl die Schuld in die Schuhe schieben.

»›Sie‹ ist einfach nur eine dreckige Lügnerin, das ist alles!«, sagte Ingel und ignorierte Orics finsteren Blick. »Wahrscheinlich hat sie ihm den Arm abgeschnitten, um ihn zu foltern.«

Johns Miene verfinsterte sich bei seinen Worten. »Sie?«, erkundigte er sich.

Ingel öffnete den Mund und schloss ihn wieder. Er wusste nicht, wie er darauf antworten sollte. »Ich meinte ... er«, erwiderte er lahm.

»Wir haben eine Frau gefunden, die behauptete, ihr Ehemann hätte Nathaniel«, mischte sich Oric ein. Er versuchte nach Kräften, die Situation zu retten, aber er stand auf verlorenem Posten. Johns Augen waren schmal geworden. Er wirkte wie eine Schlange, die bereit war zuzustoßen. »Von ihr wussten wir, dass wir hierher kommen sollten, das ist alles.«

John tätschelte den Kopf des Jungen und beugte sich zu ihm. Dann flüsterte er ihm etwas zu, aber so leise, dass Ingel es nicht hören konnte. Nathaniel antwortete ebenfalls flüsternd. Dann lehnte sich John auf seinem Thronsessel zurück.

»Nehmt sie in Gewahrsam«, befahl er seinen Wachen.

»Wartet! Ihr habt das völlig falsch verstanden!«

Ingel fühlte, wie man seine Arme packte und sie ihm schmerzhaft auf den Rücken drehte. Es schien fast, als hätten die Vorhänge selbst bewaffnete Wächter ausgespuckt. Oric griff nach seinem Schwert, aber als er die Übermacht sah, beschloss er, auf Gegenwehr zu verzichten. Einer der Wächter schlug ihm die Faust ins Gesicht, als wäre es eine Beleidigung gewesen, überhaupt daran zu denken.

»Ich war nicht dabei!«, schrie Ingel, als man ihn zurückriss. Doch das schien die ganze Sache nur zu verschlimmern. »Oric war es, er hat alles angeordnet. Ich habe nur getan, was man mir befohlen hat!«

»Bringt ihn zu mir!«, schrie John und erhob sich.

Zwei Wachen zerrten Ingel über den Teppich und stießen ihn vor dem Podest auf die Knie. Einer packte sein Haar und zwang ihn, sich ehrfürchtig zu verneigen.

»Ich will, dass du zusiehst«, sagte Lord Gandrem zu Nathaniel. »Du hast es verdient. Ohne deinen Arm wirst du es ohnehin schwer haben, und an das hier sollst du dich immer erinnern. So behandeln wir den Abschaum, der es wagt, sich gegen uns zu stellen!«

»Nein«, stöhnte Ingel, als sein Kopf zurückgezogen wurde. John hatte ein wunderschönes Schwert in der Hand und drückte die Schneide gegen seine Kehle.

»Zieht den Teppich zurück«, befahl er seinen Lakaien. »Ich will ihn nicht beschmutzen.«

Ingel spürte, wie seine Angst immer größer wurde. »Bitte«, bettelte er. »Ich habe nichts getan, wirklich nicht. Ich habe nur ...«

Sie hoben ihn hoch und als sie ihn wieder abstellten, berührten seine Füße blanken Stein.

»Du hast einen braven Mann getötet«, erwiderte John.

»Sagt wer?«

»Sagt Nathaniel, und ich vertraue seinem Wort mehr als deinem.«

Das Schwert bewegte sich. Ingel spürte Schmerz, aber als er Luft holte, um zu schreien, hatte er das Gefühl, als wäre er unter Wasser getaucht worden. Er atmete aus, und es blubberte erbärmlich. Seine Umgebung verschwamm vor seinen Augen, und er glaubte, er würde ohnmächtig, aber die Wachen hielten ihn fest. Bis die Dunkelheit über ihn kam, konnte er beobachten, wie John und Nathaniel ihm beim Sterben zusahen. In ihren Augen lag kein Funken Gnade.

Mick trottete über die Straße vor dem Schloss. Der Wachposten hatte den kürzesten Strohhalm gezogen. Das Pferd eines der Männer stand immer noch auf dem Weg. Das andere war ein Stück weitergezogen, und er hoffte mürrisch, dass es nicht allzu weit gegangen sein möge. Er musste beide in die Stallungen bringen, sie mussten herausfinden, wem sie gehörten, und wahrscheinlich eines oder beide zu den ursprünglichen Besitzern zurückbringen. Ein Haufen Mühe. Und natürlich war da auch noch die Leiche, der man alles Wertvolle abnehmen und die man anschließend wegschaffen musste.

Mick beschloss, dass die Pferde warten konnten, und kniete sich neben den Leichnam. Er sah sich um, ob ihn vielleicht jemand beobachtete. Aber es war niemand zu sehen, also schob er eine Hand in die Taschen des toten Mannes und suchte nach Münzen. Natürlich mussten nicht alle Wertsachen abgegeben werden ...

Als die Leiche stöhnte, schrak Mick zusammen, fiel auf den Hintern und hätte sich fast in die Lederrüstung geschissen. Er klappte seinen Mund zu, legte dem Mann eine Hand auf die Brust und beugte sich zu ihm herunter. Sein Herz schlug, wenn auch schwach, und auch sein Atem zischte nur sehr leise, aber er lebte noch.

»Verdammt, bist du ein zäher Brocken!« Er konnte es nicht fassen. Dann sprang er auf und lief zum Schloss. Er schrie schon von Weitem nach einem Heiler, der sofort zum Tor kommen sollte.

23. KAPITEL

Haern saß auf dem Dach des Eschaton-Hauses und sah zu, wie die Sonne hinter der Stadtmauer versank. Er hatte den Ellbogen auf das Knie gestützt und das Kinn auf die Hand. Tarlaks Worte verfolgten ihn, und ganz gleich, wie sehr er sich auch bemühte, er konnte sie einfach nicht abschütteln.

Es kümmert mich nicht, für wen du dich hältst oder wie gut du sein magst, hatte der Hexer gesagt. *Du bist eine Gefahr für mich und für meine Schwester. Ich habe dir ein Angebot gemacht, und ich werde jetzt nicht darauf zurückkommen, aber du solltest besser ernsthaft darüber nachdenken. Denn sonst bist du nicht mehr als ein abtrünniger Mörder, der eine Vendetta führt. In dem Fall gibt es keinen Grund, dich zu beherbergen, gar keinen. Wie viele Mörder werden noch durch meine Fenster springen und meine Türen eintreten? Ich befürchte sehr, dass das Geheimnis bereits gelüftet ist, Haern, oder schon bald allgemein bekannt sein wird. Was soll ich deiner Meinung nach tun? Für dich kämpfen? Dich beschützen? Nenn mir einen Grund. Irgendeinen.*

Haern hatte ihm keinen nennen können. Er war rot angelaufen und hatte nur den Kopf geschüttelt. Was sollte er sagen? Tut mir leid, dass ein Söldner in dein Haus eingebrochen ist, dich, deine Schwester und deine Freunde verletzt hat, während er versucht hat, mich zu finden? Er hatte immer geglaubt, dass er vorsichtig war, aber wie so oft hatte er einen Fehler gemacht. Was hatte Senke noch gesagt? Es zahlte sich wirklich nicht aus, sein Freund zu sein. Wieder erwiesen sich diese Worte als schmerzlich wahr.

Also war er gegangen, aber ihm fehlte der Mut, sich allzu weit von ihnen zu entfernen, also war er auf das Dach geklettert. Teilweise, weil er sie nicht verlassen wollte, weil er sich nicht für immer von Delysia und Senke verabschieden mochte. Und außerdem fürchtete er auch, dass dieser Hüne mit dem geschminkten Gesicht zurückkehren könnte. Wenn das passierte, wollte er hier sein und auf ihn warten.

»Haern?«

Er blickte vom Dach herunter und sah, dass Delysia vom Fenster aus zu ihm hochblickte.

»Kommst du runter?«, fragte sie. Er schüttelte den Kopf. »Würdest du mir dann zu dir hinauf helfen?«

Er seufzte, hielt sich mit einer Hand am Rand des Daches fest und ließ sich herunter. Er bot ihr seine andere Hand, und sie nahm sie. Sie vertraute ihm immer noch, obwohl er ihre Gründe dafür niemals würde nachvollziehen können. Sie ließ sich hochziehen, trat auf ein Fenstersims und sprang dann mit seiner Hilfe hoch, um sich am Rand des Dachs festzuhalten. Nachdem sie oben war, schwang er sich ebenfalls zu ihr hinauf.

»Eine Treppe wäre wohl besser«, meinte sie und klopfte sich ihre Priesterrobe ab.

»Und würde auch den Grund ad absurdum führen, aus dem ich hier oben bin.« Haern bereute seine Worte sofort. Warum fuhr er sie an? Ihr Schweigen zeigte, wie sehr seine Bemerkung sie getroffen hatte, und er überlegte, was er sagen konnte.

»Geht es Senke gut?«, erkundigte er sich schließlich.

»Ich habe seine inneren Blutungen gestillt und die Wunde so gut versorgt, wie ich konnte. Er wird sicherlich für etliche Tage Schmerzen haben, aber ja, er wird wieder gesund.«

Haern ging wieder zur Mitte des Daches und setzte sich hin. Sie leistete ihm Gesellschaft, und augenblicklich fühlte er sich in die Vergangenheit zurückversetzt. Würde Thren erneut auftauchen, eine Armbrust in der Hand?

»Ich möchte mich für meinen Bruder entschuldigen«, meinte sie dann. »Er kann manchmal ein ziemlicher Hitzkopf sein.«

»Im Ernst? Warum hast du dich eigentlich mit ihm zusammengetan? Die Arbeit als Söldner scheint mir irgendwie nicht zu dir zu passen.«

»Weil er mich darum gebeten hat«, erwiderte sie, als wäre das offensichtlich. »Als ich den Orden verlassen habe, hat man mir das Vermögen meines Vaters zurückgegeben, das der Orden verwaltet hatte. Es war zwar nicht viel, jedenfalls nicht, nachdem die Kosten für den Nachlass meines Vaters und seine Schulden beglichen worden waren. Wir haben mit dem Rest dieses Haus gekauft. Mehr konnten wir uns nicht leisten.«

»Ausgerechnet hier?« Haern deutete auf die Umgebung. »Im Krimson? Du hättest etwas Besseres verdient, etwas Sichereres.«

Sie zuckte mit den Schultern. »Mein Bruder hatte einen Ort im Auge, den er haben wollte, aber der König hat sich geweigert, sich sein Angebot auch nur anzuhören. Aber das spielt keine Rolle. Ich habe zwei Jahre in einem Tempel verbracht, unfähig auch nur einen Schritt vor die Tür zu setzen, aus Angst vor Threns Zorn. Ich bin es gewohnt, eingesperrt zu leben.«

»Das ist nicht richtig«, sagte Haern.

Sie lächelte ihn an. »Dass du auf der Straße lebst, ist nicht richtig. Wenigstens habe ich ein warmes Bett und eine Familie, mit der ich meine Mahlzeiten teile. Wen hast du, Haern? Was hast du in diesen Jahren gemacht?«

Er dachte an seine Machenschaften, an die Gerüchte, die er in die Welt gesetzt hatte, an seine Hinterhalte in der Nacht und an die Tage, die er bei den Obdachlosen und Mittellosen geschlafen hatte.

»Ich habe versucht, dem Krieg meines Vaters ein Ende zu bereiten. Ich habe versucht, so lange zu töten, bis niemand mehr übrig war, der in seinem Namen kämpfen könnte. Ich habe versagt.«

Sie nahm seine Hand in ihre. »Sei nicht so hart zu dir. Wir alle machen Fehler. Du hast einmal mehr gewollt, wolltest ein Leben jenseits des Lebens führen, das dein Vater dir gezeigt hat. Ich glaube, das willst du immer noch. Aber wenn du nur auf Vergeltung aus bist, wirst du dieses Leben nicht finden. Da erwartet dich nur Traurigkeit und Einsamkeit, Haern. Du bist alleine aufgewachsen, das habe ich sofort bemerkt. Und du veränderst nichts, wenn du alleine bleibst.«

Er schwieg. Er ließ das Schweigen andauern und versuchte den Mut zu finden, die Frage zu stellen, auf die er unbedingt eine Antwort hören musste.

»Hasst du mich, weil ich morde?«

»Nein, so naiv bin ich nicht. Ich würde sehr gerne in einer Welt leben, in der man nicht töten muss, aber ich fürchte, eine solche Welt werde ich nie erleben. Ich werde dich nicht für das verurteilen, was du tust, Haern. Ich kann nur versuchen, ein Licht für dich zu sein und so lange zu leuchten, wie mir das in einer Welt gelingt, die von Finsternis besessen zu sein scheint. Wenn du Vergebung suchst, sollst du wissen, dass du sie von mir und auch von Ashhur bekommst. Willst du Führung, dann frag, und ich werde dir so gut antworten, wie ich kann. Ich werde deine Wunden heilen und für dich beten, bevor ich mich schlafen lege. Ich werde dich niemals hassen. Wie konntest du das nur glauben?«

Er kam sich vor wie ein kleines Kind und umklammerte fest ihre Hand. Sie rückte ein Stück näher, damit sie direkt neben ihm sitzen konnte, und lehnte ihren Kopf gegen seine Schulter.

»All diese Jahre«, sagte sie leise. »Wo hast du geschlafen? Wo hast du gelebt?«

»Auf den Straßen«, erwiderte Haern. Es bereitete ihm Unbehagen, mit ihr darüber zu sprechen, aber er zwang sich dennoch dazu.

»Selbst im Winter? Wie konntest du diese eisige Kälte überleben?«

»Das gelingt Tausenden in dieser Stadt, jedes Jahr. Ich bin da nichts Besonderes.«

»Ich bezweifle allerdings, dass viele von diesen Tausenden es freiwillig tun. Du bist sehr wohl etwas Besonderes, Haern. So zu tun, als wäre dem nicht so, bringt dich nicht weiter. Warum hast du das alles ertragen? Warum bist du nicht geflüchtet, warum hast du nicht etwas anderes aus dir gemacht?«

»Weil ich …« Haern hielt inne. Er wollte ihr gerne ehrlich antworten, aber das setzte voraus, dass er wirklich wusste, was er eigentlich glaubte. »Weil ich nicht zulassen konnte, dass mein Vater gewinnt. Und nicht nur mein Vater. Sondern diese ganze verfluchte Unterwelt, die sich erhoben hat, um dich, mich und alles andere, was gut in dieser Stadt ist, zu verschlingen. Ich habe alles über diese Stadt in Erfahrung gebracht, weiß, wer sie führt, weiß, wer was kontrolliert. Und dann habe ich alles versucht, was in meiner Macht stand, um sie ganz langsam einzureißen.«

Delysia schmiegte sich dichter an ihn und schlang ihre Arme um ihn.

»Es tut mir leid«, flüsterte sie. »Du musst dich so einsam gefühlt haben.«

Wieder überkam ihn dieses Unbehagen, die Scham wegen all dem, was er getan hatte. Das gefiel ihm nicht. Er hatte all die Jahre ausgehalten, weil er zielstrebig nur auf einen Zweck hingearbeitet hatte, weil er nur seinem Verlangen nach Vergeltung nachgegangen war, das sich rein genug anfühlte, um seine erbärmlichen Umstände zu rechtfertigen, seine Brutalität, seinen ganzen Lebenszweck. Das Letzte, was er wollte war, Licht auf diese Dunkelheit zu werfen.

»Wirst du heute Nacht wieder hinausgehen?« Haern wollte gern das Thema wechseln. »Ich meine, du und deine Söldner.«

»Nein.« Delysia schüttelte den Kopf. »Tarlak hat nicht verstanden, wie groß diese Sache ist, auf die wir uns eingelassen hatten, als er einwilligte. Vermutlich ist es unsere Schuld, weil wir nicht zur Söldnergilde gehören. Wir haben eine Nacht geopfert, und das ist alles, was Alyssa von uns bekommen wird.« Sie machte eine Pause. »Und du?«

Haern seufzte. »Ich denke, ich werde hinausgehen. Ich erfülle eine Rolle in diesem Spiel, ob ich es will oder nicht.«

Sie wich ein Stück von ihm zurück und nahm sanft seinen verletzten Ellbogen in ihre Hände. Zum ersten Mal betrachtete er sie genauer, bemerkte, wie müde sie war, sah die roten Äderchen in ihren weißen Augäpfeln. Doch sie schloss die Augen, holte tief Luft und begann zu beten. Weiches Licht erstrahlte um ihre Finger, und er spürte, wie ihre heilende Magie in seinen Ellbogen strömte. Ein paar Minuten später hörte sie auf. Der Schmerz war zu einem dumpfen Druck abgeebbt, als hätte er einen Muskelkater, mehr nicht. Er bog den Ellbogen zweimal, und er fühlte sich kräftig genug an, um kämpfen zu können.

»Ich sollte gehen«, sagte sie. »In der Dunkelheit bin ich hier draußen nicht sicher.«

»Bitte«, er nahm ihre Hand. »Bleib einfach ... bleib noch ein bisschen bei mir sitzen. An meiner Seite bist du sicher, das verspreche ich.«

Er sah ihre Miene und wünschte sich, dass er wüsste, was sie dachte. Sie zögerte nur kurz, dann setzte sie sich wieder hin. Sie schlang ihre Arme um ihn, und er wagte es, die Augen zu schließen. Nur in ihrer Nähe konnte er sich entspannen. Ansonsten wirkte er wie eine gespannte Feder. Aber hier, mit ihr, konnte er alles loslassen. Hier hatte er nichts zu verbergen und auch keinen Grund dafür. Zusammen sahen sie zu, wie die Sonne weiter unterging, bis nur noch ein leichter Schimmer über die Mauer drang.

»Hilf mir hinunter«, sagte sie schließlich. »Außerdem will Senke, dass du noch einmal zu ihm kommst, bevor du verschwindest. Er schien davon überzeugt zu sein, dass du heute Nacht nicht hierbleiben würdest. Offenbar kennt er dich besser als ich.«

»Er kennt die Welt besser, aus der ich komme«, erwiderte Haern. »Die heutige Nacht wird noch viel schlimmer werden als die letzte, für alle. Und ich glaube, das weiß er.«

Die anderen aßen, als sie hereinkamen. Brug und Tarlak taten, als wäre Haern gar nicht da, Senke dagegen begrüßte ihn herzlich.

»Komm.« Er führte Haern zu einem Schrank, der in dem Raum unter der Treppe eingebaut war. Mit schmerzverzerrtem Gesicht zog er eine Holzkiste heraus. Haern hatte ein schlechtes Gewissen und forderte ihn auf, zur Seite zu treten. Er wuchtete den Deckel der Kiste alleine hoch. Darin befanden sich etliche Waffen, angefangen von Dolchen bis hin zu Zweihandschwertern, und dazwischen lagen Werkzeuge.

»Ich habe deinen Kampf mit diesen Söldnern gesehen«, erklärte Senke. »Dieser Manteltanz, den du da aufgeführt hast, war schon etwas ganz Besonderes und würde Norris Vel die Schamröte ins Gesicht treiben, das kann ich dir versichern. Aber deine Schwerter waren nicht dafür geeignet. Hier, nimm diese.«

Er hob zwei Waffen aus der Kiste und reichte sie Haern. Es waren lange, schlanke Klingen, deren Enden leicht gebogen waren.

»Diese Säbel sind Schlagwaffen, und sie sollten sehr gut zu der Art und Weise passen, wie du dich immer bewegst. Ihre Spitzen sind sehr scharf, aber trotzdem dürftest du Schwierigkeiten haben, eine schwere Rüstung damit zu durchbohren. Das Gleiche gilt für wuchtige Schläge, aber ich habe das Gefühl, dass brutale Kraft angesichts deiner Schnelligkeit ohnehin nicht deiner Kampftechnik entspricht.«

Haern führte ein paar Schläge mit den Säbeln aus, um ein Gefühl für ihr Gewicht zu bekommen. Sie waren leichter als seine gewohnten Langmesser und hatten eine etwas größere Reichweite. Ihre Griffe waren sehr angenehm, fühlten sich natürlich an, und die Waffen wirkten wie eine Verlängerung seiner Arme, wenn er sie schwang. Sie waren von einem hervorragenden Handwerker hergestellt worden.

»Danke«, sagte er.

»Danke nicht mir, sondern Brug. Er hat sie gemacht.«

»Mach sie nur nicht kaputt«, murmelte Brug vom Tisch.

»Heute Nacht werden beide Seiten nach Blut gieren.« Senke lehnte sich an die Wand und hielt eine Hand vor seinen Bauch. »Bist du sicher, dass du da raus willst? Die Leute werden sich auch ohne deine Hilfe gegenseitig wirkungsvoll umbringen können.«

Haern spürte, dass sie ihn alle ansahen. Entweder offen oder aus den Augenwinkeln. Er spürte, wie sich etwas in seinem Herz verhärtete, als wollte er sie eines Besseren belehren, ihnen zeigen, dass es ihn nicht kümmerte, was sie dachten. Aber was spielte das für eine Rolle? Warum ging er da hinaus? Was wollte er erreichen? Dann fielen ihm Todesmaskes beißende Worte wieder ein, die ihn zu verspotten schienen.

Du hast fünf Jahre lang versucht, die Diebesgilden ganz alleine niederzuringen. Und doch verspottest du meine Fantasie?

Etwas klickte in seinem Kopf, Bruchstücke von Gedanken

schoben sich zusammen, als sie Gestalt annahmen. Er sah die Anwesenden an und richtete den Blick dann aus dem Fenster. Nein, da draußen gab es nichts für ihn zu tun, nicht in dieser Nacht. Am nächsten Tag würde er Todesmaske aufsuchen, vorausgesetzt, der Mann lebte noch. Vielleicht gab es eine Chance, dem Vermächtnis seines Vaters ein eigenes entgegenzusetzen.

»Ach, wisst ihr«, er hatte das Gefühl, als fiele ihm eine Last von den Schultern, »ich glaube, ich werde heute Nacht hierbleiben, wenn ihr das gestattet.«

»Setz dich an den Tisch.« Senke lächelte. »Du kannst deinen Arsch darauf verwenden, dass wir das tun.«

»Bist du bereit zu tun, was getan werden muss?«, wollte Todesmaske wissen.

»Bin ich«, erwiderte Veliana.

»Du wirst viele von ihnen töten müssen. Sie waren einmal deine Freunde, deine Gildekameraden. Vielleicht hast du sie sogar als deine Familie betrachtet. Sie werden das nicht verstehen, und wem sie ihre Loyalität schenken, ist reine Spekulation. Es ist Garricks Gilde, und du bist nur eine schwache Frau, die sich ihm entgegenstellt. Ich frage dich also zum letzten Mal: Kannst du ihnen eine Klinge in den Leib bohren, jedem einzelnen dieser vertrauten Kameraden?«

»Ganz so vertraut sind sie mir nicht mehr.« Sie tippte gegen ihr hässliches blutiges Auge. »Zu viele hassen mich wegen dem hier. Ich habe sie flüstern gehört, ihre Beleidigungen wegen meiner hässlichen Narbe. Ich bin eine entstellte Schönheit. Sie haben mich nie geliebt, nicht, wie sie James Beren geliebt haben. Diese Gilde mag irgendwann mir gehören oder auch nicht, aber ich weiß vor allem, dass sie auf keinen Fall Garricks Gilde sein sollte. Wenn er seine Seele tatsächlich an Thren verkauft hat, hat er selbst diesen letzten Rest von James' Andenken verraten. Jeder, der ihm beisteht, ist kein Freund von mir.«

Todesmaske lächelte sie an.

»Ich werde etwas für dich tun«, sagte er. »Es wird nur einen Moment dauern, aber ich hoffe, dass du es zu schätzen weißt.«

Er legte einen Finger auf sein Auge, das Auge, das bei Veliana verletzt war. Dann flüsterte er einen Zauberspruch. Es schien ein relativ einfacher Bann zu sein, dann sah sie die Veränderung. Seine Iris verfärbte sich von einem dunklen Braun zu einem blutigen Rot.

»Das halte ich von deiner hässlichen Narbe«, erklärte er. »Ich werde dieses Zeichen so lange voller Stolz tragen, wie du zu mir hältst. Ich werde deine Loyalität niemals missachten, denn ich habe in meinem Leben schon genug vergeudet.«

Diese Geste berührte Veliana sonderbar.

»Eines Tages kann ich dir hoffentlich glauben«, erwiderte sie.

Dann konzentrierten sie ihre Aufmerksamkeit auf das unauffällige Gebäude vor ihnen. Die Zimmer schienen dunkel zu sein, aber sie wussten, dass sich unterhalb des Erdbodens große Gewölbe befanden, in denen zweifellos die letzten Überlebenden der Aschegilde Zuflucht gefunden hatten. Ein paar Frauen und Männer schlenderten auf der Straße an ihnen vorbei. Etliche von ihnen hatten leblose Augen und taumelten trunken. Veliana hatte den Eindruck, als würde die ganze Stadt unter einem schrecklichen Kater leiden, ein recht derber Vergleich, wenn man daran dachte, wie viele ihrer Art gnadenlos abgeschlachtet worden waren. Bis jetzt hatte Todesmaske ihr noch nicht erklärt, wie er mit all diesen Söldnern fertig werden wollte. Aber sie hatte keine andere Wahl, als ihm zu vertrauen. Sie klopfte auf ihre Dolche und forderte ihn auf, voranzugehen.

»Lass deine Kapuze tief in der Stirn«, befahl er ihr. »Das Überraschungsmoment ist entscheidend. Die richtige Dramaturgie kann selbst den gewöhnlichsten Feind in etwas Furcht einflößendes verwandeln, und du bist noch nicht einmal ein gewöhnlicher Feind.«

Sie näherten sich der Tür. Ein Dieb lehnte daneben. Er sah aus, als hätte er seit mindestens zwei Tagen nicht mehr geschlafen. Er sah sie müde an und erkannte Todesmaske erst, als sie ihn fast erreicht hatten.

»Hey, wir dachten, Thren hätte ...«

Veliana schnitt ihm die Kehle durch, bevor er den Satz beenden konnte. Als seine Leiche zu Boden sank, warf sie Todesmaske einen Blick zu. *Sieh, wozu ich fähig bin*, hieß das. *Mach dir keine Sorgen um meine Loyalität. Sie sind nicht mehr meine Freunde.*

»Braves Mädchen«, sagte er. Seine beiden ungleichen Augen funkelten hinter der Maske.

Sie legte die Hand auf die Tür. Sie war verschlossen und verriegelt. Todesmaske schob sie sanft zur Seite, legte die Hände auf das Holz und schloss die Augen.

»Denk an die Dramaturgie«, flüsterte er.

Seine Hände schimmerten schwarz-rot, dann explodierte die Tür in einem Regen aus Splittern nach innen. Die Schockwelle traf Veliana so heftig gegen die Brust, dass sie ihr den Atem raubte. Todesmaske trat durch den Staub und die Trümmer in eine kleine Diele. Zwei Männer saßen rechts und links neben der Tür und hatten die Hände vors Gesicht geschlagen. Blutspritzer verunzierten ihre Kleidung, die Wirkung der größeren Splitter. Veliana trat rasch zu einem der beiden und rammte ihm den Dolch in die Brust, bevor er auch nur reagieren konnte. Todesmaske winkte mit der Hand in Richtung des anderen, der plötzlich würgend auf die Knie sank. Bevor sie die ganze Wirkung des Bannes sehen konnte, stach Veliana ihm ins Herz.

»Manchmal ist schnell besser«, sagte sie.

Bis jetzt schienen die anderen Gildenmitglieder, die sich tiefer in den Räumen hinter einer zweiten Tür befanden, von ihrer Ankunft noch nichts bemerkt zu haben. Todesmaske stieß sie auf, und sie traten mitten zwischen die letzten Überlebenden der Aschegilde. Sie hatten sich aus allen Ecken von Veldaren versammelt. Es waren etwa zwanzig Personen. Sie saßen auf Stühlen und Kissen und wirkten ziemlich elend. Es quälte Veliana und erleichterte sie gleichzeitig, als sie Garrick zwischen ihnen sah. Ein Teil von ihr hatte gehofft, dass er bei dem Feuer gestorben wäre, denn er hätte nichts Besseres verdient gehabt. Aber sein Überleben bedeutete zumindest, dass er jetzt ihr gehörte, ihr allein.

»Mitglieder der Aschegilde«, sagte Todesmaske und schirmte Veliana mit seinem Körper ab. Sie wusste, dass er die Wirkung ihres Auftrittes maximieren wollte, und lächelte spöttisch. Sie hielten sie alle für tot, einschließlich Garrick. Sie stellte sich vor, wie ihm der Kiefer vor Überraschung herunterklappen würde, wie er seine Augen aufreißen würde … Um sie herum standen die Diebe auf und zogen ihre Waffen. Todesmaske war zwar einer von ihnen, aber die Art und Weise, wie er hereingekommen war, seine Haltung und wie er sie ansprach, hatte etwas Gefährliches.

»Du!« Garrick zeigte mit zitterndem Finger auf ihn. »Du hast die Spinnen gegen uns aufgehetzt, hab ich recht? Warum sonst hätten sie dich am Leben gelassen?«

»Ich bin nicht derjenige, der sich mit Spinnen ins Bett gelegt hat und glaubte, dass er nicht gebissen würde«, erwiderte Todesmaske. »Diese Katastrophe ist allein dein Machwerk, ausschließlich dein Werk. Hört mir zu, Gildenmitglieder! Er hat eure Seelen an Thren Felhorn verkauft, und das nur, damit er nachts gut schlafen kann.«

»Du lügst!«

Etwa ein Drittel der Männer warfen sich gegenseitig vielsagende Blicke zu und ließen die Waffen sinken. Veliana sah zu und wartete. Sie musste schnell reagieren. Der erste Angreifer musste sofort sterben, wenn sie die anderen entmutigen wollten. Der Kampf zwischen den Persönlichkeiten von Todesmaske und Garrick war natürlich kein wirklicher Vergleich. Garrick würde sicher aufhören, bevor er vollkommen verlieren würde.

»Wie sonst hättest du die Führung der Gilde behalten können?«, erkundigte sich Todesmaske. »Warum sonst hätten die Gilden Frieden mit dir geschlossen, obwohl deine Position so schwach war? Du hast diesen Pakt schon vor Wochen geschlossen, und eine Gilde nach der anderen hat das begriffen und dich in Ruhe gelassen. Nur die Falken haben dich angegriffen, und das auch nur einmal. Dafür hat Thren sie schrecklich bestraft, hab ich recht?«

Die Männer flüsterten untereinander, und zwei von ihnen warfen Garrick finstere Blicke zu. Veliana wusste, dass die Gerüchte von Verrat schon lange im Umlauf waren. Normalerweise würden solche Anschuldigungen von Ohr zu Ohr gehen und immer größere Kreise ziehen. Aber die Trifect hatte ihnen zu hart zugesetzt. Wenn sie überleben wollten, brauchten sie einen neuen Anführer, und zwar sofort.

»Ich habe keine Ahnung, wovon du da redest.« Garrick hatte seinen Dolch gezückt, aber er ließ ihn herabhängen, als hätte er Angst, ihn auch nur auf Todesmaske zu richten.

»Nein? Wir alle wissen, wer diese Gilde tatsächlich geführt hat, bevor du sie Thren in die Hände gespielt hast. Es war Velianas Gilde, nicht deine. Das war sie nie. Aus diesem Grund wolltest du ihren Tod.«

Das Gemurmel wurde lauter, obwohl viele bei der Nennung ihres Namens verächtlich reagierten. Sie spürte heißen Ärger in sich sieden. Selbst jetzt noch verleugneten sie ihre Arbeit, ihren Schweiß, den Zoll, den sie bezahlt hatte. Die Götter sollten sie alle verfluchen!

»Sie ist gestorben, weil sie versucht hat, dich zu töten, das ist alles«, erwiderte Garrick.

Veliana trat neben Todesmaske und zog ihre Kapuze zurück. Sie lächelte, denn der Ausdruck auf Garricks Gesicht war genau so, wie sie es erhofft hatte.

»Ich bin nicht gestorben«, sagte sie. Ihre Stimme war leise, aber in der plötzlichen Stille in der Kammer hätte man selbst ein Flüstern hören können. »Aber du wirst sterben, du Verräter. Du hast Thren deine Seele verkauft. Das werde ich dir niemals verzeihen.«

Sie stürzte sich auf ihn, ohne Rücksicht auf ihr Leben und auf die Übermacht, die ihr gegenüberstand. Sie wollte seinen Kopf, und diesmal würde niemand sie aufhalten. Garrick schrie um Hilfe, und etliche Diebe traten ihr in den Weg. Sie wich dem Schlag einer Keule aus, schlitzte dem Mann links von ihr den Bauch auf, rollte sich über den Boden und zog ihren Dolch durch die Kniekehlen eines anderen, während sie aufstand. Der mit der Keule versuchte, ihr den Rücken zu zerschmettern, aber sie fuhr erneut herum. Ihr Rückgrat bog sich in einem fast unnatürlichen Winkel, sodass der Schlag dicht über ihre Brüste hinwegzischte. Dann stand sie wieder aufrecht, stach immer wieder ihren Dolch in seinen Wanst und trat dann seine Leiche weg. Sie blutete aus sieben Löchern in der Brust.

»Trefft eure Wahl!«, schrie Todesmaske. Wie es schien, hatten sich bereits viele entschieden. Sie wandten sich gegen die anderen, stürzten sich auf alle, die ihn angreifen wollten. Es herrschte völliges Chaos in der Kammer, und Veliana war mittendrin und genoss es. Sie trat einem der Diebe, der sich auf Todesmaske stürzte, die Beine unter dem Leib weg und rammte ihm den Dolch zwischen die Rippen, während er auf dem

Boden landete. Sie riss die Klinge heraus und schüttelte sie, sodass Blutstropfen auf Garrick flogen, der mit dem Rücken an der Wand stand, den Dolch vor sich haltend.

»Wo ist Thren jetzt, wo du ihn brauchst?« Sie ging langsam auf ihn zu und ließ ihre Dolche zwischen den Fingern wirbeln. »Wo sind die Männer, die mich eher vergewaltigen würden als unter mir zu dienen? Wo ist deine Gilde, Garrick?«

Ein blendender Blitz flammte in ihrem Rücken auf, irgendein Zauber von Todesmaske. In dem grellen Licht stürzte sie sich auf Garrick und rammte ihm ihr Knie in die Lenden, während sie seinen Dolch zur Seite schlug. Den Griff des anderen Dolches hämmerte sie gegen seine Stirn. Dann schlug sie ihm den Ellbogen in den Mund und zog ihm die Klinge über das Gesicht, als sie zurücksprang. Blut spritzte aus einer tiefen Wunde über seiner Nasenwurzel. Aber sein Schmerzensschrei war erstickt und schwach.

»Jetzt bist du das Exempel, das ich statuiere«, flüsterte sie ihm zu. Sie rammte ihm den Dolch in die Kehle, drehte ihn links herum, rechts herum und riss ihn schließlich wieder heraus. Blut spritzte über ihre Brust, aber das störte sie nicht. Nach seinem Tod schien sich das Chaos zu beruhigen, denn die Diebe sahen offenbar keinen Grund mehr, weiterzukämpfen. Als sie sich umblickte, bemerkte sie, dass alle ihre Blicke auf sie oder Todesmaske gerichtet hatten. Von den ursprünglich zwanzig Dieben der Aschegilde waren noch zehn am Leben.

»All jene, die ihre Treue verraten, verdienen nicht weniger.« Todesmaske kniete neben Garricks Leichnam. Er legte ihm eine Hand auf den Kopf, der sofort in Flammen aufging. Das Feuer schien Todesmaske nichts anzuhaben. Die Leiche wurde schwarz und qualmte, und nach wenigen Sekunden war sie nur noch ein Haufen Asche. Todesmaske schaufelte eine Handvoll auf, erhob sich und warf die Asche in die Luft. Sie wirbelte im

Kreis um seinen Kopf, verbarg seine Maske und ließ ihn eher wie ein Monster denn wie einen Mann aussehen.

»Ich bin jetzt die Aschegilde. Keiner von euch ist es wert, von mir geführt zu werden. Ihr habt für mich getötet, deshalb schenke ich euch das Leben. Verschwindet. Legt eure Farben ab oder bereitet euch darauf vor, sie mit eurem eigenen Blut zu tränken.«

Wie es aussah, schien niemand Lust darauf zu haben, die blutüberströmte Veliana und ihren Meister herauszufordern. Ein Stich durchzuckte ihr Herz, als sie sah, wie die Männer hinausgingen. Die letzten Reste der Gilde, die James und sie aufgebaut hatten, waren verschwunden. Aber Todesmaske hatte ihr Größeres versprochen, und sie musste ihm einfach vertrauen. Sie sah den Leuten nach, als sie hinausgingen, suchte nach zwei Gesichtern, nach Männern, die sich aus diesem Kampf herausgehalten hatten, weil sie vernünftige Opportunisten waren.

»Mier, Nien«, sagte sie, als die beiden ebenfalls Anstalten machten, die Kammer zu verlassen. »Ihr zwei bleibt.«

Die Zwillinge sahen sie an. Sie hatten helle Haut, dunkles Haar und braune Augen, die belustigt zu funkeln schienen.

»Ja?«

Todesmaske trat zu ihnen und reichte ihnen die Hand.

»Veliana hat für euch und eure Fähigkeiten gebürgt. Würdet ihr bei mir bleiben und weiter kämpfen, nicht für die Aschegilde, wie sie war, sondern für das, was sie sein könnte?«

Die beiden sahen sich in der Kammer um, als wollten sie auf das Offenkundige hinweisen.

»Welche Gilde?«, fragte Mier.

»Wir sind nur noch zu viert«, sagte Nien.

»Solange wir vier leben, wird es immer eine Aschegilde geben«, erwiderte Todesmaske. »Ihr habt gesehen, wozu wir imstande sind. Kommt zu uns. Wir brauchen heute Nacht eure Stärke. Wir müssen den Söldnern zeigen, dass wir uns nicht einfach ergeben und uns von ihnen abschlachten lassen.«

Die Zwillinge sahen sich an. Veliana hätte geschworen, dass zwischen ihnen eine wortlose Konversation stattfand, die sie nicht mitbekam. Dann nahmen sie abwechselnd Todesmaskes angebotene Hand und schüttelten sie.

»Warum nicht?«

»Könnte lustig werden.«

»Allerdings.« Todesmaske grinste hinter seiner Maske aus Stoff und Asche. Veliana schüttelte den Kopf und wischte das Blut von ihren Dolchen. Dann spuckte sie auf das wenige, das von Garrick übrig geblieben war.

24. KAPITEL

Oric hockte zitternd in dem dunklen Verlies von Schloss Fellholz. Er saß auf einer eisernen Pritsche und hörte, wie das Wasser leise tröpfelte. Wo es tropfte, wusste er nicht. Um sich die Zeit zu vertreiben, versuchte er es herauszufinden, aber das Echo schien sich immer zu verändern. Seine Zelle war vollkommen dunkel; nicht der geringste Lichtschein fiel hinein. Er hatte den Boden mit seinen Händen abgesucht, aber überall war es nass gewesen, und dennoch war nie ein Tropfen auf ihm gelandet. Trotzdem war es besser, sich die Zeit mit Suchen zu vertreiben, als über sein Schicksal nachzudenken. Denn jedes Mal, wenn er das tat oder überlegte, wie lange er noch in dieser völligen Finsternis sein würde, schwindelte ihm, und sein Herz schlug ihm bis in den Hals.

Er versuchte mit jemandem zu reden, mit einem Wächter oder einem Mitgefangenen, aber seine Stimme hallte nur durch die leeren Räume, und niemand antwortete ihm. Aus irgendeinem Grund machte es das immer noch schlimmer. Ohne Licht, Gesellschaft oder eine Mahlzeit war die Zeit bedeutungslos. Er schlief mindestens zweimal und sah in seinen Träumen Farben, Frauen, Freunde. Er wünschte sich, dass er öfter schlafen könnte.

Ein lautes Knarren riss ihn aus seinem Dösen. Schwere Schritte hallten durch den Gang. Orangegelbe Lichter flackerten über die Wände. Zuerst war es ein wundervoller Anblick, aber schon bald blendete ihn die Helligkeit schmerzhaft. Er hielt sich eine Hand vor die Augen, um die Schmerzen zu lindern, und sah undeutlich, wie John Gandrem seine Zelle betrat. Er wurde von Soldaten flankiert.

»Bleib sitzen!«, befahl der Lord. »Ansonsten schlagen meine Wachen dich in Stücke.«

»Ein Mann sollte beim Eintreten eines Lords immer aufstehen«, erwiderte Oric und unterdrückte ein Husten. Seine Stimme klang krächzend und trocken. Trotz seines Protestes blieb er jedoch lieber sitzen. Außerdem war ihm so schwindlig, dass er wahrscheinlich sowieso ohnmächtig geworden wäre, wenn er zu schnell aufstand.

John verschränkte die Arme und blickte auf ihn herab. In dem gelben Licht wirkte seine Haut wie aus Stein, alt und hart. Seine Augen waren noch schlimmer. Er hatte zwar viele Geschichten über Lord Gandrems Freundlichkeit gehört, aber in keiner von ihnen wurden jemals diese Augen beschrieben. So etwas wie Erbarmen schienen sie nicht zu kennen, jetzt nicht und vielleicht auch sonst nie. Vielleicht war dieser Lord der Verliese ein anderer Mann als der Herr von Fellholz.

»Bevor wir anfangen, solltest du ein paar Sachen wissen«, begann Gandrem. »Zunächst einmal habe ich sehr ausführlich mit dem Jungen geredet, mit Nathaniel. Seine Geschichte ist vollkommen logisch und höchst belastend. Zweitens ist der Mann, den Ingel getötet zu haben glaubte, dieser Bauer Matt, nicht tot. Drittens haben sich meine Männer bereits mit Uri beschäftigt, und er hat ein Lied gesungen, Oric, und wie. Ich weiß, was du der Frau dieses Bauern angetan hast. Deine Behauptung, dass sie eine Karawane angegriffen und Nathaniel als Geisel genommen haben könnten, ist einfach lächerlich.«

»Das habe ich niemals behauptet. Das war Ingels alberne Idee.«

Ein unmerkliches Lächeln zuckte auf Lord Gandrems Lippen, verschwand jedoch sofort.

»Vielleicht. Schade, dass ich ihm die Kehle durchgeschnitten habe, bevor ich ihm erzählen konnte, dass der Bauer noch lebt. Ich werde dafür sorgen, dass Matt reichlich entlohnt wird, ebenso wie seine Frau. Bleibt die Frage, was ich mit dir anfange.«

»Nun, wenn ich mich zwischen Strick und Axt entscheiden muss, würde ich die Axt vorziehen.«

»Nur Geduld, Oric. Nur Geduld. Verstehst du, mein größtes Problem bist nicht du, sondern dein Meister, Arthur Hadfild. Mark Tullen hat mich besucht, bevor er sich mit ihm und Nathaniel in Tyneham getroffen hat. Ich weiß, dass er den Jungen zurückbringen wollte, und ich bin kein Narr. Jeder weiß, dass er Alyssa den Hof gemacht hat und dass Arthur ihn gerne loswerden wollte. Das zu beweisen, ist allerdings eine ganz andere Angelegenheit.«

Seine Soldaten traten vor und packten Oric jeder an einem Arm. Sie hoben seine Hände nach hinten über den Kopf. Ketten klapperten, und dann spürte er, wie man ihm Klammern um seine Handgelenke legte. Nachdem er sicher angekettet war, setzte sich John auf die schmale Pritsche und zog seinen dicken Mantel fester um sich.

»Ich habe nicht vor, das Alyssa einfach nur zu beweisen«, fuhr er fort. »Sie ist ein kluges Mädchen, und es gibt zu viele Hinweise, als dass sie es ignorieren könnte. Aber Arthur verwaltet schon lange diese Minen am Rand meiner Ländereien und verweigerte mir stets die Steuern. Ich will dieses Land haben. Es sind meine Ritter, die diese Ländereien beschützt haben. Es sind meine Länder, durch die seine Händler nach Veldaren reisen. Es sind meine Straßen, auf denen er sein Gold dorthin schafft und seinen Nachschub kommen lässt. Bei allem, was recht ist, sollten sie mir gehören, und das würden sie auch, wären da nicht die Gemcrofts.«

»Und was habe ich damit zu tun?«, fragte Oric. Seine Schultern verkrampften sich, und er hatte das Gefühl, dass es noch erheblich schlimmer werden würde, vor allem, wenn sie ihn in dieser Haltung einige Stunden, wenn nicht gar Tage belassen würden.

»König Vaelor hat mein Ersuchen nach einer Steuerabgabe immer wieder zurückgewiesen, zweifellos, weil er die Trifect mehr fürchtet als mich. Und außerdem ihre Bestechungsgelder liebt. Aber Arthur hat keinen Erben, und er hat niemals ein Testament verfasst, falls er doch einen Sohn haben sollte. Wenn er jetzt stirbt, werden seine Ländereien dem Land des nächsten benachbarten Lords zugeschlagen.«

»Und das seid Ihr.« Oric begriff. Falls Arthur starb, bevor er Alyssa heiratete, würde John das Land bekommen. »Aber Ihr seid nicht Arthurs Lehnsherr. Das ist Alyssa. Und wenn sie es herausfindet ...«

»Wenn sie es herausfindet, wird sie ihn zwingen, ihr das Lehen zurückzugeben«, unterbrach ihn John. »Aber sie wird das nur tun, wenn sie herausfindet, was passiert ist. Verstehst du jetzt? Ich habe hier vollkommen die Kontrolle. Arthur wird es nicht wagen, mich wegen eurer Ermordung zur Verantwortung zu ziehen, denn die Wahrheit würde seinen Tod bedeuten. Er kann nur den Mund halten und beten, dass alles gut geht. Ich dagegen ...«

Oric versuchte, seinen Rücken zu dehnen, aber er war zu dicht an der Wand. Er rollte den Kopf hin und her, und seine Gelenke knackten laut. Es waren nur Minuten. Nur wenige Minuten, aber er hatte jetzt schon genug von diesen Fesseln. Es war erheblich besser, ungebunden auf dem Boden zu frieren, als dazusitzen und die Hälfte seines Körpers nicht bewegen zu können. Er wollte sich nicht vorstellen, dass dies Stunden dauern könnte. Oder Tage, oder sogar Jahre, was die Götter verhüten mochten.

»Ich halte Arthurs Leben ebenso in meinen Händen wie deines«, fuhr John fort. »Ich hätte vielleicht auch Uri benutzen können, aber er hat leider auf das Verhör meiner Untergebenen nicht sonderlich gut reagiert. Wir mussten natürlich dafür sorgen, dass er die Wahrheit sagte. Also kommt es jetzt auf dich an. Wem gegenüber bist du loyal, Oric? Du verdienst den Tod, das wissen wir beide. Wie weit würdest du gehen, um dir dieses Schicksal zu ersparen? Hilf mir, sonst ... du hast es selbst gesagt: Strick oder Axt.«

Oric konnte sein Glück nicht fassen. Er hatte gedacht, er hätte nichts Wertvolles anzubieten, aber wenn er auf Kosten seines ehemaligen Herrn seinen Kopf retten konnte ...

»Was wollt Ihr von mir?«

»Du musst Arthur töten, bevor er herausfinden kann, dass seine Pläne schiefgelaufen sind und bevor Alyssa möglicherweise seine Verstrickung in die ganze Sache entdeckt. Doch bevor du das tust, will ich, dass du eine Aussage unterschreibst, die ich vor dem Gericht des Königs benutzen kann, in der jede Einzelheit von deinen und Arthurs Machenschaften aufgeschrieben wird.«

»Und was mache ich, nachdem ich Arthur getötet habe?«, wollte Oric wissen. »Wie geht es dann weiter?«

Diesmal lächelte der Lord fast verschmitzt.

»Ein Mann von deinen Talenten? Du kannst doch wohl anschließend in einer Menschenmenge untertauchen und dann ... nun, Ker ist weit weg und Mordan noch weiter. Wie ich höre, brauchen auch die Seeleute in Engelhavn immer wieder gute Söldner auf ihren Schiffen.«

»Was ist mit dem Bauern?«

»Er ist verletzt, und meine Heiler sagen, dass er etliche Tage braucht, bis er sich erholt hat. Wir sollten diese Angelegenheit abgeschlossen haben, bevor er uns Ärger machen kann. Außerdem spielen sich diese Dinge weit oberhalb seines Rangs ab, und seine Aussage würde vor jedem Gericht im besten Fall argwöhnisch betrachtet werden, da sie von einem gemeinen Einfaltspinsel stammt.«

Besser konnte es nicht werden. Oric hatte schwerlich Angst vor einer Reise, und Arthur umzubringen machte ihm auch nichts aus. Angesichts der Natur seiner geheimen Mission wäre es nur natürlich, dass sie irgendwo hingingen, wo sie ungestört reden könnten. Dann würde er sein Messer benutzen und hatte seine Freiheit wieder.

»Ich mache es«, sagte Oric.

»Hervorragend. Wir werden behaupten, dass du aus dem Verlies entkommen bist, nachdem wir dir ein Geständnis abgerungen haben. Wenn du zu Arthur gehst, wird er versuchen, alle Brücken hinter sich abzureißen und behaupten, es wäre dein Plan gewesen. Du bringst ihn um und flüchtest. Ich will nicht wissen, wohin du gehst. Hast du das verstanden?«

»Ja.«

»Ich schicke dir einen Schreiber mit Kerzen und Pergament. Erzähl ihm alles, was du weißt, bis ins letzte kleinste Detail. Leb wohl, Oric.«

Er stand auf, und bevor er ging, befahl er zu Orics großer Erleichterung seinen Wachen, die Klammern von seinen Handgelenken zu lösen. Kurz darauf tauchte ein älterer Mann mit einer krummen Nase auf.

»Von Anfang an, bitte«, sagte er, während er seinen Gänsekiel in ein Tintenfass tunkte.

Und genau das tat Oric. Er begann damit, wie Arthur Gold aus den Minen der Gemcrofts stahl und es zur Schlangengilde schmuggelte, damit die es für ihn gegen das Gold des Königs eintauschte.

»Werdet Ihr ihn wirklich laufen lassen?«, fragte einer der Soldaten, die John begleiteten. Er war ein altgedienter Veteran und ein vertrauenswürdiger Ritter namens Cecil.

»Selbstverständlich nicht!«, schnappte der Lord. »Die Gemcrofts haben diese Minen schon seit über einem Jahrhundert durch rechtmäßige Verträge in ihrem Besitz. Ich könnte die Hälfte ihrer Familie auslöschen, ihrer recht zahlreichen Familie, einschließlich Arthurs, aber sie würden immer noch jemanden finden, der statt meiner rechtmäßiger Erbe wäre. Und ehrlich gesagt will ich diese Minen auch gar nicht. Sie machen nur einen Haufen Arbeit.«

»Warum dann diese List?«

»Ich brauche sein Geständnis, ein schnelles, wahrheitsgemäßes und vor allem für Arthur erdrückendes Geständnis. Ich werde dich mit diesem Geständnis nach Veldaren schicken, zusammen mit einem Begleitbrief von mir.«

Cecil verbeugte sich, um zu zeigen, dass er sich geehrt fühlte.

»Werden wir Nathaniel nicht zu seiner Mutter zurückbringen?«, fragte er, als sie den Kerker verließen, die Fackeln löschten und zum Großen Saal gingen.

»Nathaniel ist bereits einmal auf der Straße entführt worden, als er eigentlich in meiner Obhut sein sollte. Es war meine eigene verdammte Dummheit, dass ich dieser Schlange Arthur vertraut habe. Ich werde den Jungen hierbehalten, wo er in Sicherheit ist, bis Alyssa ihn selbst abholt. Du aber ... du kannst Alyssa die Kunde überbringen, dass er überlebt hat. Sie ist eine kluge Frau, aber Arthur kann gut mit Worten umgehen, und wer weiß schon, welche Lügen er um sie gesponnen hat, um sich selbst zu schützen? Dieses Geständnis sollte die Gespinste wegbrennen, und wenn sie die ist, für die ich sie halte, wird sie entsprechend mit ihm verfahren. Ich will erst ein bisschen essen, um meine alten Knochen aufzumuntern, dann werde ich meinen Brief verfassen. Sobald du ihn und Orics Geständnis hast, reitest du auf schnellstem Wege nach Veldaren. Denn ich fürchte, dass Arthur etwas gegen sie unternehmen könnte, falls er argwöhnt, dass irgendetwas nicht stimmt.«

»Selbstverständlich, Mylord.« Cecil verbeugte sich erneut. »Und was geschieht mit Oric?«

John grinste böse.

»Er sagte, er würde die Axt vorziehen, also bereite den Galgen vor. Er hat nichts verdient, nicht einmal die Wahl seines Todes. Er soll von meinen Mauern baumeln, dieser ehrlose Dreckskerl!«

25. KAPITEL

Das war schon die zweite Nacht, in der Alyssa von ihrem Fenster aus die brennende Stadt betrachtete. Es gab mehr Feuer, so weit sie sehen konnte, mindestens sieben. Sie fragte sich, was das bedeutete. Hatten ihre Söldner etwa noch mehr Rattenlöcher der Diebe gefunden? Sie hielt ein leeres Glas in der Hand und prostete damit den Sternen zu, die sich hinter einer Rauchwolke verbargen.

»Du hast etwas Besseres verdient, Nathaniel«, flüsterte sie.

»Ich könnte mir auch eine bessere Ehrung für deinen Sohn vorstellen.« Zusa war vollkommen geräuschlos ins Zimmer geschlüpft. Alyssa hatte sich zwar darauf trainiert, beim Klang von Zusas Stimme nicht zusammenzuzucken, aber ihre Nerven waren so angespannt, dass sie trotzdem zitterte.

»Vielleicht«, erwiderte sie, als die Frau neben sie trat. »Aber etwas Besseres kann ich nicht tun.«

»Du belügst dich selbst. Das hier tust du deinetwegen, weil du Schmerzen leidest. Tu, was du tun musst, aber mach es aufrichtig und trage die Bürde mit Stolz.«

»Genug.« Alyssa schleuderte ihr Glas gegen das Fenster. Es zersprang, und Rotweintropfen liefen an der Scheibe hinab auf den Boden. »Ich brauche weder Reden noch deine Weisheit. Ich will meinen Sohn zurück, meinen kleinen Jungen ...«

Sie presste ihre Stirn gegen das Glas und bemühte sich, nicht die Beherrschung zu verlieren. Während ihr die Tränen übers Gesicht liefen, blickte sie auf die fernen Feuer und versuchte das Blutvergießen zu genießen, für das diese Feuer standen. Aber sie fühlte sich nur leer.

»Wie du willst«, sagte Zusa leise.

»Bleib«, flüsterte sie. Sie spürte, dass die Gesichtslose sie verlassen wollte.

»Wie du wünschst.«

»Sag, wie steht es da draußen?«

Zusa deutete auf die Stadt. »Die Diebe sind im Gegensatz zu gestern diesmal vorbereitet. Sie haben diese Feuer gelegt und viele Unschuldige getötet. Ich glaube, sie wollen das Volk gegen den König aufwiegeln, und das könnte ihnen auch gelingen. Wenn Veldaren ein Altar ist, dann hast du ihn mit Blut bedeckt, als Opfer für deinen Sohn. Ich weiß nicht, welcher Gott dieses Opfer erhören wird. Vielleicht haben beide ihre Hände im Blut dieser elenden Stadt gewaschen.«

Alyssa nickte. Es klang zutreffend. Sie hatte ihre Schatzkammern geöffnet und das Gold darin gegen Leichen getauscht. War es ein fairer Handel? Konnte so ein Handel jemals gerecht sein?

»Was ist mit der Person, die meinen Sohn getötet hat?«

Zusa dachte an ihren Kampf mit dem Wächter und daran, wie sie in letzter Sekunde von Veliana gebremst worden war. Sie wusste nicht, was die andere Frau von ihm wollte, und es kümmerte sie auch nicht. Veliana hatte ihre Freundschaft geopfert, um ihr und Alyssa den Wächter wegzunehmen. Wenn sie nicht mehr wert war als das, nun gut. Aber sie wollte Alyssa nicht verraten, wie dicht davor sie gewesen war, ihr den Mann zu bringen, obwohl sie es hasste, zu lügen. Also dehnte sie die Wahrheit, so weit es ging.

»Ich habe gegen ihn gekämpft«, gab sie zu. »Aber er ist entkommen, bevor ich ihn besiegen konnte. Ich weiß nicht, wo er jetzt ist.«

»Hast du ihn verletzt?«

»Ja, ich habe ihm eine blutige Wunde verpasst.«

»Gut, das ist wenigstens ein Anfang. Wirst du noch einmal hinausgehen und nach ihm suchen, bevor die Nacht vorüber ist?«

Zusa legte eine verhüllte Hand auf das Dach der Scheibe und blickte hinaus. Dann schüttelte sie langsam den Kopf.

»Nein. Da draußen gibt es nichts außer Menschen, die sich gegenseitig umbringen. Ich glaube, dass sich sogar der Wächter verkrochen hat und dem Morden freien Lauf lässt. Kann ich jetzt gehen?«

Alyssa nickte. Auf halbem Weg zur Tür blieb Zusa stehen und sah zu ihr zurück. Sie wirkte so müde, wie Alyssa sich fühlte.

»Wenn ich so kühn sein darf, dann hätte ich eine Bitte an dich. Lass dies die letzte Nacht sein, Alyssa. Noch so viel Tod kann den Schmerz über deinen Verlust nicht betäuben. Es wird dich nur erschöpfen, dich auslaugen. Ich will nicht behaupten, dass diese Männer Gnade verdienen, jedenfalls nicht alle. Aber der Weg, den du beschritten hast, kann nur zur völligen Zerstörung führen. Ich werde dir natürlich auch dann folgen, bis in den Tod.«

»Ich weiß nicht, ob ich es noch aufhalten kann«, antwortete Alyssa.

»Du bist stark genug, Lady Gemcroft. Das weiß ich.«

Mit diesen Worten verließ sie den Raum und schloss die Tür mit einem leisen Klicken hinter sich. Alyssa beobachtete weiter die Feuer in der Stadt, aber sie konnte sich jetzt nicht mehr darauf konzentrieren. Sie war müde und dachte immer wieder daran, ins Bett zu gehen. Sie hatte in letzter Zeit nicht gut geschlafen, höchstens ein paar Stunden am Stück. Den ganzen Tag über waren Frauen und Männer zu ihr gekommen und hatten Entschädigung für das verlangt, was die Söldner angerichtet hatten. Am Ende hatte sie jede Forderung beglichen, ob sie nun bewiesen war oder nicht. Sie hatte keine Energie mehr. Und zum Schluss hatte sie die Verantwortung dafür an Bertram delegiert.

Als hätte es genügt, seinen Namen zu denken, öffnete der alte Mann die Tür und klopfte erst anschließend an.

»Ja, Bertram?« Sie drehte sich nicht zu ihm herum, damit er ihre Tränen nicht sehen konnte. »Wenn du mit mir über die Kosten der Söldner und Entschädigungen reden willst, dann erspar mir das. Ich bin nicht in der Stimmung, und du solltest ohnehin schlafen.«

»Du ebenfalls«, erwiderte Bertram, während er sich ihr auf dem Teppich leise näherte. »Aber in diesen schwierigen Zeiten scheinen wir alle nur wenig Schlaf zu finden. Ich bin außerdem gekommen, um über eine andere Sache zu reden.«

Sie sah sein Spiegelbild im Glas und beobachtete, wie er an der Unterlippe kaute, während er die Hände hinter dem Rücken verschränkt hielt.

»Ich habe den Sold für die Söldner berechnet, zusammen mit den versprochenen Zahlungen an die Bürger, und die Gesamtsumme beläuft sich auf …«

»Ich sagte doch, das interessiert mich nicht!«

»Es geht um etwas anderes.« Bertram bemühte sich, ruhig und kontrolliert zu sprechen. »Ich habe getan, was du von mir verlangt hast, und nicht auf die Kosten geachtet. Aber ich habe diese Dummheit gefürchtet, und meine Ängste haben sich bewahrheitet. Die Kosten sind unglaublich hoch, vor allen Dingen angesichts dessen, wie viele gestorben sind. Die Söldnergilde verlangt eine zusätzliche Entschädigung für alle Männer, die bei der Erfüllung ihrer Pflicht gefallen sind, für ihre Frauen, Kinder, ihre Geliebten und dergleichen. Außerdem hat es weit mehr Feuer gegeben, als sie erwarteten, und du hast in fast allen Fällen die Verantwortung übernommen.«

»Worauf willst du hinaus?«

Er straffte sich, als er antwortete.

»Es ist nichts mehr übrig, Lady Gemcroft. Dein Vermögen ist verbraucht. Wenn wir nicht die Zahlungen für mehrere Jahre aufschieben können, werden wir mindestens ein Drittel der Söldner nicht auszahlen und nur die Hälfte der Entschädigungen leisten können.«

Sie sah ihn fassungslos an.

»Bist du sicher?«

Er nickte. »Ich bin die Zahlen mehrmals durchgegangen.«

Sie sah die Feuer jenseits der Scheibe, und sie schienen plötzlich eine andere Bedeutung zu bekommen.

»Die Kosten für heute Nacht eingeschlossen?«

»Für die Söldner ja, aber nicht unbedingt für zusätzliche Zahlungen für die Toten. Deren Zahlen erfahre ich erst morgen. Was die Feuer angeht, nein. Da kann ich nur das Schlimmste annehmen.«

Die Welt schien sich um sie zu drehen und zu verschwinden. Wie konnte ihr ganzer Reichtum so schnell zusammengeschmolzen sein? Das schien einfach nicht möglich. Gewiss, die Minen im Norden hatten im letzten Jahr weit weniger produziert, aber trotzdem, was war mit ihren Verträgen, mit dem Handel? Hatten die Diebesgilden tatsächlich so viel zerstört?

»Aber es ist nicht alles verloren.« Er war näher getreten und legte ihr jetzt tröstend den Arm über die Schultern. »Ich habe eine Möglichkeit gefunden, diese Bürde zu lindern. Wir müssen vielleicht trotzdem einige Zahlungen verzögern, vor allem an jene, die ohne Familien gestorben sind oder selbst noch Mittel zum Überleben haben.«

»Und was ist das für eine Möglichkeit?«

»Lord Hadfild hat ein sehr großes Vermögen angehäuft, eine Summe, die er einem möglichen Erben vermachen wollte. Solltest du ihn heiraten, würde er deine Schulden übernehmen. Ich habe diese Angelegenheit bereits mit ihm diskutiert, und er ist bereit, seinen Teil dazu beizutragen, dir über den Tod deines Sohnes hinwegzuhelfen. Einschließlich des Debakels, das du über unsere Stadt gebracht hast.«

Sie verschränkte die Arme und drückte sie eng an den Körper, als wäre ihr kalt. Konnte sie Arthur heiraten? Gewiss, seit seiner Ankunft war er sehr freundlich zu ihr gewesen und schien nicht vorzuhaben, sie zu verlassen. Sie hatten sogar einmal miteinander geschlafen, und seine Anwesenheit tröstete sie tatsächlich in gewisser Weise. Ihr Herz sehnte sich zwar nach Mark, aber er war tot, genauso wie ihr Sohn. Sollte sie zulassen, dass die Gedanken daran sie weiter verfolgten? Vielleicht hatte Zusa recht. Vielleicht war es Zeit, all dem ein Ende zu machen.

»Wann?«, fragte sie schließlich.

»Es muss schon bald sein, vor allem wegen der Höhe unserer Schulden. Wenn wir große Zahlungen leisten können, wird es uns gelingen, unsere Gläubiger in Schach zu halten und sie davon zu überzeugen, dass wir vorhaben, unsere Versprechen zu halten. Wenn du Leon Connington fragst, wird er dir ebenfalls helfen. Kein Mitglied der Trifect wird ein anderes so tief sinken lassen, dass es auch die anderen beschämt. Ich kann die Zeremonie in wenigen Tagen vorbereiten, ebenso wie ich die Dokumente verfassen und dem Rat des Königs zur Billigung vorlegen kann.«

Sein lebhafter Unterton kratzte wie Metall auf Glas in ihrem Inneren.

»Genug«, sagte sie. »Beginne mit den Vorbereitungen, die notwendig sind, aber sag Arthur nur, dass ich der Idee offen gegenüberstehe. Schließlich sollte er derjenige sein, der mir einen Antrag macht, nicht der alte Ratgeber meines Vaters.«

Bertram lächelte. »Ganz recht, ganz recht. Gute Nacht, Mylady. Vielleicht wirst du schon bald angenehmere Träume haben.«

»Gute Nacht, Bertram.«

Sobald er gegangen war, blies sie die Kerzen aus, kehrte in ihr Bett zurück und versuchte zu schlafen. Vergeblich.

»Arthur Gemcroft«, flüsterte sie und ließ das Wort über ihre Zunge rollen, als wollte sie es schmecken. Er würde ihren Namen annehmen, wie es alle Männer und Frauen taten, wenn sie in die Familie eines der Trifect einheirateten.

»Arthur Gemcroft. Arthur ... Gemcroft.«

Es klang gut, das musste sie zugeben. Sie hatte die Entscheidung lange genug aufgeschoben. Es wurde Zeit, dass sie pragmatisch dachte. Trotzdem, auch wenn es logisch war, spendete es ihr keinen Trost. Sie warf sich auf ihrem Bett hin und her, bis das erste Licht durch die Vorhänge drang und auf ihr erschöpftes Gesicht und ihre blutunterlaufenen Augen fiel.

Die Wunde in Geists Bein war noch schlimmer, als er ursprünglich befürchtet hatte. Er war in seine heruntergekommene Herberge zurückgekehrt, hatte vorsichtig seine Waffen weggelegt und sich dann auf sein Bett geworfen. Die Fenster hatten weder Läden noch Vorhänge, und das Licht schien auf sein Gesicht. Da er wenig Grund hatte, an dem nächtlichen Gemetzel weiter teilzunehmen, blieb er stattdessen in seiner bevorzugten Taverne und ertränkte seine Schmerzen in Schnaps. Er war ohnmächtig geworden, aber niemand hatte den Mut aufgebracht, ihn zu wecken. Die Umschläge an seinem Bein, die selbst im besten Fall nur nachlässig angelegt waren, waren aufgeweicht, und die Wunde hatte sich infiziert.

Als er auf seinem Bett lag, spürte er, wie der Schmerz seinen Schenkel hinaufkroch, als würde eine Spinne durch seine Adern krabbeln. Wenn er nicht bald etwas unternahm, würde er das Knie verlieren, wenn nicht sogar das ganze Bein. Dann wäre er nicht mehr der Beste. Er wäre nicht einmal mehr eine Bedrohung. Ein Mann von seiner Stärke und seiner Geschicklichkeit sollte kein Krüppel sein. Die Götter hatten ganz gewiss nicht dieses Schicksal für ihn vorgesehen.

Die Götter ...

Geist rollte sich vom Bett und verlagerte sein ganzes Gewicht auf sein gesundes Bein. Diese Priesterin sollte verdammt sein. Er hatte den Wächter in seiner Gewalt gehabt, der Mann war vollkommen besiegt gewesen. Es interessierte ihn nicht, dass er verletzt war und außerdem unbewaffnet gewesen zu sein schien. Aufträge wie der seine waren schon aufgrund ihrer Natur unfair. Aber er war ein Narr gewesen, dem jungen Mädchen zu erlauben, sich um den verletzten Senke zu kümmern. Er hatte geglaubt, sie wäre zu jung, um eine Bedrohung darzustellen. Wie hatte er sich geirrt!

»Du musst nicht die großen Schlangen fürchten«, hatte ihm einmal ein Freund gesagt, als sie über die Weiden nach Veldaren gegangen waren. »Es sind die kleinen, die das wirksamste Gift haben. Wenn du ganz sicher töten willst, dann solltest du deren Gift auf deine Bolzen streichen.«

Die Priesterin war die kleine Schlange, so unauffällig sie gewirkt hatte neben dem Hexer und den Kriegern. Wie dumm er gewesen war!

Er humpelte zu der Kommode in seinem Zimmer, die mit Garderobe und Kleidung vollgestopft war. Er riss die oberste Schublade heraus und ließ sie auf den Boden fallen. Dann griff er in den Spalt und zog einen kleinen Beutel mit Münzen heraus. Das musste genügen. Er nahm seine Schwerter, öffnete die Tür und trat in das grelle Morgenlicht hinaus.

Auf dem Weg zum Tempel brach er zweimal zusammen, weil sein Knie sein Gewicht nicht tragen konnte. Die Haut darum herum war schwarz angelaufen, und der Eiter aus der Wunde, die das Schwert des Wächters geschlagen hatte, war grün. Niemand achtete auf ihn. Die Menschen strömten rechts und links an ihm vorbei, als wäre er ein umgestürzter Wagen oder eine Leiche.

Auch als er den Tempel erreichte, fand er keine Linderung. Er musste noch die vielen Stufen erklimmen, und schon nach den ersten paar gab er jeden Anschein von Stolz auf. Er setzte sich hin, mit dem Rücken zum Tempel, und arbeitete sich so Stufe um Stufe hoch. Oben angekommen lehnte er sich an einen Pfeiler und stützte sich darauf, während er aufstand. Männer und Frauen sammelten sich um die Holztüren und riefen nach Hilfe. Zweifellos wimmelte es auch im Inneren des Tempels von Menschen. Er hatte die Feuer gesehen und die Kampfgeräusche in den Straßen gehört. Die Diebe hatten sich diesmal zur Wehr gesetzt, hatten mit Bögen und Armbrüsten von den Dächern gefeuert und zahllose Hinterhalte vorbereitet.

Er schob sich durch die Menge, denn die Wunde in seinem Bein beeinträchtigte die Kraft seiner enormen Arme kein bisschen. Die meisten drehten sich um und warfen ihm wütende Blicke zu, hüteten sich beim Anblick seines geschminkten Gesichts und seiner Größe jedoch, mehr zu tun. Im Tempel lehnte er sich an eine Wand und betrachtete den Wahnsinn. Priester und Priesterinnen aller Altersstufen rannten umher. Sie wirkten wie Bienen, die von Blume zu Blume summten. Sie knieten neben Verletzten, sprachen tröstende Worte, vielleicht ein Gebet, und gingen dann zum nächsten. Die älteren Priester blieben etwas länger bei den Menschen, und er sah, wie viele ihre Hände auf Wunden legten und zu Ashhur beteten. Weißes Licht leckte über ihre Finger, manchmal schwach, manchmal stark, und sickerte dann in die Wunden. Genau das brauchte er. Auch wenn er vielleicht nicht gläubig war, wollte er nicht leugnen, dass Priester durchaus ihren Nutzen hatten. Aber er wollte nicht riskieren, dass sich irgendein Jüngling an ihm versuchte. Er wollte einen Meister, jemanden der wusste, was er tat.

Er zog eine ältere Priesterin zu sich heran. »Wo ist Calan?« Ihr Gesicht war ein Spinnennetz aus Falten.

»Beschäftigt«, erwiderte sie mit einem missbilligenden Blick. Sie schien weder von seiner Größe noch von seiner Hautfarbe beeindruckt zu sein.

»Hol ihn.« Er ließ sie nicht los, obwohl sie versuchte, sich loszureißen. »Er schuldet mir etwas. Sag ihm, ich wäre derjenige, der letzte Nacht diesen verfluchten Tempel vor dem Mob gerettet hat.«

Sie betrachtete ihn von Kopf bis Fuß, und ihre Miene verfinsterte sich noch mehr, obwohl das fast unmöglich schien.

»Ich versuche ihn zu finden«, sagte sie und eilte davon. Er lehnte sich gegen die Wand und schloss die Augen. Wenn er den Lärm und jede visuelle Ablenkung ignorierte, konnte er sich ausschließlich auf den Schmerz konzentrieren, und dann fühlte er sich besser. Seine Schläfen pochten schmerzhaft bei jedem Herzschlag, aber er kontrollierte es. Er spürte die Grenzen des Schmerzes, fühlte, wie weit er sich durch sein Bein erstreckte. Die Zeit verstrich, aber er registrierte es kaum.

»Wie ich sehe, bist du zurückgekehrt.« Geist schlug die Augen auf, als er die Stimme des Mannes hörte. Calan stand vor ihm. Der Priester wirkte erschöpft, hatte dunkle Ringe unter den Augen, und sein Lächeln wirkte gezwungen. »Darf ich fragen, was uns das Vergnügen verschafft?«

Als Antwort zog Geist sein Hosenbein hoch und zeigte ihm die Wunde. Er zuckte bei ihrem Anblick selbst zusammen. Die dunkle Schwellung war größer geworden, und der grüne Eiter hatte den ganzen Verband durchtränkt. Calans Lächeln erlosch augenblicklich, und er packte Geist am Arm.

»Hier entlang«, sagte er. »Du brauchst sofort ein Bett.«

Geist wollte protestieren, verkniff es sich jedoch. Er hatte gehofft, dass der Priester ein bisschen heilende Magie wirkte und ihn dann wieder wegschickte. Aber er gehorchte ohne Widerspruch. Denn sein Kopf tat weh, sein Magen verkrampfte sich ständig, und er war vollkommen ausgelaugt. Der Schmerz schien wie ein Feuer seine Energie zu verzehren. Calan führte ihn durch ein Labyrinth aus Menschen und Bänken. Er sah sich dabei ständig um, konnte jedoch keinen freien Platz entdecken. Mürrisch murmelnd führte er sie in den rückwärtigen Teil des Tempels und dort durch eine Tür in einen schlicht möblierten Raum. Es gab nur einen kleinen Tisch, ein Buchregal und ein Bett, und dorthin verwies Calan ihn.

»Mein Quartier muss genügen«, sagte der Priester. »Allerdings fürchte ich, das Bett könnte ein bisschen klein für dich sein.«

»Ein Bett ist ein Bett«, knurrte Geist.

»Das ist unbestreitbar richtig.«

»Hier.« Der Söldner warf den kleinen Beutel mit Münzen auf den Tisch, als Bezahlung für seine Behandlung. »Rette mein Bein, hörst du?«

Calan rollte das Hosenbein hoch und faltete es sorgfältig um, bis es fest auf dem Oberschenkel saß. Geist schloss die Augen. Aus irgendeinem Grund wollte er nicht zusehen. Er wollte nicht verstehen, was der Priester tat oder welche Folgerungen sich daraus ergaben. Götter waren für andere Menschen da, nicht für ihn. Gold und Mord, das reichte ihm vollkommen. Er hörte ein Flüstern, zweifellos Gebete, also lehnte er den Kopf zurück und versuchte sich zu entspannen. Der Schmerz pochte weiter und dehnte sich aus. Er spürte, wie er sich auf seinem Schienbein ausbreitete, als hätte der Wächter nicht nur sein Knie verletzt, sondern sein ganzes Bein mit einem Prügel zertrümmert.

Ein seltsames Geräusch drang an seine Ohren. Als würde ein leichter Wind am Eingang einer Höhle vorbeiwehen, nur war das Geräusch tiefer und voller. Obwohl er die Augen geschlossen hatte, sah er grelles Licht aufblitzen. Als es in seine Beine drang, fühlte es sich an wie Feuer. Er umklammerte die Seiten der Pritsche und biss die Zähne zusammen. Seine Nasenflügel blähten sich weit auf, als er ausatmete.

»Die Infektion ist schon sehr weit fortgeschritten«, hörte er Calan sagen. »Bleib bei mir, Geist. Ich weiß, dass du stark bist. Du wirst es ertragen.«

Wieder betete der Priester, und erneut blitzte Licht auf. Als es diesmal in sein Bein fuhr, fühlte es sich nicht an wie Feuer, sondern war wie eine eiskalte Betäubung, die sich mit beunruhigender Schnelligkeit ausbreitete. Geist fürchtete, dass er nie wieder atmen würde, wenn sie seine Lunge erreichte. Aber die Kälte hielt an seinem Oberschenkel inne und schien dann in sich selbst zurückzuschrumpfen. Als sie sich zurückzog, empfand er keine Schmerzen mehr, nicht einmal, als die Kälte vollkommen aus seinem Bein wich.

»Was hast du getan?« Er wagte endlich, die Augen zu öffnen.

»Was du von mir verlangt hast.« Calan blickte auf ihn herab. »Was sonst?«

Der Priester betete weiter, und als seine Hände über Geists Knie schwebten, begannen sich die Wundränder zusammenzufügen und bildeten eine helle weiße Narbe auf seiner dunklen Haut. Als Calan fertig war, trat er einen Schritt zurück und sank fast an der Tür zusammen. Er lehnte sich dagegen, sein Kopf schlug gegen das Holz, und die dunklen Ringe um seine Augen schienen größer geworden zu sein.

»Das waren lange zwei Tage«, sagte er fast wie zu sich selbst.

»Gib der Trifect die Schuld«, erwiderte Geist.

»Ich gebe niemandem die Schuld. Dafür habe ich keinen Grund. Einige Tage sind lang, andere fast schmerzlich kurz. Ich muss allerdings sagen, dass mir die ruhigeren Tage lieber sind.«

Geist lachte leise, aber plötzlich verließ ihn seine Kraft, und Müdigkeit überkam ihn. Er hatte nur ein paar Stunden in der Schenke geschlafen, und das weder besonders tief noch erholsam. Der Schmerz hatte ihm selbst in seinen Träumen zugesetzt.

»Ich glaube, ich werde jetzt etwas schlafen«, sagte er.

Das tat er auch. Er schlief tief und hatte seltsamerweise keine Träume. Als er aufwachte, hatte er den Eindruck, als wäre sehr viel Zeit verstrichen. Sein Bein fühlte sich unendlich viel besser an, obwohl er immer noch zögerte, es zu krümmen. Wenn es nur eine Illusion war und der Schmerz zehnfach verstärkt zurückkehrte, wenn er es ausprobierte? Er rieb sich die Augen und schüttelte den Kopf, um schneller wach zu werden. Er war allein in dem kleinen Zimmer.

Als er das Knie belastete, knickte es ein und gab dann nach. Er ließ sich rasch wieder auf das Bett fallen.

»Was, verflucht …?« Im selben Moment hatte er ein schlechtes Gewissen, weil er in einem Tempel fluchte. Es war zwar ein albernes Gefühl, aber er errötete trotzdem. Er dehnte Arme und Rücken und machte es sich dann auf dem Bett gemütlich. Was sollte er tun? Er war nicht wirklich in Gefahr, und er hatte bereits für das Bett und die Heilung bezahlt. Das Einzige, was ihm keine Ruhe ließ, war der Gedanke an den Wächter. Er musste ihn erneut stellen, und zwar, ohne dass diese lästigen Söldner ihm in die Quere kamen. Wie konnte er das bewerkstelligen? Und wäre der Wächter dumm genug, zu diesem Gebäude zurückzukehren, wo er doch wusste, dass man ihn dort finden konnte? Was er über den Wächter wusste, hätte er auf einen Kieselstein schreiben können. Der Mann konnte genauso gut bei Eschaton sein wie auf halbem Weg nach Ker.

Zehn Minuten später öffnete sich die Tür, und Calan kam herein. Er sah ein bisschen erholter aus, wenn auch nicht sehr viel.

»Hast du angenehm geruht?«, erkundigte sich der Priester. Er klang abgelenkt, und die Frage war eher höflich gemeint. Er schien es nicht wirklich wissen zu wollen.

»So gut wie schon seit Jahren nicht mehr. Wie lange habe ich geschlafen?«

»Etwa fünf Stunden.« Calan zog den Stuhl vom Schreibtisch und ließ sich darauffallen. Er massierte sich die Stirn und starrte auf das Holz. Er schien die Ruhe in dem Zimmer einzusaugen. Geist hatte schon häufig solche Menschen erlebt, vor allem nachdem sie einen langen Kampf auf einem Schlachtfeld hinter sich gebracht hatten. Wenn das Blut und die Leichen verschwunden waren, wirkten solche Männer, als wäre Einsamkeit etwas Fassbares, das sie wie ein Schwamm einsaugen könnten, als wäre Stille eine Salbe, die sie sich in Schläfen und Nacken einmassieren konnten.

»Ist es schlimm da draußen?« Geist missfiel die Stille.

»Das war es.« Calan schien durch seinen Schreibtisch hindurchzustarren. »Jetzt ist es besser. Es sind viele tot, und noch mehr sind wütend und hoffnungslos. Zu viele erwarten Wunder. Als wenn ich welche wirken könnte.«

Wieder senkte sich ein beklommenes Schweigen über sie. Geist hatte zu diesem Thema nicht viel zu sagen und beschloss, über etwas Konkreteres zu reden, etwas für ihn Fassbares.

»Was ist mit meinem Knie los?«, erkundigte er sich. »Es trägt mein Gewicht nicht.«

Calan blickte hoch. »Ich habe die Infektion beseitigt und die Wunde geheilt, aber das Knie ist noch empfindlich. Der Zauber, den ich angewandt habe, um deinen Schmerz zu betäuben, braucht Zeit, bis er abklingt. Bis dahin werden dir die meisten deiner Muskeln nicht gehorchen. Kämpfe nicht dagegen an, das ist sinnlos. In ein paar Stunden kannst du wieder gehen, auch wenn du noch humpeln wirst. Noch ein paar Stunden, und du kannst das tun, was du für gewöhnlich machst. Morden, nehme ich an. Wahrscheinlich schickst du mir noch mehr Frauen und Männer, um die ich mich kümmern muss.«

»Ich bin hierhergekommen und habe gutes Gold für eine Heilung bezahlt, nicht für Beleidigungen.«

»Ich entschuldige mich«, erwiderte Calan. »Das war unangebracht.«

»Das war es.«

Er drehte den Kopf zur Wand, weil er den alten Mann nicht einmal ansehen wollte. Er hatte in letzter Zeit nur Menschen getötet, mit deren Mord er beauftragt gewesen war, oder als er den Tempel des Priesters verteidigt hatte. Und das war der Dank dafür? Anschuldigungen, dass er ihm das Leben erschwerte, und die Behauptung, er wäre nur ein Mörder?

»Weißt du, wie es ist, an einem Ort zu leben, wo jeder, der dich sieht, dich entweder hasst oder Angst vor dir hat?«, fragte Geist.

»Von meiner Gegenwart fühlen sich viele beunruhigt, und noch mehr ärgern sich über meine Worte.«

»Aber nicht die ganze Stadt. Selbst jene, die dich fürchten, tun das nur, weil sie etwas an dir nicht verstehen können. Mich verstehen sie auch nicht, aber sie können sich entscheiden, so zu sein wie du, wenn sie das wollen. So wie ich können sie nicht sein, ganz gleich, was sie auch tun mögen. Sie könnten sich höchstens mit Kohle beschmieren, aber die würde wieder verschwinden, wenn sie sich ordentlich im Bad schrubben.«

Calan beugte sich vor und schien ihn zum ersten Mal wirklich anzusehen.

»Schminkst du deshalb dein Gesicht? Um ihnen zu zeigen, wie anders du bist?«

Geist lachte leise. »Willst du wissen, warum ich es tue? Ich meine, willst du das wirklich wissen? Es soll ihnen zeigen, dass der Unterschied zwischen uns, zwischen mir und dir, etwas so Albernes ist wie Farbe, etwas so Dünnes und Künstliches, bei dem wir uns nichts denken, wenn es auf eine Wand oder ein Stück Rüstung aufgetragen wird. Aber sie begreifen es nicht. Stattdessen betrachten sie mich mit noch größerer Angst. Als ich damit angefangen habe, nannten mich jene, die ich jagte, Geist. Deshalb habe ich diesen Namen angenommen und meinen alten abgelegt. Denn wenn sie Geist hassten, ihn fürchteten, war es wenigstens meine eigene Schöpfung, vor der sie Angst hatten. Es war nicht ich, denn ich war nicht der, der ich wirklich bin. Sollten sie ihren Hass doch gegen irgendetwas richten, das ich ebenso leicht abschütteln konnte, wie ich diese Schminke von meinem Gesicht waschen kann.«

»Bist du ein Mörder?«

»Nein. Aber ich glaube, Geist ist einer.«

»Und wer bist du, wenn du nicht dieser Geist bist?«

Geist betrachtete den Mann, versuchte herauszufinden, warum genau er ihm diese Frage gestellt hatte. Calan wirkte interessiert, schien wirklich wissen zu wollen, was er sagen und tun würde. Er schien weder zu lügen noch zu täuschen, und Geist glaubte, dass er beides sehr schnell in einem Menschen erspüren konnte. Wer war er also, wenn nicht der Mann mit dem weißen Gesicht? Wer war er, wenn er nicht jagte, wenn er keinen Vertrag unterschrieb, einen anderen Menschen zu fangen oder zu töten?

»Ich weiß nicht genau, ob ich mich daran noch erinnern kann«, erwiderte er.

»Weißt du denn deinen Namen noch?«

Eigentlich hätte er ihn wissen sollen, doch plötzlich war er sich nicht mehr so sicher. Es war schon mehr als zehn Jahre her, dass er den Namen Geist angenommen hatte. Davor hatte er ein Dutzend Namen geführt und sie immer wieder gewechselt, während er nach Osten gereist war. In jeder Stadt hatte er einen neuen Namen angelegt. Er versuchte, die Erinnerungen seiner Kindheit aufzurufen, wieder zu hören, wie seine Mutter seinen Namen rief. Aber im Nebel der Vergangenheit schien sie jedes Mal einen anderen zu rufen. Plötzlich schämte er sich und wäre am liebsten überall gewesen, nur nicht hier, unter dem gnadenlosen Blick des Priesters.

»Nein«, sagte er schließlich. »Und vielleicht werde ich mich auch nie daran erinnern. Warum ist das wichtig für dich, alter Mann?«

»Da du fragst, sage ich dir, dass ich fürchte, dein Misstrauen sitzt weit tiefer in dir als jede Infektion.«

Geist stieß sich von der Wand ab und stellte sich auf sein gesundes Bein.

»Das reicht«, sagte er. »Ich danke dir für deine Hilfe. Viel Glück mit deinen Verwundeten.«

»Das wünsche ich dir auch bei deinen Wunden.«

Damit humpelte Geist aus dem Tempel. Mehr als je zuvor war er davon überzeugt, dass Haern sterben musste, und wenn auch nur, um sein plötzlich aufgewühltes Gemüt zu beruhigen.

26. KAPITEL

Veliana zog ihren Dolch aus dem Hals des Mannes und trat seine Leiche zur Seite. Um sie herum stank es nach Blut und Leichen. Sie hatten das Hauptquartier gründlich auseinandergenommen. Überall lagen die Reste von zertrümmerten Stühlen und zerschmetterte Tische herum. Todesmaske stand an der Tür und suchte nach weiteren Eindringlingen auf ihrem Territorium, während die Zwillinge aus dem anderen Raum des Hauses hereinkamen.

»Ich blute«, sagte Mier.

»Er blutet«, sagte Nien.

»Schlimm?« Todesmaske machte sich nicht einmal die Mühe, einen Blick auf die beiden zu werfen.

»Nein.«

»Nein.«

Das schien Todesmaske zu genügen. Veliana säuberte ihren Dolch und klemmte ihn in ihren Gürtel. Sie war kurz davor, umzufallen. Sie hatten seit Anbruch der Nacht mindestens dreißig Männer getötet, Söldner und Angehörige anderer Diebesgilden, und jetzt war es Vormittag und sie mordeten immer noch. Ihr letztes Opfer war einer von der Wolfsgilde. Wie es schien, kannte Todesmaskes Gier nach Blut keine Grenzen. Sie hatte das Gefühl, schon der leiseste Windhauch könnte sie umhauen, aber er suchte immer noch nach Opfern, sprang herum, als wären sie aufgeregte Mädchen.

Und das Schlimmste war, dass das Territorium, auf dem sie

ihren Opfern auflauerten, eine einzige Straße war, die noch passenderweise *Kurzweg* hieß. Sie wurde kaum genutzt und war nur wenige Münzen wert, was Diebstahl und Schutzgeld anging.

»Das hier ist hoffnungslos.« Sie trat zu ihrem Gildemeister. *Tolle Gilde,* dachte sie. Sie vier schlachteten einfach nur Fußgänger auf einer einzigen Straße ab. Die anderen Gildemeister machten sich wahrscheinlich schon in die Hosen vor Angst. »Wir haben nichts erreicht, als noch ein paar Leichen mehr zu hinterlassen.«

»Gerüchte«, widersprach Todesmaske, während er die fast menschenleere Gasse absuchte. »Getuschel. Übertreibungen. Mit der Zeit werden sie für uns arbeiten. Wir fangen mit einer einzigen Straße an und lassen den Rest der Stadt wissen, dass sie uns gehört. Dann nehmen wir eine zweite, eine dritte. Jeden Tag werden wir uns weiter ausbreiten, bis wir nicht mehr nehmen können, und bis dahin wird man uns weit mehr fürchten als jede andere Gilde. Denn wir werden nur wenige sein, wir werden hervorragende Kämpfer sein, und wir werden ihnen gezeigt haben, dass sie uns weder aufhalten noch auch nur behindern können.«

Veliana verdrehte die Augen, verzichtete aber auf Widerspruch. Sie war zu müde, um sich zu streiten.

»Schlaf wäre schön«, sagte Mier. Vielleicht war es auch Nien.

»Sehr schön«, meinte der andere.

»Einverstanden«, lenkte Todesmaske ein. »Kehren wir zurück. Morgen wird ebenfalls ein langer Tag, länger noch, falls die Söldner irgendwann nachlassen. Wir haben mehr von den Gilden zu fürchten als von ihnen. Für die Söldner sind wir nur ein unbedeutendes Ärgernis, vier armselige Diebe, die keine große Beute darstellen. Sie wollen die anderen Gilden. Aber Thren, Kadish und William ... sie werden es begreifen. Einer von ihnen wird sich mit seiner ganzen Wut auf uns stürzen, und diese Schlacht müssen wir gewinnen, auf diesem Kampf beruht unser Schicksal.«

»Ruhe«, sagte Veliana. Es war das einzige Wort, das sie während seiner Rede wirklich mitbekommen hatte. »Ich glaube, das mit der Ruhe war das Klügste, was du heute gesagt hast.«

Er zog die Augen hinter der Maske zu Schlitzen zusammen, doch dann lachte er.

»Wir haben noch längere Tage vor uns als diesen heute, ihr drei. Ich hoffe, das ist euch klar. Trotzdem, es ist nicht nötig, dass wir uns grundlos unter Druck setzen. Wir haben getan, was nötig ist. Kehren wir in unser kleines Versteck zurück.«

Todesmaske ging voran. Niemand sprach sie unterwegs an, und wie es schien, verfolgte sie auch keiner. Der *Kurzweg* befand sich nicht gerade im Mittelpunkt der Aufmerksamkeit der Gilden, und die wenigen, die durch diese Gasse gekommen waren, waren gestorben. Die meisten Opfer waren Diebe gewesen, die von anderen Territorien flüchteten, dort, wo die Söldner in Massen eingefallen waren. Als sie ihr sicheres Haus erreichten, einen Keller, den sie von einem Wirt gemietet hatten, nachdem sie ihn teuer bestochen hatten, stieß Todesmaske die Türen auf, entzündete eine Fackel in ihrem Gestell, indem er nur mit dem Finger dagegen tupfte, und führte sie hinunter.

Der Keller war nicht leer.

»Ihr habt euch ja viel Zeit gelassen.« Der Wächter lehnte an der gegenüberliegenden Wand.

Die Zwillinge zückten ihre Dolche, und Veliana griff ebenfalls unwillkürlich zu ihrer Waffe. Todesmaske streckte jedoch beruhigend die Arme aus, dann nahm er die Maske ab und grinste.

»Verzeih uns. Wir wussten nicht, dass Besuch auf uns wartet. Bist du gekommen, um mein Angebot zu akzeptieren?«

Haern deutete mit einem Nicken auf die Zwillinge.

»Hast du neue Freunde gewonnen?«

»Vorläufig«, antworteten die Zwillinge gleichzeitig.

Der Wächter lachte. »Sehr gut. Ich nehme an, du kannst lesen?«

Er nahm eine von etlichen Schriftrollen aus einem Beutel an seinem Gürtel und warf sie Todesmaske zu. Der fing sie auf, wickelte sie auseinander und begann zu lesen. Er riss die Augen auf, und Veliana versuchte, einen Blick auf das Pergament zu werfen. Aber er bewegte es zu sehr, als dass sie irgendetwas Nützliches hätte entziffern können.

»Die ganze Stadt?« Todesmaske schien gleichzeitig lachen und vor Wut zuschlagen zu wollen. »Hast du den Verstand verloren?«

»Vielleicht. Aber du, hast du deine Courage verloren?«

»Das kannst du mir wohl schwer vorwerfen. Du willst jeden Gildemeister und jedes Mitglied der Trifect mit derselben Forderung konfrontieren und sie zwingen, zu akzeptieren, und das innerhalb einer einzigen Nacht?«

Veliana riss ihm das Dokument aus der Hand und las selbst. Der Text war in einer kleinen, peniblen Schrift verfasst und informierte den geneigten Leser, dass er entweder die folgenden Bedingungen akzeptieren oder sterben würde. Eine Summe, die der Hälfte des Goldes entsprach, die durch Diebstahl verloren oder für die Verpflichtung der Söldner ausgegeben worden war, und die vom König oder seinen Ratgebern festgesetzt wurde, sollte zu gleichen Teilen auf die restlichen fünf größeren Diebesgilden verteilt werden. Dafür würden die Gilden alles innerhalb der Mauern der Stadt vor Diebstahl ihrer sämtlichen Mitglieder schützen. Am Ende stand das Datum, an dem der Wächter eine Antwort erwartete. Die Wintersonnenwende. Sie trat in der übernächsten Nacht ein.

Veliana rollte das Dokument wieder zusammen und warf es zu Haern zurück. Der fing es geschickt auf.

»Du bist verrückt geworden«, sagte sie.

»Wenn ich mich recht entsinne, war es eure Idee, nicht meine. Also sind wir, wenn überhaupt, zumindest alle wahnsinnig.«

Todesmaske lachte, aber er schien jeden Moment explodieren zu wollen. »Ich wollte, dass sie sich treffen, um sich über die Bedingungen zu einigen. Ich wollte einen Aufschub, eine Chance, die verschiedenen Parteien zu manipulieren und die Leute aus den Gilden zu beseitigen, die sich weigerten. Du willst die Gilden und die Trifect zwingen, gemeinsam ins Bett zu steigen, und schlimmer noch, du willst das alles in einer einzigen Nacht bewerkstelligen. Wie? Welcher Wahnsinn in deinem Kopf lässt dich glauben, dass das funktionieren könnte?«

»Du weißt selbst, dass etliche zustimmen würden«, erklärte Haern hartnäckig. »Diese Söldner sind für alle verheerend, und sie werden ihr Schreckenswerk fortsetzen, solange die Trifect sie sich leisten kann. Dieser Krieg dauert bereits zehn Jahre, weit länger, als selbst Thren es wollte. Die Trifect blutet Geld, aber sie haben im Moment keine Möglichkeit, der Sache ein Ende zu bereiten und dabei ihr Gesicht zu wahren. Und das auch nur unter der Voraussetzung, dass Thren überhaupt zulässt, dass sie den Krieg beenden.«

Veliana schüttelte den Kopf. »Gerade du solltest verstehen, dass sich zu viele Leute diesem Vorschlag widersetzen würden. Du würdest uns von ehrlichen Dieben zu billigen Leibwächtern degradieren. Die Natur der Diebesgilden selbst würde sich verändern.«

»Das hat sie bereits zuvor getan«, gab Haern zu bedenken. »Als mein Vater die Herrschaft übernahm, bestanden die Gilden nur aus einfachen Dieben, aus nichts mehr. Sie haben jeden bestohlen, den sie bestehlen konnten, und hatten nur selten den Mut, sich am Eigentum der Trifect zu vergreifen. Die Geschäfte mit Drogen, das Schutzgeld, die Hehlerei, all das hat sich Thren ausgedacht. Es war seine Vision. Er hat das Spiel verändert.« Seine Stimme wurde weicher. »Mein Vater hat arme Männer mit geschickten Händen zu einem Imperium aus organisiertem Diebstahl und Mord geschmiedet. Die anderen Gilden sind seinem Beispiel gefolgt. Gebt mir meine Chance, sein Vermächtnis durch ein anderes zu ersetzen. Ich habe gemordet und gemordet, und jetzt werde ich dafür sorgen, dass jeder einzelne Tod eine Bedeutung bekommt. Jeder Gildemeister oder Anführer, der sich weigert, wird durch meine Hand sterben. Jene, die dann die Leitung übernehmen, werden mit denselben Forderungen konfrontiert und werden dasselbe Schicksal erleiden, falls sie sich weigern. Mein Vater hat dieses Chaos ausgelöst, und ich werde ihm ein Ende bereiten.«

Veliana sah ihren Gildemeister an, der tief in Gedanken versunken zu sein schien. Sie hatte fast das Gefühl, als könnte sie zusehen, wie die Vorstellung in seinem Kopf wuchs, Form annahm, wie er jede mögliche Reaktion durch ein Spinnennetz aus Resultaten durchdachte.

»Du hast die Zustimmung der Aschegilde«, sagte er plötzlich, als wäre er aus einer Betäubung erwacht. »Wirst du die Briefe noch heute zustellen?«

»Das werde ich.«

»Dann tu es. Ich habe nur eine Bitte: Überlass deinen Vater mir.«

Haern hielt inne und senkte den Blick.

»Einverstanden«, meinte er, als er den anderen Mann wieder ansah. »Du wirst ein Vermögen machen, Todesmaske. Aus diesem Grund vertraue ich dir. Aber vergiss nicht, diese Abmachung gilt auch für dich.«

Der Gildemeister ließ sich nicht anmerken, ob ihn diese Drohung verärgerte.

»Spar dir deine Energie für diejenigen, die dir mehr Schwierigkeiten machen werden.«

Als der Wächter verschwunden war, fuhr Veliana zu Todesmaske herum und fuchtelte mit einem Finger vor seiner Nase herum.

»Ich verstehe, dass er diesen Wahnsinn durchziehen will, aber du?«

Todesmaske zwinkerte ihr mit seinem roten Auge zu.

»Wenn er Erfolg hat, hat er Erfolg. Scheitert er, verlieren wir nichts. Außerdem, was benötigt sein Plan schon anderes als ein paar dramatische Effekte, Veliana? Der Plan des Wächters ist wahnsinnig, und höchstwahrscheinlich wird er ihn das Leben kosten. Aber ich werde ihn nicht aufhalten. Er hat bereits die unteren Ränge der Diebesgilden in Angst und Schrecken versetzt. Falls er überlebt, wird er ein wahrer Terror für sie werden, und das ist die einzige Chance, diese Vereinbarung so lange aufrechtzuerhalten, dass wir davon profitieren können.«

»Warum Thren?«, wollte Mier wissen.

»Warum wir?«, fragte Nien.

Todesmaske drehte sich zu den Zwillingen um und grinste über das ganze Gesicht. »Ganz einfach. Wenn Thren akzeptiert, werden die anderen Gilden wie Dominosteine umfallen. Und ihr glaubt doch wohl nicht, dass ich den wichtigsten Teil des gesamten Planes jemand anderem überlassen würde, oder?«

Nicht seit den Hungeraufständen vor dem Blutigen Kensgold hatte Gerand Crold die Menschen der Stadt so aufgebracht erlebt. Als Ratgeber des Königs hatte er sich die vielen Beschwerden über Wachsoldaten, Feuer, Diebstahl und die Forderungen nach Entschädigung angehört. Er saß auf seinem ungemütlichen Stuhl, hatte einen Aktenordner vor sich liegen und lehnte jeden einzelnen Antrag ab. Die Reihe der Bittsteller schien endlos zu sein, und das, obwohl die Palastwachen einige der ungepflegteren Individuen bereits aussortiert hatten.

Nachdem die Sonne endlich untergegangen war, unterhielt sich Gerand mit dem König und flüsterte ihm Lügen ins Ohr, dass seine Untertanen ihn immer noch respektierten. Schließlich durfte er sich in seine Gemächer zurückzuziehen, wo auf seinen Befehl hin eine volle Flasche Wein auf ihn wartete. Gerand seufzte, als er durch den steinernen Türbogen schritt.

»Scheiß Diebe!«, murmelte er, als er die Tür schloss. In den letzten fünf Jahren hatte er graue Haare bekommen, und die Ehe mit seiner Frau war auf wenige gemeinsame Nächte beschränkt. Meistens schlief er im Palast und sie in ihrem Haus. Er zog den Korken aus der Flasche, schenkte sich ein Glas ein und prostete dem leeren Raum zu.

»Auf dich, Alyssa«, sagte er. »Dafür, dass du in zwei Tagen alles zerstört hast, was ich in fünf Jahren aufgebaut habe.«

»Auf Alyssa«, flüsterte jemand. Sein Atem strich über seinen Hals.

Gerand hätte sich fast an seinem Wein verschluckt. Er wirbelte herum und wusste nicht, ob er nach seiner Waffe greifen oder auf die Knie fallen und um sein Leben betteln sollte. Als sich das letzte Mal ein Dieb in seinen Raum geschlichen hatte, waren es Thren Felhorn und seine Begleiterin gewesen. Sie hatten seine Frau bedroht, um ihn zu zwingen, ihre Wünsche zu erfüllen. Als er den Mann in den grauen Umhängen sah, war sein erster Gedanke, dass sie diesmal schon jemand Wichtigeren für ihn entführen mussten, wenn sie wollten, dass er gehorchte.

»Thren?« Der Anblick überrumpelte ihn. Der Mann sah aus wie Thren, nur viel jünger. Plötzlich durchströmte ihn die

Furcht, dass der Gildemeister vielleicht unsterblich sein könnte, immun gegen den Lauf der Zeit, und dass er ihn niemals loswerden würde. Als der Eindringling ihn böse angrinste, unterdrückte er jedoch solch irrationale Gedanken. Das hier war nicht Thren. Die Haarfarbe stimmte nicht.

»Nein«, antwortete der Mann. »Aber nahe dran. Ich bin der Wächter. Vielleicht hast du von mir gehört?«

»Das habe ich, obwohl ich mich gefragt habe, ob du tatsächlich real bist.« Gerand lachte leise. »Ich nehme an, das hier zählt wohl als Beweis?«

Der Wächter nahm ihm das Glas aus der Hand und leerte es. Dann warf er ihm eine Schriftrolle zu.

»Lies das!«, befahl er.

Gerand gehorchte, und seine Augen wurden immer größer, je weiter er las.

»Du willst, dass der König das Verdienst für diese Idee bekommt?«, fragte er, als er fertig war. »Warum?«

»Je mehr daran beteiligt sind, desto besser«, erwiderte der Wächter. Er lehnte an der Mauer, an der Seite der Tür, zu der sie sich öffnen würde. Selbst wenn es Gerand gelingen würde, die Wachen zu rufen und nicht dabei zu sterben, würde der Mann ihnen trotzdem zuvorkommen. »Außerdem brauche ich eine neutrale Person, jemand, von dem beide Seiten glauben, dass er auf ihrer Seite steht. Du hast Bestechungsgelder sowohl von den Dieben als auch der Trifect akzeptiert. Beide werden glauben, dass sie dich in der Tasche haben, wenn sich der Rauch erst einmal verzogen hat.«

»Aber Edwin wird niemals zustimmen. Er hat Angst, dass jemand seinen Tee vergiftet oder Rasierklingen in sein Brot mischt. Bei den Göttern, er hält jeden Schatten in seinem Schlafzimmer für einen Mann, der ihm mit einer Garotte auflauert.«

»Er hat etwas weit Realeres zu fürchten, und das wissen wir beide. Veldaren ist außer sich vor Wut. Ihr habt es versäumt, das Volk zu beschützen, und diesmal seid ihr zu weit gegangen. Die Feuer haben ein Viertel der Stadt in Schutt und Asche gelegt. Unschuldige Frauen und Männer sind durch die Hände der Söldner gestorben, und als sie hierherkamen, fanden sie weder Gerechtigkeit noch Mitgefühl vor. Sie haben niemanden, an den sie sich wenden können, niemanden, dem sie trauen können. Erinnerst du dich an die Aufstände von vor fünf Jahren? Gegen das, was jetzt kommt, werden sie geradezu harmlos wirken.«

Gerand nickte. Er hatte die Wut der Menschen gesehen, die in der Schlange gewartet hatten. Und ihre Laune war nach dem Gespräch mit ihm zweifellos nicht besser geworden. König Vaelor zu überreden, dass er diesen Plänen zustimmte, würde keine besonders große Mühe kosten. Wenn er sich seine Ängste zunutze machte und ihm anschließend einen Weg anbot, aus dem ganzen Schlamassel wie ein strahlender Held herauszukommen, würde er ihm zustimmen. Gerand warf einen Blick auf das Pergament in seiner Hand und versuchte, den Haken zu finden, das Geheimnis, das zwischen den Worten versteckt sein musste.

»Was gewinnst du damit?«, wagte er dann zu fragen.

»Wir alle wollen ein Vermächtnis hinterlassen«, erwiderte der Wächter. »Und das hier wird meines sein. Die Durchsetzung der Abmachung wird von dir abhängen, sobald alles unterschrieben ist. Kannst du dafür sorgen?«

Die Art und Weise, wie er das sagte, löste eine Erinnerung in ihm aus. Zusammen mit dem Gesicht konnte er sie nicht länger unterdrücken. Er hatte eine Weile versucht, Threns Sohn Aaron gefangen zu nehmen, und er hatte sogar den alten Berater des Königs dafür benutzt, Robert Haern. Er hatte ihm bei der Aufgabe helfen sollen. Die Zeit hatte seine Erinnerung ein wenig abgeschwächt, und zweifellos war das Kind mittlerweile gewachsen, aber trotzdem ...

»Du musst mit Thren verwandt sein«, sagte er. »Bist du vielleicht sein verschollener Sohn Aaron?«

Der Wächter zog die Kapuze tiefer über sein Gesicht, und seine Laune schien sich zu verschlechtern.

»Ich würde solche Gedanken für mich behalten, mein Freund. Sie sind gefährlich.«

Gerand hatte das Gefühl, als gefröre sein Blut zu Eis.

»Selbstverständlich, natürlich. Es spielt ja wohl auch keine Rolle. Aber kannst du die Sache durchziehen? Ein Bluff funktioniert nicht nach zwei Seiten.«

»Ich habe auf der Straße gelebt und sie wie die Hunde gejagt. Jede einzelne Gilde hat mich in ihre Reihen aufgenommen, ohne es zu wissen. Ich weiß, wo sie leben und wo sie sich verstecken. Meinen Fähigkeiten sind nur wenige gewachsen, und keiner von ihnen kommt mir an Entschlossenheit gleich. Ich werde sie alle töten, ohne Ausnahme, wenn es sein muss. Sorg du dafür, dass der König auf dich hört.«

Er stand auf und legte eine Hand auf den Türgriff.

»Ich habe den Rest der Nachrichten bereits zugestellt. Sie werden dir ihre Antworten bringen. Morgen werde ich zuerst hierherkommen, um herauszufinden, wer leben darf und um wen ich mich kümmern muss.«

»Verstehe.«

Als der Mann die Tür öffnete, konnte Gerand ein Lachen nicht unterdrücken. Der Wächter hielt inne, als vermutete er eine Falle.

»Nein, das ist es nicht«, sagte er, als der Mann die Tür wieder schloss. »Ich fand es nur amüsant, das ist alles. Vor langer Zeit ist dein Vater zu mir gekommen und hat mir mit dem Tod gedroht, wenn ich ihm nicht helfen würde, diesen Konflikt zu eskalieren. Und jetzt kommst du zu mir und willst ihm ein Ende machen. In diesem Fall kann man wirklich sagen, dass der Apfel sehr weit vom Stamm gefallen ist, stimmt's?«

Das entlockte dem Wächter ein Lächeln. »Gute Nacht, Ratgeber. Erfülle deine Aufgabe, und vertraue darauf, dass ich die meine erledige.«

Dann verschwand er. Gerand ließ sich auf sein Bett fallen. Jetzt, wo er allein war, fühlte er, wie ihm die Hände zitterten und seine Nerven ihn im Stich ließen. Scheinbar konnte jeder zu ihm vordringen, der nur geschickt genug war, trotz der Wachen und der Mauern. Vielleicht war die Angst des Königs vor den Schatten gar nicht so irrational.

»Wo ist der verdammte Wein?« Er sah die Flasche, packte sie und trank direkt daraus. Angesichts dessen, was er am nächsten Tag und in der nächsten Nacht in Angriff nehmen würde, brauchte er allen Mut, den er bekommen konnte. Woher auch immer.

27. KAPITEL

Delysia stolperte über ihn, als er sich fertig machte. Es war fast Nacht.

»Wohin gehst du?«, erkundigte sie sich.

Er hatte bei Senke geschlafen, aber der Kämpfer war ausgegangen, um sich in den Schenken zu entspannen.

»Ich muss mich um ein paar Dinge kümmern«, erwiderte Haern. Die Kiste mit Brugs Waffen lag geöffnet vor ihm, und er schob ein paar Dolche in seinen Gürtel. Einen anderen steckte er in eine geheime Scheide in seinem Stiefel.

»Mein Bruder hat sich ein bisschen umgehört«, erklärte Delysia und verschränkte ihre Arme unter ihren Brüsten. »Er sagt, die Söldner würden heute Nacht nicht wieder ausrücken. Also, was hast du vor? Diese Nacht könnte so friedlich sein.«

Haerns Mundwinkel zuckte, als er ein Lächeln unterdrückte.

»Die Nächte hier sind niemals friedlich. Sie sind vielleicht ruhig, aber das Töten geht auch lautlos vonstatten, wenn man es richtig macht. Aber denk nicht darüber nach. Versprich mir, dass du im Haus bleibst. Heute Abend wird es sehr gefährlich in der Stadt.«

Sie legte ihm eine Hand auf den Arm. »Für dich auch?«

Er zuckte mit den Schultern. »Ich kann nichts dagegen tun. Ich habe die Chance, etwas Großes zu bewerkstelligen, Delysia, etwas wirklich Großes.«

»Wirst du töten?«

Er verdrehte die Augen.

»Darum geht es nicht.«

»Worum geht es dann?«

»Um Sicherheit. Für uns alle. Mein Vater wollte ein Vermächtnis hinterlassen, und das habe ich ihm verweigert. Ich werde beenden, was er angefangen hat, oder ich werde bei dem Versuch sterben.«

»Du musst das nicht alleine machen«, sagte sie. »Lass uns dir helfen. Lass mich dir helfen.«

»Du hast meinetwegen bereits genug verloren. Ich habe nicht vor, dein Leben in Gefahr zu bringen, das du dir hier aufgebaut hast.«

»Wer hat denn gesagt, dass du eine Wahl hättest?«

Er zwinkerte ihr zu.

»An den Ort, an den ich heute gehe, hat noch kein Priester oder eine Priesterin jemals einen Fuß gesetzt, soweit ich weiß. Gute Nacht, Del.«

Er nahm ihre Hand, küsste sie und verschwand.

Der Weg zum Palast war nicht sonderlich weit, aber es kostete ihn mehr Zeit, als ihm lieb war, die äußere Wand hinaufzuklettern, sich an den Wachposten vorbeizuschleichen, zu einem der hohen Fenster hinaufzusteigen und sich dann lautlos in Gerands Gemächer zu schleichen. Er hätte den Ratgeber wahrscheinlich auch dazu bringen können, ihn am Haupttor zu treffen. Das hätte ihm viel Zeit und Mühe erspart.

Als er das Gemach betrat, schien Gerand bereits auf ihn gewartet zu haben. Er lächelte, als er Haern sah, aber der bemerkte, wie seine Blicke durch den Raum huschten und wie zittrig sein Lächeln war. Der Mann war nervös. Aber Haern glaubte nicht, dass er ihm eine Falle gestellt hatte. Zweifellos hatte er den Eindruck, als würden alle Gilden ihn beobachten, und er sah sich außerdem mit dem Ärger der Trifect konfrontiert.

»Wie haben sie reagiert?« Haern hatte keine Zeit zu verschwenden.

»Ich habe eine Antwort von allen bis auf die Aschegilde und Laurie Keenan bekommen. Er ist in Engelhavn, also kann er uns so rasch keine Antwort geben, und die Verwalter seines Besitzes hier würden niemals wagen, einem solchen Ansinnen ohne seine Erlaubnis zuzustimmen.«

»Mach dir keine Sorgen wegen der Aschegilde. Ich habe ihre Antwort bereits. Und Laurie wird mitmachen, wenn die beiden anderen Führer der Trifect zustimmen. Sag mir, hat jemand Ja gesagt?«

»Die Wolfsgilde wird zustimmen, aber nur, falls Thren ebenfalls einwilligt. Wenn die Spinnengilde nicht mitmacht, werden sie abstreiten, dass sie jemals Ja gesagt haben.«

»Ist das alles?«

Gerand leckte sich die Lippen. »Der Mann von der Schlangengilde sagte, er würde lieber die Ärsche von tausend Leichen küssen als die der Trifect. Die Falkengilde hat einen Pfeil über unsere Mauern geschossen, an dessen Schaft ein Stück Tuch mit dem Wort *Niemals* gebunden war. Es war mit Blut daraufgeschrieben. Leon Conningtons Ratgeber hat in einem Brief mitgeteilt, dass sie für Verhandlungen offen sind, aber nicht unter solchen Bedingungen. Lady Gemcrofts Erwiderung war sehr geheimnisvoll. Ich habe einen Brief von ihr erhalten, in dem steht, dass du sie eher töten müsstest. Allerdings ist ihr Ratgeber später hier aufgetaucht und hat angedeutet, sie könnte möglicherweise im Laufe der Zeit ihre Meinung ändern. Und was die Spinnengilde angeht ...«

Er deutete auf ein Päckchen neben seinem Bett. Haern öffnete es und fand einen abgetrennten Kopf darin, dessen Augen und Mund zugenäht waren.

»Wer ist das?« Er runzelte die Stirn.

»Sieh genauer hin.«

Das tat er. Er sah graues Haar, eine dünne Nase und vor allem eine frische Schnittwunde, die vom linken Auge des Kopfes zu seinem Ohr führte. Haern betrachtete den Ratgeber und sah auf dessen Gesicht eine ähnliche, wenn auch schon verblasste Narbe. Ein Anflug von Gewissensbissen überkam ihn, und er fragte sich, wer der arme Kerl gewesen sein mochte.

»Einschüchterung«, sagte Haern. »Fall nicht darauf herein. Ich werde nicht zulassen, dass sie dich erwischen.«

»Und wie?« Gerand war aufgebracht. »Es gibt fünf Gilden und drei Anführer der Trifect. Drei Gildenführer und zwei Anführer der Trifect haben deinen Vorschlag abgelehnt. Kannst du sie alle töten? Ich wäre vielleicht besser dran, wenn ich dich stattdessen töten würde und sie weiter miteinander kämpfen ließe.«

Haerns Augen wurden schmal, und der Ratgeber milderte seine Bemerkung sofort ab.

»Verzeih mir, ich bin angespannt und ich habe mehr getrunken, als gut für mich ist. Wie werde ich erfahren, ob du Erfolg gehabt hast?«

»Sie werden zu dir kommen und es dir sagen«, meinte Haern und wandte sich zum Gehen. »Ach, und eskortiere mich bitte hinaus, ja? Ich habe keine Zeit, mich mit deinen Wachen abzugeben.«

»Sicher«, erwiderte Gerand. »Warum nicht? Der Ratgeber des Königs und ein Meuchelmörder, freundschaftlich Seite an Seite. Ich habe schon Sonderbareres erlebt.«

Sie gingen durch die Hallen zum Ausgang des Palastes, und Gerand musste häufig Soldaten beruhigen, die Haerns Umhänge und Säbel sahen und sofort das Schlimmste annahmen. An den riesigen Portalen packte Gerand seinen Arm und zog ihn dicht zu sich.

»Überlege dir genau, wen du zuerst tötest«, sagte er. »Wenn

du scheiterst, aber weiter die Anführer von beiden Seiten ermordest, wirst du alles aus der Balance bringen. Du musst die Sache richtig durchziehen, Wächter.«

»Wenn ich die Dinge aus dem Gleichgewicht bringe, hast du endlich einen Gewinner.« Haern grinste. »Und ich habe nicht vor zu sterben. Ich werde dich morgen früh aufsuchen, das verspreche ich.«

Er rannte durch die Straßen, so schnell er konnte. Dabei hielt er die Augen offen, weil er wusste, dass die Gilden sich auf seine Ankunft vorbereiten würden. Er war sehr lange nur ein Phantom für sie gewesen, aber jetzt hatten sie sein Versprechen gehört. Das hier war ihre Chance. Todesmaske hatte ihn gefragt, ob er wahnsinnig wäre. Vielleicht war er das. Aber wenigstens schien Todesmaske ihn auch verstanden zu haben. Wenn er schon etwas versuchen wollte, warum sollte er dann nicht das Unmögliche versuchen?

Er beschloss, als Erstes die Falken zu besuchen. Sie waren keine Freunde der Spinnengilde, und ihr jüngster Konflikt mit ihnen und den Söldnern hatte ihre Zahl zweifellos dezimiert. Ihr Anführer, Kadish Vel, war zwar ein kluger Mann, aber auch ein Spieler. Wenn Haern ihn überzeugen konnte, dem Vertrag zumindest eine Chance zu geben, vor allem als Möglichkeit, die Bedrohung durch Thren zu beseitigen, dann sollte er die Einwilligung der Gilde bekommen können, ohne ihren Anführer töten zu müssen.

Die Falkengilde hatte ihr Hauptquartier mehrmals verlegt, aber selbst nach Threns letztem Angriff hatten sie sich geweigert, aus ihrer derzeitigen Schenke zu flüchten. Zweifellos war Kadish es müde, wegzulaufen. Sie waren während der Massaker durch die Söldner zwar ausgerückt, aber da die Nacht ruhig zu werden versprach, war sich Haern sicher, dass sie zurückkehren würden. Bei dieser merkwürdigen Drohung durch den Wächter, die über allen Gilden schwebte, würden sie dort sein wollen, wo sie sich sicher fühlten, wo sie jedes Gesicht, jeden Schatten und jedes Schlupfloch kannten. Wenn er Glück hatte, würden sie es für einen Bluff halten, oder für eine opportunistische Lüge, die sich der König ausgedacht hatte, um vor seinem aufgebrachten Volk das Gesicht zu wahren. Doch trotz der Zweifel würden sie die Augen offen halten. Nichts in dieser Nacht würde einfach werden. Wenn er sie mit einem verstohlenen Mord eröffnen musste, würde er das tun und auf ein Gespräch verzichten. Leichen sprachen in der Welt der Diebe eine klarere Sprache als alles andere. Damit würde er ihnen eine Warnung geben.

Zwei Männer standen am Eingang. Sie hielten ganz offensichtlich Wache. Der linke wirkte gelangweilt, als hätte er in dieser Nacht den Kürzeren gezogen. Der andere war älter und aufmerksamer. Haern ließ sich nach links treiben, beugte sich vor und humpelte und murmelte vor sich hin, als hätte er zu viel getrunken. Keiner der Falken warf ihm einen zweiten Blick zu. Sobald er aus ihrem Blickfeld verschwunden war, trat Haern dichter an die Schenke und hielt sich mit einer Hand an der Wand fest, als brauchte er einen Halt. Als er die Rückseite erreichte, sah er eine Tür, die sehr wahrscheinlich verschlossen und verriegelt war. Er probierte es trotzdem, nur um sicherzugehen. Sie war nicht verschlossen, aber es war ein Riegel vorgelegt. Eine Armee aus herrenlosen Katzen schlich herum, und eine fauchte ihn an, als sie ein kleines Stück Fettschwarte verteidigte.

»Du hast recht«, flüsterte Haern dem Tier zu. »Ich sollte warten, bis ich an der Reihe bin, stimmt's?«

Die Gasse war eng und dunkel und bot jede Menge Verstecke. Zehn Minuten später hörte er einen Schlag von der anderen Seite der Tür, die sich mit einem Knarren öffnete.

»Guten Appetit«, sagte ein stämmiger Mann und kippte einen Eimer aus, in dem sich eine Mischung aus Erbrochenem und Holzspänen zu befinden schien. Die Schweinerei spritzte auf die Steine, und die Katzen stürzten sich sofort darauf. Sie fauchten und knurrten sich an, während sie nach etwas Essbarem suchten. Als der Mann ihm den Rücken zukehrte, trat Haern aus seinem Versteck, sprang in die offene Tür und schlang ihm die Arme um den Hals. Ein kurzer Ruck und er stürzte zu Boden. Haern erstickte seinen Schrei.

»Schlaf gut«, flüsterte er und schob sich in den Raum.

Es war ein Lagerraum, der ziemlich klein und voll war. Regale hingen auf ganzer Länge an beiden Wänden. Der Mann, den er ohnmächtig geschlagen hatte, war nicht der Wirt gewesen, was ihm möglicherweise die Chance bot, sich weiter zu verstecken. Er hörte bereits die grölenden Säufer aus dem Schankraum, die nicht dulden würden, dass der Mann, der sie mit Getränken versorgte, plötzlich verschwand. Seiner Größe und seinen Aufgaben nach zu urteilen, hatte er einen Rausschmeißer außer Gefecht gesetzt. Jemanden, der sich um die Gäste kümmern musste, die aus der Reihe tanzten. Haern lachte leise. Das war jemand, den die Gäste zweifellos nicht vermissen würden.

Er duckte sich unter das tiefste Regal und warf einen Blick durch die Tür. Er sah zwei haarige Beine, als der Wirt sich an einer Narbe an seinem Knöchel kratzte. Vor ihm standen endlose Reihen mit Flaschen. Haern befand sich hinter der Bar. Da er schon einmal in der Schenke gewesen war, wusste er, dass rechts von ihm hinter einer verschlossenen Tür eine Treppe in den Keller führte, den die Falken ausgebaut und zu ihrem Hauptquartier gemacht hatten. Die Frage war nur, wie sollte er hineinkommen?

Als er sich mit dem Rücken an die Wand drückte, kam ihm eine Idee. Er wartete einen Moment, um zu überprüfen, ob der

Wirt ihn sehen konnte, dann drückte er die Ellbogen gegen die Wand. Sie war weder mit Putz noch mit Farbe behandelt, sondern bestand nur aus einem dünnen Stück Holz. Er stemmte sich mit den Füßen ab und drückte dagegen, in der Hoffnung, dass das Gelächter und die Gesänge den Lärm übertönen würden. Er drückte fester zu und spannte alle Muskeln in seinen Beinen an. Schließlich gab das Brett nach. Er zuckte bei dem Lärm zusammen und drückte weiter, bis es in der Hälfte durchbrach. Er schob seine Arme durch, dann den Kopf und schließlich auch den Rest seines Körpers. Als er auf der anderen Seite hindurchfiel, fand er sich hinter der verschlossenen Tür wieder und in dem kleinen Treppenhaus, an dessen Ende sich eine zweite Tür befand.

Haern zog seine Säbel, immer noch begeistert von der Art und Weise, wie sie sich handhaben ließen. Damit hatte Senke ihm ein sehr schönes Geschenk gemacht. Und er hoffte, dass er sie gut nutzen konnte. Die Zeit für Verstohlenheit war vorbei. Er legte die Hand auf den Türknauf und stellte fest, dass die Tür nicht verschlossen war. Dann trat er sie ein. Der Knall hallte durch den Raum, er sprang hinein und suchte bereits nach seinem ersten Opfer. Vier Männer saßen an einem Tisch und spielten Karten. Vor ihnen waren Holzplättchen aufgestapelt. Sie schrien und griffen nach ihren Waffen, aber sie waren viel zu langsam. Haern tanzte zwischen ihnen hindurch, rollte sich über den Tisch und landete auf der anderen Seite. Die Chips und die Karten flogen auf den Boden und mischten sich mit Blut.

»Mist!«, sagte er, als er die Leichen betrachtete. Keiner der Männer war Kadish Vel. Er sah sich um. Es gab nur noch einen anderen Raum, in dem sich ein paar Kontobücher und ein Regal mit winzigen Flaschen befanden. Dazu ein Bett. Haern konnte es nicht glauben. Dies hier war der erste von vielen Orten, die er angreifen musste, und er hatte sich nicht einmal die Mühe gemacht, vorher einen Blick in die Schenke zu werfen. Wahrscheinlich trank Kadish dort mit seinen Männern. So viel also zu der Raffinesse des gefürchteten Wächters von Veldaren und zu seinen wohldurchdachten Plänen.

Er stürmte zur Treppe zurück und überlegte, wie er weitermachen sollte. Noch wusste niemand, dass er hier unten war. Kadish befand sich an einem öffentlichen Ort mit vielen Menschen, aber das konnte auch zu seinem Vorteil sein. Auf der Hälfte der Treppe drehte er um und lief in den kleinen Raum zurück. Er durchsuchte das Regal, um herauszufinden, ob seine Idee durchführbar war. Die winzigen Flaschen enthielten keinen Alkohol, wie er zuerst angenommen hatte. Es waren Tinkturen, und vor allem waren es Gifte. Nur die Hälfte war etikettiert, was er erwartet hatte. Haern erinnerte sich an seine Lektionen, als er unter der Obhut seines Vaters ausgebildet worden war. Er hatte drei Monate lang einen Lehrer gehabt, der mehr über Gifte wusste, als Haern in seinem ganzen Leben lernen konnte. Und bei vielen dieser Lektionen hatte er lange Tage damit verbracht, nicht etikettierte Gifte zu identifizieren.

Er schüttelte etliche Fläschchen, überprüfte die Farbe ihres Inhalts, ihre Konsistenz und ihr Gewicht. Er sortierte vier aus, schuf etwas Platz auf dem Regal und stellte sie dorthin. Eine der Flaschen enthielt einen Extrakt vom Schattenblatt, aber das war nur ein Teil von dem, was er brauchte. Er nahm noch zwei andere Flaschen, schüttelte sie und mischte dann Tropfen davon zusammen. Als sie grün wurden, runzelte er die Stirn. Er nahm eine andere Flasche und mischte die beiden erneut. Die Flüssigkeit wurde klar, und er grinste.

Er leerte die Hälfte der Flasche mit dem Schattenblattextrakt und goss die Flüssigkeit aus der anderen Flasche, eine übliche Mischung aus Königsblut und Dandyblüte, mit dem

Rest zusammen und schüttelte sie. Die Mischung wurde klar. Sie hatte einen starken Eigengeschmack, was bedeutete, dass sie nur in Kombination mit bestimmten Branntweinen und Weinen funktionieren würde. Sofern man vorhatte, sie jemandem in das Getränk zu mischen. Haern dagegen hatte eine andere Idee. Zwischen den markierten Flaschen befand sich auch eine mit einer sehr nützlichen Paste, die sich mit den meisten Giften verband und sie zu einem klebrigen Brei verdickte. Haern nahm einen seiner Dolche und schmierte das Gift auf die Klinge. Dabei ließ er sich Zeit. Er hatte keine Lust, sich in den Finger zu schneiden und im Keller der Falken an Gift zu verrecken. Das war nicht gerade das würdevolle Ende, das er seiner Meinung nach verdient hatte. Schließlich nahm er noch eine bestimmte Flasche und zerschlug sie.

Dann kletterte Haern durch das Loch in der Wand zurück, verließ die Schenke durch die Hintertür und ging zur Vorderseite. Die beiden Diebe hielten immer noch Wache und lachten verächtlich, als er näher kam.

»He, du brauchst Gold«, meinte der auf der rechten Seite und hielt ihn mit ausgestrecktem Arm auf. Haern warf ihm einen finsteren Blick zu und deutete durch die Tür. Er sprach undeutlich und sorgte dafür, dass seine Hand zitterte.

»Der Kerl da ist mein Bruder. Er wird alles für mich bezahlen, wirklich. Frag ihn, er ist ein toller Bursche, und er ist mit einer Hure verheiratet, die in einer Nacht mehr Geld auf dem Rücken macht, als ich in einem ganzen Monat verdienen könnte.«

Haern sorgte dafür, dass er zwischen die Tische deutete, und da sein Arm wackelte, war nicht klar, wen er als seinen Bruder bezeichnete. Der Aufpasser auf der linken Seite warf einen Blick in die Schenke, als könnte er ihn trotzdem irgendwie ausfindig machen. Der andere packte seinen Arm.

»Ich sagte: Verschwinde!«, zischte er. Haern wirbelte mit einer schnellen Bewegung aus seinem Griff, schlitzte ihm dabei die Kehle auf und kümmerte sich dann um den anderen. Bevor der auch nur einen Schrei ausstoßen konnte, rammte ihm Haern einen nicht vergifteten Dolch in die Brust und schlang ihm dabei den Arm über den Mund, um seinen Todesschrei zu unterdrücken. Er schrie trotzdem, aber der Schrei war nicht laut genug, um bis in die Schenke durchzudringen oder gar Aufmerksamkeit zu erregen. Offenbar waren die Frauen und Männer fest entschlossen, ihren ersten friedlichen Moment seit zwei Tagen zu feiern. Zweifellos glaubten sie, sie hätten die Söldner in die Flucht getrieben, oder zumindest wollten sie das glauben.

Haern wusste, dass die Zeit knapp war. Er schlenderte in die Schenke und spielte weiterhin den Betrunkenen. Mit gesenktem Kopf sah er sich in dem Raum um und suchte Kadish Vel. Der Mann saß in der gegenüberliegenden Ecke mit dem Rücken zur Wand. An dem großen runden Tisch saßen sechs weitere Männer und neben ihm eine hübsche Frau. Sie schien sich jedoch zu langweilen, und Haern fragte sich, ob sie wegen des Geldes oder wegen der Sicherheit bei ihm blieb. Der Rest der Männer machte Witze oder prahlte herum. Sie redeten laut und undeutlich. Alle bis auf Kadish. Er schien im besten Fall leicht amüsiert zu sein. Haern steuerte auf ihn zu. Er hatte nur eine Chance, nur eine einzige.

»He, he, he!«, schrie einer der Männer, als Haern sich zwischen ihnen hindurchschob und direkt gegenüber von Kadish stand. Er legte seine Hände auf den Tisch und beugte sich vor, als müsste er sich bemühen, sein Gleichgewicht zu behalten.

»Kadish?«, nuschelte Haern und sah den Gildemeister träge an.

»Tut mir leid, mein Freund, die Schenke mag mir gehören,

aber die Getränke sind trotzdem nicht umsonst«, erwiderte Kadish.

Haern antwortete nicht. Seine Hände lagen auf der Tischplatte und waren nur wenige Zentimeter von den Griffen der Säbel an seiner Hüfte entfernt. Als seine Umhänge zur Seite schwangen, sah Kadish die Waffen. In dem Moment reagierte Haern. Er zückte beide Säbel und schnitt in einer einzigen, geschmeidigen Bewegung den beiden Männern neben ihm die Kehle durch. Als sie zusammenbrachen und ihr Blut über den Tisch spritzte, sprang Kadish von seinem Stuhl hoch und presste sich mit dem Rücken in die Ecke. Das hübsche Mädchen wirkte benommen, als könnte sie nicht glauben, was sie da sah. Zwei der Männer traten vor, um Kadish zu verteidigen, die anderen zückten ihre Dolche und griffen an. Haern schlug eine Waffe zur Seite und tötete einen anderen Mann mit einer Riposte. Dann fuhr er herum, ein Wirbelwind des Todes. Alarmrufe hallten durch die Schenke, als der Rest der Männer begriff, was da passierte.

Haern sank auf ein Knie und ließ einen Säbel fallen. Dann riss er den vergifteten Dolch aus seinem Stiefel. Unter dem Tisch sah er die untere Hälfte von Kadishs Körper. Dort war er nicht gepanzert. Ihm war die Gefahr nicht klar, in der er schwebte. Haern schleuderte den Dolch in der Gewissheit, dass er treffen würde. Die Klinge grub sich in Kadishs Oberschenkel, und Haern lächelte.

Dann packte er den Säbel vom Boden, tanzte weiter und verspritzte mit seinen Klingen das Blut seiner Widersacher. In der Schenke herrschte vollkommenes Chaos. Die Hälfte der Gäste versuchte zu flüchten, weil sie nichts mit dem zu tun haben wollten, was sich hier zutrug. Andere schrien Warnungen und glaubten an einen Überfall. Einer rief Threns Namen, als wäre er dafür verantwortlich. Haern wob sich seinen Weg zwischen ihnen allen hindurch, wehrte Schwerthiebe ab und zerfetzte den Männern die Arme, die ihn mit Dolchen angriffen. Ein korpulenter Mann versuchte ihm den Weg zur Tür zu versperren, aber Haern rammte ihn mit der linken Schulter. Mit seinem rechten Säbel stach er mehrmals zu. Die beiden stürzten durch die Tür und landeten zwischen den Leichen der Wachposten.

Draußen sprang Haern auf und rannte davon. Flüche folgten ihm, aber er war zu schnell, und die Stadt war ihm zu vertraut, sodass er sich gefahrlos durch das Gewirr von Gassen und Straßen winden konnte. Er hätte gerne mit Kadish geredet, ihn davon überzeugt, seine Meinung zu ändern, aber das war unmöglich gewesen. Das Gift würde sich von seinen Beinen in seine Lunge hocharbeiten und sie lähmen. Es gab ein Gegenmittel, aber das war in der Flasche gewesen, die Haern zerschmettert hatte, bevor er die Schenke verlassen hatte. Bis sie eine andere Flasche aufgetrieben hatten, würde Kadish tot sein.

Eine Liste seiner Opfer tauchte in seinem Kopf auf. Er hatte einen Gildeführer ausgeschaltet, also wurde es Zeit, sich um ein Mitglied der Trifect zu kümmern. Seinen Informationen nach war die jüngste Woge von Angriffen der Söldner das Werk eines einzigen Mitglieds der Trifect. Sollte es Frieden in der Stadt geben, musste Alyssa Gemcroft als Nächste sterben.

28. KAPITEL

Alyssa hatte sich vor ihren Verwandten in ihr Zimmer geflüchtet, als Zusa eintraf, einen Brief in der Hand.

»Er kommt«, sagte die Gesichtslose zu ihr, als sie ihr das Pergament übergab. »Der Mann, der deinen Sohn getötet hat. Er will, dass du seinen Bedingungen zustimmst, oder er wird dich töten.«

»Dieser Mann, dieser Wächter ...« Sie knüllte den Brief zusammen, ohne ihn zu lesen. Sie hatte nur die Unterschrift am Ende sehen müssen, um zu wissen, wie ihre Antwort lautete. »Er tötet Nathaniel und wagt es dann, Forderungen zu stellen?«

»Er kommt heute Nacht«, wiederholte Zusa. »Und er ist sehr gut, Gebieterin. Es könnte sein, dass er sein Versprechen wahr macht.«

»Lass ihn kommen«, erwiderte Alyssa. »Du wirst mich beschützen. Vor dir kann er sich nicht verstecken, nicht hier auf meinem Anwesen. Das hier ist unser Heim, und er ist der Fremde. Ich vertraue dir mein Leben an, Zusa. Lass mich nicht im Stich.«

»So unfair sind seine Bedingungen gar nicht«, erklärte Zusa. »Bertram würde wollen, dass du zustimmst.«

»Das kümmert mich nicht. Der Wächter soll es nur versuchen. Er wird heute Nacht sterben.«

Der Tag verstrich zäh. Alyssa hatte immer weniger Geduld mit den Verwandten, die nach der Beisetzung ihres Sohnes geblieben waren und die Sicherheit ihres Anwesens ihren eigenen

Häusern vorzogen. Bertram kam zu ihr, um mit ihr über die Hochzeit zu reden, aber sie schickte ihn weg. Sie behandelte sogar Arthur kurz angebunden, als der ihr einen Teller Essen und ein Glas Wein brachte.

»Du hast den ganzen Tag nichts gegessen«, sagte er. »Bitte, nimm etwas zu dir. Du wirst dich besser fühlen. Wir haben einiges zu besprechen.«

Sie fürchtete, dass er das Thema ihrer Hochzeit ansprechen würde oder möglicherweise, was die Götter verhüten mochten, ihr jetzt auf der Stelle einen Antrag machte, einen Teller mit Brot, gekochten Kartoffeln und Kohl in der Hand. Sie schickte ihn weg. Sein liebevolles Verhalten fiel plötzlich von ihm ab, und er stürmte gereizt davon.

»Du hast keine Zeit mehr, dich wie ein kleines Kind zu benehmen!«, erklärte er ihr, bevor er die Tür zuschlug. »Deine Unreife ist einfach nicht länger erwünscht.«

»Und deine Gegenwart ebenfalls nicht!«, kreischte sie und schleuderte das Glas Wein gegen die Tür.

Sie wünschte sich, dass Zusa bei ihr wäre, aber sie war verschwunden. Allerdings hatte sie ihr versprochen, nie weit von ihr entfernt zu sein.

»Wenn du weißt, wo ich bin, könntest du möglicherweise meine Gegenwart verraten«, hatte die Gesichtslose erklärt. »Wenn du mir vertraust, dann vertrau mir. Vertraue darauf, dass nur ich in den Schatten verborgen bin.«

Die Nacht verstrich nur langsam. Diesmal konnte sie keine Feuer beobachten, stürmten keine Männer durch die Straßen. Es herrschte Ruhe. Eine unheimliche Ruhe, als würde die Stadt plötzlich auf irgendetwas warten. Bertram hatte ihr gesagt, dass er wegen ihres Verhaltens schreckliche Vergeltung von den Gilden fürchtete, aber bis jetzt schien niemand zu kommen. Oder vielleicht kam doch jemand, vielleicht kam der Wächter.

Alyssa überprüfte das Schloss zu ihrem Zimmer jetzt zum vierten Mal.

Da sie nichts zu lesen und nichts zu tun hatte, setzte sie sich auf ihr Bett, schloss die Augen und wünschte sich, sie könnte schlafen. Es wäre so viel besser für sie, auf diese Art und Weise zu sterben, weil sie dann den Schmerz nicht fühlen konnte. Insgeheim erwartete sie fast, dass genau das geschehen würde, obwohl ein anderer Teil von ihr heftig aufbegehrte, wegen der Schwäche, die ein solcher Gedanke verriet. Sie sollte stärker sein, besser, aber sie war so müde. Das Gemcroft-Anwesen fühlte sich wie eine Kette an, die an jedem Zentimeter ihres Körpers befestigt war, und die sie herunterzog, in einen Abgrund der Erschöpfung, wo sie keinerlei Gefühle empfand, keine Tränen vergießen und keine Liebe ausdrücken konnte. Und eben in diesem Abgrund wartete Arthur.

Bei dem Geräusch von knackendem Glas schreckte sie hoch. Ihr Herz schlug ihr bis zum Hals. Die Ruhe, die sie bisher empfunden hatte, weil sie ihr Schicksal akzeptierte, verschwand, als die Bedrohung endlich da war. Ein Mann hing an einem Seil vor ihrem Fenster. Das Glas war an der Stelle gesprungen, wo er mit seinem Absatz dagegengetreten hatte. Sie sah, wie er sich abstieß und sein Schwung ihn wieder zum Fenster zurücksausen ließ. Diesmal zerbarst es, und der Wächter rollte sich ins Zimmer. Sie sah nur seine Umhänge, seine Klingen und die Glasscherben.

Alyssa rollte sich auf der anderen Seite vom Bett. Sie landete mit einem Plumps auf dem Boden und krabbelte hastig zur Tür. Ein Dolch zischte durch die Luft, und sie fühlte, wie es an ihrer Kopfhaut zupfte, als er durch ihre Haarsträhnen fuhr, bevor er sich in ihre verriegelte Tür grub. Panik überkam sie, und sie wirbelte zu ihrem Angreifer herum.

»Lady Gemcroft.« Der Mann verbeugte sich tief, als wolle

er ihr seinen Respekt bezeugen. Diese Gebärde wirkte in Anbetracht der Umstände so komisch, dass ihr unwillkürlich der Mund offen stand. »Ich bin gekommen, um Eure Antwort auf mein Angebot zu erfahren. Und um Euretwillen hoffe ich, dass sie sich von der ersten Antwort, die ich von Euch bekommen habe, unterscheidet.«

Sie überlegte, ob sie lügen sollte oder verhandeln oder vielleicht einfach nur herumfahren, das Schloss öffnen und hoffen, dass sie schneller war als er. Obwohl sie wusste, dass sie es nicht war. Sie würde mit einem Dolch im Rücken sterben oder vielleicht sogar mit einem Säbel im Hals. Bei jedem Schritt, den er auf sie zu machte, ging sie einen Schritt zurück, bis ihr klar wurde, dass er sie behutsam von der Tür wegführte. Wenn sie fliehen wollte, dann musste sie es jetzt tun, oder aber sie musste aufgeben. Doch bevor sie eine der beiden Möglichkeiten wählen konnte, bewegten sich die Schatten über ihr, und aus der Ecke sprang Zusa. Ihr Umhang blähte sich hinter ihrem Körper auf, als wäre sie ein Insekt, das aus einem Kokon schlüpft.

Der Wächter zog sich jedoch bei diesem Angriff nicht zurück, sondern stürzte sich auf sie. Alyssa sprang zur Seite, und erst als sie auf dem Boden landete, begriff sie, dass sie genau das getan hatte, was der Mann gehofft hatte. Er hatte sie von der Tür abgeschnitten. Sie hockte auf den Knien und sah zu, wie Zusa und der Wächter zusammenprallten. Seine Säbel waren länger als Zusas Dolche, also hatte er die größere Reichweite, aber das schien keine Rolle zu spielen. Alyssa hatte gesehen, wie Zusa nackt in einen Fluss gesprungen war, um einen dunklen Paladin von Karak zu bekämpfen. Und sie hatte gesehen, wie sie es mit einer ganzen Horde von Söldnern aufgenommen hatte, um ihr den Kopf ihres Vergewaltigers zu bringen.

Sie hatte noch nie einen derartigen Kampf gesehen. Säbel und Dolche klirrten ständig gegeneinander, erzeugten ein permanentes Echo, das scharf und schmerzhaft durch den geschlossenen Raum hallte. Der Wächter wirbelte herum, und seine Waffen waren nur ein undeutlicher Schleier. Doch Zusa parierte jeden Stoß. Ihr Körper bog und bewegte sich, als wären ihre Knochen flüssig und als würde ihre Balance allein auf ihrem Willen beruhen. Alyssa versuchte, dem Kampf mit dem Blick zu folgen, aber es gelang ihr nicht. Immer und immer wieder zischte ein Säbel so dicht an Zusas Haut vorbei, dass Alyssa zusammenzuckte und erwartete, dass das Blut spritzte. Aber dazu kam es nicht.

»Alyssa!«, brüllte jemand von der anderen Seite der Tür. Etwas Schweres hämmerte dagegen, wahrscheinlich, als jemand panisch mit der Faust auf das Holz einschlug.

»Schick meine Wachen hierher!«, schrie sie, als sie sich endlich wieder gefasst hatte. Wieder krachte es, lauter diesmal, aber das Schloss und ihre Tür waren sehr solide entworfen worden, um weit mehr als den Angriff eines einzelnen Mannes aufzuhalten. Sie wünschte sich sehr, sie hätte die Tür unverschlossen gelassen.

Der Wächter sprang hin und her, wich Zusas Stößen aus und wirbelte herum. Er verbarg seinen Körper hinter seinem wehenden Umhang. Alyssa sah in den Falten das Funkeln seiner Säbel, die mitten aus dem Chaos zuschlugen. Zusa wich zurück und achtete sorgfältig darauf, stets zwischen ihm und Alyssa zu bleiben. Einen Moment lang glaubte Alyssa, sie könnten es schaffen. Falls Zusa durchhielt, bis Hilfe eintraf, würde sich der Mann nirgendwohin mehr zurückziehen können.

Doch dann schrie Zusa auf, und Blut spritzte auf den Teppich. Alyssa blieb einen Moment das Herz stehen. Zusa kämpfte weiter, selbst als die Tuchbahnen an ihrem linken Arm sich rot färbten. Konnte sie trotz der Verletzung kämpfen? Sie tat es, lange. Zusa griff an, ihr ganzer Körper verdrehte sich bei ihren Stößen, und dadurch vergrößerte sie ihre Reichweite noch über die der Säbel hinaus. Diesmal wich der Wächter zurück und wehrte jeden Stoß ab. Das Klirren der Waffen klingelte in Alyssas Ohren. Ihre Geschwindigkeit war unwirklich. Irgendwann schienen sich ihre Waffen verschlungen zu haben, schlugen und parierten auf eine Art und Weise, die man nur als einen tödlichen Tanz beschreiben konnte. Sie bewegten sich immer schneller und schneller, weigerten sich, dem anderen auch nur einen Zentimeter Platz zu gönnen. Die Kampfgeräusche wurden immer lauter, und Alyssa grub ihre Finger in den Teppich, während ihr ganzer Körper sich anspannte. Sobald sie erneut Blut spritzen sah, würde sie zur Tür laufen, ganz gleich, wie riskant es sein mochte.

Aber das alles waren müßige Gedanken. Sie sah den Schmerz auf Zusas Gesicht, und ihr brach das Herz. Der Wächter trat ihrer Beschützerin gegen das Kinn, und als Zusa zurücktaumelte, schlug er zu und versetzte ihr einen tiefen Schnitt am Arm. Zusa ließ einen ihrer Dolche fallen, und jetzt war sie im Nachteil. Sie konnte ihn nicht mehr zurückhalten. Er griff an, schnell und tödlich. Ein weiterer Hieb fügte ihr eine Wunde am Bein zu. Der Schlag kam so schnell, dass Alyssa ihn nicht einmal gesehen hatte. Der Mann hämmerte seine Fäuste und seine Knie gegen die Gesichtslose, und sie ließ sich von dem Schlag zurückschleudern, rollte über den Boden ... weg von der Tür.

Sie bot Alyssa einen Ausweg, opferte sich, ihr Leben, damit ihre Gebieterin entkommen konnte.

Der Wächter trat sie wieder, mit voller Wucht gegen die Kehle. Als sie zurückfiel, stürzte er sich auf sie und setzte die Spitze seines Säbels auf ihre Brust, direkt über ihrem Herzen. Mit dem Ellbogen klemmte er den Arm mit dem Dolch ein, den sie immer noch schwang, und dann kniete er sich mit seinem ganzen Gewicht auf ihre Taille, um sie bewegungsunfähig zu machen.

»Warum jagst du mich?«

Alyssa hörte, wie er Zusa diese Frage stellte. Es kam ihr merkwürdig vor, dass er das wissen wollte, aber sie wagte nicht, darüber nachzudenken. Sie würde nicht zulassen, dass Zusa umsonst starb. Alyssa wusste, dass sie nicht davonkommen würde, wenn Zusa erst einmal tot war. Männer schrien auf der anderen Seite der Tür, aber sie fingen gerade erst damit an, die Tür einzuschlagen. Wenigstens konnte sie mit ihrem Tod irgendetwas bewirken. Sie konnte ihre treue Dienerin für all das belohnen, was sie für sie getan hatte.

»Warte!«, schrie Alyssa, bevor sie ihren Mut verlieren konnte. »Nimm mich, aber lass sie am Leben!«

Der Wächter warf ihr einen kurzen Blick zu, bevor er sich wieder auf Zusa konzentrierte. Sie war selbst in diesem angeschlagenen Zustand gefährlich.

»Warum?«, fragte er. »Warum willst du sterben? Ich habe dir eine Chance geboten, all das zu beenden! Bist du so eitel, dass du lieber stirbst, als mit Männern wie mir zusammenzuarbeiten? Ganz Veldaren leidet, und ich biete dir eine Chance, es zu retten!«

»Dein Angebot soll verdammt sein! Ich würde niemals zustimmen, nicht nach dem, was du mir angetan hast! Und jetzt nimm mein Leben und verschone ihres.«

»Was *ich* getan habe?« Er klang wirklich verblüfft.

»Ihr Sohn.« Zusas Stimme klang heiser. »Du hast ihren Sohn getötet und dann deinen Namen mit seinem Blut auf die Erde geschrieben.«

Der Wächter wirkte bestürzt. Er sah zwischen den beiden Frauen hin und her. Als etwas Schweres gegen die Tür hämmerte, spannte er sich an.

»Wann?«, fragte er leise.

»Vor Wochen, auf der Nordstraße nach Tyneham.«

Er schlug Zusa mit seinem Säbel den letzten Dolch aus der Hand und stand auf.

»Mörder von Kindern«, flüsterte er, als würde er jetzt endlich etwas begreifen. »Ich weiß, von welchem Kind du sprichst. Fünf Jahre alt, vielleicht sechs, rotes Haar? Er lebt, Lady Gemcroft. Ich habe deinen Sohn gerettet, obwohl er stark verwundet war und Fieber hatte. Ich habe ihn in der Obhut einer Familie zurückgelassen und sie gut dafür bezahlt, dass sie ihn beschützen.«

Alyssa schüttelte den Kopf. Er musste lügen. Es ergab einfach keinen Sinn.

»Warum?« fragte sie. »Wie? Die Karawane wurde angegriffen ...«

»Ich bin tatsächlich auf eine Karawane gestoßen, die in einen Hinterhalt geraten war, aber es waren keine Diebe. Es waren Männer, die dasselbe Wappen auf ihrem Rock trugen wie die Bewacher der Karawane, eine Sichel vor einem Berg. Euer Junge, Lady Gemcroft, war das eigentliche Ziel dieses Überfalls, obwohl ich damals seinen Namen nicht kannte. In dieser Karawane wurden Kisten mit Gold transportiert, die das Wappen deiner Familie trugen. Sie wurden zur Schlangengilde geschmuggelt. Warum ... nun, das weiß ich nicht.«

Das war einfach zu viel. Dieser Halbmond war das Wappen der Familie Hadfild. Konnte Arthur Mark angegriffen haben, und Nathaniel? Warum sollte der Wächter lügen? Er konnte sie und Zusa mit Leichtigkeit töten. Und außerdem hatte sie die Leiche ihres Sohnes gesehen, seine verbrannten Überreste ...

»Arthur hat behauptet, er hätte die Leiche gefunden«, sagte Zusa, als würde sie Alyssas Gedanken folgen. »Seine Männer haben sie hierhergebracht, bis zur Unkenntlichkeit verbrannt.

Seine Männer haben auch die Karawane gefunden. Mark, seinen Konkurrenten. Nathaniel, deinen Erben.«

Als die Tür zu ihrem Zimmer zu bersten drohte und die Angeln protestierend ächzten, sah sie, wie der Wächter seine Muskeln anspannte. Er machte sich bereit zu handeln. Sie konnte nicht mehr auf Zeit spielen. Sie musste eine Entscheidung treffen, die Entscheidung, die sich richtig anfühlte.

»Wenn du meinen Sohn gerettet hast, dann hast du meine größte und aufrichtige Dankbarkeit«, sagte sie schnell. »Ich stimme deinen Bedingungen zu. Zusa hat mir gesagt, sie wären gerecht, und ich vertraue ihr. Sollte ich jedoch herausfinden, dass du gelogen hast, werde ich dich erbarmungslos mit dem ganzen Zorn der Trifect verfolgen.«

Der Wächter grinste über diese Drohung.

»Ich habe eine Verabredung mit den Schlangen, deshalb muss ich jetzt leider gehen. Ich werde an deine Drohung denken.«

Er drehte sich zum Fenster herum und rannte los. Dann sprang er hinaus wie ein Verrückter. Alyssa sah jedoch, dass er das Seil packte, das immer noch vom Dach hing, und wie eine Spinne hinaufkletterte und aus ihrem Blickfeld verschwand. Zusa stand vorsichtig auf und hielt ihren blutenden Arm mit der anderen Hand fest.

»Du weißt, was du zu tun hast«, sagte sie, und Alyssa nickte.

»Genug!«, schrie sie den Männern zu, die versuchten, ihre Tür zu zertrümmern. »Zurück, er ist verschwunden!«

Zusa trat zur Tür und öffnete das Schloss. Wachen strömten herein, mit gezückten Schwertern, als würden sie sich weigern, ihr zu glauben. Einer sah unter dem Bett nach, während etliche andere aus dem Fenster blickten und fluchten.

»Geht es dir gut?«, fragte Bertram, der sich zwischen den Wachen hindurchdrängte und sie umarmte.

»Mir geht es gut«, sagte sie. »Zusa ist verletzt, das ist alles.«

Bertram warf nicht einmal einen Blick auf die Gesichtslose.

»Den Göttern sei Dank. Ich wünschte, du könntest die Nacht in Gegenwart der restlichen Wachen verbringen. Es war von vornherein eine Dummheit, hier oben alleine zu bleiben.«

»Ich sagte, dass es mir gut geht. Ich bin hier oben sicher, wenn auch vielleicht nicht mehr vor der Zugluft.« Sie deutete auf das geborstene Fenster und versuchte zu lächeln, aber ihre Hände zitterten und ihre Lippen bebten. Und diese Nacht war noch nicht zu Ende.

»Lasst mich allein«, sagte sie zu ihren Wachen. »Vertraut mir, ich bin nicht mehr in Gefahr.«

Die Männer murrten und wirkten nicht allzu glücklich, aber sie war ihre Gebieterin, und mehr als murren konnten sie nicht. Bertram wartete, bis die anderen verschwunden waren, bevor er sich verbeugte.

»Benötigst du noch etwas von mir?«

»Benachrichtige Arthur. Er soll kommen. Ich brauche seinen Trost.«

»Gewiss, das ist höchst verständlich.«

Als er verschwunden war, sah sie Zusa an.

»Wie schwer sind deine Verletzungen?«

»Ich habe schon Schlimmeres erlitten.«

»Du besudelst meinen kostbaren Teppich mit deinem Blut.«

Zusa lächelte, und dann lachte sie, was höchst selten vorkam.

»Wohl wahr.«

Alyssa ging zur Tür, blieb stehen und streckte dann ihre Hand aus. Zusa legte ihren Dolch hinein und faltete dann Alyssas Finger darum.

»Sag Arthur, dass ich im Garten auf ihn warte«, meinte sie. »An Nathaniels Grab.«

Sie verließ hastig ihr Zimmer und eilte durch die Gänge. Die Wege und Biegungen waren ihr vertraut, und es gelang ihr, den dunklen Garten zu erreichen, ohne einen ihrer Wachposten zu alarmieren. Und was noch wichtiger war, ohne Arthurs Söldner auf sich aufmerksam zu machen. In ihrem Garten hinter dem Anwesen biss die kalte Luft in ihre Haut, und sie badete im Mondlicht. Ein paar Minuten später tauchte Arthur auf. Er hatte die Arme verschränkt, damit er nicht so fror. Sie drehte sich um und ließ die Arme hinter ihrem Rücken verschränkt. Der Griff des Dolches fühlte sich wie Eis in ihren Fingern an.

»Bist du unversehrt, Liebes?« Arthur schlang sofort seine Arme um sie. »Ich habe den Lärm erst gehört, als alles zu Ende war, und Bertram hat mich geweckt, bevor ich mich ankleiden konnte.«

Alyssa lächelte ihn an, aber als er sie küssen wollte, wich sie ihm aus und blickte auf den steinernen Engel des Grabes. Am Fuß der Figur stand ein Name. »Nathaniel Gemcroft«.

»Ich möchte dich zuerst etwas fragen«, sagte sie, die Hände immer noch auf den Rücken gelegt, als wäre sie schüchtern.

»Was immer du willst.«

Sie sah ihm in die Augen und achtete scharf auf seine Reaktion.

»Wessen Leiche liegt wirklich in diesem Grab?«

Es war mitten in der Nacht, und Arthur hatte nicht den geringsten Grund gehabt, eine solche Frage zu erwarten. Er erstarrte, und eine Sekunde lang sah sie die Schuld und die Angst in seinem Blick. Die sofort von kalter Grausamkeit ersetzt wurden. Ohne ein Wort zu sagen, stürzte er sich auf sie und griff mit seinen bloßen Händen nach ihrer Kehle. Doch bevor er sie auch nur würgen konnte, rammte sie ihm Zusas Dolch in den Leib. Als sein Blut über ihren Arm strömte, starrte er sie ungläubig vor Schreck an. Sie konnte fast die Gedanken lesen, die ihm durch den Kopf schossen. *Das kann doch nicht sein, das passiert doch nicht mir, wo ich das alles so perfekt eingefädelt habe!*

Sie drehte den Dolch in der Wunde und genoss seine schmerzverzerrte Miene.

»Ich wünschte, ich könnte dir noch größere Schmerzen zufügen«, flüsterte sie ihm ins Ohr, als wären sie immer noch ein Liebespaar. Dann brach er zusammen, und sie trat zur Seite, ließ den Dolch los. Schwer atmend blieb sie stehen und sah zu, wie sich sein Blut mit der Erde vermischte. Als Zusa Momente später auftauchte, versuchte Alyssa zu lächeln.

»Wenigstens habe ich keine Flecken auf dem Teppich gemacht«, sagte sie. Aber ihr Lächeln wirkte gezwungen. Zusa schlang ihre Arme um ihre Schultern und küsste sie auf die Stirn.

»Danke«, sagte die Gesichtslose.

»Wofür?«

»Dafür, dass du bereit gewesen bist, dich für mich zu opfern.« Sie deutete auf die Leiche. »Was soll ich mit ihm machen?«

»Versteck ihn fürs Erste, bis wir wissen, wie Arthurs Söldner reagieren werden. Aber zuerst ... dieser Plan des Wächters, ist er durchführbar?«

Zusa zuckte mit den Schultern. »Es wäre möglich. Aber er dürfte Schwierigkeiten haben, alles alleine zu bewerkstelligen.«

»Ich kann nicht mehr, Zusa. Wenn Nathaniel noch am Leben ist, will ich ihn bei mir haben. Ich will ihn in Sicherheit wissen. Geh mit dem Wächter. Hilf ihm gegen die Schlangen, aber nur gegen die Schlangen. Ich werde ihm nicht helfen, ein Mitglied der Trifect zu töten, aber diese eine Nacht kann ich noch Rache an der einen Gilde nehmen, die uns so viel Leid zugefügt hat. Sie beide haben ihn mir weggenommen, die Schlangengilde und Arthur. Vernichte sie, wie sie es verdient haben.«

»Wie du willst, Gebieterin«, erwiderte Zusa. Trotz ihrer Verletzungen protestierte sie nicht. Sie zerrte Arthurs Leichnam am Arm hinter eine Reihe von Rosenbüschen, die zu dieser Zeit nur aus Dornen und braunen Stämmen bestanden.

»Ich werde Bertram informieren«, sagte die Gesichtslose und säuberte ihren Dolch. »Er muss Arthur und vielleicht auch einen großen Teil der Familie Hadfild als Verwalter deiner Goldminen ersetzen. Wenn er schnell handelt, finden wir vielleicht sogar das Gold, das gestohlen wurde.«

»Danke. Bis dahin könnte ich ein bisschen Ruhe gebrauchen.«

Zusa kehrte zum Haus zurück, und Alyssa folgte ihr. Dann trennten sich ihre Wege. Zusa ging zu Bertrams Zimmer, Alyssa auf ihr Zimmer. Dort warf sie sich aufs Bett und freute sich darauf, dass die Nacht bald vorüber war. Aber der Zweifel nagte an ihr, und sie hoffte, dass sie das Richtige getan hatte. Wenigstens würde sie es sehr bald genau wissen. Wenn Nathaniel lebte, war alles gerechtfertigt. Und alles würde besser werden. Sie dachte an das Gemetzel und das Chaos, das sie über die Stadt gebracht hatte, das alles in ihrem Verlangen nach Vergeltung. Und dabei waren es Arthurs Machenschaften gewesen, nicht die der Diebe. Jedenfalls nicht direkt, obwohl die Schlangengilde offenbar auch ihre Finger im Spiel hatte. Sie hoffte, dass die Götter ihr verziehen.

Die Tür öffnete sich, und Bertram trat ein. Es war nicht weiter überraschend, dass er ziemlich aufgebracht wirkte.

»Ich kann kaum glauben, was Zusa mir berichtet hat«, meinte er. »Stimmt das? Hast du Arthur getötet?«

»Das habe ich, und ich hatte jedes Recht, das zu tun.«

Der alte Mann schloss die Tür ab und legte seinen Kopf gegen das Holz, als brauchte er eine Stütze, um auf den Beinen zu bleiben.

»Er war unsere letzte Hoffnung«, sagte er. »Wir haben unseren ganzen Reichtum an die Söldner verschwendet, haben den Ruf der Familie Gemcroft ruiniert, und jetzt zerstörst du die einzige Chance, die wir hatten, unseren Namen auch nur ein bisschen reinzuwaschen? Warum?«

Er wandte sich zu ihr um, und bei dem Ausdruck in seinen Augen überlief es sie kalt.

»Bertram?« Sie zog die Beine an. »Warum hast du die Tür abgeschlossen?«

Der alte Ratgeber zog einen Dolch aus seinem Morgenmantel. Einen Augenblick schlug seine kalte Wut in Mitleid um, und Alyssa wusste nicht genau, was sie mehr empörte.

»Du hattest so viel Potenzial«, sagte er und näherte sich ihr langsam. »Stattdessen aber hast du deine Pflichten vernachlässigt. Du hast uns in den Ruin geführt und alles zerstört, wofür ich mein Leben lang gearbeitet habe. Wenn es noch Hoffnung für uns geben soll, dann liegt sie darin, dass jemand anders, irgendjemand, die Geschäfte der Familie übernimmt.«

»Schließt du dich da als Kandidaten ein?«

Die Vorstellung schien ihn fast zu beleidigen.

»Ich mache das als Vermächtnis für unsere ganze Familie, für Generationen vor uns und für die Generationen, die noch kommen. Nicht für mich selbst. Ich habe nie an mich selbst gedacht. Ich hoffe, das wenigstens begreifst du.«

Er stürzte sich auf sie, und sie rollte sich zur Seite. Im Vergleich mit Zusa oder dem Wächter war er langsam, aber sie hatte keine Waffe, weder einen Dolch noch einen Prügel. Sie packte die Laken, als sie neben ihrem Bett auf den Boden stürzte, und schleuderte sie auf Bertram.

»Hilfe!«, schrie sie, als sie um ihn herumlief, das zerbrochene Fenster im Rücken. Bertram schob die Decken zur Seite, und sein Dolch verfing sich einen Moment darin. Er stand zwischen ihr und der Tür, und sie überlegte, ob sie an ihm vorbeirennen konnte, während er sich noch verheddert hatte. Aber es würde nicht lange genug dauern, bis er sich befreite. Schon trat er über die Laken und starrte sie an, beobachtete sie, wartete auf eine Bewegung, damit er reagieren konnte. Für einen alten Mann schien er sehr viel Energie zu besitzen, und seine Bewegungen waren sehr zielstrebig.

»Es spielt keine Rolle«, sagte er. »Du wirst tot sein, bis sie eintreffen, und selbst wenn sie mich hinrichten, habe ich die Krankheit in unserem Haus ausgemerzt.«

Sie dachte an Nathaniel, an Arthur, an Bertrams Beharren auf dieser Ehe. Tief in ihrem Inneren fragte sie sich, wie weit er wohl an all diesen Ereignissen beteiligt gewesen war, und die Wut, die in ihr brannte, gab ihr den Mut etwas zu tun, was sie sonst niemals gewagt hätte. Als er nach ihrer Brust stach, wich sie nicht aus. Stattdessen stürzte sie sich auf ihn und drehte sich zur Seite, in der Hoffnung, dadurch dem Stoß ausweichen zu können. Die Schneide ritzte ihre Haut, und der Schmerz schien fast unerträglich zu sein, aber sie wurde von ihrer Wut angetrieben und vom Rausch des Kampfes. Ihre linke Hand packte seinen Arm, damit er sie nicht mehr stechen konnte, und mit der anderen packte sie die Brust seines Nachtgewandes. Sie war vielleicht nicht so kräftig wie ein Mann, aber Bertram war alt und dünn.

Mit einem wilden Schrei riss sie ihn nach vorne, stieß ihn zu dem zertrümmerten Fenster, in dem noch viele Scherben steckten. Er schrie überrascht auf, und sein Schrei endete in einem schmerzerfüllten Laut. Sie zitterte immer noch vor Wut, während sie beobachtete, wie das Blut über das Glas spritzte. Er war von einer spitzen Scherbe aufgespießt worden, deren scharfes Ende sich tief in die Haut unter seiner Kehle gegraben hatte. Bertram versuchte Luft zu holen, aber es kam nur ein rasselndes Gurgeln aus seinem Mund. Er schlug hilflos mit den

Armen und schlitzte sich die Hände auf, als er bei dem Versuch, sich vom Fenster zurückzustoßen, in die Scherben griff.

Die Tür hinter ihr gab nach, als ihre Wachen sie zertrümmerten. Erneut stürmten sie in ihr Zimmer, und diesmal erlaubten sie ihr nicht, sich zu widersetzen, als sie ihre Hand nahmen und sie hinausführten. Sie warf einen letzten Blick zurück, um sich zu überzeugen, dass Bertram immer noch am Fenster hockte und blutete.

Die Krankheit in meinem Haus, dachte sie. *Bertram hat recht. Jetzt endlich ist sie ausgemerzt worden.* Dann brach sie weinend zusammen.

29. KAPITEL

Als Haern das Hauptquartier der Schlangengilde aufsuchte, fand er es verlassen vor. Das war allerdings wenig überraschend, denn er wusste, dass William Ket, ihr Anführer, seine Mitteilung nicht so einfach abtun würde wie die anderen Gildemeister. William nahm jede Drohung ernst und begegnete ihr so hart wie möglich. Kadish war ein Spieler, ein Trinker, ein Mann, der zu stolz war, um nicht weiterzufeiern, obwohl er sich eigentlich hätte verstecken sollen. William war das krasse Gegenteil und folglich ein erheblich schwierigerer Widersacher.

Natürlich wusste Haern, wo er sich verkriechen würde. Die Gilde hatte sich schon häufiger dorthin zurückgezogen, für gewöhnlich, wenn eine andere Gilde sie in Gebietskämpfe verwickelt hatte. Im Gegensatz zu ihrem Hauptquartier war dieses Haus kleiner und verfügte nur über eine Tür und keine Fenster. Früher einmal war es das Waffenarsenal der Stadtwache gewesen, die tief im Süden von Veldaren stationiert gewesen war. Bis der König sie weiter in den Norden verlegt und das Haus verkauft hatte.

Auf seinem Weg hierher hatte Haern die Wunde an seiner Seite untersucht. Er hatte sie vor Alyssa und ihrer Furcht einflößenden Leibwächterin verheimlicht, aber es war dieser Frau vielleicht dennoch aufgefallen, dass sie ihn verletzt hatte, angesichts ihrer unglaublichen Fertigkeiten. Es war nur eine flache Fleischwunde über den Rippen. Aber sie blutete stark, wie immer bei solchen Schnittwunden. Haern blieb stehen, lehnte sich gegen die Mauer einer Schmiede und rang nach Luft. Er zog einen seiner Säbel.

»Irgendetwas sagt mir, dass du heute Nacht noch ein Dutzend Mal aufreißt«, murmelte er, als er den Rand eines seiner Umhänge abschnitt, um sich einen Verband anzulegen. Das erinnerte ihn daran, wie er diesem Jungen draußen im Schnee einen Verband angelegt hatte. Wenigstens wusste er jetzt, wer dieses Kind war. Nathaniel Gemcroft. Kein Wunder, dass er von diesem Söldner gesucht wurde. Allerdings spielte es im Moment keine Rolle, wer dieser Mann gewesen war und warum er es machte. Jetzt war nur die Schlangengilde wichtig. Wenn er davon ausging, dass Todesmaske die Spinnengilde genauso behandelte, wie er es angekündigt hatte, dann war die Schlangengilde die letzte Gilde, um die man sich kümmern musste, so oder so.

Er sah einen Schatten aus dem Augenwinkel, der sich bewegte. Er verlängerte sich auf eine Art und Weise, die für das Mondlicht unnatürlich war. Sein Verstand warnte ihn, und er sank gerade noch rechtzeitig auf ein Knie. Ein Armbrustbolzen prallte gegen das Holz und flog dann davon. Haern zog auch seinen zweiten Säbel, als er auf die Hauptstraße lief, wo die Gebäude weiter auseinander standen und er mehr Platz hatte, um irgendwelchen Bolzen oder Pfeilen auszuweichen.

Sein ausgezeichneter Instinkt alarmierte ihn, und seine Nackenhaare sträubten sich. Er warf sich zu Boden, als er das Schnappen von zwei weiteren Armbrustsehnen hörte. Die Bolzen flogen über ihn hinweg und bohrten sich in den Boden, ohne Schaden anzurichten. Es musste sich also um mindestens drei Angreifer handeln, wenn man bedachte, wie dicht hintereinander sie gefeuert hatten. Das war nicht gut. Einen Herzschlag später stand er wieder auf den Füßen und rannte weiter.

Er spekulierte darauf, dass es lange dauerte, eine Armbrust neu zu laden, und ihm das Zeit verschaffte.

Aber jemand versperrte ihm den Weg. Ein Mann in den Farben der Schlangengilde landete vor ihm auf dem Boden. Er hatte seinen Dolch bereits gezogen.

»Verdammter Narr!«, stieß die Schlange hervor.

»Danke gleichfalls.«

Er prallte gegen ihn und hatte seinen Säbel so positioniert, dass er die Dolchspitze seines Widersachers zur Seite schlug. Mit der Stirn rammte Haern die Nase des Angreifers. Blut spritzte über sie beide und blendete sein Auge. Er versuchte den Schmerz zu ignorieren, rollte sich über den Mann hinweg und auf die breite Straße hinaus. Als er herumfuhr, sah er Bolzen auf sich zufliegen. Einer verfehlte ihn, und ein zweiter zischte dicht an seinem Bein vorbei, als er auswich. Der dritte grub sich in seine Seite, und er keuchte auf vor Schmerz. Wäre er nicht weitergelaufen, hätte der Bolzen ihn zweifellos schwerer verletzt.

Ist er vergiftet? Er schob den Gedanken rasch beiseite. Das würde auch nichts ändern, wenn sich gleich etliche Bolzen in irgendwelche lebenswichtigen Organe bohrten.

Der Mann, den er umgeworfen hatte, rappelte sich auf, und Haern reagierte instinktiv. Er wusste, dass er sich vor den Männern mit den Armbrüsten in Sicherheit bringen musste, aber er durfte auch nicht zulassen, dass ihn sein Widersacher ungehindert verfolgen konnte. Er griff ihn an, schlug die schwache Verteidigung der Schlange weg und schnitt ihm die Kehle durch. Während die Schlange auf der Straße verblutete, stürmte Haern um eine Ecke. Ein Bolzen schlug hinter ihm ein und verfehlte ihn um eine knappe Elle. Dann rannte er. Er schob einen seiner Säbel in die Scheide und wischte sich das Blut aus dem Auge. Dann warf er einen Blick über die Schulter. Drei

Schlangen verfolgten ihn, zwei Männer und eine Frau. Ihre grünen Umhänge bauschten sich hinter ihnen auf, und die Farbe schimmerte unheimlich im Mondlicht.

Er lief auf die andere Straßenseite und ließ ihnen keine andere Wahl, als vom Dach herunterzuklettern. Wieder traf er eine Entscheidung, diese jedoch mehr aus Stolz denn aus vernünftiger Überlegung. Sie hatten ihn verletzt, vielleicht sogar vergiftet. Dafür mussten sie zahlen. Sein Ruf war alles, was seine Vereinbarung mit den Gilden und der Trifect zusammenhielt. Wenn sie das Gefühl hatten, dass sie ihn verletzen konnten, ihn in die Flucht schlagen konnten, war all seine Mühe vergebens gewesen.

»Kommt schon!« Er schlug klirrend die Säbel aneinander, bevor er sie angriff. Die drei hatten ihre Armbrüste auf dem Dach liegen lassen, damit sie herunterklettern konnten. Jetzt zogen sie ihre Kurzschwerter. Als er sie angriff, bildeten sie ein Dreieck und nahmen ihn in die Mitte. Er grinste über das Manöver. Das war clever, aber jetzt war es zu spät, um seine Meinung noch zu ändern. Aber seine Taktik konnte er variieren. Statt den ersten anzugreifen, wie sie vermutet hatten, wirbelte er auf der Stelle herum und begann seinen Manteltanz. Seine Füße drehten sich so schnell sie konnten. Er verließ sich vollkommen auf seinen Instinkt, denn durch seine Umhänge konnte er nur Bruchstücke von seinen Gegnern erkennen. Stoß um Stoß wehrte er ab, bis sich einer von ihnen zu sehr streckte, weil er nicht wusste, wo Haern sich in den Umhängen versteckte. Haern unterbrach seinen wirbelnden Tanz und schlug mit beiden Klingen auf seinen Arm. Die Waffe fiel zu Boden, Blut spritzte durch die Luft, und die Schlange schrie.

Weiter ging der Tanz, aber nur für einen Moment, gerade lange genug, um die restlichen beiden Schlangen zu verwirren. Jetzt war keine Zeit mehr, um herumzuspielen. Der Schmerz in seiner Seite wurde schlimmer, und seine Finger kribbelten bereits. Er griff den nächsten Gegner an, hieb wie von Sinnen auf die Schlange ein, und seine Schwerter woben sich um das Kurzschwert der Frau herum, als würde es regungslos in der Luft stehen. Er drehte sich um seine eigene Achse, als er sie niederschlug und gleichzeitig mit einer geschmeidigen Bewegung die letzte Schlange angriff. Der Dieb konnte nur einen der beiden Säbelhiebe abblocken. Der andere erledigte ihn.

»Verdammt!« Haern blieb stehen und rang nach Atem. Vorsichtig berührte er den Bolzen in seinem Fleisch. Er zuckte zusammen, als seine Finger ihn berührten. Er saß zu tief. Er musste ihn hindurchdrücken und beten, dass er nicht vergiftet gewesen war. Bevor er es jedoch tun konnte, hörte er eine Bewegung von oben. Zu spät hob er seinen Säbel, statt des erwarteten Bolzens fiel aber eine Schlange vom Dach und landete in einem blutigen Haufen auf dem Boden. Zusa winkte ihm vom Dach aus zu.

»Der, den du nicht siehst, ist der, der dich tötet!«, rief sie zu ihm herunter.

Trotz seiner Erschöpfung lächelte er.

»Warum bist du hier?«, fragte er sie, als sie zu ihm auf die Straße herunterkletterte.

»Meine Gebieterin will, dass die Schlangen bestraft werden, deshalb bin ich gekommen, um dir zu helfen. Und wie es aussieht, brauchst du die Hilfe auch dringend.«

Er deutete auf den Bolzen in seiner Seite.

»Sieht ganz so aus.«

Ohne ihn vorzuwarnen, trat sie zu ihm, packte den Schaft und stieß zu. Er biss die Zähne zusammen und unterdrückte einen Schrei. Warmes Blut lief ihm über die Taille. Zusa schob seinen Umhang zur Seite, nahm den Bolzen und hielt ihn dicht vor die Augen, um ihn im Mondlicht zu betrachten.

»Nicht vergiftet. Entweder ist dir einer der Götter sehr gewogen, oder diese Diebe waren zu dumm und zu faul, um sich ordentlich auf dich vorzubereiten.«

»Vielleicht beides.« Er grinste sie an, doch dann verflog seine Belustigung. »Das mit deinem Arm tut mir leid.«

»Und mir das mit deiner Brust.«

Also hatte sie es doch bemerkt. Er lachte leise.

»Wenn ich wegen des Blutverlustes taumele, dann sei so gut und töte mich. Ich bin nicht sicher, wer mich am liebsten foltern würde, aber ich möchte es lieber nicht herausfinden.«

»Wahrscheinlich würden sie das Recht darauf auf einer Auktion feilbieten. Das bringt mehr Geld.«

»Du hast wirklich eine sehr aufmunternde Art.« Er deutete auf die Straße. »Komm mit, das Waffenarsenal ist nicht mehr weit.«

Er ging voraus, und Zusa folgte ihm wie eine weibliche Version seines eigenen Schattens. Stumm wie Geister näherten sie sich auf einem verschlungenen Pfad ihrem Ziel. Haern überprüfte alle Gassen und Zusa die Dächer nach möglichen weiteren Hinterhalten. Am Waffenarsenal blieben sie stehen und spähten um die Ecke eines nahe gelegenen Hauses.

»Sie haben keine Wachen aufgestellt«, flüsterte Zusa.

»Weil sie das verraten würde. Sie halten diesen Platz für sicher, sonst würden sie nicht herkommen.«

»Es gibt in dieser Stadt keinen sicheren Ort.«

Haern zog seine Säbel. »Nun, gehen wir und prügeln ihnen diese Lektion ein.«

»Wie viele Eingänge gibt es?« Er dachte einen Augenblick nach und hob dann einen Finger.

»Sie haben ihre Fenster verrammelt. Wir müssen zusammen hinein, durch die Tür. Keine Gnade, Zusa. Kommst du damit klar?«

Sie warf ihm einen Blick zu, der deutlich verriet, wie sehr sie seine Frage beleidigte.

»Ich wurde im Herzen von Karaks Tempel erzogen«, sagte sie. »Gnade ist nicht gerade mein Bettgenosse.«

Als wollte sie es beweisen, stürmte sie voraus, und Haern folgte ihr lautlos fluchend. Die Tür war versperrt, aber als Haern Anstalten machte, seine Auswahl an Dietrichen herauszusuchen, schüttelte sie den Kopf. Lautlos sagte sie etwas, aber er verstand nur die Hälfte ihrer Lippenbewegungen. Sie wollte etwas ausprobieren, so viel war klar. Sie legte ihre Hände auf das Schloss, machte die Augen zu, und dann hatte er den Eindruck, als würde sie beten. Schatten glitten von ihren Fingerspitzen, wie Wasser von einem Eiszapfen tropft. Einen Moment später hörten sie ein deutliches Klicken des Schlosses.

Sie taumelte ein wenig, aber als sie ihr Gleichgewicht wiedergefunden hatte, zwinkerte sie ihm zu. Haern verdrehte die Augen.

»Nach dir«, sagte er. Sie stieß die Tür auf, und er folgte ihr in das Haus, zwei tödliche Phantome der Nacht. Ein Dieb hatte die Tür bewacht. Er schien gedöst zu haben, und sie schnitten ihm die Kehle durch, als sie an ihm vorbeistürmten. Er hatte nicht einmal die Chance, Luft für einen Alarmruf zu holen. Dann brachen sie durch eine Tür in einen geschmückten Raum, der Haern sofort bekannt vorkam. Er ähnelte vielen anderen Räumen der prachtvoll ausgestatteten Hauptquartiere der Gilden, mit Vorhängen, Kissen, Alkohol und Sex.

Die erste Warnung, dass irgendetwas nicht stimmte, war die Tür, die hinter ihnen zufiel. Die zweite gab ihnen William Ket, der sie mit einem herzlichen Lächeln von seinem Stuhl auf der gegenüberliegenden Seite des Raumes aus begrüßte.

»Sieh an, sieh an, endlich lerne ich den Wächter kennen.« Er klang außerordentlich selbstgefällig. »Und du hast eine Freundin mitgebracht. Ausgezeichnet. Hast du wirklich gedacht, ich wäre dumm genug zu glauben, dass du mich hier nicht finden würdest, angesichts deines sagenhaften Rufs?«

»Die Vorhänge«, flüsterte Zusa. Sie hatte sich angespannt wie eine Raubkatze vor dem Sprung.

»Schon klar.«

Williams Grinsen verstärkte sich.

»Alyssa hat ihre Söldner zurückgerufen, das dumme Mädchen. Sie hatte uns fast geschlagen, doch dann plötzlich überflutet sie Veldaren mit gelangweilten, arbeitslosen Männern mit einer Neigung zur Gewalt. Wie sollte ich wohl ein solches Geschenk nicht zu meinem Vorteil nutzen?« Die Vorhänge wurden zur Seite geschoben, und dahinter standen gepanzerte Söldner in jeder kleinen Nische. Haern schätzte ihre Zahl auf mindestens dreißig. Sein Blut schien sich in Eis zu verwandeln. So würde es also enden. Seine Seite brannte, jeder Atemzug schmerzte in seiner Brust, sein Kopf hämmerte vor Erschöpfung, und William Ket vor ihm lachte.

»Gib nicht auf.« Zusa zischte fast. »Sie sind Kinder für dich, verstehst du? Wir sind die Löwen. Wir sind die Jäger.«

Haern dachte an jenen Moment in Karaks Tempel, als er mit dem Löwen von Karak konfrontiert wurde. Das Tier hatte gebrüllt, und Haern hatte in eine Leere geblickt, die endlos zu sein schien. Er erinnerte sich an das Entsetzen und begriff, dass er damals weit mehr Angst gehabt hatte als jetzt. Er konzentrierte sich auf diese Furcht, wusste, dass er für die Männer dieser Löwe sein konnte. Er sah sie an, während sie auf den Befehl zum Angriff warteten, ließ sie in seinen Augen dieselbe Leere sehen, dieselbe Gewissheit ihres Todes. Er zog die Kapuze tief in die Stirn, damit die Schatten der Fackeln über sein Gesicht tanzten. Zusa neben ihm schlang ihren Umhang fest um ihren Körper und duckte sich.

»Tötet sie!«, befahl William.

Haern ging nach links, Zusa nach rechts. Er spürte, wie alle Nerven in seinem Körper vibrierten, und überließ sich vollkommen seinen Instinkten. Jetzt sah er die Bestie, die Thren im Laufe der Jahre geschaffen hatte, mit seinem täglichen Training, Dehnübungen, den Lektionen und den Lehrern. Jetzt war er das Monster, dessen Zähne ein halbes Jahrzehnt geschärft worden waren, als er durch die Schatten schlich und die Diebe der Nacht abschlachtete. Seine Säbel waren undeutliche Schemen, als er den ersten Söldner tötete, der mit seiner Axt viel zu langsam war, um seine Schläge zu parieren. Die beiden nächsten stürzten sich auf ihn und schwangen ihre Langschwerter. Er blockte ihre Schläge, die langsam kamen, als würden seine Widersacher durch Sirup waten. Blut tränkte seine Klingen, als der Rest der Söldner sich auf ihn stürzte, Prügel, Morgensterne und Schwerter schwangen.

Er schlug zu, wirbelte herum und blieb nie an derselben Stelle stehen. Während er tanzte und sich drehte, dachte er an all die Stunden, in denen ihn seine Lehrer gezwungen hatte, in sonderbaren Kampfstellungen zu verharren, bis sie endlich zufrieden waren. Als er Schlägen auswich, erinnerte er sich an die komplizierten Dehnübungen, die ein anderer Tutor ihn gelehrt und die er jeden Morgen hatte absolvieren müssen. Und als er zuschlug und auswich, dachte er an die Worte seines Vaters.

Sie können dich nicht töten, es sei denn, du lässt es zu. Deshalb musst du besser sein. Deshalb musst du perfekt sein. Sie dürfen nie, niemals auf die Idee kommen, dass sie gewinnen könnten.

Das hatte er einem dreizehnjährigen Jungen gesagt. Und mehr als alles andere wünschte Haern sich jetzt, Thren könnte sehen, was er da geschaffen hatte. Ein Söldner nach dem anderen fiel. Sie wussten, wie sie Druck ausüben konnten. Sie wussten, wie sie die Kraft ihrer Arme in Schläge verwandeln konnten, und sie beherrschten die rudimentären Elemente der Schläge und Paraden des Schlachtfeldes. Aber Haern war ihnen in dieser Art Kampf hier überlegen, war allen überlegen. Sie trafen ihn, landeten Treffer, sicher, aber der Schmerz schien an einem fernen Platz in seinem Hinterkopf eingesperrt zu sein. Sie würden ihn nicht töten. Das würde er nicht zulassen. Sein Handgelenk mochte bluten, weil einer einen glücklichen Treffer gelandet hatte. Seine Brust mochte schmerzen, weil ein Prügel ihn erwischt hatte, bevor er ausweichen konnte. Seine Augen mochten von dem Blut brennen, das von der Wunde auf der Stirn hineinlief. Aber sie würden ihn nicht töten.

Zusas Schrei holte ihn zurück, trennte ihn von diesem animalischen, hirnlosen Killer. Trotz der vielen Toten hatte man sie überwältigt. Haern weigerte sich, den Dieben auch nur den kleinsten Triumph zu gönnen, und stürzte sich auf sie. Die Männer hatten ihm den Rücken zugekehrt, und er stach, schlug und trat um sich, stieß sie zur Seite, damit er sich mit Zusa vereinigen konnte. Sie blutete ebenso wie er, aber sie grinsten beide.

Für das hier sind wir gemacht, dachte er.

Rücken an Rücken stellten sie sich erneut ihren Feinden. Von den dreißig Söldnern waren nur noch zehn am Leben. Wo der Boden nicht von Leichen bedeckt war, hatte sich eine Schicht aus Blut und Fleisch und Haut und Knochen ausgebreitet. Die Wirkung auf die Seelen der Männer war genauso verheerend. Keiner der Söldner schien bereit zu sein, sie noch einmal anzugreifen. Was auch immer man ihnen gezahlt hatte, es war offenbar nicht genug. Die ersten wendeten sich zur Flucht, und als wäre ein Damm gebrochen, stürmte auch der Rest zur Tür. Haern ignorierte sie und suchte nach William. Vergeblich.

»Wo ist er?«, fragte er Zusa.

Sie lief zu dem Stuhl, auf dem er gesessen hatte, und stieß ihn zur Seite. Darunter fand sie einen Ring im Boden, zog daran und öffnete eine Falltür. Haern folgte ihr, während die Söldner die Tür zur Straße aufbrachen und in die Nacht hinausrannten. Die Falltür führte in einen Tunnel, der so eng war, dass Haern auf den Ellbogen kriechen musste, als er sich hindurchzwängte. Es war kein sonderlich langer Tunnel, dann stieß Zusa die nächste Falltür auf und half ihm hinaus.

Sie tauchten hinter dem Arsenal auf. Die Falltür war unter einer festen Dreckschicht versteckt. Haern spürte seine schmerzenden Muskeln, fühlte, wie seine Energie nach dem Kampf nachließ, ein Gefühl, das er sehr gut kannte. Er hatte erwartet, nach William suchen zu müssen, ihn zu jagen, wohin auch immer er geflüchtet wäre, stattdessen jedoch lag der Gildemeister der Schlangen tot auf der Straße. Zwei Männer standen neben ihm.

»Du siehst wirklich scheiße aus.« Senke wischte gerade Williams Blut von seinem Morgenstern.

Haern suchte nach einer Antwort, aber sein Verstand weigerte sich, und so konnte er ihn und Tarlak nur sprachlos anstarren. Der Hexer schien von dieser ganzen Geschichte einigermaßen amüsiert zu sein.

»Delysia hat uns fast die ganze Nacht angefleht, dir zu helfen«, erklärte der Hexer mit verschränkten Armen. »Und wie gewöhnlich habe ich am Ende nachgegeben.«

»Wie?«, erkundigte sich Haern. Er wollte wissen, wie sie ihn gefunden hatten, aber plötzlich fiel ihm selbst das Atmen schwer. Sein Körper schien endlich all die Schläge und Schnitte wahrzunehmen, die er hatte einstecken müssen, und war offenbar nicht sonderlich glücklich darüber.

»Was, wie wir dich gefunden haben?« Tarlak zuckte mit den Schultern. »Ich bin ein Hexer. So was kann ich.«

Haern sah, dass Zusa am Boden kniete und sich mit einem Arm abstützte. Ihre dunkle Haut war erschreckend bleich.

»Bist du verletzt?« Er trat zu ihr.

»Selbstverständlich bin ich verletzt«, erwiderte sie. »Leb wohl, Wächter. Ich habe getan, worum meine Gebieterin mich gebeten hat. Von jetzt an lass dir von deinen Freunden helfen.«

Sie stand auf, machte einen unbeholfenen Schritt, dann noch einen, doch als sie dann lief, schien ihr Gleichgewichtssinn wieder zurückgekehrt zu sein. Haern sah ihr nach und hoffte, dass sie es schaffte.

»Also.« Tarlak schlug ihm auf den Rücken. »Wer steht als Nächstes auf der Liste?«

Haern musterte die Leiche von William Ket und hakte innerlich den nächsten Namen ab. Es war nur noch einer übrig.

»Leon Connington.«

Senke stieß einen leisen Pfiff aus. »Jetzt nehmen wir uns die großen Tiere vor, ja? Und dann?«

Haern schüttelte den Kopf. »Er ist der Letzte. Alle anderen haben zugestimmt oder ...«

Er deutete auf den Leichnam.

»Das ist der Letzte?« Tarlak lachte. »Du bist wirklich ein Wahnsinniger. Also gut, gehen wir. Leon wohnt nicht gerade um die Ecke.«

Sie gingen weiter, und einen Moment lang entspannte sich Haern. Jetzt, wo sie zu dritt waren und einer von ihnen noch dazu ein Hexer, musste jeder Dieb unglaublich tapfer oder leichtsinnig sein, um einen Hinterhalt auf sie zu riskieren. Er wischte sich mit seinem Hemd das Blut von der Stirn und drückte den Stoff dann auf sein Auge. Sie tränten, aber als er das Hemd sinken ließ, konnte er besser sehen. Senke wirbelte seine beiden Morgensterne durch die Luft, und Haern wünschte sich, er würde sich so energisch fühlen, wie Senke aussah. Er mochte der Löwe gewesen sein, jetzt jedoch fühlte er sich eher wie ein Lamm, das bereit war, alles aufzugeben, sich hinzulegen und zu schlafen. Ihm tat alles weh.

»Wie lange dauert es noch bis zum Morgengrauen?«

»Etwa zwei Stunden«, antwortete Tarlak. »Bist du schon die ganze Nacht dabei?«

»Seit kurz vor Sonnenuntergang, ja.«

»Wir Magi nennen so etwas den Mund zu voll nehmen.«

»Und wir von den Stechern nennen so etwas, sich umbringen«, meinte Senke.

Haern zuckte zusammen, als ihm bei einem ungeschickten Schritt der Schmerz durch seine Brust bis in den Rücken fuhr.

»Ihr beide seid wirklich eine großartige Hilfe«, murmelte er.

Leon Conningtons Anwesen war einer der bestbewachten Orte in der Stadt, das wussten sie alle drei. Und die Warnung, die Haern ihm geschickt hatte, hatte sicherlich nicht dazu geführt, seine Sicherheitsmaßnahmen zu lockern. Hohe Steinmauern umgaben das Anwesen, und die einzige Öffnung war ein schweres schmiedeeisernes Tor, das von zwei Männern bewacht wurde. Sie hielten aufmerksam Ausschau. Hier war ebenfalls keine Nachlässigkeit zu sehen. Die drei beobachteten das Tor aus der Ferne und schmiedeten Pläne.

»Auf dem ganzen Besitz werden Söldner stationiert sein«, meinte Haern. »Und dazu Fallen im Boden, überall, außer auf dem direkten Weg zur Tür. Wenn wir Leon erwischen wollen, müssen wir sehr unauffällig vorgehen.«

»Unauffällig?«, fragte Tarlak und deutete auf seine leuchtend gelbe Kutte. »Und wie stellst du dir das vor?«

Haern warf ihm einen verständnislosen Blick zu und zuckte mit den Schultern. »Hast du eine andere Idee?«

Der Hexer warf beide Arme in die Luft, und ein Strom aus magischen Anrufungen kam aus seinem Mund. Feuer loderte auf seinen Händen, wurde immer größer, und dann schleuderte er die Flammen in einem gewaltigen Ball zum Tor. Er traf das Eisen und explodierte, zertrümmerte das Tor und riss riesige Steinbrocken aus der Mauer. Haern konnte nicht sehen, was mit den Wachen passierte, und er wollte es auch gar nicht genau wissen.

»Wir machen es behutsam«, meinte Tarlak und schleuderte einen kleineren Feuerball durch die Lücke, der durch den Garten rollte. Er löste die Fallen aus, die sich in Richtung des Hauses unter dem Gras versteckten. Die Nacht hallte laut wider von den Explosionen. Haern wusste nicht, ob er lachen oder weinen sollte.

»Hat er behutsam gesagt?« Er blickte Senke an, der nur mit den Schultern zuckte.

Tarlak schleuderte einen weiteren Feuerball direkt auf die Haustür. Er runzelte die Stirn, als der Bann unmittelbar vor dem Aufprall in Rauch aufging. Dann schickte er einen zweiten Zauber, einen dicken Eiszapfen, Richtung Fenster. Erneut wurde er abgewehrt, und Wasser plätscherte harmlos auf den Boden.

»Dort sind starke Schutzzauber«, meinte der Hexer. »Der Rest liegt jetzt bei euch. Viel Vergnügen!«

Senke ging voraus, und Haern folgte ihm.

»Er ist vollkommen wahnsinnig«, murmelte Haern.

Tarlak sah ihnen nach und betete für ihr Glück. Er wünschte, er könnte ihnen mehr helfen, aber die wenigen Zauber, die er gewirkt hatte, hatten starke Kopfschmerzen ausgelöst, und er wusste, dass er nur noch sehr wenige Zauber wirken konnte, bevor er vollkommen nutzlos würde. Aber er war einfach zu neugierig und näherte sich den Toren, um seine Arbeit zu begutachten.

»Ich werde langsam besser«, meinte er, als er die Größe des Schadens abschätzte.

»Tarlak Eschaton?«

Er drehte sich um und sah überrascht, wie dieser Hüne mit dem weiß geschminkten Gesicht sich ihm über die Straße näherte.

»Es freut mich, dass wir uns wiedertreffen«, sagte er. »Vor allem, da ich diesmal nicht geknebelt bin.«

Geist deutete auf das Haus. »Ist der Wächter da drin?«

»Das ist er.« Tarlak stand in der Mitte der Bresche. »Er ist im Moment ein bisschen beschäftigt, deshalb musst du bis morgen warten, um deinen Groll zu stillen.«

»Ich hege keinen Groll gegen ihn«, erwiderte Geist, der sich ihm weiter näherte. »Es geht nur ums Geld.«

Tarlak schnippte mit den Fingern, und Flammen züngelten an seinen Fingerspitzen auf.

»Komm nicht näher«, warnte er ihn. Geist lachte nur. »Nun, du kannst zumindest nicht behaupten, ich hätte dich nicht gewarnt.«

Er klatschte in die Hände, und ein Ring aus Feuer waberte von seiner Hüfte aus und loderte fauchend durch die Luft. Sein Widersacher ließ sich fallen und landete auf den Schultern, sodass die Flammen über ihn hinwegfegten, ohne Schaden anzurichten. Tarlak gönnte ihm jedoch keine Pause und wirkte bereits den nächsten Bann. Diesmal flogen Eiszapfen wie Pfeile auf den Hünen zu. Geist rollte sich herum, und die Eissplitter zerplatzten auf dem Boden hinter ihm. Nur einer traf ihn und verletzte ihn an der Seite. Bei einem so großen Mann wirkte die Wunde wie der Kratzer einer Katze.

»Wie lange geht das noch?« Geist war wieder aufgesprungen und griff an. Tarlak versuchte ihn zu ignorieren und konzentrierte sich auf seinen Zauber, aber er wusste, worauf Geist angespielt hatte. Wie lange würde er es schaffen, Zauber zu wirken? Wie lange, bis die Energie in ihm erschöpft war und er nur noch Rauchwölkchen aus seinen Fingerspitzen beschwören konnte?

Angesichts des Hämmerns in seinem Kopf vermutete er, es würde nicht mehr allzu lange dauern.

Erneut klatschte er in die Hände, und vor ihm loderte eine Wand aus Rauch und Feuer auf. Geists Schwerter fuhren hindurch, aber im letzten Moment kam er zum Stehen und schaffte es, nicht in das Inferno zu stürzen. Tarlak knurrte. Er hatte gehofft, dass ein verbrannter Leichnam durch den Ring fallen würde. Wie, beim Schlund, konnte dieser Kerl so schnell reagieren? Er hielt die Feuerwand aufrecht und deutete dann in eine Richtung. Diesmal hatte er Glück. Denn Geist war genau in die Richtung gesprungen, in die er gezeigt hatte. Ein Blitz zuckte aus seinen Fingern und traf den Hünen mitten in die Brust. Er feuerte einen zweiten ab, der erneut traf, diesmal das Bein. Geist kreischte, aber mehr aus Wut denn wegen der Schmerzen. Tarlaks Nackenhaare richteten sich auf. Es sah ganz so aus, als könnte man diesen Hünen nur aufhalten, wenn man ihm den Kopf abschlug.

»Du hast meinen Freund verletzt«, sagte Tarlak, beschwor kleine Meteore aus Lava und schleuderte sie auf seinen Widersacher. Geist kauerte sich auf die Knie und blockte den Schauer mit seinen Schwertern. Die Meteore prallten von dem Stahl ab und hinterließen einen beeindruckenden, aber harmlosen Funkenregen.

»Du hast meine Schwester verletzt«, sagte er, presste seine Handgelenke zusammen und schleuderte Steinsplitter von seinen Flächen. Geist sprang herum wie eine gewaltige Spinne. Nur zwei dieser Steinsplitter trafen, und auch diesmal waren die Wunden eher oberflächlich.

»Du hast sogar Brug wehgetan.«

Erneut zuckte ein Blitz aus seinen Händen, aber er hatte

nicht gut gezielt. Diesmal wich Geist nicht einmal aus, sondern stürzte sich direkt auf ihn. Ein Schwert bohrte sich in seinen Körper. Tarlak keuchte auf, als glühender Schmerz ihn durchströmte.

»Und ich habe dich verletzt«, flüsterte Geist und presste seine Wange gegen die des Hexers.

Dann zog er die Klinge wieder zurück, und Tarlak brach zusammen. Er konnte ihn nicht mehr aufhalten, sondern nur ohnmächtig zusehen, wie Geist durch das Tor trat und die Jagd nach seiner echten Beute fortsetzte. Das Blut strömte aus der Wunde und färbte seine gelbe Kutte orange. Vollkommen ausgelaugt von Schmerz und Erschöpfung kroch er über den Boden und hinterließ eine Blutspur auf der Straße, als er sich in Sicherheit brachte.

Verdammt, Haern, dachte er, als er zusammenbrach, ohne besonders weit gekommen zu sein. *Du solltest ihn besser umbringen, sonst werde ich ... ich werde ...*

Dann wurden seine Gedanken zerstreut wie Blätter in einem Sturm, und er wurde ohnmächtig.

30. KAPITEL

Todesmaske wusste, dass er möglicherweise sein eigenes Begräbnis inszenierte, aber er ließ sich diese Sorge nicht ansehen, nicht, während der Rest der Gilde ihn beobachtete.

»Achtet auf alles Verdächtige«, sagte er zu den anderen. »Ich erwarte zwar nicht, dass er etwas Dummes unternimmt, aber er ist immerhin Thren Felhorn. Was dumm für uns scheint, ist bei ihm nur Schritt fünf eines Plans.«

Sie näherten sich dem Hauptquartier der Spinnengilde. Es glich mehr einem Anwesen, aber eine sorgfältige Untersuchung hätte gezeigt, dass die Fenster verstärkt waren, sodass niemand einbrechen konnte, und alle anderen Türen bis auf die Eingangstür verrammelt waren. Zwei Männer in Grau warteten auf der Vorderseite, und sie zückten ihre Schwerter und Dolche, als er näher kam. Veliana starrte sie böse an, sagte jedoch nichts.

»Ich bin Todesmaske, Anführer der Aschegilde. Ich will mit Thren sprechen.«

»Das entscheidet Thren«, erwiderte einer der Wächter. Der andere schlug gegen die Tür. Ein kleines Fenster öffnete sich, und der Wachposten übermittelte die Botschaft. Ein paar Minuten später öffnete sich die Tür.

»Nur er.« Einer der Männer im Haus deutete auf Todesmaske.

»Kein Problem«, sagte er zu Veliana, die widersprechen wollte. »Ich komme schon zurecht.«

Er trat ein.

Das Innere des Hauses mochte einmal sehr prachtvoll ausgestattet gewesen sein. Aber fast all seine Schätze waren geplündert und verkauft worden. Große weiße Flecken an den Wänden zeigten, wo einst Gemälde gehangen hatten, und an vielen Stellen war der Boden zerkratzt und matt, als wären Teppiche dort entfernt worden. Todesmaske merkte sich die Biegungen und Türen, durch die er ging, um sicherzustellen, dass er den Rückweg fand. Dabei ging er die ganze Zeit in Gedanken alles im Kopf durch, was er über den nahezu legendären Anführer der Spinnengilde wusste. Schließlich kamen sie vor einer Tür an, an der der Dieb stehen blieb. Er zeigte darauf. Todesmaske öffnete die Tür, trat ein und schloss sie hinter sich. Er war mit Thren Felhorn allein in einem kleinen Raum.

Thren wirkte alt. Das war das Erste, was Todesmaske auffiel. Er kannte das wahre Alter des Mannes, der Ende vierzig sein musste, aber sein Haar war bereits vollkommen ergraut. Seine Haut wirkte straff und ausgemergelt, aber noch immer lag ein intensives Leuchten in seinen Augen. Er stand neben einem Kamin, einen Becher mit einem Getränk in der Hand. Zwei Kurzschwerter hingen an seiner Seite, und ihre Griffe schimmerten im Licht. Er lächelte Todesmaske an, aber in dieser Grimasse lagen Ungeduld und Verachtung. Thren kannte zweifellos den Grund für sein Kommen und war nicht sonderlich erfreut.

»Willkommen«, sagte Thren. Seine Stimme war sehr tief, und die Macht, die sie ausstrahlte, beeindruckte Todesmaske sehr. Er wünschte sich, er würde ebenfalls über eine solche Stimme verfügen. Der Mann konnte vermutlich verkünden, dass er jetzt scheißen ging, und es klang trotzdem eindrucksvoll. »Ich habe Gerüchte gehört, dass du die Kontrolle von Garrick Lowe übernommen hast, was allerdings auch nicht sonderlich schwierig gewesen sein dürfte.«

»Was sagen wir immer zu den Damen? Nicht die Größe des Schwertes entscheidet, sondern die Geschicklichkeit, mit der man es führt.«

Thren lachte. Das war gut. Wenn er ein Gefühl von Vertrautheit zwischen dem Mann und sich erreichte, würde die Angelegenheit vielleicht glatter verlaufen.

»Vielleicht, aber selbst ich würde einen Mann mit einem Speer nicht nur mit einem Buttermesser angreifen.«

»Du weißt, dass du das tun würdest, Thren, wenn der Preis stimmt. Du würdest den Mann in Stücke schneiden, bevor er überhaupt nur wüsste, wo du bist.«

Die Schmeichelei brachte ihn jedoch nicht so weiter, wie er gehofft hatte. Thren winkte mit der Hand und stellte den Becher auf den Kaminsims.

»Genug. Es ist schon spät, und du bist nicht hierhergekommen, um zu plaudern oder um dich mir vorzustellen. Es geht um diesen wahnsinnigen Wächter, habe ich recht?«

»Ich muss zugeben, dass ich neugierig bin, was du von seinem Vorschlag hältst.«

»Vorschlag? Das ist kein Vorschlag, das ist Versklavung. Diese Abmachung würde bedeuten, dass uns der König unsere Eier abschneidet und sie an die Trifect verkauft. Weißt du, wie diese Welt funktioniert, Todesmaske? Die Starken nehmen sich, was die Schwachen nicht festhalten können, und das ist die Ordnung der Dinge. Die Narren und die Naiven versuchen, die Schwachen aufzuwiegeln, sie mit einer Stärke zu beschützen, die nicht von ihnen kommt. Sie sind alle Babys, nur Babys, die für immer an der Brust ihrer Mutter nuckeln wollen.«

»Wir würden trotzdem sehr viel Gold verdienen«, widersprach Todesmaske. »Und wir haben schon vorher Schutzgeld akzeptiert. Ist es nicht auch eine Methode der Schwachen, freiwillig das aufzugeben, was sie ohnehin an die Starken abgeben müssen?«

»Aber noch nie zuvor in dieser Größenordnung«, erklärte Thren. »Sie beschützen nicht nur ihr Eigentum, sondern die ganze Stadt. Welcher Wahnsinn hat zu all dem geführt? Ich habe sie bluten lassen. Ganze Nationen könnten von dem Gold leben und sterben, das ich der Trifect geraubt habe. Und doch werfen sie mir jetzt Gold vor die Füße, in diesem erbärmlichen Versuch, sich Sicherheit und Frieden dafür zu erkaufen. Wenigstens Alyssa war bereit, zurückzuschlagen, obwohl selbst dieser Moment des Stolzes nur zwei Nächte angehalten hat, bevor die Feigheit wieder zurückgekehrt ist. Zweifellos angestachelt durch diese Abmachung des Königs.«

Todesmaske sah eine offene Flasche auf einem kleinen Schrank, ging hin und schenkte sich ein Glas ein. Er roch einmal daran und genoss den Geruch von Erdbeeren. Thren widersprach nicht, also trank er einen Schluck und stellte das Glas dann zur Seite.

»Ich sehe das folgendermaßen«, sagte er. »Der Krieg dauert jetzt wie lange, zehn Jahre? Wir können nur eine bestimmte Zahl von Jahren kämpfen, selbst die größten von uns. Wir brauchen eine Pause. Wir müssen unbedingt zu einem Fetzen von Normalität zurückkehren.«

»Sagt der Mann, der eine Maske trägt.«

Todesmaske lachte. »Nennen wir es dann eben relative Normalität.«

Er beobachtete Thren sorgfältig, obwohl er wusste, wie sinnlos das war. Dieser Mann konnte seine Emotionen besser verbergen als jeder andere, wahrscheinlich sogar besser als er, obwohl er eine Maske trug. Thren beobachtete ihn ebenfalls, schätzte seine Reaktionen ab, starrte ihm in die Augen, als könnte er dort die wahre Absicht seines Besuches herausfinden.

»Dieser Wächter ...«, begann Todesmaske. »Er behauptet, er würde jeden töten, der sich weigert. Glaubst du, dass er Erfolg damit haben wird?«

»Du und ich leben noch«, erwiderte Thren. »Ich habe das Gefühl, er erledigt seine Arbeit nicht besonders gewissenhaft. Außerdem spielt das keine Rolle. Er könnte alle töten, aber er wird mich nicht töten. Und solange ich lebe, wird die Trifect keinen Moment Frieden finden.«

Todesmaske tippte sich mit einem Finger an die Stirn.

»Solange du lebst ... das ist der Haken, Thren. Entspann dich, ich bin nicht hier, um dich zu töten. Das war keine Drohung, sondern nur eine Feststellung. Dies hier ist dein Krieg, ganz allein dein Krieg, und es ist dein Recht, ihn zu beenden, wie es dir gefällt. Aber du wirst nicht das Ende bekommen, auf das du hoffst. Die Trifect ist zu mächtig. Sicher, du hast ihnen übel zugesetzt, hast viele getötet und hast ihnen ihr Gold geraubt. Aber hat das eine Rolle gespielt? Wenn ein Gegner sich nicht ergeben darf, dann kämpft er weiter und immer weiter. Gib ihnen die Möglichkeit, zu unterliegen. Denn genau darum geht es bei dieser Abmachung, wenn du sie aus ihrer Perspektive betrachtest. Sie geben zu, dass sie dich nicht besiegen können, dass sie sich selbst nicht vor dir beschützen können. Also bieten sie dir an, dass du sie stattdessen beschützt. Natürlich ist das Bestechung, nicht mehr und nicht weniger, und das in einer Stadt, wo Bestechungen kaum Seltenheitswert haben.«

Thren schien der Debatte überdrüssig zu sein, und Todesmaske wusste, dass er sich jetzt auf dünnes Eis begab. Er hatte gelogen, als er sagte, er wäre nicht hier, um zu töten. Jedenfalls zum Teil. Konnte Thren ihn durchschaut haben, trotz seines Versuchs, seine Absichten zu tarnen? Mehr als alles wollte er hier einen Sieg ohne Blutvergießen. Andere Gildemeister kamen und gingen, aber wenn Thren starb, würde die Trifect möglicherweise zu dem Entschluss kommen, dass sie gar keinen Schutz mehr brauchte. Threns Macht war zwar im Laufe dieser letzten Jahre erheblich geschmolzen, seinem Ruf hatte das aber keinen Abbruch getan.

»Bist du dessen nicht allmählich müde?« Todesmaske sprach sanfter weiter. »Jede Frau und jeder Mann in dieser Stadt hat in den letzten zehn Jahren jemanden verloren. Trotz der anderslautenden Gerüchte weiß ich, dass du ein Mensch bist und genauso viel verloren hast wie alle anderen.«

Einen Moment lang, so kurz, dass Todesmaske nicht wusste, ob er es sich nicht vielleicht doch eingebildet hatte, wirkte Thren erschöpft, zermürbt durch Verzweiflung.

»Wegen dieses Verlustes mache ich weiter«, sagte er dann. »Warum sonst sollte ich es tun? Weniger zu akzeptieren als einen totalen Sieg wäre eine Beleidigung, nicht nur für mich selbst, sondern auch für meine Frau, meinen ...«

Er schien wieder zur Besinnung zu kommen und warf Todesmaske einen finsteren Blick zu, als wäre der Mann der Grund für seine plötzliche Schwäche gewesen.

»Ich werde dieser Vereinbarung nicht zustimmen«, sagte er. »Und wenn das der einzige Zweck deines Besuchs war, dann geh jetzt.«

Todesmaske lachte leise. Der kleinste Fehler konnte ihn jetzt das Leben kosten. Aber das war der entscheidende Punkt. Jetzt kam es darauf an.

»Wie ich höre, ist dieser Wächter wirklich gut, beinahe unmöglich gut. Ich höre auch, dass er so kämpft wie du. Wusstest du das? Als wäre er dein eigener Sohn, obwohl wir beide wissen, dass das ja nicht sein kann. Er ist in einem Feuer gestorben, natürlich. Ich bin sicher, dass du seine Leiche gesehen hast ...«

Er sah Thren an und ließ den Gildemeister wissen, dass es

da noch sehr viel mehr gab, was er nicht aussprach. Es war keine Lüge. Kein Bluff. Thren öffnete den Mund und schloss ihn wieder. Seine blauen Augen bewegten sich kaum. Todesmaske fragte sich, welcher Feuersturm hinter ihnen tosen musste. Er holte tief Luft und machte seinen riskantesten Zug.

»Wenn er Erfolg hat, wird der Wächter eine Legende sein. Er wird sowohl die Trifect als auch die Diebesgilden besiegt haben, und zwar in einer einzigen Nacht. Er wird einen zehnjährigen Konflikt mit einem einzigen Schlag seiner Säbel beendet haben. Die ganze Stadt wird ihn fürchten, denn er wird der Wächter des Königs sein, der Vollstrecker des Waffenstillstandes. Diese Nacht wird nicht mehr uns gehören. Sondern sie wird ihm gehören.«

Er schluckte. Jetzt oder nie. Volles Risiko.

»Er wird sogar dich übertroffen haben, Thren. Wie beeindruckend muss dieser Mann wohl sein?«

Thren sah aus, als würde eine schwere Last auf seinen Schultern liegen. Seine muskulöse Gestalt wirkte nicht mehr ganz so stark. Der schreckliche Wille, der ihn beherrscht hatte, war schwächer geworden, und eine Million Fragen schienen unausgesprochen auf seinen Lippen zu ersterben. Vielleicht zum ersten Mal wirkte Thren Felhorn unsicher.

»Hat er dich hierher geschickt?«, fragte er schließlich.

Todesmaske nickte.

»Also gut«, fuhr Thren fort. »Wir geben ihm seine Chance. Meine Gilde wird die Bedingungen akzeptieren, solange der Wächter lebt. Diese Stadt ist grausam, und selbst jetzt könnte sie ihn bereits zur Strecke gebracht haben.«

»Das bezweifle ich«, erwiderte Todesmaske, dessen Herz wie verrückt in seiner Brust hämmerte. »Angesichts dessen, wer er ist und wer ihn dazu gemacht hat. Morgen früh werden wir die Leichen zählen und sehen, wer von den Machthabern übrig geblieben ist. Aber ich habe das Gefühl, dass all dies heute endet.«

»Verlass jetzt mein Haus!«, befahl Thren. »Und verrate niemandem jemals ein Wort von unserem Gespräch, sonst werde ich dich töten.«

Todesmaske verbeugte sich tief.

»Wie du wünschst«, sagte er. Er war froh, dass die Maske sein strahlendes Lächeln verbarg. Erleichterter als je zuvor in seinem Leben verließ er den Raum, bahnte sich den Weg ohne Führung durch die Hallen und Gänge und trat schließlich aus dem Anwesen, lebendig und siegreich.

31. KAPITEL

Senke ging voran, weil die Wachen Brustpanzer trugen. Mit seinem Morgenstern konnte er sie zertrümmern, wenn er fest genug zuschlug. Haern folgte ihm und sah ebenso oft über die Schulter wie nach vorne. Das ganze Haus war das reinste Chaos. Bedienstete flüchteten in alle möglichen Richtungen, und etliche Male hörte er sie den Namen einer Diebesgilde schreien. Seine Lippen verzogen sich jedes Mal zu einem boshaften Grinsen. Es war keine Diebesgilde, nicht diesmal. Sie waren schlimmer als jede Gilde. Sie waren gekommen, um zu leben oder zu sterben, um ihre Mission zu beenden, und bis jetzt waren es nur die Söldner, die starben.

»Wo kann Leon sich wohl verstecken?«, fragte Haern, als er seinen Säbel aus der Armbeuge eines toten Söldners riss.

»Vielleicht in seinem Bett?«, schlug Senke vor. »Er ist nicht sonderlich beweglich.«

»Und wo steht dieses Bett?«

Senke zuckte ratlos mit den Schultern. »Das weiß ich genauso wenig wie du.«

Die ›Eindringling‹-Rufe folgten ihnen, als sie weiterstürmten. Sie schoben Lakaien beiseite, die ihnen in die Quere kamen, aber die meisten waren klug genug, sich zu ducken oder umzudrehen und wegzulaufen, wenn sie sie sahen.

»Erdgeschoss«, sagte Haern, als sie an einer Treppe vorbeikamen. »Ich kann mir nicht vorstellen, dass er sich jede Nacht diese Treppen hinaufquält.«

Als Senke eine weitere Tür öffnete, schlug er sie sofort wieder zu. Im nächsten Moment gruben sich etliche Bolzen mit einem lauten Knall in das schwere Holz.

»Ich glaube, wir sind da auf etwas Interessantes gestoßen«, sagte Senke und grinste.

Sie gingen zurück, folgten den Gängen des Hauses, sodass sie vielleicht irgendwann im Rücken ihrer Feinde auftauchten. Und richtig, sie fanden sie schon nach kurzer Zeit an einer Stelle, wo sich der Korridor mit einem anderen Gang kreuzte. Sie knieten hinter kleinen umgekippten Tischen, auf denen einst ungeheuer kostbare Vasen gestanden hatten. Die drei Männer hatten Armbrüste in den Händen und trugen Rüstungen aus gekochtem Leder. Senke stürzte sich auf zwei der Männer, Haern übernahm den dritten. Sie machten kurzen Prozess mit ihnen, bogen dann nach links ab und gingen weiter.

»Eigentlich sollte es schwieriger sein«, meinte Senke, der schreien musste, um den panischen Lärm zu übertönen.

»Sag das nicht, sonst wird es noch wahr.« Im nächsten Gang trafen sie auf sechs Söldner. Sie waren mit Kurzschwertern und kleinen runden Schilden aus Holz bewaffnet, die mit Eisen zusammengezimmert waren. Senke lachte und stürzte sich voller Freude auf die sechs, als könnte er Haerns wütenden Blick hinter sich sehen. Trotz seiner Erschöpfung spürte Haern, wie Energie durch seine Adern strömte. Er holte seinen Freund rasch ein, und gemeinsam krachten sie auf die Söldner. Hinter jeder Biegung des Hauses konnten mehr Männer auf sie warten, die sie töten wollten. Hinter jeder Tür konnten sich Armbrustschützen verbergen, die ihnen Bolzen in die Kehlen schießen wollten. Und beides hätte sie nicht weniger kümmern können.

Die Schilde erwiesen sich jedoch als recht schwierig, vor allem, weil Haern nur wenig Erfahrung hatte, wie man mit ihnen umging. Ein Schild gehörte für Männer, die durch die Nacht schlichen, nicht gerade zur Standardausrüstung. Er trat und stach zu, als er sich mit Senke auf die Männer stürzte, durchtrennte die Muskeln am Arm eines Mannes und ließ einen anderen zu Boden stürzen. Aber bevor er ihn erledigen konnte, war ein weiterer Söldner da, und sein Säbel krachte auf das Holz des Schildes. Er konnte nicht einmal einen Splitter aus der polierten Oberfläche heraushauen. Der Soldat stieß mit dem Schwert nach seinem Bauch, aber Haern parierte den Schlag mit seiner linken Hand, wich an die Wand zurück und trat sich davon ab, um seinem nächsten Manöver mehr Schwung zu verleihen. Sein Säbel bohrte sich in den Hals des Mannes, durch Lederrüstung und Haut hindurch.

Schwerter zischten durch die Luft, an der Stelle, wo Haern sich hätte befinden sollen, aber er hatte sich bereits zu Boden fallen lassen und rollte weiter. Senke sah das und sprang über ihn, als wäre er geistig mit ihm verbunden. Er blockierte die Schläge der Söldner mit seinen Morgensternen. Haern sprang wieder auf und prallte mit der linken Schulter hart gegen die Wand, um seinen Schwung zu bremsen. Es war nur noch ein Wachposten übrig, und Haern parierte den Angriff des Mannes mit seinem Säbel. Dessen Kurzschwert wurde abgelenkt und grub sich in die Wand, so dicht vor ihm, dass Haern sein Spiegelbild in der Klinge sehen konnte. Dann stieß er mit dem Säbel zu, und der Schild konnte nicht alle Angriffe abwehren.

Senke erledigte den letzten Söldner. Er schlug mit seinen Morgensternen auf den Schild ein, bis der Söldner einen Fehler machte. Das war nicht weiter überraschend, wenn man bedachte, wie seine anderen Kameraden gefallen waren. Er war zweifellos in Panik. Er schlug zu, aber er überdehnte seinen Arm, und Senke brach ihm mit einem Aufwärtsschlag seines

Morgensterns den Ellbogen. Dann trat er ihm gegen den Hals, er prallte gegen die Wand und rutschte bewusstlos zu Boden.

»Bist du verletzt?«, fragte Senke. Haern schüttelte den Kopf. »Gut. Einer dieser Hundesöhne hat mich am Bein erwischt. Delysia wird sauer auf mich sein.«

Sie drangen immer tiefer in das Haus vor, bis sie schließlich Leons Schlafzimmer fanden. Es war leer.

»Das glaube ich nicht«, sagte Senke und sah sich um. »Wohin soll sich dieser riesige Fleischberg denn verkrochen haben?«

Er trat einen Schritt vor, ohne den dünnen Faden zu bemerken, der über die Tür gespannt war. Haern jedoch sah ihn und zog Senke am Umhang zurück, unmittelbar bevor der ganze Raum in Flammen aufging. Das Feuer wirbelte einen Moment wie ein Schornstein hoch, bevor es erlosch. Von dem Zimmer war nur noch Asche übrig, während der Rest des Hauses vollkommen unberührt geblieben war.

»Eine Falle?«, fragte Senke ungläubig. »Eine verdammte magische Falle?«

»Gern geschehen«, sagte Haern. Er lehnte sich an die Wand und schloss die Augen. Er wünschte, er könnte die Kopfschmerzen einfach verscheuchen, die in seiner Stirn pochten.

»Diese verfluchten Fallen! Wohin jetzt? Er könnte verschwunden sein, Haern, und was, beim Schlund, machen wir dann?«

»Bleib ruhig«, erwiderte Haern. Er hatte die Augen immer noch geschlossen. »Er hat hier geschlafen, bis ein Alarm ausgelöst wurde, dank deines Hexer-Freundes. Also ist er aufgestanden und hat die Falle aktiviert. Er hatte es eilig, aber er hat sich nicht schnell bewegt. Seine restlichen Söldner haben ihn weggeführt. Wohin würdest du gehen? Wo ist es sicher, von allen Seiten umschlossen und gut zu verteidigen?«

»Du bringst ihn an einen Ort, an den noch niemand gekommen sein kann, wo auch unmöglich ein Hinterhalt warten kann. Du bringst ihn in das Söldnerquartier.«

Haern öffnete die Augen und zwinkerte seinem Mentor zu.

»Ein guter Vorschlag. Im hinteren Teil des Hauses und weit weg von den anderen Quartieren. Denn er wird natürlich nicht wollen, dass seine Krieger mit ihren primitiven Manieren seine Gäste irritieren.«

»Wirst du das schaffen, Haern?«

»Kümmere du dich um dich selbst.«

Sie liefen weiter, und diesmal schob sich Haern an die Spitze. Trotz der Hilfe seines Freundes war das immer noch seine Aufgabe, unterlag es seiner Verantwortung. Wenn jemand in eine Falle tappen sollte, dann er. Aber es war nur noch eine einzige Falle übrig, und sie tappten gemeinsam hinein. Sie gelangten in einen langen Flur, der zu einer großen, zweiflügeligen Tür führte, und stürmten hindurch. Im nächsten Moment öffneten sich Türen hinter ihnen, und Söldner traten heraus, insgesamt fünf.

»Überlass sie mir!«, rief Senke. »Kümmere du dich um Leon, sofort!«

Haern akzeptierte den Befehl ohne zu zögern. Er stürmte auf die schweren Doppeltüren zu, und als er sie erreichte, sprang er mit den Füßen zuerst dagegen. Er wollte sie mit einer Furcht einflößenden Darbietung von Geschicklichkeit und Stärke zertrümmern.

Seine Füße krachten gegen die Tür, dann sein Körper, dann landete er krachend auf dem Boden. Ihm tat alles weh, und er begriff, dass die Türen nach außen aufgingen. Er fühlte sich mehr als nur gedemütigt, packte einen Griff und zog. Seine Vorstellung von Kraft und Geschicklichkeit war gescheitert, und ein verletzter, ruhiger und erschöpfter Mann schlenderte in den Raum.

»Du!«, sagte Leon. Er stand auf der anderen Seite des Zimmers. An beiden Seiten säumten Pritschen die Wände, und vier Leibwächter bildeten einen menschlichen Schutzwall vor ihrem Herrn.

»Ich.« Haern verbeugte sich tief.

»Wer bezahlt dich?« Schweiß lief Leon über den Hals, und rote Flecken schimmerten auf seinem Gesicht. Auf Haern wirkte er wie ein gemästetes Schwein, das man in elegante Kleidung gestopft hatte. »Thren? Alyssa? Vielleicht der König? Sag, was haben sie dir geboten?«

Haern konnte ein Lachen nicht unterdrücken. Würde Leon die Wahrheit überhaupt glauben? Konnte ein Mann in seiner Position begreifen, dass es Dinge gab, die nichts mit Wohlstand und Einfluss zu tun hatten? Konnte er dieses Bedürfnis nach Sühne begreifen, den Wunsch nach einem einzigen Moment der Ruhe und Erleichterung von einem Leben, das ansonsten dem Gemetzel und der Rache gewidmet war? Oder würde er nur einen Wahnsinnigen sehen? Würde er seine Worte als Unsinn und Lügen abtun?

»Ich mache es, weil ich es will.« Er dachte, wenn es etwas gab, das Leon verstand, dann dies. »Und du besitzt die Fähigkeit, dafür zu sorgen, dass ich es nicht will. Es ist deine letzte Chance, Leon. Akzeptiere die Bedingungen der Vereinbarung oder akzeptiere den Tod.«

»Ich akzeptiere weder das eine noch das andere. Du bist nur ein tollwütiger Köter, und meine Männer werden dich zur Strecke bringen.«

Zwei der Leibwächter hoben ihre Armbrüste. In einer geschmeidigen Bewegung löste Haern die Schnalle der Umhänge an seinem Hals und warf sie hoch in die Luft, unmittelbar, bevor sie abdrückten. Dann duckte er sich hinter die wehenden Umhänge und machte sich zu einem möglichst kleinen Ziel.

Die Bolzen durchlöcherten den Stoff und flogen weiter, ohne ihn zu treffen. Als die Umhänge auf den Boden sanken, stürzte sich Haern auf die Söldner. Seine Säbel fühlten sich federleicht in seinen Händen an, schienen nur Verlängerungen seiner Arme zu sein, scharfe Schneiden seines Willens. Das war es. Das war der Letzte. Seine Nacht war zu Ende. Die Männer würden sterben, Leon würde sterben, und er hatte seinen Waffenstillstand.

Die beiden ließen ihre Armbrüste fallen und zogen ihre Schwerter, während sie sich hinter die beiden anderen Männer zurückfallen ließen, die Haern angriffen. Es gab gerade genug Platz, dass die beiden nebeneinander stehen konnten, und selbst das war eng. Haern nutzte seine größere Beweglichkeit zu seinem Vorteil, wand sich wie eine Schlange zwischen ihnen, eine Schlange, die bereit war zuzuschlagen. Er parierte jeden Hieb und schlug mit dem anderen Säbel zu, fügte ihnen Wunden an Gesichtern und Hälsen zu. Jeder Treffer machte sie wütender, bis sie schließlich gemeinsam vorrückten.

Haern schlang seinen Arm um den erhöhten Pfosten einer Pritsche, segelte über die Matratze und auf die andere Seite. Wie ein Wirbelwind aus Stahl schlug er beide Söldner von hinten nieder und wandte sich dann zu den beiden anderen herum, die auf diesen plötzlichen Angriff nicht vorbereitet waren. Ein dritter fiel, bevor er sein Schwert auch nur in die richtige Position gebracht hatte. Und im Kampf Mann gegen Mann hatte der letzte keine Chance. Er war nur ein gedungener Söldner und hatte vielleicht in seinem ganzen Leben eine Handvoll Menschen getötet. Haern hatte allein zwanzig zur Strecke gebracht, als er in Leons Haus einbrach.

Als Leon begriff, dass er alleine war, sank er auf die Knie und bettelte mit seiner hohen Stimme.

»Bitte, du bist doch ein vernünftiger Mann. Du kannst doch

zuhören, ja? Ich zahle doppelt so viel, dreimal so viel wie das, was man dir geboten hat. Es geht um deine Vereinbarung, richtig? Ich akzeptiere sie natürlich, ich akzeptiere alles, was du willst!«

Haern trat zu ihm. Das Blut tropfte von seinen Säbeln.

»Du lügst«, sagte er. »Ich sehe es an deinen Augen, deinen Lippen und deinen zitternden Händen. Außerdem bin ich ja nur ein tollwütiger Hund.«

Er schlitzte Leon die Kehle auf und sah zu, wie das Leben aus den Augen des fetten Mannes wich. In dem Moment öffnete sich hinter ihm die Tür.

»Ist er tot?«, fragte Senke.

Haern drehte sich um. Er hätte gern gelächelt, aber er war erschöpft und er wusste, dass es nicht einfacher sein würde, aus diesem Anwesen herauszukommen, als es zu betreten. Senke stand in der Tür, und er wirkte gut gelaunt. Aber irgendetwas stimmte nicht. Etwas bewegte sich hinter ihm ...

Dann bohrte sich ein Schwert durch Senkes Brust. Der Mann bog den Rücken durch und riss die Augen auf. Er zitterte, und Blut quoll über seine Lippen. Als er zusammenbrach und von der Klinge rutschte, war Haern zu verblüfft, um auch nur zu schreien. Hinter ihm stand Geist in der Tür. Die weiße Farbe auf seinem Gesicht war rot gesprenkelt. Und er grinste ebenso strahlend wie Senke vorhin.

»Hab ich dich gefunden«, sagte er. Seine tiefe Stimme dröhnte durch den Raum.

»Warum?«, fragte Haern. Es war die einzige Frage, an die er denken konnte. »Warum? Warum jetzt?«

»Weil ich einen Ruf zu verteidigen habe, Wächter. Ich wurde bezahlt, um dich zu töten, also musst du sterben. So läuft das.«

Er hob seine Schwerter, und langsam, wie in einem Traum, tat Haern dasselbe. Dabei spürte er, wie sich in seinem Inneren langsam Ärger aufbaute, als gehörte er jemand anderem, würde aber bald in ihn übergehen, ob er es nun wollte oder nicht.

»Du Monster.« Er nahm Kampfposition ein.

»Monster? Ich sehe eine Leiche zu meinen Füßen, Wächter, und fünf vor deinen. Wie kann ich da das Monster sein?«

Was sollte er darauf antworten? Dass er seine Morde aus einem reinen Motiv begangen hatte? Dass er nicht von Gier gesteuert wurde? Diese Argumente klangen hohl und erbärmlich. Sie waren zwei Killer und betrachteten sich jetzt gegenseitig mit einem Verständnis, das nur wenige teilen konnten.

»Ich bin das Monster, das diese Stadt braucht«, sagte Haern. »Aber dich brauchen wir nicht.«

Geist griff an. Zweifellos hoffte er, ihn zu überrumpeln, während er redete. Aber Haern sah es voraus und reagierte, obwohl ihm das Herz bis zum Hals schlug. Wie konnte dieser Mann so riesig sein und doch so schnell? Da er nur noch wenig Raum hinter sich hatte, weigerte er sich, sich zurückzuziehen. Seine Säbel prallten mit ohrenbetäubendem Klirren gegen die Schwerter. Schmerz zuckte durch Haerns müde Arme.

»Brauchen?« Geists Stimme wusch wie eine Flutwelle über ihn hinweg. Bei jedem Wort schlug er zu, hämmerte auf Haern ein, als wäre er eine Tür, die ihm den Weg versperrte. »Diese Stadt braucht jemanden, der ihr die Augen öffnet. Man muss ihr das feige Herz aus der Brust reißen und es ins Licht halten. Was sie nicht braucht, ist ein verdammter, närrischer, selbst ernannter Milizionär!«

Er bewegte sich so schnell und war so stark, dass Haern seinen Schlägen nur ausweichen und sie parieren konnte, ohne selbst zurückzuschlagen. Die wenigen Male, die er die Schläge blockierte, spürte er den Aufprall bis in seine Schulter. Selbst wenn er ausgeruht und in Form gewesen wäre, hätte er sich sehr anstrengen müssen, um zu gewinnen. Jetzt jedoch, nach einer ganzen Nacht des Kämpfens, abgespannt und erschöpft, wie er war, hatte er nur noch einen letzten, verzweifelten Strohhalm, an den er sich klammern konnte, und wurde zudem von Senkes Leichnam angetrieben, der neben der Tür lag.

»Nein«, flüsterte er und bestritt damit alles, was da vor ihm lag. Er würde nicht so kurz vor seinem Ziel scheitern. Er würde Senkes Mörder nicht ungestraft davonkommen lassen. Er würde nicht der Wut unterliegen, die er in diesen braunen Augen sah, die von Farbe und Blut umringt waren. Er würde nicht sterben.

»Nein.«

Am Ende des Raumes befand sich ein einziges, großes Fenster. Haern wandte sich dorthin, rannte mit einer Geschwindigkeit darauf zu, mit der Geist nicht mithalten konnte. Er verschränkte die Arme, zog den Kopf ein und sprang hindurch. Das Glas zerbarst, und er spürte, wie die Scherben in seine Haut schnitten. Es spielte keine Rolle. Er landete auf dem Boden, rollte sich ab und grub dann seine Absätze in den Boden. Er warf einen finsteren Blick zum Fenster zurück, und sein unterdrückter Ärger loderte auf, setzte ein Feuer frei, das seine Adern zu versengen drohte. Ihn kümmerten nicht das Blut oder die spitzen Scherben, die immer noch in seinen Armen und seiner Stirn steckten. Er machte zwei Schritte und sprang durch das Fenster zurück.

Haern überrumpelte Geist, der vor dem zerbrochenen Glas stehen geblieben war. Seine Säbel schlitzten ein X über seine muskulöse Brust. Ihre Körper prallten zusammen. Haern rammte sein Knie in Geists Lenden. Seine Stirn prallte gegen den Hals des Mannes. Das Glas in seinem Kopf zerfetzte Haut, Blut strömte über sein Gesicht, aber etliche Scherben hatten Geists Kehle aufgeschlitzt. Trotz Haerns Schwung und obwohl er überrumpelt worden war, weigerte sich Geist, zu

Boden zu gehen. Er blieb stehen und kämpfte mit ebenso viel Wut, wie Haern sie empfand. Sie hatten keinen Platz, um mit ihren Schwertern zu schlagen oder zuzustoßen, also hämmerte er Haern seinen Griff gegen die Brust und versetzte ihm einen heftigen Schlag gegen das Kinn. Haern fühlte, wie ein Zahn abbrach, ließ sich auf die Knie fallen und rollte sich nach vorn. Seine Säbel schnellten vor und zerfetzten das empfindliche Fleisch über Geists Hacken. Der Schmerzensschrei des Hünen war der Lohn für seine Mühe.

Doch Haern war noch nicht fertig. Tränen verschleierten seinen Blick, sowohl wegen seiner Schmerzen als auch durch den Anblick von Senkes Leiche, die einfach nicht verschwinden wollte. Er sprang zurück zu Geist und stach mit seinem Säbel zu. Warmes Blut spritzte über seine Hände. Sein Stahl durchbohrte immer und immer wieder den Körper des anderen Mannes. Geist sank auf die Knie und stürzte dann in eine blutige Pfütze auf dem blanken Holzboden. Haern stand über ihm. Ein Auge war geschwollen, die Wunde in seiner Brust war wieder aufgeplatzt, und Rinnsale von Blut liefen aus den vielen Schnittwunden von den Glasscherben über sein Gesicht. Seine Kleidung war ebenfalls vollkommen blutdurchtränkt. Dann schrie er, ein trauriges, bedrücktes, siegreiches Monster.

Langsam kam er wieder zur Besinnung. Er überlegte, ob er Senkes Leiche hinaustragen sollte, damit er dafür sorgen konnte, dass er ein anständiges Begräbnis bekam. Aber dazu fehlte ihm die Energie. Er humpelte zu ihm, kniete sich nieder und küsste die Stirn des Mannes.

»Es tut mir leid«, flüsterte er. Dann kam ihm eine schwache Erinnerung. Er griff unter Senkes blutiges Hemd und zog den Anhänger hervor, den Anhänger mit dem *Goldenen Berg.*

»Ich hoffe, du bist jetzt bei ihm, Senke.« Haern streifte sich den Anhänger über den Kopf. »Denke gut von mir. Es dauert vielleicht nicht mehr lange, bis ich dich brauche und du für mich bürgst, damit man mich ebenfalls hineinlässt.«

Neben ihm stöhnte Geist. Der Mann lebte noch, trotz seiner vielen Wunden. Blut quoll über seine Lippen, als er den Kopf hob. Haern stand langsam auf und setzte die Spitze seines Säbels auf den Hals des Mannes. Er spürte, wie seine Wut nachließ und an ihrer Stelle eine Leere in seiner Brust blieb.

»Willst du Gnade?«, fragte ihn Haern.

»Nicht ...« Geist hustete, und es klang rasselnd und tödlich. »Nicht von dir.«

Haern steckte seine Säbel in die Scheiden und ging zu dem zerbrochenen Fenster. Geist ließ seinen Kopf auf den blutigen Boden sinken und atmete langsam und bebend aus.

»Dann leide, wenn dir das lieber ist«, sagte Haern, bevor er durch das Fenster hinaussprang. »Es ist deine Entscheidung.«

Er hielt sich dicht am Haus, weil er weitere Fallen fürchtete. Als er an der Eingangstür angekommen war, folgte er dem Pfad zum Tor. Es war verlassen, und er fragte sich, wohin Tarlak wohl verschwunden sein mochte. Einen Moment stand er unentschlossen da und sah sich um. Dann bemerkte er ihn zwei Straßen weiter. Die gelbe Kutte war nicht zu übersehen. Als er näher kam, sah er, dass Tarlak an einem Haus lehnte.

»Ich musste da verschwinden.« Der Hexer klang benommen. »Nur für den Fall, dass er ... dass er zurückkommt.«

Auf der Vorderseite seiner Kutte schimmerte ein bedrohlicher, blutiger Fleck.

»Wie schlimm ist es?« Haern kniete sich neben den Mann, um die Wunde zu untersuchen.

»Nicht so schlimm«, sagte Tarlak, dem die Augen zufielen. »Mir geht es jedenfalls besser als dir, soweit ich sehe. Wo ist Senke?«

Allein bei der Erwähnung des Namens schnürte sich Haern

der Hals zu. Er nahm seine ganze Selbstbeherrschung zusammen, damit er weitersprechen oder sich bewegen konnte.

»Er kommt nicht mit uns.«

Tarlak schien noch etwas fragen zu wollen, unterließ es aber. Tränen strömten aus seinen Augen. »Dann ist er jetzt bei Ashhur«, flüsterte er.

»Komm.« Haern legte einen Arm um seine Schultern, um sein Gewicht zu stützen. »Wir werden ihm Gesellschaft leisten, wenn wir uns nicht beeilen. Ich glaube, es werden schon bald eine Menge wütender Menschen durch die Straßen laufen.«

»Da stimme ich dir zu.«

Sie humpelten über die Straße und schafften es entweder durch Glück oder die Gnade Ashhurs ohne weitere Schwierigkeiten bis zur Krimson und zu Delysias heilenden Händen.

32. KAPITEL

Als Alyssa am nächsten Morgen aufwachte, hatte sie das Gefühl, als würden ihre Schläfen explodieren. Selbst das gedämpfte Licht schmerzte in ihren Augen, und sie legte einen Arm darüber.

»Mylady?«, fragte eine männliche Stimme.

»Was gibt es?«, stöhnte sie. »Kann es nicht warten?«

»Verzeiht mir, Mylady. Mein Name ist Cecil Glennlohe, und ich komme mit einer Botschaft von Lord John Gandrem von Fellholz.«

Alyssa ließ ihren Arm sinken und sah den Mann finster an. Der Ritter stand neben ihrem Bett. Seine Miene verriet eine Mischung aus Verlegenheit und Ungeduld. Sie fragte sich, welcher Wachsoldat den Mann vorgelassen hatte, vor allem, wo sie so unschicklich gekleidet war. Sie zog ihre Decken fester um sich und richtete sich auf.

»Welche Nachricht du auch zu überbringen hast, sie kann warten«, erwiderte sie. »Bitte meine Bediensteten, dir etwas zu essen zuzubereiten, und meine Wachen werden ...«

»Mylady«, unterbrach Cecil sie. »Es geht um Euren Sohn.«

Sie starrte ihn ungläubig an, dann fiel ihr Blick auf das Pergament in der Hand des Ritters. Sie nahm es entgegen und rollte es auf. Ihre Augen überflogen die Buchstaben, ohne sie wirklich zu lesen. Sie suchte nur nach dem einen Satz, der alles bedeutete. Beim ersten Mal übersah sie ihn, aber da stand er, in der zweiten Zeile des ganzen Briefes.

Ich glaube, es wird Euch freuen zu erfahren, dass Euer Sohn Nathaniel lebendig und wohlbehalten in meiner Gesellschaft ist.

Lebendig ...

Sie schlang ihre Arme um den Ritter und drückte ihn an sich, während ihr die Tränen über das Gesicht liefen.

»Danke«, flüsterte sie. Der Ritter stand stocksteif da, als wüsste er nicht, was er tun sollte, um eine Beleidigung zu vermeiden. Dann löste sie sich von ihm, küsste die unrasierte Wange des Mannes und stürmte aus ihrem Schlafzimmer, ohne sich darum zu kümmern, dass sie nur ein dünnes Nachthemd trug.

»Du bringst mich zu ihm?«, rief sie dem Mann über die Schulter zu, während sie hinauslief.

»Aber ja ... selbstverständlich.« Cecil musste sich beeilen, um mit ihr Schritt zu halten.

Alyssa konnte es nicht fassen, wie übermütig sie sich fühlte. Der Wächter hatte nicht gelogen. Nathaniel lebte, und jetzt konnte sie zu ihm, konnte ihn in die Arme nehmen und ihn für den Rest seines Lebens bei sich behalten, während er zu dem Mann heranwuchs, der irgendwann ihre Familie führen würde.

Nathaniel lebte. Ganz gleich, wie oft sie es sich auch sagte, es verlor nie seine Wucht. Nathaniel lebte, er lebte, den Göttern sei Dank, er lebte!

Als sie ihr Ankleidezimmer erreichte, wartete Cecil respektvoll draußen. Alyssa fegte durch den Raum, öffnete einen Schrank und ging mögliche Kombinationen ihrer Gewänder durch. Wieder klopfte jemand an die Tür, und sie bat die Person herein, ohne darüber nachzudenken, wer es sein könnte. Es war ein junger Mann, ein entfernter Cousin von ihr namens Terrance. Er hatte ein weiches Gesicht, und sein blondes Haar war sorgfältig gestutzt. Er trat in das Zimmer und versuchte, ernst zu wirken, aber man konnte sehen, dass die Nachrichten fast aus ihm herausplatzten. Als er die Freude auf ihrem Gesicht sah, leuchtete seines ebenfalls auf. Er hatte vermutlich gedacht, sie würde über Arthurs Tod trauern. Der Dummkopf.

»Verzeih mir die Störung«, sagte Terrance. »Als ich von Bertrams ... Verrat gehört habe, habe ich seine Unterlagen noch einmal überprüft. Ich habe den Beruf meines Vaters erlernt, verstehst du, und er arbeitet mit Konten und ...«

»Beeil dich«, sagte Alyssa und riss sich das Nachthemd herunter. Sie zog sich ein weites Kleid über den Kopf. Der Mann errötete und stammelte etwas, aber er redete weiter.

»Jedenfalls besagen die Gerüchte, dass du nicht in der Lage wärst, die Söldner zu bezahlen oder die Reparaturen zu übernehmen. Bertram hat das jedenfalls meinem Vater erzählt, und auch etlichen Bediensteten.« Er schnappte ihren Blick auf und kam rasch zum Punkt. »Die Sache ist die, dass Bertram ... gelogen hat. Ich habe diesen Kontoordner für die Bezahlung der Söldner gefunden, und die Summe beläuft sich nur auf knapp ein Drittel deines derzeitigen Vermögens. Es ist kostspielig, gewiss, aber nicht annähernd so teuer, wie er ...«

Sie küsste den Mann auf die Wangen, lachte, band sich eine Schärpe um den Bauch und öffnete einen weiteren Schrank, um einen dicken Mantel für den Ritt gen Norden auszuwählen.

»Ich brauche einen Ersatz für Bertram«, sagte sie. »Und ich habe keine Zeit, lange nach jemandem zu suchen, also wirst du das übernehmen müssen, Terrance.«

Den jungen Mann hätte fast der Schlag getroffen.

»Ich? Aber ich bin noch ein Lehrling, und mein Vater sagt, ich kann kein eigenes Unternehmen führen, bis ich mein zwanzigstes Lebensjahr vollendet habe. Und jetzt soll ich all dies hier ...?«

»Genau, und du fängst heute an.«

»Aber warum? Wohin gehst du?«
Alyssa lachte erneut.
»Ich hole meinen Sohn.«

Als Matt Pensfeld langsam das Bewusstsein wiedererlangte, wehrte er sich dagegen. Er hatte das Gefühl, dass er nur von dumpfem Schmerz begrüßt wurde. Er kam allmählich wieder zu sich, als würde er aus einem kalten Schlaf auftauen, und erinnerte sich, wie er gekämpft hatte, wie er den Jungen beschützt hatte, Tristan. Oder war es Nathaniel? Und wieso lebte er? Er war doch noch am Leben, oder?

Er öffnete die Augen, und vor ihm saß der Junge mit den beiden Namen. Er stützte den Kopf in die Hände und starrte auf den Boden.

»Tristan?« Matts Stimme krächzte, als würde man ihn strangulieren. Der Junge schrak zusammen, aber seine Überraschung hielt nicht lange an. Dann lächelte er, und seine Augen leuchteten.

»Du bist aufgewacht!«
»Ich denke schon.«

Tristan umarmte ihn stürmisch, was Matt zum Husten brachte. Er hatte das Gefühl, als wäre sein halber Körper voll Flüssigkeit und als würde die andere Hälfte schrecklich schmerzen. Er versuchte sich im Bett umzudrehen, aber ein stechender Schmerz in der Schulter hinderte ihn daran. Als er hinsah, bemerkte er die beeindruckenden Nähte in seiner Haut. Die blauschwarze Prellung führte von seiner Wunde über die ganze Brust. Eine Schnittwunde, richtig. Dieser Mistkerl am Schlosstor hatte ihm das Schwert durchs Schlüsselbein gejagt.

»Was ist mit ihm passiert?«, fragte er.
»Wem?«

Matt knurrte. »Schon gut. Du lebst und ich auch, also muss die Sache gut ausgegangen sein.«

»Lord Gandrem hat gesagt, dass du wie ein Held behandelt werden wirst.«

»Ach ja?«

Tristan nickte eifrig, und Matt lachte leise.

»Wenn sich Helden immer so fühlen, dann verzichte ich gerne. Der Pflug passt besser zu mir als das Schwert.« Er runzelte die Stirn. Tristan blickte immer wieder zur Tür, und das Lächeln schien nie lange auf seinem Gesicht zu bleiben.

»Stimmt etwas nicht, Tristan? Ich denke, ich sollte dich jetzt bei deinem richtigen Namen nennen, richtig? Es ist nicht mehr nötig, zu verheimlichen, wer du bist.«

Der Junge schien verlegen zu sein, als wüsste er nicht genau, wie er darauf antworten sollte.

»Du kannst mich weiter Tristan nennen, wenn du willst, Sir.«

»Ich denke, ich werde mich noch ein bisschen an diese Gewohnheit halten, jedenfalls so lange, bis ich aus diesem verdammten Bett rauskomme. Was ist denn los? Du siehst aus, als erwartest du den Henker.«

Als er sah, wie Tristan erbleichte, fragte er sich, was er da Falsches gesagt hatte.

»Es ist nichts«, antwortete Tristan. »Ich muss einfach nur ... es ist nichts. Ich bin froh, dass du aufgewacht bist. Wirklich froh.«

Matt war erschöpft, und er fühlte sich benommen, aber er riss sich zusammen und versuchte, seine Umgebung besser zu erkennen und sie zu verstehen. Er lag in einem kleinen Zimmer mit steinernen Wänden, einem roten Teppich auf dem Boden und einem großen Bett, dessen Laken mit Blut befleckt waren, vermutlich seinem Blut. Tristan trug elegante Kleidung, viel feiner als alles, was Matt ihm in seinem Bauernhaus hätte geben können, jedenfalls bevor dieser Haern ihnen einen Haufen Gold in die Hände gedrückt hatte. Es sah zwar nicht so aus, als würde Tristan diese Kleidung jeden Tag anlegen, aber andererseits hatte Matt keine Ahnung, wie man sich an Königshöfen und auf Schlössern so benahm.

»Behandelt man dich gut?«, fragte er.

»Ja«, erwiderte Tristan.

»Bedrückt dich etwas?«

Der Junge blickte wieder zur Tür.

»Ist es ... ist es in Ordnung, wenn wir eine Weile miteinander reden?«

Matt lächelte. »Sicher, mein Junge. Willst du über etwas Bestimmtes sprechen?«

Als der Knabe den Kopf schüttelte, begann Matt ihm seine Pläne für den Bauernhof zu schildern. Er redete über das Vieh, darüber, wo sie die Schweine kauften und dass er nie etwas mitten im Winter von den Utters kaufen sollte, falls er vorhatte, im Norden Geschäfte zu machen. Es sei denn, er wollte vor ihnen buckeln und zulassen, dass sie mit ihm machten, was sie wollten. Tristan schwieg dabei, aber es schien, als würde er sich ein wenig entspannen. Schließlich funkelten seine Augen, und er lachte über die alten Geschichten, die Matt zu erzählen hatte.

Aber er spannte sich sofort wieder an, als John Gandrem ins Zimmer trat.

»Mylord.« Matt senkte den Kopf, um seinen Respekt zu zeigen. Aufzustehen und sich zu verbeugen kam ganz offensichtlich nicht infrage.

»Es freut mich zu sehen, dass es dir gut geht«, sagte der Lord. Allerdings klang seine Stimme wenig erfreut. »Du wirst gut dafür entlohnt, dass du den Jungen Nathaniel beschützt hast. Nachdem ich jemanden gefunden habe, der dich kannte, habe ich einen Reiter losgeschickt, der deine Familie darüber informiert, dass du dich in meiner Obhut befindest.«

»Danke, Mylord«, erwiderte Matt. »Meine Frau wird es sehr zu schätzen wissen.«

»Ruh dich aus, Matt, und wenn es dir besser geht, reden wir darüber, wie wir dir und deiner Familie eine angemessene Entschädigung zukommen lassen können. Jetzt jedoch muss ich mir Nathaniel ausleihen. Wir müssen etwas Wichtiges erledigen.«

»Wir reden heute Abend weiter«, sagte Matt zu Nathaniel. »Jetzt möchte ich ein bisschen essen und dann eine Weile schlafen, also mach dir keine Sorgen um mich.«

Die beiden gingen hinaus, und sofort danach betraten Bedienstete die Kammer. Sie trugen eine Schüssel mit Suppe herein, Brot und frische Kleidung. Während sie sich um ihn kümmerten, dachte Matt an Nathaniel und betete für ihn, damit er die Prüfung, die ihn da zu erwarten schien, gut überstand.

Nathaniel folgte Lord Gandrem wie ein gehorsames Hündchen. Der Gedanke war ein wenig unfair, denn er war unglaublich gut behandelt worden. Aber er hörte bereits das Murmeln der Menschenmenge, als sie die Stufen zur Mauer an der Vorderseite des Schlosses hinaufstiegen. Die Sonne brannte vom Himmel, als sie auf den Zinnen erschienen, und die Menschenmenge unter ihnen jubelte, als sie auftauchten. Es mussten Hunderte sein. Jeweils vier Wachen hatten rechts und links neben ihnen auf der Brüstung Posten bezogen. Direkt vor ihnen stand auf einer mobilen Planke, ein langes Seil um den Hals, der Mann namens Oric.

Lord Gandrem winkte der Menge, die sich versammelt hatte, um der Exekution beizuwohnen, grüßend zu.

»Dieser Mann ist ein Feigling und ein Verräter!«, schrie er

ihnen zu. »Er hat es gewagt, euren Landlord zu belügen und die Ehre von Fellholz zu verhöhnen! Er hat sich gegen meine Verbündeten gewendet! Dieser Feind, dieser bösartige Mörder hat sogar versucht, seine Klinge mit dem Blut eines Kindes zu besudeln. Welches Schicksal verdient er?«

Die Versammelten vor der Mauer brüllten nach dem Henker. Nathaniel hörte ihre Schreie und erschauerte. Lord Gandrem drehte sich zu ihm und winkte ihn nach vorne. Seine Füße schienen aus Blei zu sein, aber er kam näher. Über Orics Kopf war ein schwarzes Tuch gezogen, und seine Hände waren auf den Rücken gefesselt, aber er wirkte trotzdem gefährlich auf den Jungen.

»Er ist gebunden und geknebelt«, sagte John, der Nathaniels Zögern bemerkte. »Und selbst wenn er es nicht wäre, solltest du keine Furcht zeigen. Die Blicke dieser Menschen ruhen auf dir, und sie wollen mehr als alles andere Sicherheit von den Menschen, die ihr Leben regieren.«

Nathaniel nickte.

»Jawohl, Sir«, sagte er.

Der ältere Mann führte ihn zu einem Hebel neben ihnen. Er war mit etlichen Zahnrädern verbunden, die die Plattform, auf der Oric stand, absenken würde. Der Hebel war so groß wie Nathaniel, und als er seine Hand darauflegte, fürchtete er, er wäre zu schwach, um ihn überhaupt zu bewegen.

»In diese Richtung«, sagte einer der Bewaffneten und zeigte dem Jungen, in welche Richtung er den Hebel drücken musste. Nathaniel stemmte sein ganzes Gewicht dagegen und fühlte, wie der Hebel nachgab und dann mit einem Ruck kippte. Die Menge stieß ein Keuchen aus, und bevor Nathaniel wegsehen konnte, packte Lord Gandrem seine Schulter und zwang ihn hinzusehen. Oric fiel, und der Strick spannte sich. Aber während er hin und her schwang, zappelte er mit den Füßen. Ein widerliches Stöhnen drang bis zu ihnen hoch, war jedoch im Jubel der Menge kaum zu hören.

»Das Genick des Mistkerls ist nicht gebrochen«, sagte einer der Bewaffneten.

»Ich habe nur die Befehle befolgt«, erwiderte der Henker neben ihm. »Sir John wollte ein Exempel statuieren.«

Die Worte strömten über ihn hinweg, aber Nathaniel weigerte sich, ihnen Bedeutung zuzumessen. Stattdessen sah er zu, wie Oric um sich trat, nach Luft rang und an der Mauer des Schlosses hin und her schwang. Johns Hand umklammerte Nathaniels Schulter mit für sein Alter beeindruckender Kraft.

»Denk immer daran«, sagte er zu ihm. »Das ist das Schicksal, das alle erwartet, die dich herausfordern. Wenn du ihnen dieses Schicksal verweigerst, dann bist du genauso feige wie sie. Und außerdem, hör dir das Geschrei an, Nathaniel. Hör dir an, wie sie jubeln. Unser Volk will Blut, es giert förmlich danach. Denn jeder Mann, der gehenkt wird, ist ein Mann, der schlechter ist als sie. Sie werden auf seine Leiche spucken, sobald wir ihn abgeschnitten haben, und sie vereinigen sich in ihrem Hass auf etwas, das sie nicht einmal ganz verstehen. Wir sind ihre Herren. Wir sind ihre Götter. Versage ihnen niemals das Spektakel, das sie verdienen. Solange deine Taten gerecht sind, werden sie dir folgen.«

Nathaniel schluckte.

»Ist es denn gerecht?«

»Das spielt keine Rolle, Junge«, erwiderte Lord Gandrem. »Es ist nur wichtig, dass du es für gerecht hältst. Und, hältst du es für gerecht?«

Nathaniel öffnete den Mund, um zu antworten. Er wollte sagen, ja, er glaubte es, stattdessen jedoch erbrach er sich. Sein Magen schien von einer Seite zur anderen zu schwanken, und zwar in perfektem Einklang mit dem zuckenden Körper des sterbenden Oric.

EPILOG

Haern fand Todesmaske und seine Aschegilde in ihrem Versteck. Sie begrüßten ihn wie einen verschollenen Freund.

»Seht die Legende!«, meinte Todesmaske, aber dunkler Humor mischte sich in sein Gelächter.

»Gerand hat mir verraten, dass die Spinnengilde die Vereinbarung akzeptiert hat.« Haern wollte keine Zeit verschwenden. »Was die Conningtons angeht, ein Mann namens Potts hat dort die Kontrolle übernommen, während seine Verwandten um die Nachfolge streiten. Es würde mich nicht überraschen, wenn es ein oder zwei Jahre dauert, bis sie alles geregelt haben. Einstweilen jedoch hat der alte Ratgeber das Sagen, und er hat den Bedingungen zugestimmt. Nur zwei Gilden haben sich geweigert. Beide sind zur Zeit führungslos.«

»Wir sind gerade dabei, ihr Territorium zu übernehmen«, erklärte Veliana. »Die Spinnen und die Wölfe leisten uns dabei Gesellschaft. Wer auch immer die restlichen Gilden am Ende anführt, wird nur zu bereit sein, den Vereinbarungen zuzustimmen, und sei es auch nur, um sich vor der sicheren Auslöschung zu retten.«

»Also ist es vollbracht«, sagte Haern und sah Todesmaske an. »Gerand arbeitet die Bedingungen aus, um die Zahlungen gerecht zwischen den fünf Gilden aufzuteilen. Ich kann mir allerdings vorstellen, dass sich ein großer Reichtum besser unter euch vieren verteilt als unter den Hunderten Angehörigen der anderen Gilden.«

»Dieser Gedanke ist mir auch schon gekommen«, meinte Todesmaske grinsend. »In den nächsten Tagen wird es ziemlich rau zugehen. Alle werden die Grenzen austesten und herausfinden wollen, womit sie durchkommen und ob du in der Lage bist, die Zügel in der Hand zu behalten. Ich würde sagen, normalerweise könntest du das ohne Probleme bewerkstelligen, aber im Moment siehst du aus wie eine Ratte, die mehrmals von einem Fuhrwerk überrollt worden ist.«

»Das schaffe ich schon«, sagte Haern. »Und ich werde deine ebenso scharf beobachten wie alle anderen, vergiss das nicht.«

Todesmaske lachte.

»Wir sind keine Verbündeten, Wächter, und ich wollte auch nie einer sein. Du kannst mich gerne im Auge behalten, wenn du willst. Du wirst nichts finden, und deine Klingen werden meine Haut niemals ritzen. Mach dir lieber Sorgen um diejenigen, die wirklich eine Gefahr für den Waffenstillstand darstellen. Wir wollen nur die Belohnung einstreichen. Fürs erste habe ich alles erreicht, was ich wollte, wenn auch in einer etwas ... chaotischeren Weise, als ich mir das vorgestellt hatte. Meine früheren Kollegen nahmen an, dass das Chaos in Veldaren niemals beendet werden könnte und dass es niemals profitabel für uns wäre. Ich möchte behaupten, ich habe sie eines Besseren belehrt. Oder vielmehr habe ich das getan, sobald das Gold der Trifect auf mich herunterregnet, ohne dass ich auch nur einen Finger heben muss.«

»So profitiert wenigstens einer von alldem«, murmelte Haern.

»Angesichts deiner Position bezweifle ich sehr, dass du ein Leben als mittelloser Bettler führen musst«, meinte Veliana. »Und doch jammerst du wie ein Maultier.«

»Ich will kein Gold«, gab Haern zurück. »Ich will Frieden.

Gebt ihn mir, und die Aschegilde wird nichts von mir zu fürchten haben.«

Er verließ die beiden, ohne ihnen noch eine Möglichkeit zu geben, ihn zu verspotten oder mit ihrer Gerissenheit zu prahlen. Da er das meiste von dem, was er sich vorgenommen hatte, bis zum Einbruch der Nacht bereits erledigt hatte, überlegte Haern, wohin er jetzt gehen wollte. Am Ende entschied er sich für das, was für ihn einem Heim am nächsten kam. Auf der Krimson stand ein Fuhrwerk vor dem Haus der Eschatons. Es war zur Hälfte mit Haushaltsgegenständen beladen. Es kam ihm wie ein Wunder vor, dass es nicht schon längst gestohlen worden war, doch dann fiel ihm der Waffenstillstand ein, den er soeben geschlossen hatte. Nun, das war zumindest ein Anfang. Er ging zur Tür und hob die Hand, um zu klopfen, aber sie wurde im selben Moment geöffnet. Ein sehr müder und überraschter Tarlak stand vor ihm, einen Stapel Bücher in den Händen.

»Oh, du«, sagte er.

»Ich bin gekommen, um zu ...«

»Spar dir das, Haern. Ich bin sicher, dass du dein Bestes getan hast, und ich bezweifle, dass Senke irgendetwas anders gemacht hätte. Ich meine, außer vielleicht zu sterben. Er hätte vielleicht ... hör zu, das Angebot steht noch. Keine Reden, keine Entschuldigung, so ein Unsinn ist nicht erforderlich. Ich habe einen Turm in den Außenbezirken des Kronforsts gekauft und will ihn in ein weit besseres Heim verwandeln, als diese Mistgrube je war. Ich sagte dir ja schon, ich wäre der Meinung, wir hätten das Potenzial, zu etwas Besonderem zu werden, und das glaube ich immer noch. Wenn du mitkommen willst, dann mach dich nützlich und schnapp dir eine Kiste.«

Haern trat zur Seite, und Tarlak stellte seine Bücher auf den Karren. Als Haern einen Blick ins Haus warf, sah er, wie Brug

Schmiedewerkzeug zusammenpackte. Delysia half ihm, und die beiden scherzten leise miteinander. Er sah ihre geröteten Augen, aber sie machten so gut weiter, wie sie konnten. Die Priesterin erblickte ihn, und obwohl sie einen Freund verloren hatte, lächelte Delysia und winkte ihn zu sich.

»Warum nicht«, sagte Haern, als Tarlak zur Tür zurückkehrte. Er trat mit dem Hexer in das Haus und schnappte sich eine Kiste. Vielleicht bekam der frisch gekürte Wächter des Königs endlich doch so etwas wie ein Heim.

Anmerkungen des Autors

Wenn ich mir die Bücher ansehe, die ich bis jetzt geschrieben habe, muss ich sagen, dass *Tänzer der Klingen* mit Abstand mein Lieblingsbuch ist. *Tänzer der Schatten* wurde von einem sonderbaren, eindeutig geistig verwirrten Verrückten geschrieben. Aber dieses Buch? Ich habe meine ursprüngliche ›Anmerkung des Autors‹ mit diesem Satz eröffnet: »Ich glaube, ich habe allmählich den Bogen raus.« Und ich denke, das passt immer noch ganz ausgezeichnet. Als ich die Bücher für die Neuerscheinung unter den Fittichen des Orbit Verlags vorbereitet habe, war dieses Buch dasjenige, das am wenigsten Arbeit erforderte. Was nicht bedeuten soll, dass es keine Arbeit gekostet hätte. Devi würde mich hauen, wenn ich das behaupten würde. Außerdem wäre es eine Lüge. Aber diese Erzählung war der Punkt, auf den ich hingeschrieben habe, als ich mit *Tänzer der Schatten* begonnen habe. Das hier war der große Moment.

Es hat außerdem ungeheuer geholfen, dass ich jetzt all die anderen Charaktere einfließen lassen konnte, mit denen ich so viel Zeit in meinen *Halb-Ork*-Büchern verbracht hatte. Haern ohne die Eschatons war einfach nicht dasselbe. Und Tarlak? Meine Güte, über ihn zu schreiben macht ja so viel Spaß. Brug zu verspotten ist nie langweilig. Es war ungeheuer befriedigend, Veliana und Todesmaske endlich zusammenzubringen und vorzubereiten, was später kommen sollte. Diese neuen Charaktere einzuführen, damit sie mit den alten interagierten, hielt *Klingen* der Meinung eures Autors nach in einer perfekten Balance. Das ist etwas, das ich in jedem neuen Buch, das ich schreibe, zu erreichen suche.

Wo wir gerade von neuen Charakteren sprechen: Ich sollte wahrscheinlich gestehen, dass ich schrecklich gelitten habe, als ich den Charakter Geist entworfen habe. Ein kurzer Blick auf mein Autorenfoto dürfte vermutlich erklären, warum. Ich bin so weiß, wie man nur sein kann, und ich lebe hier mitten im Zentrum des US-amerikanischen Kernlandes, also was zum Teufel weiß ausgerechnet *ich* schon darüber, wie sich jemand wie Geist fühlt? Aber ich musste es versuchen. Sein Konzept, sein Charakter in meinem Kopf, das war einfach zu beeindruckend, zu packend, zu bemerkenswert. Als ich *Klingen* überarbeitet habe, habe ich mich sofort wieder in ihn verliebt. Ich bin froh, dass ich nicht gekniffen habe, sehr froh, dass ich dazu gestanden habe. Ist mir die Figur gelungen? Das weiß ich natürlich nicht. Aber ich glaube schon.

Einige von euch werden sich vielleicht über Threns kleine Rolle in diesem Buch wundern. Das war volle Absicht. Die endgültige Konfrontation zwischen Haern und Thren kommt (sehr viel) später, was bedeutete, dass ich ihn nicht als Hauptbösewicht behalten konnte. Schon gar nicht in diesem Buch, in dem Haern seinen eigenen Charakter ganz und gar entwickeln musste. Also fand ich es besser, Thren im Hintergrund lauern zu lassen, immer respektiert, wo er Entscheidungen beeinflusst und Ergebnisse manipuliert, selbst wenn er nicht da ist. Diese eine Szene zwischen ihm und Todesmaske? Die zu schreiben ist mir in dem ganzen Buch am schwersten gefallen.

Wo wir gerade von schwierigen Szenen reden ... ja, Senkes Tod? Ich weiß, dass es seltsam klingt, wenn ein Autor sagt, dass er etwas bedauert. Ich meine, wir sind Götter in unseren kleinen Universen. Ich hätte Senke natürlich wieder auferstehen lassen können; er hätte quicklebendig auf einem rosa Pony hereinreiten können, während Regenbogen aus seinen Fingern sprenkeln. Aber das wäre nicht richtig gewesen. Ich wünschte, ich hätte einen Weg finden können, Senke am Leben zu lassen. Er war witzig, er war nützlich, und vor allem hatte er eine tolle Verbindung zu Haern. Es fällt mir schwer, diese Verbindung mit anderen Charakteren zu wiederholen. Die engste Verbindung, wie ihr im *Tanz der Spiegel* sehen werdet, ist die mit Zusa. Das hört sich vielleicht im Moment ein bisschen seltsam an, aber wenn ihr euch anseht, was beide durchgemacht haben, die strenge Erziehung und ihre unglaublichen Fähigkeiten, die jeder auch am anderen schätzt, ist es vielleicht nicht mehr so sonderbar.

Sie sind eigentlich ein süßes Pärchen.

Also gut, genug geplaudert. Es wird Zeit, Schluss zu machen. Ich bedanke mich erneut bei Michael für das ganze Agentenzeug, bei Devi, die jede Fassung so viel besser gemacht hat als die vorige, bei meiner Frau, die meine endlosen Telefonate und meine Unfähigkeit, beim Abendessen über irgendetwas anderes zu reden, erträgt, und bei euch Fans, die mich seit meinen Anfängen begleiten.

Und natürlich bedanke ich mich bei euch, liebe Leser. Ich wäre dumm, wenn nicht sogar ein beruflicher Selbstmörder, wenn ich nicht akzeptieren würde, dass es eure Zeit ist, eure Geduld und euer Interesse, die mich meine albernen kleinen Geschichten schreiben lassen. Ich hoffe, dass ihr euch in den Jahren, in denen ich immer mehr Geschichten von Haern, Tarlak und dem Rest der Welt Dezrel ersinne, niemals langweilen werdet. Ihr seid wütend auf mich? In Ordnung. Manchmal auch traurig? Perfekt.

Aber niemals gelangweilt. Wenn ich das schaffe, sage ich: He, gut gemacht.

David Dalglish
9. April 2013

Er überzieht die Welt mit Krieg, um ihr den Frieden zu bringen.

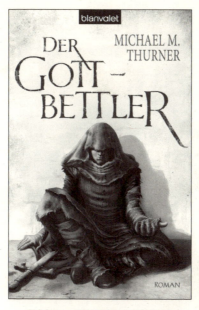

512 Seiten. ISBN 978-3-442-26942-6

Während die kräuterkundige Terca jeden Tag erneut einen Grund braucht, sich nicht umzubringen, sucht der Krieger Rudynar Pole das Vergessen im Alkohol. Doch der junge Magier Pirmen benötigt sie beide. Denn nur mit ihrer Hilfe kann er die schreckliche Horde des Gottbettlers aufhalten, die eine Stadt nach der anderen erobert und kurz davor ist, die ganze Welt zu beherrschen. Pirmen weiß, dass diese Aufgabe eigentlich unmöglich zu erfüllen ist. Aber nur wenn er Erfolg hat, kann er vielleicht auch seine eigenen Dämonen überwinden.

Lesen Sie mehr unter: **www.blanvalet.de**

blanvalet

DAS IST MEIN VERLAG

... auch im Internet!

 twitter.com/BlanvaletVerlag

 facebook.com/blanvalet